Weitere Titel der Autorin:

Das Erbe der Töchter
Eine letzte Spur
Emilys Sehnsucht
Ein verzauberter Sommer

Titel in der Regel auch als Hörbuch und E-Book erhältlich

Über die Autorin:

Juliet Hall ist Britin. Sie unterrichtet Schreiben und organisiert Literatur- und Musikfestivals in ihrer Heimatstadt an der Küste von West Dorset. Zu ihren liebsten Reisezielen gehört Italien, wohin sie die Leser mit ihren Romanen *Das Erbe der Töchter*, *Eine letzte Spur* und *Ein verzauberter Sommer* führte. Nach Ausflügen durch viele wunderbare Städte Europas in *Emilys Sehnsucht* entführt sie uns mit diesem Roman von der Westküste Englands bis nach Fuerteventura.

Juliet Hall

Julias Geheimnis

Roman

Aus dem Englischen von
Barbara Röhl

BASTEI LÜBBE TASCHENBUCH
Band 16946

1. Auflage: Dezember 2013

Dieser Titel ist auch als E-Book erschienen

Vollständige Taschenbuchausgabe

Deutsche Erstausgabe

Für die Originalausgabe:
Copyright © 2013 by Juliet Hall
Translated from the English: »Bay of Secrets«
First published in the United Kingdom by Quercus Books, London
under the pseudonym of »Rosanna Ley«

Für die deutschsprachige Ausgabe:
Copyright © 2013 by Bastei Lübbe AG, Köln
Textredaktion: Birgit Volk, Bonn
Titelillustration: © Susan Fox/Trevillion Images
Umschlaggestaltung: Kirstin Osenau
Satz: two-up, Düsseldorf
Gesetzt aus der Guardi
Druck und Verarbeitung: GGP Media GmbH, Pößneck
Printed in Germany
ISBN 978-3-404-16946-7

Sie finden uns im Internet unter
www.luebbe.de
Bitte beachten Sie auch: www.lesejury.de

Für Ana, in Liebe

Prolog

Es klingelte an der Tür – laut und ohne Unterbrechung. Noch halb im Traum setzte sich Ruby auf. Sie war in einem schummrigen Nachtclub gewesen und hatte Saxofon gespielt. *Someone to Watch Over Me.* Sie rieb sich die Augen.

Es klingelte wieder. Noch nachdrücklicher.

Ruby stöhnte, als ihr der Traum entglitt. »Okay, okay. Ich komme schon.« Sie blinzelte und stellte fest, dass es gerade erst dämmerte. Sie warf einen Blick auf das Leuchtzifferblatt der Uhr, die auf James' Seite stand, und sah ihn dabei an: blond, unrasiert, die Arme ausgestreckt, als wolle er selbst im Schlaf sagen: *Was zum Teufel muss ich tun, um dich glücklich zu machen? – Ich weiß es nicht. Ich weiß es nicht.* Sie hatte immer gehofft, dass es einfach von selbst passieren würde.

Gestern Abend hatten sie sich schon wieder gestritten. Sie wusste nicht genau, worum es bei ihren Diskussionen eigentlich ging; sie wusste nur, dass sie das Gefühl hatte, als sei er in eine Richtung unterwegs, während sie sich mit Höchstgeschwindigkeit in eine andere entfernte. Sie lebten seit zwei Jahren zusammen. Die Frage war, wann sich ihre Wege endlich treffen würden.

Und warum klingelte es um sechs Uhr morgens an der Tür? So früh kam nicht einmal der Postbote.

Sie stolperte aus dem Bett. »James«, sagte sie, »wach auf. Da ist jemand an der Tür.«

»Wer denn?«, murmelte er schlaftrunken.

Wahnsinnig komisch. Ruby schnappte sich ihren Bademantel und zog ihn an. Bibbernd tappte sie den Flur entlang und fuhr sich durch das zerzauste Haar. Sie hätte das letzte Glas Wein gestern Abend nicht mehr trinken sollen. Sie hatte sich nach der Arbeit mit Jude auf einen Drink getroffen. Am Ende hatten sie die ganze Welt gerettet und dabei eine ganze Flasche geleert. Und als sie nach Hause gekommen war …

Vor der Tür standen zwei Personen. Durch das Glas konnte sie ihre Umrisse erkennen: ein Mann, eine etwas kleinere Frau. Sie sah ein verschwommenes kariertes Muster, etwas Dunkles. Wer klingelte um diese frühe Stunde bei anderen Leuten? Eine bange Vorahnung beschlich sie, und sie bekam weiche Knie.

Sie öffnete die Tür.

1. Kapitel

Das Haus sah noch genauso aus wie früher: roter Backstein, weiße Haustür, abgeblätterte Fensterrahmen. Ruby wechselte einen Blick mit Mel. »Danke fürs Fahren«, sagte sie. Hätte sie das auch allein geschafft? Sie dachte an James in London und die verschiedenen Richtungen, die sie einzuschlagen schienen. Ja, schon. Aber es wäre viel schwerer gewesen.

»Ich setze dich doch nicht einfach nur hier ab«, erklärte Mel. »Ich komme mit rein und helfe dir.«

»Helfen?«

Aber Mel war bereits aus dem Auto gestiegen. Ruby folgte ihr.

»Du brauchst aber nicht ...«, begann sie.

»Red keinen Unsinn.« Mel öffnete das Gartentor und nahm Rubys Arm, während sie den Weg hinaufgingen. Der Rasen war seitdem nicht gemäht worden, und weil sich auch niemand um den Garten gekümmert hatte, wucherten die übrigen Pflanzen mittlerweile ebenfalls wild, und überall spross das Unkraut. Das geschah schnell.

Aber Ruby spürte auf einmal eine große Erleichterung. Mel war ihre älteste Freundin und genau das, was sie jetzt brauchte. Sie war fünfunddreißig Jahre alt, aber in diesem Moment fühlte sie sich wie ein Kind. Sie drückte Mels Arm. Es war zwei Monate her. Jetzt war es an der Zeit, sich mit der Vergangenheit auseinanderzusetzen und die ersten Schritte in ein Leben danach zu tun.

An der Haustür schloss Ruby die Augen und sog den Duft des Jasmins ein, den ihre Mutter hier vor Jahren gepflanzt hatte. Der betörende Geruch der winzigen weißen Blüten umfing sie und schien sie voranzuschieben. *Du kannst das.*

Sie steckte den Schlüssel ins Schloss und hörte im Geist die Stimme ihrer Mutter. *Du musst ein bisschen daran ziehen und ruckeln.* Die Tür öffnete sich widerstrebend.

Mel blieb zurück; sie begriff, dass Ruby zuerst hineingehen musste. Ruby drückte die Schultern durch, trat über die Briefe und Wurfsendungen hinweg, die auf der Fußmatte gestrandet waren, und nahm zum ersten Mal, seit es passiert war, wieder den Geruch ihrer Eltern und ihres Zuhauses wahr.

Natürlich war Ruby seit dem Unfall schon in Dorset gewesen. Zum Begräbnis ihrer Eltern war sie zusammen mit James aus London gekommen. Jetzt dachte sie seufzend an die gemeinsame Fahrt im Auto zurück und an James' Gesichtsausdruck. Die Lippen ernst zusammengepresst, hatte er den Blick fest auf die Straße gerichtet und kaum einen Blick für die Frau neben sich übrig gehabt. Nachdem in der Ferne die vertrauten grünen Hügel von Dorset in den Blick gekommen waren, hatte Ruby kaum mehr bemerkt, wie der Wagen die Meilen fraß. Die Freude der Heimkehr hatte sich in eine furchtbare Art von Leere verwandelt, und sie war nicht in der Lage gewesen, das Haus zu betreten, nicht einmal mit James an ihrer Seite. Wie lange war es her, seit sie einfach Hand in Hand am Fluss spazieren gegangen waren oder geredet hatten – richtig geredet, so als wolle jeder wirklich hören, was der andere zu sagen hatte? Und jetzt das. Armer James. Er hatte nicht gewusst, wie er damit umgehen sollte, wie er mit ihr umgehen sollte. Er hatte sie angesehen, als kenne er sie nicht mehr. Und so war es im Grunde ja auch. Es klang ein wenig verrückt, aber sie war jemand anderer geworden, seit sie die beiden verloren hatte.

Nach dem Begräbnis waren sie nach London zurückgefahren, Ruby hatte sich dem schrecklichen Nachspiel gestellt. Sie hatte Beileidskarten von Freunden und Bekannten ihrer Eltern gelesen, Karten von Menschen, die sie kaum gekannt hatte, und von einigen, die sie kannte, darunter Frances, die älteste Freundin ihrer Mutter, die bei der Beerdigung so nett gewesen war. Sie hatte Ruby ihre Adresse und ihre Telefonnummer gegeben und ihr ihre Hilfe angeboten, wann immer sie sie brauchen sollte. Dann waren die Testamentseröffnung gefolgt und die Abwicklung der Angelegenheiten ihrer Eltern, die Ruby irgendwie abgeschlossen hatte, indem sie aus einer Ecke ihres verzweifelten Selbst neben dem Kummer vorübergehend eine kalte Sachlichkeit zutage förderte.

Auf diese Weise schrieb sie auch den Artikel fertig, an dem sie gearbeitet hatte – ein Exposé über eine Hotelkette und das Recyceln von Tischwein. Im Anschluss daran hatte sie sich in das nächste Projekt gestürzt und dann in das übernächste. Ihre Freunde hatte sie kaum noch gesehen. Sie war nicht mehr ins Sportstudio gegangen und hatte sich keinen der gelegentlichen Mädchenabende mit Jude, Annie und den anderen mehr erlaubt, nach denen sie sich normalerweise in jeder Hinsicht besser fühlte. Sie arbeitete einfach. Es war, als bräuchte Ruby, solange sie ständig schrieb, Menschen interviewte und ihre Geschichten recherchierte, nicht über ihr eigenes Leben nachzudenken, über das, was ihren Eltern – und ihr – zugestoßen war. Sie funktionierte vollkommen automatisch. Und dabei blieb auch James irgendwie auf der Strecke und ihre Beziehung, die langsam zerbrach.

Doch Ruby war sich nicht sicher, ob sie sie schon loslassen konnte. Sie wusste, dass sie in das Haus in Dorset fahren musste, die Sachen ihrer Eltern sortieren und entscheiden, was aus dem Haus werden sollte, nachdem sie nicht mehr da waren. Aber wie sollte sie das fertigbringen? Wenn sie sich damit befasste, dann wäre das, als gebe sie zu … Dass es wahr war. Dass sie sie wirklich verlassen hatten.

Gestern Abend hatte sich die Situation zugespitzt. Ruby hatte die Geschichte, an der sie arbeitete, fertiggeschrieben und dann ein langes Bad genommen. Denn sie hatte das Gefühl, ihr Kopf würde platzen. Nachher hatte sie sich mit ihrem Notebook, ihrem Saxofon und ihrer Gitarre aufs Sofa gesetzt und auf eine Inspiration gewartet, aber nichts war passiert. Sie spielte kaum noch Saxofon und hatte seit Monaten keinen Song mehr geschrieben. Und das lag nicht nur daran, dass ihre Eltern gestorben waren. Noch etwas anderes war in ihrem Leben völlig aus den Fugen geraten.

James war nach der Arbeit noch mit Kollegen aus gewesen und spät nach Hause gekommen. Er war müde und gereizt und verschmähte sogar das Abendessen, das sie für ihn gekocht hatte. Er fuhr sich durch sein blondes Haar und stieß einen langen Seufzer aus. »Ich kann ebenso gut gleich ins Bett gehen«, sagte er. Er berührte sie nicht.

Da riss ihr der Geduldsfaden, und sie verlor die Beherrschung. »Was hat es für einen Sinn, wenn wir zusammenbleiben, James?«, wollte Ruby wissen. »Anscheinend haben wir vollkommen unterschiedliche Vorstellungen vom Leben. Wir verbringen ja kaum noch Zeit miteinander.« Halb wünschte sie sich, er werde Einwände erheben, ihre Zweifel zerstreuen, sie in die Arme nehmen. Sie hatte keine Lust, ständig diese Streitgespräche mit ihm zu führen. Aber wie konnten sie weiter so verschiedene Leben führen? Etwas musste sich ändern.

Doch er hatte ihr nicht widersprochen. »Ich weiß nicht, was du willst, Ruby«, hatte er stattdessen erklärt. »Ich weiß es einfach nicht mehr.« Er hatte die Hände in die Taschen gesteckt. Ruby fragte sich, was er damit verhindern wollte. Vielleicht, dass sie sich nach ihr ausstreckten?

Ja, was wollte sie? Und was wollte er, da sie schon einmal dabei waren? James liebte es, in London zu wohnen. Er ging gern in Bars und Restaurants und unternahm Städtereisen nach Prag oder Amsterdam – vorzugsweise zusammen mit ein paar seiner Kumpels. Abgesehen von ihrem gelegentlichen Mädchenabend sehnte Ruby sich momentan nach ein wenig mehr Ruhe und Alleinsein. Sie wanderte lieber auf den Klippen von Chesil Beach, statt in der Oxford Street zu shoppen. Er aß gern chinesisch, sie lieber italienisch. Er stand auf Hip-Hop, sie liebte Jazz. Er sah fern, sie las Bücher. Er spielte Fußball, sie tanzte gern. Die Liste in ihrem Kopf ließ sich beliebig fortsetzen. Sie konnte sich nicht einmal daran erinnern, wie oder warum sie sich damals in James verliebt hatte. Früher hatten sie gemeinsam Dinge unternommen. Sie hatten Spaß gehabt. Was war nur mit ihr los?

Ihr wurde bewusst, dass sie weinte.

Doch er wandte ihr den Rücken zu und bemerkte es nicht einmal.

Plötzlich erkannte Ruby, was sie tun musste. Sie musste sich eine Zeit lang freinehmen. Sie arbeitete nun schon seit über fünf Jahren als freie Journalistin. Doch ihre Eltern hatten ihr ein kleines Erbe sowie das Haus hinterlassen, sodass sie zumindest ein wenig Spielraum hatte. Und sie musste nach Hause, nach Dorset. Sie musste sich dem stellen, was passiert war. Sie war nun stark genug, um sich damit auseinanderzusetzen. Sie musste es einfach sein.

Die Sache mit dem Haus war jedoch nicht so einfach.

Ruby ging zuerst ins Wohnzimmer. Sie blieb wie angewurzelt stehen und sah sich um. Es war furchtbar, so als wären die beiden nur für ein, zwei Stunden weggegangen. Sie trat an den Tisch, fuhr mit einer Fingerspitze über das steife, blassgrüne Papier des Aquarells. Ihre Mutter hatte gemalt; ihre Pinsel standen noch in einem Glas mit fauligem Wasser, ihre Wasserfarben steckten in der alten Büchse, und ihre Palette lag auf dem Tisch. Dort stand auch eine Vase mit verwelkten Blumen. Ruby berührte sie, und sie zerbröselten unter ihren Fingern. Auf dem Tisch standen auch zwei Tassen mit eingetrockneten Teeresten. Der grüne Pullover ihres Vaters war über eine Sessellehne geworfen. Ruby hob ihn hoch, vergrub – nur ganz kurz – das Gesicht darin und nahm den Duft ihres Vaters wahr, das Rasierwasser mit der Zitrusnote, das sie ihm zu Weihnachten geschenkt hatte, gemischt mit Holzpoliturwachs und Kiefer. *Sie waren noch so jung gewesen. Es war einfach nicht fair …*

Was mochte er zu ihr gesagt haben? »Lust auf einen kleinen Ausflug mit dem Motorrad? Am Strand entlang? Komm schon. Was meinst du? Sollen wir mal wieder ein bisschen Staub aufwirbeln?«

Ihre Mutter hatte gemalt, aber sie hatte sicher lächelnd geseufzt, wie sie es immer getan hatte, und ihre Arbeit beiseitegeschoben. »Na gut, Liebling«, hatte sie vermutlich gesagt. »Wahrscheinlich tut mir eine Pause gut. Aber nur für eine Stunde.«

Einen Moment lang sah Ruby sie vor sich, sah, wie ihr das dunkle, von Grau durchzogene Haar beim Malen ins Gesicht fiel, wie sie die Augen zusammenzog, um ihr Motiv besser einzufangen, und sich das Licht auf ihren Silberohrringen spiegelte ... Nein. Es war einfach nicht fair.

Mel schlang tröstend den Arm um sie. »Ich habe Milch im Auto«, sagte sie. »Ich hole sie und koche uns eine schöne Tasse Tee. Und dann fangen wir an, okay?«

»Okay«, schniefte Ruby und nickte. Deshalb waren sie hergekommen. Aber es waren so viele Sachen, und sie bedeuteten ihr alle so viel. Die Erinnerungen eines ganzen Lebens.

»Also, meiner Meinung nach«, erklärte Mel beim Tee, »müssen erst einmal ein paar von den persönlichen Gegenständen weg, bevor du klarer sehen kannst.«

Ruby nickte. Sie wusste genau, was ihre Freundin meinte.

»Denn du wirst das Haus doch verkaufen, oder?«

»Ja, natürlich.« Auch wenn ... Bis jetzt hatte sie noch keine Entscheidung dafür oder dagegen getroffen. Aber im Zug nach Axminster hatte sie nachgedacht. Was hielt sie wirklich in London? Sie hatte ihren Job. Aber freiberuflich bedeutete auch, dass sie eigentlich überall arbeiten konnte, solange sie ihren Laptop dabeihatte. Nachdem sie zunächst für das lokale Käseblatt in Pridehaven und dann für das Hochglanzmagazin *Women in Health* in London gearbeitet hatte, war die Freiberuflichkeit ein riesiger Sprung gewesen. Doch nachdem sie ein Jahr lang mit beidem jongliert und neben ihrer normalen Arbeit bei der Zeitschrift auch freiberuflich gearbeitet hatte, hatte sie es geschafft. Heute konnte sie die Artikel schreiben, die sie wirklich schreiben wollte, und hatte die Freiheit, ihre eigenen Aufträge auszuwählen und zu recherchieren. Und sie konnte davon leben, auch wenn das Geld zugegebenermaßen manchmal knapp wurde.

Für Redaktionskonferenzen und Ähnliches war es schon praktisch, in der Stadt zu leben, aber es war keine zwingende Voraussetzung. Sie musste zwar ständig auf dem Sprung sein und alles stehen und liegen lassen, um dort hinzufahren, wo die nächste Geschichte oder der nächste Artikel sie hinführten, aber solange sie sich im Einzugsbereich eines anständigen Flughafens oder Bahnhofs befand, machte es keinen Unterschied. Ihre Texte konnte sie per E-Mail schicken. Gut, da waren ihre Freundinnen. Besonders Jude und ihre Frauenabende, bei denen sie gemeinsam eine Flasche Wein leerten und auf die ganze Welt schimpften, würden ihr fehlen. Und natürlich James. Sie dachte an ihn. Sie hatte ihn zuletzt gesehen, als sie mit dem Taxi zum Bahnhof gefahren war. Er hatte im Türrahmen gestanden, hochgewachsen und blond, und seine noch verschlafenen Augen hatten verwirrt dreingeblickt. Aber war James noch ein Teil ihres Lebens? Sie wusste es nicht.

»Also, wir nehmen uns ein Zimmer nach dem anderen vor. Immer drei Stapel, Liebes.« Mel strich sich eine rotbraune Haarsträhne hinters Ohr zurück. »Einen mit Sachen, die du behalten willst, einen für alles, was du verkaufen willst, und einen für die Wohlfahrt.«

So weit, so gut.

Als sie um die Mittagszeit Pause machten, um ein Bier zu trinken und ein Sandwich mit Käse und Chutney zu essen, hatte Ruby das Gefühl, dass sie wirklich vorankamen. Sie hatte viele Tränen vergossen, aber sie tat das, wozu sie zwei Monate lang nicht den Mut aufgebracht hatte. Endlich machte sie reinen Tisch. Es war schwer, aber heilsam.

Sie schaute sich um. Es war so warm, dass sie draußen am Gartentisch sitzen und die gute, frische Luft atmen konnten. Die altmodischen Duftwicken, die ihre Mutter geliebt hatte, blühten an dem verwitterten Spalier an der Rückwand des Hauses, und die Brise trug ihren Geruch herüber. Ihre Mutter hatte immer Sträuße davon für das Haus geschnitten. »Damit auch jeder weiß, dass es Sommer ist«, pflegte sie zu sagen. Ruby beschloss, dass sie heute Nachmittag dasselbe tun würde.

»Du willst sicher sobald als möglich zurück nach London.« Mel kaute ihr Sandwich und setzte eine furchtbar traurige Miene auf. Mel hatte ihre wahre Berufung im Leben verfehlt; sie hätte Schauspielerin werden sollen. Aber sie hatte mit achtzehn Stuart kennengelernt und sich heftig und unwiderruflich verliebt. Stuart war Buchhalter, und Mel hatte ihr eigenes Geschäft, das sie vor zehn Jahren gegründet hatte: den Hutladen in der High Street von Pridehaven, der sich inzwischen zu einem florierenden Konzern gemausert hatte. Mel hatte das Angebot erweitert und bot jetzt auch originelle Accessoires an: witzige Krawatten, bedruckte Seidenschals, handgemachte Lederhandtaschen und -gürtel. Doch am Schwerpunkt hatte sich nichts geändert. In Pridehaven gab es heute sogar ein eigenes Hutfestival, hatte sie Ruby vorhin erzählt. *Vergiss London, Liebes, Pridehaven ist der neue Hotspot.*

Vielleicht hatte Mel ja recht. »Ich bin mir nicht sicher, ob ich wieder zurückgehe.« Ruby streckte ihr Gesicht der Sonne entgegen. Dieser Garten hatte ihr gefehlt, die Möglichkeit, draußen zu sein. Und sie hatte es vermisst, am Meer zu leben.

Ruby hatte Dorset vor zehn Jahren verlassen. Sie war damals fünfundzwanzig Jahre alt und wollte unabhängig sein,

Neues sehen, ein anderes Leben führen. Die Lokalgeschichten bei der *Gazette*, die Interviews mit kleineren Berühmtheiten aus der Gegend und ihre wöchentliche Gesundheitsseite langweilten sie. Um die Stelle bei *Women in Health* hatte sie sich beworben, weil sie ihr mondän und aufregend vorkam und sie damit etwas entfliehen konnte, was ihr inzwischen allzu provinziell erschien. Als sie James kennenlernte, hatte sie eine Zeit lang gedacht, dass sich alles wunderbar gefügt hatte. Er war attraktiv, intelligent, und sie fühlte sich wohl in seiner Gesellschaft. Sie hatten beide Jobs, die ihnen Spaß machten, und die Stadt lag ihnen zu Füßen. In London gab es alles, was man sich nur wünschen konnte – Theater, Musik, Kino, Galerien. Aber … Es hatte sich herausgestellt, dass auch *Women in Health* seine Grenzen hatte und Ruby im Grunde ihres Herzens keine Großstadtpflanze war. Sie hatte dieses Leben geführt und es genossen. Aber das war nicht das wahre Leben. Das wahre Leben fand zu Hause statt. Auch wenn ihre Eltern nicht mehr da waren, war Pridehaven tief in ihrem Herzen immer noch ihr Zuhause, und dort wollte sie sein – jedenfalls einstweilen.

Mel riss die Augen auf. »Und James?«

Ruby zeichnete mit der Fingerspitze ein Muster auf die Tischplatte.

»Aha«, sagte Mel.

»Genau.« Ruby seufzte.

»Ihr habt euch aber nicht getrennt?«

»Nein.« Jedenfalls noch nicht, dachte sie. *Ich ruf dich an*, war das Letzte gewesen, was er zu ihr gesagt hatte, als sie heute Morgen zum Bahnhof gefahren war. Aber wenn er das tat – was würde sie sagen? Er hatte nichts dagegen gehabt, dass sie hierher gefahren war. Aber war auch davon ausgegangen, dass sie nur ein, zwei Wochen fortbleiben würde – und nicht für immer.

»Was dann?«, erkundigte sich Mel.

Gute Frage. »Man könnte vielleicht sagen, dass wir eine kleine Pause einlegen.«

Mel kannte sie so lange – mehr brauchte sie nicht zu sagen. Aber Ruby würde nicht in diesem Haus wohnen, ob sie nun eine oder zwei Wochen blieb oder für immer. Es war viel zu groß für sie und von viel zu vielen Erinnerungen erfüllt. Hier würden sie die Geister ihrer Eltern auf Schritt und Tritt verfolgen.

Nach dem Mittagessen nahm Ruby das Schlafzimmer ihrer Eltern in Angriff. Sie hatte bereits alle Kleidungsstücke aus dem Schrank genommen und sie auf Stapel geworfen, als sie ganz hinten im Kleiderschrank, unter einem Sammelsurium von Handtaschen, einen Schuhkarton entdeckte. Er war mit einem dicken Gummiband verschlossen, und auf dem Deckel stand etwas geschrieben – vielleicht in Spanisch. Aber ansonsten sah der Karton ganz normal aus.

Ruby setzte sich auf den Boden. Sie hörte, wie Mel unten staubsaugte. Die Frau war ein Engel. Denn das hier fiel ihr so schwer, viel schwerer, als sie es sich je vorgestellt hatte.

Wenn dir so etwas passiert – wenn es früh am Morgen an deiner Tür klingelt, wenn du öffnest und zwei Polizisten vor dir stehen, die dir gleich sagen werden, dass deine Eltern tot sind –, dann fühlt sich das ganz anders an, als du es dir jemals vorstellen kannst. Dumme und unbedeutende Dinge waren ihr aufgefallen, zum Beispiel, dass die Beamtin eine gepolsterte Weste trug und dunkle Ringe unter den Augen hatte. Und dass es der 21. März war, Frühlingsanfang.

»Es gibt immer einen toten Winkel«, hatte der Beamte Ruby erklärt. »Deswegen sind Motorräder so gefährlich.« Er hatte sie entschuldigend angesehen. »Es ist nicht so, dass Motorradfahrer generell unvorsichtig sind. Meist liegt es an den Autofahrern.«

Es gibt immer einen toten Winkel …

»Sie haben nicht gelitten«, setzte seine Kollegin hinzu.

Ruby hatte sie angesehen. Wusste sie das genau? Ganz sicher?

Die Worte der Frau hatten ein Bild in ihr aufsteigen lassen – quietschende, qualmende Reifen, der Gestank von verbranntem Gummi. Ihre Arme, die seine Mitte umschlingen. Das Krachen von Metall auf Metall. Körper, die kopfüber durch die Luft geschleudert werden. Nicht irgendwelche Körper, sondern die ihrer Eltern. Und dann Stille. Gütiger Gott! Und sie sollten nicht gelitten haben?

Ruby schüttelte die Erinnerung ab. Man sagte, die Zeit heile alle Wunden. Aber wie lange dauerte das? Heilten ihre Wunden schon? An manchen Tagen war sie sich nicht sicher. Sie streckte die Hände aus. Wenigstens zitterten ihre Hände nicht mehr, und sie hatte auch aufgehört, gegen Türen zu laufen.

Vorsichtig löste sie das Gummiband von der Schachtel. Sie war nicht schwer genug, als dass Stiefel oder auch nur Schuhe darin sein konnten. Vorsichtig schüttelte sie den Karton. Es raschelte.

Hätte er nur das Motorrad nicht gekauft. Wie oft hatte sie das schon gedacht, seit es passiert war? Sie hatte ihn schließlich gewarnt, oder? Hatte sie ihm nicht die Meinung gesagt, weil er versuchte, seine versäumte Jugend nachzuholen? Er hatte kurz vor der Rente gestanden, da hätte er lieber übers

Bowling- oder Kartenspielen nachdenken sollen, statt darüber, mit einem Motorrad durch die Landschaft zu rasen.

Ruby stieß den Atem aus. Sie hatte gar nicht bemerkt, dass sie die Luft angehalten hatte. Sie war über das Wochenende hier gewesen. James hatte an diesem kühlen Wochenende Anfang März wieder einmal einen Ausflug mit seinen Jungs unternommen. Da hatte sie die beiden zum letzten Mal gesehen, und sie würde es wahrscheinlich nie vergessen.

»Hast du schon gehört, was es Neues gibt, Schatz? Das rätst du nie.« Ihre Mutter stellte einen frischen Becher Kaffee vor Ruby auf den Tisch und warf sich das Haar mit einer Kopfbewegung aus den Augen wie ein junges Mädchen.

»Nein, was denn?« Ruby erwiderte das Grinsen ihrer Mutter.

»Ach, er hat sich ein Rad gekauft. Kannst du dir das vorstellen? In seinem Alter?« Sie stemmte die Hände in die Hüften und versuchte, wütend auszusehen.

»Ein Rad?« Ruby hatte unwillkürlich eine hohe Lenkstange, einen schmalen Sattel und eine Querstange vor sich gesehen.

»Ein Motorrad.« Rubys Mutter nahm ihre Hand und drückte sie. »Ein Fahrrad wäre ihm nicht schnell genug. Alter Speedy Gonzales.«

»Du willst mich wohl auf den Arm nehmen.« Aber Ruby wusste, dass ihre Mutter keine Witze machte. Sie drehte sich auf ihrem Stuhl herum. »Dad? Bist du verrückt geworden? Was glaubst du, wie alt du bist?«

»Man ist nie zu alt, um Spaß zu haben, Schatz«, sagte er. Er hatte die Nase in der Zeitung vergraben, aber jetzt blickte er auf und bedachte sie mit einem seiner berühmten Augenbrauen-Wackler. »Bevor du auf die Welt gekommen bist, hatte ich eine Weile mal eine Triumph Bonneville 650. Ich wollte mir schon immer noch mal eine kaufen. Schuld ist *Easy Rider,* damit hat alles angefangen.« Er warf ihrer Mutter einen Blick zu. »Ich hab auch immer auf die Ledersachen gestanden.«

»Jetzt hör aber auf«, schimpfte ihre Mutter, aber sie war rot geworden, und zwar heftig. *Die beiden sehen zehn Jahre jünger aus*, hatte Ruby gedacht.

»Vielleicht sind das die männlichen Wechseljahre«, zog Ruby ihn auf. Sie besuchte die beiden gerne am Wochenende und wusste, dass sie sie ebenfalls gern zu Gast hatten. Trotzdem hatten sie nie Einwände gegen ihren Umzug nach London erhoben. Warum sollten sie auch? Sie hatten immer deutlich gemacht, dass sie ihre Berufswahl respektierten und nie versuchen würden, sie festzubinden. Die beiden hatten sie zu einem unabhängigen Menschen erzogen und immer damit gerechnet, dass sie flügge werden würde.

»Vielleicht wird es Zeit, dass er erwachsen wird.« Rubys Mutter ging am Sofa vorbei und zauste ihrem Mann das Haar. Der streckte plötzlich die Hand nach oben und packte sie am Handgelenk. Sie versuchte, sich loszumachen, aber er ließ sie nicht, und schließlich rangen und kicherten sie wie Jugendliche.

»Ihr zwei aber auch immer«, sagte Ruby. Sie war aufgestanden, hatte die Arme um die beiden gelegt und gespürt, wie sie in eine ihrer besonderen Umarmungen gezogen wurde. In diesem Moment hatte sie sich gewünscht, sie könnte so leben wie die beiden. Vielleicht mit James. Oder mit jemand anderem …

Am nächsten Tag hatte er ihr das Motorrad gezeigt. Es war rot und schwarz und ziemlich groß, und sie hatte mit verschränkten Armen zugesehen, wie ihr Vater die Straße auf und ab donnerte. »Wenn du willst, kannst du mitfahren, Schatz«, hatte er gesagt. »Ich habe meinen Motorradführerschein schon jahrelang.«

Ruby hatte ihm eine Hand auf den Arm gelegt. »Du fährst doch vorsichtig, oder, Dad?« Die Vorstellung, dass er auf einem Motorrad über die schmalen Straßen von West Dorset raste, gefiel ihr nicht. Dass ihre Mutter auf dem Sozius sitzen würde, ebenso wenig.

»Natürlich.« Er zwinkerte ihr zu. »So leicht wirst du mich nicht los, mein Mädchen.«

Aber genauso war es gekommen. Ruby blinzelte die Tränen weg. Sie hatte ihn verloren.

Sie holte tief Luft und öffnete die Schuhschachtel.

Seidenpapier und ein paar Fotos. Sie blätterte sie durch und stellte fest, dass sie niemanden darauf kannte. Aber wer waren diese Leute dann, und warum waren die Fotos hier? Die Bilder sahen auf jeden Fall recht interessant aus. Sie nahm eines in die Hand und betrachtete es genauer.

Sie sah einen Mittelmeerstrand und ein junges Paar, das an die orangefarbene Wand eines Strandhauses gelehnt war. Blassgoldener Sand, ein türkisfarbenes Meer, ein paar schwarze Felsen und ein rot-weiß gestreifter Leuchtturm bildeten den Hintergrund. Das Mädchen trug ein fließendes Maxikleid mit Aztekenmuster und weiten Ärmeln. Es hatte langes blondes Haar und lachte. Der junge Mann hatte olivfarbene Haut, krauses schwarzes Haar und einen Bart. Er hatte seinen Arm wie beiläufig um ihre Schultern gelegt.

Ruby griff nach einem weiteren Schnappschuss. Er zeigte dasselbe Mädchen – es wirkte nicht älter als Mitte zwanzig, hätte aber auch jünger sein können – auf dem Fahrersitz eines VW-Campingbusses in psychedelischen Farben. Ruby lächelte. Sie fühlte sich sofort in die Flowerpower-Zeit zurückversetzt. Das war natürlich lange vor ihrer Zeit gewesen, aber sie verstand, was daran so anziehend gewesen war. Das nächste Bild zeigte eine Gruppe Hippies am Stand. Sie saßen auf den schwarzen Felsen, und jemand spielte Gitarre. Vielleicht war es wieder dasselbe Mädchen, aber die Person war so weit entfernt, dass man es nicht erkennen konnte. Auf dem nächsten Bild war noch einmal dasselbe Mädchen am Strand zu sehen, diesmal allerdings mit einem kleinen Baby auf dem Arm. Einem Baby.

Etwas – Trauer vielleicht? – schnürte Ruby den Hals zu. Ihre Mutter würde Ruby nie mit einem Baby auf dem Arm sehen. Sie würde niemals Großmutter werden und ihr Vater niemals Großvater. Sie würden nicht miterleben, wie Ruby heiratete und Kinder bekam. Sie konnten nicht mehr stolz auf sie sein, wenn es einer ihrer Artikel bis in eine Sonntagsbeilage schaffte. Sie würden zu keinem ihrer Jazzauftritte mehr kommen, bei denen sie in Kneipen Saxofon spielte und ihre eigenen Songs mit Coverversionen all der berühmten Jazzstücke mischte, die ihre Eltern so liebten. Allerdings war sie seit ihrem Umzug nach London nicht mehr oft aufgetreten; sie hatte die Musik ziemlich schleifen lassen. Jedenfalls würden ihre Eltern bei all dem nicht mehr dabei sein, sie würden ihre Zukunft nicht mehr miterleben.

Ruby blinzelte die Tränen weg. Sie legte die Fotos neben sich auf den Boden und untersuchte den restlichen Inhalt der Schachtel. Sie fand ein Stück blassrosa Seidenpapier und faltete es auseinander. Eine bunte Hippie-Kette fiel heraus. Ruby ließ sie durch ihre Finger gleiten. So etwas hatte man in den Sechzigern und Siebzigern getragen. So etwas ... Sie nahm noch einmal eines der Fotos zur Hand. Das Mädchen trug so eine Kette. Die Perlen waren alt, zart und zerbrechlich. Vielleicht war es ja wirklich dieselbe Kette.

Behutsam wickelte sie ein weiteres Seidenpapier-Päckchen auf, das am Boden der Schachtel lag, und entdeckte ein kleines, weißes Häkelmützchen – so klein, dass es nur … Sie runzelte die Stirn. Es würde nur einem Baby passen. Sie nahm es in die Hand – es war so weich – und legte es zu den Perlen. Dann schlug sie das letzte kleine Päckchen auseinander. Ein Stück graues Plastik, ein Plektrum. Genauso eines, wie sie es beim Gitarrenspielen benutzte. Aber warum legte jemand ein Gitarrenplektrum in eine Schuhschachtel? Sie betrachtete das kleine Häufchen aus anscheinend beliebig zusammengewürfelten Gegenständen. Warum befanden sie sich in einer Schuhschachtel im Kleiderschrank ihrer Eltern?

»Ich habe einen Stapel Papiere auf den Wohnzimmertisch gelegt«, sagte Mel, als sie die Treppe hinaufkam. »Du solltest sie dir vielleicht ansehen. Um ehrlich zu sein, hättest du sie schon vor Wochen durchgehen sollen.«

Ruby sah zu Mel auf, die in der Tür stand. »Okay«, gab sie zurück.

»Hast du etwas Interessantes gefunden?«

»Ach, nur eine Schuhschachtel mit ein paar Sachen.«

»Sachen, die keine Schuhe sind?« Mel setzte sich aufs Bett, und Ruby zeigte ihr die Fotos, die Hippie-Kette, das Plektrum und das weiße, gehäkelte Babymützchen.

»Was glaubst du, was das alles zu bedeuten hat?«, fragte sie.

Mel betrachtete das Foto von dem Mädchen und dem Baby. »Sieht aus, als gehörten die Sachen ihr.«

»Ja. Aber wer war sie?«

»Dann kennst du sie nicht?«

»Ich kenne niemanden auf den Fotos, und ich kann mich auch nicht erinnern, dass Mum oder Dad irgendwann einmal etwas von einem Hippie-Mädchen erzählt hätten.«

Mel zuckte die Achseln. »Vielleicht hat deine Mum die Sachen ja für jemand anderen aufbewahrt?«

»Vielleicht.« Aber für wen?

»Vermutlich hat es gar nichts zu sagen. Du solltest sehen, was ich alles unten in meinem Kleiderschrank habe.« Mel warf einen Blick auf ihre Armbanduhr. »Ich muss los, Liebes. Stuarts Mum kommt zum Abendessen, und ich war noch nicht einmal im Supermarkt.«

Ruby lachte. Es wäre schön, Mel und Stuart wieder in der Nähe zu haben, dachte sie, und auch einige andere alte Freunde aus der Zeit, bevor sie weggezogen war. Es war genau das, was sie brauchte.

Vielleicht hatte es mit den Sachen ja tatsächlich nichts auf sich, dachte sie. Aber sie legte alle Gegenstände zurück in die Schuhschachtel und auf den »Behalten«-Stapel. Nur für den Fall, dass die Sachen wichtig waren. Dass ihre Eltern aus irgendeinem Grund gewollt hatten, dass sie sie fand.

An diesem Abend ging Ruby in das Zimmer, das auch nach ihrem Auszug weiter ihres gewesen war. An der Kommode lehnte noch eine ihrer alten Gitarren. Sie hatte sie hiergelassen, zum einen, weil sie noch eine andere, neuere hatte, die sie mit nach London genommen hatte, zum anderen aber auch, damit sie spielen konnte, wenn sie ihre Eltern besuchte. Man weiß nie, wann einem ein Song in den Kopf spaziert und man ein paar Akkorde anschlagen muss.

Jetzt nahm sie das Instrument in die Hand und setzte sich damit aufs Bett, wie sie es als Mädchen so oft getan hatte. Ganz automatisch neigte sie den Kopf leicht zur Seite, um besser hören zu können, und begann automatisch mit dem Stimmen. So klang es besser. Sie legte die Gitarre beiseite und nahm ihr Saxofon aus dem Kasten. Es war ziemlich umständlich gewesen, es im Zug mitzunehmen, aber sie hatte es nicht zurücklassen können. Es war der erste Gegenstand, den sie aus einem Feuer retten würde. Früher hatte sie es als etwas empfunden, dass sie ebenso dringend zum Leben brauchte wie ihre Arme. Ob es jemals wieder so werden würde? Seit sie mit James zusammen war, seit sie in London lebte und keine Band mehr hatte, mit der sie regelmäßig spielte, hatte sie nicht mehr viel geübt. Aber vielleicht konnte sie sich ja wieder mit den Jungs von der Band hier in Pridehaven zusammentun und wieder im Jazz-Café spielen. Warum nicht?

Ruby berührte die glänzenden Klappen, und das Saxofon schimmerte zur Antwort träge auf. Als sie damals zu spielen begann, hatte sie es kaum festhalten können. Der einzige Laut, den sie erzeugte, war ein jämmerliches Quieken gewesen. »Haben wir Mäuse?«, pflegte ihr Vater mit hochgezogener Augenbraue zu fragen. Heute jedoch … Hätte sie ohne das Instrument nicht leben können.

Plötzlich kam ihr eine Zeile in den Kopf, und sie kritzelte sie in das Notizbuch auf dem Nachttisch. Ihre Mutter war ein glücklicher Mensch gewesen, oder? Aber sie hatte auch Jazz und Blues geliebt. Ob beim Kochen, Putzen oder Malen, immer hatte sie ihre alten Alben und CDs gehört. Und ihre Lieblingssongs waren immer die traurigen gewesen. »The Nearness of You.« Ruby seufzte. Ihre Mutter fehlte ihr. Sie fehlten ihr beide. Sie sehnte sich so sehr nach ihnen, dass es schmerzte. Sie sehnte sich nach einer Umarmung. Danach, das Lachen ihres Vaters zu hören. Die Stimme ihrer Mutter.

Zärtlich legte sie das Saxofon in seinen Kasten zurück. »Ich wünschte, du würdest mich so berühren«, hatte James einmal gesagt. *Ja, aber das Saxofon hatte auch nie zu viel von ihr verlangt.* Und es gab etwas zurück. Es gab jeden Atem, jedes Gefühl und jede Stimmung wieder, die Ruby hineinblies.

»Bist du etwa eifersüchtig?«, hatte sie ihn geneckt. Das war ganz zu Beginn ihrer Beziehung gewesen. Bevor sie aufhörten, einander zu necken und bevor sie das Spielen aufgab.

»Natürlich«, hatte er gelacht. »Es kommt dir so nahe. Wenn du auf dem Ding spielst, entschwebst du in eine ganz andere Welt, ohne mich.«

Es stimmte. Das Saxofon berührte einen Punkt tief in ihrem Inneren. Es ließ sie von einem dunklen Nachtclub in den frühen Morgenstunden träumen. War es das, wo sie hinwollte? Ja, etwas in ihrem Inneren wollte dorthin. Obwohl es wehtat, in eine andere Welt zu entschweben. Sie schloss die Augen, während ein neuer Song in ihrem Kopf Gestalt annahm. Vor ihrem inneren Auge entstand ein Muster aus Steigen und Fallen, sie hörte den Takt, spürte seinen Rhythmus. Er erwachte zum Leben. Die Textzeile, die sie geschrieben hatte, passte genau. Ja, dachte sie, in eine andere Welt entschweben … Manchmal gab es nichts, was sie sich mehr wünschte.

Ungefähr eine Stunde später ging Ruby nach unten, um sich eine heiße Schokolade zu machen. Weil sie noch nicht müde genug war, um schlafen zu gehen, begann sie, die Papiere durchzusehen, die Mel im Sekretär ihrer Eltern gefunden hatte. Es handelte sich um Briefe von Banken und vom Elektrizitätswerk. Die Schreiben, in denen es um Hypotheken, Zinsen und Gemeindesteuern ging, waren uralt; die konnte sie vermutlich alle getrost wegwerfen. Sie schlug einen ramponierten Pappordner auf. Ärztliche Bescheinigungen. Ihr eigener Impfpass – schon lange nicht mehr aktuell. Sie entdeckte einen Brief, der von ihrem alten Hausarzt stammte, und überflog ihn. Es konnte ja sein, dass sich in diesem ganzen Kram doch etwas Wichtiges verbarg. Ihre Eltern waren beide nicht die ordentlichsten Menschen der Welt gewesen.

Moment mal ... Sie betrachtete die Schrift genauer. Was war das denn? Sie setzte sich aufrecht hin, blinzelte und las es noch einmal. *Im Anschluss an unsere Konsultationen und Untersuchungen bestätige ich die Diagnose »Unfruchtbarkeit ungeklärter Ursache«* ... Unfruchtbarkeit? *Sollten Sie die Möglichkeit der besprochenen Fruchtbarkeitsbehandlung nutzen wollen, rufen Sie bitte in der Praxis an, um Ihren ersten Termin zu vereinbaren.* Was in aller Welt hatte das zu bedeuten? Ruby überprüfte das Datum des Briefs. Er war sieben Monate vor ihrer Geburt verfasst worden.

Sie las den Brief noch einmal – und dann noch einmal. Aber an seinem Inhalt änderte sich nichts. Sieben Monate vor Rubys Geburt hatte man Rubys Eltern erklärt, dass einer von ihnen steril sei und dass sie keine Kinder bekommen könnten. *Unfruchtbarkeit ungeklärter Ursache.* Ganz gleich, wie man es betrachtete; es ergab keinen Sinn. Denn sieben Monate später hatte ihre Mutter Ruby zur Welt gebracht.

Ruby betrachtete die Wicken, die in einer Vase auf dem Tisch standen. Das stimmte doch, oder?

2. Kapitel

20. MÄRZ 2012

Sollte sie – oder sollte sie nicht? In letzter Zeit hatte Vivien immer öfter darüber nachgedacht – öfter, als sie es eigentlich wollte. Es störte ihr inneres Gleichgewicht und gefährdete ihren Seelenfrieden. Es war lange her. *Also: Sollte sie die Wahrheit sagen oder nicht?*

Um sich abzulenken, betrachtete sie die Blumen, die sie in ihrem verwilderten Garten gepflückt hatte, mit kritischem Blick. Ein dorniger, knallgelber Forsythienzweig, ein paar Zweige weichblättriger Salbei, der noch Knospen trug, eine einzige, frühe, cremefarbene Rose. Sie steckte sie so um, dass der duftende Salbei über den Rand des Terrakotta-Topfes hing. Von Gelb zu Grün zu Cremeweiß und zurück zu Gelb: Farben, die sich mischten, so hatte Vivien es gern. Malen, was man sieht, und nicht, was man zu sehen glaubt.

Ein berühmter Künstler hatte das gesagt – Monet oder vielleicht Van Gogh. Wahrscheinlich war es beim Impressionismus darum gegangen. Man sträubte sich dagegen, so zu malen, wie es das Hirn von einem verlangte: ein flaches Meer zum Beispiel, mit weißen Wellen. Stattdessen malte man es so, wie die eigenen Sinne es wahrnahmen: bewegte, gekräuselte, wogende Linien, gesprenkelt mit Lichtpunkten und Schattenflecken, alle Farben – Grau, Grün, Weiß, Blau, Dunkelviolett –, getrennt und ineinanderlaufend, sich mit der Brise und der Strömung verschiebend und auf Sandstränden oder grauen Felsen zu Kringeln auslaufend. Bei ihren Blumenaquarellen ging Vivien gern noch einen Schritt weiter und mischte die Farben so, dass sie verschwammen und ineinanderflossen. Nass in Nass, sodass alles im Fluss blieb und eins wurde.

Sollte sie – sollte sie nicht? Auf ganz ähnliche Art gab es bei dieser Entscheidung – die nichts mit Kunst zu tun hatte – keine klare Linie, die Grenzen waren verschwommen. Manche Wahrheiten waren so. Zuerst einmal würde sie sehr tapfer sein müssen.

Vivien kramte in ihren Farben herum. Sie zog Aquarellfarben hervor, weil sie die Transparenz, das opake Finish und das Fließvermögen besaßen, die sie anstrebte. War sie tapfer? Eigentlich nicht. Sie war allerdings dankbar. Gott, war sie dankbar!

Die Frage war nicht, ob sie es hätte tun sollen oder nicht. Wenigstens *diese* Entscheidung war eindeutig gewesen. Sie hatte gespürt, dass ihr nichts anderes übrig blieb – *ihnen beiden*. Jemand anderer hätte danach vielleicht einen anderen Weg beschritten. Aber nicht Vivien. Um sie war es geschehen gewesen. Widerstand zu leisten, lag nicht in ihrer Natur. Sie hatte schon immer mehr mit dem Herzen als mit dem Kopf entschieden. Und so …

Nein, die Frage war, ob sie ihr Geheimnis dem einen Menschen verraten sollte, der es vielleicht zu erfahren verdiente, oder nicht. Die schwierige Frage war, ob sie die Wahrheit sagen sollte. Denn manchmal war es schwer, die Wahrheit zu erzählen, und noch schwerer, sie anzuhören.

Für den Hintergrund wählte sie eine blasse, minzgrüne Lasur, so schwach, dass sie fast gar nicht vorhanden war, nur ein Hauch von Farbe, so leicht wie das Gefühl einer Gazestola auf ihren Schultern. Sie begann, die Farben zu mischen, und summte dabei leise einen Song von Joni Mitchell. »Little Green.« Er erinnerte sie an jenen Tag und würde es immer tun.

Das Dilemma, vermutete sie, war ein moralisches und bestand in der Frage, ob jeder ein Recht auf die Wahrheit hatte.

Im Allgemeinen sagte Vivien die Wahrheit und betrachtete sich als ehrlich, offen und geradeheraus. Und sie hatte auch dieses Geheimnis nie für sich behalten wollen – zumindest am Anfang nicht. Aber man musste an die Folgen denken. Schließlich gab es so etwas wie Notlügen – Unwahrheiten, die die Gefühle anderer schützten und verhinderten, dass sie verletzt wurden.

Schützte sie jemandes Gefühle? Verhinderte sie, dass jemand verletzt wurde? Vielleicht. Was würde passieren, wenn sie es erzählen würde? Dieser Gedanke machte Vivien Angst. Das war das Problem mit Geheimnissen; sie entwickelten ein verborgenes Eigenleben. Sie wählte einen breiten Pinsel aus und fuhr mit der Handkante über das Papier, um es zu glätten, damit sie beginnen konnte. Was konnte schlimmstenfalls geschehen?

Vivien hörte das Klappern der Haustür und Toms vertrautes Pfeifen.

»Wo bist du, meine Schöne?«, rief er.

Vivien lächelte. Ja, sie hatte Glück. »Bei der Arbeit«, antwortete sie. Sie befand sich im Wohnzimmer. Es war groß, es war unordentlich, und es war heimelig. Vivien hatte die Glastüren, die in den Garten führten, aufgerissen, und die Sonne setzte die abgeschabten Zotteln des Teppichs und das verblasste Rot ihres großen, alten, gemütlichen Sofas in Flammen und leuchtete den Staub aus, der sich auf den

Holzmöbeln niedergelassen hatte. Die meisten Möbel hatte Tom geschreinert, zum Beispiel kurz nach ihrer Hochzeit das elegante Bücherregal aus Mahagoni. Der Tisch, an dem sie arbeitete, war zugestellt mit Farbtuben, einer Palette, einem Glas mit Pinseln und Wasser und der Blumenvase. Der Tisch stand so voll, dass man das wunderschöne, gemaserte Walnussholz darunter kaum erkennen konnte. Doch Vivien wusste, dass es da war, und das war ein gutes Gefühl. Sie liebte Toms Möbel und die manchmal wochenlange gewissenhafte Arbeit, die Liebe und Zuneigung, die er in seine Stücke steckte.

»Arbeit? An so einem sonnigen Tag?« Tom stand in der Tür. Er zog seinen Pullover aus, als wolle er demonstrieren, wie warm es war, und warf ihn über eine Sessellehne. Er hatte recht, für März war es ziemlich warm.

Manchmal wirkte Tom nicht viel älter als damals vor über dreißig Jahren, als sie sich kennengelernt hatten. Allerdings wurde sein Haar langsam grau, und er war ein wenig weltverdrossen. »Die Leute wollen keine handgemachten Möbel mehr«, sagte er manchmal wehmütig. »Sie wollen billige Möbel aus der Fabrik. Wer könnte es ihnen verdenken?« Dann legte Vivien die Arme um seinen traurig aussehenden Rücken, und sie nahm es diesen Leuten leidenschaftlich übel. Sie würde nie aufhören, seine Arbeit zu lieben, auch wenn er heutzutage mehr Zeit damit verbrachte, Küchenschränke und Fußleisten zu reparieren, als damit, Tische und Kommoden herzustellen. Trotzdem hatte Tom noch immer dieselben funkelnden braunen Augen und den Sinn für Spaß wie damals, als sie sich in ihn verliebt hatte.

Vivien hatte nie mit jemand anderem als Tom zusammen sein wollen.

Sie erinnerte sich daran, wie sie ihn zum ersten Mal gesehen hatte, an die blecherne Jahrmarktsmusik, das Zischen der Karussells, das Lachen der Jungen und das Kreischen der Mädchen. Der süße, klebrige Geruch von Zuckerwatte und kandierten Äpfeln hing in der Luft, und neonbunte Glühbirnen glitzerten im Dämmerlicht des Sommerabends. Jahrmarkt in Charmouth Fair.

Vivien war sechzehn. Sie und ihre Freundin Lucy campten auf einem Feld hinter einem Pub im Dorf. Sie machten zum ersten Mal allein Urlaub in Dorset. Ihren Eltern hatten sie erzählt, dass sie wandern und in Jugendherbergen übernachten würden, aber in Wahrheit trampten sie und blieben nach Lust und Laune, wo es ihnen gefiel.

Bei dieser Gelegenheit hatten Lust und Laune sie nach Charmouth geführt. Sie hatten gehört, dass in der Stadt Jahrmarkt war. Daher saßen sie mit Spiegeln und Wimperntusche auf ihren Schlafsäcken und machten sich zum Ausgehen fertig. Heute brauchten sie nicht um eine bestimmte Zeit zurück zu sein. Denn sie waren allein hier. Und sie waren frei ...

Als sie zur Dorfwiese gingen und Vivien die Musik hörte, stieg ihre Aufregung. Es war nach acht Uhr, aber noch hell. Die meisten Familien waren schon nach Hause gegangen, doch auf dem Jahrmarkt ging es erst jetzt richtig los. Gruppen von Mädchen und Jungen waren unterwegs, junge Paare flanierten Hand in Hand, und die jungen Männer, die die Fahrgeschäfte betreiben, stolzierten über die Stege und machten den Mädchen schöne Augen.

Vivien und Lucy gingen zur Walzerbahn und sprangen in die silberne Gondel. Der junge Mann drehte den Wagen im Kreis, das Karussell fuhr schneller, und sie klammerten sich so fest an das metallene Handgeländer, dass ihre Knöchel weiß wurden. Sie warfen die Köpfe zurück und kreischten vor Lachen und Angst. Die wilde Fahrt war viel zu schnell vorüber.

»Noch einmal?«, fragte Vivien.

»Darauf kannst du wetten«, sagte Lucy. Sie kicherten.

Vivien sah die beiden jungen Männer, die geradewegs auf sie zukamen. Sie stieß Lucy an. »Schau nicht hin ...« Aber sie tat es doch.

»Habt ihr noch Platz für zwei?«, erkundigte sich der größere der beiden und zog eine dunkle Augenbraue hoch.

Vivien kam sich sehr verwegen vor. »Warum nicht?« Sie rückte beiseite, um Platz zu machen, und er setzte sich neben sie.

»Ich heiße Tom«, erklärte er. »Tom Rae.« Er lächelte.

Vivien hatte gerade noch Zeit zu bemerken, dass seine Augen braun waren und bernsteinfarbene Flecken hatten. Dann wirbelte die Gondel los, die Mädchen kreischten, und die Fahrt begann.

»Wie heißt du?«, rief er ihr zu.

Sie war vollkommen der Meinung des Songs. »Vivien!«, schrie sie über das Geschrei und den Song von Amen Corner hinweg zurück, der ihr vollkommen aus dem Herzen sprach. »*If Paradise is Half as Nice ...*«

Nach der Walzerfahrt hatten sich die Paare gefunden. Toms Freund Brian hatte schon den Arm um Lucy gelegt. Vivien fragte sich, was sie tun sollte, wenn Tom den Arm um sie legte. Ob er versuchen würde, sie zu küssen?

Als Nächstes fuhren sie Autoscooter. Die beiden jungen Männer übernahmen jeweils das Steuer, die Stromabnehmer schlugen Funken an dem Gitternetz unter der Decke, und die Wagen streiften sich, prallten gegeneinander und sprangen dabei sogar gelegentlich ein bisschen in die Luft. In Toms Nähe wurde Vivien ganz warm. Sie roch den Schweiß auf seiner Haut und einen Hauch von Sandelholz und schloss die Augen.

Danach kam die Achterbahn, und sie hatte das Gefühl, minutenlang bewegungslos hoch oben am dämmrigen Abendhimmel zu schweben, während Tom ihr ins Gesicht sah, als wolle er sich jeden ihrer Züge einprägen. Vivien erwiderte seinen Blick, ohne mit der Wimper zu zucken, und fragte sich, was er gesehen hatte. An der Schießbude fühlte sie sich bereits wie in Trance. Die anderen plauderten und lachten. Tom konzentrierte sich, zielte und schoss; drei Minuten später schenkte er ihr stolz einen gelben Teddy. Und dann aßen sie kandierte Äpfel, die an Viviens Zähnen klebten, und tranken Fanta aus der Dose.

Als Tom Vivien schließlich zu ihrem Zelt zurückbrachte – Lucy ging mit Brian hinterher –, hatte er bereits den Arm um sie gelegt, und die beiden hatten sich ihre Lebensgeschichten erzählt. Vivien wusste inzwischen, dass Tom in Sherborne in Dorset wohnte, weit entfernt von West Sussex, dass Werken sein Lieblingsfach war und dass er Tischler werden wollte. Möbelbauer. Meisterhandwerker, wenn man so will. Es gefiel ihr, wie er redete – leise und ruhig und mit dem sympathischen kehligen R des Dorseter Dialekts. Und sie spürte von Anfang an, dass Tom Rae zu seinem Wort stehen würde. Sie wusste, dass er ein Einzelkind war wie sie, dass er seine Eltern schon als Kind verloren hatte und bei seiner Tante und seinem Onkel lebte und dass er auf ein Motorrad sparte.

Als sie das Zelt erreicht hatten, verstummte er plötzlich.

Vivien wusste ebenfalls nicht, was sie sagen sollte. Sie hatte schon lockere Beziehungen zu Jungs gehabt, aber keiner davon hatte ihr wirklich etwas bedeutet. Hatte sie sich nur in diesen dunkelhaarigen, schlacksigen Jungen mit den braunen Augen und dem herzlichen Lächeln verguckt, weil sie im Urlaub war? Lag es an seinem Akzent und seinem fremden männlichen Geruch am Abend? Oder hatten der Rausch und die Aufregung der Karussellfahrten sie so aufgewühlt?

»Dann sage ich wohl besser gute Nacht«, erklärte Tom schließlich. Er trat einen Schritt auf sie zu.

Und dann lag sie in seinen Armen und hatte das Gefühl, dort besser aufgehoben zu sein als irgendwo zuvor. Er küsste gut und schmeckte nach Apfel. Sie hoffte nur, dass keine Toffeestückchen mehr an ihren Zähnen klebten.

Nachdem die beiden jungen Männer fort waren, analysierten Vivien und Lucy jeden Moment des Abends.

»Ich mag ihn wirklich gern, Luce«, hauchte Vivien. »Was hältst du davon, wenn wir den Rest unseres Urlaubs hierbleiben?«

»Ich habe nichts dagegen.« Lucy lag auf dem Rücken und hatte die Arme hinter dem Kopf verschränkt. »Ich würde Brian auch gern ein bisschen besser kennenlernen.« Sie kicherten.

Als sie wieder zu Hause in West Sussex waren, erklärten ihr alle, dass es nur ein Urlaubsflirt gewesen sei. Sie sei doch erst sechzehn, sagten sie, und habe noch das ganze Leben vor sich. Das stimmte. Es war nur so, dass Vivien es nun mit Tom verbringen wollte.

»Viv? Es ist so schön draußen. Viel zu schön, um hier drinnen zu sitzen«, sagte Tom.

Statt zu antworten, zog Vivien eine Augenbraue hoch und fuhr mit ihrem nassen Pinsel über den oberen Teil des Papiers.

Tom machte ein enttäuschtes Gesicht.

Sie spürte es. »Wenn du mit der Arbeit fertig bist, geh doch spielen«, sagte sie und lächelte, um ihren Worten die Schärfe zu nehmen.

Er betrachtete sie. »Wie lange brauchst du noch?«

Vivien seufzte leise und lächelte verhalten. Sie hatte alles genau geplant: die Lasur fertig machen, Abendessen vorbereiten, das Material zum Aufziehen des Bildes zusammmensuchen, weitermalen – die ersten richtigen Farben, der aufregende Teil –, Abendessen kochen, Ruby anrufen, dann ein entspannter Abend mit Tom und dem Fernseher.

Sie hob das Papier hoch, damit die Lavierung nach unten verlaufen konnte, und sorgte mit rhythmischen Pinselstrichen für die erwünschte Wirkung. Dann hielt sie inne und sah ihr Werk stirnrunzelnd an. »Woran hattest du denn gedacht?«

»Eine Motorradfahrt an die Pride Bay? Ich muss eine Testfahrt damit machen. Ich habe am Vergaser herumgebastelt.«

»Ach ja?« Er wusste wirklich, wie man eine Frau in Versuchung führte ...

»Ein Eis?«, setzte er hinzu. »Ein Spaziergang am Hafen und vielleicht ein Bier?«

»In dieser Reihenfolge?« Vivien rüttelte ein wenig an dem Papier.

»Wir können auch zuerst spazieren gehen und dann ein Eis essen. *Born to be wild,* mein Schatz. Was meinst du?«

Sie schmunzelte. »Na schön. Ich könnte eine Pause gut gebrauchen. Lässt du mir noch zehn Minuten?« Innerlich plante Vivien ihren Abend um. Schließlich war Spontaneität eine der Eigenschaften, die sie an ihrem Mann liebte.

»Braves Mädchen. Schöne Farbe übrigens.« Er nickte beifällig. »Ich mache uns schnell noch eine Tasse Tee.« Und fort war er.

Vivien legte den Kopf zur Seite und inspizierte die Lasur. Sie war genau richtig – nur ein Hauch von Farbe, eine Andeutung.

Das Schlimmste, was passieren konnte, war, dass er ihr nicht verzeihen würde, dachte sie, während sie den Pinsel in das Wasserglas stellte. Deswegen hatte sie nie etwas gesagt. Zu Beginn hatte es viele stichhaltige Gründe dafür gegeben, nichts zu sagen. Die existierten immer noch. Aber jetzt … Wenn er ihr nicht verzeihen würde, wäre das zu furchtbar, um darüber nachzudenken. Das Geheimnis und seine Wahrung waren zu einer Mauer zwischen ihnen geworden, die schwer zu überwinden war.

Vivien überlegte, wie die Sache im besten Fall ausgehen könnte? Sie war sich nicht sicher, ob es einen besten Fall gab. Sie wählte aus dem Haufen, der vor ihr lag, ein paar Farbtuben aus und ließ den Rest wieder zurück in die große Keksdose klappern, in der sie aufbewahrt wurden. War Ehrlichkeit an und für sich ein Wert? Sie quetschte versuchsweise ein paar Farbkleckser heraus und schob sie mit ihrem Mischpinsel ein wenig herum. Nein. Das Beste – für sie – würde sein, dass sie sich dann keine Gedanken mehr deswegen zu machen brauchte. Dass sie offen über alles sprechen könnte, das Wie und Warum darlegen und erklären, wie das alles hatte passieren können.

Ah. Sie seufzte und schraubte die Verschlüsse wieder auf die Farben. Später.

Genau das musste sie tun – erklären, wie das alles passiert war.

3. Kapitel

FUERTEVENTURA, JUNI 2012

Langsam und nur mit Mühe richtete sich Schwester Julia auf. Es dämmerte. Sie wischte sich den feinen Staub von ihrem weißen Habit. Er war das sichtbare Zeichen ihres Rückzugs aus der Welt, das Symbol ihrer Zugehörigkeit zur Klostergemeinschaft, ihrer spirituellen Familie. Staub. *Staub zu Staub. Asche zu Asche ...* Eine Erinnerung (als ob sie noch eine bräuchte) an all die Todesfälle, die sie miterlebt hatte. An die Entscheidung, die sie hatte treffen müssen.

Sie ließ den Rosenkranz durch ihre Finger gleiten. Hier war es immer staubig, selbst in der Kapelle, die verschnörkelte Steinornamente in Rosa- und Blautönen schmückten. Die verblassten Fresken über dem Altar stellten die Kreuzigung dar. Zwei Stunden hatte sie gebetet, aber heutzutage merkte sie kaum noch, wie die Zeit verging. Sie zog einfach vorüber. Sie hatte immer noch so viele Fragen an Ihn. Was sollte sie tun? Konnte Er ihr nicht ein Zeichen geben?

Doch jetzt musste sie sich beeilen. Sie lebten nur noch zu zwölft hier im Kloster Nuestra Señora del Carmen, der Schutzheiligen der Fischer, und diese Woche gehörte es zu Schwester Julias Pflichten, in dem kleinen Garten, der zu dem Kloster gehörte, Gemüse und Kräuter zu ernten. Sie zogen Wermut, Aloe und Echinacea sowie die verbreiteteren Kräuter Minze, Kamille und Rosmarin. Jede Pflanze hatte ihren Nutzen. *Sí.* So hatte Gott es geplant, und Er hatte der

Menschheit die Kraft geschenkt, Seine Gaben zu gebrauchen. Aber die Menschen waren schwach. Hatte Er das denn nicht gesehen? Menschen konnten der Versuchung zum Opfer fallen. Die Menschen besaßen einen freien Willen, trafen aber so oft die falschen Entscheidungen. Und die Folgen dieser Entscheidungen konnten so weitreichend sein, dass man sie sich kaum vorstellen konnte. Schwester Julia wollte nicht die falsche Entscheidung treffen – nicht nach allem, was geschehen war. Es hatte schon so viel Leid gegeben, Leid, das immer noch tief in ihrem Herzen begraben war.

Schwester Julia ging durch die verwitterten, hellen Bogengänge der abgeschiedenen Steinkapelle und verließ sie durch die Hintertür. Dieser Ort unterschied sich nicht sehr vom Kloster Santa Ana in Barcelona, in dem sie gelebt hatte, als sie noch ein ganz junges Mädchen gewesen war. Ihre Gemeinschaft war kein Klausurorden; die Schwestern konnten nach Belieben kommen und gehen und in der Eingangshalle ihre Süßigkeiten verkaufen, genau wie früher die Schwestern in Santa Ana. Lächelnd dachte sie zurück an ihre *suspiros de monja* – die »Nonnenseufzer« aus dickem Backteig und kandierten Früchten. Außen waren sie goldbraun und knusprig und innen fett und cremig. *Hmmm*. Doch in Santa Ana hatte sich alles verändert. Man hatte noch etwas anderes von ihr verlangt ... Schwester Julia sah zu dem kleinen Glockenturm auf, der sich auf einem Sockel an die Kapelle anschloss. Sie schwankte und hatte Mühe, das Gleichgewicht zu halten.

Draußen hatte sich das goldene Licht des Tages in ein blasses Pink verwandelt. Die Berge im Süden lagen da, als ob sie schliefen, und mit ihren tief eingeschnittenen Tälern sahen sie aus wie verwundet, als trügen sie tiefe Narben in ihrem Rücken. Und über ihnen zückte der dämmrige Himmel Dolche in Rot, Orange und Weiß. Ein weiterer Tag war vorüber. Sie war dem Tod wieder einen Tag näher gekommen …

Hinter Schwester Julia lag ein langes Leben, ein Leben voller Herausforderungen, die so ganz anders gewesen waren, als sie es als Mädchen erwartet hatte, und auch anders als das, was sie sich vorgestellt hatte, als man sie gezwungen hatte, die ersten einfachen Gelübde abzulegen. Einfach war es nicht gewesen – vielleicht war Gottes Werk niemals leicht –, und oft hatte sie das Geschehene hinterfragt. Das tat sie immer noch. Sie hatte so unruhige, schwere Zeiten erlebt. Aber jetzt … *Bitte, Gott* … Im Moment wünschte sie sich nur, dass die Last, die sie trug, von ihren Schultern genommen würde. Dass sich Frieden ausbreiten würde wie eine sanfte Decke und ihrem Geist und ihrer Seele Ruhe schenken würde.

Sie holte den grob geflochtenen Korb und das scharfe Messer aus dem äußeren Vorratsraum, um in dem Garten, der von niedrigen Trockensteinmauern umgeben war, den Salat für das heutige Essen zu schneiden. Sie hatten Feigen- und Mandelbäume, Legehennen und drei Ziegen, die Milch und Käse lieferten. Die Nonnen aßen einfach, aber gut. Genau wie in Santa Ana zogen sie den größten Teil ihres Obsts und Gemüses selbst, obwohl das Land hier auf Fuerteventura ausgedörrt und trocken war. Sie ernteten Kartoffeln, Zwiebeln und die kleinen kanarischen Bananen. Auch *gofio* aßen sie noch, einst der Proviant für die Landarbeiter, die das geröstete Mehl in einem Beutel aus Ziegenleder mit Wasser und Zucker zu einem Teig kneteten. Heutzutage aßen sie es mit Milch als Frühstücksbrei, oder sie dickten damit ihre Suppen und ihre Schmorgerichte an. Wie so vieles hatte es überdauert und sich der neuen Zeit angepasst. Und doch symbolisierte es für Schwester Julia die Schlichtheit ihres Lebens hier.

Schwester Julia fürchtete den Tod nicht, das hatte sie nie getan. Im Lauf der Jahre hatte sie viele Menschen sterben sehen – Schwestern im Kloster, Menschen in dem Krankenhaus, in dem sie als junge Novizin gearbeitet hatte, und auch die Mitglieder ihrer eigenen Familie. Sie waren alle nicht mehr da. Und sie hatte den Bürgerkrieg miterlebt. Wer das getan hatte, der hatte an jeder Straßenecke den Tod gesehen, ihm ins Gesicht gestarrt und ihn gerochen – ein blutiger, widerlicher Gestank. Politik. Krieg. So viel Zerstörung. Schwester Julia erschauerte.

Denn sie fürchtete, dass sie nicht ohne Schuld war. Für viele Menschen waren das schwere, schmerzvolle Zeiten gewesen. Wie konnte man das verstehen, wenn man es nicht erlebt hatte? Sie hatte versucht, Gott um Verzeihung zu bitten für das, was sie getan hatte. Handlungen, die man von niemandem verlangen durfte. Taten, die nicht richtig gewesen sein konnten, die unmöglich Gottes Wille gewesen waren. Nicht, wenn Er der freundliche, gerechte und liebende Gott war, für den sie Ihn immer gehalten hatte. Aber hörte Er sie? Verstand Er, dass sie das Gefühl gehabt hatte, keine andere Wahl zu haben?

Sie hielt kurz inne, um über den *campo* hinaus auf die Landschaft aus braunem Wüstenboden zu schauen, die so erholsam für das Auge war. Schwester Julia kam sie wie eine biblische Landschaft vor, eine Landschaft, in der man erwarten würde, Kamele und Pferde zu sehen und drei weise Männer, die dem Licht eines Sterns nachreisten … Aber sie war alt, und ihre Gedanken schweiften ab. Sie musste den Salat in die Küche bringen. Die anderen warteten. Sie nahm ihren Korb.

Hier war es sehr ruhig. Heutzutage besuchten nur wenige Menschen das Kloster, um spirituellen Rat zu suchen oder in der Kapelle zu beten. Die Straße draußen war kaum mehr als eine Sandpiste, die in die Berge und zum Atlantik führte. Die Schwestern redeten nicht viel, obwohl sie keinem Schweigeorden angehörten. Es wurde als Selbstverständlichkeit betrachtet, dass fromme Frauen nicht viel sprachen; müßiges Geschwätz hatte man in Santa Ana vermieden, und hier war es genauso. Meist waren die einzigen Geräusche, die Schwester Julia hörte, das Heulen des Windes, der um die weißen, pockennarbigen Gebäude fegte, das Zischen des Sandes, der in die Luft gehoben und verweht wurde; das ferne Auf und Ab der Meereswellen und gelegentlich der durchdringende Schrei einer Möwe. Morgens krähte der Hahn, und die Hennen kratzten in der staubigen Erde. Es war der reine Klang der Natur. Und Schwester Julia war es nur recht so. Nach allem, was sie erlebt hatte, sehnte sie sich nach Ruhe und Frieden für ihre Seele.

Schwester Julia brachte die Salatblätter in die Küche und wusch sie in dem weißen Emaillebecken sorgfältig unter dem Wasserhahn. Das Wasser hier war salzig, aber sauber. Früher hatten sie einen Brunnen gehabt, und vor dem Tor stand noch ein Kalkofen, in dem sie Kalikraut verbrannt hatten, um Natriumkarbonat für die Herstellung von Glas und Seife zu gewinnen. Aber vor einigen Jahren hatten die Dorfbewohner Geld gesammelt, damit das Kloster an das öffentliche Wasser- und Stromnetz angeschlossen werden konnte, und dadurch hatte ihr Leben sich radikal verändert.

Sie legte den Salat neben den Herd auf die Küchentheke.

Sie kochten heiße Suppe – *caldo caliente* – mit Kartoffeln und Eiern in einer dünnen Brühe mit süßen roten Paprika. Schwester Josefina rührte sie mit einem Holzlöffel um. Sie lächelte und nickte dankend.

Schwester Julia zog sich in ihre Zelle im ersten Stock zurück. Vor dem Abendessen war ihr eine kurze Zeit zum Ausruhen und zur Kontemplation vergönnt. Sie musste nachdenken, denn sie wollte niemanden in Schwierigkeiten bringen – nicht, wenn er wirklich aus den besten Beweggründen gehandelt hatte. Aber war das der Fall? Wo Geld im Spiel war, gesellten sich stets Versuchung und Korruption dazu. Und das hatte sie an allem zweifeln lassen, was sie einmal für wahr gehalten hatte. Das war lange her. Aber sie besaß die Beweise dafür immer noch, oder? Bei der Erinnerung traten Schwester Julia die Tränen in die Augen. Ja, es war lange her, aber vielleicht gab es immer noch Menschen, die verzweifelt nach der Wahrheit suchten. War das nicht ihr Menschenrecht? Und sie – Schwester Julia, diese einfache Nonne – konnte ihnen helfen.

Ihre Zelle war klein und weiß getüncht. Darin standen ein Holzschrank für die wenigen Kleidungsstücke, die sie besaß, und ein schmales Bett. Sie brauchte nur eine dünne Decke, denn hier auf der Insel wurde es nicht kalt. Einen Spiegel gab es nicht. Wozu hätte sie auch einen gebraucht? Gott konnte in sie hineinsehen und ihre tiefsten Gedanken erkennen, und nur darauf kam es an. Sie besaß allerdings einen Schreibtisch, an dem sie ihre Bibel und ihr Gebetbuch aufbewahrte. Er stand vor einem Bogenfenster, durch das man auf den Hof blickte. Der Schreibtisch hatte eine Schublade, die sie immer abgeschlossen hielt. Darin verbarg Schwester Julia ein paar kostbare Besitztümer. Sie stammten größtenteils aus ihrem alten Leben, aus der Zeit, bevor sie die Gelübde abgelegt hatte, aber auch aus ihrer Zeit hier auf der Insel. Dazu gehörten der Ehering ihrer Mutter, ein paar Familienfotos, ein Mustertuch, das sie als Mädchen gestickt hatte, und ein paar Gegenstände, Geschenke von Menschen, denen sie im Lauf der Jahre geholfen hatte.

Hier – genauso wie in Santa Ana – gaben die Schwestern Menschen, die Orientierung suchten, manchmal Ratschläge. Schwester Julia hatte sich die Rolle der spirituellen Ratgeberin nicht gewünscht, sie war ihr einfach zugewachsen. Sie hörte Menschen zu, die von Familienstreitigkeiten erzählten, von verlorener Liebe und verschwundenen Söhnen und Töchtern. Manche Männer spielten oder tranken – es gab immer Männer, die spielten oder tranken –, und manche Frauen hatten ihre Tugend aus dem Blick verloren. Und es gab andere Dinge, dunklere Dinge.

Sie betastete die zarte, weiße Spitzentischdecke, die sich wie feinste Gaze anfühlte. Eine Frau aus dem Dorf hatte sie ihr geschenkt. Schwester Julia erinnerte sich noch an den Ausdruck in den dunklen Augen der Frau, während sie ihr ihre Geschichte erzählte; sie spürte noch immer ihre Verzweiflung. Schwester Julia hatte oft für sie gebetet. Noch ein Mensch, der verletzt worden war, der nicht wusste, wohin er sich wenden sollte. Es war eine Geschichte von Täuschung und Enttäuschung gewesen. Doch Schwester Julia spürte, dass es noch mehr gab, Dinge, die die Frau nicht erzählte. Sie fühlte es. Es lag verborgen hinter ihren traurigen Augen. Und Schwester Julia machte sich Gedanken. Gab es noch einen anderen Grund dafür, dass ihr Mann sich so verhalten hatte? Steckte hinter der Geschichte der Frau mehr, als sie erzählen konnte?

»Seien Sie ganz ruhig, meine Tochter«, hatte sie zu der Frau gesagt und ihr sanft die Hand auf den Kopf gelegt. »Vertrauen Sie auf Gott. Er wird Ihnen den Weg zeigen.«

Gott hatte ihr geholfen, anderen zu raten. Er tat es immer noch. Schwester Julia betete, und Er schickte ihr Antworten, sodass die Worte – die richtigen Worte – über ihre Lippen kamen, wenn Menschen ihren Rat erbaten. Schwester Julia war nur ein Gefäß, Gottes Gefäß. Konnte man sich ein größeres Geschenk wünschen? Die Antwort auf diese Frage war: Noch stärker sehnte sie sich nach Frieden.

Ganz hinten in der Schublade ihres Schreibtisches lag das Buch. Das Buch mit den Namen. Schwester Julia berührte den Einband, der unbeschriftet war und keinen Hinweis darauf gab, was darin stand. Sie stieß einen tief empfundenen Seufzer aus, in dem all der Schmerz, all die Gefühle zu liegen schienen, deren Zeugin sie im Lauf so vieler langer Jahre geworden war. Der Seufzer befreite sie allerdings nicht. Auch die bloße Lektüre des Buchs würde einem keine Ahnung davon vermitteln, was geschehen war. Es enthielt nur Namen und Daten. Sie standen alle in dem Buch. Schwester Julia hatte den Beweis. Sie hatte alles aufgeschrieben.

Jeden Tag fragte sie Gott um Rat. Es gab keinen Tag, an dem sie sich nicht danach sehnte, endlich ihre Geschichte zu erzählen, endlich Buße zu leisten und etwas zu tun, das diesen Menschen irgendwie half, obwohl sie es nicht wiedergutmachen konnte – nichts konnte das. Aber Hilfe brauchten sie, das wusste Schwester Julia. Solche Dinge konnte man nicht ewig unter den Tisch kehren. Geheimnisse sind wie ein Furunkel unter der Haut: Sie wachsen und eitern, bis man sie aufschneiden muss. So war es nun einmal auf der Welt.

Schwester Julia schlug das Buch auf und las die ersten Namen. »Möge Gott uns vergeben«, flüsterte sie. So viele Namen. So viele Tränen. So viele Geheimnisse. Sie schlug das Buch wieder zu und legte es zurück in die Schublade. *Eines Tages …*

Sie dachte an das Ende des Bürgerkriegs – denn damals hatte es begonnen. Es war eine Zeit der Hoffnung gewesen. Sie hatten alle geglaubt, dass es einen Neubeginn geben würde und dass nun das Ende der Armut und der Gewalt gekommen sei. Doch so war es nicht gewesen. Für Schwester Julia war es erst der Anfang gewesen.

4. Kapitel

Am folgenden Tag sortierte Ruby den ganzen Vormittag das Hab und Gut ihrer Eltern. Sie arbeitete wie eine Besessene. Aber wenigstens kam sie dadurch nicht zum Nachdenken.

Am Nachmittag kam Mel vorbei. »Ich war zufällig in der Nähe«, sagte sie. »Ich dachte, du hast vielleicht Lust auf einen Spaziergang.«

Wahrscheinlicher war, dass sie nach ihr sehen wollte. Mels Worte hatten ganz beiläufig geklungen, doch Ruby erwischte sie immer wieder dabei, wie sie sie prüfend ansah, wenn sie glaubte, Ruby sehe nicht hin. »Mir geht's gut, Mel«, sagte sie. »Müsstest du nicht arbeiten?«

Mel zuckte die Achseln. »Ich bin die Chefin. Ich habe mir einen halben Tag freigegeben.«

Das war nur recht und billig. Und auch einen Spaziergang zu machen, klang nach einer guten Idee.

Ruby schnappte sich eine Jacke, warf einen Blick in den Spiegel und fuhr mit den Fingern durch ihr kurzes Haar. So konnte sie nach draußen gehen. Arm in Arm liefen sie die kleine Straße entlang. Endlich war es richtig Sommer geworden. Der Wind war wärmer, und wenn die Sonne hinter den Wolken hervorkam, wurde es richtig heiß. Ruby und Mel gingen zum Meer.

»Wie läuft es?«, fragte Mel auf dem Weg zur Pride Bay. »Du siehst erschöpft aus.«

»Danke, Mel.« Aber sie hatte ja recht. Heute Nacht hatte

sie kaum geschlafen. Und nachdem sie endlich doch eingeschlummert war, war sie schon im Morgengrauen wieder aufgewacht und hatte kerzengerade und in kalten Schweiß gebadet im Bett gesessen. Sie hatte wieder von dem Unfall geträumt. Hatte das Krachen von Metall auf Metall gehört, das Quietschen von Reifen, den Schrei … Danach war jeder Versuch weiterzuschlafen erfolglos gewesen. Sie war aufgestanden, hatte Tee gekocht, zugesehen, wie der Tag begann, und nachgedacht. Gab es hier etwas, das sie wissen sollte? Oder war sie hoffnungslos paranoid?

Sie versuchte, sich an alles zu erinnern, was ihre Eltern ihr je über ihre Familie erzählt hatten. Es waren die üblichen Geschichten. Mum und Dad waren beide Einzelkinder gewesen, sodass es keine Onkel und Tanten, Cousins und Cousinen gab. Mum hatte eine Tante gehabt. Sie war gestorben, als Ruby klein war. Außerdem hatte Mum drei Cousinen, die in Wales lebten und die sie niemals traf. Dad hatte fast eigentlich niemanden mehr gehabt. Die Eltern ihrer Mutter lebten auf einer Insel vor der Westküste von Schottland. Aber Ruby kannte sie kaum. Natürlich waren sie zur Beerdigung gekommen. Ruby hatte gedacht, sie würden ihr vielleicht ein Trost sein, aber beide hatten so alt und verwirrt gewirkt.

»Sie ist unsere Tochter«, hatte ihre Großmutter immer wieder gesagt. »Wie ist es möglich, dass sie vor uns geht?«

Ruby hatte nicht gewusst, was sie zu ihr sagen sollte. Ihre Mutter hatte die beiden in den letzten fünfunddreißig Jahren kaum gesehen, so viel wusste sie. Wahrscheinlich kam so etwas vor. Menschen verloren den Kontakt, Familien zerfielen, und ehe man wusste, wie einem geschah, hatte man sich von seinen nächsten, liebsten Menschen entfremdet. »Es tut mir leid, es tut mir leid.« Das hatte sie ihrer Großmutter mehrmals zugeflüstert, als ob es helfen würde.

»Wie ein Blitz aus heiterem Himmel.« Ihre Großmutter sah sie direkt an. »Ein Blitz aus heiterem Himmel.«

Ruby hatte dabei ein merkwürdiges Gefühl gehabt. Es war, als registriere ihre Großmutter sie gar nicht. Aber sie hatten einander umarmt, und sie hatte ihre Großmutter auf die faltige Wange geküsst. Trotzdem schien die alte Dame sie kaum wahrzunehmen. Sie sah sie nur ausdruckslos an. »Vivien, Vivien«, murmelte sie, bis Rubys sanfter, weißhaariger Großvater schließlich ihre Hand nahm und sie wegführte. »Ist ja gut, Liebes. Na, na, Liebes.«

Sie konnte sich kaum vorstellen, dass ihre Eltern ein großes, dunkles Geheimnis gehabt hatten. Aber vielleicht hatte jeder Geheimnisse. Und manche Menschen entschieden sich dafür, sie nie zu verraten.

»Hast du etwas von James gehört?«, erkundigte sich Mel.

Ach ja, James. Ruby sah hinüber zu den Klippen. Die Mehlschwalben waren zurückgekehrt. Sie sah zu, wie sie in alle Richtungen herabschossen, dahinglitten und ihren ganz besonderen Tanz aufführten. »Er hat ein paar Mal angerufen.« Ruby hatte allerdings nicht gewusst, was sie mit ihm reden sollte. Es kam ihr mittlerweile fast so vor, als gehöre er zu einem anderen Leben, zu einem Leben, das nichts mehr mit ihr zu tun hatte. »Es ist schwierig. Wir haben nicht richtig geredet.« Jedenfalls nicht über etwas Wichtiges. Sie hatten über das Wetter gesprochen – in London war es wärmer –, über die Wohnung – er hatte sich eine Putzfrau gesucht – und darüber, was er an diesem Tag auf der Arbeit getan hatte – er hatte zwei neue Klienten getroffen und sich auf ein bevorstehendes Mitarbeitergespräch vorbereitet. Aber das war auch schon alles gewesen. Beide Male hatte er das Gespräch mit der Frage beendet, wann sie zurückkommen werde, und beide Male hatte sie gesagt, sie wisse es nicht. War er erleichtert darüber? Fehlte sie ihm? Sie hatte keine Ahnung.

Sie passierten den Hafen und kamen an der alten Kapelle vorbei. »Und? Fährst du zurück?«, fragte Mel.

Die Eine-Million-Dollar-Frage. Ihre Schritte knirschten auf den Steinen. Die Klippen auf der gegenüberliegenden Seite der Bucht waren hoch und steil, und der Schaum der einlaufenden Brandung lief wie ein Saum am Chesil Beach entlang und auf die Fleet-Lagune und Portland Bill zu. Die Wellen hinterließen nur ein paar Augenblicke lang ihre Spur auf den winzigen Kieselsteinen; dann wurden sie aufgesogen und waren verschwunden. »Noch nicht«, sagte Ruby.

Sie näherten sich einer Reihe von Fischerhütten, die direkt am Strand standen. Das letzte Haus war das Cottage der Küstenwache. *Zu verkaufen per Auktion,* verkündete ein Schild davor. Ruby blieb stehen. Sie sah Mel an, und Mel erwiderte ihren Blick. »Noch nicht?«, hakte Mel nach.

»Na ja …«

Ruby hatte dieses kleine, schlichte Cottage immer gemocht. Es war aus dem gelben Stein ihrer Heimat gebaut und hatte vorne vier quadratische Fenster, die alle aufs Meer hinausblickten. Die salzige Brise hatte zwar ihre Narben in dem Stein hinterlassen, aber das Cottage hatte dem Wind all die Jahre standgehalten und aller Unbill getrotzt.

»Das ist ein wirklich hübsches Cottage, findest du nicht auch?«

»Warum rufst du den Makler nicht mal an«, schlug Mel vor.

Ruby zögerte, lauschte. Das Donnern der Brandung am Strand war so machtvoll, dass es bis in ihr tiefstes Inneres zu dringen schien. Vor dem Häuschen lag Chesil Beach wie ein rotbrauner Hügel aus kleinen Kieseln. Hinter dem Cottage schlängelte sich der Weg nach Clearwater Beach die mit grünen Grasbüscheln bewachsene, sandige, zerklüftete Klippe hinauf. Die stark erodierte Klippe sah aus, als bestehe sie aus lauter aufeinandergestapelten Goldbarren. Es war eine Landschaft wie in einem Märchen. Es war ihr Märchen, wurde ihr klar, die Landschaft ihrer Kindheit. War es das, was sie wieder zurückholen wollte, ihre Kindheit?

»Ich habe einen Brief gefunden, Mel«, sagte sie.

»Einen Brief?« Mel blinzelte. »Was für einen Brief?«

»Ich zeige ihn dir.« Ruby zog den Brief des Arztes, in dem von der Unfruchtbarkeit ihrer Eltern die Rede war, aus der Handtasche und reichte ihn Mel.

Mel runzelte die Stirn. Als sie zu Ende gelesen hatte, sah sie auf. »Und? Was denkst du, Ruby?«

»Ich weiß nicht, was ich davon halten soll.«

Mel gab ihr den Brief zurück. »Um ehrlich zu sein, verstehe ich nicht, worüber du dir Gedanken machst«, meinte sie.

Ruby erschien das dagegen ziemlich offensichtlich. »Erinnerst du dich noch an diese Gegenstände in der Schuhschachtel?«, fragte sie. »Diese Fotos? Das Babymützchen?«

»Natürlich.«

»Nun ja ...« Musste sie es wirklich aussprechen? Konnte es eine Verbindung zwischen dem Brief und dem Inhalt der Schuhschachtel aus dem Kleiderschrank geben? Sie wollte das nicht glauben. Es schien unmöglich zu sein. Aber ... Sie musste immer wieder an dieses Foto von der jungen Frau mit den langen blonden Haaren denken. Und an das Baby in ihren Armen.

»Ach, Ruby, du bist erschöpft und nimmt dir alles viel zu sehr zu Herzen.« Mel legte den Arm um sie. »Jetzt komm schon. Dieser Brief hat gar nichts zu bedeuten. Wie könnte er auch?«

»Keine Ahnung.« *Unfruchtbarkeit ungeklärter Ursache.* Das klang nicht so technisch wie die medizinischen Formulierungen heute. Aber es waren auch ganz andere Zeiten gewesen; die künstliche Befruchtung hatte seitdem gewaltige Fortschritte gemacht. Dennoch hatten ihre Eltern Probleme damit gehabt, ein Kind zu zeugen, große Probleme. Was war sie also? Eine Art Wunderbaby? Wieso hatten sie ihr dann nicht davon erzählt?

»Sieh mal.« Mels Stimme klang fest. »Es ist doch sehr gut denkbar, dass du seit dem Arztbesuch, seit diesen Untersuchungen, was immer das war …« Ungeduldig wedelte sie mit der Hand und deutete mit einem langen, manikürten Finger auf den Brief, den Ruby noch immer in der Hand hielt. »Dass du in der Zwischenzeit gezeugt wurdest. Und als die Praxis diesen Brief abgeschickt hat, war deine Mutter schon längst schwanger. Ganz einfach.«

»Ja, natürlich. Du hast recht.« Ruby spürte, wie die Spannung langsam von ihr abfiel. Sie lächelte. Natürlich war das möglich, es war sogar das Wahrscheinliche. »Danke, Mel.«

Mel zuckte die Achseln. »Deine Mutter hat sich dieser Fruchtbarkeitsbehandlung gar nicht mehr unterzogen, weil sie keine mehr brauchte.«

»Und die Fotos?«, murmelte Ruby, mehr an sich selbst gerichtet.

»Haben nichts mit dir zu tun.« Mel fasste sie an den Schultern. »Glaub mir. Sie gehören jemand anderem. Anders kann es gar nicht sein.«

»Okay.«

»Was ist, rufst du jetzt den Makler an? Das ist ein hübsches Haus – jedenfalls, solange es nicht ins Meer fällt.«

Ruby trat näher an die niedrige Steinmauer heran, die das Cottage umgab. Bisher hatte sie allen Widrigkeiten getrotzt. Der Hügel aus Kieselsteinen bildete einen Schutzwall gegen das Meer, aber wer wusste schon, wie lange noch? Sie legte die Hände auf das Holztor. Das Haus war hübsch, aber es war nicht das Cottage selbst, das sie anzog, sondern das Bild davon aus ihrer Kindheit. Der Blick ihrer Kindheit, den sie so verzweifelt zurückzuholen versuchte. Allein von der Erinnerung an diesen Anblick wurde Ruby schon ganz schwindlig.

»Warum nicht?« Irgendwo musste sie schließlich wohnen. Sie zog das Handy aus der Tasche, tippte die Nummer ein. »Ich möchte mir gern das Küstenwachen-Cottage in Pride Bay ansehen«, erklärte sie der jungen Frau, die den Anruf entgegennahm. »Wenn möglich sofort. Ich stehe direkt davor.«

Wie sich herausstellte, war im Cottage die Anordnung der Räume auf den Kopf gestellt. Das Wohnzimmer lag im ersten Stock.

»Wegen der Aussicht«, erklärte die junge Maklerin unnötigerweise. Sie trug hochhackige Schuhe, einen schwarzen, eng anliegenden Blazer und einen Bleistiftrock und wirkte gelangweilt, als hätte sie das Gleiche in den letzten Wochen schon häufiger erzählt.

Ruby trat ans Fenster. »Natürlich.« Von hier aus konnte sie über die Kieselsteine des Strandes hinweg auf den ruhigen, schimmernden Ärmelkanal blicken. In der Ferne sah sie die gewellte Linie eines blassen violetten Horizonts. Das Gras auf dem Kamm der Klippe war mit gelben Butterblumen und lilafarbenen Grasnelken durchsetzt. Die Pride Bay und ihre Eltern … Versuchte sie, die beiden auf irgendeinem Weg wieder lebendig werden zu lassen? War das der Grund? An der Pride Bay hatte sie immer die bunte Mischung geliebt – der Strand wusste nicht so recht, ob er schäbig oder vornehm, elegant oder verlottert, kunstbeflissen oder unkonventionell sein sollte. Dieser Ort war ihre Vergangenheit – aber konnte er auch ihre Zukunft werden?

Die Küche sah ziemlich heruntergekommen aus. Der Ofen stammte wahrscheinlich aus den 1940er-Jahren und war dunkel vor Schmutz und Fett. Das Linoleum war rissig und die Emaille des Spülbeckens angeschlagen. Mel sah Ruby an und zog eine vielsagende Grimasse. Ruby ignorierte sie.

»Natürlich müsste hier modernisiert werden«, erklärte die Maklerin.

»Natürlich«, wiederholte Mel.

Okay, hier sah es nicht aus wie im Märchen, aber das Haus zu renovieren, würde kein allzu großes Problem sein. So schwer konnte es nicht sein, einen guten Handwerker zu finden. Und finanziell … Sie konnte das Haus ihrer Eltern zum Verkauf anbieten und nötigenfalls irgendwo zur Miete wohnen, bis das Cottage fertig war. Das wäre eine Möglichkeit.

»Wann ist die Auktion?«, fragte sie.

Die Maklerin schaute in ihre Akte. »Donnerstag in einer Woche. Fünfzehn Uhr.«

»Gut.« Dorset hätte ohne ihre Eltern unvorstellbar sein sollen. Und doch war sie hier. Aber ohne ihre Eltern existierte kein vorgezeichneter Weg mehr. Ruby war, als fahre sie auf einem Kinderrad ohne Stützräder. Sie musste sich auf etwas konzentrieren, sonst würde sie fallen.

»Wäre es nicht einfacher, wenn du irgendwo wohnen würdest, wo du nicht erst renovieren musst?«, erkundigte sich Mel. »Willst du dir wirklich diese ganzen Umstände machen?«

Ruby überlegte. Vielleicht brauchte sie genau das – ein Projekt, etwas, das ihre Gedanken beschäftigte. In dem Haus ihrer Eltern konnte sie nicht bleiben. Sie musste irgendwo anders hinziehen. Abgesehen davon, dass es zu groß war und sie Kapital flüssig machen musste … Das Haus ihrer Eltern würde immer den beiden gehören. Um sich zu erinnern, brauchte sie keine Geister. Und diese Klippen waren für Ruby die Summe ihrer Kindheit. Sie wollte dieses Cottage.

Draußen erkundeten sie den in steilen Terrassen angelegten Garten. Er war wie erwartet zugewuchert, aber ebenso erwartungsgemäß hatte man von seinem höchsten Punkt aus die beste Aussicht. Ruby hörte nichts als den Wind, die Wellen und das Kreischen der Möwen.

»Hier muss eine Menge getan werden, Liebes«, sagte Mel zu Ruby, nachdem die Maklerin weggefahren war. »Aber es gefällt mir wirklich gut.«

Ruby ging es genauso. »Ich muss zur Bank«, sagte sie. Viel Kapital war nicht mehr da, doch sie konnte das Haus als Sicherheit anbieten. Ja, an dem Cottage musste viel getan werden. Aber sie konnte sich hier sehen. Es würde ihre Eltern nicht wieder lebendig machen. Aber es war genau die Art von Ort, die sie jetzt brauchte.

Mel zog eine Augenbraue hoch. »Heißt das, dass du endgültig in Dorset bleibst?«

Ruby holte tief Luft. Sie würde mit James reden müssen,

ihm erklären, wozu sie sich entschlossen hatte. »Ich glaube schon«, sagte sie.

Zum Tee kehrten sie in das Haus von Rubys Eltern zurück. Mel streckte sich auf dem Sofa aus, und Ruby machte es sich im Sessel gemütlich.

»Es wird so schön sein, dich wieder hier zu haben.« Nachdenklich betrachtete sie Ruby. »Aber ich kann mir nicht vorstellen, dass du für immer bleibst.«

»Wegen James?«

Mel setzte sich auf. »Nein, eher, weil du irgendwie ...« Sie zögerte. »Du scheinst dich in einer Art Schwebezustand zu befinden.«

Ruby dachte darüber nach. James hatte nicht begriffen, warum sie nach Dorset zurückgemusst hatte, aber sie hatte das Gefühl gehabt, zurückgehen zu müssen, um vorwärtszukommen. »Vielleicht verändere ich mich gerade«, sagte sie zu Mel.

Sie nickte. »Genau.« Die beiden wechselten ein verschwörerisches Lächeln.

»Vielleicht sollte ich mir ein Auto kaufen?« In London hatte sie keines gebraucht. James hatte ein Saab-Cabrio, das sie an den Wochenenden benutzt hatten, aber meist war es einfacher gewesen, die U-Bahn und Busse zu nehmen. Jetzt allerdings ...

»Cooler Flitzer?« Mel grinste.

»Auf jeden Fall.« Vielleicht ein Mazda MX5. »Und ein Hollandrad für die Feldwege.«

Mel lachte. »Auf jeden Fall ein Hollandrad.«

Wenn sie wieder nach Dorset zog, würde sich ihr Leben gewaltig ändern.

Ruby ging in die Küche, um Tee aufzugießen. Als sie zurückkam, stand Mel an dem Nussbaumtisch und blätterte in dem alten Familienalbum, das Ruby dort liegen gelassen hatte.

»Deine Mum war so hübsch«, meinte sie.

»Ich weiß.« Ruby spähte über Mels Schulter. Die Fotos zeigten ihre Eltern, in Cornwall im Sommer vor Rubys Geburt. Sie hielten einander umschlungen wie ein frisch verheiratetes Paar.

Mel blätterte die Seiten um, und Ruby sah, wie sich das Leben ihrer Eltern vor ihr entfaltete. Sie sah ihre Mutter, wie sie lachend ins Meer rannte, und ihren Vater, wie er neben einem bunt gestrichenen Boot mit einem grauhaarigen Fischer plauderte. Sie sah die beiden, wie sie vor einem Geländer posierten, hinter ihnen die Hafenkulisse von St. Ives. Ruby seufzte. Die Grabrede bei der Beerdigung war sehr schön gewesen. Ruby hatte sie sich voller Schmerz, aber trockenen Auges angehört. Denn sie hatte nichts mit dem echten, chaotischen Leben im Haus ihrer Eltern zu tun, an das sie sich aus Kinderzeiten erinnerte. Weitere Bilder erschienen vor ihrem inneren Auge. Ihre Mutter, wie sie sich mit einer Hand die Zähne putzte und sich mit der anderen das lange braune Haar aus dem Gesicht hielt; wie sie atemlos die Straße entlangrannte und Ruby zu spät zur Schule brachte. Ihr Vater, der stirnrunzelnd eine Tischplatte glatt schliff; das Grinsen, mit dem er die kleine Ruby hochhob und umdrehte, sodass sie eine Welt sah, in der alles auf dem Kopf stand.

»Ich sehe Mum überhaupt nicht ähnlich.« Ihre Eltern waren beide eher dunkle Typen, während sie ... »Oh mein Gott«, sagte sie.

»Was?«

Ruby packte Mels Arm. »Schau mich an, Mel. Was siehst du?«

»Du kommst mir ein bisschen müde vor«, gestand Mel. »Ich bin mir nicht sicher, ob du genug isst. Und um ehrlich zu sein, ist dein Haar schrecklich durcheinander. Aber wir waren ja auch gerade am Strand. Und …«

»Welche Haarfarbe habe ich?« Ruby fuhr sich mit den Fingern durchs Haar. Sie hatte es noch nie färben oder strähnen müssen.

Mel wirkte verwirrt. »Blond?«

»Exakt.« Ruby zeigte mit dem Finger auf die Fotos in dem Album. »Sieh sie dir an. Sie haben beide dunkles Haar. Und braune Augen.« Sie hörte, dass ihre Stimme schrill klang. Warum sah Mel es denn nicht?

»Ach, Ruby.« Mel umarmte sie. »Es gibt viele Kinder, die ihren Eltern überhaupt nicht ähnlich sehen.«

»Komm schon, Mel.« Ruby hatte die Haarfarbe ihrer Mutter genau vor Augen, so genau, als säße sie ihnen direkt gegenüber. Ihre Haare waren haselnussbraun. Und … »Schau dir meine Augen an, Mel.«

»Blau«, sagte sie.

»Genau.«

Mel runzelte die Stirn. »Aber das muss dir doch schon vor Ewigkeiten aufgefallen sein. Vielleicht bist du irgendeinem alten Onkel wie aus dem Gesicht geschnitten oder so etwas. Hast du denn nie mit deinen Eltern darüber gesprochen?«

»Doch, das habe ich.« Ihre Mutter hatte ihr früher immer erklärt, dass die Erbanlagen bei ihr wohl eine Generation übersprungen hätten. Als Ruby dann älter war, hatte sie nachgebohrt. Vivien hatte weiter ausgeholt und erklärt, ihre Großmutter sei blond und blauäugig gewesen, und Ruby müsse ihre Gene haben. Aber sie hatte nie länger darüber reden wollen. Und es war schließlich auch nicht so wichtig gewesen. Aber jetzt …

»Ruby.« Mel nahm ihre Hand. »Lass dir davon bitte nicht die Erinnerungen an sie verderben.«

Das wollte Ruby nicht. Für sich allein genommen bedeutete der Umstand, dass sie ihren Eltern gar nicht ähnlich sah, nicht unbedingt etwas. Aber zusammen mit den Gegenständen, die sie in der Schuhschachtel gefunden hatte, und dem Brief über die Unfruchtbarkeit ihrer Eltern … Wie konnte sie verhindern, dass sich Fragen einschlichen und sie an allem zweifeln ließen, an was sie zuvor geglaubt hatte?

»Ich finde, du übertreibst maßlos«, meinte Mel. »Kannst du dir ernsthaft vorstellen, dass deine Eltern …«

»Nein.« Das konnte sie nicht. Das wollte sie nicht. Ein ganz seltsames Gefühl überkam sie. Sie fühlte sich, als hätte man sie ihrer Identität beraubt, als sei ihre ganze Existenz in Frage gestellt. »Aber …« Ihr war etwas eingefallen. »Babyfotos«, sagte sie. Sie zog das Fotoalbum zu sich heran.

»Babyfotos?«, wiederholte Mel.

Rubys Kindheit war auf Zelluloid festgehalten worden, und die Bilder waren auf altmodische Art entwickelt worden. Ruby war sehr froh darüber. Denn es war wunderbar, so viele Erinnerungen an diese Jahre, an ihre Familie zu haben. Aber waren sie wirklich komplett?

Sie blätterte die Seiten um. Die Fotos zeigten Ruby in ihrem Bettchen, Ruby, wie sie über den Boden im Wohnzimmer krabbelte, und Rubys erste unsichere Schritte im Garten zwischen Gras und Gänseblümchen.

»Wie alt sehe ich da aus?«, fragte sie Mel. Auf dem ersten Foto blickte sie munter drein und lächelte in die Kamera.

Blaue Augen. Blonder Haarflaum. Sie hielt Ginger umklammert, ihren Teddy. Als sie sieben gewesen war, hatte sie Ginger irgendwo verloren, und sie hatte ihn nie wiedergefunden.

Mel legte die Stirn in Falten. »Ein halbes Jahr?«

»Und wie erklärst du dir das?« Rubys Gedanken rasten; es kam ihr vor, als müsse ihr Kopf explodieren. »Warum gibt es keine Fotos von mir als Neugeborenem?« Sie blätterte wieder zurück. Kein Foto, auf dem sie zwei Monate alt war? Drei? Vier? Nichts. Also waren diese Aufzeichnungen über ihre Kindheit doch nicht so vollständig, wie sie immer geglaubt hatte.

»Vielleicht hatten sie zu viel mit dir zu tun, um dich zu fotografieren.« Mel legte Ruby liebevoll den Arm um die Schulter. »Weißt du, Liebes, Babys können viel Arbeit machen. Stuart erinnert mich allerdings ständig daran, dass mir die Zeit davonläuft und wir eine Familie gründen sollten, bevor es zu spät ist.« Sekundenlang wirkte sie wehmütig. Ruby wusste, woran sie dachte: an den Hutladen. Der Hutladen war ihr Baby. Und wenn sie ein Kind bekam, würde es nicht mehr so einfach sein, ihn zu betreiben.

Aber wie konnte man denn zu beschäftigt sein, um Babyfotos zu machen? Machte man so etwas nicht automatisch? Stand das nicht ganz oben auf der Liste, wenn man gerade ein Kind bekommen hatte? Moment mal ... Sie betrachtete erneut die Bilder ihrer Eltern in Cornwall. Bis Ruby sechs Monate alt war, gab es keine weiteren Fotos außer ab und zu einer Landschaftsaufnahme. »Es gibt auch keine Fotos von Mum, als sie schwanger war«, flüsterte sie.

»Ich weiß gar nicht, was du willst«, seufzte Mel. »Mal ehrlich, Ruby, wer möchte sich denn fotografieren lassen, wenn er fett ist?«

»Kann schon sein.« Aber schwanger war nicht dasselbe wie fett, oder? Eine Schwangerschaft war eine Zeit voller Hoffnung, Erwartung und Aufregung. Und sie rechnete nach. »Es gibt ungefähr ein Jahr lang keine Fotos«, sagte sie. Ein Jahr. Auch vor dem digitalen Zeitalter war das eine lange Zeit gewesen.

»Vielleicht waren die Fotos, die sie gemacht haben, nicht gut genug, um sie ins Album zu kleben«, meinte Mel. »Oder die Kamera ist kaputtgegangen, und sie konnten sich keine neue leisten.«

»Ja. Oder ich bin wirklich nicht ihre Tochter.« Da. Sie hatte es ausgesprochen.

Wie oft hatte sie sich dieses Album schon angesehen? Die Wahrheit sprang einem geradezu ins Gesicht, aber sie war nicht in der Lage gewesen, sie zu sehen. Keine Schwangerschaft. Kein neugeborenes Baby.

»Was ist mit deiner Geburtsurkunde?«, fragte Mel.

Ruby starrte sie an. Geburtsurkunde?

»Du musst doch eine haben.«

Ja, natürlich hatte sie eine. »Die ist in London.« Mit dem Rest ihrer Sachen, in James' Wohnung. Sie hatte sie lange nicht mehr in der Hand gehabt, sie lag irgendwo in einer Schublade. Aber sie hatte damit ihren ersten Pass beantragt. Erleichterung breitete sich in ihr aus.

Mel stand da und stemmte die Hände in die Hüften. »Und was steht da drin? Wer sind deine Eltern?«

»Ach, Mel …« Vivien und Tom Rae waren ihre Eltern. Anders konnte es gar nicht sein, denn ihre Namen standen in ihrer Geburtsurkunde.

»Wenn ich dich schon nicht davon überzeugen kann, dass du dir etwas einbildest, dann wenigstens deine Geburtsurkunde«, sagte Mel. »Du regst dich völlig unnötig auf. Glaub mir. Ruby Rae ist Ruby Rae, in jeder Hinsicht. Okay?«

»Okay.« Sie atmete tief durch. »Danke, Mel.« Sie würde James anrufen, nach London fahren und ihre ganzen Sachen holen, beschloss sie. Sie würde ihre Geburtsurkunde finden und aufhören, sich Gedanken zu machen. Mel hatte recht. Es gab gar keinen Grund, sich so verrückt zu machen.

Doch nachdem Mel gegangen war, zog Ruby ein Foto hervor, das sie aus irgendeinem Grund nicht zurück in die Schachtel gelegt, sondern in ihre Handtasche gesteckt hatte. Sie betrachtete die blonde junge Frau mit dem kleinen Baby, die irgendwo an einem Mittelmeerstrand stand. Sie sah das Baby an. Ein winziges Gesicht, ein blonder Haarflaum. Ein Baby war nur ein Baby – sahen sie nicht alle ziemlich gleich aus?

Sie musterte auch das Mädchen. Ihren Mund, der leise lächelte, und die Hippie-Perlen um ihren Hals. »Wer bist du?«, flüsterte sie. Geheimnisse … Wenn Fotos nur reden könnten.

5. Kapitel

DORSET, 1977

»Ich verstehe nicht, warum dir das so wichtig ist«, sagte Tom. Vivien hatte die Fäuste fest geballt. Sie hatte das Gefühl, wenn sie ihre Finger auch nur eine Sekunde entspannte, würde die Willenskraft, die sie brauchte, um es ihm begreiflich zu machen, sie verlassen.

»Ich auch nicht«, gab sie zurück, »aber so ist es nun einmal.« Sie stritten sich so gut wie nie, aber jetzt standen sie kurz davor. Sie schob ihren Teller zur Seite; sie konnte nichts mehr essen. Sie hatte gedacht, die entspannte Stimmung nach dem Abendessen, zu dem es Toms Leibgericht gegeben hatte, wäre ein guter Zeitpunkt, um das Thema anzuschneiden. Aber diese Rechnung war nicht aufgegangen.

Tom schaute traurig drein. »Bin ich dir nicht genug?«, fragte er.

»Natürlich bist du das«, sagte sie. »Es ist nur so …«

Sie hatte schon gewusst, dass sie nur ihn wollte, als sie ihm in den Monaten nach ihrer Begegnung auf dem Jahrmarkt geschrieben hatte, als sie ihm kleine Strichmännchen geschickt hatte, die Vivian und Tom beim Schwimmen, Radfahren und Küssen darstellten.

Und ihm schien es genauso zu gehen, denn er hatte aufgehört, für ein Motorrad zu sparen, und von dem Geld lieber Zugfahrkarten gekauft, um sie in Worthing zu besuchen, so oft er konnte. Aber es war nie oft genug gewesen.

An Viviens achtzehntem Geburtstag hatte er sie angerufen. »Wenn du hier wärest, mein süßes Mädchen, würde ich dich ganz groß zum Essen ausführen«, sagte er.

Vivien hatte den Telefonhörer noch fester ans Ohr gedrückt. »Würdest du mir auch Blumen kaufen?«, fragte sie. Einige der Mädchen am College beneideten sie um den Freund aus Dorset, der ihr schrieb und sie am Wochenende besuchen kam. Sie hielten das für schrecklich romantisch. Aber Vivien wollte mehr.

»Natürlich würde ich das«, sagte er.

»Das Semester ist fast zu Ende«, erklärte sie. »Vielleicht könnte ich dich ja in den Ferien besuchen.« Ab September würde sie an der pädagogischen Hochschule in Kingston upon Thames studieren. Es war alles schon geplant. Lehrerin zu werden, war immer ihr Wunsch gewesen – bevor Tom gekommen war.

»Ich hatte gedacht ...« Er räusperte sich. »Hast du schon einmal überlegt, in meiner Nähe zum College zu gehen?«

Vivien blieb beinahe die Luft weg. »Warum sollte ich das wohl tun?«, zog sie ihn auf.

»Um näher bei mir zu sein«, sagte er. »Wenn du willst, können wir zusammenziehen.«

Wenn du willst ... Nichts wünschte sie sich mehr. Sie hatte nur darauf gewartet, dass er sie fragte. »In Ordnung«, sagte Vivien und machte mit zwei Worten zwei Jahre Planung zunichte.

Und das war es gewesen.

»Du machst was?« Ihre Mutter war entsetzt. »Das ist ja wohl ein Witz«, sagte sie. »Wie kannst du wegen irgendeines dahergelaufenen Jungen alles wegwerfen? Du bist viel zu jung, um zu wissen, was du willst.«

Aber Tom war nicht irgendein Junge, und Vivien wusste sehr genau, was sie wollte. Tom war ganz auf sich allein gestellt. Er brauchte sie. Und sie brannte darauf, in Sünde zu leben – das klang gefährlich und aufregend zugleich.

Vivien hatte die pädagogische Hochschule dann nie besucht, sondern in Abendkursen Kunst studiert. Tom hatte gerade erst seine Ausbildung abgeschlossen, und das Geld war knapp; daher suchte sie sich einen Job als Verkäuferin. Sechs Monate später machte Tom ihr einen Antrag, und Vivien nahm ihn an. Sie heirateten auf dem Standesamt von Bridport.

Vivien sah Tom liebevoll und wütend zugleich an. Tom war ihr Ehemann, Liebhaber, bester Freund und Seelengefährte. Sie liebte alles an ihm. Ganz besonders gern betrachtete sie seine Hände, während er mit Holz arbeitete und meißelte und formte, schliff und polierte. Er arbeitete für eine Firma in der Gegend, aber irgendwann wollte er seine eigene Firma gründen. Er war ehrgeizig, er wusste, was er erreichen wollte. Sie mochte es, wie er sie neckte und zum Lachen brachte. Es gefiel ihr, wenn er schlecht gelaunt war und sie seine Stimmung verfliegen lassen konnte, indem sie ihm die Schultern massierte und ihn auf die Mundwinkel küsste. Sie mochte es, wie er sich vollkommen verlor, wenn sie sich liebten, und nachher mit einem ganz leeren, staunenden Blick wieder zu sich kam und sie ganz fest hielt. Sie mochte das Leben und die Liebe in ihm, seine Stärken und seine verletzlichen Seiten. Und ja, er war ihr immer genug gewesen. Aber jetzt wollte sie mehr.

»Warum gerade jetzt?«, fragte Tom. Er schob seinen Teller beiseite. »Warum die Eile?«

Meine biologische Uhr tickt, dachte Vivien. »Wir versuchen es jetzt seit fünf Jahren, Tom«, erinnerte sie ihn sanft. Sie hatte gedacht, es würde einfach so passieren. Vivien betrachtete die Kerze, die auf dem Tisch flackerte, starrte auf das Essen, das auf ihrem Teller in seiner fest gewordenen Soße lag.

»So viel Zeit ist das auch wieder nicht«, gab er zurück. »Wir sind noch jung und haben noch viel Zeit.«

Warum hatte dann Vivien das Gefühl, dass ihr die Zeit davonlief? Er wünschte sich ein Kind nicht so sehr wie sie – das war offensichtlich. Wie konnte sie ihm begreiflich machen, dass ein Baby keine Bedrohung für ihn war? Ein Kind würde ihrer beider Summe sein, ein Teil ihrer Liebe, eine Bereicherung. Sie wären nicht mehr nur ein Paar, sondern eine Familie. »Ich meine ja nur, dass wir uns mal untersuchen lassen sollten, Tom ...«, begann sie.

»Ich will keine verdammten Untersuchungen. Kapierst du das nicht?« Dann sprang er auf und verließ den Raum. Die Tür knallte hinter ihm zu.

Nein, sie verstand es nicht. Wovor hatte Tom Angst?

Sie begann abzuräumen. Man kann nicht alles haben, dachte sie, während sie die Teller aufeinanderstapelte. Warum auch? Sie hatte Tom. Er hatte recht, das sollte genug sein. Das Problem war nur, dass sie schon länger das Gefühl hatte, dass ihrem Leben etwas ganz Entscheidendes fehlte. Und sie wusste genau, was es war. Sie trug das Tablett mit den Platten und Tellern in die Küche und stellte es neben das Spülbecken. Sie fand, dass es nicht zu viel verlangt war. Denn in letzter Zeit war dieses Gefühl immer stärker geworden. Einen Moment lang stützte sie sich auf das Spülbecken und starrte aus dem Fenster in die Dunkelheit hinaus. An manchen Tagen schmerzte die Sehnsucht Vivien so sehr, dass sie nichts mit sich anzufangen wusste.

Am nächsten Nachmittag besuchte Vivien ihre Nachbarin Pearl Woods.

»Du siehst aus, als wärest du nicht ganz auf dem Damm«, bemerkte Pearl, als sie die Teetassen und einen Teller Vollkornkekse auf den Küchentisch stellte. »Ist alles in Ordnung?«

»Ja, natürlich«, antwortete Vivien, obwohl sie und Tom sich bisher nicht vertragen hatten. Dies war der längste und schlimmste Streit, den sie je gehabt hatten.

»Du bist doch nicht ...«

»Nein.« Vivien hatte Pearl anvertraut, dass sie es versuchten.

Pearl schob ihr den Plätzchenteller hin. »Nimm noch eins.«

Vivien lächelte. Ihr fiel jedoch auf, dass Pearl nichts aß. Und wenn sie recht überlegte, sah sie selbst ein wenig abgespannt aus. »Ich war beim Arzt«, sagte sie.

»Ach ja?«

Vivien stellte fest, dass es im Haus nach Lavendel duftete. So roch es bei Pearl immer. Es wirkte irgendwie beruhigend. »Er möchte ein paar Untersuchungen vornehmen, um herauszufinden, wo das Problem liegt.«

»Ist vielleicht nur eine Frage der Zeit«, meinte Pearl.

»Das sagt Tom auch.« Aber das war nicht alles, was Tom gesagt hatte ...

»Wenn ich es richtig verstehe, möchte Tom sich nicht untersuchen lassen?«

»Nein.« Aber was bedeutete das für sie? Was wurde dann

aus ihr und aus diesem schmerzlichen Gefühl, dass in ihrem Leben etwas fehlte?

Wieder schob Pearl ihr den Plätzchenteller hin, und Vivien nahm zerstreut noch eins. »Wie wichtig ist es für dich, ein Baby zu bekommen, Liebes?«

Vivien sah Pearl wortlos an.

Pearl nickte. »Ich verstehe. So wichtig.« Sie seufzte. »Bei mir war das auch so – leider. Dann solltet ihr die Tests machen und herausfinden, was dahintersteckt. Sonst wird es immer zwischen euch stehen.«

Mit einem Mal verzog Pearl das Gesicht, als hätte sie Schmerzen.

Vivien sprang auf. »Pearl?« Ihre Nachbarin war ganz blass geworden und krümmte sich auf ihrem Stuhl. »Was hast du? Was ist los?«

»Schon gut, Liebes.« Sie streckte eine Hand aus, und Vivien nahm sie. »Es geht wieder weg. Das tut es immer.« Sie holte ein paar Mal tief Luft, als müsse sie sich beruhigen.

Das tut es immer? »Ich hole dir ein Glas Wasser«, sagte Vivien und ging zum Spülbecken. Pearl ging es offensichtlich alles andere als gut, und Vivien hatte die ganze Zeit nur über ihre Probleme geredet …

»Was ist los?«, fragte sie noch einmal. »Warst du beim Arzt?«

Und Pearl erzählte ihr alles. Von dem Krebs, und wie lange sie noch zu leben hatte. Ein Jahr, wenn sie Glück hatte. Vielleicht weniger.

Vivien war schockiert. Jetzt erst fiel ihr auf, dass sie Pearl in letzter Zeit nicht mehr bei der Gartenarbeit oder beim Fensterputzen gesehen hatte oder in Eile auf dem Weg zum Einkaufen. Pearl hatte immer so vor Energie gesprüht. Seit ihrer

Scheidung lebte sie allein. »Was ist mit Laura?«, fragte sie. Pearls 19-jährige Tochter war vor über einem Jahr auf Reisen gegangen, und Vivien wusste genau, dass sie kaum etwas von sich hören ließ. Vivien hatte deshalb irgendwann aufgehört, sich nach Laura zu erkundigen. »Weiß sie Bescheid?«

»Ich will nicht, dass sie es erfährt.« Pearls Gesicht hatte seine Farbe zurückgewonnen, und es schien ihr wieder besser zu gehen. »Es gibt nichts, was sie tun könnte.«

Aber hatte sie es nicht verdient, davon zu erfahren? Es konnte doch nicht richtig sein, dem Mädchen zu verschweigen, dass seine Mutter sterben würde. Vivien dachte an ihre eigenen Eltern in Schottland. Sie besuchte sie immer noch, aber sie tat es nicht oft, und sie hatten einander nie nahegestanden. Die beiden waren so vollkommen anders als Vivien – so normal und konservativ, steif und langweilig. Als sie ihre Zelte abgebrochen hatten und mit allem, was sie besaßen, auf eine einsame Hebriden-Insel gezogen waren, hatte Vivien es kaum glauben können. Vielleicht, hatte sie Tom gestanden, hatte sie die beiden doch nicht so gut gekannt, wie sie dachte.

»Wenn ich es ihr sage, wird sie das Gefühl haben, dass sie sofort zurückkommen muss.« Pearl seufzte. »Das will ich nicht. Sie soll erst kommen, wenn sie bereit dazu ist.« Noch ein Seufzer. »Das verstehst du doch, Vivien?«

Verstand sie das? Ohne eigene Kinder konnte sie sich schwer in Pearls Lage hineinversetzen. Wenn sie eine Tochter hätte, würde sie es dann so weit kommen lassen? Vivien glaubte es nicht. Ihrer eigenen Mutter hatte sie vielleicht nicht nahegestanden, aber Vivien war entschlossen, es selbst anders zu machen. Ihre Tochter würde sich ihr anvertrauen, sich auf sie verlassen können und sich an sie wenden, wenn sie Probleme hatte. Sie würde nicht ohne ein Abschiedswort auf Weltreisen gehen und dann nicht einmal die einfache Höflichkeit besitzen, ihrer Mutter mitzuteilen, wo sie sich aufhielt und wie es ihr ging.

»Ich verstehe das«, sagte sie. »Aber ich finde, dass du dich irrst. Laura muss es erfahren.«

Pearl trank einen Schluck Wasser. Ihr Gesicht war viel bleicher als früher. Auch abgenommen hatte sie, wie Vivien jetzt feststellte. Ihre Oberarme waren dünn geworden, und die Haut hing in Falten von ihnen herunter. »Sie war wütend, als sie gefahren ist«, erklärte sie schließlich leise.

Vivien nickte. »Ich weiß.« Ihre Eltern hatten sich getrennt, und natürlich war Laura wütend. Aber es war nicht Pearls Schuld gewesen. Derek, ihr Mann, hatte sie ständig betrogen, und es war nur eine Frage der Zeit gewesen, bis Pearl davon genug hatte. Ehen zerbrachen nun einmal. Es war schwer für alle, die damit zu tun hatten. Aber war es richtig, wegen der Kinder zusammenzubleiben, wenn man sich nicht mehr liebte? Nein, war es nicht, es war unaufrichtig, fand Vivien. Und früher oder später würden die Kinder immer herausfinden, welche Lügen ihre Eltern ihnen erzählt hatten. Sie begriff, dass es nicht immer so einfach war. Es war schwierig, und es war kompliziert.

»Ich war diejenige, die unbedingt ein Kind wollte.« Pearl lächelte betrübt, als erinnere sie sich an diese Zeit zurück. »Bei dir ist das etwas anderes, Liebes. Dein Tom ist ein guter Mann.« Sie schüttelte den Kopf. »Aber ich wusste, wie Derek war. Und ich hätte mich einfach damit abfinden können. Vielleicht hätte ich das tun sollen.«

Vivien nahm ihre Hand. »Du musst dein eigenes Leben führen«, sagte sie. »Tun, was für dich richtig ist.«

»Und wenn es nicht das Richtige für Laura war?« Pearls Blick glitt an Vivien vorbei ins Leere, so als sehe sie ihre Tochter vor sich – wo immer sie sein mochte.

»Laura wird es schon verstehen«, meinte Vivien. »Irgendwann.« Kinder kamen über so etwas hinweg. Es blieb ihnen gar nichts anderes übrig.

Pearl warf ihr einen Blick zu, als wolle sie sagen: *Was weißt du schon?* Schließlich hatte Vivien kein Kind. Vielleicht konnte sie gar keines bekommen. Doch davon erzählte sie Pearl nichts. Hätten Mutter und Tochter überhaupt genug Zeit, ein neues Verständnis füreinander zu entwickeln? Vivien wusste nicht, wie viel Zeit Pearl noch hatte oder wann Laura nach Hause kommen würde.

Aber Pearl wirkte nicht überzeugt. »Ich möchte auch nicht, dass du allen hier davon erzählst, Vivien. Ich brauche kein Mitleid. Ich komme allein zurecht.«

Vivien nahm Pearls Hand. Sie tat ihr so leid. »Das mache ich nicht«, sagte sie. Aber sie würde etwas unternehmen müssen.

Sie erzählte Tom später davon, als sie eng umschlungen im Bett lagen. Zwischen ihnen schien wieder alles in Ordnung zu sein, doch in dem Streit hatte sich ihr kurz auch eine andere Seite des Mannes offenbart, den sie geheiratet hatte, und er hatte ihr gezeigt, auf welch tönernen Füßen manche Dinge standen, die man für in Stein gehauen, unumstößlich und unzerstörbar hielt.

»Die arme Frau.« Er streichelte Viviens Haar. »Ich gehe vorbei und biete ihr an, ihr den Rasen zu mähen. Ich frage auch mal nach, ob am Haus irgendetwas zu machen ist.«

»Danke, Schatz.« Sie drückte seine Schulter. »Aber du darfst nicht ...«

»Nein.« Er nahm ihr Kinn und drehte ihr Gesicht so, dass sie ihm in die Augen sah. »Ich werde der Inbegriff von Diskretion sein. Ich kann auch sensibel sein, weißt du.«

»Ich weiß.« Sie hielt seinem Blick stand.

»Und wegen dieser Untersuchungen ...«

»Das ist nicht so wichtig.« Sie wandte das Gesicht ab. Sie wollte nicht reden, nicht streiten. Wenn es ihnen nicht bestimmt war, Kinder zu haben, dann war es eben so. Deswegen würde sie nicht ihre Ehe zerstören. Das war es nicht wert.

»Doch, das ist es, Liebling.« Er nahm ihr Gesicht in beide Hände, sodass sie ihn ansehen musste. »Für dich ist es doch wichtig, ein Kind zu bekommen, oder?«

Sie zuckte die Achseln. »Ja«, murmelte sie halblaut. Oh ja.

»Dann lassen wir uns untersuchen. Ich wünsche mir nämlich auch ein Kind, weißt du.«

»Wirklich?« Gott sei Dank, dachte sie.

»Ja.«

Sie schmiegte sich enger an ihn. »Ich habe Angst«, flüsterte sie. Angst davor, was sie vielleicht erfahren würde. Aber Pearl hatte recht, sie mussten es wissen.

Er drückte sie fester an sich. »Du musst keine Angst haben, Schatz. Wir müssen die Fakten kennen. Und wenn die Ärzte etwas tun können, um uns zu helfen ... Wir werden auf jeden Fall alles versuchen.«

Alles. Vivien stieß einen tiefen Seufzer der Erleichterung aus. Sie hatte sich so gewünscht, dass Tom das sagen würde. »Danke, Tom«, sagte sie. Wenn Tom an ihrer Seite war, konnte sie mit allem fertigwerden. Und wenn sie Bescheid wussten, konnten sie entscheiden, was sie deswegen unternehmen sollten – gemeinsam.

»Und bis dahin können wir auf jeden Fall weiter üben.«

»Üben?« Vivien schloss die Augen.

Ein Kind zu bekommen. Sie fühlte, wie seine Lippen über ihren Mund strichen, spürte seine Hand auf der weichen Haut ihres Oberschenkels. Und sie dachte an Pearl – die arme Pearl, die nur versucht hatte, für das zu kämpfen, was ihr gehörte, die Krebs hatte und allein war und die nicht einmal wusste, wo ihre Tochter Laura war.

6. Kapitel

Andrés saß an einem Tisch vor einem Café am Strand, das er in letzter Zeit häufiger besuchte. Bald würde es von Sommertouristen überrannt werden. Aber noch herrschte die Ruhe vor dem Sturm – besonders um diese Tageszeit, wenn die meisten Leute am Strand ihre Sachen zusammenpackten, um nach Hause zu ihren Familien zu fahren. Das schenkte ihm das, was er brauchte, besonders außerhalb der Saison: Zeit zum Nachdenken, ein Gefühl der Ruhe und den Blick aufs Meer. *Sí. Bueno*. Der Kaffee war hier ausgezeichnet.

Doch heute war sein Kaffee kalt geworden. Denn er hatte aufs Meer hinausgesehen und vor sich hingeträumt. Dieses Meer unterschied sich sehr von dem, das die Insel umgeben hatte, auf der er aufgewachsen war. Das Meer hier war unendlich weit und von einem sanften Blaugrün; es war etwas vollkommen anderes. Und doch ähnelten sich die Landschaften. Vielleicht war das der Grund, aus dem er hierhergekommen war, nach West Dorset. Es war eine Flucht aus London gewesen, wo er sich zuerst niedergelassen hatte, als er nach England gekommen war. Und genauso gerne wie er die Landschaft seiner Heimat gemalt hatte, malte er diese hier.

Zuhause auf der Insel hatte ihn einmal ein Engländer angesprochen, als er nachmittags unten am alten Hafen gemalt hatte. Der Engländer hatte seine Arbeit bewundert und von West Dorset erzählt. »Sie sollten einmal dorthin fahren«, hatte er gesagt. »Unglaubliche Klippen – die Jura-Küste, Millionen von Jahren alt, ein bisschen wie hier, wissen Sie.« Das war schon alles. Aber deswegen war Andrés, als er sich in England wiederfand, im Land der unbegrenzten Möglichkeiten, nach Dorset gekommen, um sich die Küste anzusehen. Wahrscheinlich war er trotz allem, was geschehen war, auf der Suche nach einem kleinen Stück Heimat gewesen.

Er hatte einen Zettel im Postamt des Dorfs aufgehängt und seine Dienste angeboten. Er hatte früher in Ricoroque schon Malerarbeiten übernommen. Damals hatte er es nur als Gelegenheitsjob betrachtet, bis er entscheiden würde, was er eigentlich tun wollte. Vielleicht auch, bis er sich einen Namen als Künstler gemacht hatte. Er hatte auf einigen der vielen Hotel-Baustellen gearbeitet. Um die Nachfrage der Touristen zu erfüllen, schossen die Hotels überall auf der Insel geradezu aus dem Boden.

Der Zettel hing gerade einmal zwei Tage im Fenster des Postamts, als ihn die Postmeisterin schon damit beauftragte, die Fassade ihres Hauses zu streichen. So hatte es begonnen. Wenn man die Außenseite eines Hauses streicht, bleiben die Leute stehen und reden mit einem. Und wenn man für die Postmeisterin des Dorfs arbeitet, hören die Leute davon. Es sprach sich herum. Andrés Marín war ein Handwerker alter Schule. Er war altmodisch und verlässlich, und seine Preise waren fair. Er leistete gute Arbeit und war so vertrauenswürdig, dass man ihn im Haus allein lassen konnte. Andrés hatte weitere Aufträge bekommen. In Dorset konnte er sich seinen Lebensunterhalt verdienen. Und so war er geblieben.

Er verdiente mehr, als er zum Leben brauchte, und begann, Geld beiseitezulegen. Er kaufte sich einen Lieferwagen und suchte sich eine bessere Wohnung. Nach ein paar Jahren hatte er sich eine eigene kleine Firma aufgebaut. Herzukommen, war die richtige Entscheidung gewesen. Hier konnte er genug Geld verdienen, um so zu leben, wie er es sich wünschte, und er konnte auch malen, ohne dass ihm sein Vater im Nacken saß. Seit siebzehn Jahren lebte er jetzt hier. Er hatte in der Schule auf seiner Insel Englisch gelernt und sprach es nach so langer Zeit in England inzwischen fließend. Andrés sah zu, wie die Wellen an den Strand schlugen und die kleinen Kieselsteine umflossen, aus denen Chesil Beach bestand. Der Strand war viele Meilen lang und erstreckte sich von Weymouth bis nach Lime Regis. Heute barg England für ihn nur noch wenige Überraschungen. Es war für ihn zu einer zweiten Heimat geworden.

In seiner Kindheit hatte sich alles ums Malen gedreht. An etwas anderes konnte er sich praktisch nicht erinnern. Nicht nur das Atelier seines Vaters war voll mit Leinwänden gewesen; sie hatten auch überall in allen anderen Räumen des Steinhauses auf der Insel herumgestanden. Etwas anderes als das Malen gab es praktisch nicht. Und heute … Andrés hatte heute früher mit der Arbeit Schluss gemacht, denn er hatte noch etwas vor. Er wollte ein paar erste Skizzen für ein großes Meerespanorama, das er malen wollte, anfertigen. Die Künstlergruppe, der er angehörte, plante für den Spätsommer eine Ausstellung, und er wollte bis dahin so viele Bilder wie möglich fertig haben. Die Künstler arbeiteten alle in den Barn-Ateliers in Pride Bay, wo auch Andrés einen kleinen Arbeitsraum hatte.

Anders als sein Vater musste Andrés seine Kunst mit seiner anderen Arbeit vereinbaren. Er malte abends, wenn er nicht zu müde war, und am Wochenende. Sein Vater dagegen … Andrés zog Skizzenblock und Bleistift hervor. Er hasste es, an ihn zu denken, und doch ging er ihm nie ganz aus dem Kopf.

Als Andrés ein Junge war, pflegte sein Vater nachmittags

zum Dominospielen in die Acorralado-Bar zu gehen. Das war seine Zerstreuung von der Arbeit. Und kaum dass er weg war, schlich Andrés die Steintreppe zum Allerheiligsten seines Vaters hinauf, sog den vielschichtigen, trockenen Geruch von Terpentin und unbenutztem Papier ein, berührte die steifen, neuen Leinwände und Pappen, die aufrecht in dem offenen Regal standen, und spähte unter staubige Laken und Tücher, mit denen hölzerne Staffeleien verhängt waren. Und er träumte.

Es waren die Farben. Andrés ließ die Farben, die ihn umgaben, auf sich wirken. So unähnlich waren sie einander nicht. Englische Farben waren normalerweise gedämpft und graustichig. Aber hier am Hide Beach leuchteten sie auch. Da waren die hohen Klippen, die aussahen, als bestünden sie aus honigfarbenen, übereinandergeschichteten Backsteinen. Da war aber auch Chesil Beach selbst, der sich aufbäumte und an der Küste entlangfloss wie eine goldene Löwenmähne. Und die Felder leuchteten erbsengrün – das musste an dem vielen englischen Regen liegen. Auch die Insel strahlte in kräftigen Farben, besonders das Meer. Die See konnte ein wunderschönes Türkis oder ein hartes Dunkelblau zeigen. Sie konnte saphirblau oder tintenschwarz sein. Solche Farben hatte er seitdem nie wieder gesehen.

Im Atelier seines Vaters war alles mit Farbe bespritzt – das Papier, die Pappe und die Leinwände. Es gab dicke Tropfen auf den einst weißen Bodenfliesen und Sommersprossen in allen Regenbogenfarben an den hellen Wänden. Wie Tränen rann die Farbe aus den Tuben, strömte davon und vermischte sich – außer Kontrolle und doch unter *seiner* Herrschaft, wie sie alle. Enrique Marín war ein Mann, dem man nicht widersprach.

Beinahe unbewusst begann Andrés, sich auf die Umrisse zu konzentrieren, die er seinem Bild geben wollte. In diesem frühen Stadium kritzelte er eigentlich nur herum, weil er noch nicht genau wusste, was er aufnehmen wollte. Er begann mit den Klippen; sie würden den Rahmen bilden. Er liebte es, wie sich der Weg auf den Gipfel zuschlängelte, er liebte den grasbewachsenen Kamm voller Wildblumen, und er liebte die konkave Linie der sandigen Kante, die im Lauf der Jahre erodiert war und nach und nach abbröckelte und im Meer versank.

Andrés' Familie war wohlhabender als die meisten anderen Familien auf der Insel. Sein Vater und dessen Vater vor ihm hatten auf dem kleinen Landstück, das die aus Stein errichtete *casa* mit ihren *postigos* – den kleinen Fensterläden aus Holz – umgab, Schafe und Ziegen gehalten, und sie bauten Kaktusfeigen an, um an Cochenille-Schildläuse zu kommen. Aber das Herz seines Vaters hatte nie an der Landwirtschaft oder an der Tierzucht gehangen. Er hatte immer anderes im Kopf gehabt.

Kaum dass sich Enrique Maríns Arbeiten verkauften, hatte er das Land an seinen Nachbarn losgeschlagen und nur zwei Ziegen und einen Gemüsegarten behalten, um den sich Andrés' Mutter kümmerte. Manchmal, wenn sich die Bilder seines Vaters nicht so gut verkauften, lebten sie allein davon.

Die Römer hatten die Kanaren die »Inseln der Glückseligen« genannt; das hatte Andrés in der Schule gelernt. Aber nicht jeder war hier glücklich. Das Glück war in Gefahr, wenn man sich entschied, seine Meinung zu sagen, ein Geheimnis nicht zu bewahren, oder sich weigerte, so zu tun, als ob.

Auf dem Papier markierte Andrés grob, wo das Meer sein und wo der Horizont verlaufen würde. Er sah sich selbst, wie er mit vier oder fünf Jahren den Kopf durch die Tür zum Atelier seines Vaters steckte.

»Andrés! Hinaus! *Hacia fuera!*« Sein Vater trug sein weites, hellblaues Baumwollhemd und mit Farbe bespritzte Shorts. Er brüllte ihn an und fuchtelte mit seinem Pinsel in der Luft herum. In der anderen Hand hielt er seinen üblichen Stumpen. Ohne zu rauchen, konnte er weder malen, laufen oder denken. Er zog daran, hustete, schnippte die Asche in die ungefähre Richtung des Aschenbechers und verfehlte ihn wie immer. Er ging leicht gebeugt, mit hochgezogenen Schultern. Sein widerspenstiges dunkles Haar wurde von einem purpurroten Band aus dem Gesicht gehalten, und er sah damit aus wie ein Indianer. Er tobte vor Wut. »Ich kann nicht arbeiten, wenn ich ständig gestört werde!« Schnippen, Fuchteln, Asche. »Reyna!«

Seine Stimme klang immer noch in Andrés' Ohren.

Dann kam seine Mutter, Reyna, angelaufen, und Andrés huschte mit gesenktem Kopf davon wie eine langbeinige Küchenschabe.

»Mach dir nichts daraus, mein Sohn«, pflegte seine Mutter zu sagen. Sie strich sich das rabenschwarze Haar zurück und band ihre Schürze neu. »Du kannst hier bei mir in der Küche arbeiten.«

Eines Tages band sie sich die Schürze ab, trocknete sich die Hände an einem Geschirrtuch ab und ging hinauf ins Atelier.

Andrés hörte Stimmen seiner Eltern an- und abschwellen und dann verstummen. Damals durfte sie das Atelier noch betreten. Seine Mutter kam kopfschüttelnd und mit der Zunge schnalzend zurück. Sie brachte eine alte Palette, ein paar Bogen aussortiertes dickes Papier und einen ausgefransten Pinsel mit. Andrés' Miene hellte sich auf. Arbeiten, hatte sie gesagt. Arbeiten. Das gefiel Andrés. Es schien ihn auf das Niveau seines Vaters zu heben, und gab ihm ein Ziel. Er würde malen.

Und so arbeitete Andrés, während seine kleine Schwester in ihrem Körbchen an der offenen Tür schlief, während der Wind vom Meer sanft den Türvorhang aus Bambusstäbchen bewegte und seine Mutter die Hausarbeit machte.

Er malte. Er malte das Obst, das seine Mutter in die grob gefertigte Tonschale legte: pockennarbige Orangen und kanarische Bananen, die klein, süß und gelb waren. Er malte seine tüchtige, betriebsame Mutter mit hochgerollten Ärmeln und ihrer Schürze, die flink und mit gekonnten Handgriffen eine *ropa vieja* – einen Reste-Eintopf aus Fleisch und Kartoffeln, Papageifisch oder Tintenfisch – zubereitete. »Hör nicht auf deinen Vater. Er ist, wie er ist. Mach einfach weiter.«

Auf einem anderen Blatt zeichnete Andrés das rote Fischerboot, das am Hide Beach an Land kam. Auch die Fischer und ihre Zelte hielt er fest. Sie würden einen schönen Farbklecks auf seinem Gemälde abgeben. Er würde sie rot malen, beschloss er, passend zum Fischerboot und als Kontrast zu den Blautönen des Meeres und den gelbgoldenen Kieseln. Rot war eine gute Wahl.

Sein Vater lebte immer noch in dem Dorf seiner Kindheit, in dem Andrés seit Jahren nicht gewesen war, und malte auch noch. Auf Fuerteventura liebte man Enrique Marín für seine Kreativität und sein Flair. Es hieß, er habe den Ort mit seinen Skulpturen, seiner Kunst und seiner Vision verwandelt. Seinetwegen kamen andere Künstler und schufen noch mehr schöne Gegenstände. Seinetwegen kamen auch mehr Touristen, gaben Geld aus und machten die Insel reicher. Seinetwegen gab es Galerien, Ausstellungen und Stipendien. Er wurde fast wie ein Gott verehrt.

Sein Vater war jetzt wohlhabend. Die ersten großen Erfolge hatte er zu Beginn des neuen Jahrtausends gefeiert. Andrés hatte davon gelesen. *Bist du jetzt zufrieden?*, hatte er gedacht. Seitdem war Enrique Marín sogar international bekannt geworden – ein Künstler und Bildhauer, der es geschafft hatte und kleine Menschenmengen in Ausstellungen und Galerien zog. Er war nun sehr gefragt und in der beneidenswerten Position, nur ausgewählte Aufträge anzunehmen. Seine Eltern besaßen heute weitere Häuser – eines im Süden der Insel und eines in der Hauptstadt Puerto del Rosario. Aber sie hatten das Haus in Ricoroque behalten, und Andrés vermutete, dass sie immer noch den größten Teil der Zeit dort wohnten. Das war ihr Dorf und Enriques Landschaft – die Landschaft, die er liebte und die ihm den Erfolg geschenkt hatte, nach dem er so begierig war.

Er ist, wie er ist. Andrés hatte die Worte seiner Mutter nie hinterfragt. Damals nicht. Aber wusste sie, wie ihr Mann war? *Chofalmeja.* Jemand, dem man nicht vertrauen konnte. Wusste sie es wirklich?

Als Andrés damals in der Küche die Motive ausgingen, nahm er Zuflucht zu seinem inneren Auge und malte zum ersten Mal das Meer. Er malte wilde Wellen, die am alten Hafen auf die wie dicke Robben geformten Felsen krachten, kräftige Brecher, die in der Brandung an der Playa del Castillo ausliefen, oder türkisfarben leuchtendes Wasser, das sanft die sandige Lagune der Bucht umspielte. Jede Ebbe oder Flut war ein Gegensatz. Jede Ebbe oder Flut brachte etwas Neues. Er malte das Meer in Grün, Blau, Weiß und jeder Schattierung dazwischen. Er malte es still, und er malte es in Bewegung. Er malte es ruhig, und er malte es, wenn es tobte. Mit Menschen und Schiffen oder nur das Wasser. Und nach und nach, im Lauf von Wochen, Monaten, Jahren, lernte er, seine Farben, Stimmungen und Energien einzufangen. Er war in der Lage, die Bewegung der Brandung und der Wellen darzustellen, ihr Heben und Senken, ihr Kräuseln und Glitzern.

Bis es sogar seinem Vater auffiel.

Sein Vater begann ihm zuzuschauen, wenn Andrés am Nachmittag nach der Schule zu Hause malte. Mit seiner Zigarre, die er in den nikotinfleckigen Fingern hielt, wies er auf die Bilder und gab knappe Bemerkungen von sich: »Mehr Weiß hier.« Oder: »Falsche Perspektive. Benutz deine Augen. Gott hat dir extra zwei davon gegeben.« Manchmal nickte sein Vater nur. Bei anderen Gelegenheiten trat er ans Fenster und sah hinaus, und Andrés' Mutter ging dann zu ihm, legte ihm die Hand auf die Schulter und flüsterte: »Enrique ...«

Eines Samstags arbeitete Andrés an einem besonders anspruchsvollen Bild. Seine Freunde spielten draußen Fußball, aber er war zu sehr in sein Werk vertieft, um zu ihnen zu gehen. *Mañana*. Morgen. Zeit bedeutete ihm damals wenig; es war immer genug davon da. Er malte ein Fischerboot im neuen Hafen, das rot, grün und blau gestrichen war. Es trug ein schwarzes Wappen und den Namen *Halcón*, Falke. Auf dem Emblem war ein solcher Greifvogel abgebildet, der vollkommen konzentriert – von den ausgestreckten Klauen bis zu dem grausam gebogenen Schnabel und dem harten Blick – auf seine Beute herabstieß. Neben dem Boot malte Andrés ein Netz mit silbrig glitzernden Fischen, und daneben stand ein alter Fischer mit wettergegerbter Haut. Vielleicht war es Guillermo, denn er trug wie er einen blauen

Overall und Bootsschuhe aus Stoff. In der Ferne war das Meer aufgewühlt. Die Wellen schlugen an den Fuß der alten Leuchtturmanlage El Tostón, und die Gischt zerstob im Wind zu tausend Tröpfchen.

Sein Vater stapfte vorbei, um sich die Tasse Kaffee zu holen, die Mama ihm gekocht hatte. Er zündete sich einen neuen Stumpen an und murmelte etwas, das Andrés nicht verstand.

Andrés zögerte. Seine Hand mit dem Pinsel verharrte über den Fischen. Er wartete auf die Kritik. *Zu viele Fische, das Meer ist zu ruhig, Fehler beim Hautton.*

Doch sein Vater schwieg.

Andrés sah auf. Sein Vater rieb sich das stopplige Kinn. Seine dunklen Augen schauten ausdruckslos drein. Er wirkte zornig. »Was?«, flüsterte Andrés. Was war so schlecht?

Sein Vater wandte sich an seine Mutter. »Der Junge kann malen«, erklärte er. Und dann stapfte er zurück in sein Atelier.

Nur diese Worte. *Der Junge kann malen.* Aber er war geblendet von diesen Worten. Sie krochen sich in seine Seele und explodierten dort wie ein Feuerwerk aus Funken reiner Freude. Er hatte das Gefühl, endlich anerkannt worden zu sein. Zum ersten Mal wusste Andrés, was er war, wer er war. Der Sohn seines Vaters. Ein Künstler. Malen würde sein Leben sein.

Aber er hatte sich geirrt. Er war ein Narr gewesen, ein Idiot. *Zurriago.* Schwachkopf.

Andrés ärgerte sich über sich selbst. Er stopfte seine Sachen wieder in die Stofftasche zu seinen Füßen. Es reichte für heute. Er war zu unkonzentriert. Wie immer hatte er zugelassen, dass Enrique Marín ihm zusetzte. Doch wenn es

Andrés nicht gelang, seine Familie aus seinem Kopf zu verbannen – seine Mutter, seine Schwester, seinen Vater, dem er niemals gut genug sein würde –, dann konnte er nicht arbeiten. Er musste erst all diese Gedanken abschütteln, bevor er weitermachen konnte.

Denn Enrique Marín hatte seinen Sohn nicht in sein Atelier aufgenommen und zum Malen ermuntert. Der große Meister hatte keine weisen Worte oder Tipps an ihn weitergegeben. Oh nein. Ganz im Gegenteil. Es hatte seinen Vater immer mehr erzürnt, dass Andrés in seine Fußstapfen trat – dass er es wagte, mit ihm zu konkurrieren, dabei war er es kaum wert, auch nur im selben Haus zu leben wie der große Mann. Sein eigener Sohn …

»Hast du nichts Besseres zu tun, Junge?«, schrie er, wenn er ihn bei der konzentrierten Arbeit an einer Zeichnung antraf. »Was glaubst du, wer du bist? Denkst du, die Welt will sehen, was du machst? Schau es dir doch an!« Und er kam herübergestampft und fuchtelte mit dem Finger oder dem Stumpen über seinem Bild herum, kritisierte, verhöhnte es und zerriss seine Arbeit – manchmal sogar buchstäblich. Dann lief Andrés weg, denn er hatte Tränen in den Augen und war nicht in der Lage, seinem Vater die Stirn zu bieten. Das konnten sie alle nicht. Warum hasste sein Vater ihn so? Was hatte er getan? Warum würde für den Mann, den Andrés so bewunderte, nie etwas gut genug sein?

Jedenfalls hatte er ihn früher bewundert. Heute wusste er es besser. Seit siebzehn Jahren wusste er, dass es an einem Mann wie ihm nichts zu bewundern gab.

Aber damals … Es bedeutete nichts, dass seine Mutter und seine Schwester ihn in seiner Malerei unterstützt hatten. Was wussten die beiden schon? Es hieß gar nichts, dass sein Kunstlehrer in der Schule sagte: »Wir sehen alle, wessen Sohn du bist, Andrés.« All das bedeutete nichts. Denn die eine Stimme, auf die es ankam, war immer gegen ihn erhoben.

Die Frau fiel Andrés zuerst auf, als sie oben auf dem Klippenpfad auftauchte, der zum Hide Beach führte. Sie schritt zielbewusst voran. Das kurze blonde Haar wurde vom Wind zurückgeweht. Sie hatte die Schultern hochgezogen und die Hände in den Jackentaschen vergraben. Er bemerkte sie, weil sie allein war, was ungewöhnlich war. Die meisten Leute hatten wenigstens einen Hund bei sich. Außerdem hatte er das Gefühl, sie schon einmal irgendwo gesehen zu haben.

    Seit er seine Inselheimat verlassen hatte, seit dem Tag, an dem er getan hatte, was er nie geglaubt hatte, tun zu können, war Andrés in Kontakt mit seiner Mutter und seiner Schwester geblieben. Doch er wusste, dass sie Enrique Marín nichts davon verrieten.

    »Tritt nie wieder über diese Schwelle«, hatte Enrique Marín zu seinem Sohn gesagt und ihn aus seinen schwarzen Augen wütend angestarrt. »Wage es nicht, zurückzukommen.« Das ließ nicht viel Verhandlungsspielraum. Außerdem war Andrés viel zu stolz. Jedes Mal, wenn er an die Insel und seine Familie dachte, rief er sich diese Worte ins Gedächtnis. Nie würde er an einen Ort zurückkehren, an dem er so verhasst war. Und doch hatte er es tun müssen, oder? Wie hätte er es nicht tun können? Was war ihm anderes übrig geblieben?

    Andrés sprach regelmäßig mit seiner Mutter. Wenn Enrique nicht da war, wählte sie seine Nummer. Sie ließ es erst zwei Mal klingeln, anschließend vier Mal. Dann rief Andrés sie zurück. Sie wollten nicht riskieren, dass die Telefonrechnungen Andrés' Vater verrieten, dass sie noch in Verbindung standen. Andrés hielt sie über die Einzelheiten aus seinem Leben auf dem Laufenden und erzählte ihr kleine Anekdoten über seine Kunden. Er erzählte ihr zum Beispiel von Mrs. Emily Jones, bei der er die Decken in Schlaf- und Wohnzimmer in Apricot und Weiß gestrichen hatte und die ihren Pudel herausputzte und ihm Locken drehte, bevor sie nachmittags mit ihm an der Promenade spazieren ging. Oder von dem alten Ian Hangleton – Hausfassade in gebrochenem Weiß und ein paar defekte Dachpfannen –, der durch seine Gardinen auf die Straße hinaussah, um den neuesten Klatsch aufzuschnappen, sein Geld unter den Bodendielen im Schlafzimmer aufbewahrte und ein geladenes Gewehr am Bett stehen hatte. *Nur für alle Fälle ...* Er erzählte alles, was seiner Mutter vielleicht ein Lächeln entlocken konnte. Er stellte sich die beiden vor – Mama und Isabella –, wie sie bei einem Kaffee zusammensaßen, wenn der alte Mann nicht zu Hause war. Seine Mutter gab die Neuigkeiten an Isabella weiter, obwohl er seine Schwester auch ab und zu anrief und sie ihm gelegentlich mit langen Briefen antwortete. Doch sie passte grundsätzlich auf, und er spürte immer, dass sie sich zurückhielt. Als wolle sie nicht riskieren, sich den Zorn ihres Vaters zuzuziehen. Als dürfe sie erst wieder eine richtige Verbindung zu ihm aufnehmen, wenn er wieder in den Schoß der Familie aufgenommen war.

Er berichtete seiner Mutter auch von dem letzten Haus, das er renoviert hatte. Er hatte es gekauft und es so hergerichtet, dass es kaum wiederzuerkennen war. Dann hatte er es wieder verkauft. *Das hat mir ein gutes Gefühl gegeben ...* Wenigstens etwas, bei dem er sich gut fühlte. Andrés hatte von den steigenden Immobilienpreisen der späten 1990er-Jahre profitiert. Er hatte das heruntergekommene einstöckige Haus mit zwei Räumen im Erdgeschoss und in der ersten Etage oben praktisch umsonst erworben. Den Tipp hatte er von einem seiner Kunden bekommen. Er war alles andere als ein Immobilienhändler, aber er hatte sich nicht allzu schlecht geschlagen.

Er hatte ihr auch von dem neuen Objekt am Meer erzählt, das er in der Pride Bay entdeckt hatte. Er fasste in seine Jackentasche, um sich zu vergewissern, dass der Prospekt für die Auktion noch dort steckte. Dieses Haus hatte ihn sofort angesprochen, und er hatte beschlossen, darauf zu steigern. Warum auch nicht? Es hatte eine herrliche Aussicht.

»Das hört sich wunderbar an, mein Sohn«, hatte sie gesagt, und ihre Stimme hatte stolz geklungen.

Bei dem Gedanken an das heruntergekommene Häuschen hatte er gelächelt. »Wunderbar« war nicht ganz das passende Wort dafür. Aber vielleicht, eines Tages … Er war auf der Suche nach einem neuen Projekt gewesen. Und irgendwie erinnerte ihn dieses Cottage an zu Hause.

»Wie geht es so, Mama?«, hatte er sie gefragt. »*Qué tal?*«

Er hörte, wie sie innehielt, und verstand. »Aha«, sagte er.

»Mir geht es ganz gut, mein Sohn«, gab sie zurück. »Aber es hat sich nichts geändert.«

Er wusste, dass sie ihm nie widersprechen würde. Sie war noch vom alten Schrot und Korn. Bei Andrés war das etwas anderes. Er gehörte der jüngeren Generation an und war vielleicht zum Rebellen geboren. Er würde immer alles hinterfragen, er konnte gar nicht anders.

»Und Isabella?«, fragte er und dachte an seine Schwester mit dem liebreizenden Gesicht. Auch sie würde sich nie gegen ihn auflehnen. Er war sich nicht sicher, ob aus Liebe oder Angst.

»Gut«, antwortete seine Mutter. »Sie wünscht sich immer noch ein Kind.«

Arme Isabella. Sie war inzwischen seit zehn Jahren verheiratet. Das musste schwer für sie sein. Denn für die *Majoreros*, die Bewohner von Fuerteventura, war die Familie das Wichtigste – Familie und Kinder. Andrés teilte diese Einstellung nicht. Aber Andrés hatte sich immer als Fremdkörper in seiner Familie gefühlt. Er hatte nie den Eindruck gehabt, wirklich zu ihr zu gehören. Vielleicht weil sein Vater ihm dieses Gefühl gegeben hatte.

Es war früher Abend geworden, und die Sonne senkte sich bereits. Andrés beschattete seine Augen und sah zu, wie die Klippen die Farbe wechselten: von einem kräftigen Lebkuchenbraun zu einem hellen, zuckrigen Gold. Obwohl sein Kaffee kalt geworden war, nahm er einen letzten Schluck. Er mochte ihn stark und schwarz, deshalb nahm er immer einen doppelten Espresso. Das Mädchen hinter der Theke wusste dies und fragte ihn nicht mehr nach seinen Wünschen.

Andrés sah aufs Meer hinaus und bemerkte, dass die Frau von der Klippe in der Zwischenzeit die Bucht erreicht hatte und auf das Café zuging. Sie trug eine große, weiße Sonnenbrille, die sie hochgeschoben hatte, und er sah, dass ihre Augen rot waren, als hätte sie geweint. Sie war nicht schön, aber eine auffallende Erscheinung. Die Unbekannte war klein und schmal und wirkte selbstbewusst. Ihr Gang und ihre Haltung strahlten Würde aus, und ihre Art, sich zu kleiden, hatte etwas Exzentrisches, das sein Interesse weckte. Rote Jacke, schwarze Jeans, weiße Sonnenbrille und pinkfarbene Wanderstiefel – das war schon eine gewagte Kombination.

Sie suchte sich einen Weg zwischen den Tischen, und er spürte, wie ihr Blick über ihn hinwegglitt. Warum war sie traurig? Er konnte es in ihren Augen sehen, und es schmerzte ihn tief in der Brust, als hätte es die Erinnerung an seine eigene Verletzung aufgerührt. Ob er sie schon einmal gesehen hatte? Wenn, dann war es lange her. Ganz sicher war er ihr nicht in letzter Zeit begegnet – daran hätte er sich erinnert.

Sie betrat das Café. Andrés riss sich von ihrem Anblick los, denn vermutlich würde er sie ohnehin nie wiedersehen. Er schob seine Kaffeetasse beiseite und stand auf, um zu gehen. Er musste endlich mit der Arbeit anfangen – mit der Arbeit, die ihm wirklich wichtig war. Ein paar von den anderen würden auch im Atelier sein. Sie würden bis acht oder neun arbeiten und dann ein Bier trinken und vielleicht etwas essen gehen.

Er dachte an sein letztes Gespräch mit Mama. Beinahe hätte er zu viel gesagt. Er hatte sich immer gefragt, ob es jetzt, wo er so weit fort war, möglich sein würde, manches offen auszusprechen, was in einer Familie vielleicht gesagt werden musste. Aber schließlich hatte er geschwiegen. Das war das Problem. War es nicht immer einfacher, nichts zu sagen? War es nicht immer leichter, den Schein zu wahren?

7. Kapitel

Ruby fuhr von London zurück nach West Dorset. Ihr ganzes Hab und Gut hatte sie in den Laderaum des kleinen Transporters gestopft, den sie für einen Tag gemietet hatte. Mäntel, Schals und anderer Kleinkram lagen auf dem Beifahrersitz neben ihr. Außer ihr hatten an diesem speziellen Tag noch unzählige andere Menschen einen Transporter mieten wollen. Es musste irgendetwas los sein, von dem ihr niemand erzählt hatte.

»Einen haben wir noch«, erklärte ihr der Mann der dritten Firma, bei der sie es versucht hatte. »Solange sie bei der Farbe nicht wählerisch sind.«

»Bin ich nicht«, sagte Ruby.

Er war pink. Knallpink, um genau zu sein. Das grelle Neonpink sorgte dafür, dass sie auffiel. Seit sie heute Morgen um acht aufgebrochen war, hatte man ihr zugewinkt, sie angehupt und angeglotzt. Aber es war ein sonniger Tag, und es amüsierte sie eher. Was hatte die Farbe schon zu sagen? Ruby hatte einen einzigen Blick auf den Transporter geworfen, sich einen geblümten Vintage-Schal ums Haar gebunden und war hineingeklettert.

Es herrschte viel Verkehr, aber auch das machte ihr nichts aus. So hatte sie Gelegenheit, ihre Gedanken zu ordnen. Und es gab eine Menge Dinge, über die sie nachdenken musste. Mel hatte ihr empfohlen, praktisch zu denken, daher hatte Ruby in Pridehaven den Filialleiter der Bank aufgesucht und ihre Finanzen in Ordnung gebracht. Alan Shaw war ein alter Freund ihrer Eltern und sowohl verständnisvoll als auch hilfsbereit. Das Haus ihrer Eltern war abbezahlt, daher hatte Alan keine Einwände dagegen, dass Ruby es zum Verkauf anbot. Was das Küstenwachenhäuschen und die Auktion anging, so konnte er ihr nichts Neues sagen, aber er versicherte ihr, dass genug Geld für dieses Projekt übrig bleiben würde, wenn sie sich dabei an ihr geplantes Budget hielt.

»Und was hast du sonst noch vor, Ruby?« Alan lächelte onkelhaft.

Ruby fragte sich, wie es sich anfühlte, so viel über anderer Leute Finanzangelegenheiten zu wissen. Ihm schien es jedenfalls nicht unangenehm zu sein.

»Ich nehme an, du wirst weiterarbeiten?«

»Oh ja, natürlich.« So viel Geld würde nun auch wieder nicht übrig bleiben. Ihre Eltern waren nie wohlhabend gewesen. Aber ihr Vater hatte etwas Geld geerbt, und die beiden hatten nicht zu den Menschen gehört, die verschleuderten, was sie hatten. Aber wenn sie wieder arbeiten würde, würde es mehr als ausreichen. Gestern war sie noch einmal an dem Cottage vorbeigegangen; sie war die Klippen hinunter zum Hide-Café gewandert. Sie war so oft mit ihren Eltern hier gewesen, dass es eine ziemliche emotionale Wanderung gewesen war. Aber sie hatte sie unternehmen wollen. Es war Teil der Trauerarbeit, sagte sie sich.

Sie hatte sich außerdem nach Arbeit umgehört und bereits mehrere Artikel in Aussicht. Ein monatlich erscheinendes Hochglanzmagazin hatte ihr vorgeschlagen, für einen Artikel über gleiche Bezahlung am Arbeitsplatz zu recherchieren. Früher war das eine Geschlechterfrage gewesen, dann war es eine Zeit lang auf die Qualifikation angekommen, heute hingegen lief es häufig allein auf das persönliche Verhandlungsgeschick hinaus. Der Mensch, der am Schreibtisch nebenan saß, konnte die gleiche Arbeit machen und trotzdem ein vollkommen anderes Gehalt beziehen. Ruby fand das ziemlich ungerecht. Dann gab es noch die üblichen Angebote für Artikel über Reisen, Gesundheit und Inneneinrichtung. Sie hätte lieber etwas anderes gemacht, deshalb war sie später mit einem ihrer Redakteure verabredet. Sie wollte auf dem Laufenden bleiben. Sie wusste, wonach sie Ausschau hielt: nach etwas Großem. Nach einem Artikel, der Bedeutung besaß, der globaleren Widerhall hatte, und nicht seichte Lifestyle-Themen behandelte. Aber solche Storys begegnetem einem nicht jeden Tag, und wenn, dann stand für gewöhnlich schon eine ganze Truppe Journalisten in den Startlöchern und wartete darauf, ihn zu schreiben.

»Und deine Musik? Spielst du noch?«, fragte Alan.

»Ja.« Sie hatte wieder zu üben begonnen und war selbst überrascht gewesen. Um ihre Saxofonkünste war es doch noch besser gestellt, als sie gedacht hatte. Im Lauf der letzten Tage hatte sie Kontakt zu einigen Mitgliedern der alten Band aufgenommen, und gestern Abend hatten sie sich getroffen und geprobt. Es hatte zunächst eher schaurig geklungen, aber …

»Wir planen einen Auftritt«, fügte Ruby noch hinzu. Das war ein großer Schritt, doch Ruby war bereit dafür. Die gestrige Probe war gut verlaufen, und das Jazz-Café hatte bereits mitgeteilt, dass die Gruppe jederzeit willkommen sei. Ihre Eltern hatten ihre Musik immer unterstützt; besonders ihre Mutter hatte Jazz geliebt. Beide waren immer so stolz gewesen, wenn sie auftrat. Es würde sein, als säßen sie wieder im Publikum. Sie würde bei diesem Auftritt nur für sie spielen.

»Großartig«, meinte Alan. »Es freut mich, das zu hören.«

Das Leben war zu kurz, um seine Träume nicht zu verwirklichen – zumindest das hatten die letzten Monate sie gelehrt. Es konnte sein, dass man plötzlich keine Gelegenheit mehr dazu hatte.

Außerdem hatte sie natürlich mit James gesprochen. Es war nicht so schlimm gewesen, wie sie befürchtet hatte.

»Ich habe nachgedacht«, hatte sie zu ihm gesagt.

»Du kommst nicht zurück.« Das war keine Frage, sondern eine Feststellung.

»Woher weißt du das?«, fragte sie ausweichend. So einfach konnte – oder sollte – das nicht sein, oder?

Er seufzte. »Ich glaube, ich habe es immer gewusst«, erklärte er. »Ich habe es mir nur nicht eingestanden.«

Ruby wurde klar, dass es bei ihr genauso gewesen war. Dann war es nun also vorbei.

Ruby konzentrierte sich auf den dichten Verkehr vor ihr. Es war nicht die größte Liebesgeschichte aller Zeiten gewesen, aber sie hatten sich gern genug gemocht, um zusammenzuziehen, hatten gedacht, es würde funktionieren. Aber die Menschen änderten sich, überlegte Ruby. Es war reines Glück, wenn sie es auf dieselbe Art und Weise und noch dazu gleichzeitig taten. Und noch etwas stimmte. Sie hatte ihn nicht genug geliebt.

»Ich würde gern meine Sachen aus der Wohnung holen, wenn das okay ist«, hatte sie zu ihm gesagt.

»Wann?«, hatte er gefragt, und etwas daran, wie er das sagte, ein gedämpftes Geräusch im Hintergrund, das auch aus dem Radio stammen konnte, brachte sie auf die Idee, dass noch jemand da war. Dass James es ihr leichter machte, weil er schon eine andere hatte. Nun ja, sie konnte es ihm nicht übel nehmen. James war nicht der Typ, der lange in einer ungeklärten Situation lebte, und schließlich war es seine Wohnung.

»Samstagmorgen?«, hatte sie vorgeschlagen. »Gegen elf?« Die Vorstellung, dass sich schon – so bald – jemand anderer in ihrem Bad wusch, in ihrem Bett schlief, hatte sie zunächst schrecklich gefunden. Doch auf gewisse Weise machte das alles einfacher. Es war nicht mehr ihr Bad oder ihr Bett, das war es auch nie gewesen; alles gehörte James.

»Samstag ist prima«, sagte er. »Ich bin hier.«

Es war ein merkwürdiges Gefühl, an der Londoner Wohnung zu klingeln, statt ihren Schlüssel zu benutzen. James ließ sie herein und küsste sie auf die Wange. »Du siehst gut aus, Rubes«, meinte er ohne eine Spur von Bitterkeit. Also hatte er wirklich eine andere.

»Du auch«, sagte Ruby. Und das stimmte. Er trug sein blondes Haar ein wenig länger, und es stand ihm gut. Er sah entspannter aus, stellte sie fest. Glücklich. Nun, darüber sollte sie sich eigentlich freuen.

Ruby verschwendete nicht viel Zeit damit, sich umzusehen. Dennoch sah die Wohnung irgendwie anders aus. Irgendwie keimfrei, als ob James – oder jemand anderes? – sie gründlich geschrubbt hätte. Jemand mit einer leichten Zwangsstörung? Oder jemand, der verzweifelt versuchte, jede Spur von Ruby auszulöschen?

Aber es war nicht wichtig. Er hatte ihre Sachen in Kartons gepackt und sie in die Diele gestellt. Das verkürzte ihren Aufenthalt, und Ruby war froh darüber. Hier hing immer noch der Nachhall jenes frühmorgendlichen Polizeibesuchs in der

Luft, die Nachricht, die ihre Welt zerschmettert hatte. *Es gibt immer einen toten Winkel …*

James bot ihr Kaffee an, doch sie schüttelte den Kopf. »Danke, aber ich bin noch mit Leah verabredet.« Leah war die Redakteurin, von der sie die meisten freiberuflichen Aufträge erhielt. Zwischen Leah und Ruby hatte sich im Lauf der Jahre eine enge, vertrauensvolle Beziehung entwickelt. Ruby wusste, dass Leah ihr so viele interessante Aufträge geben würde, wie sie konnte; und Leah wusste, dass Ruby immer pünktlich gute Qualität lieferte. Außerdem hatte Ruby keine Lust, Small Talk mit James zu betreiben. Noch weniger Lust hatte sie, ihm zu erzählen, was seit ihrer Trennung in ihrem Leben passiert war. Und schließlich wollte sie auf keinen Fall in die Lage kommen, das Bad benutzen zu müssen und im Regal die Sachen von jemand anderem zu sehen.

Gemeinsam trugen sie die Kisten die Treppe hinunter und stapelten sie im Laderaum des Transporters.

»Ganz schön knallig?« James zuckte beim Anblick des flamingofarbenen Vans unwillkürlich zusammen. Er war schon ein wenig auffällig, aber Ruby hatte den Wagen während der Fahrt ganz lieb gewonnen.

Ruby zuckte die Achseln. »Er fährt.«

Als sie fertig waren, wartete er auf dem Gehsteig, während sie auf den Fahrersitz stieg. Sie kurbelte das Fenster hinunter.

»Tut mir leid, dass es mit uns nichts geworden ist, Rubes«, sagte James. Er streckte die Hand aus.

»Mir auch.« Ruby legte die Hand hinein. Sein Händedruck erinnerte sie an ihre Beziehung. Nett, dachte sie, aber nicht welterschütternd. Ob sie in Verbindung bleiben würden? Wahrscheinlich nicht. Das war zwar ein wenig traurig, aber …

»Ich hoffe, du findest bald einen neuen Mitbewohner.«

Eine Sekunde lang flackerte sein Blick, und sie wusste, dass sie ins Schwarze getroffen hatte. Grinsend drückte sie ihm die Hand, um ihm zu zeigen, dass sie ihm keine Vorwürfe machte. »Pass auf dich auf, James.«

»Du auch. Mach's gut, Ruby.«

So weit, so gut. Das kurze Mittagessen mit Leah war gut verlaufen. Sie hatten ihren Kontakt wiederbelebt und waren zusammen ein paar Ideen durchgegangen. Die beiden waren zwar nicht privat befreundet, aber Leah wusste von dem Unfall und war erleichtert darüber, dass Ruby mit dem Tod ihrer Eltern so gut zurechtzukommen schien.

»Nehmen Sie sich nicht zu viel vor, Ruby«, sagte sie beim Abschied zu ihr. »Nehmen Sie sich alle Zeit, die Sie brauchen.«

»Keine Sorge«, gab Ruby zurück. »Aber unterdessen …«

Leah lachte. »Ich weiß. Wenn mir etwas Interessantes über den Weg läuft, dann gebe ich Ihnen Bescheid.«

»Danke, Leah.«

Nach dem Mittagessen hatte Ruby sich mit Jude getroffen und sie auf den neuesten Stand gebracht.

»Du fehlst mir«, sagte Jude. »Wir werden dich alle vermissen.«

»Ich euch auch«, erklärte Ruby. Aber die Wahrheit war, dass ihr das Leben in London schon jetzt in weite Ferne gerückt schien. Jude und die anderen würden ihr fehlen und James auch. Aber das alles war bereits Vergangenheit.

Jetzt waren sie und ihre Besitztümer unterwegs nach Westen. Ruby war müde. Aber sie wusste, dass sie die richtige Entscheidung getroffen hatte.

In irgendeinem dieser Kartons befand sich ihre Geburtsurkunde. Etwas, das verhindern würde, dass eine Schuhschachtel mit Fotos und ein paar banalen Gegenständen ihr so einfach ihre Identität stehlen konnten, etwas, das beweisen würde, wer sie war und woher sie kam. Wen interessierte es da schon, dass ihre Eltern lange gebraucht hatten, um sie zu zeugen, oder dass sie ihnen überhaupt nicht ähnlich sah? Sie war ihre Tochter, und die Urkunde würde das beweisen. Sie war Ruby Rae.

Endlich erreichte sie die A31 und fuhr über die Hügel, vorbei an ihrer Lieblingsaussicht auf die Täler von West Dorset und das Meer dahinter und hinab nach Pridehaven. Der Flamingo-Transporter mochte von außen komisch aussehen, aber sein Motor war stark, und er schlug sich großartig. Trotz allem anderen, was sich in ihrem Leben abspielte, fühlte sich Ruby befreit, ja sie spürte sogar Hoffnung. Sie tat, was sie konnte, und sie blieb stark. Sie ... Nun ja, sie kam zurecht.

Wieder im Haus angekommen, lud Ruby die Kisten aus und setzte sich endlich hin, um eine Tasse Tee zu trinken. Auf dem Sofa neben ihr stand eine Schachtel mit Papieren, die aus der obersten Schublade ihres Schreibtisches stammten. Sie hoffte, dass die Urkunde darin war. Inzwischen konnte sie kaum noch die Augen offen halten, aber sie musste nachsehen. Sie wollte ihre Zweifel loswerden und dieses leise Gefühl, nirgendwo hinzugehören, so schnell wie möglich hinter sich lassen.

Die Urkunde war da. Puh. Sie steckte hinter ihrem Pass und ihrem Führerschein. Sie faltete sie auseinander und versuchte, dabei nicht die Luft anzuhalten. Schließlich hatte sie die Urkunde schon gesehen. Sie wusste, was darinstehen würde.

Es war nur eine gewöhnliche Geburtsurkunde. Sie wies den Distrikt der Anmeldung aus – Pridehaven, Grafschaft Dorset –, außerdem die Namen und Berufe ihrer Eltern – Vivien Rae, Tom Rae. Alles ganz normal. Sie besagte, dass ihr Name Ruby Ella war, und unten standen die Unterschrift des Standesbeamten und die Adresse ihres Geburtsorts. Diese war identisch mit der Adresse ihrer Eltern. Es war also eine Hausgeburt gewesen. Das war Ruby noch nie aufgefallen, aber sie konnte nichts Merkwürdiges daran finden. Viele Leute brachten ihre Kinder zu Hause zur Welt, sogar wenn es das erste war. Und manchmal steckte nicht einmal Absicht dahinter. Vielleicht war Vivien plötzlich in die Wehen gekommen und hatte nicht einmal Zeit gehabt, ins Krankenhaus zu fahren. Ruby lächelte. Ihre Mutter hatte ihr nie richtig davon erzählt. Sie hatte nur gesagt, dass es eine ganz normale Geburt gewesen sei.

Und dann fiel ihr noch etwas auf; etwas, bei dem ihr ganz flau im Magen wurde. Es war mit roter Farbe oben auf den rechten Rand der Urkunde gestempelt. *Verspätete Anmeldung*. Was hatte das zu bedeuten?

Ruby vergaß ihre Erschöpfung, holte ihren Laptop hervor und googelte. Sofort fand sie einen ziemlich umfassenden Artikel. Neugeborene waren innerhalb von zweiundvierzig Tagen anzumelden – so lautete das Gesetz. Doch eigentlich war den Behörden die Anmeldung selbst wichtiger als der Zeitpunkt. Eigentlich war jeder Zeitpunkt erlaubt, denn schlimmer als eine fehlende Anmeldung waren die vielen Probleme, die diese nach sich zog: Man konnte keinen Pass beantragen, man war nicht im System verzeichnet, man durfte nicht wählen und so weiter. Wenn eine Geburt also nicht innerhalb von zweiundvierzig Tagen angemeldet worden war, konnte das nachgeholt werden. Sogar noch Jahre später. Aber dann wurde »verspätete Anmeldung« auf der Geburtsurkunde vermerkt. So wie auf ihrer. Sie las weiter. Es waren Nachweise vorzulegen. Was konnte das sein? Die Aussage einer Hebamme vielleicht? Es musste schließlich eine Hebamme dabei gewesen sein, oder? Und Zeugen waren zu benennen. Wieder die Hebamme? Oder der Ehemann? Der Standesbeamte prüfte dann alle Belege ... Ruby scrollte nach unten. Datum und Ort der Geburt wurden überprüft. Schließlich wurde die verspätete Registrierung öffentlich ausgehängt – ähnlich wie das Aufgebot vor einer Heirat. Wenn niemand Einspruch gegen die Registrierung erhob, war es geschafft. Man existierte.

Sie schloss die Seite und fuhr ihren Computer herunter. Warum hatten ihre Eltern ihre Geburt nicht sofort angemeldet? So etwas vergaß man doch nicht. Sie dachte an die Fotos im Familienalbum. Es gab keine Babyfotos aus den ersten sechs Monaten ihres Lebens, und ihre Geburt war nicht registriert worden. Was hatte das zu bedeuten? Zwei plus zwei ergab in der Regel vier, oder? *Verspätete Anmeldung?* Bedeutete das, dass auch jemand anders als die leiblichen Eltern eine Geburt anmelden konnte? Hieß das ...? War es möglich ...?

Ruby konnte nicht mehr denken. Sie war müde. Der Tag war so lang und in emotionaler Hinsicht auch sehr anstrengend gewesen.

Für sich allein genommen hieß das vielleicht nichts – sie konnte förmlich hören, wie Mel ihr versicherte, dass es nichts zu sagen hatte. Aber zusammen mit allem anderen, was sie entdeckt hatte ... Es musste etwas dran sein, oder? Und wenn es einen Grund dafür gegeben hatte, ihre Geburt nicht gleich anzumelden, warum hatten ihre Eltern ihr dann nicht davon erzählt? War die Wahrheit so unangenehm, dass man sie Ruby nicht zumuten konnte?

Sie trat ans Bücherregal und fuhr mit den Fingern behutsam über die Kochbücher, die Gedichtbände, die Fotoalben. Es war Zeit, mit jemandem zu sprechen. Wer konnte wissen, ob Ruby wirklich Vivien und Tom Raes Tochter war? Wer konnte die wahren Umstände ihrer Geburt kennen? Wer wusste, warum ihre Geburt verspätet angemeldet worden war und warum ihre Eltern unten in ihrem Kleiderschrank eine Schuhschachtel mit Fotos, Hippie-Perlen, einem Babymützchen und einem Plektrum aufbewahrten? Wer wusste von ihrer Unfruchtbarkeit? Wer konnte wissen, woher Ruby kam und warum ihre Eltern ihr nie die Wahrheit gesagt hatten?

Die Einzige, die ihr einfiel, war Frances.

8. Kapitel

BARCELONA, MAI 1939

Julia war gerade sechzehn geworden. Der Bürgerkrieg war zu Ende, und ihre Familie drängte sich um das Radio und lauschte der Übertragung von Francos großer Siegesparade, die in Madrid auf der *Castellana* stattfand. Die Straße war inzwischen allerdings in *Avenida del Generalísimo* umbenannt worden.

»Sie haben keine Zeit dabei vergeudet, den Namen zu ändern«, meinte ihr Vater düster.

»Geld verschwenden sie allerdings jede Menge, so pompös wie diese ganzen Feierlichkeiten sind«, setzte ihre Mutter hinzu.

Julia sah, wie ihre Eltern einen verschwörerischen Blick wechselten. Es stimmte, es klang, als hätte man bei der Parade an nichts gespart. Aber Mama und Papa passten normalerweise auf, was sie sagten, sogar vor der eigenen Familie. Das mussten sie, denn überall gab es Spitzel, die sich bei den Obrigkeiten lieb Kind machen wollten und bereit waren, ihre eigenen Leute zu verraten.

Die drei Mädchen beugten sich vor, um zuzuhören. Julia sah die Aufregung in Palomas dunklen Augen und grinste. Ihre Aufregung war ansteckend. Jetzt würde bestimmt alles anders werden, schien Palomas Blick zu sagen. Dies war gewiss ein Neuanfang – für sie, für die jungen Leute, die neue Generation Spaniens.

Doch Julia war sich da nicht so sicher. Was wusste ihre Schwester schon über Politik und Wirtschaft? Für diese Themen hatte sich Paloma nie interessiert. Julia war jünger, aber sie wusste mehr als Paloma. Sie hörte zu und sie beobachtete. Obwohl sie sich im Schatten hielt, hörte sie alles.

Der Sprecher beschrieb General Franco und seine Kleidung.

Julias Mutter schnalzte missbilligend mit der Zunge. »Wen interessiert das schon?«, murrte sie.

»Pssst«, sagte ihr Vater zu ihr. »*Du* solltest dich dafür interessieren, Liebling.«

Die Mädchen dagegen lauschten gebannt auf jede Einzelheit. Unter der Uniform des Generalobersts, so hörten sie, trug Franco das dunkelblaue Hemd der Falangisten und dazu ein rotes Barett.

»Alles nur, um Eindruck zu machen«, meinte Julias Vater. »Alles Schau.«

Bei der Parade marschierten 120 000 Soldaten. »Einhundertzwanzigtausend«, hauchte Matilde. »Stellt euch das vor.«

Julia war dazu nicht in der Lage; Paloma sah allerdings aus, als könne sie es. Sie sah aus, als sehne sie sich danach, dort zu sein. Bewundert zu werden, dachte Julia.

Am Himmel, berichtete der Sprecher, schrieben Flugzeuge die Worte »VIVA FRANCO«.

»Toll!«, sagte Paloma. Ihre Wangen waren leicht gerötet. Julia wusste, was sie dachte; sie kannte sie so gut. Schließlich hatte sie schon ihr ganzes Leben lang dem munteren, oberflächlichen Geplapper ihrer Schwester zugehört. *Jetzt wird alles anders, und ich bekomme meine Chance. Ich werde einen Mann finden, der mich liebt.*

»Hättest du gern, dass einer dieser Soldaten sich in dich

verguckt?«, neckte Julia sie. Die Familie hatte es in den letzten Jahren schwer gehabt. Paloma wünschte sich einen Mann, der sie versorgte. Es verdross sie mehr als alle anderen Familienmitglieder, dass sie kein Geld hatten, um es für Kleider und anderen Flitterkram auszugeben.

Sie warf den dunklen Schopf nach hinten. »Und wenn?«, gab sie zurück.

Julia zuckte die Achseln. »Es gibt noch andere Dinge im Leben.« Sie fing den Blick ihres Vaters auf, der sie nachdenklich ansah.

Paloma schnaubte empört. »Bei dir ist das etwas anderes, Julia«, sagte sie.

»Ach ja? Und wieso?«

»Du bist so ernst.«

»Kann schon sein.« Julia wandte sich vom Radio ab, um sich die Welt anzusehen, die sich ihr durch das Fenster darbot. Es war eine Welt, in der sich alles verändert hatte. Es stimmte, sie war ernster. Aber was war verkehrt daran? Sie war nicht auf der Suche nach einem Mann, noch nicht. Julia dachte an die Vamos-Jungen, die nebenan wohnten, an Mario, den sie oft dabei ertappte, wie er sie aus zusammengezogenen Augen und mit grüblerischer Miene ansah. Er war aufsässig, und sie traute ihm nicht. Außerdem hatte sie über Wichtigeres nachzudenken. Sie wollte etwas über die Welt lernen, darüber, was mit ihnen geschah. Deswegen belauschte sie die geflüsterten Gespräche zwischen Papa und Mama und stand in den Schatten der Cafés in der Stadt, wo die Leute über so etwas diskutierten.

Jetzt wandte sie sich an ihren Vater. »Was hältst du von dem neuen Regime, Papa?«, fragte sie. »Wird jetzt alles anders, nachdem der General den Krieg gewonnen hat? Bekommen wir mehr zu essen? Wirst du wieder mehr Arbeit finden? Wird sich alles beruhigen?«

»Du bist noch so jung, Julia«, sagte Mama. »Zu jung, um dir Gedanken über so etwas zu machen.«

»Bete zu Gott, dass sie sich nie Sorgen um so etwas machen muss«, sagte ihr Vater. »Bete zu Gott, dass sie nie wieder hungern muss.«

Julia hörte die tiefe Niedergeschlagenheit in seiner Stimme. Aber Paloma und sogar Matilde konnten nicht genug von der Radioübertragung bekommen. »Wenn wir nur dabei sein könnten«, meinte Paloma mit einem tiefen Seufzer. »Ein solches Schauspiel mitzuerleben …«

»Gott sieht sie«, murmelte ihr Vater. »*Cielos santos.*« Heiliger Himmel. Er fluchte leise und schüttelte den Kopf. »Ich hätte nie gedacht, dass sie das schaffen. So etwas hätte ich mir nicht träumen lassen.«

Ja. Julia verstand, was er meinte. Er hatte schließlich geglaubt, dass die Republikaner gewinnen würden. Sie alle hatten das.

Es hatte in der Tat so ausgesehen, als würden sie siegen. 1937 war der Straßenkampf größtenteils vorüber gewesen, und die Republikaner hatten ihre Stadt beherrscht. Damals war Julia erst vierzehn gewesen. Sie hatte sich schnell an die Veränderungen gewöhnt, obwohl ihr zu Beginn manches seltsam vorkam.

»Wir dürfen nicht mehr ›*señor*‹ oder ›*don*‹ sagen«, hatte ihr Vater ihnen erklärt. »Das wird als unterwürfig betrachtet.«

Julia war verwirrt – sie hatte es für gute Manieren gehalten. »Was sollen wir denn sonst sagen, Papa?«, fragte sie.

»Genosse«, antwortete er. »Das ist die korrekte Anrede.«

Daraufhin begannen Julia und ihre Schwestern das Wort

bei jeder Gelegenheit zu gebrauchen; es wurde fast ein Spiel. »Guten Morgen, Genossin«, begrüßten sie sich am Morgen. »Gute Nacht, Genossin«, sagten sie, wenn sie ins Bett gingen.

Ihre Eltern schien das nicht zu stören. Aber was dachten sie wirklich? Sogar damals schon hatte Julia manchmal oben an der Treppe gesessen, wenn sie eigentlich schon im Bett sein sollte, und ihre spätabendlichen Gespräche belauscht. Dabei fand sie es heraus. Sie bewunderten dieses Streben nach Gerechtigkeit. Sie hatten das Gefühl, dass diese neue Ordnung notwendig war, um der Gefahr einer Diktatur zu entrinnen. Sie hegten große Hoffnungen für ein neues, blühendes republikanisches Spanien. Ob es dazu kommen würde? Vielleicht – denn es gab auch andere Veränderungen. Aus Firmen wurden Kollektive, private Automobile wurden requiriert, und die Arbeiter waren an der Macht.

Julia und die meisten jungen Leute, die sie kannte, fanden das gar nicht so übel. Warum sollte keine Gleichheit herrschen? Wieso sollte sich das Althergebrachte nicht verändern? Es kam ihr rebellisch, gewagt und aufregend vor. Staunend beobachtete Julia, wie sich ihre Stadt verwandelte. Gebäude waren mit roten und schwarzen Fahnen geschmückt, und auf zahlreiche Häuserwände hatte man Hammer und Sichel gemalt. Sogar Straßenbahnen und Taxis waren schwarzrot lackiert. An Straßenecken klebten revolutionäre Plakate, und aus den Lautsprechern auf den Ramblas dröhnten Tag und Nacht die Revolutionslieder.

Auch Paloma hatte die Aufregung gefallen, und sie hatte in die Hände geklatscht. »Da bekomme ich Lust zum Tanzen«, hatte sie lachend gemeint.

Julia hatte mit ihr gelacht. Ob die Republikaner etwas gegen das Tanzen haben würden? Wahrscheinlich. Sie schienen nicht besonders oft zu lächeln.

»Das Wichtigste«, hatte Papa ihnen erklärt, »ist, dass es für alle genug zu essen gibt. Niemand wird hungern.« Und so kam es. Julias Eltern hatten beide Arbeit, ihr Vater auf dem Bau und ihre Mutter als Grundschullehrerin. Und wenn Julia in die Gesichter der Menschen auf den Straßen schaute, sah sie etwas noch Besseres in ihnen: Glaube an die Zukunft, Hoffnung.

Aber es hatte nicht lange gedauert. Im Winter 1938 war Barcelona schwer bombardiert worden.

»Warum greifen sie uns an?«, jammerte Paloma, als die Schwestern sich spätnachts in Matildes Bett aneinanderklammerten. »Was haben wir nur getan?«

»Nichts«, beruhigte Matilde sie. »Wir haben gar nichts getan.«

In ihrer Straße waren drei Häuser getroffen worden. Zwei von Julias Freundinnen und ihre Familien waren umgekommen. Auch viele andere wurden getötet oder verletzt, zahlreiche Gebäude wurden zerstört. Die Stadt war in Aufruhr. Und Julia wusste warum, weil sie es von ihrem Vater gehört hatte. *Barcelona wird für das, was sie seine republikanischen Sünden nennen, bombardiert.* Die Nationalisten hatten zurückgeschlagen.

Die ganze Familie stand unter Schock. Doch das war erst der Anfang.

Zu Beginn des nächsten Jahres rückten Francos Truppen ein, und während die faschistischen Soldaten durch die Straßen der Stadt paradierten, versteckten sich die Bewohner der Stadt ängstlich in ihren Häusern.

»Lieber Gott, rette uns, rette uns«, flehte Paloma. Selbst sie hatte zu große Angst, um hinauszugehen und sich die Parade anzusehen.

Julias Mutter weinte, und ihr Vater hielt ihre Hand und tröstete sie. »Keine Angst, meine Liebste«, sagte er zu ihr. »Wenigstens sind wir verschont geblieben.«

»Aber wozu?«, rief Julias Mutter. »Was soll jetzt aus uns werden? Werden wir je wieder sicher sein?«

Darauf wusste Julias Vater keine Antwort.

Aber wie alle anderen achtete er nach der Einnahme der Stadt darauf, seine Verbindungen zu den Menschen zu kappen, die jetzt die falschen Bekannten waren, Leute, auf deren Seite zu stehen, gefährlich geworden war. Julia begriff, warum das notwendig war. Die Bewohner der Stadt huschten mit gesenkten Köpfen und gesenktem Blick durch die Straßen. Und wer die falschen politischen Verbindungen hatte, verließ Barcelona, und zwar schnell.

Im März fiel Madrid, und dann Valencia.

»Es ist vorbei«, sagte Julias Vater. »*Dulce Jesús*!« Er fluchte, aber nicht vor Zorn, sondern weil er sich geschlagen fühlte.

Er behielt recht. Am 1. April kapitulierten die letzten republikanischen Kräfte, und der Sieg der Nationalisten wurde ausgerufen.

Ein paar Wochen, nachdem sie die Siegeszeremonie im Radio verfolgt hatten, hörte Julia nachts wieder einmal die erregten Stimmen ihrer Eltern. Sie lag schon im Bett, und die Glocken der Kathedrale schlugen Mitternacht. Sie zog ihren Morgenmantel an und hockte sich auf die Treppe, um zu lauschen. Was sie hörte, machte ihr Angst. Die Worte sprudelten aus ihrem Vater nur so hervor, wie Lava aus einem Vulkan. Es war, als müsse er reden oder den Verstand verlieren. Er sprach von politischen Militanten und einer »bolschewistischen Unterwanderung«. Er sprach von den Verrückten, den Landstreichern und den Bettlern, die in den Toreinfahrten der Calle Fernando schliefen und all ihre weltliche Habe in einem Bündel aufbewahrten. Er sprach von den Gefangenenlagern wie jenem auf der Festung Montjuïc und den ständigen Hinrichtungen dort. Und er sprach von denen, die gefoltert worden waren, aber überlebt hatte und nun mit den Narben leben mussten. Er wurde geradezu panisch, und seine Stimme wurde immer lauter, bevor sie dann jäh verstummte. Ihre Mutter versuchte, ihn zu beruhigen. Julia hörte ihre Stimme und stellte sich vor, wie sie ihm das Haar aus dem Gesicht strich und ihn an sich zog, um ihn zu trösten.

Seufzend ging sie wieder zu Bett. Seit dem Krieg war nichts mehr so wie früher. Wie hätte es das auch sein können? Spaniens Wirtschaft lag am Boden. Brücken, Eisenbahnen, Straßen, alles war zerstört. Überall herrschte Chaos. Aber das war noch nicht alles, was ihr Angst machte. Denn nach dem, was sie letzte Nacht gehört hatte, fürchtete Julia um die geistige Gesundheit ihres Vaters.

An diesem Abend hatte es reichlich zu essen gegeben, aber dennoch war die Stimmung beim Essen alles andere als fröhlich.

»Wo hast du das Essen her?«, hatte ihre Mutter von Papa wissen wollen.

»Ich habe es verdient«, gab er mit trotzigem Blick zurück.

Mehr brauchte er nicht zu sagen. Das Chaos nach dem Ende des Krieges hatte auch die Korruption mit sich gebracht, und der Schwarzmarkt blühte. Bohnen, Fleisch, Olivenöl, Mehl – all das war schwer aufzutreiben und kostete in Wahrheit viel mehr, als die offiziell festgelegten Preise behaupteten.

Hatte Papa sich das Essen verdient? Was genau hatte er dafür getan? Julia hatte gesehen, wie schwer er sich tat, Arbeit zu finden, trotz der Zerstörung, die sie umgab und obwohl ein Wiederaufbau dringend notwendig war. Aus dem, was sie belauscht hatte, wusste sie, für wen er gearbeitet hatte und dass die Leute aufpassten, wen sie anstellten. Mochte Gott geben, dass man ihn nicht für einen ehemaligen Sympathisanten der Linken hielt.

»Wir wissen ja alle«, hatte sie ihn sagen hören, »was aus ihnen wird.«

Am nächsten Abend gab es fast nichts zu essen. Mama kochte ein wenig Reis und ein paar Bohnen. Sie musste sehr sparsam sein, weil sie nie wusste, woher sie die nächste Mahlzeit nehmen sollte. An manchen Tagen – zu oft – ging ihre Familie hungrig zu Bett.

Als Papa nach Hause kam, war er vollkommen außer sich.

»Tomás? Was ist los?«, fragte Julias Mutter.

Er blickte sich hektisch um. Wieder stand in seinem Blick dieser merkwürdige, fast wahnsinnige Ausdruck, bei dem es Julia kalt über den Rücken lief. »Fast die Hälfte aller Straßenbahnarbeiter hat ihre Stelle verloren.« Er schnippte mit den Fingern. »Einfach so.«

Julias Mutter legte ihm begütigend eine Hand auf den Arm.

Er beruhigte sich ein wenig und starrte düster vor sich hin, als versuche er, das alles zu begreifen.

»Ich kann es kaum glauben«, meinte Julias Mutter. Auch sie hatte vor einiger Zeit ihre Arbeit verloren. Sie hatte keine andere Wahl gehabt. Wie alle Frauen musste sie jetzt zu Hause bleiben und ihrem Ehemann streng gehorchen, weil sein Wort Gesetz war. Aber was, wenn er Angst hatte oder durch all diese Ereignisse halb verrückt geworden war? Wenn er keine Arbeit fand und sie kein Geld mehr hatten? Was dann?

»Wer soll denn jetzt die Kinder unterrichten?«, hatte Julia gefragt. Einst, in einem anderen Leben, hatte sie selbst einmal Lehrerin werden wollen. Aber das würde jetzt nicht mehr möglich sein.

»Jemand, der die richtigen Ansichten hat und bisher das opportune Verhalten an den Tag gelegt hat«, hatte Mama ohne einen Anflug von Ironie in der Stimme erklärt.

Julia bemühte sich immer noch, das zu verstehen. Sie wusste, dass während des Bürgerkriegs Kirchen geschlossen und sogar geplündert worden waren. Und sie wusste, dass viele Menschen das nicht gewollt hatten. Aber was die Menschen heute dachten? Wie sollte man das noch wissen? Das Denken war ihnen buchstäblich verboten worden. Selbst ihre Gedanken wurden ihnen heute diktiert.

»Fast die Hälfte der Arbeiter!«, brüllte Papa wieder. »Das ist Wahnsinn!«

»Still, Tomás.« Erneut redete sie begütigend auf ihn ein. Julias Mutter konnte ihn immer beruhigen

Doch Julia wusste, dass ihre Eltern Angst hatten. Sie fürchtete sich ja auch. Alle hatten Angst.

»So können wir nicht weitermachen.« Er sah ihre Mutter durchdringend an, bis sie den Blick abwandte. Dann schaute er durchs Fenster hinaus in den trüben Schein der Straßenlaternen, der auf das nasse Pflaster vor der Puerta del Angel fiel. Sein Zorn war verflogen, und auch der wilde Blick war aus seinen Augen verschwunden. Doch was Julia jetzt darin sah, kam ihr schlimmer vor.

»Ich sage es euch«, erklärte er, »etwas muss sich ändern.«

Aber was? Eine Vorahnung ließ Julia erschauern, als sie an diesem Abend im Bett lag und die Stimmen ihrer Eltern hörte. Sie stritten sich über etwas – aber über was? Sie stand nicht auf, um zu lauschen. Einerseits wollte sie es wissen, andererseits hätte sie es nicht ertragen. Es klang schlimm. Aber konnte es noch schlimmer werden?

Am folgenden Abend nahmen ihre Eltern sie zur Seite.

»Julia«, sagte ihr Vater. »Du begreifst doch, wie es um uns steht?«

»Ja, Papa.«

Julia hätte sich am liebsten davongeschlichen. Sie wollte in einer Rauchwolke verschwinden oder aus dem Fenster fliegen, an einen sicheren, ruhigen Ort, an dem jeder das sein durfte, was er wollte. Was jetzt kam, wollte sie nicht hören.

»Wir müssen an dein Wohlergehen denken«, fuhr er fort.

Julia sah ihn blinzelnd an. Was war mit dem Wohlergehen der anderen Familienmitglieder? Sie war vielleicht nicht das Lieblingskind ihres Vaters – Paloma war immer diejenige, die seinen Arm nahm und ihn zum Lächeln brachte –, aber sie hatte immer gewusst, dass sie geliebt wurde.

»Und deswegen haben wir uns unterhalten, deine Mutter und ich.«

Julia sah ihre Mutter an. Ihre Augen waren gerötet. Sie vermutete, dass die beiden deswegen mitten in der Nacht gestritten hatten. Vielleicht hätte sie doch an der Treppe lauschen sollen. Dann wüsste sie jetzt, worum es ging, und wäre vielleicht in der Lage gewesen, sie umzustimmen.

»Ich habe Erkundigungen eingezogen.« Er räusperte sich.

»Worüber, Papa?«, wagte Julia zu fragen.

»Über eure Zukunft«, sagte er.

Dann waren Julias Befürchtungen also richtig gewesen.

»Mama?« Sie griff nach der Hand ihrer Mutter.

»Still«, sagte sie. Doch Julia wusste, dass ihr Herz diese Entscheidung nicht mittrug. Sie war besiegt, geschlagen von ihrem eigenen Leben und dem, was daraus geworden war.

»Du wirst ins Kloster gehen«, erklärte ihr Vater.

Ins Kloster? Sie sollte Nonne werden? Panisch wanderte Julias Blick zwischen ihren Eltern hin und her. »Ins Kloster?«, wiederholte sie.

Ihre Mutter drückte ihre Hand. »Dort bist du sicher, Julia«, sagte sie. »Du wirst genug zu essen haben …«

»Aber …« Sie hatte mit allem gerechnet, nur damit nicht. Ihre Familie war nicht im Mindesten religiös. Ins Kloster? Von dieser Möglichkeit war noch nie die Rede gewesen.

»Es ist beschlossene Sache«, sagte ihr Vater. »Die Kirche wird für dich sorgen. Sie wird es müssen.«

»Papa?« Julia suchte in seinen Augen nach Mitgefühl, sah aber nur Verzweiflung. Sie hatte immer versucht, ihn zu verstehen, hatte ihn respektiert und ihm gehorcht. Aber das hier …

»Es ist der richtige Platz für dich.«

»Und Matilde?« Julia spürte, wie die Wut wie ein Feuer in ihr aufflammte. »Und Paloma?«

Ihre Mutter legte die Arme um sie. »Die beiden müssen auch Opfer bringen«, flüsterte sie. »Wir haben unser Bestes getan, Tochter. Mehr vermögen wir nicht.«

Opfer? Julia riss sich aus ihrer Umarmung los und rannte davon. Blindlings stürmte sie auf die Straße, ohne zu wissen, wohin sie wollte. Sie wollte nur fort, fliehen. Tränen strömten über ihr Gesicht, ihr Haar war aufgelöst und wehte im Herbstwind. Was für Opfer würden ihre Schwestern schon bringen müssen? Sie waren hübsch. Wie schwer konnte es schon sein, in der Nachkriegszeit ein hübsches Mädchen zu verheiraten, wenn man dabei nicht allzu wählerisch war? Bei Julia war das etwas anderes. Sie war die unscheinbare Schwester, die stille, die passive, der man immer sagen konnte, was sie tun und wohin sie gehen sollte.

Einen flüchtigen Moment dachte sie an Mario Vamos und den Blick seiner schwarzen Augen. Sie hatte ihren Eltern die Entscheidung leicht gemacht. Sie hatten alle eine gute Bildung genossen, aber Julia hatte am fleißigsten gelernt. Ihr Englisch war sehr gut, und ihr Lieblingsfach war Geschichte. Ihre Schwestern würden verheiratet werden, das wusste sie. Ob das besser oder schlechter sein würde, als mit Gott vermählt zu sein?

Schließlich fand Julia sich vor der Ateneo-Bibliothek wieder. In diesem Moment war sie weder ruhig noch passiv, sondern verzweifelt, vom Wind zerzaust und völlig außer Atem. Sie fasste sich wieder und sah zu dem prachtvollen Gebäude auf. In seinem Inneren befand sich ein Labyrinth aus Gängen und Lesesälen, das wie durch ein Wunder die Bombardements des Bürgerkriegs überlebt hatte und in dem Julia sonst gern umherschlenderte und las. Bald würde sie das nicht mehr tun können. Sie würde eine Gefangene sein, abgesondert von der Familie, die sie liebte, und von der Welt.

Eine Stunde lang streifte Julia durch die Straßen, bevor sie nach Hause zurückkehrte. Sie ging vorbei an den Bettlern und Landstreichern und weinte um das, was ihnen allen genommen worden war. Ihre Freiheit, aber auch ihre Identität und ihr Erbe, das tief in ihrer Seele verwurzelt war. Selbst im Ateneo waren verbotene, auf Katalanisch verfasste Bücher vernichtet worden. Die katalanische Presse war verboten, und alle anderen Zeitungen wurden zweifellos zensiert und kontrolliert. Die katalanische Sprache existierte praktisch nicht mehr. Heute wurde auf den Ramblas auch keine Musik mehr gespielt. Stattdessen forderten Plakate die Bürger auf, »die Sprache des Reichs zu sprechen«. Jetzt waren sie alle Spanier und nichts sonst mehr. Der Diktator hatte ihnen ihre eigene Stimme genommen.

Ob das Kloster in Barcelona der richtige Platz für Julia war? Sie senkte traurig den Kopf und spürte, wie eine letzte, einsame Träne über ihr Gesicht rann. Ihr Vater hatte gesagt, dass die Kirche für sie sorgen werde. Hatte sie eine andere Wahl? Ihre Familie hatte kein Geld. Andernfalls würden sie alle verhungern.

Hocherhobenen Hauptes betrat sie das Haus. Sie würde stark sein. Sie würde sich vor den anderen nicht anmerken lassen, wie schwer es sie traf, und die Entscheidung ihrer Eltern akzeptieren. Sie war eine gehorsame Tochter, und sie würde sich fügen.

9. Kapitel

Am Freitagabend ging Andrés ins Jazz-Café. Die Zeiten, in denen die Gäste mit einem Bier und einer Zigarette an der Bar gesessen hatten, waren zwar vorbei, doch das Café hatte seine Atmosphäre trotzdem bewahrt. Das Licht war gedämpft. Ein Mann am Klavier sorgte für musikalische Untermalung. Auf den Holztischen mit den roten Deckchen, die locker verteilt im Raum standen, flackerten Teelichter in bunten Gläsern. Die Wände waren tiefblau gehalten.

Das Jazz-Café gehörte zum Kunstzentrum von Pridehaven; einem Art-déco-Gebäude, in dem Ausstellungen stattfanden und ein kleines Theater untergebracht war. Das Café im hinteren Teil des Zentrums spiegelte die geschwungene Form des Gebäudes wider: Der Raum war oval, und die Mahagonitheke folgte der Linie der Oberwand wie ein Arm, der sich tröstlich um eine Schulter legt.

»Hallo, Andrés.« Tina stand hinter der Theke und freute sich, ihn zu sehen. Sie beugte sich vor, um ihn einmal, zweimal auf die Wange zu küssen. Er versuchte, einen Hauch von ihrem Parfüm zu erhaschen, war aber zu langsam. »Ein Bier?«

»Bitte.«

Tina war brünett und hatte großzügige Kurven und ein schönes Gesicht. Andrés hatte sie schon bei mehreren Gelegenheiten gezeichnet. Er hatte sogar ein Bild von ihr gemalt, wie sie hinter der Bar stand: Sie hatte die Hand auf die Zapfanlage gelegt, während ihr Rücken von dem Spiegel dahinter reflektiert wurde. Er schmeichelte sich gern, dass es an die Cafébilder erinnerte, für die Manet eine Vorliebe gehabt hatte. Er bewunderte den großen Impressionisten. Nicht, dass er in diese schwindelnden Höhen gestrebt hätte, aber ihm gefiel die Idee des Malers als *flaneur*, der durchs Leben schlendert und seine Umwelt beobachtet. Dieses Bild würde er auf jeden Fall in die Ausstellung aufnehmen. Er erfreute sich am Schwung von Tinas Wimpern, als sie die Gästeschar in Augenschein nahm, dem Winkel, den ihre Wangenknochen bildeten, und ihrer Ausstrahlung, in der ein leiser Hauch von Arroganz lag. Tina arbeitete schon lange hier und war verantwortlich für die Jazzveranstaltung am Freitagabend.

Ein gut geschnittener Bob schwang vor und zurück, als sie sich bückte, um ein San Miguel aus dem Kühlschrank hinter sich zu nehmen. Andrés gefiel, was er sah.

»Geht's dir gut?« Sie öffnete die Flasche. Tina fragte ihn immer, ob es ihm gut ging. Er wusste, dass sie sich um ihn sorgte.

»Prima, danke.« Er freute sich auf die Auktion nächste Woche. Er brauchte eine Abwechslung in seinem Leben – erzählte ihm das nicht auch Tina ständig? –, und er hoffte, dass die Renovierung des Küstenwachenhäuschens ihm diese Abwechslung bringen würde.

»Ja, klar.« Tina zog eine Augenbraue hoch. Sie trug ein eng anliegendes schwarzes T-Shirt und Jeans, die so eng waren, dass sie nicht auch noch bequem sein konnten. Aber sie sah gut darin aus.

Andrés musste an ein Spinnennetz denken. Es war schön, es konnte einen stützen, und es war flexibel. Mit seinen klebrigen Fäden konnte es einen auffangen und verhindern, dass man fiel. Auf der anderen Seite konnte es einen einfangen und auffressen. Wenn man drin war, war man drin. Es gab kein Entkommen.

»Viel los bei euch heute Abend.« Andrés machte eine Kopfbewegung in den Raum. Das Lokal war halb voll, was für kurz nach acht ziemlich viel war. Um neun würde der Laden brummen. Manchmal war es gut, an einem Ort zu sein, an dem etwas los war. Es hielt einen vom Grübeln ab. Andrés hatte sich zwar an seine eigene Gesellschaft gewöhnt und daran, dass er den Abend meist an sich vorüberziehen ließ, wie ein Reisender, der beim Warten auf den Zug die Bahnhofsuhr beobachtet. Doch es gab auch Abende, an denen platzte sein Kopf fast vor Bildern von der Insel, von seinem Vater, seiner Mutter und seiner Schwester, und er musste sie irgendwie loswerden. Wenn in einem Lokal viel los war, konnte man in die Stimmung eintauchen, damit verschmelzen und sogar eine Weile das Gefühl haben, man gehöre dazu.

»Wir haben eine Band. Sie haben sich erst in letzter Minute angekündigt, aber wir haben ein Plakat aufgehängt.« Tina zuckte die Achseln. »Es hat sich herumgesprochen.« Sie nahm sein Geld entgegen und wandte sich der Kasse zu.

Dieses Mal fing er einen leisen Hauch von ihrem Parfum auf. Geranien. In Ricoroque pflanzten sie in den Kübeln vor der Haustür immer Geranien. Geranien wuchsen gut in dem *picón*, dem feinen Vulkanschotter der Kanaren, der den Tau einfing. Außerdem vertrugen sie Hitze. »Sind sie gut?«, erkundigte er sich.

»Ja, sie sind gut.« Sie gab ihm sein Wechselgeld zurück. »Früher haben sie jede Woche hier gespielt. Dann sind sie auseinandergegangen, weil ...«

Doch Andrés erfuhr nicht mehr, warum sich die Band getrennt hatte, denn ein anderer Gast wollte einen Drink, und Tina tänzelte schon zum anderen Ende der Bar, um ihn zu bedienen.

Andrés winkte ihr nach und nahm sich einen Hocker.

Er mochte diesen Platz am Ende der Theke. Hier konnte er mit dem Rücken zur Wand sitzen, und es gab keine Überraschungen. Hier konnte er mit Tina plaudern, wenn sie nichts zu tun hatte, und er hatte die Bühne und den Rest des Raums gut im Blick. Manchmal nahm ihn die Musik ganz gefangen, dann wieder hatte er seinen Spaß daran, die Gäste zu beobachten, und gelegentlich vergaß er ganz, wo er war, und dann war es ein Schock, wenn geschlossen wurde und ihm klar wurde, dass er den ganzen Abend in Ricoroque verbracht hatte.

Ich bin ein Voyeur, dachte er, machte es sich auf dem Barhocker gemütlicher und nahm einen Schluck von seinem Bier. *Ein Flaneur*. Er war im Leben immer nur ein Zuschauer, der zusah, wie andere sich amüsierten.

Andrés hatte Tina vor mehreren Jahren kennengelernt. Sie und Gez waren seine ersten Freunde in West Dorset gewesen; das heißt, richtige Freunde, also Menschen, die sich wirklich etwas aus einem machten. Er war eines Abends ins Jazz-Café spaziert und, weil es dort gerade ruhig war, mit Tina ins Gespräch gekommen. Es war einfach, mit ihr zu reden; sie lachte viel, war direkt und spielte keine Spielchen. Das gefiel ihm. Er spielte sogar mit der Idee, sich mit ihr auf einen Drink zu verabreden. Eigentlich war sie nicht sein Typ. Aber andererseits: Was war sein Typ? Er war sich nicht sicher, ob er das wusste.

Doch Tina hatte ihm gleich zu Anfang klargemacht, dass sie nicht frei war. »Du musst noch einmal wiederkommen und Gez kennenlernen«, hatte sie gesagt. »Ihr werdet euch gut verstehen, das weiß ich jetzt schon.«

»Dein Mann?«, fragte Andrés, obwohl er keinen Ring bei ihr gesehen hatte.

»Mein Freund«, sagte sie. »Mein Liebhaber.« Sie sah ihm in die Augen. Ihre waren haselnussbraun, vermutete er, obwohl das im Schummerlicht des Cafés schwer zu beurteilen war. »Und wie sieht es mit dir aus?«

»Mit mir?« Einen furchtbaren Moment lang dachte Andrés, sie würde einen Dreier vorschlagen.

»Hast du jemanden? Eine Freundin? Eine Geliebte? Eine Frau?« Sie lachte. Schon damals war er ein offenes Buch für sie gewesen.

Er erwiderte ihr Lachen aus purer Erleichterung und fühlte sich wie ein Idiot. »Nein«, sagte er. »Niemanden.« Natürlich hatte es Frauen gegeben. Er war schließlich kein Mönch, um Himmels willen. Aber sobald es ernst zu werden begann, sobald die Frau versuchte, sich zu sehr in sein Leben einzumischen oder zu ihm ziehen wollte, vollführte er einen Befreiungsschlag. Vielleicht war es ihm nicht bestimmt, eine Frau fürs Leben zu finden. Vielleicht stieß ihn aber auch das, was er von der Ehe seiner Eltern mitbekommen hatte, ab. Oder er war nicht der Typ, der sich festlegte. Tina hatte da ihre Theorien – natürlich, sie war schließlich eine Frau. Ihre Theorie lautete, dass er die Richtige noch nicht gefunden hatte.

Damals hatte sie einfach die Achseln gezuckt. »Komm am Sonntag vorbei, dann lernst du Gez kennen«, hatte sie gesagt.

Seitdem versuchte sie, ihn zu verkuppeln.

Wie Tina vorausgesagt hatte, verstanden Andrés und Gez sich gut, und mit einem Mal wurde Andrés klar, dass er inzwischen ein Sozialleben hatte. Es hatte sich einfach so ergeben, als hätte er zufällig einen Schlüssel gefunden. Er konnte ins Jazz-Café schlendern und mit Tina reden, wann immer er Lust hatte; er war mindestens alle vierzehn Tage zum Abendessen bei Tina und Gez eingeladen, und meist spielte er am Sonntagmorgen Tennis mit Gez, gefolgt von einem Bier im Black Lamb in der Nähe des Tennisplatzes. Und er hatte – dank Tina – jede Menge Blind Dates.

Die waren nicht ganz so einfach.

Andrés setzte die Bierflasche an die Lippen. Er nahm es Tina ja nicht übel, dass sie es versuchte. Sie glaubte, es werde ihn glücklich machen, weil Gez sie glücklich machte. Mann braucht Frau, Frau braucht Mann. Wir sind nicht dazu bestimmt, allein zu leben. Aber Andrés wusste, dass sein eigenes Leben nicht ganz so einfach war, und vermutete, dass es nicht nur daran lag, dass ihm noch nicht das richtige Mädchen begegnet war.

Die erste Frau, mit der er sich traf, war schüchtern und unsicher und machte Andrés so nervös, dass er sein Glas umwarf und ihr Bier übers Kleid schüttete. Sein zweites Date verbrachte den größten Teil des Abends damit, verstohlen SMS an ihren Exfreund zu schreiben. Und die dritte versuchte, ihn nach zwei Gin und Tonic ins Bett zu zerren, und erschreckte ihn halb zu Tode.

»Was ist denn los mit allen meinen Freundinnen?«, klagte Tina eines Abends beim Essen. Sie zählte sie an den Fingern einer Hand ab. »Du bist so verdammt wählerisch, Andrés.«

»Nichts«, sagte Andrés. »Es sind wirklich nette Damen.« Für jemand anderen, nur eben nicht für ihn.

»Frauen«, verbesserte ihn Tina und stach großzügige Lasagne-Portionen ab.

Andrés wechselte einen verschwörerischen Blick mit Gez,

doch Tina war eben Tina, und ihr entging nichts. »Ach, geht doch zum Teufel«, erklärte sie freundlich.

»Okay.« Jedes Mal, wenn Andrés der Meinung war, dass er inzwischen fließend Englisch sprach, verwirrte ihn eine neue Nuance der Sprache. »Frauen.«

»Welche davon hat dir am besten gefallen?« Tina war zum Analysieren aufgelegt. Sie warf Salatblätter in eine Glasschale, die auf dem Tisch stand, und reichte Küchentücher herum, die als Servietten dienen sollten. »Damit ich es nächstes Mal besser mache.« Ihre Abendessen waren immer einfach und immer köstlich, und Tina strahlte eine Art von Wärme aus, die machte, dass sich Andrés bei ihr immer willkommen und wohlfühlte.

Er runzelte die Stirn. Was war die richtige Antwort darauf? Wieder sah er Gez an, doch der hatte eine unschuldige Miene aufgesetzt. *Dieses Mal bist du auf dich gestellt*, schien sie zu besagen. »Ähem, Nummer drei?«

»Du meinst Jane!«, fauchte Tina. Sie sprenkelte Balsamico auf die Salatblätter und gab einen Schuss Olivenöl dazu.

»Ja, Jane.«

»Dann magst du Frauen, die klein und schlank sind. Und blond.« Tina zog die Augen zusammen. »Hast du vielleicht einen Beschützerkomplex, Andrés?«

»Beschützerkomplex?« Er sah sie blinzelnd an. »Nicht, dass ich wüsste.«

Gez lud sich einen Berg Salat auf den Teller, und Andrés tat es ihm gleich.

»Klein, blond, niedlich, braucht einen Beschützer«, beharrte Tina.

»Von niedlich habe ich nichts gesagt.« Und sie irrte sich stark. Er mochte unabhängige Frauen, die eine Meinung und etwas zu sagen hatten. An einem Fußabtreter war er nicht interessiert. Fußabtreter gab es im Laden in der Stadt billiger.

Tina legte die Stirn in Falten. »Du musst ein bisschen lockerer werden«, meinte sie. »Du bist ein wenig zu steif, zu förmlich.«

Andrés zuckte die Achseln. Er war, wie er war. So hatte man ihn erzogen.

Tina legte ihm eine Hand auf den Arm. »Du würdest es mir doch sagen, Andrés, oder?«

»Was?«

»Wenn du schwul wärest.«

Er lachte. Obwohl das vielleicht einfacher wäre. Denn ihm war jetzt schon klar, dass Tina ihn am nächsten Wochenende mit einer Person, die Jane vage ähnlich sah, locken würde wie einen Hund mit einem Knochen.

Vom anderen Ende der Bar aus machte Tina ihm ein Zeichen. *Noch eins?* Er nickte und stellte erst anschließend fest, dass er das erste schon ausgetrunken hatte. Er war durstig, aber jetzt würde er ein wenig langsamer machen.

Nachdem ein paar Monate lang nichts aus den Blind Dates geworden war, hätten die meisten Frauen aufgegeben. Aber nicht Tina. Sogar jetzt noch machte sie ihm regelmäßig Angebote, und Andrés musste zugeben, dass er eine Menge interessanter Menschen kennengelernt, etliche Verabredungen gehabt und einige neue Freunde gefunden hatte. Wo nahm sie nur all diese Leute her? Hatte sie eine Anzeige aufgegeben? Er hatte keine Freundin, aber er hatte jetzt ein Sozialleben. Sie hatte ihn mit starken Spinnenfäden eingesponnen.

Tina brachte ihm noch ein Bier. »Was ist los?«

»Nichts.« Er griff in die Tasche, um Kleingeld zu suchen.

Er hatte in letzter Zeit öfter an seine Familie gedacht, an die Insel. Ein Teil von ihm sehnte sich schmerzlich danach, dorthin zurückzukehren. Aber wie konnte er an einen Ort zurückkehren, an dem er nicht erwünscht war? *Es hat sich nichts geändert,* hatte seine Mutter gesagt. Und sie hatte recht.

Plötzlich änderte sich die Musik. Der Pianist schlug einen anderen Rhythmus an, der Andrés' Körper automatisch zum Vibrieren zu bringen schien. Er schloss die Augen. Wenn er taub wäre, dachte er, könnte er diese Musik trotzdem hören. Er würde sie in jeder Faser seines Wesens spüren, das wusste er.

Die Vibrationen erinnerten ihn an die Trommeln seiner alten Inselheimat. Die Dorfbewohner übten ständig auf ihren Trommeln für die Zeit der *fiesta*. Nach dem Sonnenuntergang versammelten sie sich auf dem Platz vor dem Kulturzentrum, um zu singen, zu trommeln und zu tanzen. Die Inselbewohner hatten ihre eigenen Traditionen: die *Malagueña*, die *folias* und *seguidillas*, und ihre eigenen Volkstänze, die sie zur *fiesta* in ihren Trachten aufführten. Und an Feiertagen – Sonntagen und *Fiesta*-Tagen – wurde auf dem Dorfplatz gegrillt. Durchdringende Gerüche und Qualm stiegen von gewaltigen Wannen auf Rädern auf, die mit Holzkohle gefüllt und mit Gittern abgedeckt waren und auf denen Würste, Schweinerippchen und Ziegenfleisch brutzelten. In Kübeln kochten die kleinen, runzligen kanarischen Kartoffeln. Auf dem Platz waren Dutzende von Klapptischen aufgestellt, und der Wein aus der Gegend floss in Strömen. Die Trommeln dröhnten, und ihre schweren Vibrationen hallten durch die Nachtluft.

Später würde die Familie in der *casa* sitzen. Die Mutter würde vielleicht sticken oder aus einem Stück leuchtend rotem Stoff ein Kleid für Isabella nähen. Von Ricoroque aus war einst Cochenille verschifft worden, die rote, aus Schildläusen gewonnene Farbe, durch die das Dorf zu Wohlstand gekommen war. In der Bucht hatte man dafür eigens eine steinerne Landungsbrücke gebaut. Mit Cochenille waren die *bayetas* der spanischen Konquistadoren gefärbt gewesen; und die Navajo-Frauen pflegten diese leuchtend bunten Decken aufzutrennen und die Fäden neu zu verweben, um daraus ihre farbenprächtigen Kleidungsstücke herzustellen.

Andrés erinnerte sich lebhaft an einen Abend in seiner Kindheit. Mama hatte den Stoff mit Nadeln an Isabella festgesteckt und eine rote Blume in ihrem Haar befestigt. Als sie die Fenster und Türen öffneten und die dumpfen, urzeitlichen Rhythmen der Trommeln einließen, hatte Isabella zu tanzen begonnen. Seine ruhige, schüchterne Schwester schien an diesem Abend unter einem Bann zu stehen. Sie wiegte und drehte sich, bog den Rücken durch, wirbelte herum, und ihr tiefschwarzes Haar wehte hinter ihr her wie ein geöffneter Fächer. Immer lauter dröhnten die Trommeln durch die Nacht, und Isabella tanzte schneller und schneller. Schließlich machte auch Andrés mit. Seine Gliedmaßen reagierten instinktiv auf einen Rhythmus, den er nicht einmal verstand. Lachend hatte er seine Mutter hochgezogen, damit sie mit ihnen tanzte.

Enrique Marín jedoch tanzte grundsätzlich nicht. Er betrachtete seine Familie aus Augen, die so schwarz und undeutbar waren wie der vulkanische Fels ihrer Insel.

Andrés wischte sich eine Träne von der Wange. Er sah Tina nicht an, nur für den Fall, dass sie ihn beobachtete. *Ein Spinnennetz …*

Die Musik brach ab, und die Band, von der Tina gesprochen hatte, betrat die Bühne des Jazz-Cafés. Ein Teil des Publikums klatschte, und jemand stieß einen Beifallsruf aus.

Andrés registrierte einen Schlagzeuger, einen Keyboarder, jemand am Bass und … Ein Mädchen betrat die Bühne. Nein, eine Frau. Andrés blinzelte. Sie trug ein rotes Kleid und hatte sich, was fast schon unheimlich war, eine ebenfalls rote Blume in das strubbelige blonde Haar gesteckt. Er wusste, wer sie war. Die Frau von der Klippe, die ihm so bekannt vorgekommen war. Und jetzt wusste er auf einmal, warum. Er hatte sie hier gesehen. Vor Jahren, damals, als er das erste Mal ins Jazz-Café gekommen war. Sie war hier mit dieser Band aufgetreten. Und dann war sie verschwunden.

Die Gruppe spielte sich ein. Der Keyboarder sagte etwas ins Mikrofon, und die Frau in Rot nahm ein Instrument aus einem Kasten, ein schimmerndes Saxofon. Sie hielt es liebevoll in den Händen und schien es mit ihren Fingern geradezu zu streicheln.

Die Band begann zu spielen. »Summertime.« Unendlich langsam, und so traurig, dass es beinahe wehtat.

Nach dem Auftritt verließen die meisten Gäste das Lokal und Tina räumte Gläser die Tische ab und stapelte die Gläser auf die Theke.

»Wer ist sie?« Ihr Saxofon hatte so melancholisch geklungen. Andrés war ganz gebannt und fragte sich, wie jemand so traurig sein konnte. Ihre Traurigkeit hatte sich auf ihn übertragen, obwohl er sich nicht sicher war, ob es an ihrem Spiel lag oder an seiner eigenen Gemütslage. Vielleicht an beidem.

»Sie …?« Tina stand neben ihm, die Hände in die Hüften gestemmt. »Du meinst Ruby?«

»Ruby.« Der Name passte perfekt.

»Na, da mach dir mal keine allzu großen Hoffnungen.« Tina trat wieder hinter die Theke. »Der heutige Auftritt war eine Ausnahme. Ruby wohnt nicht mehr hier, sie lebt schon seit längerer Zeit in London.«

London. War er interessiert? Andrés glitt von seinem Barhocker. An Fernbeziehungen hatte er jedenfalls kein Interesse, so viel war sicher. Nicht einmal an Beziehungen überhaupt. Trotzdem … »Mir hat nur gefallen, wie sie spielt«, erklärte er Tina und ignorierte ihr Grinsen. »Ich habe sie in letzter Zeit ein paar Mal gesehen, und mir ist zufällig aufgefallen …«

»Wurde auch Zeit«, murmelte sie.

Auch das ignorierte er.

Aber vielleicht hatte Tina ja recht damit, dass in seinem Leben etwas fehlte. Vielleicht würde das Cottage nicht ausreichen, um die Lücke zu füllen. Vielleicht brauchte er doch etwas anderes. Auf dem Weg nach Hause ertappte sich Andrés dabei, dass er vor sich hinpfiff.

10. Kapitel

Ruby fuhr mit ihrem neuen Fahrrad zur Auktion. Sie hatte es gestern, als sie nach dem Mittagessen mit Mel nach Hause gegangen war, in dem Hollandrad-Laden in der Stadt gekauft. Sie hatte einfach nicht widerstehen können. Es war glänzend schwarz, hatte vorn einen Korb und schenkte ihr das unbekümmerte Gefühl, mit dem Wind zu fliegen. Sie würde sich von ihrem Verlust – und von ihren Entdeckungen – nicht niederdrücken lassen, entschied sie. Und sie hatte fest vor, sich heute ein Häuschen zu kaufen.

Sogar Mel hatte zugeben müssen, dass die Worte »verspätete Registrierung« auf ihrer Geburtsurkunde darauf hinwiesen, dass nicht alles so war, wie es sein sollte. »Hör auf, mich zu schonen«, hatte Ruby schließlich gesagt, als sie das Café verließen. »Sag, was du wirklich denkst.« Also hatte Mel offen gesprochen. »Ich finde, du solltest mit jemandem reden, der schon da war, als du geboren wurdest«, meinte sie. »Was ist mit deinen Großeltern?«

Ihre Großeltern ... Die Erinnerung traf sie wie ein Schlag.

Ein Blitz aus heiterem Himmel, hatte ihre Großmutter bei der Beerdigung gesagt. Ruby hatte angenommen, dass sie von dem Unfall sprach, bei dem ihre Tochter ums Leben gekommen war. Das hatte sie ganz bestimmt wie ein Blitz aus heiterem Himmel getroffen. Es war ein furchtbarer Schock gewesen, eine Tragödie. Aber ihre Großmutter hatte Ruby angesehen, als sie es sagte. Allerdings hatte sie auch einen völlig verwirrten Eindruck gemacht. Dennoch ...

Ruby starrte Mel an.

»Was ist?«

Sie schüttelte den Kopf. »Nichts.« Aber angenommen, der Blitz aus heiterem Himmel war Rubys Geburt gewesen? Zusammengenommen mit der Schuhschachtel, dem Brief und dem Fehlen früher Fotos ... Auf eine fürchterliche Art passte alles zusammen.

»Oder eine der Freundinnen deiner Mutter?«, fragte Mel behutsam, als sie zum Hutladen kamen.

Sie küssten sich zum Abschied. Ja, dachte Ruby. Zum Beispiel Frances.

Das Rad fuhr schneller, als sie gedacht hatte, und Ruby liebte es, den Wind im Haar zu spüren, als sie immer mehr an Tempo gewann. Sie fragte sich, ob ihre Mutter kurz vor dem Unfall ebenfalls dieses Gefühl gehabt hatte. Hatte sie die Augen eine Sekunde lang geschlossen, bevor ... *Es gibt immer einen toten Winkel*. Ruby schob den Gedanken beiseite.

Sie erinnerte sich daran, wie Frances ihr bei der Beerdigung zur Seite gestanden hatte. Sie war selbst tief getroffen gewesen, denn Vivien war ihre beste Freundin gewesen, obwohl die beiden sich nicht mehr so oft gesehen hatten, seit Frances nach Nord-Cornwall gezogen war, um in der Nähe ihrer Tochter und ihrer Enkel zu sein. »Falls ich etwas tun kann, meine Liebe, brauchst du nur zu fragen«, hatte sie gesagt, während sie ihre Anschrift und Telefonnummer auf ein Stück Papier kritzelte, das sie Ruby in die Hand drückte.

Genau das würde Ruby nun tun. Gott sei Dank hatte sie den Zettel nicht weggeworfen. Er steckte noch im Reißverschlussfach ihrer Handtasche. Sie musste nur all ihren Mut zusammennehmen und auf den richtigen Zeitpunkt warten.

War sie Viviens und Toms Tochter? War sie wirklich Ruby Rae? Sie musste es unbedingt wissen. Aber anschließend konnte sie nicht mehr hinter die gewonnene Erkenntnis zurück.

Sie rollte den Hügel hinab, vorbei am Museum und der Bibliothek, wo der Markt, der jeden Mittwoch stattfand, in vollem Gange war. Die Auktion wurde in einer Stadt abgehalten, die vier Meilen entfernt lag. Sie hatte noch genug Zeit – wenn nicht noch etwas mit dem Fahrrad passierte. Denn sie hatte sich noch nicht ganz daran gewöhnt. Es besaß eine Rücktrittbremse, und der Sattel war so hoch, dass sie mit den Füßen kaum bis zum Boden reichte. Aber sie liebte es trotzdem. Es war herrlich, aufrecht zu sitzen und über die abgeernteten Felder und grünen Hügel von Dorset hinwegzusehen. Es war wie eine Zeitreise zurück in ihre Kindheit, von der sie inzwischen fürchtete, dass sie ihr bald entrissen werden würde.

Der Auftritt im Jazz-Café am Samstagabend war ihren Eltern gewidmet gewesen und hatte sich wie ein viel stärkerer und persönlicher Abschied angefühlt. Obwohl die Trauer sie fast überwältigt hatte, war es gut für sie gewesen. Und es war gut gelaufen. Als sie das Publikum gesehen und den Applaus gehört hatte, hatte sie den puren Adrenalinrausch gespürt, den sie beim Auftreten und Spielen immer verspürte. Sie war in einer solchen Hochstimmung gewesen, dass sie Schuhschachteln, Fotos und Geburtsurkunden fast vergessen hatte.

Was, wenn sie nicht das Kind ihrer Eltern war? Sie konnte nicht verhindern, dass sich der Gedanke erneut in ihren Kopf schlich. Sie hatte ihre Eltern verloren, und jetzt würde sie vielleicht entdecken, dass sie gar nicht ihr Kind war.

Sie trat in die Pedale und fuhr schneller. Aber sie waren

trotzdem in jeder Hinsicht, auf die es ankam, ihre Eltern gewesen. Sie hatten für sie gesorgt, sie geliebt. Das konnte ihr niemand nehmen. *Selbst wenn …* Der Gedanke schwebte in der Luft und wurde davongeweht wie Möwen in einem thermischen Aufwind.

Auktionen waren eigenartig. Der Auktionator dirigierte mit erhobenen Armen den ganzen Vorgang. Er schien Augen im Rücken und im Hinterkopf zu haben, trieb den Preis jedes Mal, wenn er zu stagnieren schien, hoch und stieß stakkatoartig die Standardsätze hervor. »Für Sie …«, »Gegen Sie …«, »Wer gibt mir …?«, »Jetzt stehen wir bei zwei«, »Sehe ich da drei?« Es klang wie ein Sprechgesang oder ein Gedicht und übte eine beinahe hypnotische Wirkung auf Ruby aus. Sie war ein wenig nervös; sie war noch nie bei einer Auktion gewesen, und dies war ein großer Kauf. Doch sie kannte ihr Budget. Sie konnte nur bis 200 000 Pfund gehen, das war ihr absolutes Limit. Sie durfte keinen Penny mehr ausgeben, so stark sie vielleicht auch in Versuchung sein würde.

In der Broschüre für die Auktion befand sich ein Foto des Küstenwachenhäuschens, das ziemlich trostlos und verwaist aussah, und sie gestattete sich einen kurzen Tagtraum. In ihrer Fantasie stand sie in einem farbbespritzten Overall auf einer Leiter und strich das Wohnzimmer weiß. Weiße Wände, Holzbalken, polierte Dielenbretter, gute antike Möbel. Vielleicht ein Ledersofa, oder eine Chaiselongue?

Sie erinnerte sich an den Ausblick auf Chesil Beach – die Brandung, die Brecher, das Meer, das sich am Horizont in der Unendlichkeit verlor. Die Verheißung eines Pfads, der sich die grüngoldene Klippe hinaufschlängelte. Das Märchen. Ja, aber konnte es für sie wirklich noch einmal wahr werden?

Schließlich begann die Versteigerung des Küstenwachenhäuschens. Es ging langsam los, sodass ihre Hoffnung wuchs, dass sich niemand außer ihr ernsthaft dafür interessieren würde. Doch dann kam die Sache in Schwung, verflucht. Ihr erstes Gebot – bei 115 000 Pfund – kostete sie ziemlich Mut. Doch der Auktionator erspähte ihren winkenden Arm sofort. Eigentlich war es kein Winken, sie fuchtelte mit dem Arm in der Luft herum wie eine Ertrinkende. Aber sie war im Spiel.

Bei 120 000 Pfund verloren sie ein paar Mitspieler, und bei 135 000 wurde Ruby klar, dass nur noch zwei Personen im Rennen waren. Verdammt, sie hatte einen Rivalen. Da er genau auf der gegenüberliegenden Seite des Raums saß, konnte sie ihn von ihrem Platz aus zwar nicht richtig sehen, aber sie konnte ihn hören. Seine Stimme klang leise und weich und hatte einen fremdartigen Unterton.

Mit einem entschiedenen Nicken segnete sie 139 000 ab. Das war mal wieder ihr typisches Glück: Sie konkurrierte mit ausländischem Kapital, mit jemandem, der keine Ahnung hatte, welches Risiko er mit dem Küstenwachen-Cottage einging, mit jemandem, der nicht wusste, was er tat, der einfach hereinspaziert war. Mit irgendeinem Idioten, der ...

140 000. Es wurde weiter gesteigert, und es ging hin und her. Bei 150 000 reckte Ruby den Hals und versuchte, um die Säule herumzuspähen, um einen Blick auf ihren Konkurrenten zu erhaschen. Es gelang ihr, denn er rutschte auf seinem Stuhl herum und kam so in ihren Blick. Er war groß und dunkel und kam ihr vage bekannt vor. Vielleicht wohnte er ja doch in der Gegend. 160 000, sie ging mit.

Keiner von ihnen zauderte. Die Stimmung in der Halle war angespannt. Alle warteten schweigend und schauten von Ruby, die hinten an der Tür saß, zu ihm, der am anderen

Ende der Halle Platz genommen hatte. Es war wie ein Ping-Pong-Spiel, dachte sie. Aber ein gefährliches. Das Adrenalin strömte durch ihren Körper, und sie fühlte sich angriffslustig und entschlossen. 190 000 Pfund. Sie konnte, sie durfte nicht weiter gehen, denn ihr Limit war damit erreicht. Doch sie durfte nicht zulassen, dass er es ihrer Stimme anhörte.

»Einhundertfünfundneunzig«, erklärte er.

Ruby konnte nicht glauben, dass sie womöglich verlieren würde. 200 000. Sie ging mit, ohne dass ihre Stimme zitterte.

Er erhöhte um tausend.

Sie wusste, dass das zu viel war. Trotzdem erhöhte sie um fünf. Es war wie beim Pokern. Man musste bluffen und seinem Gegner so viel Angst einjagen, dass er aufgab. Es war ein Risiko, aber das Cottage war es wert.

Er erhöhte noch einmal um zehntausend.

Ruby wusste, dass sie erledigt war. Sie schüttelte den Kopf.

»Zweihundertsechzehntausend zum Ersten«, intonierte der Auktionator.

Ein allgemeines Seufzen. Alle wussten, dass sie geschlagen war. Die Menschen in ihrer Nähe zeigten mitfühlende Mienen. Ruby setzte ihre Sonnenbrille wieder auf, damit man ihr ihre Enttäuschung nicht ansah.

»Zum Zweiten«, sagte der Auktionator.

»Zweihundertdreißigtausend«, erklärte eine Stimme aus dem Hintergrund.

Alle drehten sich neugierig um. Die Stimme gehörte einem Mann in den Fünfzigern, der einen gut geschnittenen Nadelstreifenanzug trug. Ein aufgeregtes Raunen ging durch den Raum, und alle wandten den Kopf zu dem anderen Bieter, um zu sehen, was er tun würde. Er fing Rubys Blick auf und zuckte die Achseln.

Es gab keine weiteren Gebote.

»Verkauft«, erklärte der Auktionator und ließ seinen Hammer mit einem endgültig klingenden Knall herabsausen.

Ruby verließ die Halle. Mist. Es war nur ein Haus, sagte sie sich. Aber was sie verloren hatte, war das Märchen. Den Traum, von dem sie nun wusste, dass sie ihn nie zurückbekommen würde.

»Hey!« Jemand rannte hinter ihr her.

Ruby wollte mit niemandem reden. Sie ging schneller, aber sie wusste, dass er sie spätestens an ihrem Fahrrad einholen würde.

»Hey, Ruby!«

Sie fuhr herum. Es war der Mann mit dem dunklen Haar, der gegen sie gesteigert hatte. Was zum Teufel wollte er? Und noch wichtiger: Woher kannte er ihren Namen?

11. Kapitel

BARCELONA 1940

An jenem ersten Tag begleitete Julias Mutter sie zum Kloster Santa Ana. Es war Spätherbst, und eine frostige Brise wehte über die Ramblas, als wolle sie Julia und ihre Mutter noch schneller vorantreiben. Die Mutter hielt Julias Hand fest gedrückt und zog sie mit. Es schien, als wolle sie nicht zulassen, dass sich doch noch Zweifel oder Bedenken einschlichen.

Sie blieb erst stehen, als das Kloster in Sicht kam.

Ob sie umkehren würden? Julia betrachtete das Torhaus vor ihnen, hinter dem sich streng und düster die Gebäude des Klosters erhoben. Hatten sie noch Zeit? Ihre Mutter drückte ihre Hand. »Es ist am besten so, meine Tochter«, flüsterte sie. »Es ist alles, was wir für dich tun können.«

Sie betraten das Torhaus und läuteten die Glocke im Vorraum. Julia warf ihrer Mutter einen Blick zu, doch diese hatte den Kopf gesenkt. Ob sie Tränen in den Augen hatte? Julia konnte es nicht erkennen.

Eine Nonne in einem einfachen weißen Habit trat in die Eingangshalle. Sie sprach nicht.

Julias Mutter hob den Kopf. »Wir haben einen Termin bei der Mutter Oberin«, sagte sie mit der klaren Stimme, die Julia als ihre Lehrerinnenstimme erkannte. Eine Stimme, die keinen Unsinn duldete.

Die Nonne neigte nur den Kopf und huschte davon.

Wieder warteten sie. Das war der schlimmste Teil, dachte Julia. Sie wünschte beinahe, sie wäre allein hergekommen und hätte sich zu Hause von ihrer Mutter und dem Rest ihrer Familie verabschiedet. Das wäre besser gewesen als das hier, als diese Übergabe.

Die Mutter Oberin erschien in der Eingangshalle. Sie war an dem Blau in ihrem Habit und ihrem gebieterischen Blick zu erkennen. Sie war alt, und ihr Gesicht war so verschrumpelt wie eine Backpflaume, aber sie ging hoch erhobenen Hauptes und strahlte Würde aus.

Wieder senkte Julias Mutter den Kopf. »»Ehrwürdige Mutter, dies ist meine Tochter Julia.«

Als die Mutter Oberin sie mit durchdringendem Blick musterte, tat Julia es ihrer Mutter nach und schlug ebenfalls die Augen nieder. Doch sie stellte sich Fragen.

Was für einen Handel hatten sie abgeschlossen, damit Julia herkommen konnte? Was war dabei versprochen worden? Hatte Geld den Besitzer gewechselt, oder hatten ihre Eltern einen Gefallen eingefordert, den ihnen jemand schuldig war? Julia sah keine Möglichkeit, das herauszufinden.

Heute Morgen, bevor sie gegangen waren, hatte ihr Vater ihre Schultern fest umfasst. »Es tut mir leid, mein Liebes«, hatte er gesagt. »Gott weiß, ich habe nie gewollt, dass es so weit kommt.«

Julia konnte ihn kaum ansehen, aber sie begriff. Wenn man drei Töchter hatte, die nicht arbeiten durften, und eine solche Nahrungsmittelknappheit herrschte, musste man die drei verheiraten, oder alle mussten verhungern. Das war eine einfache Rechenaufgabe. Und wenn zwei dieser Töchter hübsch waren und eine unscheinbar ... Die Kirche bot wenigstens eine weitere Möglichkeit. *No muerdas la mano que te da de comer.* Beiß nicht die Hand, die dir zu essen gibt. Ja, das verstand sie. Aber trotzdem. Sie blinzelte eine Träne weg.

Die ehrwürdige Mutter führte sie herum. Die Klostergebäude gruppierten sich um einen quadratischen, halb verfallenen Kreuzgang, dessen friedvolle Stille Julia sofort berührte. Dahinter lagen die Wohnquartiere der Nonnen. Es gab eine Küche und ein Lagerhaus, eine Krankenstation und ein Refektorium.

»Es macht alles einen sehr guten Eindruck«, meinte Julias Mutter und sah Julia an, als solle sie etwas sagen, das bekräftigen vielleicht.

Und es ist so friedlich, dachte Julia, der die Stimmung im Kloster trotz allem gefiel, jedenfalls im Vergleich zur Welt draußen. Das war ein kleiner Trost.

Die ehrwürdige Mutter zeigte ihnen die Kapelle. Julia stand vor dem reich geschmückten Altar und betrachtete die Fresken, deren lebhafte Farben mit der Zeit verblasst waren. Konnte sie hier leben, ein Zuhause finden?

Die ehrwürdige Mutter nickte Julias Mutter zu, und Julia überlief ein Schauer. Sie wusste, dass es Zeit war, sich zu verabschieden. Aber dies vor der alten Nonne zu tun, die dort mit geduldig gefalteten Händen stand, das erschien ihr unmöglich.

Julias Mutter umarmte sie und küsste sie auf die Wange. »Du musst zufrieden sein, Julia«, flüsterte sie. »Bitte sei zufrieden.«

»Mama ...« Aber Julia sah die unendliche Trauer im Blick ihrer Mutter. Wie konnte sie es ihr noch schwerer machen, nach allem, was sie und Papa durchgemacht hatten? Daher schluckte sie und schwieg.

»Leb wohl, meine Tochter.«

Julia sah ihrer Mutter nach. Das war es also gewesen. Das Ende ihrer Kindheit. Der Tag, an dem sie von ihrer eigenen Familie verlassen wurde. Weggegeben, damit sie vielleicht ein besseres Leben fand. Damit sie nicht zu hungern brauchte, damit sie ohne Angst leben konnte. Sie wollte ihrer Mutter hinterherrufen und machte schon einen Schritt nach vorn, um ihr nachzurennen und sich in die warmen Arme ihrer geliebten Mutter zu werfen.

Doch die ehrwürdige Mutter legte ihr eine Hand auf den Arm, um sie zurückzuhalten. »Sei ganz ruhig, mein Kind«, sagte sie. »Denn es ist geschehen.«

Und dann war Julias Mutter fort.

»Du wirst feststellen, dass wir uns hier größtenteils selbst versorgen«, erklärte die Mutter Oberin, während sie Julia davonführte. »Das ist der Kräutergarten.«

Julia sah Lavendel, Beinwell und Seifenkraut, doch die Pflanzen verschwammen, weil ihr die Tränen in den Augen standen.

»Und die Gemüseparzelle.« Sie zeigte auf die Zwiebeln, Wurzelgemüse und Tomaten.

Julia wischte sich die Tränen aus den Augen und sah dahinter einen kleinen Obstgarten und einen Springbrunnen. »Danke, ehrwürdige Mutter«, sagte sie, da anscheinend von ihr erwartet wurde, dass sie etwas sagte. Was hätte sie sonst sagen können? Was könnte sie sonst tun? Jetzt gab es kein Zurück mehr.

Eine der anderen Nonnen zeigte Julia ihre Zelle. Sie sprach nicht, sondern lächelte und nickte nur, aber wenigstens sahen ihre Augen freundlich aus.

Julia stand in der Tür. Der Raum war klein und schlicht

und sah so ganz anders aus als ihr Zimmer zu Hause. Wo war ihre hellblaue Tagesdecke? Das liebevoll gehütete Foto ihrer Familie, wie sie zusammen vor ihrer Haustür stand? Ihre Kleider und ihre Bücher? Die Haarkämme ihrer Schwestern? Ihre Kleider, ihre Schuhe? Julia schluckte die Tränen hinunter. Sie musste stark sein.

Es würde vielleicht sogar ganz behaglich sein, hinter diesen Mauern zu leben. Das Gefühl von Frieden, das sie sofort wiedererkannt hatte wie einen lange verlorenen, altvertrauten Freund, würde bestimmt erholsam sein, nachdem das Leben in der Stadt in den letzten Jahren so schwer gewesen war. In ihrem Leben gab es keinen jungen Mann; sie hatte kaum Gelegenheit gehabt, jemanden kennenzulernen, und außerdem waren so viele junge Männer tot. Sie hatten alle so viel durchgemacht, so viel Not und Angst erlitten, dass sie beinahe froh war, sich aus der Welt, in der sie gelebt hatte, zurückziehen zu können. An diesen Gedanken musste sie sich klammern.

Und so legte Julia ihre ersten, einfachen Gelübde ab. Sie verdrängte Familie und Freunde, die so lange ihr Leben erfüllt hatten, aus ihren Gedanken. Mit Gewalt entwöhnte sie sich von der sanften, tröstlichen Umarmung ihrer Mutter, dem Kuscheln mit ihren Schwestern im Bett, der vertrauten, tiefen Stimme ihres Vaters. Stattdessen musste sie Gott annehmen. Er war gerecht, und Er war treu. Er würde ihr helfen, diese Trennung zu überleben.

Das tägliche Leben einer Nonne sah allerdings anders aus, als sie erwartet hatte.

Die Gebete begannen um viertel nach fünf am Morgen, wenn es in der Kapelle noch kalt, dunkel und zugig war.

Noch vor dem Frühstück fanden drei Gottesdienste statt. In der ersten Zeit, als sich ihr Körper noch nicht daran gewöhnt hatte, war Schwester Julia manchmal ganz flau vom Knien auf dem kalten Stein und vom nagenden Hunger. Dann kostete es sie alle Kraft, aufzustehen und zum Frühstück ins Refektorium zu gehen. Und es kostete sie ihre ganze Beherrschung, das Essen nicht hinunterzuschlingen, als wäre es ihre letzte Mahlzeit.

Die Morgengebete begannen mit einem leisen Gesang. Man hatte Schwester Julia ein Gebetbuch gegeben, aber bald konnte sie Teile der Messe auswendig. *Gloria al Padre, al Hijo y al Espíritu Santo ... Amén.* Sie fand ein gewisses Maß an Trost darin. Die Monotonie und das Ritual beruhigten die Sinne, und bald sang sie leise mit, als hätte sie ihr ganzes Leben lang nichts anderes getan.

Der Rest des Vormittags war der Arbeit gewidmet. Wie die ehrwürdige Mutter erklärte, half Arbeit den Schwestern dabei, eitle Gedanken, Müßiggang und Klatsch zu vermeiden. Klatsch gab es ganz bestimmt nicht. Den größten Teil der Zeit sprach überhaupt niemand, und das fiel Schwester Julia schwer, denn sie war von zu Hause an das Geplauder Matildes, Palomas und ihrer Freundinnen gewöhnt.

Abends vor dem Vespergebet versammelten sich die Nonnen und zogen dann gemeinsam in die Kapelle. In der Stille dort hatte Schwester Julia viel Zeit für ihre eigenen Gedanken und ihr eigenes Gebet. Doch die Sehnsucht nach ihrem Zuhause und ihrer Familie war wie ein körperlicher Schmerz, den sie von morgens bis abends im Herzen spürte. Konnte Kontemplation je ein Ersatz dafür sein? Das war sicher unmöglich, ganz gleich, wie sehr sie sich auch anstrengen mochte.

Sie gab sich die größte Mühe, Frieden im Gebet zu finden und die einfachen Rituale des Klosterlebens als beruhigend zu empfinden. Abgesehen von den einfachen Arbeiten, die man ihr zuwies, und vom Gebet wurde nichts von ihr verlangt. Niemand erwartete von ihr, zu lachen, zu reden oder ihr hübsches Haar zu kämmen. Nichts erinnerte sie hier daran, dass sie die unscheinbare, die ernste Schwester war. Hier waren alle unscheinbar und schlicht, und es machte überhaupt nichts. Sie brauchte sich auch keine Sorgen um sich selbst oder um ihre Familie zu machen. Gott würde für sie sorgen. *Es würde kommen, was kommen musste* ... Wenn sie sich nur dazu überwinden konnte, daran zu glauben.

Die Mahlzeiten wurden im Refektorium eingenommen, einem prächtigen Saal mit hohen Deckengewölben. Dort herrschte Schweigen, während eine von ihnen laut aus einer Geschichte des Ordens in Katalonien vorlas. Schwester Julia dachte an die Gerichte, die ihre Mutter gekocht hatte, wann immer sie sich die Zutaten beschaffen konnte. Sie dachte an das Gelächter und Gejammer ihrer Schwestern, die beim Auftragen des Essens halfen und gleichzeitig im Weg standen. Ach, hier war alles so anders als zu Hause. Das Essen war einfach und schlicht, aber gut. Zum Frühstück gab es Kaffee, Brot, Marmelade und Schinken, und zum Abendessen Suppe, oft eine Brühe mit Resten, und Salat. Die Schwestern litten niemals Hunger, und es war lange her, dass Schwester Julia sich so satt gefühlt hatte. Trotzdem wäre sie lieber hungrig und zu Hause gewesen. Wie mochte es ihren Eltern und ihren Schwestern gehen? Und wann würde ihre Familie sie besuchen kommen? Diese Fragen gingen ihr ständig durch den Kopf.

Das Kloster Santa Ana unterhielt sich genau wie die meisten anderen Klöster selbst. Die Schwestern nahmen Spenden von den wohlhabenderen Bürgern der Stadt entgegen, verkauften Stickarbeiten und stellten Süßigkeiten und Kuchen wie *rosquillas de almendra* – Mandelkringel – und *yemas* – eine Süßigkeit aus Eigelb und Zucker – her, die sie in der Eingangshalle des Klosters verkauften. Eines Tages war Schwester Julia zum Verkaufsdienst eingeteilt. In die Tür des Haupteingangs war ein Drehtablett eingelassen. Der Kunde betrat das Foyer, drückte auf einen Klingelknopf und sprach die erforderlichen Worte: *Ave María purísima* – gegrüßt seiest du, Maria, die Allerreinste –, *sin pecado concebida* – ohne Sünde empfangen. Dann gab er seine Bestellung auf und legte das Geld auf das Tablett. Schwester Julia drehte es, nahm das Geld und legte dafür die Süßigkeiten darauf. Dann drehte sie das Tablett zurück – *he aquí*, bitte sehr. Der Kunde nahm das Gebäck, und das Geschäft war beendet. *Gott wird für uns sorgen*, sagte die ehrwürdige Mutter. Es kam Schwester Julia vor, als versorge Er sie ziemlich gut.

Doch sie war einsam. Sie vermisste ihre Familie, ihr Zuhause, ihre persönliche Habe. Sie hatte zwar nicht viel besessen, aber es waren doch einige Dinge darunter gewesen, die einen hohen Wert für sie gehabt hatten: ihre Bücher und ihre wenigen Kleider und Schuhe, ihr Familienfoto, die besonderen Leinentaschentücher, die ihre Großmutter bestickt hatte. Solche Luxusgegenstände waren in Santa Ana nicht erlaubt. Sie fragte sich, wie sie sich jemals an das Leben hier gewöhnen sollte.

In ihrer zweiten Woche nahm eine der anderen Schwestern sie beiseite. »Es ist typisch für die moderne Welt, dass man zuerst an das denkt, was man nicht hat und was verboten ist, statt an das, was man durch das einfache Leben gewinnt und intensiver empfindet«, sagte sie. Und dann senkte sie den Kopf und verließ den Raum.

Schwester Julia dachte darüber nach. Seit sie hier lebte, hatte sie geweint und war zornig gewesen. Warum gerade sie? Wieso hatte man ausgerechnet sie in diese Verbannung geschickt? Warum war ihr jetzt ein Leben bestimmt, das mit sich brachte, dass sie niemals eine eigene Familie haben würde, keinen Mann, den sie lieben, kein Kind, für das sie sorgen konnte? Jetzt würde sie nie erfahren, wie es sich anfühlte, in den Armen eines Mannes zu liegen oder einen Sohn oder eine Tochter zur Welt zu bringen.

Aber was nutzte es, sich dagegen zu wehren? Es war, so wurde ihr klar, alles eine Frage der Perspektive. Und wenn sie Gott dienen wollte, musste sie lernen, das Positive zu sehen. Sie musste lernen, ohne ihre Familie und die Dinge zu leben, die sie an zu Hause erinnerten. Sie musste Disziplin lernen, bevor sie daraus Erfüllung beziehen konnte. Es musste ihr irgendwie gelingen. Vielleicht kam ihre Familie sie dann besuchen.

Nach nur drei Wochen im Kloster wurde Schwester Julia in die Räume der Mutter Oberin gerufen.

Die ehrwürdige Mutter vergeudete keine Worte. »Möchtest du Gottes Werk tun, mein Kind?«

Wahrscheinlich kam es für sie nicht darauf an, warum Schwester Julia ins Kloster eingetreten war, und es spielte auch keine Rolle, dass ihre Familie nicht besonders gläubig war. Man ging eine Verpflichtung ein, und aus irgendeinem Grund ging die ehrwürdige Mutter davon aus, dass man sich voller Überzeugung darauf einließ.

Keuschheit, Armut und Gehorsam ... Schwester Julia senkte

den Kopf. Sie hätte alles getan, was sie hinaus in die Welt ließ, was ihr erlaubte, etwas Nützliches zu tun, etwas, das sie am Grübeln hindern und ihre Einsamkeit lindern würde. Alles wäre besser als das hier. »Ja, ehrwürdige Mutter.«

Die ehrwürdige Mutter nickte. Der Orden sei zwar ein Klausurorden, und die Klausur werde als angemessenste Voraussetzung für Rückzug und Kontemplation betrachtet, erklärte sie. Dennoch gäbe es auch weltliche Dinge zu tun. Und Schwester Julia hatte bisher nur die einfachen Gelübde abgelegt. »Es ist noch viel zu tun«, sagte die Mutter Oberin. »Es ist gute Arbeit; es geht um den Wiederaufbau unseres Landes und unseres Volks. Wir schicken dich ins Krankenhaus, mein Kind. Es ist Gottes Wille.«

Im Krankenhaus arbeitete Schwester Julia von früh bis spät, denn viele Mitarbeiter waren entlassen worden, und es war so viel zu tun.

Die ehrwürdige Mutter hatte ihr eingeschärft, ihre Meinung für sich zu behalten. Aber die Leute redeten, und eine der Krankenschwestern, die gesprächiger als die meisten war, erzählte ihr mehr darüber, wie es der Kirche während des Bürgerkriegs ergangen war. Schwester Julia wusste schon, dass allein in Barcelona fünfzig Kirchen geplündert worden waren. Die Kathedrale war allerdings verschont geblieben. Nun erfuhr sie, dass General Franco der Kirche ihre Reichtümer, ihre Macht und ihre Privilegien zurückgegeben hatte. Vielleicht sollte sie nicht zuhören. Bestimmt war Neugier eine Sünde. Doch Schwester Julia musste feststellen, dass alte Gewohnheiten schwer auszurotten waren.

»Sehr freundlich von dem General, meinen Sie nicht, Schwester?«, hatte die junge Krankenschwester gefragt. »Sehr lobenswert, oder?«

»In der Tat.« Schwester Julia hätte gern mehr gesagt, weitere Fragen gestellt. Aber diese Zeiten waren vorüber. Ihre Stellung in der Welt war jetzt eine andere.

Die Krankenschwester lachte, doch es klang nicht amüsiert. »Und was, frage ich mich, verlangt er dafür?« Sie stemmte die Hände in die Hüften und zog fragend eine Augenbraue hoch.

Schwester Julia wusste, worauf sie hinauswollte; dass Francos Großzügigkeit mit einer unausgesprochenen Bedingung verknüpft gewesen war. Und möglicherweise hatte sie recht.

»Den Gehorsam Ihrer Kirche vielleicht?«

Dass die Kirche dem Staat in allem untertan sein sollte? Äußerlich blieb Schwester Julia ruhig, doch innerlich zitterte sie vor Angst.

»Aber das wissen Sie natürlich alles«, meinte die Krankenschwester. »Als Nonne.«

Schwester Julia sagte nichts, sondern drehte sich um und wandte sich wieder ihren Pflichten zu.

Vielleicht hatte jemand gesehen, wie sie sich unterhalten hatten; sie wusste es nicht. Aber sie sah diese Krankenschwester nie wieder. Es war, als hätte sie sich in Luft aufgelöst.

Im Kloster verblüffte die ehrwürdige Mutter sie weiter, indem sie ihr von einigen der Gräueltaten der Republikaner während des Krieges erzählte. Sie erzählte von Nonnen, die vergewaltigt und gezwungen worden waren, die Perlen ihres eigenen Rosenkranzes zu schlucken, und von Priestern, die man kastriert hatte oder gezwungen hatte, ihre eigenen Gräber auszuheben. »Es sind unaussprechliche Dinge geschehen, mein Kind«, erklärte die ehrwürdige Mutter, die es offensichtlich aber trotzdem für nötig hielt, mit Schwester Julia darüber zu reden. Warum nur?

In der Woche darauf wurde Schwester Julia in die gynäkologische Abteilung des Krankenhauses versetzt und musste auf der Entbindungsstation arbeiten. Die Betten waren schmal und standen auf beiden Seiten des langen Krankensaals eng zusammen. Bezogen waren sie mit weißen Laken und kratzigen braunen Decken. Immerhin gab es einen beweglichen Wandschirm, um den Frauen etwas Privatsphäre zu ermöglichen. So wie auf der Station, auf der sie früher gearbeitet hatte, roch es auch hier überall nach Desinfektionsmittel. Aber das konnte sie aushalten. Das war immer noch angenehmer als der Geruch von Krankheit, Blut und Tod. An dem einen Ende des Flurs befanden sich der Küchenbereich und das Schwesternzimmer, am anderen Ende der Fäkalienraum.

Eine Krankenschwester mittleren Alters, die eine gestärkte weiße Uniform trug, führte sie herum.

»Das ist Dr. López, unser Gynäkologe«, erklärte sie, als sie sich einem kleinen, aber sehr von sich eingenommen wirkenden Mann mit dunklem Haar näherten. Er trug einen weißen Kittel und hatte ein Stethoskop um den Hals hängen. »Doktor, das ist Schwester Julia.«

Der Arzt nickte ihr kurz zu. Doch als Julia ihn ansah, durchlief sie ein leiser Schauer. Er war nur etwa fünf Jahre älter als Schwester Julia selbst, und doch wirkte er so viel reifer. Seine Augen waren kalt, aber sein Blick war hypnotisch. Es war, als würde sie in seine Augen hineingezogen wie ein kleines Tier oder ein Vogel in eine Falle.

»Wir haben Sie erwartet, Schwester«, sagte er. »Wir haben eine wichtige Aufgabe für Sie.«

Oje ... Schwester Julia versuchte nicht so erschrocken auszusehen, wie sie sich fühlte. War sie schon bereit für eine wichtige Aufgabe? Sie glaubte es nicht.

»Sie sollen bei der Betreuung der gefallenen Mädchen helfen«, erklärte er. »Als Tochter Christi ist das Ihre Pflicht.«

»Ja, Doktor«, murmelte Schwester Julia. Gefallene Mädchen. Wie sollte sie, eine kleine Novizin, die keine Erfahrung mit so etwas hatte, sich um die gefallenen Frauen kümmern?

»Sie haben den falschen Weg eingeschlagen«, sagte Dr. López betrübt und schüttelte den Kopf. »Wir müssen ihnen helfen, Buße zu tun.«

Während er sie weiter über ihre Pflichten aufklärte, wurde Schwester Julia langsam klar, was ihre Rolle sein würde. Sie sollte den jungen Frauen moralische Unterstützung und Trost spenden, und – noch wichtiger – ihnen den richtigen Weg weisen, den Weg Gottes, den Weg, von dem Dr. López wünschte, dass sie ihn beschritten.

Nachdem der Arzt fort war, entfernte sich die Schwester, um die Dienstpläne zu kontrollieren und das Säubern des Fäkalienraums zu überwachen, und Schwester Julia blieb mit einer der jungen Frauen allein.

Sie war schlank und dunkelhaarig, und die Wehen hatten bei ihr bereits eingesetzt. Der Schmerz kam in regelmäßigen Wellen, und jedes Mal keuchte sie auf und umklammerte Schwester Julias Hand fest. Ihre Stirn war schweißnass. Instinktiv legte Schwester Julia ihr ein kühles, weiches Flanelltuch darauf und strich der jungen Frau das Haar aus dem Gesicht.

»*Madre mía*. Gott sei Dank, dass Sie hier sind«, murmelte sie. »Sonst wäre ich ganz allein.«

Schwester Julias verspürte großes Mitgefühl. Niemand in ihrer Lage sollte allein sein. Dr. López hatte ihr geraten, die Frauen nicht dazu zu ermuntern, mit ihr zu reden. »Sie müssen ihnen gegenüber bestimmt auftreten«, hatte er erklärt. »Die Lektion, die sie lernen müssen, kommt von Gott.« Aber Jesus hatte auch Nächstenliebe gelehrt, und dies war eine Frau, die litt und die sie brauchte. Sie musste sie bei dem traumatischen Geburtserlebnis unterstützen und ihr nicht nur von Gott erzählen.

»Ganz still, meine Schwester«, sagte sie. »Der Schmerz geht vorüber. Und dann haben Sie ein wunderschönes Kind.« Und sie hielt der Frau die Hand und rieb ihr den Rücken, wenn die Wehen kamen.

»Wenn nur mein Mann hier wäre …«, keuchte die Frau.

Schwester Julia, die das Tuch in der Wasserschale auf dem Wagen neben sich neu befeuchtet hatte, hielt inne. »Ihr Mann?«, fragte sie. Hatte man ihr nicht erklärt, dass diese junge Frau vom Pfad der Tugend abgekommen sei? Wie war das möglich, wenn sie einen Ehemann hatte? Außer, sie …

»Er ist im Gefängnis«, flüsterte die Frau und umklammerte Schwester Julias Handgelenk so fest, dass sie fürchtete, es könne brechen. »Er ist verschwunden. Vielleicht wird er gefoltert. Vielleicht ist er tot. Ich weiß es nicht.«

Schwester Julia dachte an das Verschwinden der jungen Krankenschwester und die Vorsicht, die ihre Eltern sie gelehrt hatten. Rasch sah sie sich in dem Saal mit den schmalen Betten um, um sich zu vergewissern, dass niemand lauschte. Aber niemand schien auf sie zu achten, und von den Krankenschwestern und Ärzten war niemand zu sehen. Es war schon merkwürdig, dachte Julia, dass man es einer unausgebildeten Nonne, noch dazu einer Novizin, überließ, eine Frau in den Wehen zu betreuen, während die Krankenschwestern und Ärzte irgendwelchen anderen Beschäftigungen nachgingen.

Rasch löste sie sich aus dem Griff der Frau und stellte den Wandschirm neben dem Bett auf.

»Was meinen Sie?«, flüsterte sie. Julia erinnerte sich an jene Nacht, in der ihrem Vater beinahe die Stimme versagt hatte, als er von der Festung Montjuïc und den Gefangenen dort gesprochen hatte. Seine Worte und seine Stimme hatten sich in ihr Gedächtnis eingebrannt.

Die Frau sah sie direkt an. »Er war Republikaner, Schwester«, sagte sie. »Zu stolz, um wegzulaufen. Mitten in der Nacht haben sie ihn abgeholt.« Sie stöhnte auf, als eine weitere Wehe ihren Körper schüttelte.

»Jetzt flach atmen«, befahl Schwester Julia. Viel wusste sie nicht, aber es war genug. Hatte sie während des Bürgerkriegs nicht geholfen, kochendes Wasser zu bereiten, als ihre Nachbarin in den Wehen gelegen hatte? Ihre Mutter hatte der Frau beigestanden und mehr oder weniger das getan, was sie jetzt tat. »Tief atmen, wenn der Schmerz vergeht.« So würde der Fötus wenigstens gut mit Sauerstoff versorgt werden, hoffte sie. Die Frau war unterernährt; sie war praktisch nur noch Haut und Knochen. Was war nur los mit einem Land, das nicht einmal für seine eigenen Bürger sorgen konnte?

Später brachte man die Frau in den Kreißsaal.

Schwester Julia machte sich auf die Suche nach Dr. López. Sie fand ihn im Schwesternzimmer am Ende des Krankensaals, wo er mit einer der Schwestern scherzte.

»Könnte ich bitte mit Ihnen sprechen, Doktor?«, fragte sie.

Seine Miene verdüsterte sich. »Ja, Schwester Julia«, sagte er. »Was ist?«

Sie erklärte ihm, was die Frau ihr erzählt hatte. »Können wir ihr nicht helfen, herauszufinden, was aus ihrem Mann geworden ist?«, fragte sie ihn. »Vielleicht ist er ja noch am Leben.«

Dr. López schüttelte traurig den Kopf. »Sie müssen noch viel lernen, Schwester Julia«, sagte er.

Dessen war sie sich bewusst. Aber trotzdem …

»Ihr Mann ist für seine Sünden bestraft worden«, setzte er ernst hinzu. »Es steht uns nicht zu, den Grund zu hinterfragen.«

»Aber wenigstens könnten wir ihr helfen …«

»Es gibt nur eine Art, diesen Frauen zu helfen«, erklärte der Arzt. »Sie müssen bereuen.« Er sah ihr tief in die Augen. »Und Sie, Schwester Julia, müssen begreifen, warum Sie hier sind. Sie sind hier, um Gottes Werk zu unterstützen, verstehen Sie.«

An seiner strengen Miene konnte Schwester Julia ablesen, dass für ihn das letzte Wort gesprochen war. Aber war das wirklich Gottes Werk? Würde Gott nicht wollen, dass diese arme Frau erfuhr, ob ihr Mann tot oder lebendig war?

Eine der anderen Frauen – sie war unverheiratet, wie Julia erfuhr – brachte eine Stunde später ihr Kind zur Welt. Schwester Julia war im Kreißsaal bei ihr und kümmerte sich um sie, während der Arzt und eine Hebamme das Kind und dann die Plazenta entbanden. Die Beine der Frau lagen noch in den Stützen, und sie warf sich hin und her.

»Sie ist eine *primipara*«, erklärte Dr. López Schwester Julia, während er nähte. »Das heißt, das ist ihr erstes Kind. Die Geburt ist in diesem Fall oft nicht einfach.«

Sie sah, dass er einen langen Schnitt angelegt hatte, damit der Damm nicht riss.

Doch die Frau schien noch immer starke Schmerzen zu haben. »Mein Gott, mein Gott«, jammerte sie.

Schwester Julia versuchte, sie zu beruhigen. »Jetzt ist ja alles vorüber«, sagte sie. »Ihr Kind ist da und wohlauf.«

Der Arzt warf ihr einen warnenden Blick zu. »Sie hat bereut«, sagte er, »und die richtige Entscheidung getroffen. Sie wird ihren Sohn nicht behalten. Wir müssen ihn ihr wegnehmen.«

Aber die Frau drückte ihr Kind an die Brust.

Dr. López war kein großer Mann, schien aber mit einem Mal so viel größer zu sein als die Frau. Er ergriff das Kind und nahm es energisch an sich. »Wir müssen ihn jetzt untersuchen. Unverzüglich.« Er ignorierte ihre Schreie und strebte mit großen Schritten aus dem Raum. Das Kind nahm er mit.

Die Frau weinte und streckte die Hände aus. Sie griff ins Leere. Schwester Julia tröstete sie, so gut sie konnte, doch es brach ihr das Herz.

Sie wollte das Krankenhaus gerade verlassen und nach Santa Ana zurückkehren, als Dr. López sie aufhielt. »Ich sehe, dass Sie unsere Arbeit noch nicht richtig verstehen, Schwester«, sagte er.

Schwester Julia senkte den Kopf. Sie versuchte es, sie versuchte es wirklich.

»Ein Kind wegzugeben«, erklärte er, »ist manchmal ein notwendiger Teil der Buße. Denn was für eine Zukunft haben diese Frauen sonst? Und wie wird die Zukunft dieser Kinder aussehen?« Er sprach voller Leidenschaft, und seine dunklen Augen leuchteten.

Es stimmte, ledige Mütter waren gebrandmarkt. Sie waren vom Pfad der Tugend abgekommen, und alle wussten es.

Schwester Julia wusste es auch. Und die Kinder ... Für sie würde es schwer werden, das begriff sie.

»Wie kann eine solche Frau für ein Kind sorgen?«, wollte er wissen. »Wie soll das möglich sein?«

Schwester Julia wusste es nicht. Wahrscheinlich hatte sie nicht richtig darüber nachgedacht.

»Diese Frauen haben kein Geld und keine Möglichkeit, sich ihren Lebensunterhalt zu verdienen, jedenfalls nicht auf rechtschaffene Art.«

Er warf ihr einen vielsagenden Blick zu, und Schwester Julia erschauerte. Er sagte praktisch, dass eine Mutter, die ihr Kind behielt, in die Prostitution gedrängt würde, nur um es ernähren zu können. Und das konnte nicht richtig sein.

»Wovon soll dieses Kind leben, Schwester Julia? Wie soll es überleben? Können wir die Verantwortung für das Leben dieses Kindes übernehmen?«

Der Arzt machte ihr irgendwie ein schlechtes Gewissen, weil sie vorher anders gedacht hatte. Er schien eine gewisse Macht zu besitzen, obwohl sie nicht hätte sagen können, worin sie bestand.

Sie senkte den Kopf. Die Wahrheit war, dass sie keine Antworten auf diese Fragen wusste. Diese Angelegenheit war zu komplex für ein Mädchen, das gerade achtzehn geworden war. Bestimmt wusste der Arzt, was das Beste war. Schließlich hatte die ehrwürdige Mutter ihr erklärt, dass er ein guter und weiser Mann sei, dem sie in allem Gehorsam leisten solle. Obwohl sie versuchte, den Kopf immer gebeugt zu halten, konnte Schwester Julia es manchmal nicht vermeiden, ihm in die Augen zu sehen. Dann spürte sie seine Kraft, die Energie, die er ausstrahlte. Es würde ihr wirklich schwerfallen, ihm nicht zu gehorchen.

Also tat sie, was er verlangte. Sie kümmerte sich während der Entbindung um die Frauen, leistete nach der Geburt moralische Unterstützung und schenkte ihnen Trost. Es schockierte Schwester Julia zunächst, wie schmerzhaft dieser Vorgang war, den sie für eine einfache natürliche Sache gehalten hatte, doch sie gewöhnte sich daran. Sie stellte fest, dass es den Frauen in ihrer Stunde der Not half, jemanden an ihrer Seite zu haben, der ruhig und gelassen blieb. Nach der Geburt versorgte sie auch die Babys, und danach … Hatte sie es nicht mehr in der Hand.

Einige Monate später nahm Dr. López sie beiseite. »Kann ich Ihnen nun vertrauen, Schwester Julia? Sind Sie bereit, Gottes Werk zu tun?«, fragte er sie ernst.

»Ja, Doktor«, antwortete sie. Zumindest war sie bereit, ihr Bestes zu versuchen. Sie hatte sich auf diese Frauen und ihre prekäre Lage eingelassen und wollte ihnen helfen, soweit sie konnte.

»Dann möchte ich, dass Sie in meiner Privatklinik für mich arbeiten«, erklärte er.

Als Schwester Julia nach Santa Ana zurückkehrte, stellte sich heraus, dass die ehrwürdige Mutter von dem Anliegen des Arztes wusste.

»Du darfst dich nicht geschmeichelt fühlen, Kind«, sagte sie. »Aber du hast dich gut geschlagen und bist deiner Pflicht nachgekommen. Dein Leben spielt sich weiterhin hier bei uns in Santa Ana ab, aber du arbeitest für den Doktor – einstweilen jedenfalls. Du wirst unseren Orden dort vertreten. Wir vertrauen darauf, dass du uns nicht enttäuschst.«

Schwester Julia nickte zustimmend. »Ich will es versuchen, ehrwürdige Mutter«, gab sie zurück. Sie wusste, dass die ehrwürdige Mutter eine sehr hohe Meinung von Dr. López hatte, so als wäre er ein Abt und beziehe seine Macht direkt von Gott. Sicher, er war ein sehr religiöser Mensch und zitierte häufig Passagen aus der Bibel. Aber ob Dr. López' Macht nun von Gott kam oder nicht, sie wusste, dass sie sich wirklich nützlich machen konnte.

Langsam gewöhnte sie sich an ihr neues Leben; das im Kloster und das, in dem sie sich um die Frauen kümmerte. Woran sie sich jedoch nie gewöhnte, war der Schmerz der Frauen, die den Entschluss gefasst hatten, ihr Kind wegzugeben. Sie hörte ihre Schreie voller Trauer und Verzweiflung, ihr Weinen und dachte an ihre eigene Mutter. Natürlich musste sie an ihre Mutter denken. Niemals würde sie sich damit abfinden können, dachte sie.

12. Kapitel

Im Restaurant Gull an der Pride Bay suchte sich Ruby eine ruhige Ecke. Sie war früh gekommen und versuchte, nicht daran zu denken, dass es Freitag, der 13. war. Das war ihr ganz entgangen, als sie sich mit Frances verabredet hatte.

»Ich muss mit dir über etwas reden«, hatte Ruby gesagt, als sie Frances endlich angerufen hatte. »Hast du in nächster Zeit in Dorset zu tun? Ich würde dich gern treffen.«

Sie hörte das Zögern in Frances' Stimme. »Worum geht es denn, Ruby?«, hatte sie vorsichtig gefragt.

Ruby hatte nicht allzu viel sagen wollen; das war eine Sache, über die man besser von Angesicht zu Angesicht sprach. Aber ... »Es geht um meine Eltern«, sagte sie. »Also, eigentlich um mich. Um die Umstände meiner Geburt.« Das klang alles ein wenig förmlich. Aber wie sollte sie es anders ausdrücken? Und wenn es da etwas gab, das sie wissen sollte, dann war sie sich ziemlich sicher, dass Frances davon wissen würde.

»Ich verstehe.« Noch eine Pause. »Um die Wahrheit zu sagen, Ruby, ich habe mit so etwas gerechnet.«

»Oh.« Das klang nicht gut. Es hörte sich an, als gab es da etwas, das sie wissen musste, als hätte sie sich nicht geirrt und es gäbe ein großes Geheimnis um ihre Geburt.

»Ich komme nach Dorset.« Jetzt klang Frances energisch. »Je eher, desto besser, finde ich. Was meinst du? Vielleicht nächstes Wochenende?«

»Prima.« *Je eher, desto besser.* Ruby schluckte heftig. »Danke,

Frances.« Aber sie musste es wissen. Und nachdem ihre Eltern nicht mehr lebten, war Frances die Einzige, die es ihr erzählen konnte.

Ruby sah sich um und betrachtete die in Cremeweiß und Rot gehaltene Ausstattung des Restaurants, die weißen Tischtücher, die gefalteten Servietten. Was sie wohl erfahren würde? Besser, sie bestellte sich einen Drink. Wahrscheinlich würde sie ihn brauchen können …

»Ruby, mein Liebes.«

Ruby stand auf, um Frances zu begrüßen, und wurde sofort in eine Umarmung gezogen. »Schön, dich zu sehen«, sagte sie, und sie meinte es ehrlich. Frances' freundliche Augen, ihr herzliches Lächeln und ihre inzwischen grau, weiß und pfefferbraun gesprenkelten offenen Locken ließen viele Bilder aus der Erinnerung auftauchen. Nicht von der Beerdigung, sondern von früher. Ruby spürte eine solche Welle von Emotionen, dass sie die Tränen wegblinzeln musste, als Frances sie auf die Wange küsste. Für sie war Frances eng mit ihrer Mutter verbunden. Vor ihrem inneren Auge sah sie die beiden zusammen mit Bechern voller Instantkaffee in der Hand am Küchentisch ihrer Kindheit sitzen, wenn sie aus der Schule kam. Sie sah Frances, wie sie die Füße auf der Couch hochlegte, während Vivien ihre Bügelwäsche wegarbeitete. Ernste Gespräche, ein wenig Klatsch, viel Gelächter.

»Wie geht's dir?« Frances setzte sich. »Und wie kommst du mit allem zurecht? Ich habe viel an dich gedacht.«

Wo sollte sie anfangen. »Das Haus steht jetzt zum Verkauf«, berichtete Ruby. »Ich habe mich nach einer anderen Wohnung umgesehen, bis jetzt aber kein Glück gehabt.« Sie dachte an die Auktion. Und die Frechheit dieses Kerls …

Nicht nur gegen sie zu steigern, sondern auch noch die Unverschämtheit zu haben und sie nachher anzumachen – falls er das getan hatte. Gott. Ruby war so wütend gewesen, dass sie ihm beim Wegfahren beinahe eins mit der Handtasche übergezogen hätte, wenn das Rad da nicht so gefährlich gewackelt hätte.

»Wer sind Sie?«, hatte sie ihn gefragt. »Und woher kennen Sie meinen Namen?« Wer war er – so eine Art Stalker?

»Ich habe Sie im Jazz-Café spielen gesehen«, erklärte er. »Und ich wusste nicht, dass ich da drinnen gegen jemanden biete, den ich kenne.«

Was sollte das jetzt wieder heißen? Er konnte sie nicht kennen, und sie kannte ihn ganz sicher nicht. Sie runzelte die Stirn.

»Von dem ich gehört habe«, setzte er hinzu. »Den ich um drei Ecken herum kenne?« Inzwischen wirkte er ein wenig verzweifelt. »Schon öfter gesehen habe?«

»Nein, haben Sie nicht«, versetzte sie knapp. Sie fand das nicht komisch. »Sie kennen mich nicht, und ich kenne Sie nicht.« Sie stieß sich ab, was nicht ganz einfach war, und betete, dass sie nicht umfallen würde. »Ende der Debatte.« So, jetzt wusste er Bescheid.

»Dann bist du momentan in Dorset?«, fragte Frances sie.

»Ja.« Ruby zuckte die Achseln. »Jedenfalls eine Zeit lang.« Einstweilen bewegten sie sich noch auf sicherem Boden. Wie lange würde es dauern, bis sie aufhörten, um den heißen Brei herumzureden, und endlich zum Wesentlichen kamen?

Frances schien ihre Gedanken zu erraten. »Sollen wir erst bestellen und dann reden?«, schlug sie vor.

Ruby nickte. In gewisser Weise war Frances jetzt ihre nächste Angehörige. Die Großeltern in Schottland, die sie kaum kannte und die sie bei der Beerdigung so gut wie nicht beachtet hatten, zählten im Grunde nicht. Frances dagegen war eine Konstante ihrer Kindheit gewesen. Ruby musste sich erst noch an die neue, an die wahre Bedeutung des Wortes »Einzelkind« gewöhnen. Es war niemand sonst mehr da. Sie unterdrückte einen Seufzer. Sogar ihre Erinnerungen liefen Gefahr, an diesem Abend einen nicht wiedergutzumachenden Schaden zu erleiden.

Sie wählte die frische, heimische Scholle mit Salat und neuen Kartöffelchen; Frances entschied sich für Wolfsbarsch, Gemüse und Pommes frites. Sie beschlossen, sich eine Flasche Soave zu teilen.

»Am besten erzählst du mir alles, was du weißt, Liebes«, sagte Frances. »Und dann fülle ich die Lücken aus, so gut ich kann.«

Ruby holte tief Luft, und alles brach aus ihr heraus. Die Fotos in der Schuhschachtel, das Babymützchen und die Hippie-Perlen, das Gitarrenplektrum. Der Brief des Arztes, die Unfruchtbarkeit ihrer Eltern, das Fehlen früher Babyfotos im Album und der Umstand, dass sie keinem von ihnen im Geringsten ähnlich sah. Und das »wie ein Blitz aus heiterem Himmel« ihrer verwirrten Großmutter.

Frances nickte. »Ich verstehe.«

Inzwischen war das Essen serviert worden, aber keine von ihnen aß viel. Ruby schob ihren Fisch auf dem Teller herum; so machte sie wenigstens irgendetwas damit. Frances sah ernst aus. Immer wieder glitt ihr Blick ins Leere, als sehe sie ihre Freundin Vivien vor sich, wie sie den Kopf nach hinten warf und auf ihre typische Art lachte oder stirnrunzelnd einen Schritt zurücktrat, um eines ihrer Aquarelle zu betrachten.

»Und dann habe ich mir meine Geburtsurkunde richtig angesehen«, erklärte Ruby.

»Aha.« Frances nickte. Bildete Ruby sich das ein, oder hatten sich ihre Wangen leicht gerötet?

»Meine Geburt ist aus irgendeinem Grund verspätet eingetragen worden«, sagte Ruby.

»Ja, so war es.« Frances schaute nachdenklich drein.

Ein paar Sekunden lang schwiegen beide.

Ruby löste etwas weißes Fischfleisch von der Gräte und schob es in den Mund. Sie hatte ihren Teil der Vereinbarung eingehalten, und jetzt war Frances an der Reihe, ihr die Wahrheit zu erzählen. Warum zögerte sie? Hatte sie versprochen, das Geheimnis ihrer Mutter zu bewahren?

Ruby schluckte. »Mum würde wollen, dass du mir die ganze Geschichte erzählst«, sagte sie. Familiengeheimnisse waren gut und schön, aber hatte nicht jeder das Recht, die Wahrheit über seine eigene Geburt zu erfahren?

»Oh, das weiß ich«, pflichtete Frances ihr bei. »Sie würde nicht wollen, dass du im Dunkeln tappst. Das hat sie mir selbst gesagt.«

»Also dann …« Ruby holte noch einmal tief Luft. »Ist sie meine Mutter?«, fragte sie. »Meine leibliche Mutter, meine ich.«

Frances trank einen Schluck von ihrem Wein. »Was deine Mutter – und dein Vater übrigens auch – getan haben, das war nur zu deinem Besten, meine Liebe«, sagte sie. »Vielleicht war es falsch, was sie getan haben. Aber sie haben immer nur in deinem Interesse gehandelt.«

Das würde sich noch herausstellen, dachte Ruby. Aber was genau hatten die beiden getan? »Erzähl es mir einfach«, bat sie.

»Vivien war ein guter Mensch.« Wieder verlor sich Frances' Blick in die Ferne.

Aber das war die Vergangenheit. In der Gegenwart wollte Ruby jetzt ein paar Antworten.

»Sie hat dich mehr als alles andere auf der Welt geliebt«, sagte Frances. »Egal, was ich dir erzählen werde, daran musst du immer denken. Niemand hätte dich mehr lieben können.«

Ruby spürte, wie ihr erneut die Tränen in die Augen traten. Verdammte Tränen, sie lauerten überall. Das war ja alles schön und gut, aber … »Aber sie ist nicht meine Mutter? Stimmt das?« Ruby kippte einen großen Schluck Wein hinunter. »Komm schon, Frances. Spuck es aus.«

Frances seufzte. »Nein, du bist nicht Toms und Viviens Tochter«, erklärte sie. »Jedenfalls nicht ihre leibliche.«

13. Kapitel

DORSET, APRIL 1978

Es klopfte leise an der Tür, doch Vivien hörte es.
Mit einem leisen Seufzer legte sie den Pinsel weg und stand auf. Sie hatte nie genug Zeit, um an ihren Bildern zu arbeiten. Wenn Tom unterwegs war, dauerte es nie lange, bis sie ihr Material hervorholte und die Gelegenheit nutzte. Sie liebte ihn über alles, aber Zeit für sich schien manchmal fast ein verbotener Luxus zu sein. Sie öffnete die Tür.

Einen Moment lang erkannte sie das Mädchen nicht, das da vor ihr stand. Es hatte begonnen zu regnen; dicke, fette Tropfen zerplatzten auf dem mit Bruchsteinplatten belegten Weg. Tom hatte Tagetes gepflanzt – um die Schnecken zu vertreiben, wie er sagte –, und sie standen am Wegrand wie Rekruten, die entschlossen sind, nicht aus der Reihe zu tanzen. Dann begriff sie. »Laura?«

Nun, sie hatte sie ja auch eine Zeit lang nicht gesehen. Und ihre Mutter ... *Oh, die Ärmste!* »Laura.« Ihre Stimme klang jetzt weicher. Sie hatte gewusst, dass das passieren würde. Aber trotzdem fühlte sie sich jetzt ein wenig überrumpelt. Vivien streckte eine Hand aus und zog die junge Frau ins Haus.

Laura Woods blinzelte. »Hallo, Vivien«, sagte sie.

Sie trug einen langen, mit roten Rosen bedruckten Baumwollrock und ein besticktes, gesmoktes Oberteil. Seit Vivien sie zuletzt gesehen hatte, hatte sie stark abgenommen, und ihre blonden Haare waren lang und strähnig. An ihrem Arm baumelte ein schäbiger Weidenkorb, und über ihrer Schulter hing eine bunte Stofftasche.

»Komm doch herein«, sagte Vivien, obwohl sie schon im Haus waren. Sie hatte einfach irgendetwas sagen wollen, nur nicht das, was sie sagen musste. »Es tut mir so leid, Laura.«

Das Mädchen nickte, ohne aufzublicken. Es machte einen leicht verwirrten Eindruck und schien mit seinen Gedanken nicht ganz da zu sein. Das war nicht verwunderlich. Wie es sich wohl anfühlen mochte, mit gerade einmal zwanzig Jahren seine Mutter zu verlieren?

Ein Schauer durchlief Laura. »Ich bin sofort zurückgekommen, als ich es gehört habe«, sagte sie schließlich, als hätte Vivien ihr einen Vorwurf gemacht.

»Natürlich.« Vivien nickte. Sie war zwar vorher wütend auf sie gewesen, weil sie keinen Kontakt zu ihrer Mutter gehalten hatte, aber sie hatte andererseits Verständnis für Laura, die bei der Trennung ihrer Eltern viel durchgemacht haben musste. Dass sie so bald nach der Scheidung fortgegangen und vollkommen vom Radar ihrer Eltern verschwunden war, hatte schon damals wie ein Akt der Rebellion gewirkt. Vielleicht war es ihr schwergefallen, ihren Eltern die Trennung zu verzeihen, oder sie hatte einfach das Bedürfnis gehabt, das Chaos zu Hause hinter sich zu lassen. Was immer der Grund gewesen war, Laura war gegangen und hatte selten zurückgeblickt.

»Warum hat sie mir nichts davon gesagt?« Aus weit aufgerissenen blauen Augen starrte Laura sie anklagend an.

»Wovon?«

»Dass sie krank ist. Dass sie sterben muss.«

Auch das hatte Vivien vorausgesehen. »Sie hat versucht,

tapfer zu sein, Laura«, sagte sie, obwohl sie tief im Inneren die Meinung des Mädchens teilte. Natürlich hätte man es ihr sagen müssen. Arme Laura. Sie fühlte mit ihr.

»Tapfer!« Laura schüttelte den Kopf, als könne sie es nicht glauben.

Vivien ahnte, wie sie sich fühlte. Pearl hatte vielleicht in bester Absicht gehandelt, aber es war einfach nicht fair, der eigenen Tochter zu verschweigen, dass man nicht mehr lange zu leben hatte. Pearl war fest entschlossen gewesen, keinen Druck auf Laura auszuüben, damit sie zurückkam und sie besuchte. Aber damit hatte sie ihrer Tochter auch die Möglichkeit genommen, sich zu verabschieden.

»Wo warst du?« Vivien führte Laura ins Wohnzimmer. Automatisch steckte sie ihren Pinsel ins Wasserglas, als sie am Tisch vorbeikam. *Als du die Nachricht bekommen hast*, meinte sie.

»In Spanien.«

»Oh.« Eigentlich war es egal, wo sie gewesen war. Vivien deutete auf die Couch, und Laura setzte sich auf den Rand, als wolle sie gleich wieder flüchten. Ihre Handgelenke waren knochig, und ihre gebräunten Finger spielten ständig mit einem Faden an der Decke in dem Korb, den sie neben sich auf das Sofa gestellt hatte. Auch ihr Gesicht war tief gebräunt. Sie sah so anders aus. Mit zwanzig schon wettergegerbt, dachte Vivien.

»Ich musste das Geld für die Rückfahrt auftreiben«, erklärte Laura. »Das war nicht einfach.«

»Hat dein Vater dir kein …«

»Nein«, unterbrach Laura sie, und ihre Miene verhärtete sich. »Ich will keinen Penny von ihm.«

Vivien nickte. Auch das konnte sie nachvollziehen. »Ich

mache dir einen Tee«, erbot sie sich, obwohl das Mädchen aussah, als könne es etwas Stärkeres vertragen.

»Danke.«

In der Küche stellte Vivien eine Bestandsaufnahme an. Vor ein paar Monaten hatte Pearl ihren Kampf gegen den Krebs verloren. Sie hatte die letzten zwei Monate in einem Hospiz verbracht. Vivien hatte sie täglich besucht und miterlebt, wie sie immer weniger wurde. Es war ein qualvoller Tod gewesen.

Und jetzt war Laura nach Hause gekommen …

»Nimmst du Zucker?«, rief sie. Was sollte sie ihr sagen? Wie konnte sie ihr dabei helfen, mit dem Verlust ihrer Mutter fertigzuwerden?

»Ein Stück bitte.«

Aus dem Zimmer nebenan hörte Vivien ein Schniefen. Oh Gott, Laura weinte. Sie war in ein Land zurückgekehrt, in dem sie sich fremd fühlen musste, und in ein Haus, das ohne ihre Mutter kein Heim mehr war. Und jetzt …

Mit dem Teetablett eilte Vivien zurück. Vielleicht sollte sie Laura vorschlagen, eine Weile bei ihnen zu wohnen. Sie sollte nicht allein sein. Das Mädchen brauchte Zeit, um sich wieder in das Leben in England einzufinden; Zeit, um den Tod seiner Mutter zu verarbeiten. Ob sie sehr knapp bei Kasse war? Wusste ihr Vater überhaupt, dass sie wieder da war? Sie würde einen Job brauchen. Sie …

Vivien blieb wie angewurzelt stehen. »Laura!?«

»Hmmm?«

Es war nicht Laura, die weinte. Es war ein Baby. Laura hielt es auf dem Arm. Es war noch halb in die Decke gewickelt, die sich ebenso wie das Kind in dem Korb befunden haben musste, den Laura bei sich trug. Das Baby wimmerte und nuckelte an Lauras Hals herum.

Vivien setzte das Tablett ab, sonst hätte sie es womöglich noch fallen lassen. »Du hast ein Kind«, erklärte sie überflüssigerweise.

»Ja.« Laura sah aus, als hätte sie sich selbst noch nicht an den Gedanken gewöhnt.

»Wann ist es geboren?«

Laura sah das Kind in ihren Armen an. »Vor ein paar Monaten«, sagte sie. »Ich weiß es nicht mehr genau.«

»Du erinnerst dich nicht?« Das musste Vivien erst einmal verdauen. Sie trat näher an das Sofa heran und betrachtete die Kleine, die gerade erst aufgewacht war. Es war eines der hübschesten Babys, die Vivien je gesehen hatte.

Laura zuckte die Achseln, als spiele das alles für sie keine Rolle.

»Ein Mädchen?« Das Kind trug einen rosa Strampler und ein weißes Jäckchen.

»Hmmm.«

»Wusste deine Mutter es?« Vivien atmete tief durch. Pearl war Großmutter gewesen ...

Laura schüttelte den Kopf.

Sie hatte es nicht gewusst. Natürlich nicht. Dieses Baby musste ungefähr eine Woche nach ihrem Tod geboren worden sein. »Du armes, armes Mädchen«, sagte Vivien gerührt.

»Sie hat Hunger«, erklärte Laura. »Ich muss ihr ein Fläschchen machen.«

»Oh ja, selbstverständlich. Du stillst nicht ...?«

Wieder schüttelte Laura den Kopf. »Nein. Ich hab's versucht, es hat aber nicht geklappt.«

Das war nicht besonders verwunderlich, dachte Vivien. Laura war so ein schmales Ding, nur Haut und Knochen.

Wahrscheinlich war sie auch nicht gesund genug, um ihr eigenes Kind zu stillen.

Laura kramte in ihrer Schultertasche und förderte eine Flasche, einen Sauger und pulverisierte Babymilch in einer Büchse zutage.

»Sterilisationstabletten?«, fragte Vivien.

»Leider nein.«

Das war ja klar. Vivien konnte sich auch nicht vorstellen, dass sich Laura über solche Dinge Gedanken machte. »Soll ich das übernehmen?«, fragte sie, da Laura keine Anstalten machte, sich um das Fläschchen zu kümmern, obwohl das Schreien des Kindes lauter geworden war. Wieso hatte Laura keine fertig zubereitete Flasche dabei? Vivien hätte bestimmt daran gedacht. Aber andererseits hatte Vivien auch kein Kind, oder? Und sie war auch kein Mädchen, das durch Spanien und weiß Gott noch für Länder gereist war und wahrscheinlich ein Leben führte, in dem man sich keine Gedanken über schreiende Babys oder vorzubereitende Fläschchen machte. Außerdem, rief sie sich streng ins Gedächtnis, hatte Laura gerade ihre Mutter verloren.

»Es macht keine Mühe.« Vivien stand auf. »Ich lese einfach die Gebrauchsanweisung auf der Dose.«

Sie musste etwas *tun*.

Bis die Babymilch zubereitet war, brüllte die Kleine wie am Spieß. Laura war offensichtlich vollkommen erschöpft. Ihre Augen waren tellergroß und blickten aus dunklen Höhlen.

»Soll ich sie nehmen?« Vivien hatte noch nie ein Baby gefüttert. Das kleine Mädchen schrie aus Leibeskräften und sperrte dabei seinen zahnlosen Mund weit auf. Dennoch hatte die Kleine etwas ganz Reizendes. Ihre Fäustchen waren genauso verkrampft wie ihr rot angelaufenes Koboldgesicht.

Vivien musste unwillkürlich lächeln. Die Kleine hatte ganz schön Temperament.

»Oh ja, bitte.« Laura wirkte erleichtert. Sie reichte ihr das Kind und ließ sich in die Polster sinken. »Ich bin so müde.«

»Schläft sie denn nicht gut?« Behutsam nahm Vivien das schreiende Bündel auf den Schoß, prüfte die Temperatur der Milch auf ihrem Handrücken, stützte den Kopf des Babys und bot ihm die Flasche an. Sofort saugte sich die Kleine daran fest. Stille. Wieder lächelte Vivien. Es war so einfach.

Das Kind schloss ein paar Sekunden lang die Augen und sah dann zu Vivien auf. Der feste Blick seiner blauen Augen irritierte sie. Nachdem die Kleine sich vorhin so in Rage gebrüllt hatte, war ihre Stirn heiß, und Vivien strich ihr mit dem kleinen Finger ein zartes Büschel blonden Flaums aus der Stirn. »Da, so ist es besser«, sagte sie.

Das Baby saugte geräuschvoll an dem Fläschchen. Vivien fühlte sich seltsam ruhig und lehnte sich ein wenig im Sessel zurück. Die kleinen Fäustchen des Babys hatten sich geöffnet, und seine Hände zeigten offen nach oben wie ein Seestern. Als Vivien versuchsweise den kleinen Finger in die Mitte einer winzigen Handfläche legte, schloss das Baby die Hand darum. Oh, mein Gott ...

»Nein.« Lauras Stimme riss Vivien aus ihren Betrachtungen. »Meistens wacht sie zweimal pro Nacht auf. Manchmal schaffe ich es nicht, sie zu beruhigen. Sie machen sich ja keine Vorstellung.« Ihre Schultern sackten nach vorn.

Das stimmte, dachte Vivien. Sie hatte keine Ahnung. Sie erinnerte sich an die Tests, denen sie sich unterzogen hatten. *Unfruchtbarkeit ungeklärter Ursache*, war das Ergebnis gewesen. Tom und sie hatten einander hilflos angesehen. Was hatte das zu bedeuten? Und noch wichtiger: Was konnten sie deswegen unternehmen? Schließlich hatten sie nichts getan, jedenfalls noch nicht. Eine Möglichkeit war eine medikamentöse Behandlung: die Injektion eines Fruchtbarkeitshormons, Gonadotropin hieß es. Außerdem gab es Spezialkliniken. Der nächste Schritt würde sein, sich mehr Informationen zu beschaffen und herauszufinden, welche Optionen es gab. Vielleicht würden Sie aber auch akzeptieren, dass es nicht sein sollte …

Behutsam zog sie die Flasche aus dem Mund des Babys, damit es kurz Luft holen konnte und sich nicht verschluckte. Das Baby blinzelte, und sie hielt ihm die Flasche wieder hin. Vivien versuchte, sich mit ihrer Kinderlosigkeit abzufinden. Sie wusste, dass sie ein gutes Leben hatte: Sie hatte Arbeit, sie hatte ihre Malerei, und sie hatte Tom.

»Viele Menschen entscheiden sich, keine Kinder zu bekommen«, hatte Tom gesagt, vielleicht, damit sie sich besser fühlte. Aber das war ja gerade das Problem: Vivien hatte diese Wahl nicht. Es war nicht das Ende der Welt, und wenn es nicht sein sollte, dann würde sie das bewältigen. Aber trotzdem, dachte sie und schaute auf das Kind in ihren Armen hinunter. Trotzdem …

»Warst du in Spanien, als du sie bekommen hast?«, fragte Vivien.

»Ja.« Laura war noch tiefer ins Sofa gesunken, sodass es aussah, als hätte das Möbelstück sie halb verschluckt. Sie hatte ihren Tee getrunken und mindestens sechs Plätzchen gegessen. Das Leben musste schwer sein in Spanien, dachte Vivien.

»Wie war das Krankenhaus? Ist alles gut verlaufen?« Sie konnte es sich einfach nicht vorstellen.

»Ich hab sie nicht im Krankenhaus gekriegt.« Laura gähnte.

Oh. »Wo dann?«

»Im Campingbus.«

»Im Campingbus?« Vivien versuchte, nicht allzu schockiert auszusehen. Wie konnte man ein Kind in einem Campingbus bekommen? Das war nicht gerade hygienisch.

»Wir haben Laken und so was genommen«, erklärte Laura. »Und wir hatten heißes Wasser.«

Vivien sah auf das Baby hinunter. »Das muss schwer gewesen sein«, meinte sie. Doch sie stellte sich auch andere Fragen, zum Beispiel, wer die Nabelschnur durchtrennt hatte. Hatte Laura Schmerzmittel gehabt – oder hatte sie etwas geraucht?

»Wir schlafen da ja auch.« Jetzt klang Laura, als fühle sie sich angegriffen.

Vivien lächelte ihr beruhigend zu. »Gesund sieht sie jedenfalls aus«, sagte sie. Und so war es. Das Baby war klein, hatte aber perfekte Körperformen. Die Wangen der Kleinen waren leicht gerötet, doch nachdem sie jetzt ihre Milch bekommen hatte, war sie ein Bild der Zufriedenheit. »Du warst doch nicht allein bei der Geburt, oder?«

»Nein.« Weiter ließ Laura sich nicht aus.

Am liebsten hätte Vivien ihr noch so viele Fragen gestellt. Doch etwas in Lauras Miene gebot ihr Einhalt. Um Himmels willen, die junge Frau hatte gerade ihre Mutter verloren. Es war nicht von Bedeutung. Nichts von alldem war wirklich wichtig.

»Was sagtest du noch, wann die Kleine geboren ist?«, fragte sie munter.

»Ich hab Ihnen doch gesagt, dass ich mich nicht genau erinnere.« Jetzt klang Laura mürrisch. »Vor ein paar Monaten. Ist das wichtig?«

»Nun ja, für sie schon.« Vivien bemühte sich um einen ungezwungenen Tonfall. »Woher soll sie sonst wissen, wann sie Geburtstag hat?« *Geburtstagskuchen, Kerzen, Partyspiele für die Kinder* ... Unwillkürlich malte sie sich die Bilder aus.

»Wir legen einfach einen Tag fest«, erklärte Laura. Sie starrte aus dem Fenster.

Einen Tag festlegen? Vielleicht litt sie unter einer Wochenbettdepression. Verständlich wäre das; nach allem, was passiert war. »Dann hast du ihre Geburt noch nicht angemeldet?«, fragte Vivien vorsichtig. Dieses Mädchen schien wirklich völlig ahnungslos zu sein.

»Wir glauben nicht an so etwas«, erklärte Laura.

»Ach?«

»Menschen Etiketten aufzudrücken, sich kontrollieren zu lassen, unter dem Diktat der Gesellschaft zu leben«, sagte Laura. »Warum sollte sie ›angemeldet‹ werden? Sie ist nur ein Baby. Ein freier Geist, verstehen Sie?«

»Hmmm.« Vivien war sich sicher, dass es jede Menge Gründe gab, Geburten zu registrieren, beschloss aber, dass jetzt nicht die richtige Zeit war, darüber zu diskutieren. Und Tom würde – ganz zu Recht – anmerken, dass es sie nichts anging.

»Bleibst du denn hier in Dorset, Laura?«, erkundigte sie sich stattdessen. »Oder gehst du wieder auf Reisen?« Mit dem Baby, ergänzte sie im Stillen. Freier Geist oder nicht: War das die richtige Art, ein Kind großzuziehen? Ohne ihm Grenzen zu setzen? Ohne Strukturen? Ohne dass das Kind auch nur wusste, wann es geboren war? Eine Weile würde Laura natürlich bleiben müssen. Vivien nahm an, dass sie als nächste Verwandte den Verkauf von Pearls Haus und ihres ganzen Besitzes bewerkstelligen musste. Das würde schwer für sie werden, ein Albtraum. Sie würde jede Hilfe brauchen, die sie bekommen konnte.

»Ich bleibe noch eine Weile.« Laura starrte noch immer aus dem Fenster, und Vivien argwöhnte, dass sie es nicht abwarten konnte, von hier zu verschwinden.

»Ich werde tun, was ich kann, um dir zu helfen«, versprach Vivien. »Ich nehme dir auch das Baby ab, so oft es geht.« Und das lag nicht nur daran, dass ihr Laura leidtat, und es war auch nicht nur wegen Pearl. Es gab noch einen anderen Grund.

»Danke.« Laura sah sie an. Sie erinnerte Vivien auf gerade unheimliche Weise an das Baby, ihre Tochter. Einst war Lauras strähniges Haar auch so ein zarter Flaum gewesen, einst war auch sie unschuldig und hilflos gewesen. Und heute …

»Wer ist ihr Vater?«, fragte Vivien. »Ist er zusammen mit dir hier?«

»Nein.« Laura traten die Tränen in die Augen.

Behutsam zog Vivien dem Baby den Sauger aus dem winzigen Mund und wischte ihm ein Milchrinnsal vom Kinn. Sanft klopfte sie der Kleinen den Rücken und spürte unter dem weißen Jäckchen den weichen Babyspeck. Ein Gefühl von Zufriedenheit überkam sie. So fühlte es sich also an.

»Ich bin jetzt mit Julio zusammen. Er ist ein netter Typ«, erklärte Laura, richtete sich gerade auf und wirkte zum ersten Mal seit ihrem Eintreffen lebhaft. »Wir sind mit dem VW aus Spanien gekommen.«

»Das ist gut.« Vivien war froh, dass sie jemanden hatte. Sie fragte sich, wo der VW stand. Laura klang, als würde sie lieber in dem Campingbus wohnen wollen als im Haus ihrer Mutter. Sie konnte es ihr nicht verübeln.

»Wir sind unheimlich oft angehalten worden«, beschwerte

sich Laura. »Sie haben uns auf dem Kieker, wegen unseres Aussehens und wegen des Busses.«

»Wirklich?« Vielleicht lag es ja auch an den Drogen.

»Aber es ist trotzdem ein tolles Leben.« Lauras Blick nahm einen träumerischen Ausdruck an. »Die Freiheit der Straße, verstehen Sie. Keine Regeln oder Vorschriften. Anhalten, wo man will. Aufwachen und hören, wie der Regen auf das Blechdach trommelt.« Sie lachte verlegen. »All das.«

»Ja, das kann ich mir vorstellen.« Obwohl Vivien das nicht konnte, nicht wirklich. Zwangloser Drogenkonsum, Partys, die Regeln nicht einhalten. Ihr Leben sah ganz anders aus. Ihre größte Rebellion war gewesen, dass sie schon vor ihrer Heirat mit Tom zusammengelebt hatte.

»Ich gehe dann lieber mal«, sagte Laura. »Er wartet bestimmt auf mich.«

»In Ordnung.« Doch Vivien wollte nicht, dass sie ging. Genauer gesagt wollte sie nicht, dass das Baby wieder verschwand. »Wie heißt sie?«, flüsterte sie, denn der erstaunlich schwere Kopf des Kindes war auf ihre Schulter gesunken. Die Kleine schlief. So schnell. Es war einfach unglaublich.

Laura sah das kleine Mädchen an.

Vivien konnte den Blick nicht vollständig deuten, aber es lag Frustration darin.

»Ruby«, sagte sie. »Sie heißt Ruby.«

14. Kapitel

BARCELONA 1942

Ihre Arbeit in der Canales-Klinik begann jeden Tag mit den Morgengebeten. Dr. López hatte Schwester Julia gebeten, diese Pflicht zu übernehmen, und sie hatte es gern getan. Anschließend half sie beim Bettenmachen, wusch Patientinnen und brachte ihnen das Frühstück. Nachdem die Krankenschwester Temperatur und Blutdruck gemessen hatte, war es dann Zeit für Dr. López' Morgenvisite. Die Klinik war nicht groß. In dem Krankensaal im ersten Stock, an den sich zwei kleine Kreißsäle anschlossen, standen nur acht schmale Betten. Wie im Hospital befanden sich am Ende des Flurs ein Fäkalienraum, die Toiletten und die Sterilisierausrüstung. Dahinter lag noch eine kleine Küche.

An diesem Morgen blieb der Arzt am Bett von Ramira stehen. Sie war auf eine Anzeige in der Lokalzeitung hin gekommen. In dieser Anzeige versprach Dr. López gefallenen Frauen, die sonst niemanden hatten, Hilfe in der Not. Als Schwester Julia davon gehört hatte, war sie beeindruckt von der Freundlichkeit des Arztes gewesen. Er schien den Wunsch zu hegen, die Einrichtungen der Klinik für jeden zugänglich zu machen, der sie brauchte. Und was noch besser war: Seine Patientinnen mussten weder reich noch verheiratet sein. Dr. López zog es sogar vor, wenn sie es nicht waren. Wie er erklärte, half er lieber den schwächsten Mitgliedern der Gesellschaft und war nicht an materiellem Lohn interessiert.

»Mein einziges Ziel ist, diesen armen Frauen zu helfen, Schwester Julia«, erklärte er. »Ich will nur die Arbeit tun, die Gott mir bestimmt hat.«

Dr. López behandelte diese Frauen allerdings, als könnten sie von Glück reden, hier sein zu dürfen. So war es natürlich auch, wie Schwester Julia zugeben musste. Und er erwartete von ihnen, dass sie bereuten.

»Also, Ramira, ich denke, es sieht ganz gut aus«, erklärte Dr. López, nachdem er sie untersucht hatte. Er neigte dazu, vertraulich mit seinen Patientinnen umzugehen, und nannte viele beim Vornamen. Er warf einen Blick auf den Bericht, den die Nachtschwester ihm gegeben hatte.

Ramira stand kurz vor der Geburt. Ihr Gesicht war blass, aber sie wirkte ziemlich gesund. Gott wusste, dass so etwas in diesen Zeiten ziemlich selten vorkam. Der Arzt hatte mit einem trompetenförmigen Gerät, das er Pinard-Rohr nannte, die Herztöne des Fötus abgehört und es dann zurück auf den Wagen neben sich gelegt. Nun trat er wieder an ihr Bett und betrachtete sie mit seinem seltsam durchdringenden, aber leidenschaftslosen Blick. »Haben Sie Ihre Gebete gesprochen und um Vergebung für Ihre Sünden gefleht?«

Schwester Julia trat nach vorn und legte der jungen Frau die Hand auf die Stirn. Dr. López hatte schon bei seiner ersten Konsultation und noch einmal gestern, als sie aufgenommen worden war, ausführlich mit Ramira über dieses Thema gesprochen. Er war nicht zufrieden, weil sie sich noch weigerte, ihr ungeborenes Kind zur Adoption freizugeben. Schwester Julia konnte seine Frustration und Sorge verstehen. Aber dies war gewiss nicht die richtige Zeit, um ihr weiter zuzusetzen? Sie hatte Schmerzen und würde gleich gebären.

»Ja, Doktor«, flüsterte Ramira.

Er nickte. »Und haben Sie noch einmal über das Wohlergehen Ihres Kindes nachgedacht?«

»Ja.« Ihr Gesicht war aschgrau.

»Und?« Dr. López rückte weiter an das Kopfende des Betts heran und beugte sich vor, sodass sich sein Gesicht dem ihren näherte. »Zu welchem Schluss sind Sie gekommen?«

Mit vor Schmerz bebendem Körper wich sie vor ihm zurück. »Vielleicht ist es für sein Wohlergehen das Beste, wenn es bei seiner Mutter bleibt«, keuchte sie.

Schwester Julia hielt den Atem an. Das war nicht das, war der Arzt hören wollte. Er wünschte sich, dass Frauen wie Ramira ihr Schicksal in einem größeren Rahmen betrachteten. In ihrem Land gab es noch so viel Armut und Elend. Und doch gab es Menschen, welche die Mittel hatten, einem ungewollten Kind ein gutes Zuhause zu geben. Dr. López dachte, wie er oft betonte, nur an die Kinder.

Der Arzt stieß einen gepressten Laut aus. Er hob die Hand, und einen schrecklichen Moment lang hatte Schwester Julia den Eindruck, er wolle Ramira schlagen. Aber nein. Natürlich würde er so etwas nicht tun. »Was für eine Zukunft können Sie ihm denn bieten?«, knurrte er stattdessen. Während er sprach, entfernte sich der Arzt von der Frau in dem Bett und schien wieder zu wachsen und hoch über ihr aufzuragen. *Eine Frau wie Sie*, hätte er hinzusetzen können, er sprach es aber nicht aus.

Die Wehe ließ nach, und Ramira atmete leichter. »Ich bin seine Mutter«, erklärte sie.

»Sie denken nur an sich selbst«, stellte der Arzt kalt fest. »Eine Frau, die in den Wehen liegt und ihr Kind gebiert, und sie denkt nur an sich selbst.« Seine Stimme wurde immer lauter.

Schwester Julia unterdrückte ein Seufzen und spülte den Lappen in der Wasserschale aus, die neben ihr stand. Vielleicht war Ramira ja egoistisch. Aber konnte sie es ihr verübeln, dass sie das Kind behalten wollte, das in ihrem eigenen Leib herangewachsen war, das Kind, das vielleicht eine Erinnerung an eine verlorene Liebe war? Denn Schwester Julia erinnerte sich noch an einige Patientinnen im Hospital, die verheiratet gewesen waren. Es waren Frauen, die überhaupt keiner Sünde anheimgefallen waren. So viele Republikaner waren entweder aus Angst um ihr Leben aus der Stadt geflohen oder wegen ihrer politischen Überzeugungen eingesperrt oder hingerichtet worden. Sie wusste nicht, ob Ramira Baez zu diesen Frauen gehörte. Aber das ungeborene Kind war vielleicht alles, was sie noch hatte.

»Ich habe das Recht, mein eigenes Kind zu behalten«, murmelte Ramira.

Selten hatte Schwester Julia eine Frau erlebt, die stark genug war, sich Dr. López zu widersetzen. Am liebsten hätte sie Beifall geklatscht, aber natürlich wäre das falsch gewesen. Die meisten dieser Frauen waren verletzlich, und ihr Selbstvertrauen und ihr Wille würden bald von Dr. López' kompromissloser Autorität zermalmt werden; von seinem unerschütterlichen Glauben, das Richtige zu tun. Wahrscheinlich fragten sie sich, was sie in ihrer Lage anderes tun konnten. Auch Schwester Julias Gegenwart trug dazu bei, seine Argumente glaubwürdig erscheinen zu lassen, das war ihr durchaus klar. Viele Frauen waren dem Doktor und der Klinik dankbar. Was Dr. López tat, wurde als beinahe heldenhafte Rettung betrachtet.

»Dann ist Ihnen nicht zu helfen«, sagte Dr. López in verächtlichem Ton zu ihr. »Und Ihnen wird auch keine Hilfe zuteilwerden.« Er wandte sich ab und zitierte dabei wie so oft aus der Bibel. »Denn lebendig ist das Wort Gottes, kraftvoll und schärfer als jedes zweischneidige Schwert; es dringt durch bis zur Scheidung von Seele und Geist, von Gelenk und Mark; es richtet über die Regungen und Gedanken des Herzens.«

Tränen glänzten in Ramiras Augen. Doch sie presste den Mund fest zusammen. Eine weitere Wehe kam. Schwester Julia stützte ihren Rücken und versuchte, die Kissen so zu legen, dass sie es bequemer hatte. Sie war kaum in der Lage, sich zu behaupten, und doch hatte sie es getan.

»Sie tun mir leid«, erklärte Dr. López. »Sie tun mir leid, weil Sie nicht fähig sind, Einsicht zu zeigen.«

Die Frau keuchte vor Schmerz. Schwester Julia strich ihr das dunkle Haar aus der schweißnassen Stirn und legte ihr erneut den feuchten Lappen auf.

»Ich komme wieder.« Mit großen Schritten strebte der Arzt davon und verschwand durch die Tür.

Die Hebamme, die sich um eine andere Frau gekümmert hatte, eilte herbei, um ihn abzulösen.

Schwester Julia drückte Ramiras Hand, und die Frau sah zu ihr auf. Kurz war es, als verstünden sie sich ohne Worte, doch dann sah Schwester Julia an Ramiras Gesicht, dass der Schmerz zurückgekehrt war, und der Moment war vorüber.

Schwester Julia blickte sich im Krankensaal um, dessen Wände schmutzig und braun waren. Sie betrachtete die angeschlagenen Kacheln, die harten und unbequemen Betten, die Wagen voller kalter Metallinstrumente und roch den scharfen Gestank nach Bleiche und Wundbenzin. Ihr taten all diese Frauen leid.

Dr. López' Sprechzimmer lag im Erdgeschoss, aber weit entfernt von der Eingangstür, durch die Frauen in verschiedenen Stadien der Schwangerschaft traten, um dann ihren Platz im Wartezimmer einzunehmen, das sich gleich links befand. Es war ein dunkler, trostloser Raum mit harten Holzstühlen, in dem eine Stimmung herrschte, die Schwester Julia nur als bedrückend beschreiben konnte. Dabei sollte eine Geburt doch Hoffnung, Neubeginn und Glück symbolisieren – in einer idealen Welt jedenfalls.

Nach dem Mittagessen hatte Dr. López Sprechstunde, bevor er dann zur letzten Visite des Tages auf die Entbindungsstation oder in den Kreißsaal zurückkehrte. Manchmal wohnte er auch Geburten bei und untersuchte die Neugeborenen. In der Klinik arbeiteten erfahrene Schwestern und zwei Hebammen in unterschiedlichen Schichten, doch Dr. López fühlte sich für alles zuständig, und zwar mehr noch, als er es im Hospital schon tat. Dies hier war sein Reich.

Es gehörte zu Schwester Julias Pflichten, die Frauen zu holen, wenn sie an der Reihe waren, und sie den langen Gang entlangzuführen, der zu Dr. López' Allerheiligstem führte. Dies konnte ein einschüchternder Weg sein, und Schwester Julia hoffte, dass ihre Begleitung den Frauen vielleicht etwas von ihrer Angst nahm.

Die letzte Patientin an diesem Nachmittag war Agnes Jurado, eine junge Frau von ungefähr zwanzig Jahren, deren Schwangerschaft noch nicht zu sehen war. Sie hatte ein herzförmiges Gesicht und große, dunkle Augen, und ihr dickes, glänzendes schwarzes Haar hing ihr offen über den schlanken Rücken. Sie war sehr hübsch, wirkte aber auch furchtbar traurig. Schwester Julia fühlte sich an ihre Schwester Paloma erinnert. Die liebe Paloma … Ihr fröhliches Geplauder fehlte ihr. Wie sehr sich doch ihr altes und ihr neues Leben unterschieden.

Dr. López saß hinter seinem großen hölzernen Schreibtisch. Daneben stand ein Bücherschrank mit Glasfront, der vollgestopft mit medizinischen Fachzeitschriften und religiösen Traktaten war.

»Bitte setzen Sie sich.« Er deutete auf den Stuhl gegenüber seinem eigenen ledernen Drehsessel, in dem er etwas höher saß.

Mit hochgezogenen Schultern und gesenktem Kopf nahm Agnes Platz.

Dr. López nickte. Er mochte es, wenn die Frauen reuig und beschämt waren. Schwester Julia wartete. Manchmal verlangte der Arzt, dass sie blieb, dann wieder schickte er sie hinaus.

Er notierte Agnes Jurados Personalien, machte sich ausführliche Notizen und murmelte ab und zu etwas vor sich hin.

»Wer ist der Vater Ihres Kindes?«, wollte er unvermittelt wissen.

Das Mädchen zuckte zusammen. Der Raum war nur schwach erleuchtet, doch die Schreibtischlampe war direkt auf die unglückliche Agnes gerichtet, die stotternd und stammelnd antwortete.

»Ich weiß es nicht, Doktor«, erklärte sie und errötete heftig.

»Sie wissen es nicht?« Seine Stimme dröhnte durch den Raum.

Schwester Julia sah, wie der Arzt sein schweres Holzkruzifix vom Schreibtisch nahm, und sie wusste, was als Nächstes kommen würde. Sie behielt recht. »Alle haben gesündigt und die Herrlichkeit Gottes verloren«, merkte er betrübt an. »Paulus' Brief an die Römer. Wenn Sie bereuen, mein Kind, werden Sie die Gabe des Heiligen Geistes empfangen.«

Agnes sah mit weit aufgerissenen Augen und verängstigt zu ihm auf.

Seine Stimme wurde lauter, und er lief rot an. »Der Lohn der Sünde ist der Tod.« Noch ein Zitat. Er stieß mit dem Kruzifix nach Agnes.

Lautlos begann auch Schwester Julia zu beten.

»Ich bin vergewaltigt worden, Doktor.« Agnes hatte so leise gesprochen, dass Schwester Julia sich vorbeugen musste, um sie zu verstehen.

Vergewaltigt. Schwester Julia hielt den Atem an. Das arme Mädchen. Sie wartete darauf, dass Dr. López ihr weitere Fragen stellte. *Wann war das passiert? Wer war der Mann? Hatte sie den Vorfall gemeldet?* Es gab so viele Fragen. Und so viel Grauen in der Stadt, von dem Schwester Julia bisher noch nichts geahnt hatte.

Doch er stellte keine dieser Fragen, sondern musterte das Mädchen stattdessen ernst. »Sie wollen, dass das Kind zur Adoption freigegeben wird«, sagte er. Es war keine Frage, sondern eine Feststellung, gegen die es keine Einwände gab.

Schwester Julia musste sich auf die Lippen beißen, sonst hätte sie nicht ruhig bleiben können.

Das Mädchen senkte den Kopf. »Ich habe keine andere Wahl, Doktor«, antwortete sie.

»So ist es.« Der Arzt klang beinahe erfreut.

Schwester Julia sah ein, dass es stimmte. Eine Adoption war eindeutig der beste Weg, sowohl für Agnes als auch für ihr ungeborenes Kind. Aber sie fand, dass die Entscheidung so übereilt getroffen worden war, so unüberlegt. Das Mädchen hatte so viel durchgemacht.

»Schwester Julia, begleiten Sie Agnes hinter den Wandschirm«, befahl Dr. López. »Ich nehme jetzt die Aufnahmeuntersuchung vor.«

»Ja, Doktor.« Behutsam führte Schwester Julia Agnes zu der schmalen Liege in der Ecke des Sprechzimmers, wo auch ein Wagen mit den Gummihandschuhen und Instrumenten des Arztes, einem Eimerchen für schmutzige Verbände und einer Waschschüssel stand. »Ziehen Sie sich bitte aus«, sagte sie, zog den Vorhang zu und versuchte, dem Mädchen mit den Augen zu bedeuten, dass sie mit ihm fühlte. Mehr konnte sie nicht tun, das stand ihr nicht zu. Aber sie empfand tiefes Mitleid mit der jungen Frau.

Während der Untersuchung wirkte Dr. López geradezu vergnügt. Versuchte er einfach, es Agnes angenehmer zu machen? Sie hoffte es. Er legte ihre Füße in die Halterungen, und kurz sah es aus, als beuge er sich bedrohlich über das arme Mädchen, das mit seinen weit aufgerissenen, verängstigten Augen und gespreizten Beinen dalag.

Als werde sie noch einmal vergewaltigt ... Unwillkürlich ging Schwester Julia dieser Gedanke durch den Kopf. Das war natürlich Unsinn. Das Mädchen musste untersucht werden, und Dr. López fasste es nicht grob an. Trotzdem. Schwester Julia bezog daneben Stellung, falls sie gebraucht wurde. Und einmal mehr sprach sie ein lautloses Gebet.

»Sie sind ungefähr im fünften Monat«, erklärte Dr. López Agnes. »Das bestätigt das Datum, das sie genannt haben.«

Das Datum ihrer Vergewaltigung, dachte Schwester Julia. Wie sollte sich so ein hübsches und unschuldiges Mädchen von dem Trauma erholen, schwanger von einem Vergewaltiger zu werden? Und wieder dachte sie an Paloma. Ihr Gott herrschte wahrlich über eine grausame Welt.

Nachdem sich die junge Frau wieder angezogen hatte, führte Schwester Julia sie hinaus und gab ihr einen neuen Termin. Sie sprach stets nur so viel wie nötig, denn so lautete ihre Anweisung. Doch jetzt legte sie ihre Hand auf Agnes' magere Schulter und sagte: »Bitte machen Sie sich keine Gedanken. Hier wird man sich gut um Sie kümmern.« Und sie gelobte sich, dafür zu sorgen.

»Danke, Schwester«, sagte Agnes.

Schwester Julia schloss die Tür hinter sich und trat wieder in das Sprechzimmer des Arztes.

»Gleich kommen noch zwei Besucher, Schwester Julia«, erklärte er, schob seine Papiere auf dem Schreibtisch zusammen und sah sie über die Brille mit den halbmondförmigen Gläsern an, die er seit Kurzem trug. Die Brille schmälerte allerdings nicht die Macht, die diese Augen ausstrahlten, ganz im Gegenteil. »Führen Sie sie bitte hinein, wenn sie da sind. Danach können Sie gehen.«

Fünf Minuten später öffnete sie einem gut gekleideten Paar. Der Mann trug einen eleganten Anzug mit Krawatte und die Frau ein dunkelblaues Kostüm, eine weiße Bluse und viel Goldschmuck. Das gut geschnittene Haar reichte ihr bis knapp über die Schultern. Schwester Julia schätzte, dass sie um die vierzig waren. Solche Paare kamen häufig in die Klinik. Es waren Ehepaare mit Geld und einer gewissen gesellschaftlichen Stellung, die ein Kind adoptieren wollten.

Dr. López begrüßte sie überschwänglich und entließ Schwester Julia mit einer Handbewegung. »Sie haben für heute Ihre Pflicht erfüllt«, erklärte er und schloss energisch die Sprechzimmertür hinter sich.

Aber Schwester Julia blieb noch. Das sollte sie nicht, doch sie war neugierig. Dr. López hatte schon bei zahlreichen Gelegenheiten klargestellt, dass es sie nichts anging, was hinter der Tür seines Sprechzimmers passierte.

»Gute und schlechte Nachrichten, meine Freunde«, hörte sie den Arzt sagen. »Welche möchten Sie zuerst hören, ha, ha?«

»Die gute, Doktor«, antwortete die Frau. Sie klang jetzt weniger kühl und selbstbewusst. In ihrer Stimme schwang sogar eine gewisse Verzweiflung mit. »Bitte erzählen Sie uns zuerst die gute Nachricht.«

Schwester Julia konnte sich vorstellen, wie sich der Arzt über seinen Schreibtisch hinweg zu seinen Besuchern hinüberbeugte. Er würde mit dem Füllfederhalter auf die Tischplatte klopfen und seine Papiere zu einem noch ordentlicheren Stapel zusammenschieben.

»Bei mir war ein Mädchen«, erklärte er. »Ein gutes Mädchen. Und der Vater des Kindes, das sie bekommt ...« Er sprach leiser. »Es geht doch nichts über ordentliche nationalistische Wertvorstellungen«, sagte er. »Dieses Kind wird Sie nicht enttäuschen, das garantiere ich.«

Schwester Julia eilte davon. Sie wollte nichts mehr hören. Eigentlich hatte sie noch einmal nachsehen wollen, wie weit Ramiras Entbindung fortgeschritten war, doch jetzt wollte sie nur noch weg von hier. Sie holte ihre Sachen und verließ die Klinik. Die Tür fiel mit einem dumpfen Aufschlag des Türklopfers aus Metall hinter ihr zu. Sie warf einen Blick darauf. Er stellte eine Hand mit einem Ehering am Finger dar, in der ein Ball lag. In Anbetracht der Ausrichtung der Klinik war das pure Ironie, dachte sie. Das Namensschild an der Tür war klein und unauffällig, als wolle es sich verstecken. Sie schlug den Weg über den Arco del Teatro ein und lief durch die vertrauten Straßen des Raval-Viertels, in dem die Klinik lag. Ein für die Jahreszeit ungewöhnlicher Nebel schien in der Luft zu hängen. Das, was sie mitangehört hatte, hatte sie gründlich verwirrt. Was hatte es zu bedeuten? Jedenfalls hatte das Ehepaar die Klinik in Zusammenhang mit einer Adoption aufgesucht. Das war nicht ungewöhnlich. Aber hatte der Arzt die Adoption bereits arrangiert? Hatte er das Paar irgendwie enttäuschen müssen? Und war es möglich, dass er von Agnes Jurados Baby gesprochen hatte? Konnte der Vater mit den ordentlichen nationalistischen Wertvorstellungen derselbe Mann sein wie der, der sie vergewaltigt hatte? Eine solche Äußerung erschien für einen Mann von Dr. López' Rang unglaublich herzlos. Schwester Julia eilte zurück nach Santa Ana. Natürlich war dem Arzt das Wohlergehen der Kinder wichtig, aber sollte er nicht auch ein wenig Mitgefühl gegenüber den Müttern zeigen? Besonders gegenüber Mädchen wie Agnes, denen in den Nachwehen des Bürgerkriegs etwas so Abscheuliches widerfahren war.

Schwester Julia blickte sich um. Ihr war, als könne sie noch das Leid spüren, das wie Moos an den Mauern der Stadt klebte. Auch die Menschen in den Straßen strahlten etwas Trauriges aus. Man sah es daran, wie sie gingen, wie sie rauchend in Ladeneingängen standen, die Welt an sich vorüberziehen ließen und sich vielleicht fragten, was eigentlich der Sinn des Ganzen war. Sie sah die dunklen Gestalten von Bettlern und roch den Gestank, der über allen Großstadtstraßen lag; verfaultes Gemüse, abgestandener Urin, der Müll der Stadt, der sich mit Abgasen und Tabakrauch mischte. Und Tod, dachte sie. Das Leid verbarg sich in den

Schatten der Stadt. Es war Winter, und bald würde es dunkel werden. Die Dunkelheit war wie ein Schleier, aber sie konnte nicht überdecken, was diese Stadt erlebt und was Schwester Julia gesehen hatte.

Männer waren wegen ihrer Überzeugungen ins Gefängnis gesperrt und gefoltert worden. Frauen hatten ihre Kinder allein großgezogen – oder sie hatten sie weggegeben, weil sie sich ein besseres Leben für sie erhofften. Und Mädchen wie Agnes wurden vergewaltigt, im Elend zurückgelassen und mussten dann noch für das Verbrechen bezahlen – und all das nur, weil sie ein hübsches Gesicht und einen Körper hatten, den Männer begehrenswert fanden.

Das konnte nicht richtig sein.

Schwester Julia ging über das Kopfsteinpflaster in Richtung Ramblas, vorbei an Bars und leeren Marktständen. Sie dachte an ihre Familie, an Mama und Papa und ihre beiden Schwestern. Sie sah sie inzwischen so selten. Sie kamen sie nur besuchen, wenn es Neuigkeiten in der Familie gab – einmal im Jahr, wenn überhaupt. Sie alle lebten zwar in derselben Stadt, aber sie hatten sich in der Zwischenzeit so weit voneinander entfernt. Und ihr Vater kam nie mit ...

Beim letzten Mal waren es ihre Mutter und die beiden Schwestern gewesen, die verlegen in der Vorhalle von Santa Ana gesessen und auf sie gewartet hatten.

»Wo ist Papa?«, hatte Julia wie immer gefragt.

Der Blick ihrer Mutter war ihr ausgewichen. »Du weißt, dass er viel zu tun hat, Tochter«, sagte sie.

»Hat er Arbeit? Habt ihr zu essen?«, fragte Julia. Sie konnte nicht anders, sie machte sich Sorgen. Ihr Eintritt ins Kloster hatte die Familie von der Last befreit, für sie sorgen zu müssen, aber die anderen waren immer noch zu viert. Sie sah in ihre Gesichter. Alle drei waren schmal, aber nicht unterernährt.

»Wir haben genug«, versicherte ihre Mutter ihr. »Du brauchst keine Angst um uns zu haben.«

»Nein, wirklich nicht, Schwester«, sagte Paloma und sah Julia aus strahlenden Augen an.

»Und jetzt du, Matilde …«

»Ich soll heiraten.« Seit sie gekommen waren, hatte Matilde verdrossen dreingeschaut, und jetzt begriff Schwester Julia auch, warum.

»Wen?«, erkundigte sie sich.

»Einen Mann, der alt genug ist, um mein Vater zu sein«, gab sie mürrisch zurück.

»Matilde …«

Doch Julia fing die Blicke auf, die zwischen den dreien gewechselt wurden, und sie begriff, wie die Lage war. Es war das zweite Opfer, zu dem ihre Familie gezwungen worden war.

»Er ist ein guter Mann. Und er ist reich«, erklärte ihre Mutter.

»Magst du ihn nicht?«, fragte Julia Matilde leise.

Ihre Schwester sah ihr direkt in die Augen, und was Schwester Julia in Matildes Blick las, ließ sie beinahe auf die Knie sinken. Sie wollte ihre Mutter anflehen, es nicht zuzulassen.

»Ich empfinde nichts für ihn«, sagte Matilde.

»Dann …«

»Es ist so vereinbart.« Die Stimme ihrer Mutter klang fest.

Schwester Julia senkte den Kopf. »Und hat Papa mir keine Nachricht geschickt?«, fragte sie.

Ein kurzes Schweigen trat ein.

»Er denkt oft an dich«, sagte Mama.
Aber er kommt mich nie besuchen.
Vielleicht konnte er es nicht ertragen, dachte Schwester Julia. Vielleicht konnte er es nicht ertragen, sie in ihrem Nonnenhabit zu sehen und mit anzusehen, was aus ihr geworden war.

Jetzt beschleunigte Schwester Julia ihre Schritte, während sie an den Zeitungskiosken und Läden vorbeiging. Sie gestattete ihrem Blick nicht, auf den Schaufenstern zu verweilen; denn die Kleider und Handtaschen und der Putz, die für andere Frauen vielleicht die Welt bedeuteten, waren nicht für sie bestimmt.

Wieder dachte Schwester Julia an Agnes Jurado. Wie mochte ihre Welt aussehen? Was würde aus ihr und ihrem ungeborenen Kind werden?

Die Kirchenglocke läutete. Schwester Julia war froh, ins Kloster zurückzukehren; in die Sicherheit und heitere Ruhe von Santa Ana. Sie läutete die Türglocke, und eine Schwester kam, um die schweren Tore zu öffnen und sie einzulassen. Julia betrat die Eingangshalle, in der es nach Kerzenwachs und Feuchtigkeit roch. Sofort ging sie zur Mutter Oberin. Sie musste mit jemandem darüber reden. Schwester Julia erzählte von den Adoptionen, und sie erzählte ihr von Agnes Jurado. Am liebsten hätte sie noch mehr erzählt und erklärt, warum es ihr so falsch vorkam. Doch …

»Du bist verwirrt, mein Kind«, sagte die ehrwürdige Mutter freundlich. »Dr. López schützt einfach die Unschuldigen, und das ist Gottes Wille.«

Schwester Julia dachte an Agnes und die Vergewaltigung. »Aber Agnes …«

Die ehrwürdige Mutter hob eine Hand. »Sie hat gelitten«, meinte sie zustimmend. »Aber wir können dieses Leid jetzt nicht mehr ungeschehen machen. Niemand vermag das. Der Doktor jedoch ist in der Lage, dem ungeborenen Kind zu helfen.«

Wenn man es so betrachtete, schien alles richtig zu sein. Aber die Art, wie Dr. López gesprochen hatte …

»Das hast du missverstanden, meine Tochter«, erklärte ihr die ehrwürdige Mutter. »Du hast eine lebhafte Fantasie, die du zum Schweigen bringen musst. Du erlaubst dir, dir über Dinge Gedanken zu machen, die dich nichts angehen. Du musst an den Doktor glauben und ihm vertrauen. Er weiß, was zum Wohl der Allgemeinheit getan werden muss. Er ist ein hoch geachteter, äußerst gebildeter Mann, eine Stütze der Gesellschaft. Sein Weg ist der richtige. Es ist Gottes Weg. Man muss ihm folgen, ohne Fragen zu stellen. Hast du mich verstanden, Kind?«

»Ja, ehrwürdige Mutter.« Schwester Julia senkte den Kopf. Natürlich, es war alles ein Missverständnis. Bestimmt hatte der Doktor von einem anderen Mädchen, einem anderen Vater gesprochen. Und selbst wenn nicht … Was er tat, geschah aus den besten Beweggründen, daran durfte sie nicht zweifeln. Er versuchte, den Schwachen, den Unschuldigen, den ungeborenen Kindern zu helfen.

»Du musst deinen Willen aufgeben und dich ganz dem Willen Gottes unterwerfen.«

»Ja, ehrwürdige Mutter.«

»Du musst weiter ein Licht des Glaubens, der Hoffnung und der Wohltätigkeit sein«, setzte sie hinzu. »Bleibe verwurzelt im Herzen Christi.«

Schwester Julia ging in die Kapelle, um niederzuknien und

zu beten. Natürlich verhielt es sich so. Sie hatte an Dr. López und dem guten Werk, das er tat, gezweifelt. Sie war schwach gewesen, doch jetzt würde sie um die Kraft beten, es besser zu machen. Sie schloss die Augen und öffnete ihre Seele für die Stille der Kapelle. Sie stellte sich vor, einen Chor von Engelsstimmen zu hören, der einen Psalm aus der Bibel sang. Die Stimmen beruhigten ihren aufgewühlten Geist. Schwester Julia hörte in diesen Stimmen den schwachen Klang der Hoffnung. Und so betete sie.

Vater, hilf mir, Deinen Willen zu tun. Zeig mir den Weg …

15. Kapitel

Wer bin ich …? Seit Wochen ging ihr diese Frage immer wieder im Kopf herum. Endlich bekam Ruby ein paar Antworten. Wenigstens wusste sie jetzt, wer ihre leibliche Mutter war. Es war Laura, das Mädchen auf den Fotos, die sie gefunden hatte. Sogar damals, als Ruby ihr Gesicht zum ersten Mal gesehen hatte, hatte sie etwas empfunden, obwohl sie versucht hatte, es zu ignorieren.

Den Eltern, die sie großgezogen, für sie gesorgt und sie in dem Glauben gelassen hatten, dass sie ihr Kind war, ihr eigenes Kind, waren also gar nicht ihre Eltern gewesen. Ruby ließ diesen Gedanken auf sich wirken, spürte ihren Verlust von Neuem. Sie hatte etwas verloren, das sich schwer beschreiben ließ. Ihre Wurzeln? Ihren Anker? Ruby war sich nicht sicher. Sie wusste nur, dass sie sich steuerlos fühlte, als sei ihr alles, woran sie immer geglaubt hatte, plötzlich entzogen worden.

Sie warf Frances einen hilflosen Blick zu. *Und jetzt?*

»Es tut mir leid, Ruby.« Frances' Augen flossen vor Mitgefühl über. Aber das half Ruby auch nicht weiter.

Sie versuchte, eine Bestandsaufnahme anzustellen. Während sie ihren Wein trank, ließ sie das, was Frances ihr bisher erzählt hatte, Revue passieren. »Dann weiß ich also auch nicht, wann ich geboren bin.« Die Menschen, die sie für ihre Eltern gehalten hatte, hatten ihr Geburtsdatum nie gekannt, und ihre leibliche Mutter konnte sich nicht einmal daran erinnern …

»Das genaue Datum nicht, nein.« Frances tätschelte ihr die Hand. »Sie haben getan, was sie konnten, Liebes.«

»Ja.« Ruby dachte zurück an die Geburtstage ihrer Kindheit, an die Geschenke und die Partyspiele. Sie erinnerte sich an ihren achtzehnten Geburtstag, an dem sie volljährig geworden war und sich plötzlich ganz anders gefühlt hatte, als wäre sie auf magische Art mit einem Mal erwachsen geworden. Älter oder jünger, kam es wirklich so sehr darauf an? Ja, allerdings. Jeder hatte einen Geburtstag. Dieser Tag war etwas Besonderes. Warum sollte das für sie nicht gelten? Aber es war nicht die Schuld ihrer Eltern. Wahrscheinlich hatte Frances recht. Sie hatten getan, was sie konnten.

Trotzdem … Es war alles eine Lüge gewesen.

»Warum haben sie es mir nie gesagt?«, fragte sie Frances und hörte den Zorn in ihrer eigenen Stimme. Sie wollte die beiden nicht hassen. Aber warum hatten sie ihr nie die Wahrheit gesagt?

»Deine Mutter wollte es.« Frances fuhr mit den Fingern am Stiel ihres Weinglases entlang, hob es aber nicht an die Lippen, um zu trinken. »Wir haben oft darüber gesprochen.« Sie seufzte. »Sie war überzeugt davon, dass du ein Recht hast, es zu erfahren. Aber dein Vater war sich nicht sicher, ob das gut sein würde. Und er hatte nicht ganz unrecht nach allem, was passiert war. Jedenfalls war es nicht so einfach, meine Liebe.«

Ruby schüttelte den Kopf. Sie war nicht gewillt, das zu glauben. Wie kompliziert konnte so etwas schon sein? Momentan rang sie mit sich. Sie versuchte, ihren Eltern nicht zu grollen, weil sie es ihr verschwiegen hatten, weil sie geglaubt hatten, sie hätten ein Recht, darüber zu entscheiden, was sie wissen durfte und was nicht. Weil sie ihr etwas vorgemacht hatten. All diese Jahre, all diese Liebe.

»Ruby …« Frances nahm ihre Hand. »Hast du schon einmal überlegt, dass Vivien diese Gegenstände vielleicht so platziert hat, dass du sie finden musstest?«

Ruby starrte sei an. »Du meinst, das war ihre Art, mich die Wahrheit selbst herausfinden zu lassen?«

Frances nickte.

»Und Laura …«

»Laura war zu jung, um die Verantwortung für dich zu übernehmen«, meinte Frances. »Sie war noch ein junges Mädchen.«

Ruby versuchte, sich vorzustellen, wie es wäre, noch ein junges Mädchen zu sein und für ein Baby sorgen zu müssen. Wie würde man damit zurechtkommen? Wie hatte Laura das gemacht? Kein Geld, keinen Job, nur einen VW-Campingbus und ein romantisches Freiheitsideal.

»Nicht nur das«, fuhr Frances fort, »sie muss durch die Nachricht vom Tod ihrer Mutter auch traumatisiert gewesen sein, nachdem sie nicht einmal eine Ahnung gehabt hatte, dass Pearl krank war.«

»Natürlich.« Das konnte Ruby nachfühlen. Sie hatte auch immer noch Alpträume.

»Am Anfang wollte Vivien sie nur unterstützen«, sagte Frances. »Laura tat ihr leid.«

Ruby nickte. Sie zog den Umschlag mit den Fotos aus der Handtasche und nahm das Bild von Laura und dem Baby heraus. Dem Baby … Jetzt war die fotografische Chronik ihrer Kindheit vollständig, oder? Das war sie als neugeborenes Kind. Sie reichte das Bild Frances.

Frances lächelte. »Das ist Laura«, sagte sie. »Und das musst du sein.«

»Ja.« Ruby fiel das Plektrum ein. »Hat sie Gitarre gespielt?«

»Ich glaube schon.«

Hatte Ruby also die Liebe zur Musik von ihrer leiblichen Mutter geerbt? Hatte sie deswegen angefangen, Saxofon zu spielen? Spürte sie daher den Drang, Songs zu schreiben? Es war ein eigenartiges Gefühl zu entdecken, dass man einen vollkommen anderen genetischen Hintergrund hatte, eine andere Abstammung.

»Wie war sie?«, flüsterte Ruby. Sie wusste, wie Laura aussah, aber sie wollte mehr wissen.

»Ich kannte sie kaum, Liebes«, antwortete Frances. »Ich kann dir nur sagen, was Vivien mir erzählt hat.«

»Und was hat sie über sie gesagt?«, fragte Ruby. Obwohl sie es sich vorstellen konnte.

»Sie mochte sie, und sie tat ihr leid. Aber sie hatte auch das Gefühl, dass sie, nun ja …«

»Verantwortungslos war?«, vermutete Ruby.

»Vielleicht.« Frances gab ihr das Foto zurück.

Ruby fuhr mit der Fingerspitze über das Bild. Mutter und Tochter … Als dieses Foto gemacht wurde, hatte Laura nicht gewusst, dass ihre Mutter gestorben war und dass sie nach England zurückkehren und dort auch ihr Kind verlieren würde. *Was hatte Laura bewogen, es wegzugeben?* Hatte sie es nur getan, weil sie so jung gewesen war? Aber andere junge Mädchen behielten ihre Babys auch, oder? Vor allem, nachdem Pearl gestorben war und Ruby alles war, was Laura noch hatte …

Ruby seufzte. Die Hippie-Perlen gehörten Laura, und das Babymützchen musste sie einmal selbst getragen haben.

»Was glaubst du, wo die Fotos gemacht wurden?«, fragte sie Frances und reichte ihr noch ein Bild. Wo genau war sie geboren?

»Das weiß ich leider nicht. Ich glaube, Vivien hat erwähnt, dass Laura in Spanien herumgereist ist.«

Wieder betrachtete Ruby den goldenen Strand, das türkisfarbene Meer, den Leuchtturm, der in einen wolkenlosen blauen Himmel ragte. Es sah idyllisch aus. Es könnte in Spanien sein. War sie etwa Halbspanierin? Wer war ihr Vater? Würde sie das je herausfinden? Sie gehörte zu zwei anderen Familien, von deren Existenz sie nichts gewusst hatte. Der Familie ihres Vaters – wer immer sie war –, Lauras Familie ...

»Was ist aus Laura geworden?«, wollte Ruby von Frances wissen. »Wo ist sie jetzt? Hast du eine Ahnung?« Einen aufregenden Moment lang stellte sie sich vor, dass Frances vielleicht in Kontakt mit ihr geblieben war und ihr Lauras Aufenthaltsort nennen konnte. Sie stellte sich vor, wie sie sie fand, sich mit ihr traf und mit der Mutter, von der sie nicht einmal gewusst hatte, dass sie sie besaß, wiedervereint war.

»Ich weiß nicht, wo sie heute ist, Liebes«, sagte Frances freundlich. »Vivien und Tom haben, glaube ich, einmal versucht, sie zu finden. Aber ...« Sie schüttelte den Kopf. »Sie ist einfach verschwunden.«

»Verstehe.« Ruby versuchte, ihre verkrampften Schultern zu entspannen. *Einfach verschwunden.* »Was ist denn nun genau passiert, nachdem Laura mit mir bei Vivien aufgetaucht ist? Hat sie mich ihr einfach übergeben?« Wie einen Sack Kartoffeln, dachte sie und ein dumpfes Gefühl der Enttäuschung breitete sich in ihr aus. »Bin ich adoptiert worden, war ich ein Pflegekind oder was?«

»Nicht adoptiert, nein.« Frances nestelte an ihrer Serviette.

Ruby seufzte. Nein, sie war nicht adoptiert, denn in ihrer Geburtsurkunde wurden Vivien und Tom Rae als ihre Eltern genannt. Sie sah Frances an. »Ich glaube, es ist besser, du erzählst mir auch den Rest der Geschichte«, sagte sie.

16. Kapitel

DORSET, APRIL 1978

Vivien parkte den Wagen am Hafen, stieg aus und hob den Eimer mit den Frühlingsblumen aus ihrem Garten aus dem Beifahrer-Fußraum ihres grünen Morris 1000. Eine frische Brise wehte, aber die Sonne brach gerade durch die Wolken, Bootsmasten knarrten im Wind, und am Himmel segelten kreischend die Möwen, die zweifellos von dem köstlichen Duft des Fisches, der hier vor einigen Stunden gefangen worden war, zum Hafen gezogen wurden.

Vivien schloss das Auto ab und ging über den rauen Betonboden, vorbei an Bergen warzenübersäter Krabbenkörbe und Fischernetze, die zum Trocknen ausgelegt waren. Das Wasser war glatt und leicht gekräuselt und der kleine Hafen voller Boote – Kajütboote und Segeljollen, bunt gestrichene Ruderboote und größere Fischerboote –, die sich sanft auf dem Wasser wiegten. Manche allerdings wie die *Dusky Rose*, die an dem verrosteten Ankerring an der Steinmauer vor dem Gemischtwarenladen vertäut war, hatten schon bessere Zeiten gesehen. Die dunkle Rose war mittlerweile ziemlich verblüht, dachte Vivien und betrachtete die abblätternde Farbe und das verrottete Holz darunter.

Viviens liebste Jahreszeit war der Winter, wenn die Touristen nach Hause fuhren und die Stadt sich ihre Seele zurückholte. Aber jetzt waren Frühlingsferien, daher wimmelte es vor Menschen, und die Buden am Hafen hatten Konjunktur.

Vivien sah viele Familien, die Eis oder Bratfisch mit Pommes frites, kandierte Äpfel oder Zuckerwatte aßen. Andere waren unterwegs zur Spielhalle mit ihren Spielautomaten oder unternahmen einen Spaziergang am Strand. Wieder andere nahmen den windigen Klippenpfad in Angriff, der hinauf nach Warren Down und zum Leuchtturm führte. Am Kai sammelten Kinder mit Körben Seespinnen, und Möwen stießen herab, um den Köder zu stehlen.

Vivien ging zur alten Kapelle. Dort heiratete am Samstag ein junges Paar. Es waren Nachbarn von Frances, die keinen Penny hatten und sich keinen Floristen leisten konnten. Daher hatte Frances sie gebeten, ein paar Frühlingsblumen aus ihrem Garten hinüberzubringen. In Viviens Garten wuchsen Unmengen blühender Narzissen. Sie hatte unzählige davon geschnitten, aber trotzdem war in den dichten Büscheln, die neben ihrem Gartenweg und vor dem Haus wuchsen, kaum zu erkennen, dass etwas fehlte. Vivien freute sich, dass sie einspringen konnte, denn die beiden waren ein sympathisches Paar, und in dieser Kleinstadt half man einander, wenn man konnte.

Der Eimer war ziemlich schwer, obwohl sie nicht allzu viel Wasser hineingetan hatte. Er schwang leicht in Viviens Hand, als sie über den Strand mit seinen rötlichen Steinen auf die alte wesleyanische Kapelle zuging. Das Wasser schwappte von einer Seite zur anderen, und die kleinen, hellgelben Köpfchen der Narzissen nickten im Takt dazu. Der süße, betörende Duft der Blumen stieg zu Vivien auf und mischte sich mit dem Meeresgeruch des Hafens und des Ozeans.

Hochzeiten und Familien ... Viviens Gedanken schweiften ab. Einen Moment lang stand sie an dem Weg, der hinter dem Kieselstrand von Chesil Beach entlangführte. Hinter den hoch aufgespülten Steinen – der natürlichen Begrenzung zum Meer – war das Meer grün und glatt. Es trug weiße Schaumkronen, denn der Wind peitschte die Wellen auf. Sie atmete die frische, salzige Luft ein. Vivien liebte diese Stelle. Hier fühlte sie sich lebendig.

Sie dachte zurück an ihre Hochzeit mit Tom. Sie erinnerte sich an ihren Vater in dem ungewohnten dunkelblauen Anzug mit steif gestärktem weißen Hemd und dunkelblauer Krawatte, wie er sie mit festem, pflichtbewusstem Griff am Arm genommen hatte und sie im Standesamt von Bridport den Gang zwischen den Sitzreihen entlanggeführt hatte. Ihre Mutter, die in Blau und Cremeweiß gekleidet gewesen war, hatte vorne gestanden und nervös gelächelt. *Warum konntest du nicht in einer Kirche heiraten?* Das hatten sie gesagt. Aber was hatten sie an diesem Tag wirklich gedacht?

Es war schon merkwürdig, dass sie ihre Eltern heute so selten sah. Seit dem Umzug auf die schottische Insel waren sie richtige Einsiedler geworden. Vivien vermutete, dass sie schon immer dazu geneigt hatten und nie wirklich Teil einer geselligen, kommunikativen Welt hatten sein wollen. Vielleicht hatte sie sich deswegen als Kind oft einsam gefühlt. Sie hatte sich nach einem Haus gesehnt, das immer voller Menschen war, und von Nachbarn oder Freunden geträumt, die einfach auf eine Tasse Tee vorbeikamen, plauderten, lachten. Doch stattdessen war es in ihrem Haus immer still gewesen. Und so war auch Vivien ein ruhiges Kind geworden. Ihre Welt waren die Bücher, die sie las, und ihre imaginären Freunde.

In ihrem fernen Zuhause auf der Insel hatten ihre Eltern zwar Telefon, doch sie riefen kaum jemals an. Ab und zu meldete sich Vivien bei ihnen. Aber bei jedem dieser steifen

Gespräche hatte sie das Gefühl, dass etwas fehlte, und wenn sie auflegte, verspürte sie den Wunsch, längere Zeit nicht wieder anzurufen. Es war, als ob ihre Eltern mit dem Umzug mehr als nur geografische Distanz zwischen sich und ihre einzige Tochter gelegt hätten. Es war, als ob es auch eine persönliche, eine innere Distanz gab. Vivien kam es vor, als hätte sie die beiden verloren.

Vivien dachte an Tom. Sie hatte Glück, dass sie ihn hatte. Sie wollte nicht einmal darüber nachdenken, wie es wäre, Tom zu verlieren. Nachdem ihre Eltern so weit fort waren, war er alles, was sie hatte.

Ein Kind rannte an ihr vorbei, ein Mädchen von ungefähr zehn Jahren in einem rosa Blumenkleid und Strandschuhen aus Plastik. Es rannte den Kieselabhang auf der anderen Seite hinunter, streckte die Arme in die Höhe und schrie vor Freude. Vivien lächelte. Oben am Café sah sie die Eltern des Mädchens. Sie lachten und hatten einen kleinen Jungen bei sich, der an der Hand seiner Mutter zog. Eine perfekte Familie. Sie seufzte.

Herrje, was war nur heute Nachmittag in sie gefahren? Was hatte diese Stimmung ausgelöst? Vivien wandte den Blick vom Meer und dem Kind ab und ging weiter über den sandigen Weg auf die Kapelle zu. Sie wusste, was der Grund war.

»Vivien!« Sie fuhr herum, hielt die Hand über die Augen, um sie vor der Sonne zu schützen, und dann sah sie ihn. Am Strand parkte ein in psychedelischen Farben knallbunt bemalter, alter Campingbus. Neonpink, grelles Grün und dunkles Violett wirbelten durcheinander und waren mit Mond und Sternen gesprenkelt. An der offenen Tür stand Laura und winkte. »Hey, Vivien!«

»Hallo, Laura.« Sie winkte zurück, ließ den Blumeneimer auf der ausgetretenen Schwelle der alten Kapelle stehen und ging zu ihr. Das war also der berühmte VW-Bus, in dem Laura und Julio mit der kleinen Ruby lebten, in dem Laura ihr Kind zur Welt gebracht hatte und in dem sie von Spanien nach England zurückgefahren war. Vivien betrachtete den bunt bemalten Wagen. Es überraschte sie, dass die jungen Leute es mit dem klapprigen Bus bis hierher geschafft hatten.

Laura wirkte fröhlicher als bei ihrer letzten Begegnung. »Das ist Julio«, erklärte sie und deutete auf einen jungen Mann mit mürrischer Miene und dunklen Locken, der im hinteren Teil des Busses auf einer Sitzbank herumlümmelte.

»Hallo«, sagte Vivien. Ihr fielen die Aufkleber an den Fenstern auf. *Love and Peace. Weg mit der Bombe.* Ein Regenbogen. Aus dem Bus kam ein Duft nach Patchouli-Räucherstäbchen, der mit der Brise davonwehte. Sie konnte sich gut vorstellen, warum sie auf dem Heimweg mehr als einmal von der Polizei angehalten worden waren. Aber eigentlich war der Bus im Inneren ganz entzückend eingerichtet. Er hatte ein Aufstelldach, sodass Platz genug war, um aufrecht zu stehen. Gegenüber der Schiebetür befanden sich ein kompakter kleiner Herd und ein Spülbecken mit Unterbauschränken. Auf dem Gasherd stand ein Wasserkessel, und auf der Arbeitsplatte lagen ein Brotlaib und ein Messer. An den Fenstern hingen fröhliche, mit knalligen Mustern bedruckte Vorhänge. Auf der Bank, auf der Julio saß, lagen Kissen, und neben der offenen Tür lehnte eine Gitarre an der Wand. Aber wo steckte Ruby? Sie lag schlafend in ihrem Korb, der auf dem vorderen Beifahrersitz stand.

»Wir haben uns gefragt, ob Sie das neulich ernst gemeint

haben, Vivien.« Laura trug heute ein langes blaues Kleid und eine Kette aus bunten Hippie-Perlen um den Hals. In ihrem langen blonden Haar hatte sie einen Kranz aus Gänseblümchen festgesteckt. Sie sah aus, als käme sie geradewegs aus Woodstock – ein echtes Blumenkind der sechziger Jahre. Vivien lächelte nachsichtig.

»Was denn?« Wieder sah Vivien zum Beifahrersitz. Es fiel ihr schwer, Ruby nicht anzustarren. Sie wirkte so friedlich, so zufrieden.

»Dass Sie auf das Baby aufpassen würden.«

»Oh.« Tom gegenüber hatte Vivien ihr Angebot nicht erwähnt, denn sie hatte nicht geglaubt, dass Laura darauf zurückkommen würde. Sie hatte ihm von ihrem Besuch erzählt, doch sobald sie auf das Kind gekommen war, hatte er nichts mehr hören wollen. Und in seinem Blick hatte ein warnender Ausdruck gelegen. Seitdem hatte sie Laura ohnehin nicht mehr gesehen. Aber sie hatte sich vorgenommen, die beiden jungen Leute zum Abendessen einzuladen, wenn sie Laura treffen sollte. Pearl war eine reizende Frau und gute Nachbarin gewesen. Das war das Mindeste, was Vivien tun konnte. Sie hatte sich allerdings gefragt, was die beiden vorhatten und wie lange Laura noch bleiben würde, nachdem das Haus nun zum Verkauf stand. Sie kam ihr vor wie jemand, der nirgendwo besonders lang bleibt. Sie war ein Freigeist, eine Vagabundin.

»Könnten Sie sie heute Nachmittag nehmen?«

»Heute Nachmittag?« Das war sehr kurzfristig.

»Ja.« Laura warf Julio einen Blick zu, doch er zuckte nur die Achseln. Ruby war schließlich nicht sein Kind. Dieses Leben in einem Campingbus war bestimmt für keinen von ihnen einfach.

»Das mache ich gern«, murmelte Vivien. Sie konnte sich ja schlecht weigern. Außerdem machte sie es wirklich gern.

»Toll.« Laura öffnete die Beifahrertür, nahm den Korb und gab ihn ohne weitere Umstände Vivien.

»Ach, du meinst sofort?« Vivien hatte angenommen, man müsse Vorkehrungen treffen, wenn man sein Kind bei jemandem ließ. Dass Laura Ersatzkleidung einpacken, Milchfläschchen vorkochen, Windeln, Creme und alles Mögliche zusammensuchen müsste. Doch anscheinend war dem nicht so. Sie blinzelte.

Julio sagte etwas auf Spanisch.

Laura reagierte nicht. »Ihr ganzes Zeug ist im Korb«, erklärte sie.

»Oh. Gut.« Vivien drückte den Korb an den Körper. »Ähem, wann holst du sie ab? Oder soll ich sie wieder herbringen?« Sie sah auf die kleine Ruby hinunter, die sich im Schlaf regte.

Laura zuckte die Achseln, als wäre es ihr egal. »Wir holen sie ab«, sagte sie dann. »Irgendwann später, okay?«

»Also, okay.« Das war keine sehr präzise Zeitangabe.

So ging sie mit einem Baby in einem Korb auf die alte Kapelle zu. Fünf Minuten vorher war sie noch allein gewesen. Noch einmal sah Vivien auf das Kind hinunter. Aber Ruby schlief immer noch und war sich des Umstands, dass die Verantwortung für ihr Wohlergehen soeben an eine Fremde übertragen worden war, nicht bewusst. Wann musste sie das nächste Mal gefüttert werden? Vivien hatte vergessen zu fragen. Aber andererseits argwöhnte sie, dass Laura das vielleicht auch nicht gewusst hätte. Bestimmt fütterte sie das Baby einfach, wenn es hungrig war. Dann würde Vivien es eben genauso halten.

Aber sie musste auch noch die Blumen arrangieren, bevor sie mit Ruby nach Hause fuhr.

Im Inneren der Kapelle war es kühl und ruhig. Der Geruch von Wachskerzen mischte sich mit dem Duft von Holz, Weihrauch und feuchtem Stein. Vorsichtig ging Vivien über die alten Steinplatten auf den einfachen Altar zu, auf dem nur ein Kreuz stand. Sie holte tief Luft.

Ob das Baby es auch spürte? Vivien lächelte und setzte den Korb zärtlich auf die vorderste Bank. »Bleib einen Moment hier, Kleine«, flüsterte sie dem schlafenden Kind zu. »Ich brauche nicht lange.«

Sie ging den Blumeneimer holen, den sie auf der Türschwelle stehengelassen hatte, und sah sich nach den Vasen um, die Frances mitbringen wollte. Abgesehen von den verblichenen Gobelins an den Wänden, den bestickten Kissen auf den hölzernen Bänken und den cremeweißen Kirchenkerzen in ihren Messingleuchtern war die Kapelle vollkommen kahl. Kurz hielt sie inne, um sich die Atmosphäre am Samstag vorzustellen, wenn sie voller glücklicher Menschen und frühlingshaften Hochzeitsblumen sein würde. Im Vorbeigehen warf sie einen Blick auf den Korb. Das Baby regte sich erneut und öffnete den Mund, als hätte es Hunger. Herrje.

Gerade als sie mit dem Eimer voller Blumen in die winzige Teeküche hinter dem Vorhang gehen wollte, begann Ruby zu schreien. *Oh, oh.* Eine Vorwarnung bekam man also nicht.

Sie stellte den Eimer auf den Steinboden und eilte zurück zu der Bank. Die Augen der Kleinen waren weit geöffnet. »Hallo, Ruby«, murmelte Vivien.

Ruby sah sie an und brüllte. Sie hatte eine ziemlich laute Stimme, und so, wie es klang, musste man sich um sie kümmern, und zwar sofort.

»Na, na. Was soll denn dieser Lärm?« Vivien beugte sich hinunter und nahm die Kleine auf den Arm. Sie fühlte sich gut an, obwohl sie bereits herumzappelte, als hätte sie seit Tagen nichts zu essen bekommen. »Mach doch nicht so ein Spektakel. Du bist in einer Kapelle, weißt du, Schätzchen.«

Das Baby holte noch einmal tief Luft und schrie weiter.

Vivien wiegte sie hin und her. »Psst, psst«, sagte sie in das verkniffene, rote Gesichtchen hinein. Behutsam strich sie mit dem Daumen über die zusammengezogene Stirn.

Das Baby hörte nicht auf zu weinen, sondern lief knallrot an und steigerte sich in einen wahren Schreikrampf hinein.

»Na schön, wir kümmern uns um dich.« Mit der freien Hand durchwühlte sie den Inhalt des Korbs und fand tatsächlich ein vorbereitetes Fläschchen. Gott sei Dank. Warm war es aber natürlich nicht.

Sie nahm Flasche und Baby mit in die Teeküche, wobei sie weiter auf das Baby einredete und es wiegte. Eigentlich war die Küche nur ein Spülbecken, das aber war mit einem Heißwasserboiler ausgestattet.

Sie ließ das Wasser laufen und legte die Kleine an ihre Schulter, wo sie sich heulend aufbäumte, aber wenigstens konnte Vivien so mit der einen Hand das Fläschchen vorbereiten und mit der anderen das zappelnde Baby, das sich als erstaunlich kräftig erwies, sicher festhalten. Auf dem Abtropfbrett standen die Vasen, die Frances mitgebracht hatte. Vivien fand eine, die als Behälter für das warme Wasser geeignet war, und füllte sie. Sie stellte die Flasche aufrecht hinein und schüttelte sie gelegentlich, damit die Milch sich gleichmäßig erwärmte. Ihre Handgriffe waren sicher; sie wusste instinktiv, was zu tun war. Aber Laura musste doch auch gewusst haben, dass Ruby bald Hunger bekommen würde. Sie hätte sie wenigstens vorwarnen können, dass Ruby gefüttert werden musste. Aber Laura war eben nicht besonders verantwortungsbewusst.

Nachdem Vivien ein paar Minuten auf das Baby eingeredet, es gewiegt und die Flasche gewärmt und geschüttelt hatte, prüfte sie die Milch an ihrem Handrücken. Es würde gehen. Sie legte Ruby in eine Armbeuge und bot ihr die Flasche an. Das atemlose Baby reckte sich verzweifelt danach, trank, spuckte und hustete. Endlich begann es zu saugen und verstummte. Selige Ruhe. Vivien atmete erleichtert durch. So war das also, wenn man Mutter war, dachte sie. So fühlte sich das an.

Sie ging zurück in die Kapelle, wobei sie dem Baby weiter die Flasche gab. Dort setzte sie sich vorsichtig in die vorderste Bank und strich dem Baby über die Stirn. Das Gesicht war schon weniger rot, die Kleine fühlte sich entspannt an und lag weich in Viviens Armen.

»Na, siehst du«, sagte sie.

Mit einem Klicken öffnete sich die Tür der Kapelle.

Ach du liebe Güte, dachte Vivien. Durfte man hier überhaupt Babys füttern?

»Vivien?« Es war nur Frances. »Oh mein Gott«, meinte sie und kam näher. »Wer ist denn das?«

»Das ist Ruby«, erklärte sie. Sie erzählte ihr von Laura. »Ich dachte, sie bräuchte einmal eine Pause«, sagte sie, »deswegen passe ich ein Weilchen auf sie auf.«

»Oh, wie hübsch.« Frances setzte sich neben die beiden und schnalzte dem Baby mit der Zunge zu. »Ist sie nicht ein richtiger Schatz?«

»Ja.« Vivien drückte Ruby ein wenig fester an sich als zuvor. Sie wäre gern noch ein paar kostbare Minuten allein mit dem Baby gewesen, aber das war albern, nichts weiter.

Vivien legte das Baby an ihre Schulter und klopfte ihm sanft auf den Rücken. Sie hätte Laura, Julio und die kleine Ruby einladen sollen, bei ihnen zu wohnen. Vermutlich hätten sie die Einladung nicht angenommen. Aber … Die Wahrheit war, als sie die Kleine gesehen hatte, hatte sie beinahe Angst davor gehabt, sie könnten sie annehmen.

»Wäre es schlimm, wenn ich dich mit den Blumen allein lasse?«, fragte sie Frances. »Das hier hat mich ein wenig überrumpelt. Laura …«

»Natürlich nicht.« Frances nickte. Aber ihr freundlicher Blick schien alles zu erfassen – Vivien, das Baby, ihre Gefühle.

»Die Blumen stehen in der Küche.«

Frances nickte. »Ich übernehme das.« Sie stand auf. Hatte sie etwa eine Träne im Auge? »Und du kümmerst dich um dieses Baby.«

17. Kapitel

BARCELONA 1945

Die Jahre vergingen. Schwester Julia arbeitete weiter in der Klinik. Es war, als führe sie zwei Leben. Vielleicht hatte sie ja Glück. Sie hatte die Sicherheit von Santa Ana, seinen Frieden und seine Ruhe, die ihrer Seele Erholung spendeten, und zugleich eine Stellung in der Außenwelt. Aber was für eine Welt war das! Es hieß, Spanien bewege sich auf eine noch größere, nie gekannte wirtschaftliche Katastrophe zu. Sogar auf einen Staatsbankrott. Wie war das möglich? Spanien hatte nicht einmal am Zweiten Weltkrieg teilgenommen, sondern war neutral geblieben. Wieso also litt ihr Volk noch immer?

An einem Frühlingstag ging Schwester Julia wie üblich in die Klinik. Sie hatte vieles, über das sie nachdenken musste. Gestern Abend hatte ihre Familie sie wieder besucht, zum ersten Mal seit über einem Jahr. Dieses Mal waren nur ihre Mutter und Paloma gekommen.

»Wie geht es Matilde?«, hatte sie die beiden gefragt, als sie wieder verlegen und ein wenig steif im Foyer gesessen hatten.

»Gut«, antwortete ihre Mutter.

»Hat sie ein Kind?« Schwester Julia dachte an die Frauen, die sie in der Klinik betreute. Sie hoffte zu Gott, dass ihre Schwester bessere Erfahrungen machen würde.

»Noch nicht«, sagte ihre Mutter.

Paloma unterdrückte ein Kichern.

»Was ist, Schwester?«

Paloma sah sich demonstrativ in der Eingangshalle des Klosters um, als müsse sie sich vergewissern, dass niemand zuhörte. »Die Leute sagen, er kann nicht«, flüsterte sie. »Und dass er viel zu alt ist.« Sie verdrehte die Augen.

»Tatsächlich?« Schwester Julia versuchte, nicht schockiert auszusehen. In ihrem Leben in der Klinik sah sie so viel. Aber sie hatte vergessen, welch lose Zunge ihre Schwester hatte.

»Still, Kind«, schalt ihre Mutter.

»Und Papa? Wie geht es Papa?« Schwester Julia fragte inzwischen nicht mehr, ob er ihnen eine Nachricht an sie aufgetragen hatte. Sie wusste, dass er ihr keine Nachricht schicken würde.

»Es könnte besser sein«, sagte ihre Mutter.

Schwester Julia richtete sich gerader auf. »Was …«

»Er hat nichts, worüber du dir Sorgen zu machen brauchst«, fügte ihre Mutter hinzu. »Wir haben alle unsere Beschwerden, weißt du. Keiner von uns wird jünger.« Sie lächelte. »Aber wie geht es dir, Kind? Wie gefällt dir das Leben hier im Kloster? Hast du Zufriedenheit gefunden?«

Schwester Julia wusste kaum, was sie ihr darauf antworten sollte. Wie konnte sie auch nur annähernd beschreiben, welche Arbeit sie tat? Es war ihr außerdem verboten, da sie sich von Anfang an zur Geheimhaltung verpflichtet hatte. War sie zufrieden? Nein, es war nicht Zufriedenheit, was sie empfand, wenn sie täglich in die Klinik ging, den gebärenden Frauen kühle Lappen auf die Stirn legte und tat, was sie konnte, um ihre Schmerzen zu lindern. Es war nicht einmal so, dass sie das Leben im Kloster akzeptierte, denn sie empfand die Härte ihres Verlusts immer noch. Aber was sie immer schon aufgebracht hatte, war Verständnis. Das war alles. Daher gab sie keine Antwort, sondern senkte nur den Kopf.

»Aber das ist alles nicht so wichtig«, sagte Paloma auf ihre übliche direkte Art. »Denn wir sind gekommen, um dir etwas Wunderbares zu sagen!« Sie klatschte in die Hände.

Sie war immer noch so kindlich. Die Hände im Schoß gefaltet, wartete Schwester Julia. Vorbei waren die Zeiten, als auch sie schreien, springen und rennen und spüren konnte, wie das Lebensblut durch ihre Adern floss. Aber vielleicht war sie auch nie so gewesen, dachte sie. Sie wusste, dass sie nie Palomas Elan besessen hatte.

»Ich heirate!«, kreischte Paloma.

»Leise, Kind.« Aber ihre Mutter lächelte.

Schwester Julia konnte sich eines Lächelns ebenfalls nicht erwehren. Palomas Glück wirkte wie immer ansteckend. Das Leben war immer noch schwer für sie alle, aber Palomas Freude erhellte die Welt. »Das ist wunderbar«, pflichtete Schwester Julia ihr bei. »Ich freue mich für dich, meine liebe Schwester.«

Paloma wedelte mit der linken Hand vor ihr herum, und Schwester Julia sah den Ring. Er war klein, aber hübsch. »Möchtest du nicht wissen, wer der Glückliche ist?«, fragte Paloma.

»Aber ja.«

Paloma beugte sich vor. »Mario Vamos«, flüsterte sie.

»Unser Nachbar?«, fragte Schwester Julia, ohne nachzudenken. Es war lange her, seit sie Mario Vamos beobachtet hatte, wie er mit den anderen Jungen lachte, und diesen nachdenklichen Ausdruck in seinem Blick gesehen hatte. Sie dachte über die Neuigkeiten nach. Sogar als Jugendlicher war er schon von sich eingenommen und arrogant gewesen. Er war genau die Art junger Mann, von der sie vermutet hatte, dass Paloma sich in sie verlieben würde. Und verliebt war sie eindeutig. Ihre dunklen Augen strahlten vor Liebe.

»Paloma hat Glück«, sagte Mama rasch. »Sie heiratet aus Liebe.«

»Oh ja«, hauchte Paloma. »Ich liebe ihn, Julia, wirklich. So lange liebe ich ihn schon.«

Schwester Julia freute sich für sie. Denn dieser Blick, den Mario Vamos ihr einmal zugeworfen hatte, lag weit in der Vergangenheit. Und vielleicht hatten ihn ja die Umstände im Barcelona der Nachkriegszeit zu einem besseren Menschen gemacht.

Auf den Straßen der Stadt fuhren jetzt mehr Autos und Motorräder, und es war laut, sogar am frühen Morgen, wenn noch nicht viele Menschen unterwegs waren. Sogar um diese Zeit war die Luft schon mit Abgasen geschwängert. Auf den Ramblas bauten die Schuhputzer und Losverkäufer ihre Stände auf, und Straßenkehrer fegten den Schmutz des vorigen Tags weg. In den Bars und Cafés brummte das Morgengeschäft. Die Obst- und Gemüsestände hatten bereits geöffnet und warteten auf Kunden. Schwester Julia blickte zu einer Reklamewand hoch und sah etwas, das als Wundergerät der Zukunft angepriesen wurde: einen Fernseher. Ob die Menschen so etwas haben wollten? Ihre Familie hatte immer gern Radio gehört. Sie vermutete, dass es ähnlich war, nur dass es zusätzlich Bilder gab. Würde denn gar nichts mehr der Fantasie überlassen bleiben?

Mehr denn je wurde Schwester Julia bewusst, dass ihre Familie in einer anderen Welt lebte. Ihre eigene Welt waren Santa Ana und die Klinik, nichts sonst. Aber trotzdem liebte sie ihre Geburtsstadt immer noch, auch wenn Barcelona sich veränderte. Als sie um die Ecke bog, hörte sie das Läuten des Schaffners und sah die blaue Straßenbahn anfahren; manche Dinge veränderten sich nie. In Barcelona lag immer noch der Duft des Meeres in der Luft, doch wenn man genau hinsah, konnte man auch die Einschläge in den Kirchenwänden sehen, die von Maschinengewehrfeuer stammten. Das Herz ihrer Stadt war verletzt worden. Vielleicht musste sie sich wandeln, um zu überleben.

Schwester Julia ging an einem Zeitungsverkäufer vorbei. Sie verlangsamte den Schritt und versuchte, einen Blick auf die Schlagzeile zu erhaschen. Der Name Hitler fiel ihr ins Auge. Aha. Anscheinend ging der andere Krieg – der Weltkrieg – endlich zu Ende. Und das war noch nicht alles.

Gestern war sie auf dem Rückweg nach Santa Ana vor einem Café stehen geblieben und hatte einem Gespräch zwischen zwei Männern gelauscht, die an einem der Tische im Freien saßen. Sie war zwar Nonne, aber sie wollte immer noch wissen, was die Menschen über Spanien sagten. Es war genau wie früher zu Hause, als sie oben auf der Treppe zu sitzen und ihre Eltern zu belauschen pflegte. Obwohl sie ihr Leben Gott geschenkt hatte, war Spanien immer noch ihr Land, oder?

»Schlechte Zeiten«, hatte der eine zu seinem Gefährten gesagt. »Haben Sie von der neuesten Ernennung gehört?« Verstohlen blickte er sich um.

Schwester Julia versuchte, mit der Steinwand zu verschmelzen, vor der sie stand. Aber sie hätte sich keine Gedanken zu machen brauchen. In ihrem Nonnenhabit war sie praktisch unsichtbar, und der Mann schien fest davon überzeugt, dass niemand zuhörte.

Trotzdem sprach sein Begleiter noch leiser. »Jeden Tag werden mehr Regierungsposten an katholische Politiker vergeben«, murmelte er. » *Sí, sí.* Und wir wissen ja, was das bedeutet.«

Was sollte das heißen? Schwester Julia runzelte die Stirn. Wahrscheinlich, dass dadurch die Macht der Kirche größer wurde. Oder die Regierung katholischer. War das ein und dasselbe? Sie war sich nicht ganz sicher. *Una, grande y libre* – geeint, groß und frei. So lautete Spaniens neues Motto. Wie passte das alles zusammen?

»Allerdings …«, gab der erste Mann zurück. Er beugte sich über den Tisch, und Schwester Julia musste sich anstrengen, um ihn verstehen zu können. »… leben wir jetzt in einer Welt des Nationalkatholizismus.«

Aha. Jetzt begriff Schwester Julia, was er meinte. Sie hatte neulich eine Zeitung gelesen, die eine Frau in der Klinik liegen gelassen hatte. Darin wurde General Franco als ein »von Gott geschickter Mann« beschrieben, »der stets im richtigen Moment auftaucht und den Feind schlägt«. Diese Worte – starke Worte – waren ihr im Gedächtnis geblieben. Es war die *Arriba* gewesen, eine zugegebenermaßen regimetreue Zeitung. Trotzdem hatten sich die Nationalisten und die katholische Kirche vereint, hatte Schwester Julia überlegt. Wer hatte jetzt das Sagen?

Una, grande y libre. Noch eine andere Parole hörte man heutzutage auf den Straßen: »Durch das Reich zu Gott.« War ihre Kirche politisch geworden? Und wenn ja, welche Folgen würde das haben?

In der Klinik näherten sich zwei Frauen – beide *madres solteras*, alleinstehende Mütter –, dem Ende der ersten Wehenphase und sollten in den Kreißsaal geschoben werden.

Schwester Julia sprach die Morgengebete eiliger als sonst, und Dr. López traf früh zu seiner Visite ein und übernahm. Auch die Hebamme und die Krankenschwester waren anwesend. Schwester Julia stand hinter dem Bett einer der Frauen. Sie hieß Leonora Sánchez, und Schwester Julia hielt ihre Hand und versuchte, ihr Gebet und Trost zu spenden.

»Hilfe, Mutter, Hilfe, Mutter«, stöhnte Leonora.

»Ihre Mutter hilft Ihnen jetzt nicht«, versetzte Dr. López finster. »Sie müssen Ihre Vergebung von Gott erlangen. Sie müssen Ihre Sünden bereuen und Ihr Kind in Gottes Hände geben.«

Aha. Schwester Julia rieb der Frau den Rücken, als die nächste Wehe kam. Die Kontraktionen folgten jetzt rascher aufeinander. Dann hatte Leonora sich also noch nicht einverstanden erklärt, ihr Kind zur Adoption freizugeben. Hatte sie vorgehabt, schwanger zu werden? Vermutlich nicht. Welche alleinstehende Frau wollte das schon? Aber es kam vor, und wenn es einmal passiert war ...

»Es ist eine schreckliche Sache«, hatte der Arzt einmal zu Schwester Julia gesagt, »aber in manchen Ländern ist es legal, das Kind zu töten, bevor es überhaupt geboren wird.« In Spanien war es nicht so. Abtreibung war nicht nur verboten, sondern wurde auch zutiefst verabscheut. Was sollten Frauen wie Leonora also tun?

Dr. López schüttelte frustriert den Kopf. »Ich muss sehen, wie stark Sie erweitert sind. Schwester!«

Leonoras Beine wurden in die Halterungen gelegt und gespreizt. Dr. López beugte sich über sie und untersuchte sie.

»Ganz ruhig«, murmelte Schwester Julia. »Seien Sie ganz ruhig.« Die Stellung, in der die Frau lag, schien ihre Schmerzen noch zu verschlimmern. Seit wann zwang man Frauen, sich zur Entbindung hinzulegen, sodass ihnen sogar die Hilfe durch die Schwerkraft verweigert blieb? Wann hatte man Erfindungen wie die Beinhalterungen eingeführt, durch die Ärzte zwar besser sehen, aber die gebärenden Frauen sich kaum rühren konnten?

Dr. López wandte sich an die Hebamme. »Sie muss in den Kreißsaal gebracht werden. Das Kind kommt.«

Wie zur Bestätigung schrie Leonora auf. Aber sie griff nach Schwester Julias Hand, und diese spürte darin auch die Aufregung und die Leidenschaft, die mit einer Geburt verbunden sind.

»Ganz ruhig«, sagte Schwester Julia. »Gott ist mit Ihnen.«

»Das werden wir noch sehen«, fauchte der Arzt.

Die Hebamme war mit der anderen werdenden Mutter beschäftigt, einem Mädchen, das sein erstes Kind bekam und selbst fast noch ein Kind war. Sie wünschte sich nichts mehr, als das Baby loszuwerden, sobald es geboren war.

»Bleiben Sie bei ihr«, ordnete Dr. López an, der die Lage neu überdacht hatte. »Schwester Julia wird sich um diese Frau kümmern.« Er schien Leonoras Schmerzen mit einer Handbewegung abzutun.

Wieder schrie sie auf.

Schwester Julia gefiel ihr Anblick nicht. Ihre Augen waren blutunterlaufen, und sie war weiß wie eine Wand. »Können wir ihr nicht etwas gegen die Schmerzen geben, Doktor?«, fragte sie. Sie schnallte die Beine der Frau los und schickte sich an, das Bett zu verschieben. Die jüngere der Krankenschwestern eilte herbei, um ihr zu helfen.

»Dazu ist es zu spät.«

Noch ein Schrei, lang gezogen und durchdringend.

»*Unter Schmerzen sollst du Kinder gebären*«, donnerte Dr. López sie an. »Erstes Buch Mose.« Er trat an das Bett und sah auf die unglückliche Leonora hinunter. »*Denn du hast von der verbotenen Frucht gegessen.*« Abrupt wandte er sich von ihr ab.

Lieber Gott. Schwester Julia war sich bewusst, dass der Arzt daran glaubte, dass Frauen wegen Evas Sünde leiden mussten, aber war es wirklich Gottes Wille, dass Frauen solche Schmerzen erlitten? Der Arzt – und andere – würden vielleicht fragen, warum Frauen wie Leonora ihre Tugend so leichtfertig weggeworfen hatten. Hatten Sie sich keine Gedanken darüber gemacht, was aus ihnen werden könnte? In welcher Lage sie sich wiederfinden würden? Schwester Julia dachte an Paloma. Ihr konnte das nicht mehr passieren, denn sie würde bald heiraten. Doch Schwester Julia konnte sich vorstellen, dass manche Männer ein armes, törichtes Mädchen, das sich gern schmeicheln ließ, ausnutzten. Es gab viele skrupellose Männer, die Frauen wenig Respekt erwiesen, Männer, die Charme und vielleicht sogar Gewalt einsetzten, um zu bekommen, was sie wollten.

Leonora klammerte sich an der Bettkante fest. Ihre Augen waren weit aufgerissen, ihre Pupillen erweitert. »Ich bin eine Frau«, keuchte sie. »Und ich bin am Leben.«

»Das sehen wir«, sagte Dr. López.

Erneut schrie Leonora auf. Sie hatten sie immer noch nicht aus dem Raum geschoben, und die anderen Frauen wurden langsam unruhig. Doch Dr. López blieb so kühl wie ein Gebirgsbach und entfernte sich, um nach der anderen Gebärenden zu sehen.

Überließ er Schwester Julia nun die Verantwortung? Sie versuchte, nicht in Panik zu geraten. »Lachgas, Doktor?«, fragte sie. Das wendete er häufig in diesem späten Stadium an – wenn er wollte.

»Nicht nötig.« Er drehte sich um und tippte sich an die Stirn. »Der Arzt weiß es am besten, Schwester Julia«, erklärte er beinahe flapsig. Leonoras Schreie ignorierte er vollkommen. »Sie wird Mutter, da kommt sie schon zurecht.«

Eine unverheiratete Mutter. Eine Mutter, die ihr Kind behalten wollte. Sie schoben das Bett in den Kreißsaal. Schwester Julia und versuchte, es Leonora so bequem wie möglich zu machen. Waren sie gefallene Mädchen, wie Dr. López sagte? Oder einfach lebenslustige Frauen? Sie holte eine Schale mit etwas Wasser und tauchte einen Lappen hinein. Es stimmte natürlich, dass alleinstehende Frauen, die ungewollt schwanger waren, ein gesellschaftliches Problem darstellten. Die Klinik und die Adoptionen, die Dr. López förderte und vermittelte, waren wenigstens eine Lösung – für die Mutter wie für das Kind. Das konnte niemand abstreiten. Dennoch zweifelte Schwester Julia an Dr. López' Methoden ...

Es war eine schwierige Geburt. Schwester Julia hatte noch niemals eine Frau so laut schreien gehört. Leonora hatte Schmerzen, und sie hatte auch etwas Wildes, Ungebärdiges. Doch Schwester Julia stand ihr nach Kräften bei, und Dr. López entband das Kind. Es gab keine Komplikationen.

Dr. López reichte das Kind an Schwester Julia weiter, während er die Nachgeburt entband und sich davon überzeugte, dass es der Mutter gut ging.

»Ein gesunder Junge«, teilte Schwester Julia Leonora mit und begann, das Kind zu waschen. Seine Wangen waren schon rosig, und auf dem kleinen Kopf thronte ein dunkler Haarschopf. Er war ein reizendes Baby.

»In der Tat.« Der Arzt sah von seiner Untersuchung auf. »Aber ich denke, das Urteil darüber sollten Sie mir überlassen, Schwester.«

»Natürlich, Doktor.« Sie neigte den Kopf.

Als Dr. López fertig war, nickte er Schwester Julia zu. »Sobald Sie so weit sind, Schwester«, sagte er und verließ den Kreißsaal.

Das Verfahren war festgelegt. Nachdem eine Frau entbunden hatte, musste Schwester Julia dem Arzt das Baby so schnell wie möglich bringen, damit er es richtig untersuchte.

»Geben Sie ihn mir«, bettelte Leonora. Sie war jetzt ganz gelassen und ruhig und hatte diesen friedlichen Ausdruck, den Frauen nach der Geburt oftmals hatten. Als Schwester Julia das sah, musste sie daran denken, dass ihr diese Erfahrung verwehrt bleiben würde. Sie würde nie erleben, was Leonora gerade erlebt hatte; diese Leidenschaft und diesen Schmerz, diesen Kontrollverlust und dieses wunderbare und gewaltige Gefühl, ein Kind zu gebären.

Schwester Julia zögerte. Die meisten Frauen wollten ihre Neugeborenen an die Brust drücken; sie wollten sie bei sich haben und auf sie aufpassen. Doch Schwester Julia hatte Anweisung, das nicht zu erlauben. »Nur kurz«, sagte sie. »Dann muss ich ihn wegbringen, damit der Arzt ihn untersuchen kann.«

»Pffft«, gab Leonora zurück. »Man sieht doch, dass er gesund ist wie ein Fohlen. Wozu braucht er eine Untersuchung?« Sie drückte ihn an sich. »Mein Liebling«, flüsterte sie und küsste ihr Baby sanft auf die Stirn.

Diese einfache Zuneigungsbezeugung rührte Schwester Julia. Aber ... »So ist es leider Vorschrift«, erklärte sie und nahm das Kind wieder. »Und was wäre«, hatte Dr. López einmal gefragt, »wenn eines dieser Kinder ein gesundheitliches Problem hätte? Wie würde es aussehen, wenn eins der Babys stirbt, weil ich es nicht untersucht habe? Was würde das für den Ruf meiner Klinik bedeuten?«

Falls er seine Reputation verlöre – daran musste Schwester Julia niemand erinnern –, dann konnte er diesen Kindern nicht mehr helfen. Dann konnte er nicht länger tun, was er immer als »Gottes Werk« bezeichnete.

»Ich bringe ihn bald zurück«, versprach Schwester Julia.

Doch es kam anders. Sie brachte das Baby zu Dr. López, der sie anschließend in den Krankensaal schickte, um dort auszuhelfen. Einige Stunden später kehrte sie in den Kreißsaal zurück. Dr. López stand an der Tür.

»Leider, Schwester«, sagte er. Er hielt sein Kruzifix in der Hand.

Leider? Schwester Julia spürte ein flaues Gefühl in der Magengrube. Leider? Sie folgte ihm nach drinnen.

Flatternd öffneten sich Leonoras Augen. Sie schaute sie beide an, und Schwester Julia sah dieselbe Furcht auf ihrem Gesicht, die sie selbst empfand. Sie legte eine Hand auf das Bettgestell, um sich zu stützen. Es konnte nicht sein, oder?

»Wo ist mein Baby?« Leonora blickte sie an, und Panik trat in ihre Augen. »Was haben Sie mit ihm gemacht?«

»Es tut mir sehr leid.« Tiefer Kummer lag in der Stimme des Arztes. »Aber Gott hat Ihr Kind zu sich genommen.«

Gott hatte es geholt? Aber das Kind hatte so gesund ausgesehen. Schwester Julia bekreuzigte sich.

»Nein!« Leonoras Schrei war herzzerreißend. Es war ein Schmerzensschrei aus tiefster Seele.

Schwester Julia eilte an ihre Seite.

Dr. López nickte. »Ich konnte nichts tun«, erklärte er. »Aber seien Sie ganz ruhig, denn Ihr Sohn ist von dieser Erde in den Himmel eingegangen.«

»Das kann nicht sein! Das ist nicht wahr!« Leonora versuchte, den Arzt am Arm zu fassen. »Geben Sie ihn mir! Geben Sie mir meinen Jungen!«

»Still, Leonora.« Schwester Julia wusste nicht, was sie sagen sollte.

»Ich sage Ihnen doch, er ist bei Gott.« Der Arzt streckte das Kruzifix aus. »Freuen Sie sich für ihn, denn er ist gerettet.«

Leonora brach in unkontrolliertes Schluchzen aus. Schwester Julia legte einen Arm um sie und versuchte, ihr Trostworte zu sagen. Aber in Wahrheit blieben die Worte ihr im Hals stecken. Leonora war untröstlich.

Dr. López wollte den Raum verlassen, als Leonora ihn anschrie. »Ich will ihn sehen. Lassen Sie mich mein Kind sehen!«

Natürlich musste sie das Kind sehen. Schwester Julia ging zur Tür, um den Jungen zu holen, denn sicherlich befand sich das Kind noch unten im Untersuchungsraum. Doch da hörte sie die Antwort des Arztes.

»Ich kann Ihnen nicht erlauben, Ihr Kind zu sehen«, erklärte er. »Ihr Zustand lässt das nicht zu. Es ist nicht gesund. Es wäre nicht gut für Sie.«

Schwester Julia blieb verunsichert stehen. Das war natürlich richtig. Sie hatte nicht daran gedacht, aber sie musste zugeben, dass Hysterie niemandem nützen würde. Man musste auch an die anderen Frauen denken, und außerdem würde die arme Frau durch ein solches Trauma womöglich den Verstand verlieren.

»Ich muss ihn sehen!«, beharrte Leonora. Aber sie klang nun schon weniger energisch. Der Kummer hatte sie überwältigt. Sie sah aus wie ein Häufchen Elend; sie war geschlagen.

Kurz dachte Schwester Julia an die Miene ihrer Mutter, als sie sie an diesem ersten Tag im Kloster Santa Ana zurückgelassen hatte. Auch sie war geschlagen gewesen.

»Was war los mit ihm?«, flüsterte Leonora. »Wie ist er gestorben?«

»Eine Infektion am Herzen«, antwortete Dr. López sofort. »Es kam ganz plötzlich. Das Herz hat versagt. Niemand hätte das voraussehen können.«

Niemand hätte das voraussehen können. Leben und Tod. So etwas kam vor. Schwester Julia hatte das schon oft genug erlebt. Die Mütter waren oft arm und unterernährt; sie waren nicht gesund und hatten ihre ungeborenen Kindern vielleicht mit gefährlichen Keimen infiziert.

Die arme Leonora war mit einem Mal wieder völlig außer sich. »Nein, nein …«, schrie sie und versuchte, das Bett zu verlassen. Sie wurde hysterisch.

Dr. López' Gesichtsausdruck wechselte abrupt von Mitgefühl zu Verärgerung. »Schwester Julia«, fauchte er, »ein Beruhigungsmittel, bitte.«

Schwester Julia lief davon, um das Beruhigungsmittel zu holen. Sie konnte es nicht glauben. Das Kind hatte so gesund gewirkt. Und doch wurde sie dieses schreckliche Gefühl, dass etwas nicht stimmte, nicht los.

»Kinder werden ohne die natürliche Abwehr geboren, die Sie und ich besitzen, Schwester Julia«, erklärte Dr. López betrübt, während er sie aus dem Kreißsaal hinausbegleitete. »Manchmal können wir sie nicht beschützen und sie nicht retten. Es ist Gottes Wille, sie sofort zu sich zu nehmen. Das müssen wir akzeptieren.«

Schwester Julia senkte den Kopf. Sie wusste, dass er getan

hatte, was er konnte, um das Kind zu retten. Er war selbst bestürzt, auch wenn er seine Gefühle gut verbarg. »Kann sie denn ihr Kind später sehen, wenn sie sich beruhigt hat?«, fragte sie ihn.

»Ich glaube nicht«, gab Dr. López schroff zurück. »Was nützt es, über die Vergangenheit nachzugrübeln? Sie muss jetzt in die Zukunft schauen.«

Schwester Julia rang die Hände. Leonora musste ihren Sohn sehen, das war ihr klar. Sie musste Abschied nehmen können, sonst würde sie vielleicht für immer traumatisiert bleiben. Schwester Julia erinnerte sich an ihren friedlichen Gesichtsausdruck, nachdem das Kind geboren worden war. All die langen Monate, in denen das Baby in ihrem Bauch gewachsen war, die ganzen Schmerzen, die es gekostet hatte, ihn zur Welt zu bringen. Und jetzt das.

»Ich bin mir sicher, dass sie in der Lage wäre, den Anblick des Kindes auszuhalten, wenn ich nur kurz ruhig mit ihr sprechen dürfte«, sagte sie. »Das könnte ihr helfen, sich eine Zukunft ohne ihr Kind vorzustellen.«

»Ihr totes Kind, Schwester«, erinnerte der Arzt sie.

»Aber, Doktor …« Schwester Julia wusste, dass sie nicht so viel Mitgefühl entwickeln sollte und sich vielleicht allzu sehr in die Sache hineinsteigerte, aber sie konnte nichts dagegen tun. Ja, Leonoras Kind war tot, und es würde sie aufwühlen, es zu sehen. Aber wenn sie es nicht zu sehen bekam … »Ich habe das Gefühl, dass sie es braucht …«

»Ach ja, Schwester?« Dr. López öffnete die Tür zu seinem Sprechzimmer und bedeutete ihr schroff einzutreten. »Sie glauben, Sie können für ihre Gefühle bürgen, ja? Sie haben das Gefühl, dass Sie genau wissen, was diese Frau braucht?«

Schwester Julia nahm ihre gesamte Willenskraft zusammen, was ihr schwerfiel, denn durch das Leben im Kloster hatte sie nun schon seit so vielen Jahren Fügsamkeit und Gottvertrauen kultiviert. »Ich glaube ja, Doktor«, sagte sie.

»Sie wissen also besser als ich, was gut für diese Frau ist, ja, Schwester?« Seine Stimme klang gefährlich ruhig. »Sie, eine Frau, die im Kloster lebt, die außerhalb dieser Klinik und ihres eigenen Klosters keine Ahnung von der realen Welt hat? Sie glauben, dass Sie es besser wissen als ich?«

»Oh nein, Doktor, verzeihen Sie mir.« Schwester Julia senkte den Kopf. Das hatte sie gar nicht gesagt. Wie hätte sie es auch besser wissen können als er? Sie hatte nur ihre Gedanken, ihre Gefühle äußern wollen …

»Schweigen Sie still.« Er legte ihr eine Hand auf die Schulter. »Und hören Sie auf jemanden, der Bescheid weiß.«

Seine Hand fühlte sich bleischwer an, und Schwester Julia konnte ihr Gewicht kaum ertragen.

»Das wäre zu traurig für sie«, sagte er. »Sie befindet sich nach der Geburt in einem gefährlichen, verletzlichen Zustand. Vertrauen Sie mir, Schwester Julia, es ist besser so.«

Später am Tag schickte Dr. López Schwester Julia in sein Sprechzimmer. Sie sollte einen Bericht holen, den er dort vergessen hatte. Auf seinem Schreibtisch sah sie den Totenschein von Leonoras Kind. Sie musste ein Schluchzen unterdrücken. Die arme Frau stand noch unter Beruhigungsmitteln, aber bald würde sie entlassen werden. Ob sie jemanden hatte, der sie unterstützen und trösten würde? Wahrscheinlich nicht. Es war furchtbar.

Auf Dr. López' Schreibtisch lag auch eine Geburtsurkunde. Sie gehörte einem Jungen, der letzte Nacht, als Schwester

Julia nicht in der Klinik gewesen war, geboren worden war. Er sollte adoptiert werden. Interessiert warf sie einen Blick darauf. Der Name des Jungen lautete Federico Carlos Batista. Er trug den Familiennamen des Paares, das ihn adoptieren würde. Sie selbst hatte die beiden heute Morgen in die Klinik geführt. Dort hatten sie überglücklich ihren dick eingewickelten kleinen Jungen abgeholt und waren dann ohne weitere Umstände wieder verschwunden.

Natürlich war der Name der leiblichen Mutter des Kleinen nicht aufgeführt. Sogar Schwester Julia wusste ihn nicht, da die Mutter anscheinend schon entlassen worden war, bevor Schwester Julia heute Morgen gekommen war. Und er stand nicht auf der Geburtsurkunde, weil General Franco dafür gesorgt hatte, dass nur die Namen der Adoptiveltern dokumentiert wurden.

»Es ist ein neues Gesetz, ein gutes Gesetz«, hatte Dr. López ihr erklärt, als sie deswegen Zweifel angemeldet hatte. »Es gewährleistet, dass unsere Jugend die richtige ideologische Erziehung erhält. Unsere Kinder werden erzogen, Gott zu lieben. Sie wachsen in der rechten Art auf, in der einzigen, in der ein Spanier erzogen werden sollte, in Seinem Namen.«

Schwester Julia konnte das nachvollziehen. Aber das neue Gesetz bedeutete auch, dass alle adoptierten Kinder niemals etwas über ihre wahre Abstammung erfahren würden. Dass es keine Aufzeichnungen über ihre leiblichen Eltern gab, ja nicht einmal darüber, dass sie überhaupt adoptiert worden waren. Gegen die Logik des Arztes kam sie nicht an. Aber wurde damit nicht ein anderes Grundrecht missachtet, das Recht nämlich, seine eigenen Ursprünge zu kennen? Und legte eine solche Täuschung in ihrem geschundenen Land nicht das Fundament für mehr und immer mehr Betrug?

Schwester Julia prägte sich die Namen des Kindes und der Adoptiveltern ein. Sie sah im Verzeichnis der Entlassungen nach und fand den Namen der Mutter, die heute Morgen gegangen war. Alle Namen lernte sie auswendig.

An diesem Nachmittag kaufte Schwester Julia auf dem Rückweg nach Santa Ana in einem Schreibwarenladen auf den Ramblas eine einfache Kladde. Sie nahm sie mit ins Kloster, ging in ihre einfache, weiß getünchte Zelle und schrieb das Datum und alle Namen hinein. Und dann fügte sie noch einen Namen hinzu: Leonora Sánchez, den Namen der Frau, deren Sohn gestorben war.

Sie hätte nicht einmal erklären können, warum sie das getan hatte. Sie hielt ihre Aufzeichnungen geheim und verwahrte das Buch in einer verschlossenen Schublade. Aber sie beschloss, dass sie es weiter tun würde. Sie würde in der Klinik bleiben und versuchen, diesen Frauen zu helfen. Und sie würde alle Namen aufschreiben.

18. Kapitel

DORSET, APRIL 1978

Auf dem Heimweg fuhr Vivien ganz vorsichtig. Sie sah in regelmäßigen Abständen in den Spiegel, um sich davon zu überzeugen, dass das in seine Decke gewickelte und in seinem Korb liegende Baby noch sicher auf dem Rücksitz stand. Was hätte sie sonst tun können? Laura transportierte sie offensichtlich auch so. Anscheinend hatte das arme Würmchen nicht einmal ein Bettchen zum Schlafen. Vivien seufzte und umfasste das Steuer ihres Morris 1000 ein wenig fester. Nur eine Sekunde lang gestattete sie sich den Gedanken, ob Laura überhaupt wusste, was für ein Glück sie hatte. Wahrscheinlich nicht.

Tom war zu Hause. Als sie in der Einfahrt zu ihrer Doppelhaushälfte parkte, erblickte sie sein Fahrrad, das an der Seitenwand lehnte. Gott allein wusste, was er dazu sagen würde. Aber sie passte ja nur auf das Baby auf, oder? Das war nichts Ungewöhnliches, das war ganz normale Nachbarschaftshilfe. Und Laura musste ja nicht erfahren, was Tom und sie durchgemacht hatten und wie verzweifelt sich Vivien nach einem Kind sehnte.

Ruby rührte sich nicht, als Vivien mit ihr den Gartenweg hinaufging. Mit dem kleinen Finger strich sie über die weiche Wange und spürte als Echo ein warmes Gefühl in ihrem Inneren.

Nein, Vivien!

Das Haus nebenan wirkte so traurig wie immer. Seine Fenster und Türen waren seit Jahren nicht gestrichen worden. Die cremeweiße Farbe war gesprungen und blätterte ab, sodass das nackte Holz darunter zu sehen war. Was Pearl wohl zu ihrer Enkelin gesagt hätte? Vivien lächelte. Sie wäre bestimmt entzückt gewesen.

Tom war in der Küche und aß ein Sandwich – mit Käse und Tomaten, wie Vivien an den Resten auf dem Tisch sah. Behutsam hob sie Ruby aus dem Korb.

»Hallo, Schatz«, sagte er, blickte auf, sah wieder in seine Zeitung und hob dann wieder den Kopf, als ihm klar wurde, was sie da auf dem Arm hatte. »Was ist das?«, fragte er.

»Ein Baby.«

»Das sehe ich.« Er starrte sie an. »Wessen Baby? Wo hast du es her?«

Was dachte er wohl? Dass sie es irgendwo entführt hatte? Um Himmels willen … Vivien setzte sich. Ruby lag in ihrer Armbeuge. Sie sollte nicht immer in dem Korb liegen; sie brauchte menschliche Wärme und Zuneigung. »Das Baby gehört Laura«, erklärte sie. »Sie hat mich gebeten, ein Weilchen auf die Kleine aufzupassen.«

Tom raschelte auf eine Art, die sie kannte, mit seiner Zeitung. »Und du hast das für eine gute Idee gehalten, oder?«, fragte er in barschem Ton.

Vivien sah auf das Baby hinunter. »Es wäre mir schwergefallen, es abzulehnen«, sagte sie. »Allein wegen Pearl.«

Tom stand auf. »Ich meine nur, dass du auf dich aufpassen sollst, Liebes«, sagte er.

»Natürlich.« Vivien lächelte.

»Dann setze ich mal den Teekessel auf.« Im Vorbeigehen bückte sich Tom, um die Kleine anzuschauen.

Vivien sah, wie sein Blick weicher wurde. Einen Moment lang sah sie, wie er als Vater sein könnte, wie sie beide als Eltern sein könnten. Etwas in ihrer Brust zog sich zusammen. »Ich lege sie hin und mache den Tee, sobald das Wasser kocht«, sagte sie. Aber der Glanz war schon wieder aus Toms Augen verschwunden. Er hatte schon wieder dichtgemacht.

»Meinst du, es fällt ihr schwer, mit dem Baby zurechtzukommen?«, fragte er.

»Ich glaube schon.« Vivien fiel ein, was Laura über Rubys nächtliches Geschrei gesagt hatte. Und dabei schien Ruby so ein braves Baby zu sein. Sie wollte einfach regelmäßig gefüttert und gewickelt werden, das war alles. Und sie wollte nicht ewig in einem Campingbus leben.

Das Wasser kochte, Tom warf ihr einen Blick zu, und Vivien legte das Baby hin – nicht wieder in den Korb, sondern auf den weichen, tiefen alten Sessel, der in der Ecke stand. Sie steckte die Decke fest, sicherte Rubys Lage zusätzlich mit einer Nackenrolle und beobachtete sie einen Moment lang. Es tat ein wenig weh, sie aus der Hand zu geben. Sie war so warm, und die Stelle, an der sie an Viviens Körper gelegen hatte, fühlte sich jetzt leer und kalt an. Vivien strich mit der Hand über die leere Stelle, als könne sie den flüchtigen Eindruck, den das Kind dort hinterlassen hatte, wegwischen. Das Baby lächelte im Schlaf leise. Die Kleine träumte vermutlich von Regenbögen.

Als Laura sie abholen kam, war es fast Mitternacht. Bis dahin war Vivien panisch. Sie war nicht auf ein Baby eingerichtet. Laura hatte ihr weder Rubys Nachtsachen noch weitere Windeln oder sonst etwas dagelassen. Außerdem hatte sie den letzten Rest Milchpulver aufgebraucht. Was sollte sie machen, wenn die Kleine das nächste Mal aufwachte? Was dachte Laura sich dabei, sie so lange hierzulassen?

Tom war schon ins Bett gegangen. »Ich wusste, dass nichts Gutes dabei herauskommen würde«, hatte er seufzend gemeint. Aber Vivien blieb auf, wartete, beobachtete Ruby und machte sich Sorgen. Was, wenn Laura etwas zugestoßen war?

Als es dann an der Tür klopfte, fuhr Vivien aus einem Dämmerschlaf hoch. Sie saß in dem Schaukelstuhl in der Küche, und Ruby lag immer noch in dem tiefen Sessel.

Sie stand auf und ließ Laura herein. »Ich hatte ja keine Ahnung, dass du erst so spät kommen würdest«, sagte sie.

Laura erwiderte ihren Blick verschwommen und abwesend. »Hat sie Ärger gemacht?«, fragte sie.

»Nein, sie war ganz brav«, gab Vivien zurück. Sie ging zum Sessel, nahm Ruby behutsam hoch und legte sie in den Korb. In ihr regte sich ein leises Gefühl von Verlassenheit. »Mach's gut, Ruby«, flüsterte sie.

Laura beobachtete sie. »Sie haben sie gern.«

»Natürlich.« Vivien reichte ihr den Korb. »Wer könnte sie nicht mögen?«

»Viele Leute.« Laura sah auf ihre Tochter hinunter. Ihre Miene zeigte eine Mischung aus Liebe und Unmut.

Vivien rief sich die Tatsachen ins Gedächtnis: den Tod von Lauras Mutter, das Leben, das sie führte, den Umstand, dass Rubys Vater Laura verlassen hatte, und dass Laura selbst immer noch fast ein Kind war.

»Sie ist reizend«, sagte Vivien. Sei dankbar, dachte sie. Du solltest wirklich dankbar sein. Denn du hast keine Ahnung.

»Nicht, wenn sie die ganze Nacht schreit, dann nicht.« Laura klang so unbeteiligt. Und Vivien ärgerte auch diese beiläufige Art, wie sie sich umdrehte, die Tür öffnete und dabei den Korb schwang, als wäre darin nichts weiter als die Einkäufe für die Woche. Am liebsten hätte Vivien sie auf der Stelle festgehalten.

»Ich kann wieder auf sie aufpassen. Wann immer du willst«, sagte Vivien, als Laura nach draußen trat. Sie ließ es zwangloser klingen, als sie sich fühlte.

»Echt?« Lauras Miene hellte sich auf. Sie betrachtete Vivien mit größerem Interesse. »Das ist toll. Morgen Nachmittag vielleicht?«

»Oh.« Auch diesmal hatte Vivien nicht damit gerechnet, dass es so bald sein würde. Wusste Laura wirklich, was es bedeutete, Mutter zu sein? Begriff sie, dass sie für die Kleine verantwortlich war und für sie sorgen musste? »Ja, gut. Das ist in Ordnung«, hörte sie sich sagen. »Aber erst ab drei.« Um diese Zeit kam sie von der Arbeit. Vivien arbeitete immer noch in Teilzeit auf dem Postamt, obwohl sie früh Feierabend machte, damit sie sich ihrer Kunst widmen konnte. Einige ihrer Bilder hingen schon in Kunstgalerien in der Gegend.

»Prima.« Laura winkte ihr fröhlich zu. »Danke, Vivien.«

Als Vivien am nächsten Tag von der Arbeit kam, stand der Campingbus schon vor ihrem Haus. Sie hatte Tom gestern nichts von den Plänen für den heutigen Nachmittag erzählt, weil sie wusste, dass es ihm nicht gefallen würde. Sie kannte auch seine Gründe dafür.

»Heute Abend wird es nicht so spät«, sagte Laura, als sie Vivien den Korb gab. Die bunte Hippiekette baumelte an ihrem Hals.

Vivien schaute auf Ruby hinunter. »Ist schon in Ordnung.« Sie war vorhin bei der Drogerie vorbeigegangen und hatte Babymilch, eine Ersatzflasche, ein paar Windeln, eine Wickelunterlage und sogar einen kleinen rosa Schlafanzug gekauft. Davon würde sie Tom auch nichts erzählen. Schließlich sprang sie nur ein. Laura war Pearls Tochter. Da war doch nichts dabei.

Laura hatte weder einen Buggy noch einen Kinderwagen, daher konnte Vivien nicht mit ihr im Park spazieren gehen, wie sie es gern getan hätte. Stattdessen stellte sie einen Gartenstuhl nach draußen, legte Ruby darauf und befestigte Kissen rundherum, sodass sie sich auf keinen Fall umdrehen oder hinunterfallen konnte. Frische Luft war gut für Babys. Und während Ruby schlief, erledigte Vivien die Gartenarbeit und schaute ab und an zu ihr hinüber. Gelegentlich unterbrach sie das Jäten oder Graben, um Ruby zuzulächeln oder nachzusehen, ob es ihr gut ging. Sie überlegte, etwas zu malen, entschied sich aber dagegen. Sie wollte sich nicht so sehr von dem Baby ablenken lassen.

Als die kleine Ruby das nächste Mal zum Füttern aufwachte, hatte Vivien ihre Flasche vorbereitet und musste sie nur noch aufwärmen. Doch diesmal schrie sie nicht los wie zuvor, sondern gluckste und kicherte und wedelte mit den kleinen Fäustchen. Vivien begriff, dass es ihr im Garten gefiel. Sie konnte die Blätter sehen, die sich im Wind bewegten, und das Rascheln und Zwitschern der Vögel hören. Dass sie den Aufenthalt im Garten genoss, gab Vivien das Gefühl, dass sie ihre Sache gut machte.

»Was? Schon wieder?«, fragte Tom, als er von der Arbeit nach Hause kam und Vivien dabei überraschte, wie sie sich beim Bügeln mit Ruby unterhielt.

»Mir macht es nichts aus«, sagte Vivien. »Es hat nichts zu bedeuten.« Doch das stimmte nicht. Natürlich hatte es etwas zu bedeuten.

Tom warf ihr einen warnenden Blick zu. »Gewöhn dich nicht zu sehr daran, Schatz«, sagte er. »Gewinn sie nicht zu lieb.«

»Hör auf, dir Sorgen zu machen. Sieh mal.« Vivien brachte Tom dazu, mit dem kleinen Finger Rubys Handfläche zu kitzeln, bis sie danach fasste und zudrückte.

Er lachte und sagte, er könne nicht glauben, wie stark sie sei.

So würde es sein, dachte Vivien wieder. So würde es sein, wenn sie Eltern wären.

Tom sah sie an. »Trotzdem mache ich mir Sorgen, Liebling«, sagte er. »Ich weiß, dass du es gern möchtest. Aber du solltest nicht allzu oft anbieten, auf sie aufzupassen.«

»Mache ich nicht.« Ruby war so ein reizendes Baby, aber mit ihrem zahnlosen Lächeln und diesen hübschen blauen Augen auch schon eine kleine Persönlichkeit. Es war so schön, sie einfach in den Armen zu halten und einen Moment lang so zu tun, als ob …

Wenn es sein musste, könnte sie Ruby mit auf die Post nehmen. Sie würde Laura unterstützen, wann immer es nötig war. Wegen Pearl, weil Laura ihr leidtat und weil …

Tom hatte nichts dagegen, dass das Baby bei ihnen war, das wusste Vivien. Er hatte die Kleine gern um sich. Aber sie wusste, warum er sich Sorgen machte. Sie hatte sich mit ihrer Kinderlosigkeit abgefunden oder zumindest geglaubt, dass sie es getan hatte. Aber jetzt kam alles wieder hoch. Wie würde es Vivien gehen, wenn Laura fortging? Und das würde sie irgendwann in nicht allzu ferner Zukunft tun. Er sorgte sich zu Recht. Sie blickte auf das schlafende Kind hinunter. Vivien konnte den Gedanken schon jetzt kaum ertragen.

Ein paar Wochen später wachte Vivien mitten in der Nacht auf und hörte, wie jemand an die Hintertür hämmerte. »Oh mein Gott!« Sie setzte sich auf. Der Radau war laut genug, um Tote aufzuwecken.

Aber nicht Tom. »Tom.« Behutsam schüttelte sie seine Schulter und versuchte, ihn zu wecken. Aber er hatte so schwer gearbeitet, dass er nun schlief wie ein Stein.

Vivien sah auf die Uhr. Es war erst kurz nach Mitternacht. Draußen schüttete es in Strömen, und es stürmte. Das musste ein Sommergewitter sein. Hatte sie sich nur eingebildet, dass es an der Tür klopfte?

Nein. Da war es wieder. Wer in aller Welt …? Tom schnarchte immer noch wie ein Bär. Also stand Vivien auf und schnappte sich ihren Morgenmantel. Sie spähte aus dem Fenster in den Regen und in die Dunkelheit, um zu sehen, wer es war. Aber sie konnte rein gar nichts erkennen. Sie hörte nur das Trommeln des Regens auf dem Schuppen, das Rauschen der Sturzbäche, die vom Dach herunterliefen, und das Heulen des Windes. Dies war doch kein Horrorfilm, oder?

Dann erhellte ein Blitz den Himmel, und sie sah ihn draußen stehen, den VW-Campingbus.

Ruby. *Ach, du lieber Gott*. Im Nachthemd rannte sie nach unten. Schreckliche Szenen zogen an ihrem inneren Auge vorbei. Sie ignorierte sie und stürzte in die Küche, wo sie das Licht einschaltete. Sie schloss die Tür auf und öffnete sie. Ihr Atem ging schnell. Ruby …

Laura stand da wie ein Geist. Sie trug ein langes, indigoblaues Kleid, das durchnässt war und an ihrem schmalen Körper klebte. Darüber hatte sie ein schwarzes Häkeltuch geworfen, das ungefähr so viel Schutz bot wie ein Kopftuch bei Steinschlag. Ihr langes Haar hing in Strähnen herunter, und Regentropfen liefen über ihr Gesicht wie Tränen. »Vivien«, sagte sie. Sie stand einfach dort im Regen, und sie klang verängstigt.

»Was ist, Laura? Was ist passiert?« Es donnerte. »Ist etwas mit Ruby?« Aber Vivien hatte schon gesehen, dass Laura den Korb bei sich hatte. Dieses Mal hielt sie ihn in den Armen und trug ihn nicht in der Hand wie zuvor. Außerdem hatte sie sich noch etwas unter den Arm geklemmt, das wie eine Schuhschachtel aussah.

Vivien zog sie aus dem Regen in die Küche und half ihr dabei, den Korb zu tragen. Furcht durchfuhr sie, und sie warf einen Blick in den Korb. »Geht es ihr gut?« Ihre Stimme klang sogar für ihre eigenen Ohren barsch.

Laura blieb kurz hinter der Tür stehen. Sie reichte Vivien den Korb. »Nehmen Sie sie«, sagte sie. »Hier. Nehmen Sie sie einfach.«

Automatisch nahm Vivien den Korb. Wieder sah sie hinein, und der Anblick des schlafenden Babygesichts beruhigte sie, obwohl sie sich nicht vorstellen konnte, wie Ruby bei diesem Höllenlärm schlafen konnte. »Was ist passiert?«, fragte sie noch einmal. »Ist etwas mit Julio? Ist …«

Aber Laura wich schon zurück und taumelte zur Tür. Jetzt weinte sie. »Passen Sie an meiner Stelle auf sie auf«, rief sie.

»Aber wie lange …?«

Doch sie war schon fort. Sie rannte durch den strömenden Regen, lief den Weg, der am Haus vorbeiführte, entlang und platschte durch die Pfützen. Dann zog sie die Beifahrertür auf und sprang in den Bus.

»Laura!« Vivien sah ihr verblüfft nach. »Laura?«

Kaum dass sie im Bus saß, jaulte der Motor auf. Im Licht

eines weiteren Blitzes, der die Nacht erhellte, fuhr der psychedelische VW-Campingbus davon und war verschwunden. Einfach so.

Hmmm. Vivien warf einen Blick auf Ruby. Ihr schien es gut zu gehen. Sie schlief immer noch tief und hatte von dem ganzen Drama glücklicherweise nichts mitbekommen. Vivien verriegelte die Tür wieder und schlich auf Zehenspitzen die Treppe hinauf. Den Korb trug sie vorsichtig vor sich her. Im Schlafzimmer zog sie die große Schublade aus der Kommode und nahm alle Kleidungsstücke heraus. Dann holte sie ein einzelnes Laken aus dem Wäscheschrank und richtete methodisch ein kleines Bett in der Schublade her. Währenddessen dachte sie die ganze Zeit darüber nach, was eigentlich passiert war. Was meinte Laura damit, dass sie an ihrer Stelle auf sie aufpassen solle? Und wann hatte sie vor zurückzukommen?

Sie lag wach und lauschte dem Atem des Babys – stundenlang, wie es ihr vorkam. Und kaum war sie eingeschlafen, erwachte sie von Rubys Wimmern – jedenfalls kam es ihr so vor. Sie stand auf, hob sie aus der Schublade und ging mit ihr nach unten, um sie zu füttern. Sie wollte Tom nicht wecken, noch nicht. Dazu war später Zeit genug.

Doch es kam anders. Zehn Minuten später, als sie im Schaukelstuhl saß und Ruby ihre Milch gab, kam Tom nach unten. Er stand in der Tür und rieb sich die Augen. Sein Blick erfasste sie und das Baby. »Was ist los?«, fragte er.

Vivien erzählte ihm, was passiert war. »Ich konnte nichts machen, Tom«, sagte sie. »Sie ist einfach in die Nacht verschwunden.«

»Und was ist das?« Tom nahm die Schuhschachtel vom Küchentisch, wo Laura sie hingestellt haben musste. In der ganzen Aufregung hatte Vivien es nicht einmal bemerkt.

»Keine Ahnung«, gab sie zurück.

Tom hob den Deckel ab. »Fotos«, sagte er. Er hielt sie hoch, um sie ihr zu zeigen. »Ein Mützchen.«

Rubys Mützchen. Vivien nickte. »Also nur ein paar Sachen von ihr.«

»Und das hier.« Er hielt ein kleines Stück Plastik in die Höhe. Vivien hatte so ein Ding schon einmal gesehen, wusste aber nicht, wie es hieß. Man benutzte es aber beim Gitarrespielen, so viel wusste sie. Sie dachte an die Gitarre, die sie in dem Campingbus gesehen hatte. Vermutlich war es Lauras.

»Und …« Tom hielt einen Strang winziger Perlen hoch. Eine Hippiekette. Vivien hatte mehr als einmal gesehen, wie Laura sie trug. »Warum sollte sie diese Sachen dagelassen haben, um Gottes willen?« Jetzt klang Tom zornig.

»Pssst.« Ruby wirkte so friedlich; Vivien wollte nicht, dass sie gestört wurde.

»Es sieht aus, als hätte sie dieses Mal nicht vor zurückzukommen«, sagte Tom und warf ihr einen finsteren Blick zu. Als ob sie etwas dafür könnte! Dann verließ er den Raum und stapfte die Treppe hinauf.

Als hätte sie dieses Mal nicht vor, zurückzukommen. Vivien ließ die Worte auf sich wirken. Was bedeutete das für sie? Was hieß das für sie – und für Ruby?

19. Kapitel

»Es war ein Glück«, sagte Frances, »dass deine Mutter – Vivien, meine ich – da war, als Laura zurück nach Pride Bay kam. Wenn sie nicht gewesen wäre ...« Sie ließ den Satz unvollendet

»Glaubst du, dieser Julio hat Laura unter Druck gesetzt?«, fragte Ruby. »Vielleicht hat er ihr ja ein Ultimatum gestellt. Ich will dich, aber ich bin nicht bereit, mich um das Kind eines anderen zu kümmern. So etwas in der Art.« Vielleicht gab sie ihm ja die Schuld, weil ihr das lieber war. Ruby hasste die Vorstellung, dass ihre Mutter sie einfach bei Vivien abgeladen hatte, weil sie das Gefühl hatte, dass ihr alles über den Kopf wuchs. Welche Mutter machte so etwas? Sogar wenn sie so viel durchgemacht hatte wie Laura.

Was für eine Mutter ... Was wäre passiert, wenn Laura nicht nach England zurückgekommen wäre? Wenn Ruby in Spanien als ihre Tochter aufgewachsen wäre? Sie konnte es sich einfach nicht vorstellen. Wäre sie dann jemand ganz anderes?

»Das kann gut sein. Du weißt ja, wie junge Männer sind.« Frances zuckte die Achseln. »Ein Baby kann einen schon ganz schön einschränken.«

Ruby dachte an James. Ob er für Frances ein junger Mann war? Wahrscheinlich nicht – er war Ende dreißig. Und trotzdem hatte er nie die leiseste Absicht gezeigt, ruhiger zu werden, sich eine Frau, ein Baby oder so etwas zu wünschen. Ein Kind hätte ihn ganz bestimmt eingeschränkt. Dafür hatte er viel zu viel mit seinem Londoner Leben und seinen Klienten zu tun. Julio war damals wahrscheinlich erst Mitte zwanzig gewesen. Er war jung und liebte die Freiheit und einen Lebensstil, in dem Verantwortung keine Größe war. Wahrscheinlich hatte er es nicht abwarten können, den VW-Bus wieder in sonnigere Gegenden zu steuern, sich seinen nächsten Joint zu drehen und dann schwimmen zu gehen. Wer hätte ihm das auch verübeln können?

»Wenigstens hat Vivien mich gewollt«, meinte Ruby. Es klang ein wenig wie im Film, aber schließlich war es das Wichtigste, gewollt, geliebt zu werden.

»Oh, und ob sie dich wollte.« Frances lächelte. »Mehr als du dir jemals vorstellen kannst. Du warst ein Geschenk an Vivien, von irgendeiner Muttergöttin da oben.« Sie lachte. »Du hättest sie sehen sollen. Wenn sie auf dich aufgepasst hat, war sie glücklich wie ein junger Hund im Schuhschrank.«

»Aber warum haben die beiden mir nicht erzählt, wer ich bin und woher ich komme?«, fragte Ruby erneut. Das begriff sie immer noch nicht. »Wieso haben sie so ein großes Geheimnis daraus gemacht?«

»Sie haben dich beschützt«, sagte Frances. »Jedenfalls glaubten sie das.«

Weil ihre leibliche Mutter es nicht getan hatte? Das schien die unausgesprochene Botschaft zu sein. Aber im Leben war nicht immer alles schwarz oder weiß. Das hatte sie durch ihre Arbeit gelernt, durch das Recherchieren für ihre Artikel. Es gab immer auch Grauabstufungen. Man musste sich umhören, eine andere Meinung einholen, sich nicht nur eine Seite der Geschichte anhören.

Ruby beugte sich über den Tisch. »Hat nicht jeder das Recht auf die Wahrheit, Frances?«

»Vielleicht.« Frances hatte aufgegessen und legte jetzt Messer und Gabel beiseite. »Obwohl es auch darauf ankommt, wie viele Menschen dabei womöglich verletzt werden, nicht wahr, meine Liebe?«

War es so? Ruby war sich nicht so sicher. Täuschung führte gewöhnlich zu Misstrauen. Ehrlichkeit konnte wehtun, aber wenigstens konnte man weitermachen und die Entscheidungen über sein Leben in Kenntnis sämtlicher Fakten treffen.

Frances bestellte Kaffee für sie beide.

»Ich weiß es zu schätzen, dass du heute Abend hergekommen bist und mir die Geschichte erzählt hast.« Ruby rührte ihren Kaffee um und nahm einen Schluck. Er war stark und bitter.

»Vivien hat ein paar Monate vor dem Unfall mit mir geredet«, sagte Frances nachdenklich. »Es hat sie belastet. Ich bin übers Wochenende hier gewesen, und wir haben uns auf einen Kaffee getroffen.«

»Was hat sie gesagt?«, fragte Ruby.

»Wir haben über dich gesprochen. Sie sagte, wenn ihr etwas zustoßen würde und du fragen solltest, sollte ich dir alles erzählen, was du wissen müsstest.« Frances seufzte. »Ich habe sie gefragt: ›Wie kommst du auf die Idee, dass ich noch da sein werde und du nicht?‹ – ›Keine Ahnung, Fran‹, hat sie gesagt. ›Wer weiß schon, was hinter der nächsten Ecke auf uns wartet?‹« Ruby nickte. Das stimmte wohl.

»Trotzdem habe ich immer geglaubt, sie würde es dir eines Tages selbst sagen«, fuhr Frances fort. »Ob Tom wollte oder nicht.«

Vielleicht hatte sie keine Gelegenheit mehr dazu gehabt. Vielleicht hatte sie es aufgeschoben, bis es zu spät gewesen war.

Ruby traten die Tränen in die Augen. »Ich habe noch ein paar Fragen«, flüsterte sie.

»Frag nur. Ich helfe dir, wenn ich kann.«

»Was ist danach passiert?« Vivien hatte das Baby der Tochter ihrer Freundin gehütet, und plötzlich war sie allein für das Wohl des Kindes verantwortlich gewesen. Wie hatte sie sich gefühlt? Wie hatte sie es vor sich gerechtfertigt, dass sie dieses Kind als ihr eigenes großziehen wollte? Ruby musste noch so viel mehr wissen.

20. Kapitel

DORSET, MAI 1978

Nach zwei Wochen war das alltägliche Leben mit Ruby bereits Routine. Es hatte mit einem verschwörerischen Blick begonnen und sich dann langsam eingespielt.

Zu Anfang nahm sich Vivien auf der Arbeit nicht frei. Sie nahm Ruby mit auf die Post und fütterte und wickelte sie in ihren Pausen. Glücklicherweise sehnte sich Penny schon seit Jahren nach einem Enkelkind und war entzückt darüber, ein Baby um sich zu haben. Vivien erklärte ihr, Ruby sei die Tochter einer guten Freundin; der Mutter gehe es gar nicht gut, und sie hätten die Kleine deswegen für einige Zeit aufgenommen. »Sie sind wie geschaffen dafür, Mutter zu sein, Liebes«, hatte Penny gemeint und ihr einen verständnisvollen Blick zugeworfen. »Und sie macht überhaupt keine Umstände, die arme Kleine.«

Frances kannte als Einzige die Wahrheit. Vivien hatte sie ihr eines Nachmittags gestanden, als sie unerwartet vorbeikam und Vivien dabei antraf, wie sie das Baby badete, dasselbe Kind, das sie in der alten Kapelle gefüttert hatte. »Oh, Viv«, hatte sie gesagt. »Pass nur auf.« Es war fast, als hätte sie geahnt, was kommen würde.

Wenn Tom nicht arbeitete, sprang er ein und tat seinen Teil, und am Wochenende kümmerten sie sich gemeinsam um Ruby. Wie eine richtige Familie, flüsterte ihr eine Stimme ins Ohr – vielleicht ihre eigene. Wie eine richtige Familie …

Zuerst lebte sie in einem Zustand ständiger Angst und rechnete damit, dass Laura zurückkommen würde. Manchmal, wenn sie Ruby die Flasche gab, hielt sie die Kleine ganz fest, als sehe sie schon den Moment kommen, in dem sie fort sein würde. Wie würde sie damit fertig werden? Sie würde Ruby mit einem Lächeln an ihre leibliche Mutter zurückgeben und so tun müssen, als breche es ihr nicht das Herz.

Doch nach einiger Zeit begann Vivien, sich zu entspannen. Sie wusste, was sie gesehen hatte. Laura war jung, unverantwortlich und verliebt in einen Jungen, der sich nicht für das Kind eines anderen Mannes interessierte. Vivien war für sie vielleicht wie ein Geschenk des Himmels gewesen. Eine kinderlose Frau, die sich verzweifelt nach einem Kind sehnte. Eine Frau, deren Augen vor Sehnsucht gestrahlt haben mussten wie ein Leuchtfeuer.

Ab und zu holte Vivien die Schuhschachtel aus dem Kleiderschrank, in den sie sie gesteckt hatte, um sie nicht als ständige Erinnerung vor Augen haben zu müssen. Sie betrachtete das Plektrum und das gehäkelte Babymützchen. Es war so winzig … Schon jetzt passte es nicht mehr auf Rubys blondes Köpfchen. Sie sah die Fotos an: Laura mit Ruby auf dem Arm. Laura sah glücklich aus. Sie hatte zu diesem Zeitpunkt noch nicht gewusst, dass ihre Mutter gestorben war. Da war Laura mit Julio und Laura in dem VW-Bus. Vivien betrachtete die bunten Glasperlen. Sie erzählten ihr alles, was sie wissen musste. Laura hatte die kleine Ruby geliebt, auf ihre eigene Weise. Sie mochte sie aufgegeben haben, um ihr die Chance auf eine andere Art von Leben zu eröffnen. Aber Laura hatte sie ganz bestimmt geliebt.

Das bedeutete, dass Laura eines Tages zurückkommen würde, oder?

Vivien schloss die Augen und wiegte das Baby. Sie hatte Ruby gerade gebadet, und die Kleine roch nach Talkum-Puder. Vivien atmete tief ein. Der Duft von Babyhaut ... War es so falsch von ihr, dass sie sich wünschte, Laura würde mit Julio irgendwo an einem fernen Strand bleiben? Wahrscheinlich war es das, denn ein Baby brauchte seine Mutter, oder? Die mütterliche Sehnsucht, die durch Viviens Adern strömte, wenn sie Ruby in den Armen hielt, war keine Entschuldigung dafür. Und auch nicht die Jahre der Frustration und Sehnsucht oder die überwältigende Liebe, die sie für das Kind empfand. Nein. Es gab keine Ausrede dafür. Anscheinend wollte sie Ruby unter allen Bedingungen behalten. Sie war wirklich so herzlos, wie sie immer befürchtet hatte.

Tom war nicht glücklich, das sah Vivien. Es lag weder an Ruby noch daran, dass Vivien ihre Stelle aufgegeben hatte. Das war ohnehin nur vorübergehend. Penny hatte gesagt, sie könne jederzeit zurückkommen. Es war eher ein moralisches Problem. »Wir sollten versuchen, Laura zu finden«, sagte er. »Das hier ist nicht richtig, und es ist nicht fair. Sie ist nicht unser Kind.«

Daran brauchte er Vivien nicht zu erinnern. Aber sie wollte nicht, dass sich etwas änderte. »Laura will sie nicht«, sagte sie und betete, dass er Laura nicht finden würde, selbst wenn er es versuchte. »Sie wird sich nicht richtig um sie kümmern; sie will nicht.« Wenn das emotionale Erpressung war, dann war es Vivien egal. Sie würde tun, was sie tun musste.

»Trotzdem«, sagte Tom. Aber als Ruby aufwachte, gluckste und aus ihren vergissmeinnichtblauen Augen zu ihm aufsah ... Der arme Mann hatte keine Chance. Es war um ihn geschehen.

Die Tage vergingen. Ein paar Menschen, größtenteils Nachbarn, fragten, woher Ruby so plötzlich gekommen sei, und Vivien erklärte, dass sie ein Pflegekind angenommen hätten. Anscheinend hatte niemand Laura nach ihrer Rückkehr nach Dorset gesehen, daher wusste niemand, dass sie ein Kind hatte. Nur Frances kannte die ganze Geschichte.

Ruby wuchs. Vivien zweigte Geld aus der Haushaltskasse ab und kaufte ihr ein paar neue Kleidungsstücke. Sie begann auch, ihr feste Nahrung zu geben. Das Baby blieb jetzt über Tag länger wach und sah Vivien inzwischen auf eine Art an, die sie hätte nervös machen sollen. Sie tat es aber nicht. Vivien liebte es. Die Kleine begann zu zahnen, und Vivien rieb ihr schmerzendes Zahnfleisch mit Nelkenölextrakt ein. Sie versuchte, ihr neues Leben nicht zu sehr zu genießen, nur für den Fall, dass es ihr plötzlich wieder genommen werden könnte. Aber die Wahrheit war, dass Ruby ihre Welt verändert hatte.

Eines Abends hatte Vivien der Kleinen ein Schlaflied gesungen und sie dann ins Bett gelegt. Als sie aufblickte, sah sie Tom in der Tür des Zimmers stehen, das – zumindest für Vivien – inzwischen Rubys Zimmer war. Auf seinem Gesicht lag ein Ausdruck, den Vivien nur allzu gut kannte.

»Was ist, Tom?«

»Wir haben keine offiziellen Rechte, Liebling«, sagte er. »Es geht nicht nur um Laura. Wenn die Wahrheit herauskommt, könnte Ruby uns von den Behörden weggenommen und in Pflege gegeben werden.«

Vivien erschauerte. Daran mochte sie nicht einmal denken. Zusammen mit Ruby war ihr eine Verantwortung übertragen worden. Pearls Enkeltochter durfte nicht einfach irgendeinem Fremden zur Adoption überlassen werden. Sie konnte den Gedanken daran nicht ertragen.

»Wir müssen von hier wegziehen, weg aus West Dorset«, erklärte sie Tom. »Wir können es nicht riskieren, sie zu verlieren. Nicht jetzt.« Die Angst trieb sie zum Äußersten.

Doch Tom stellte sich stur, wie nur Tom das konnte. Er musste an sein Geschäft denken, sagte er. Er hatte sich in jahrelanger Arbeit einen Kundenstamm aufgebaut; das konnte er nicht einfach alles wegwerfen. Wollte Vivien wirklich, dass er für irgendeine Firma arbeitete und anderer Leute Fenster und Fußleisten reparierte? Außerdem liebte er dieses Haus, er war hier aufgewachsen. Er würde es nicht aufgeben, nicht einmal für Ruby. »Sie ist nicht unser Kind, Liebling«, erklärte er Vivien. »So ist das nun mal.«

Das mochte wahr sein, aber Vivien überredete ihn zu einem Kompromiss. Sie zogen nach Ost-Devon – nur zwanzig Meilen entfernt, aber wenigstens eine andere Grafschaft. So konnte er seine Kundschaft und seine Arbeit behalten. Der einzige Mensch aus Pride Bay, mit dem Vivien in Verbindung blieb, war Frances.

»Können wir sonst noch etwas tun?«, fragte Vivien ihn. Um sicher zu sein, meinte sie.

Tom ballte die Fäuste. »Wir könnten dafür sorgen, dass sie unser Kind wird.«

»Aber wie?« Sie machten sich gerade zum Schlafen fertig, und Ruby lag nebenan sicher in ihrem Bettchen.

Tom umfasste ihre Schultern. »Wir könnten sie doch selbst adoptieren, Viv«, sagte er.

Sie selbst adoptieren? Das klang nach der perfekten Lösung. Aber müssten sie sich dazu nicht Lauras Einverständnis einholen? Vivien war sich nicht sicher, ob sie das riskieren wollte.

»Und wenn das nicht geht ...« Seine Miene veränderte

sich. »Dann werden wir Ruby irgendwann den Behörden übergeben müssen. Wir können nicht einfach weiter so tun, als wäre sie unser Kind.«

Vivien starrte ihn an. Das würde sie ganz sicher nicht zulassen, dachte sie.

»Viv?« Tom warf ihr einen merkwürdigen Blick zu.

Doch sie konnte nicht einmal mit ihm reden. In dieser Sekunde hasste sie den Mann, den sie liebte, beinahe. Und der Gedanke, den sie außerdem hatte, jagte ihr Angst ein. *Nur über meine Leiche.*

Vivien erfuhr nie, was Tom alles unternommen hatte, um Laura zu finden, denn sie fragte ihn nie danach. Etwas hatte sich an diesem Abend zwischen ihnen verändert. Zum ersten Mal hatte Vivien Tom nur an die zweite Stelle in ihrem Leben gesetzt, und er hatte es gemerkt. Sie sprachen es nicht laut aus, aber es war nicht mehr die Rede davon, Ruby den Behörden zu übergeben. Es war keine Option. Ende der Debatte.

Ruby wuchs zu einem kräftigen blonden Kleinkind heran, und Vivien dachte oft an Laura. Wo mochte sie sein? Was sie wohl tat? Und sie machte sich Sorgen. Hatten sie das Richtige getan? Sie hatten Ruby. Aber vielleicht würden sie – eines Tages, wenn Vivien am wenigsten damit rechnete – einen Preis dafür bezahlen müssen.

Tom, der immer praktisch dachte, wurde als Erstem klar, dass Ruby später ohne eine Geburtsurkunde Probleme bekommen würde. Offiziell würde sie weder einen Namen noch eine Identität besitzen, nicht einmal eine Staatsangehörigkeit. Doch wie sollten sie eine Kopie davon auftreiben? Sie wussten ja noch nicht einmal genau, wann oder wo Ruby geboren war?

»Dann müssen wir eben eine für sie machen lassen«, erklärte Tom, als rede er von einer seiner Auftragsarbeiten – einem Eichentisch vielleicht oder einer Mahagoni-Kommode. »Wie soll sie denn sonst an einen Pass oder Führerschein kommen? Sie existiert nicht – jedenfalls nicht vor dem Gesetz.«

Entsetzt sahen die beiden einander an. Sie hatten wirklich nicht richtig darüber nachgedacht.

»Aber wie sollen wir das anstellen? Das können wir doch nicht machen, oder?« Vivien hörte, dass ihre Stimme vor lauter Panik schrill klang. Wie sollten redliche Bürger wie sie herausfinden, wie man eine Geburtsurkunde fälschte? Und natürlich wäre das illegal. Sie hatte Angst. Aber was sollten sie sonst tun? Hier in Devon hatten sie Ruby als ihr eigenes Kind ausgegeben. Es kam ihr vor, als wäre sie ihr eigenes Kind. An manchen Tagen konnte Vivien kaum glauben, dass sie es nicht war.

»Es muss doch eine Möglichkeit geben. Urkundenfälschung ist doch eine alte Kunst, oder?« Aber Tom sah genauso hilflos aus, wie sie sich fühlte.

Urkundenfälschung?

Tom legte den Arm um ihre Schultern. »Mach dir keine Sorgen, meine Schöne«, sagte er. »Wir schaffen das schon. Es kommt alles in Ordnung, du wirst schon sehen.«

Doch es war Vivien, die nun jede Nacht, wenn sie nicht schlafen konnte, mit dem Problem rang. Wie konnten sie nur an eine Geburtsurkunde kommen? Plötzlich erinnerte sich Vivien an etwas, das Laura gesagt hatte. Sie hatte gesagt, dass sie die Geburt ihrer Tochter nicht einmal gemeldet hatte. Moment mal, das hieß doch, dass ... *Dass niemand beweisen konnte, dass Laura ihre Mutter war?* Vivien wollte diesen

Gedanken nicht denken, aber er schob sich einfach in ihren Kopf. Es gab eine Möglichkeit, alles zu legalisieren.

Sie musste mit Frances reden. Deshalb fuhr Vivien eines Nachmittags mit Ruby nach Pride Bay und traf sich mit Frances in einem Strandcafé zum Tee.

»Was passiert, wenn jemand die Geburt eines Kindes nicht sofort anmeldet?«, wollte sie von ihr wissen. Frances war Krankenschwester, sie musste so etwas wissen. Es musste doch viele Mütter geben, die die Anmeldung aus irgendeinem Grund versäumten – besonders solche, die wie Laura am Rand der Gesellschaft lebten.

»Man kann eine verspätete Registrierung beantragen.« Frances erklärte Vivien, wie das funktionierte. »Aber wenn man im Krankenhaus niederkommt, wird die Geburt automatisch registriert.« Frances sah Viviens Blick, und Vivien sah, dass sie verstanden hatte.

»Du denkst an Ruby.«

Vivien zog den Buggy näher zu sich heran. »Ja, ich denke an Ruby. Wir müssen eine Geburtsurkunde für sie besorgen. Und wenn wir den Behörden sagen, was wirklich passiert ist …«

Frances nickte. Vivien musste es nicht aussprechen. »Sollte man nicht erst einmal versuchen, Laura zu finden?«, fragte sie. »Sie hätte doch sicher nichts dagegen, oder?«

»Wir haben es probiert.« Vivien war sich sicher, dass sie mehr hätten tun können. Aber mit welchem Risiko?

Frances sah sie eindringlich an. »Du bewirbst dich um eine verspätete Registrierung und behauptest, ihre leibliche Mutter zu sein.«

Vivien sah zu, wie die Wellen an den Strand von Chesil Beach schlugen, olivgrau und unerbittlich. Manche Dinge änderten sich nie. »Es scheint mir das Beste zu sein«, sagte sie.

»Für dich?«, fragte Frances. »Oder für Ruby?«

Vivien seufzte und hielt dem durchdringenden Blick ihrer Freundin stand. »Für uns beide«, erklärte sie.

Sie hatte sich Sorgen gemacht, das es nicht möglich sein würde, doch schließlich war es erstaunlich einfach. Denn die Behörden bevorzugten, dass Geburten registriert wurden, sie mochten keine ungeklärten Verhältnisse. Viviens Geschichte über eine Hausgeburt und postnatale Depressionen, ihre Behauptung, sie sei nicht dazu gekommen, die Geburt anzumelden, ja sie sei während der Schwangerschaft nicht einmal zum Arzt gegangen, war anscheinend nicht so ungewöhnlich, wie sie ihr erschienen war, als sie sie sich ausgedacht hatte. Es war ihr sogar gelungen, Frances dazu zu überreden, als Zeugin aufzutreten.

»Es gefällt mir nicht, Vivien, aber ich tue es für dich und Ruby«, sagte Frances. »Weil du eine gute Mutter bist und weil sie braucht, was du ihr geben kannst. Deshalb tue ich es.«

»Sollen wir es ihr später sagen, Schatz?«, wollte Tom von Vivien wissen, als der Antrag eingereicht war und sie nur noch darauf warteten, dass er öffentlich ausgehängt und dann genehmigt wurde. »Sollen wir Ruby je sagen, was wir getan haben?«

»Warum nicht?« Wenn sie älter war, würde sie es verstehen. Ihre leibliche Mutter hatte sie mehr oder weniger im Stich gelassen. Sie waren nur in die Bresche gesprungen.

Aber Tom schüttelte den Kopf. »Ich denke nicht, dass ich das kann«, sagte er.

Vivien konnte nicht glauben, dass sie es wirklich getan hatten, obwohl sie inzwischen den Eindruck hatte, dass sie alles tun würde, um dieses Kind zu behalten. Sie hatte noch nie zuvor gegen ein Gesetz verstoßen. Tom und sie waren einfach nicht dazu geschaffen. Aber hatten sie eine andere Wahl gehabt?

»Ach, Tom ...« Vivien ließ den Kopf an seine Schulter sinken. Würde es tatsächlich wahr werden? Durfte sie nun endlich daran glauben, dass Ruby ihr gemeinsames Kind sein würde?

Sie wünschte es sich, aber das allerletzte Bild, das an diesem Abend vor ihren Augen tanzte, als sie Schlaf zu finden versuchte, war Laura. Und sie hörte Lauras letzte Worte: »Passen Sie an meiner Stelle auf sie auf.«

Als Vivien endlich die Geburtsurkunde in den Händen hielt und schwarz auf weiß sah, dass sie und Tom als Rubys Eltern eingetragen waren, zwang sie sich, die Sache zu verdrängen. So etwas Schlimmes hatten sie ja nun auch wieder nicht getan. Es war illegal, ja, aber wer würde jemals beweisen können, dass sie gelogen hatten? Am Ende machte es keinen großen Unterschied. Ruby gehörte schon lange zu ihnen. Dieses Stück Papier machte es nur ein wenig offizieller. Es würde sie und Ruby schützen. Nur darum ging es.

Doch nachdem Vivien die Urkunde in eine Schublade gelegt hatte, hielten ihre Finger auf dem Messingknopf kurz inne. »Verzeih mir«, flüsterte sie. Ob es an Ruby, Laura oder Pearl gerichtet war, wusste sie nicht. »Verzeih mir.«

Tom überredete Vivien, noch einmal umzuziehen: in ein Haus, das gleich an der Pride Bay lag. Er vermisse die goldenen Klippen, erklärte er ihr. Sie waren lange genug fort gewesen. Er wollte, dass seine Tochter an der Pride Bay aufwuchs wie er; das war ihm wichtig. Inzwischen drohte von niemand mehr Gefahr. Laura würde nie zurückkommen – warum sollte sie? Penny hatte die Poststelle und den Laden aufgegeben und war nach Norfolk gezogen. Außer Frances würde niemand wissen, was sie getan hatten oder dass Ruby nicht ihre Tochter war. Frances hatten sie zur Geheimhaltung verpflichtet. Sie waren sicher.

21. Kapitel

BARCELONA 1951

Spanien erholte sich langsam von den Schäden und Schrecken des Bürgerkriegs und seiner blutigen Nachwehen, und Schwester Julia nahm wahr, wie sich ihr Vaterland langsam veränderte. Doch zugleich war sie sich bewusst, dass die Klostergemeinschaft von Santa Ana größtenteils noch so lebte wie vor fünfhundert Jahren. Die Nonnen wohnten immer noch in einem mittelalterlichen Gebäude, aßen einfache Speisen und verbrachten den größten Teil ihrer Zeit im Gebet. Gebete, Psalmen, Katechismus, heilige Kommunion – daraus bestand der Alltag der Schwestern. All ihre Aktivitäten folgten einem festgelegten Ablauf, und ihre Tage waren durch Routine strukturiert. Eine Glocke signalisierte das Ende jeder Tätigkeit, ob Gebet, Arbeit oder Mahlzeit. Und jeder Tag endete mit dem Nachtgebet. Schwester Julia fand diese Rituale tröstlich.

Da sich die Nonnen niemals müßigem Geschwätz hingaben, sprachen sie auch nicht darüber, was sie ins Kloster geführt hatte. Doch Schwester Julia stellte sich diese Fragen manchmal. Waren die anderen in den Orden eingetreten, weil sie sich Gott ganz hingeben wollten, weil sie sich ein Leben voller Kontemplation und Gebet wünschten? Oder waren sie um der Sicherheit willen in die Schwesternschaft eingetreten? Damit ihre Familie einen Kopf weniger zu füttern hatte? Vielleicht wies ja gerade der Umstand, dass sie immer noch solche Fragen stellte – wenn auch nur still bei sich – darauf hin, dass ihr etwas fehlte? Mangelte es ihr an der Demut, die für den wahren Glauben und die Hingabe an Gott notwendig war? Würde sie nie zu derselben Hingabe in der Lage sein wie die anderen Schwestern der Gemeinschaft? Vielleicht war sie aber auch einfach mit zu viel Neugier geboren. Oder hatte ihre Arbeit bei Dr. López sie dazu gebracht, Dinge zu hinterfragen, an denen man nicht zweifeln sollte?

Im Vorraum von Santa Ana hing das Porträt einer frommen Nonne, deren Blick in ekstatischer Verzückung auf Gott gerichtet war. Sie hielt ein Kruzifix umklammert, und im Hintergrund sah man eine Bibliothek voll erbaulicher Bücher. Das Bild war einige Jahre vor Schwester Julias Eintritt ins Kloster von der reichen Familie ebendieser Nonne in Auftrag gegeben worden. Diese Familie war offensichtlich stolz auf ihre Tochter. Doch was dachte Schwester Julias Familie? Darüber grübelte sie häufig nach.

Ihre Mutter und ihre Schwestern hatten sie erst vor wenigen Tagen in Santa Ana besucht. Das war ein Schock gewesen, denn Schwester Julia hatte sie seit zwei Jahren nicht gesehen. Und ganze sechs Jahre war es schon her, seit sie von Palomas Heirat mit Mario Vamos erfahren hatte. Das letzte Mal war ihre Mutter allein gekommen, und ihr Besuch war sehr kurz gewesen. Aber Schwester Julia hatte Verständnis dafür. Familienbesuche wurden nicht so gern gesehen, und außerdem arbeitete sie so oft in der Klinik. In gewisser Weise war es fast leichter für sie, ihre Familie nicht zu sehen.

»Julia.« Ihrer Mutter traten Tränen in die Augen, doch sie umarmte sie nicht.

»Mama. Schwestern.« Schwester Julia senkte den Kopf,

damit sich ihre Gefühle nicht Bahn brachen. Denn die drei hatten sich verändert. Ihre starke Mutter, die immer einen so aufrechten Gang gehabt hatte, ging nun gebeugt und machte einen erschöpften Eindruck. Matilde war schick gekleidet, aber ihr Blick war furchtbar kalt. Und Paloma ... Palomas Anblick ging ihr am stärksten zu Herzen. Ihre Schwester schien diese strahlende Lebenslust eingebüßt zu haben, die so typisch für sie war. Wie hatte es in nur sechs Jahren so weit kommen können?

Wie immer saßen sie sich in dem Raum neben der Eingangshalle mit einem gewissen Abstand gegenüber, während sie ihre Neuigkeiten austauschten. Eine Cousine, die sie kaum gekannt hatte, war gestorben. Eine ehemalige Arbeitskollegin ihrer Mutter hatte ihren Mann verloren. Schwester Julia schwieg zu all dem. Wahrscheinlich hatte sie sich daran gewöhnt, anderen zuzuhören, dachte sie. Sogar in der Klinik sprach sie wenig und nie von sich selbst.

»Wie geht es Papa?«, fragte sie schließlich doch.

»Seine Gesundheit ist nicht mehr das, was sie einmal war«, räumte ihre Mutter ein. »Aber seine Last ist ein wenig leichter geworden.«

Paloma schnaubte verächtlich. »Jetzt braucht er sich schließlich keine Gedanken mehr über seine Töchter zu machen«, meinte sie.

Matilde sah Julia ins Gesicht. »Du bist diejenige von uns, die Glück gehabt hat«, erklärte sie.

Schwester Julia senkte den Kopf. Ganz offenbar waren ihre Schwestern unglücklich. Daher stimmte das, was Matilde gesagt hatte, wahrscheinlich. Damals hätte das wohl niemand gedacht.

»Für dich ist es nicht so schlimm, Matilde«, entgegnete

Paloma ihrer älteren Schwester. »Dein Mann liebt dich wenigstens.«

Schwester Julia sah sie verblüfft an. Schließlich hatte Paloma aus Liebe geheiratet. »Wie geht es Mario?«, fragte sie vorsichtig.

Paloma wandte den Blick ab. Doch dieses Mal strahlte keine Liebe aus ihren Augen. Schwester Julia fürchtete sogar, sie würde in Tränen ausbrechen. Das Leben an der Seite des gut aussehenden, charmanten Mario Vamos hatte sich eindeutig nicht so entwickelt, wie es sich ihre lebenslustige, hübsche Schwester erhofft hatte.

»Sie haben keine Kinder«, sagte ihre Mutter, als erkläre das alles.

Schwester Julia war verwirrt. Paloma war noch keine sechs Jahre verheiratet. Wieso mussten Mario und sie denn unbedingt jetzt schon Kinder bekommen? Die beiden waren noch jung. Konnte so etwas ein Grund dafür ein, dass die Liebe zwischen Ehegatten schwand?

Paloma zuckte mit den schmalen Schultern. »Deshalb streunt er jetzt schon herum.«

Sie ließ es klingen, als mache es ihr nichts aus. Doch Schwester Julia kannte ihre Schwester. Ihr gutes Aussehen und ihre Fähigkeit, anderen sklavische Ergebenheit abzunötigen, bildeten den Kern ihres Wesens. Wenn beides nicht mehr wirkte, war sie verloren. Schwester Julia dachte daran, wie Mario Vamos sie als Jugendlicher immer beobachtet hatte. Zweifellos sah er auch andere Frauen so an. Es klang nicht so, als ob er sich sehr verändert hätte.

Matilde betrachtete ihre langen, rot lackierten Fingernägel. Sie waren perfekt maniküre. »Vielleicht solltest du dankbar sein, dass er nichts mehr von dir will«, sagte sie zu Paloma.

Du meine Güte. Schwester Julia versuchte zu verbergen, dass sie schockiert war. War es tatsächlich schon so lange her, dass sie solche Reden gehört hatte? Offensichtlich ja. Die Welt, in der sie lebte, war so verschieden von der ihrer Schwestern, dass es ihr fast vorkam, als sprächen sie unterschiedliche Sprachen.

»Matilde ...«, tadelte ihre Mutter sie sanft.

»Warum sollte ich es nicht sagen? Miguel ist abstoßend!« Matilde erschauerte. »Du weißt es. Jeder Narr kann es sehen. Mein Leben besteht nur aus Regeln. Was ich sagen soll, wie ich mich benehmen muss, wann wir zu Abend essen oder einen Spaziergang machen. Ihr habt ja keine Ahnung, wie das ist. Und im Schlafzimmer, ihr ahnt ja nicht, was ich tun muss ...«

Schwester Julia errötete. Sie hoffte, dass Matilde nicht weitersprechen würde, sonst musste sie die Frauen zum Gehen auffordern. Solche Reden durften in Gottes Haus nicht geführt werden.

»Pssst«, sagte ihre Mutter. »Wir haben alle Opfer gebracht. So ist die Welt, in der wir leben.«

Allerdings, dachte Schwester Julia. So war die Welt, in der sie lebten.

»Aber sieh dich an, Julia«, sagte Paloma.

Und alle drei schauten sie an. Was sie wohl sahen? Es war unmöglich, das zu beurteilen. Aber wenigstens war sie für ihre eigene Familie nicht unsichtbar. Sie schienen nicht von ihr zu erwarten, dass sie viel sagte, aber sie sprachen zumindest mit ihr. Und immerhin hatten sie sie im Lauf der Jahre gelegentlich besucht.

»*Sí, sí* ...« Matilde nickte zustimmend. »Du hast eine Aufgabe in der Gesellschaft, die so viel wichtiger ist, als einen Mann zu versorgen und Kinder in die Welt zu setzen.«

Tatsächlich? Schwester Julia dachte darüber nach. Sie dachte an die Frauen in der Klinik und das Leben, das sie führten. Ja, vielleicht war ihre Aufgabe wichtiger, als es ihr manchmal vorkam.

»Du kannst leicht sagen, dass es nicht wichtig ist, Kinder zu bekommen«, gab Paloma zurück. »Du bist schließlich nicht mit einem Mann verheiratet, für den es nur darauf ankommt.«

Matilde zuckte die Achseln. Sie stand auf, ging zu dem Bogenfenster und sah auf den Hof. »Wer möchte denn auch Kinder in diese Welt setzen, in eine Welt aus Krieg, Armut und Kummer?«, fragte sie. Ihre Stimme klang fast ausdruckslos, und ihr Blick war nicht zu deuten. Schwester Julia empfand großes Mitgefühl.

Sie dachte wieder an die Frauen in der Klinik. Merkwürdig, dass sie mit ihrer Familie über dieses Thema sprach, das ihr so am Herzen lag. Und die Antwort auf Matildes Frage? Die Antwort lautete, dass viele Frauen trotzdem Kinder in die Welt setzen wollten, ganz gleich, wie diese Welt aussah. Dieses Bedürfnis kam tief aus ihrem Inneren.

Ihre Mutter nickte betrübt. »Ich fürchte, du hast recht, Tochter.«

Erneut sahen alle drei Schwester Julia an. War sie diejenige, die Glück gehabt hatte? Es stimmte, dass der Eintritt ins Kloster ihr Sicherheit geschenkt hatte. In mancherlei Hinsicht war es eine Erleichterung gewesen, sich in eine Welt fernab von den Gräueln zurückzuziehen, die sie als Mädchen während des Spanischen Bürgerkriegs erlebt hatte. Sie hatte eine Zuflucht gefunden, und ihr fehlte es an nichts. Wenn Schwester Julia nicht arbeitete oder betete, konnte sie weiter Englisch und Geschichte studieren und lesen. In ihrem gefestigten Glauben hatte sie ein wenig Trost gefunden. Und was ihre Arbeit in der Klinik anging … Sie war anspruchsvoll und schwierig, körperlich wie emotional, aber sie gab ihrem Leben einen Sinn.

»Bist du mit deinem Leben zufrieden, mein Kind?«, fragte ihre Mutter, wie sie es vor Jahren schon einmal getan hatte.

Schwester Julia sah, dass ihre Mutter traurig war. Ganz ähnlich wie viele der *madres solteras,* die ihre Kinder weggaben in der Hoffnung, dass sie ein besseres Leben führen würden als das, das ihre eigene Mutter ihnen bieten konnte, hatte auch sie ihre Tochter einer anderen Welt überantwortet.

Wie konnte Julia die Glückliche unter den Schwestern sein? Wie sollte sie zufrieden sein? Sie hatte ihre Familie verloren und nie die Chance gehabt, ein normales Leben als Frau zu führen. Doch Schwester Julia sprach es nicht aus. Sie wollte ihre Mutter, die so viel geopfert hatte, nicht verletzen. Diesen Verlust konnte sie nicht rückgängig machen, aber sie konnte ihrer Mutter die Last des schlechten Gewissens nehmen. »Ich bin zufrieden, Mutter«, sagte sie also.

Wenigstens hatte sie durch ihre Arbeit die Freiheit, durch die Straßen von Barcelona zu laufen, dachte Schwester Julia auf dem Weg zur Canales-Klinik. Es war möglicherweise eine größere Freiheit, als ihre beiden verheirateten Schwestern sie genossen. Gehen, beobachten und nachdenken – vielleicht sogar mehr, als sie sollte. War sie eine Rebellin? Sie lächelte in sich hinein. Vielleicht, auf ihre eigene, bescheidene Art.

Unterwegs kam sie an prachtvollen Häusern vorbei, aber auch an Pensionen, deren Ruf zweifellos wechselhaft war. Sie sah die Hauswirtinnen, die draußen mit ihren Nachbarn plauderten oder ihre Fenster putzten, und fragte sich, wie die

Zimmer aussehen würden. Feucht und schmierig? Mit einer nackten Glühbirne, die in einem kahlen Flur hing? Gesprungene Bodenfliesen, Fenstersimse mit einer dicken Schmutzschicht? Fadenscheinige Bettwäsche und alte, holzwurmzerfressene Möbel? Sie konnte es sich gut vorstellen ... Vielleicht hatten Matilde und Paloma doch recht. Vielleicht war Julia diejenige, die Glück gehabt hatte.

Gestern hatte sie die Klinik früh verlassen, weil es dort derzeit sehr ruhig war, und irgendetwas hatte sie dazu bewogen, den Friedhof am Montjuïc zu besuchen. Sie erinnerte sich noch an die Geschichten ihres Vaters über die Männer, die dort eingekerkert und sogar hingerichtet worden waren. Am Paseo de Colón nahm sie den Bus, eine Linie, die den Montjuïc umrundete und dann die Straße zum östlichen Friedhofstor hinauffuhr. *Lieber Gott im Himmel!* Sogar von hier aus konnte sie die Gräberreihen erkennen, breite und schmale Wege mit Grabsteinen und Mausoleen. Die Grabsteine setzten sich bis auf die Hügelkuppe fort. Es sah aus, als wären es Abertausende von Gräbern. Der Hauptweg des Friedhofs war von einem Regiment Zypressen bestanden, die schweigend über die Toten wachten. Es war ein kalter, leerer Ort, an dem die Echos des vergangenen Grauens noch widerzuhallen schienen.

Als Schwester Julia am nächsten Morgen in die Klinik ging, war ihr Herz schwer.

An diesem Tag war Dr. López' Wartezimmer voll mit Frauen, die einen Termin bei ihm hatten. Schwester Julia assistierte oft bei den Untersuchungen, oder sie blieb einfach für den Fall, dass sie während der Sprechstunde gebraucht wurde, denn sehr oft waren diese Frauen emotional sehr aufgewühlt. Der Arzt agierte immer professionell. Aber Sensibilität und Mitgefühl waren bei Männern nur selten zu finden, und das galt umso mehr für einen Mann, der so beschäftigt war wie Dr. López. Auch hier hatte Schwester Julia das Gefühl, einen wertvollen Beitrag zu leisten.

Manchmal jedoch war ihre Anwesenheit nicht erforderlich, und der Arzt bedeutete ihr dies mit einer Handbewegung oder entließ sie mit einem knappen Wort. Schwester Julia hatte keine Ahnung, warum ihre Anwesenheit bei der Untersuchung mancher Frauen nicht vonnöten war. Doch sie pflegte diese Frauen bei späteren Terminen zu beobachten und achtete auf die Veränderungen an ihrem Körper, während ihre Schwangerschaft fortschritt. Und wieder stellte sie sich Fragen.

An diesem Nachmittag führte sie eine Frau hinein, die zwar einen weit geschnittenen Mantel trug, aber sonst keinerlei sichtbare Zeichen einer Schwangerschaft aufwies. Dieses Mal bat die Patientin darum, allein mit dem Arzt bleiben zu dürfen.

Dr. López zog eine seiner dichten, dunklen Augenbrauen hoch und bedeutete Schwester Julia mit einem Nicken, sie allein zu lassen. Sie gehorchte und wartete draußen im Flur für den Fall, dass man sie doch brauchen würde.

Stattdessen stürzte die Frau einige Minuten später plötzlich aus dem Sprechzimmer des Arztes und eilte auf sie zu.

»Geht es Ihnen gut, *señora*?«, fragte Schwester Julia. Schwangere brauchten besondere Fürsorge, und die Frau benahm sich ziemlich merkwürdig.

»*Sí, sí* …« Die Frau ging zum Ausgang.

»Bitte warten Sie einen Moment.« Schwester Julia konnte nicht zulassen, dass sie aus der Klinik rannte, bevor sie sich gefasst und beruhigt hatte. Ihr Gesicht war rot vor Zorn.

Die Frau fuhr herum. »Mir geht es gut, Schwester«, schnaubte sie.

Was war in Dr. López' Sprechzimmer vorgefallen? Schwester Julia nahm den Arm der Frau. »Bitte, möchten Sie sich nicht ein wenig ausruhen?«, fragte sie. »Kann ich Ihnen vielleicht ein Glas Wasser holen?« Sie behielt das Sprechzimmer im Auge, aber der Arzt schien sie im Moment nicht zu brauchen. Vielleicht machte er sich ja Notizen oder schrieb an einem Bericht.

Die Frau schüttelte den Kopf. Sie war völlig außer sich. »Es ist empörend, Schwester«, sagte sie. »Empörend.«

Schwester Julia wusste, dass sie das nicht tun sollte, aber sie wollte mehr hören. Daher führte sie die Frau in den ruhigen Raum gegenüber dem Wartezimmer. Er war den Frauen vorbehalten, die die Fassung verloren und ein paar Minuten allein sein mussten. Sie holte ihr ein Glas Wasser und setzte sich kurz zu ihr, bis Dr. López sie zu seinem nächsten Termin rufen würde.

»Kinder sollten bei ihren Müttern sein«, sagte die Frau. »Das ist ein Verbrechen gegen die bürgerliche Freiheit.«

In Schwester Julias Kopf schrillten Alarmglocken. Sie stand auf. Was sollte sie tun? Sie wollte mehr hören, aber sie wagte nicht zu fragen.

Doch die Frau sprach gar nicht von der Klinik. »Man reißt die Kinder aus ihren Familien«, erklärte sie. »Sie können sich nicht wehren. Wie können sie nur?«

»Das kann doch nicht sein«, beruhigte Schwester Julia sie, denn die Frau kam ihr ein wenig verwirrt vor. »Warum sollte jemand Kinder aus ihren Familien holen? Von wem reden sie?«

»Von denen, die im Verdacht stehen, Rote zu sein. So ist

das heute. Es ist meiner eigenen Schwester passiert.« Die Frau zog ein Taschentuch aus der Handtasche und wischte sich die Augen. »Wenn die Eltern verdächtig sind, will man es wohl nicht darauf ankommen lassen, was sie ihre Kinder lehren könnten. Und Gehirnwäsche ist äußerst wirksam, verstehen Sie, Schwester.«

Schwester Julia bekreuzigte sich. »Aber ist so etwas möglich?« Sie wusste, dass sie sich nicht mit der Frau unterhalten sollte, und sie hoffte, dass Dr. López nicht aus seinem Sprechzimmer kommen und sie bei einem Gespräch ertappen würde. Aber andererseits erinnerte sie sich an die Worte ihres Vaters, damals, in den ersten Wochen nach dem Ende des Bürgerkriegs. Er hatte von dem gesprochen, was sie verloren hatten, und darüber, wie es jetzt war. Was war nur los mit ihrem Land? Was sollte aus ihnen allen werden?

»Und wohin werden die Kinder gebracht?«, flüsterte sie.

»Sie schicken sie in Waisenhäuser oder religiöse Einrichtungen, die von der Falange oder der Kirche geleitet wurden. Was macht das für einen Unterschied?« Sie nannte zwei dieser Anstalten, beide waren in Katalonien. »Sie werden zu Tausenden geholt, um mit nationalistischem Gedankengut indoktriniert zu werden«, sagte die Frau. »Manche werden sogar adoptiert – gegen den Willen ihrer Mütter.«

Adoptiert? Schwester Julia war schockiert. Kinder, deren Eltern noch lebten und immer für sie gesorgt hatten? Und die Kinder wurden ihnen zwangsweise entzogen und adoptiert? Und doch: War das so anders als das, was sie in der Klinik taten? Doch, das war es. Denn die Mütter in der Klinik wollten ihre Babys zur Adoption freigeben. Es war ihre Entscheidung. Viele waren arm und dazu noch unverheiratet. Sie wollten die Kinder nicht großziehen; sie hatten weder den

Wunsch noch die Mittel dazu. Und wenn Dr. López Druck auf sie ausübte, dann nur, damit sie das Richtige taten. Das war etwas vollkommen anderes.

Trotzdem ... Warum war die Frau hergekommen? »Sie müssen gehen«, sagte sie zu ihr und komplimentierte sie nach draußen. Sie hörte, wie Dr. López in seinem Büro mit jemandem sprach. Gott sei Dank hatte er nichts von all dem mitbekommen.

Hier in der Klinik ging es nicht um Politik. Dr. López war kein politisch denkender Mann. Er war nur daran interessiert, Menschen zu helfen und das durchzusetzen, was er als Gottes Willen betrachtete. Seine Methoden mochten manchmal zweifelhaft sein, doch seine Beweggründe waren sicher lauter. Dennoch dachte Schwester Julia darüber nach, was die Frau ihr erzählt hatte. Wurden auch diese Kindesentführungen im Namen Gottes durchgeführt?

Einige Stunden später kam es auf der Geburtsstation zu einem kleinen Notfall, und Schwester Julia musste Dr. López holen, der ohnehin hätte anwesend sein sollen. Es stand Schwester Julia nicht zu, darüber zu urteilen, aber die Frau hatte offensichtlich Probleme und große Schmerzen. Das Baby lag falsch herum. Die Hebamme tat ihr Bestes, aber es lag noch eine weitere Frau in den Wehen. Der Doktor wurde hier dringend gebraucht.

Schwester Julia war so aufgeregt, dass sie in sein Sprechzimmer stürzte, ohne anzuklopfen. Es war das erste Mal überhaupt, dass sie das tat.

Sie blieb wie angewurzelt stehen. Was war denn da los?

Eine Frau stand neben der schmalen Liege, auf der der Arzt sonst seine Untersuchungen durchführte. Dabei war gar keine Sprechzeit, und es war keine Schwester anwesend.

Schwester Julia erkannte die Frau jedoch als Stammpatientin. Sie gehörte zu den Frauen, die seit einigen Monaten regelmäßig in die Klinik kamen. Sie war eine der Frauen, bei deren Untersuchung Schwester Julia nie selbst dabei gewesen war. Und nun sah sie auch, warum, obwohl sie ihren Augen kaum traute.

»Schwester Julia!«, donnerte Dr. López. »Was in Gottes Namen fällt Ihnen ein? Sie kennen doch die Regeln, und dazu gehört, dass Sie klopfen, bevor Sie hereinkommen, und dass Sie warten, bis ich Sie zum Eintreten auffordere.«

Rasch trat die Frau hinter einen Wandschirm, aber Schwester Julia hatte noch gesehen, was der Arzt tat. Er war dabei gewesen, eine Art Polster an ihrer Unterwäsche zu befestigen. Zumindest hatte es so ausgesehen. Aber warum? Schwester Julia war verwirrt.

»Es tut mir leid, Doktor«, sagte sie und sah auf die braunen Bodenfliesen hinunter. »Aber Sie werden dringend auf der Station gebraucht.«

Er schnalzte missbilligend mit der Zunge. »Trotzdem …«, brummte er. »Das geht trotzdem nicht.«

»Machen Sie sich keine Sorgen«, sagte er sanft zu der Frau. »Ich bin bald zurück.« Dann marschierte er aus dem Sprechzimmer und zog Schwester Julia mit.

Sie wusste nicht, was sie davon halten sollte. War die *señora* etwa gar nicht schwanger? Und wenn nicht: Warum versuchte sie dann, so auszusehen?

»Vertrauen Sie mir, Schwester Julia?«, fragte Dr. López auf dem Weg zum Kreißsaal. »Vertrauen Sie mir in jeder Hinsicht?«

Schwester Julia sah ihm in die Augen. Er erinnerte sie an einen Raubvogel. »Natürlich, Dr. López«, sagte sie. War das eine Lüge? Ganz sicher war sie sich nicht. Sie hatte versucht, nicht an ihm zu zweifeln. Im Lauf der Jahre hatte sie sich so sehr darum bemüht. Sie wusste, dass er nur das Beste wollte. Deswegen blieb sie auch an der Klinik. Deswegen, und weil sie ihre Arbeit fortführen und die Frauen unterstützen wollte. Sie sprach ein lautloses Gebet. *Möge Gott mir vergeben*.

Er nahm ihre Hand und tätschelte sie. Doch seine Finger waren nicht warm, wie sie erwartet hätte, sondern kühl und glatt wie Marmor. »Sie sind ein braves Mädchen«, sagte er. »Ich wusste, dass Sie mich verstehen würden.«

Schwester Julia sah die Frau noch ein paar Mal, wenn sie in die Klinik kam. Doch sie betreute sie nicht und wurde nicht zu ihren Untersuchungen hinzugebeten.

»Die *señora* ist eine persönliche Freundin«, erklärte ihr Dr. López nach einem solchen Besuch. »Mehr kann ich Ihnen nicht verraten. Doch seien Sie versichert, dass sie ein guter Mensch ist. Sie hat schon oft bedürftige Kinder für kurze Zeit in Pflege genommen, um ihrem Geistlichen einen Gefallen zu tun. Sie tut es sehr oft sogar ohne materielle Entschädigung.« Er zog sich hinter seinen Schreibtisch zurück und ergriff mit beiden Händen sein Kruzifix. »Sie wird ihren Lohn im Himmel erhalten«, murmelte er. »Vielleicht sogar schon auf Erden.«

»So ist es, Doktor«, sagte Schwester Julia. Sie war froh darüber, dass die *señora* ein guter Mensch war. Aber ansonsten ging sie die Sache nichts an. Ihre Sache war es, zu tun, was sie konnte, um sowohl den Frauen als auch den Kindern zu helfen. Dies, so hoffte sie, war wahrhaft Gottes Werk.

Als es Zeit für die angebliche Entbindung der *señora* war, kam sie in die Klinik, wurde aber nicht auf der Station aufgenommen, sondern bezog ein Einzelzimmer. Schwester Julia wurde nicht gebeten, ihr zur Seite zu stehen. Der Einzige, der sich um sie kümmerte, war Dr. López.

Als Schwester Julia am nächsten Morgen in der Klinik eintraf, hörte sie, dass es einen weiteren Todesfall gegeben hatte. *Herrje.* So viele Kinder starben. Was hatte das zu bedeuten? Sie mochte es sich gar nicht vorstellen. Sie konnte nur vermuten, dass sich die Situation in ihrem geliebten Heimatland immer weiter verschlechterte, dass Unterernährung und Krankheiten um sich griffen und die Säuglingssterblichkeit stieg.

Auch Dr. López bereitete das Sorgen. In letzter Zeit hatte er häufiger angeordnet, Frauen vor der Geburt mit Medikamenten ruhigzustellen, besonders solche, die zu Hysterie neigten oder überspannt wirkten. »Das wird den Vorgang sehr erleichtern«, meinte er. Die Frage war nur, für wen.

Als Schwester Julia an ihr Bett trat, schluchzte die Frau, die das Kind geboren hatte, immer noch. Sie hatte gerade erst erfahren, dass ihr Sohn tot zur Welt gekommen war.

»Wir haben versucht, ihn wiederzubeleben, doch es sollte nicht sein«, flüsterte der Arzt Schwester Julia zu.

Er wandte sich der Frau zu, die sich an seinen Kittel klammerte, als habe er die Macht, ihr Kind von den Toten zurückzuholen. »Bitte, bitte …«, flehte sie. Sie sprach undeutlich und schien kaum wahrzunehmen, was um sie herum vorging.

Schwester Julia konnte es kaum mitansehen. Sie strich der Frau übers Haar und versuchte, sie zu trösten. Dieser Pflicht musste sie in letzter Zeit allzu oft nachkommen, und das ängstigte sie.

»Gott hat ihn erwählt.« Die Stimme des Arztes bebte vor Rührung. »Er hat ihn erwählt, und Er hat ihn zu sich in den Himmel genommen.«

»Aber was soll ich tun?«, schrie die Frau. »Was soll ich jetzt machen?«

»Machen Sie sich keine Gedanken, meine Liebe«, sagte der Arzt. »Wir werden uns um alles kümmern. Sie brauchen sich um nichts Sorgen zu machen.«

Sie brauchte sich keine Sorgen zu machen? Dr. López tat sicher sein Bestes, aber er hätte auch ein wenig taktvoller vorgehen können. Die arme Frau hatte gerade ihr Kind verloren.

»Wir richten sogar die Bestattung aus und übernehmen auch die Kosten dafür«, erklärte er. »Sie müssen sich darauf konzentrieren, wieder zu Kräften zu kommen.«

Schwester Julia seufzte. Sie wusste, dass der Arzt es gern hatte, wenn alles rasch und ohne übertriebenes Aufheben erledigt wurde. Seiner Meinung nach war es so am besten für alle, die damit zu tun hatten. Er riet den Müttern sogar, nicht zur Bestattung ihres eigenen Kindes zu gehen. Die meisten Mütter wagten es nicht, Einwände dagegen zu erheben. Das war wenig erstaunlich, schließlich war er Arzt und, wie die ehrwürdige Mutter Schwester auch Julia schon einmal ins Gedächtnis gerufen hatte, eine Stütze der Gesellschaft.

»Danke, Doktor«, sagte die Frau und sank dann ermattet in die Kissen. Schwester Julia war sicher, dass sie Beruhigungsmittel bekommen hatte. Natürlich war sie dankbar. Wie hätten diese Frauen, die so wenig hatten, sich auch die Kosten einer Beerdigung leisten können?

Nachdem die Frau eingeschlafen war, verließ Schwester Julia die Station. Sie kam an dem Einzelzimmer vorbei, das für die *señora* reserviert gewesen war, die Freundin von Dr.

López. Die Tür stand offen, und der Raum war leer. Sie war bereits entlassen worden.

Was sollte sie machen? Gab es nichts, was sie tun konnte? Gab es denn niemandem, dem sie davon erzählen konnte? Schwester Julia dachte lange und eingehend darüber nach, und als sie an diesem Abend in die heitere Ruhe von Santa Ana zurückkehrte, betete sie zu Gott, er möge sie leiten.

Sie hatte versucht, mit der ehrwürdigen Mutter zu sprechen, und sie hatte versucht, mit dem Arzt zu reden. Wohin konnte sie sich noch wenden? Wer würde ihr zuhören? Es sah aus, als könne sie nur eines tun. Schwester Julia hielt es in ihrem Notizbuch fest. Sie schrieb jeden Namen nieder und begann langsam zu begreifen.

22. Kapitel

Ruby nahm die Abkürzung, einen Fußweg, der zu einer Reihe von Steinhäusern mit langen, schmalen Gärten führte. Pridehaven war einmal eine Seilerstadt gewesen, und damals hatten die Gärten einen Zweck erfüllt. Sie versuchte, dem bevorstehenden Abend ein wenig begeisterter entgegenzusehen. Es war nur ein Abendessen bei Freunden, doch sie fühlte sich ein wenig angeschlagen. Wahrscheinlich stand sie nach dem, was Frances ihr erzählt hatte, noch immer unter Schock.

Als sie die alte Kirche erreichte, blieb sie stehen und zog die Fotos aus der Handtasche. Sie trug sie mittlerweile immer mit sich herum, denn sie hatte immer wieder das Bedürfnis, sie anzusehen. *Mutter und Kind* ... Laura hielt sie im Arm. Aber hielt sie sie auch voller Liebe? Hatte Laura sie geliebt? Und wenn ja: Warum hatte sie Ruby weggegeben?

»Tut es dir leid, dass du nach alldem gefragt hast?«, hatte Frances gefragt, als sie am Ende ihrer Geschichte angelangt war, und sie über den Rand ihrer Kaffeetasse hinweg besorgt angesehen. »Würdest du die Uhr gerne zurückdrehen? Wäre es dir lieber, du hättest nichts davon erfahren?«

Tat es ihr leid? In der frühen Abendsonne leuchtete die Kirchenmauer in einem dunklen Gold. Ruby berührte den Stein. Er war so porös wie ein Gebäckstück und fühlte sich an, als würde er zerkrümeln, wenn man ihn in ein Gewitter tauchte. Und doch stand das Gebäude seit Jahrhunderten hier, was irgendwie beruhigend war.

Nein, entschied sie, obwohl ihre Gefühle widersprüchlich waren. Sie verstand, dass sich ihre Eltern so entschieden hatten, um sie zu schützen. Das hatten sie immer getan, sie beschützt. Trotzdem konnte sie kaum glauben, dass ihre gesetzestreuen Eltern bei der Registrierung ihrer Geburt tatsächlich falsche Angaben gemacht hatten, dass sie wirklich behauptet hatten, ihre leiblichen Eltern zu sein. Sie seufzte. Und sie konnte ihnen noch immer nicht verzeihen, dass sie sie in einer so wichtigen Angelegenheit getäuscht hatten.

Ruby ging weiter. Und ja, sie war wütend, weil sie die Wahrheit nicht früher erfahren hatte. Sie war umso wütender, als sie nicht wusste, wohin sie mit ihren Emotionen sollte, weil sie mit keinem Elternteil darüber streiten konnte. Die Menschen, an die sie am festesten geglaubt hatte, hatten sie hinters Licht geführt.

»Ich musste es wissen«, hatte sie zu Frances gesagt.

»Und was hast du jetzt vor?«

»Nun ja ...« Wie Frances richtig erkannt hatte, war dies für Ruby noch nicht das Ende der Geschichte. »Ich werde versuchen, Laura zu finden«, erklärte sie. Sie wollte es nicht nur aus Neugierde tun oder um Lauras Version der Geschichte zu hören. Dieses Gefühl ging tiefer. Ruby mochte Angst davor haben, aber sie konnte nicht davor weglaufen. Während Frances ihr die Geschichte erzählt hatte, war in Ruby der Entschluss gewachsen, dass sie ihre leibliche Mutter treffen wollte. Und sie wollte auch herausfinden, wer ihr leiblicher Vater war. Sie war nicht die, für die sie sich immer gehalten hatte. Aber wer war sie? Sie musste es herausfinden.

»Ich dachte mir, dass du das sagen würdest.« Frances wirkte besorgt. »Aber es wird nicht einfach werden.«

»Ich weiß.« Ruby wusste nicht einmal, wo sie anfangen

sollte. Alles, was sie hatte, waren ein paar Fotos und die wenigen Informationen, die sie von Frances hatte. Falls Laura sich nicht unerwartet zu einem ehrbaren Mitglied der Mehrheitsgesellschaft gewandelt hatte, was unwahrscheinlich war, würde es schwer, ja vielleicht sogar unmöglich werden, sie aufzuspüren.

»Und wenn du sie wirklich findest ...«

»... will sie vielleicht gar nichts von mir wissen.« Ruby rührte in ihrem Kaffee. »Auch das ist mir bewusst.« Wenn sie keine hohen Erwartungen hatte, konnte sie nicht allzu sehr enttäuscht werden. Doch sie musste wenigstens den Versuch machen, herauszufinden, was aus Laura geworden war.

Frances hatte ihren Kaffee ausgetrunken und winkte nach der Rechnung. »Lass mich wissen, wie du weiterkommst, Ruby«, hatte sie gebeten.

»Das mache ich.«

»Ich wünsche dir viel Glück!«

»Danke.« Ruby griff nach ihrer Geldbörse, aber davon wollte Frances nichts wissen.

»Du bist eingeladen«, erklärte sie. »Nächstes Mal treffen wir uns hoffentlich unter glücklicheren Umständen.«

Ruby lächelte, obwohl sie nicht einmal wusste, ob sie Frances tatsächlich je wiedersehen würde. Frances wohnte nicht mehr hier, und Ruby ... Nun ja, sie hatte sich noch nicht entschieden. Sie hatte gedacht, sie müsse nach Dorset zurückkehren. Aber jetzt, nachdem diese Bombe geplatzt war, war sie nicht mehr so überzeugt davon. Sie wusste nicht mehr, wohin sie gehörte.

»Und es tut mir so leid«, fügte Frances hinzu. »Alles. Der Unfall. Dein Vater. Deine Mutter. Es tut mir so furchtbar leid wegen deiner Mutter.«

Ruby nickte. »Danke, Frances«, sagte sie. Aber welche Mutter meinte sie?

Ruby näherte sich dem Cottage am Flussufer, in dem ihre Gastgeber wohnten. Sie waren keine alten Freunde; sie hatte sie nicht lange vor ihrem Umzug nach London kennengelernt, und die Einladung war ein wenig unerwartet gekommen. Sie war sich nicht sicher gewesen, was sie anziehen sollte, und hatte sich schließlich für einen smaragdgrünen Rock, eine rote, eng anliegende Tunika mit winzigen Knöpfen und schwarze Schuhe entschieden. Das war nicht unbedingt ein zwangloses Outfit. Hatte sie sich zu sehr aufgedonnert? War es zu bunt? Sah sie wie ein Papagei aus? Aber Mel hatte sie gedrängt, öfter auszugehen, und sie hatte recht. Ein Essen bei Freunden gehörte zu einem normalen Leben – was immer das sein sollte. Solange sie beim Dessert nicht in Tränen ausbrach, würde es ihnen egal sein, was sie anhatte.

Als Ruby die alte Brücke überquerte und sich an dem feuchten, moosbewachsenen Holzgeländer festhielt, um in den Fluss hinunter zu sehen, spürte sie eine leichte Brise, die ihr übers Gesicht strich. Der Wasserstand war hoch und die Strömung reißend, aber das Wasser war klar. Sie konnte die Wasserpflanzen und Steine auf dem felsigen Boden sehen. Sie bückte sich, hob einen Zweig auf, warf ihn ins Wasser und drehte sich schnell auf die andere Seite, um zu sehen, wie er davonschwamm – die Macht der Gewohnheit. Viele Menschen fürchteten sich davor, Zeit allein zu verbringen. Wenn andere um einen waren, musste man sich selbst nicht so nahekommen. Viele zogen das vor. Doch für Ruby galt das nicht. Wahrscheinlich lernte sie sich selbst gerade erst richtig kennen.

Nach ihrem Treffen mit Frances hatte sie Mel angerufen, um ihr zu erzählen, was passiert war. »Dann hattest du also recht«, hatte Mel gesagt.

»Sieht so aus.« Trotzdem hatte sie bis zur letzten Minute geglaubt, es würde eine vernünftige Erklärung geben, die ihr nur vorher nicht eingefallen war. Sie hatte geglaubt, dass Frances alles klarstellen würde. *Dass sie dafür sorgen würde, dass alles wieder in Ordnung kam.*

»Und wie fühlst du dich?«

»Wie betäubt. Erleichtert, weil ich nun die Wahrheit kenne. Wütend. Traurig. Verloren. Unvollständig.« Ruby seufzte.

»Das sind eine ganze Menge Gefühle«, meinte Mel.

Das stimmte. Und Ruby wusste nicht recht, wie sie all diese Gefühle bewältigen sollte.

Sie ging den Weg hinunter, der zu dem Cottage am Fluss führte, und klingelte. Vor der Tür standen Kübel mit Sommerblumen – rote und weiße Geranien und dicke rote Mohnblumen –, und die Veranda war von blassrosa Wildrosen überwuchert, die sich hemmungslos ausgebreitet hatten.

Tina öffnete die Tür. »Ruby! Toll, dich zu sehen.« Sie machte eine einladende Geste. »Komm rein. Wie geht's dir?«

»Gut, danke. Und dir?« Ruby überreichte ihr die Weinflasche. Sie kannte Tina, seit damals, als die Band regelmäßig im Jazz-Café gespielt hatte.

»Wir haben noch einen Freund eingeladen«, sagte Tina. »Ich hoffe, das ist okay.«

Ruby wurde flau im Magen. Ach, herrje, ein Mann, war ja klar.

Ehe sie wusste, wie ihr geschah, stand sie im Wohnzimmer. Gez umarmte sie kurz und reichte ihr einen Drink. Zuerst vermied sie es, den anderen Gast anzusehen. Dann sah sie kurz hin und zuckte sofort zusammen.

»Oh Gott«, sagte sie, ohne nachzudenken.

»Hallo.« Es war der Mann von der Auktion. Der potenzielle Stalker. »Es ist, ähem … nett, Sie wiederzusehen, Ruby.«

Gez und Tina wechselten einen fragenden Blick. »Das ist Andrés Marín«, sagte Tina. »Oder weißt du das auch schon?«

Okay, Ruby würde nie wieder eine Einladung zum Abendessen annehmen. Er musste das gedreht haben. Sie hatte es nicht ernst gemeint, als sie ihn als Stalker bezeichnet hatte, aber es sah aus, als hätte sie recht gehabt. Allerdings wirkte er genauso überrascht wie sie. Außerdem: Was blieb ihr übrig? Einfach zu gehen, wäre viel zu unhöflich gewesen.

»Hallo, Andrés«, sagte sie. *Mist …*

»Also …« Erwartungsvoll sah Tina von Ruby zu Andrés. »Wo habt ihr beide euch kennengelernt? Im Jazz-Café?« Sie runzelte die Stirn, als versuche sie, sich zu erinnern, wann das gewesen sein könnte.

Ruby nahm eine grüne Olive aus der Schale, die Gez ihr anbot. Sie schmeckte überraschend scharf; vielleicht war sie mit Sardelle gefüllt. Sie war sauer auf Tina. Sie hätte ihr sagen sollen, dass sie sie verkuppeln wollte. Aber andererseits wäre Ruby dann wahrscheinlich nicht gekommen.

»Ich habe Ruby einmal abends spielen gesehen«, antwortete Andrés an Tina gerichtet, sah aber Ruby an. »Und es hat mir gefallen – sehr.«

Tina sah aus, als wolle sie noch etwas dazu sagen, entschied sich aber dagegen.

»Danke.« Ruby nickte knapp. Mit Schmeichelei würde er bei ihr gar nichts erreichen.

»Sie ist toll, was?« Gez lächelte voller Zuneigung und bot die Olivenschale dann den anderen an. Er beugte sich vor, um Ruby nachzuschenken, obwohl sie ihren Wein kaum angerührt hatte. »Pech für London, Glück für uns.«

Ruby war peinlich berührt. »Eigentlich habe ich in London kaum gespielt.«

»Sind Sie wieder hierhergezogen?« Seine Augen waren grün, aber sein Haar war sehr dunkel, fast schwarz.

Sie nickte, aber sie war immer noch misstrauisch. Sie wollte nicht weiter darauf eingehen, was sie zur Rückkehr bewogen hatte. Den Tod ihrer Eltern, das Bedürfnis nach einem Neuanfang, das waren keine Themen für eine Dinnerparty, und den Kerl von der Auktion ging das alles erst recht nichts an. Aber sie sah, dass er verwirrt war, wegen des Cottages und auch sonst.

Tina stand auf. »Also, wo habt ihr euch denn jetzt kennengelernt?«, hakte sie hartnäckig nach.

Er warf Ruby einen Blick zu, und sie stellte fest, dass sie ein verhaltenes Lächeln mit ihm austauschte. So, so. Sie verblüffte sich selbst. »Bei einer Auktion«, erklärte sie. »Er hat versucht, mir mein Cottage wegzuschnappen.«

Beim ersten Gang, der aus Parmaschinken, gehobeltem Parmesan und sonnengetrockneten Tomaten bestand, erzählten sie den anderen die Geschichte. Wenn der eine sich unterbrach, nahm der andere den Faden wieder auf. Sie saßen einander gegenüber, sodass es leicht zu merken war, worauf der andere hinauswollte. Das Gespräch gewann an Schwung; sie schienen auf einer ähnlichen Wellenlänge zu sein. Das war albern, oder? Sie kannte ihn doch kaum. Doch am Ende der Geschichte – und bezeichnenderweise nach einem weiteren Glas Sauvignon blanc – lachten alle.

»Eine eigentümliche Art, sich kennenzulernen«, sagte Andrés. »Ich hätte Ihnen wahrscheinlich nicht einfach nachlaufen und sie draußen ansprechen sollen.« Er war sehr förmlich. War er Spanier, Italiener? Ruby war sich nicht sicher. Als sie ihre Plätze an Tinas und Gez' Holztisch eingenommen hatten, war ihr aufgefallen, dass er ziemlich groß und, wie sie zugeben musste, recht attraktiv war.

»Warum haben Sie es dann getan?«, fragte Ruby.

Tina begann, die Teller abzuräumen. »Ruby muss dich für einen Spinner gehalten haben«, bemerkte sie. »Sie hatte schließlich keinen Schimmer, wer du warst.«

»Schimmer?« Andrés runzelte die Stirn.

»Nur ein Ausdruck«, sagte Ruby. Ihr tat es leid, dass sie so unfreundlich zu ihm gewesen war.

Tina zog eine Augenbraue hoch. »Genau«, sagte sie.

»Ich wollte nicht gehen, ohne mit Ihnen gesprochen zu haben«, erklärte Andrés. »Ich hatte Sie wie gesagt schon einmal im Jazz-Café gesehen. Ich hatte das Gefühl …« Er unterbrach sich, und Ruby wartete. »Sie zu kennen.«

Ruby drehte ihr Weinglas in den Händen. Sie wusste nicht recht, was sie darauf sagen sollte, und Tina und Gez waren in die Küche verschwunden. »Und was haben Sie jetzt vor?«, fragte sie.

»Vorhaben?« Er setzte sein Glas an die Lippen.

»Sich ein anderes Cottage suchen?«

Er zuckte die Achseln. »Das kann warten. Häuser werden immer wieder angeboten. Aber was ist mit Ihnen, Ruby? Hatten Sie vor, dort einzuziehen?«

Sie dachte an die Aussicht. »Oh ja.«

»Und Sie wollten die ganze notwendige Renovierung selbst übernehmen?« Sie wusste, dass er sie jetzt aufzog.

Vielleicht hatte er ja recht. Vielleicht war ihr Plan unrealistisch gewesen. Sie hatte den Meerblick aus dem Fenster im ersten Stock gesehen und dann einfach die Augen davor verschlossen, wie viel an dem Haus noch zu tun war. »Es war nur ein Traum«, sagte sie. Ein Traum aus ihrer Kindheit, ein Traum von etwas, an das sie sich zu erinnern versuchte, das sie festhalten wollte, bevor es für immer verschwand. Und nun, nachdem sie mit Frances gesprochen hatte ... War es jetzt für immer verloren? Sie hoffte nicht. Kurz bevor Frances an jenem Abend wieder abgereist war, hatten sie vor dem Restaurant gestanden, und Frances hatte Ruby noch einen Umschlag gegeben.

»Ein Brief von deiner Mutter«, erklärte sie. »Von Vivien«, schob sie nach.

Ruby hatte einen Blick darauf geworfen. Darauf stand ihr Name in großen, geschwungenen Buchstaben. Sie schluckte schwer, als sie die Handschrift ihrer Mutter sah. »Danke.« Sie hatte den Umschlag bis jetzt noch nicht geöffnet. Sie hatte ihn auf das Kaminsims gestellt und sah ihn jedes Mal an, wenn sie ins Wohnzimmer ging. Aber sie hatte ihn nicht geöffnet. Sie war immer noch zu zornig.

»Aha, ein Traum ...« Andrés nickte.

Als wüsste er alles über Träume, dachte Ruby. »Ich finde schon etwas anderes«, sagte sie. Es war ein wunderhübsches Cottage und ein nostalgischer Traum. Aber offensichtlich sollte es nicht sein.

»Vielleicht kann ich ...«

Doch er wurde unterbrochen, als Tina und Gez, bewaffnet mit einer zweiten Flasche Wein und weiteren Tellern, wieder in den Raum traten. Aus dem Augenwinkel nahm Ruby wahr, wie sie einen Blick wechselten. Zweifellos stellten sie selbstzufrieden fest, dass ihre Gäste sich gut verstanden. Vorsicht, Ruby, dachte sie.

»Vielleicht kann ich Ihnen in dieser Hinsicht ja helfen«, fuhr Andrés fort.

Ruby sah ihn erstaunt an. Er trug ein blaues Hemd mit offenem Kragen und Jeans. Die Beine hatte er unter dem Tisch bis auf ihre Seite ausgestreckt. Sie konnte seine braunen, locker geschnürten Lederstiefel sehen. »Wirklich?« Sie musste eine Wohnung finden, je eher, desto besser. Sie musste vor all diesen Geistern flüchten.

Gez stellte Teller für den Hauptgang auf den Tisch. Tina hielt eine Auflaufform in riesigen Topfhandschuhen, stellte sie mitten auf den Tisch und nahm den Deckel ab. Eine nach Kräutern und Wein duftende Dampfwolke stieg auf.

»Auf geht's«, sagte Tina.

»Das riecht lecker.« Mit einem Mal wurde Ruby klar, dass sie völlig ausgehungert war.

»Gut.« Tina reichte Ruby eine Schüssel mit dampfendem Reis. »Bedien dich einfach.«

Andrés teilte den Rinder-Schmortopf aus. Er sah so gut aus, wie er roch: winzige Schalotten, verlockend schimmernde Pilze und dicke Fleischstücke in einer großzügig mit Wein gewürzten Sauce. »Ruby?«

Sie hielt ihm ihren Teller hin. »Danke.«

»Ruby schreibt«, sagte Gez. »Sie ist Journalistin. Hat sie dir davon erzählt?«

»Nein.« Der Servierlöffel blieb in der Luft hängen. »Was schreiben Sie?«

»Oh ...« Einer seiner Eckzähne war leicht schief, und er hatte hohe, beinahe slawisch wirkende Wangenknochen. Und er sah sie auf eine irgendwie vertrauliche Art an, die ihr höllische Angst machte. Schnell sah sie auf die Auflaufform hinunter und auf die gebräunte Hand, die den Löffel mit dem himmlischen Rindfleischeintopf hielt. »Größtenteils Artikel für Zeitschriften«, erklärte sie. »Und Songs.«

Als Ruby einige Zeit später auf die Uhr sah, stellte sie erstaunt fest, dass es fast ein Uhr morgens war. Sie hatte vorgehabt, sich früh zu entschuldigen und noch vor Mitternacht zu gehen. Doch die Zeit war nur so verflogen, und sie hatte den Abend genossen. Sie hatte geredet, gelacht, ja sogar ein wenig geflirtet. Warum auch nicht? Sie hatte Spaß. Sie fühlte sich, als sei sie nach einem langen Schlaf wieder aufgewacht.

Sie sah zu Andrés hinüber, der sein Glas in ihre Richtung hob. Ihre Blicke trafen sich, und dieses Mal fiel es Ruby schwer, wieder wegzuschauen. Verdammt, warum nur? Sie war nicht *wegen* dieses attraktiven Fremden aufgewacht. Natürlich nicht. Und doch …

»Ich muss gehen.« Sie stand auf. »Das war ein wunderbarer Abend«, sagte sie und meinte es ganz ernst. Halleluja, dachte sie. Sie umarmte Gez und Tina, wusste aber nicht recht, wie sie sich von Andrés verabschieden sollte.

Er stand ebenfalls auf. »Ich könnte Sie nach Hause begleiten«, erbot er sich. »Es ist ein milder Abend. Oder würden Sie lieber mit dem Taxi fahren?«

Etwas – die Aussicht, nach Hause zu gehen? – ließ ihn wieder steif und höflich wirken. Ruby lächelte. »Ich kann alleine gehen, keine Sorge.« Sie nahm ihre Tasche.

»Aber ich bestehe darauf.« Er sah beflissen aus. »Ich finde, ein Gentleman sollte eine Dame nach Hause bringen.« Er nahm Gez ihre Jacke ab, die dieser schon aus der Diele geholt hatte, und hielt sie ihr auf.

»Na gut, okay. Danke.« Sie drehte sich um und schlüpfte hinein.

Als sie nach draußen trat, spürte sie die Nachtluft kühl auf ihrem Gesicht. Es fühlte sich gut an. Sie zog den Reißverschluss ihrer Jacke hoch und winkte noch einmal zum Abschied. Gez und Tina standen auf der Türschwelle und sahen den beiden nach wie stolze Eltern. Gez stand hinter Tina und hatte die Arme um sie geschlungen. Ruby wusste genau, dass die beiden noch lange diskutieren würden, bevor sie ins Bett gingen.

»Wo müssen wir hin?« Andrés stand wartend auf dem Weg zum Fluss.

Sie zeigte in die richtige Richtung. »Ich habe eine Taschenlampe dabei.« Sie kramte in ihrer Handtasche danach.

»Sie sind sehr gut organisiert. Ich hatte gar nicht daran gedacht. Hergekommen bin ich mit dem Wagen, aber …«

Sie nickte und zog triumphierend die Taschenlampe hervor. Ja, wahrscheinlich hatten sie alle viel mehr getrunken, als sie vorgehabt hatten.

Nach kurzem Zögern nahm er ihre Hand und steckte sie unter seinen Arm. Ein Engländer hätte das nicht getan, aber Ruby gefiel es. Es fühlte sich warm und sicher an. *Sie* fühlte sich warm und sicher. Was genauso albern war. *Vorsicht, Ruby …*, rief sie sich noch einmal ins Gedächtnis.

Sie nahm die Taschenlampe in die freie Hand und leuchtete ihnen den Weg. Ihr Licht erhellte nicht viel mehr als das wenige Gras und den Schlamm, aus dem der Pfad bestand, würde aber wenigstens verhindern, dass sie in den Fluss fielen. »Ich war bei den Pfadfindern«, scherzte sie. »Allzeit bereit.«

Er lachte. Sein Gang war leicht und beschwingt, und sie verfiel automatisch in sein Schritttempo.

»Auf der Insel gab es auch Jugendgruppen«, meinte er. »Die Kinder dort treiben alle Arten von Sport. Fußball ist beliebt. Tennis. Tanz.« Sie spürte, wie er lächelte. »Und Trommeln.«

»Die Insel?«

»Fuerteventura, eine der Kanarischen Insel.« Er sagte es mit betrübtem Unterton. »Ich bin ein *Majorero*.«

»*Majorero*?«

Er zuckte die Achseln. »So nennt man die Ureinwohner von Fuerteventura. Wörtlich bedeutet es ›Menschen, die früher Schuhe aus Ziegenleder trugen‹.«

Ruby lächelte. Das gefiel ihr. »Warum sind Sie fortgegangen?«, fragte sie.

Es war eine einfache Frage, und doch verstummte er und schwieg eine gefühlte Ewigkeit lang. Im Gehen betrachtete Ruby die Bäume, die sich auf den Pfad zuzuneigen schienen, als wollten sie ihrem momentan stockenden Gespräch lauschen. Es war so dunkel, dass sie den Fluss nur hören konnte. Der Boden vor ihnen flimmerte, als sei er nicht länger fest. Schatten, dachte sie. Der Grund musste verflixt kompliziert sein.

»Ich habe mich nicht gut mit meinem Vater verstanden«, erklärte er schließlich. »Etwas ist passiert, und wir haben uns gestritten. Dann bin ich nach England gekommen.«

»Um Ihr Glück zu machen?« Ruby versuchte, unbefangen zu klingen. Das war offensichtlich die abgekürzte Version gewesen. Sie hatte den Eindruck, dass Andrés' Vater kein gutes Gesprächsthema war.

Und richtig, sie spürte, wie er sich entspannte. »In meinen Träumen.«

Auch bei ihm ging es um Träume, fiel ihr auf. »Wenigstens

haben Sie sich so gut geschlagen, dass Sie sich ein Cottage in Dorset leisten können«, meinte sie.

Erneut spürte sie, dass er lächelte. Ihre ziemlich persönliche Bemerkung schien ihn nicht beleidigt zu haben. »Sie haben natürlich recht. Auf der Insel gab es nicht allzu viel Arbeit. Ich hatte auch dort schon gelegentlich im Baugewerbe gearbeitet, aber hier … Hier gab es immer genug für mich zu tun. Ich habe Häuser renoviert – für andere und für mich selbst.«

Sie erreichten die Brücke, und er schaute über das Geländer hinunter ins Wasser, genau wie sie auf dem Hinweg. Ruby leuchtete ihm mit der Taschenlampe. Der Strahl schien einen Moment lang auf der Wasseroberfläche zu tanzen, dann war er verschwunden. »Dann haben Sie Ihre eigene Baufirma?«, fragte sie.

Im Dunkeln drehte er sich zu ihr um. Er hatte ihre Hand losgelassen, aber es war vollkommen töricht, sich deswegen beraubt zu fühlen. Dennoch empfand Ruby es so. »Sie besteht nur aus mir allein«, erklärte er. »Mit anderen arbeite ich nur zusammen, wenn ich sie brauche. Dann beauftrage ich vielleicht einen Elektriker oder einen Klempner. Die meisten Arbeiten erledige ich selbst.«

Sie konnte sein Gesicht nicht sehen, um daraus zu lesen, was er dachte. Funktionierte das mit Leuten, die anderen Völkern angehörten, anders? Hatten sie aufgrund ihrer unterschiedlichen kulturellen Prägung auch eine andere Mentalität, einen anderen Verhaltenscode? Nein, dachte sie. Im Gegenteil. An Andrés nahm sie etwas Vertrautes wahr, eine Ähnlichkeit. Sie hatten ja sogar in genau demselben Cottage leben wollen. Was sie nach der Auktion vor dem Rathaus abgestritten hatte, war tatsächlich wahr geworden: Zwischen ihnen war eine Art Bindung entstanden. Hieß das, dass sie dabei waren, Freunde zu werden? Oder ...? »Kennen Sie Tina und Gez schon lange?«, fragte sie.

Erneut nahm er ihren Arm. »Eine Weile.« Er schüttelte den Kopf. »Tina hat mich schon mit einer ganzen Reihe von Frauen zu verkuppeln versucht«, erklärte er betrübt. »Aber sonst ist sie eine gute Freundin.«

Ruby stellte sich die lange Reihe Frauen bildlich vor und lächelte. Wahrscheinlich kannte sie sogar einige der Bewerberinnen. »Manche Männer wären dankbar dafür.«

»Vielleicht«, meinte er. »Natürlich meinte ich nicht Sie, Ruby«, sagte er dann.

Sie quittierte das Kompliment mit einem schiefen Lächeln. Aber er war auch nicht »manche Männer«. »Sie war auch nett zu mir«, fügte sie hinzu. Tina war mitfühlend gewesen, aber nicht übertrieben. Sie hatte Ruby eine starke Schulter angeboten, aber nicht darauf bestanden, dass sie sich daran anlehnte.

Der Weg wurde schmaler. Eigentlich hätte es ihr nun viel zu eng werden müssen, aber das tat es nicht. »Ich vermute mal, die beiden meinen, man müsse mich ins Land der Lebenden zurückholen. Daher die Einladung zum Essen. Und Sie.«

»Zurückholen ... woher?«

Eine Wolke schob sich vor den Mond.

Von der dunklen Seite, dachte sie. »Vor ein paar Monaten sind meine Eltern gestorben. Hat Tina Ihnen das nicht erzählt?« Man hätte ihn angesichts einer solchermaßen geschädigten Bewerberin vorwarnen sollen.

Er verlangsamte seinen Schritt, aber sie wollte nicht, dass er jetzt stehen blieb, und ging weiter.

»Sie fehlen Ihnen sicher sehr«, sagte er.

»Es geht weniger darum, dass sie mir fehlen.« Ruby stellte fest, dass sie das genauer erklären wollte. »Ich habe sie nur alle paar Monate gesehen.« Dadurch, dass sie in London wohnte, hatte sie sich schon ein Stück von ihnen entfernt. »Es geht um eine grundlegendere Ebene.« Womit konnte sie das vergleichen? Dass einem der Boden unter den Füßen – oder der Stuhl unter dem Hintern – weggezogen wurde? Man mochte das Muster des Teppichs oder das Polster auf dem Stuhl schon längst nicht mehr wahrgenommen haben, aber man wusste, dass es da war, und betrachtete es als selbstverständlich. Und man merkte, wenn man das Gleichgewicht verlor und hinfiel.

Aber Andrés senkte den Kopf. »Ich verstehe«, sagte er.

Kurz darauf wurde der Weg wieder breiter, und sie erreichten die Straße. Ruby zeigte in Richtung High Street, und sie überquerten die Straße. Obwohl sie nicht beleuchtet war, war es hier weniger dunkel. Das lag vielleicht an den Häusern und den geparkten Autos. Außerdem war die Wolkendecke am Himmel in der Zwischenzeit aufgerissen. Als sie zur Kirche kamen, zog auch die letzte Wolke davon, und vor dem mondhellen Himmel hob sich die beeindruckende Silhouette des Turmes ab. Wow ...

Auch Andrés war stehen geblieben. »Wenn ich das nur malen könnte«, murmelte er.

»Dann sind Sie auch Künstler?« Ruby sah ihn an. Sie konnte sein Gesicht nicht erkennen. Sie dachte an Vivien. Was stand in dem Brief, den sie für Ruby hinterlassen hatte? Und warum hatte sie es ihr nicht von Angesicht zu Angesicht gesagt?

»Ja. Ich arbeite in einem der Ateliers in der Nähe des Kunstzentrums.«

Wie seine Arbeiten wohl aussahen? Ruby versuchte, es sich vorzustellen. Sie würde seine Bilder gern sehen. Sie standen nun so dicht beieinander, dass sie sich fragte, ob er sie küssen würde. Und wenn ... Was würde sie dann tun?

Doch er trat einen Schritt zurück, und sie setzten ihren Weg fort, vorbei an den dunklen Steinhäuschen und über den Parkplatz. Erneut schwiegen sie. Er war nicht gerade der Mitteilsamste, dachte Ruby. Es würde nicht leicht werden, ihn besser kennenzulernen. Aber auf der anderen Seite hatte sie sich in den letzten Wochen daran gewöhnt, Geheimnisse zu lüften.

»Hier wohne ich«, erklärte sie, als sie ihr Haus erreichten. Sie würde ihn nicht hineinbitten. Es war spät, und sie war müde. Und sie wusste auch noch nicht so recht, was sie von Andrés Marín halten sollte. Was war mit den anderen Frauen, mit denen Tina ihn verkuppeln wollte? Hatte er die auch nach Hause gebracht? Hatte er ihnen von seiner Malerei und seinem Vater erzählt?

»Ich kenne ein Cottage an der Pride Bay, das demnächst vermietet wird«, sagte er. »Wenn Sie Lust haben, kann ich mit Ihnen hinfahren. Es gehört einem meiner Kunden, und ich glaube, er hat noch keine Anzeige aufgegeben.«

»Oh.« Das musste er vorhin gemeint haben. »Wann wollen Sie denn hin?«

Er runzelte die Stirn – und legte die Hände auf ihre Schultern.

Und was, wenn er mich küsst, dachte Ruby wieder. Sie sah zu ihm auf.

Er küsste sie auf beide Wangen, einmal, zweimal. Nichts weiter. Sie nahm seinen Geruch wahr – es erinnerte sie an Baumharz – und spürte seinen warmen Atem auf ihrer Wange.

»Würden Sie einen Spaziergang mit mir machen? Vielleicht nächstes Wochenende? Dann könnten wir uns auch das Cottage ansehen.«

»Gern.« Sie stimmte lieber rasch zu, bevor sie Zeit hatte, nach Gründen für eine Ablehnung zu suchen. Denn er bedeutete Komplikationen, anders konnte es nicht sein, und sie konnte keine Komplikationen in ihrem Leben gebrauchen. Es gab ohnehin schon so vieles, was sie bewältigen musste. Sie wollte sich auf niemanden einlassen. Es schien ihr der falsche Zeitpunkt zu sein. Andererseits …

»Sagen wir Samstagmorgen um elf?«

Sie nickte. »Okay.«

»Ich freue mich darauf.« Endlich lächelte er.

Ruby starrte auf seinen Mund und auf den leicht schiefen Eckzahn, der ihn irgendwie noch attraktiver machte. War sie jetzt vollkommen verrückt geworden?

»Gute Nacht, Ruby.«

»Gute Nacht, Andrés.«

Dann hob er die Hand, winkte und verschwand in der Dunkelheit.

23. Kapitel

Am Samstag holte Andrés Ruby mit dem Lieferwagen ab. Er hatte es nie für notwendig gehalten, sich ein anderes Auto zu kaufen als das, das er für die Arbeit gebrauchte. Doch heute waren ihm der Zementstaub und der Beutel voller Werkzeuge ein wenig unangenehm. Dabei hatte er den Wagen zu Hause schon ein bisschen sauber gemacht. Nervös war er auch.

Ruby öffnete die Haustür, bevor er überhaupt aus dem Lieferwagen gestiegen war. Entweder konnte sie es kaum abwarten, ihn zu sehen – was unwahrscheinlich war –, oder sie wollte es nicht riskieren, ihn ins Haus bitten zu müssen. Andrés seufzte. Warum ärgerte er sich eigentlich so? Er war doch derjenige, der angeblich nicht an einer Beziehung interessiert war – jedenfalls nicht an dieser Art von Beziehung, an einer Beziehung, die eindeutig verzwickt werden konnte. War Ruby ein Teil des Spinnennetzes? Würde sie sein neues Projekt sein, nachdem jemand anderes das Cottage gekauft hatte, das er bei der Auktion ersteigern wollte? Ha, schön wär's.

Tina hatte ihn am Morgen nach ihrem Essen angerufen, als er gerade auf einer Leiter stand, um einen feuchten Fleck von der Größe eines Fußballs an der Decke des Wohnzimmers der alten Martha Hutton zu untersuchen. Behutsam klopfte er mit dem Hammer um den Fleck herum – es konnten Rohre oder Stromkabel dahinter verlaufen. Andererseits konnte er auch gleich ein Loch schlagen; diesen Teil der Decke würde er ohnehin erneuern müssen. Martha hatte nicht viel Geld, daher würde er nur ein Loch machen, das groß genug war, um sich die Sache anzusehen und wenn möglich herauszufinden, woher das Wasser kam.

Plötzlich klingelte sein Handy.

Er angelte das Telefon aus der hinteren Hosentasche.

»Andrés?«

»Hi, Tina.« Er setzte sich auf die Leiter und legte seinen Hammer weg. Mit diesem Anruf hatte er gerechnet, aber er hatte nicht vor, es ihr leicht zu machen.

»Du bist mir doch nicht böse, oder?«

Andrés lächelte. »Du hast es versprochen – keine Verkupplungsversuche mehr. Waren wir uns da nicht einig?« Er blickte zu dem schwarzen Loch in der Stuckdecke hoch. Martha würde einen Anfall bekommen.

»Aber diesmal war es etwas anderes, oder?«

Ja, dachte er, es war etwas anderes. »Meinst du?«

»Das weiß ich.« Sie lachte. »Ich weiß doch noch, wie interessiert du warst, als Ruby im Jazz-Café gespielt hat. Trotzdem hatte ich keine Ahnung, dass du ihr schon einmal begegnet bist und sogar schon mit ihr gesprochen hast, du stilles Wasser.«

Stilles Wasser? Also, die englische Sprache verblüffte Andrés immer wieder. »Und du dachtest, du hättest eine nette Überraschung für mich?«, fragte er.

»Genau.«

»Und Ruby?«

»Ruby?«

Er hatte ihre Miene gesehen, als sie hereingekommen war. Und zwar ihre Miene, bevor ihr klargeworden war, dass ihr Blind Date niemand anderer war als der Mann, der bei der Auktion gegen sie gesteigert hatte. Sie war entsetzt gewesen.

Und als sie dann auch noch Andrés gesehen hatte ... Also, sie hatte ausgesehen, als stehe sie ihrem schlimmsten Albtraum gegenüber.

»Mit Ruby habe ich noch nicht gesprochen«, räumte Tina ein. »Aber ich habe nur versucht, sie aufzumuntern. Sie hat eine so schwere Zeit hinter sich.«

»Und dazu bin ich der Richtige?«, erkundigte sich Andrés.

»Du kannst witzig sein, wenn du dir Mühe gibst«, sagte Tina.

»Du bist so charmant.« Aber Andrés wusste, dass Tina nur das Beste wollte – für Ruby und ihn. Sie war nett, auch wenn sie der Meinung war, dass man nicht glücklich sein konnte, wenn man nicht die Hälfte eines Paares war.

»Außerdem hat es bei euch ja offensichtlich gleich gefunkt«, sagte sie.

»Gefunkt?« Das klang für Andrés eher negativ als positiv, aber das war wohl wieder eine der Seltsamkeiten der englischen Sprache.

»Ich habe Ruby noch nie so lebhaft gesehen«, setzte Tina hinzu. »Und du ...«

»Was ist mit mir?«

»Na ja, du warst eindeutig hingerissen. Das haben Gez und ich beide gesehen. Du warst vollkommen hin und weg.«

»Hin und weg?« Andrés runzelte die Stirn. Schon wieder so ein Ausdruck.

»Und ...?«

»Was, und?« Aber er wusste, worauf sie aus war. Auf Informationen. Doch er hatte nicht vor, ihr den Gefallen zu tun, jedenfalls noch nicht. »Danke für das Abendessen, Tina«, sagte er. »Und dafür, dass du mich Ruby vorgestellt hast. Ich bin dir sehr dankbar.«

»Und?«

»Was, und?«

»Und was passiert jetzt, Andrés?«

»Jetzt passiert Folgendes, Tina«, erklärte er. »Ich werde meinen Hammer nehmen und versuchen, ein Loch in die Decke über mir zu schlagen.«

»Ach.« Sie klang enttäuscht. »Und was ist mit Ruby?«

»Was ist mit ihr?« Andrés genoss es, sie zu foppen. Für gewöhnlich gingen solche Scherze auf seine Kosten.

»Ich hatte mich bloß gefragt …«

»Was gefragt?«

»Wie der Heimweg war. Hast du ihr einen Gutenachtkuss gegeben? Wirst du sie wiedersehen? Weiter nichts.«

»Weiter nichts?« Er lachte.

»Und alles andere, was du mir vielleicht erzählen willst«, fügte sie hinzu.

»Ich werde es mir überlegen«, sagte Andrés. »Aber jetzt …«

»Ja?«

»Jetzt muss ich wieder an die Arbeit.«

Er verabschiedete sich und grinste, während er das Handy wieder in die Tasche steckte. Ja, Ruby war ein Rätsel. Merkwürdig, dachte er, dass er ihr überall begegnete. Am Hide Beach, im Jazz-Café, bei der Auktion und schließlich bei Gez und Tina. War das vielleicht ein Zeichen? Er hatte nie an Zeichen geglaubt, so wie seine Mutter und seine Schwester es taten. Auf der Insel schienen die alten Geschichten und Legenden fest mit der weiblichen Psyche verwoben zu sein. Er wusste, dass die Urbevölkerung, die Guanchen, eine sehr spirituelles Volk gewesen waren. Es stimmte, Andrés hatte schon manchmal einen Sog verspürt, den er sich nicht ganz erklären konnte – und ein wenig war es mit Ruby auch so gewesen. Was war das? Seine Intuition vielleicht? Ein tief verwurzelter Instinkt? Wer wusste das schon? Er zog es vor, den Dingen ihren Lauf zu lassen und mit dem Wind zu segeln.

Er nahm seinen Hammer und schlug behutsam an die Decke. Das hier musste man ganz vorsichtig angehen.

Vielleicht verhielt es sich mit Ruby ja genauso. Er erinnerte sich daran, wie sie am Tag der Auktion auf ihn gewirkt hatte. Sie war ungehalten, ja beinahe wütend gewesen. Und sie hatte verzweifelt versucht, nicht in Tränen auszubrechen, während sie auf ihrem albernen Riesenfahrrad unsicher davongefahren war.

Er hatte nicht gewollt, dass sie über den Feldweg und aus seinem Leben verschwand. Sogar damals schon hatte er den Wunsch verspürt, sie in die Arme zu nehmen, damit es ihr besser ging, obwohl dieser Impuls ihn verblüfft hatte. Auch als sie nach dem Essen bei Gez und Tina nach Hause gegangen waren, hätte er am liebsten den Arm um sie gelegt. Und als sie an ihrem Haus angekommen waren und sie zu ihm aufgesehen hatte, um gute Nacht zu sagen … Da hatte er sich sehr beherrschen müssen, um sie einfach nur auf die Wange zu küssen und nach Hause zu gehen …

Und jetzt? Er war sich nicht ganz sicher, was er tun sollte. Er war doch nicht auf der Suche nach jemandem, oder? Er dachte an seinen Vater in seinem Atelier, wie er wild die Farbe auf die Leinwand klatschte oder sanfte, raffinierte Porträts malte, mit einer subtilen Leidenschaft, die knapp unter der Oberfläche glühte und doch für das bloße Auge kaum sichtbar war. Nein.

Das Loch in der Decke war jetzt so groß, dass Andrés seine Hand hineinstecken und herumtasten konnte. Kabel schienen hier nicht zu liegen, daher schlug er gegen die Ränder, um das Loch ein wenig zu erweitern. Dieses Mal traf der Hammer auf etwas Festes. Hmmm. Er klopfte noch ein wenig weiter.

Was mochte bei Ruby unter der Oberfläche liegen, fragte er sich unwillkürlich. Er hatte ihr keine Angst einjagen wollen. Sie erinnerte ihn an ein wildes Tier, stark, aber verletzlich. Stärker, als ein Mann vielleicht glaubte. Verletzlicher, als er sie vielleicht sah. Leicht zu erschrecken. Er musste ruhig bleiben, langsam vorgehen und warten, bis sie zu ihm kam. Tina hatte recht, sie hatte viel durchgemacht. Er musste geduldig sein und darauf warten, dass sie lernte, ihm zu vertrauen. Das war der richtige Weg.

Aber wollte er überhaupt, dass Ruby zu ihm kam? Wollte er sich wirklich auf eine Beziehung mit einer Frau einlassen, die ihm etwas bedeuten würde? Seit er seine Insel verlassen hatte und nach England gekommen war, hatte er immer nur kurze Beziehungen zu Frauen gehabt, die zwar ganz nett waren, die er aber niemals lieben würde. Bedeutungslose Techtelmechtel, wie Tina es nannte. Es waren oberflächliche Frauen gewesen, ungefährliche Frauen, die ihn nie berühren oder verletzen könnten. So war es das Beste. Tina nannte ihn einen Verpflichtungs-Phobiker, und vielleicht hatte sie recht. Vielleicht hatte Andrés sich zu sehr an das Junggesellenleben gewöhnt.

Und doch … Er dachte daran, wie Ruby aussah, wenn sie ihr Saxofon spielte, und er erinnerte sich an die Traurigkeit in ihren Augen. Wollte er, dass sie zu ihm kam? Ja, dachte er.

Jetzt sah er, was die Ursache für den Fleck an der Decke war. Über ihm verlief ein Kupferrohr, und dieses hatte, wie es aussah, eine lecke Kompressionsdichtung. Das leuchtete ein. Das Rohr war vermutlich in den 1960er Jahren eingebaut worden, vielleicht als Kaltwasserzufuhr für das Badezimmer im oberen Stockwerk. Mit solchen Rohren gab es oft Probleme.

Dann sah Andrés noch etwas anderes und erkannte, was sich eben so fest angefühlt hatte. Er sah etwas, das wie ein Teil eines Holzbalkens wirkte. Und als er mit den Fingern danach tastete, spürte er den Balken. Er war ungefähr zwanzig Zentimeter breit. Ursprünglich musste das eine alte Balkendecke gewesen sein; und dann hatte jemand darunter eine andere Decke eingezogen – im Namen der Modernisierung in reinstem, strahlendem Weiß.

Bevor er weitermachte, musste er mit Martha Hutton reden. Er könnte die ganze neue Decke entfernen und die alten Balken sandstrahlen lassen, um den natürlichen Holzton wiederherzustellen. Oder er konnte das Leck einfach abdichten und wieder zumachen. Er vermutete, dass es eine Frage des Geldes sein würde. Doch er würde Martha erklären, dass eine Balkendecke sowohl den Charakter des Hauses verstärken als auch seinen Wert erhöhen würde. Holzbalken waren etwas Besonderes. England war ein Land, dessen Wälder nicht von Mensch und Natur vernichtet worden waren wie auf der Insel, auf der Andrés geboren war. Heute war nichts mehr von dem zu sehen, was sie einst gewesen war: ein Land voller Bäume, Flüsse und Bäche. Jetzt war das Land trocken wie eine Wüste. Ach, so vieles hatte sich verändert.

Andrés sah zu, wie Ruby zur Beifahrerseite ging. Man konnte nur ahnen, was sich vielleicht unter der Oberfläche verbarg.

Ruby trug einen roten Fleecepullover, Bluejeans und dieselben geschnürten Wanderstiefel, die er schon einmal an ihr gesehen hatte. Ihr Outfit war einfach und unkompliziert.

Genau die Art von Mädchen, die er mochte. Obwohl sie das nicht war – einfach oder unkompliziert. Und sein Mädchen war sie natürlich auch nicht.

»Hi.« Sie stieg in den Wagen und lächelte. Das war eindeutig ein gutes Zeichen. Andrés hatte sich Sorgen gemacht, sie könnte absagen; bestimmt hatte sie Bedenken bekommen. Er neigte selbst dazu, daher konnte er so etwas gut verstehen. Und Entscheidungen, die man bei einer Einladung nach mehreren Gläsern Wein traf, waren nicht immer die besten. Aber eine Absage war heute für ihn keine Option gewesen. Er hatte sich wirklich darauf gefreut, dieses Mädchen wiederzusehen. Auch heute trug sie wieder ihren unverkennbaren roten Lippenstift, und auch heute wirkte sie wieder leicht gehetzt, was ihm schon bei Gez und Tina aufgefallen war. Aber wenigstens war sie hier.

»Hallo, Ruby.« Andrés wollte sich erst wegen des Lieferwagens entschuldigen, entschied sich dann aber dagegen. Er war, was er war. Nachdem er in den Spiegel gesehen hatte, blinkte er und fuhr los. Er würde mit ihr nach Langdon Woods und zum goldenen Kap fahren. Heute war der perfekte Tag dazu.

In den Wäldern war der Boden feucht, aber nicht matschig, und natürlich waren die Glockenblumen lange verschwunden. Man konnte ihr dichtes Blattwerk an den hohen Ufern des Hollow sehen, und es überzog den Waldboden dahinter mit einem üppigen grünen Federbett. Der Duft der schattigen Wälder und süßen Baumharze erfüllte die Luft, und die Sonne schien durch das Laub der Bäume und zeichnete löchrige Muster auf den Weg vor ihnen.

»Erzählen Sie mir von Ihrer Insel«, sagte Ruby.

Und so erzählte er ihr, während sie den breiten Weg am Hollow entlanggingen, vom Zuhause seiner Kindheit. Von dem blauweißen Steinhaus, in dem er aufgewachsen war, dem Atelier seines Vaters und dem Land dahinter, auf dem sie Gemüse angebaut und zwei Ziegen gehalten hatten, jedenfalls damals, als er ein Kind war. Er erzählte ihr von dem Surfstrand, hinter dem sich die sanften, purpurfarbenen Hügel – die *morros* – erhoben, und vom alten Hafen und der Bucht. Er beschrieb die Kargheit der Insel, die *calima* – den heißen Wüstenwind aus der Sahara –, die ruhigen, bestellten Täler und die einsamen Bauernhöfe, die Palmen und Tamarisken, die *barrancos* genannten Trockentäler, die sich bei Regen in reißende Sturzbäche verwandeln, und die Barbary-Atlashörnchen. Andrés war selbst erstaunt, wie viel es zu erzählen gab. Und während er sprach, sah er den hellen Sand und die türkisblauen Lagunen vor sich, die tiefblauen und weißen Wellen der Playa del Castillo, die sanfte Mondlandschaft der pilzförmigen Berge, den schwarzen Vulkanfels, das giftig gelbe Licht des Spätnachmittags. Die Farbpalette der Insel leuchtete vor seinem inneren Auge auf, und er sehnte sich danach, sie zu malen.

»Wie haben Sie es geschafft fortzugehen?«, fragte Ruby. »Das klingt wunderbar.« Ein Schauer überlief sie. Der Tag war sonnig, doch in den Wäldern war es kühl und schattig.

Er lächelte. Es stimmte, England konnte feucht, kalt und grau sein. Er hatte sich immer noch nicht ganz daran gewöhnt. *Wie hatte er weggehen können?* Was sollte er ihr sagen? »Wenn man jung ist, kann einem die Insel wie ein Gefängnis vorkommen«, antwortete er, und es war nicht gelogen. Isabella und er hatten oft darüber gesprochen, dass sie weggehen würden: nach Paris, Barcelona oder London. Aber er war vertrieben worden, während Isabella immer noch dort lebte und heute fest auf der Insel verwurzelt war, von der sie hatte fliehen wollen.

»So, wie die Kirschen in Nachbars Garten immer süßer sind?«, fragte Ruby.

»Gut, wenn man wenigstens einen Garten hat«, sagte er. »Auf Fuerte hatten wir nicht viel.«

Sie lachte, und ihm gefiel es, sie zum Lachen zu bringen.

»Aber es ist immer noch Ihre Heimat?«, fragte sie. Sie fuhr mit den Fingern durch ihr kurzes blondes Haar. Es sah fluffig und stachlig zugleich aus, dachte er. Ob es sich weich anfühlen würde? Er glaubte schon.

»Tja …« Sie blieben stehen, um die Aussicht zu genießen. Von hier aus sah man über die Felder, Hecken und Natursteinmauern bis nach Seatown und zum Meer. *War es noch seine Heimat?* Auch darauf gab es keine einfache Antwort. Ja, England bot mehr Möglichkeiten. Aber … Es war immer noch ein großes Aber, so wurde ihm klar. »Ich weiß es nicht«, sagte er. »Ich bin mir nicht sicher, wonach ich suche.«

Ruby warf ihm einen nachdenklichen Blick zu. »Ich weiß es auch nicht«, gestand sie.

Sie lächelten sich an. Und in diesem Moment spürte er, wie sich etwas um sie legte und vom Rest der Welt trennte. Er wusste, dass sein Instinkt recht gehabt hatte. Er hatte es gespürt in der Sekunde, in der er sie gesehen hatte, in dem Moment, in dem sie begonnen hatte, auf dem Saxofon zu spielen, bei ihrem ersten Gespräch.

Der Weg gabelte sich, und sie bogen zur Klippe am goldenen Kap ab.

»Sie sind natürlich schon einmal hier gewesen, oder?«, fragte er sie.

»Schon lange nicht mehr.« Sie zögerte. Tränen traten ihr in die Augen, und sie wandte den Blick ab, als sähe sie in die Ferne, in die Vergangenheit.

»Was haben Sie, Ruby?« Doch Andrés glaubte zu wissen, was sie fühlte. Genau wie er hatte sie ihre Familie verloren – wenn auch auf andere Weise. War es das, was sie beide verband?

»Ich wollte sagen, dass ich einige Orte meiner Kindheit wiederentdecke, seit meine Eltern gestorben sind.« Sie zögerte, als wolle sie noch mehr sagen. »Seit ich hierher nach Dorset zurückgekehrt bin.«

Er streckte die Hand aus, um ihr über einen Zauntritt zu helfen. Ihre Hand fühlte sich in seiner klein und kalt an. »Ist es denn ein gutes Gefühl, zurückzukehren und die alten Orte noch einmal aufzusuchen?« Er stellte die Frage ebenso an sie wie an sich selbst. Denn die Erinnerungen waren immer da, sie waren in seinem Kopf. Auch das Gefühl war noch da, in seinem Herzen. Das konnte ihm niemand nehmen.

»Meistens fühlt es sich gut an, ja.« Leichtfüßig hüpfte Ruby von dem Zaunübertritt. »Und ich brauche die Verbindung zu ihnen. Besonders jetzt.«

Auch dass die Verbindung wichtig war, konnte er verstehen, obwohl er sich nicht sicher war, was sie mit »besonders jetzt« meinte. Aber nachfragen würde er nicht; sie sollte es ihm selbst erzählen, wenn sie den Zeitpunkt für richtig hielt. Er spürte Zorn in sich aufsteigen. Den üblichen Zorn auf ihn, auf seinen Vater.

Sie begannen den Aufstieg zur Klippe. »Vermissen Sie Ihre Familie?«, fragte sie ihn.

»Ja«, sagte er. Besonders seine Mutter und seine Schwester fehlten ihm. »Früher haben wir uns nahegestanden. Sehr nahe.« Wie die Steine eines *corralito*, einer Mauer aus Bruchsteinen. Wie die Wellen des Meeres.

Ruby berührte seinen Arm. »Vielleicht kehren Sie ja eines Tages zurück«, sagte sie. Als sie den Gipfel erreichten, atmete sie tief durch.

Andrés dachte an die Worte seiner Mutter. *Es hat sich nichts geändert*. Dann konnte er auch nicht zurück. Er schaute auf das Meer und das Dorf hinunter. Hier oben auf der Klippe war es windig, aber unten war es windstill. Er konnte die Häuser auf dem Hügel und die Menschen am Strand von Seatown ganz deutlich erkennen. Er sah Ruby an. Sie war anders als die meisten Leute. Manchmal sagte sie nicht viel, aber sie schien zu wissen, wie man das Richtige sagte. »Vielleicht«, gab er zurück.

Sie wanderten über den grasbewachsenen Kamm des goldenen Kaps auf die andere Seite. Die Klippe war der höchste Punkt von Dorset, und heute herrschte klares Wetter, sodass sie einen ausgezeichneten Panoramablick über die Küste hatten: vorbei an Fleet und bis nach Weymouth auf der einen Seite und fast bist nach Salcombe auf der anderen, weit über Lyme Regis und seine charakteristische Hafenmauer »*the Cobb*« hinaus. Sie setzten sich, um die Aussicht zu genießen, und unterhielten sich über andere Themen: über Rubys Musik, das Jazz-Café, Tina und Gez und die bevorstehende Sommerausstellung, bei der Andrés seine Arbeiten zeigen würde.

Nach einer Weile zog Andrés das Skizzenbuch aus seiner Tasche, das er immer dabeihatte. Er spürte einen plötzlichen Drang … Rasch, mit kräftigen, sicheren Strichen, zeichnete er die Frau, die auf dem grasbewachsenen Gipfel der Klippe saß und die Arme um die Knie geschlungen hatte. Die Brise bewegte ihr kurzes Haar, und hinter ihr lag das Meer. Sie legte den Kopf auf die Seite und sah ihn an. Ihre Miene wirkte träumerisch. Andrés gefiel das. Er wollte mehr darüber herausfinden, was in diesem Kopf vorging.

Als er fertig war, riss er das Blatt ab und reichte es ihr.

»Für mich?« Sie klatschte in die Hände wie ein Kind.

»Wenn es Ihnen gefällt.« Die Ähnlichkeit war einigermaßen getroffen. Er beobachtete ihren Gesichtsausdruck: erfreut zuerst und dann nachdenklich, als ob das gezeichnete Porträt sie an etwas – oder jemanden – erinnere.

»Es ist sehr gut«, sagte sie. »Danke.«

Er zuckte die Achseln. »Es ist nichts.« Er starrte aufs Meer hinaus. »Mein Vater ist der Experte dafür.«

»Ihr Vater?«

»Enrique Marín.« Er konnte sich kaum überwinden, den Namen auszusprechen. »Er ist Porträtmaler«, erklärte er. Ob er verbittert klang? Wahrscheinlich. Aber sein Vater hatte sich gut geschlagen, sehr gut. Trotzdem: War sein Vater der *caballero*, der Gentleman geworden, der er immer hatte sein wollen? Ein Bild erschien vor Andrés' innerem Auge: sein Vater in farbbespritzten Shorts oder Overalls, die dünne Zigarre zwischen den Fingern. Wohl kaum. Ein weiteres Bild erschien – eines, bei dem es Andrés kalt überlief. *Schöner Gentleman ...*

Später liefen sie nach Landon Wood zurück.

»Und wo ist das Cottage, das Sie mir zeigen wollten?«, fragte Ruby.

Sie lächelte ihn an, und plötzlich sehnte er sich danach, sie in die Arme zu ziehen. Sie war diese Art von Frau, bei der man schon genau zu wissen glaubte, wie sie sich anfühlen, wie sie riechen würde. Man glaubte, die Struktur ihrer Haut bereits zu kennen, die Weichheit ihres Haars und ihren Duft, der betörend sein würde. Aber man konnte sich auch irren. Oh, sie strahlte immer noch Traurigkeit aus. Doch gerade das zog ihn an, zog ihn zu ihr.

»In der Pride Bay«, sagte er. »Wenn Sie wollen, können wir nach dem Mittagessen hinfahren. Ich habe den Schlüssel.«
»Mittagessen?«
»Ich hatte an den Pub am Strand gedacht.«
»Einverstanden.«

Nach dem Essen spazierten sie am Chesil Beach entlang. Wie Andrés schien Ruby froh darüber zu sein, wieder auf Meereshöhe zu sein. Und genau wie er schien sie den Strand zu lieben. Er sah zu, wie sie einen Stein aufhob und ihn über die Wellen hüpfen ließ. Wie er war sie an der Küste aufgewachsen; das Meer lag ihr im Blut. Tief sog er die frische, salzige Luft ein. Die prächtigen goldenen Klippen erinnerten ihn schmerzlich an die Playa del Castillo – sein liebstes Stück honigfarbigen Sandstrandes zu Hause auf der Insel, von der Sonne beschienen, vom Wind umweht und im Hintergrund die Berge. Als Junge hatte Andrés dort gesurft wie die meisten Kinder. Aber er hatte das Surfen aufgegeben, als das Malen in seinem Leben immer wichtiger geworden war.

Sie gingen zu dem Häuschen, das eine halbe Meile landeinwärts lag. Es war ein einfaches, weiß gestrichenes Cottage mit zwei Räumen im Erdgeschoss und zwei Zimmern oben. Es gehörte einem von Andrés' Kunden, der in Sherborne lebte. Er hatte Andrés gebeten, es komplett zu renovieren und es anzustreichen, damit er es vermieten konnte.

»Dann hat er es noch nicht annonciert?«, fragte Ruby,

als sie dort ankamen. Mit leicht gerötetem Gesicht wandte sie sich um und sah ihn an. Im Pub hatten beide ein Bier getrunken, Andrés ein Lager und Ruby ein dunkles Ale aus der Gegend. Das hatte ihn verblüfft, denn er hatte sich vorgestellt, dass sie Chardonnay trinken würde oder vielleicht sogar Wodka mit Eis.

»Noch nicht.«

»Und wie viel will er monatlich dafür?« Ihre Miene war jetzt völlig ausdruckslos. Ob ihr das Cottage gefiel? Er hatte keine Ahnung. Er konnte sie sich hier vorstellen, aber was wusste er schon? Auf der Insel war es nicht nötig, Gesichter zu analysieren – die Leute neigten dazu, ihre Gedanken laut herauszuposaunen. In England waren die Menschen reservierter. Man musste erraten, was sie dachten. Vielleicht war das Wetter schuld daran, dass sie alle so verdammt gehemmt waren.

Andrés sagte es ihr. Der Preis war fair, und sie schien das ebenfalls zu finden, weil sie lächelnd nickte. »Wann wäre es frei?«

»Sobald ich mit der Arbeit fertig bin.« Sie standen jetzt in der Küche, in der bislang nur die Grundeinrichtung vorhanden war. »Ich könnte Ihnen noch ein paar Schränke und eine bessere Arbeitsplatte einbauen«, sagte Andrés. »Und vielleicht ein paar Regale im Wohnzimmer?«

»Wäre der Vermieter denn damit einverstanden?«, zog sie ihn auf.

Er zuckte die Achseln. »Solange er nichts dafür bezahlen muss, macht es ihm nichts aus.«

Sie zog eine Augenbraue hoch. »Warum wollen Sie das tun, Andrés? Sie kennen mich doch kaum.«

»Einfach so.«

»Aber Andrés …« Die Art, wie sie seinen Namen aussprach, ließ ihn erschauern.

»Ruby.« Er legte die Hände auf ihre Schultern.

Sie sah zu ihm auf – ganz Traurigkeit und Träume und vergissmeinnichtblaue Augen.

Und dann konnte er nicht mehr widerstehen. Er beugte sich zu ihr hinunter und küsste sie fest auf den Mund, damit sie nicht weitersprach – und weil sie wahrscheinlich gut schmecken würde. Das tat sie. »Ich glaube, wir sind im Geschäft«, sagte er.

Sie sah ihn blinzelnd an. »Küssen Sie jeden, mit dem Sie ein Geschäft abschließen, Andrés?«

Andrés überlegte, was er Tina erzählen sollte, wenn sie sich das nächste Mal danach erkundigte, wie Ruby und er sich verstanden. Er nahm Rubys Hand und schob sie unter seinen Arm. Das wurde langsam zur Gewohnheit. »Sie sind die Erste«, erklärte er.

24. Kapitel

BARCELONA 1956

Das Jahrzehnt schritt voran, und langsam veränderte sich die Situation im Land. Die Lebensmittelkarten verschwanden, und in der Presse las Schwester Julia, dass die Einkommen stiegen. Doch die Wirtschaft war immer noch labil. 1956 zerstörte ein schwerer Frost Spaniens Zitrusfrüchte- und Olivenernte. Darunter litten die Bauern und in der Folge die gesamte Bevölkerung. Das Land schien immer zwei Schritte nach vorn und einen zurück zu tun. Aber trotzdem, dachte Schwester Julia, gab es jetzt ein gewisses Maß an Hoffnung. Als sie heute Morgen zur Klinik gegangen war, hatte sie einen Mann auf der Straße gesehen, der einen Bolero gepfiffen hatte. Ihre Laune hatte sich verbessert. Die Spanier waren ein starkes Volk und ließen sich nicht so leicht unterkriegen.

Jetzt war es sieben Uhr abends, und Schwester Julia war erschöpft. An diesem Tag waren in der Canales-Klinik drei Kinder geboren worden, und sie hatte kaum eine Pause gehabt.

Das erste, dem Herrn sei Dank, ein gesundes Mädchen, war gegen Mittag zur Welt gekommen. Dieses Kind sollte adoptiert werden, und die zukünftigen Eltern würden bald kommen, um es mitzunehmen.

Am Nachmittag hatte Schwester Julia einige Zeit damit verbracht, die Mutter zu trösten, eine Frau namens Inés

León, die die Entscheidung, ihr Kind zur Adoption freizugeben, nur schweren Herzens getroffen hatte.

»Ich bin ganz allein auf der Welt, Schwester«, hatte sie gesagt. »Ich möchte meiner Tochter ein gutes Leben bieten. Sie soll all das haben, was ich ihr nicht geben kann.«

»*Sí, sí,* natürlich wollen Sie das«, hatte Schwester Julia gemurmelt, während sie Inés half, ihre Muttermilch abzupumpen. Das würde ihr Erleichterung verschaffen und ihrer kleinen Tochter den besten Start ins Leben ermöglichen.

»Aber glauben Sie, dass mein kleines Mädchen mir je verzeihen wird, Schwester?«, fragte Inés.

Schwester Julia unterbrach ihre Tätigkeit kurz und sah sich um, um festzustellen, ob jemand sie gehört hatte – besonders Dr. López. Aber der Arzt besprach sich an der Tür zum Fäkalienraum mit einer der Krankenschwestern, und sonst schien niemand zuzuhören.

Diese Frage hörte Schwester Julia nicht oft. Die Mütter behielten entweder ihre Kinder oder trennten sich von ihnen, weil man sie davon überzeugt hatte, dass es so am besten war. *Verzeihen* … Was sollte sie dazu sagen? Sie konnte Inés kaum erzählen, dass das kleine Mädchen wahrscheinlich nie erfahren würde, dass es einmal eine andere Mutter gehabt hatte.

»Natürlich wird sie Ihnen verzeihen«, sagte Schwester Julia. »Ich bin mir sicher, dass Ihre Tochter Ihnen dankbar sein wird.« Sie sprach ein stilles Gebet. Würde Gott verstehen, dass die Wahrheit manchmal so schmerzhaft war, dass man sie nicht sagen durfte? Sie hoffte es.

Inés seufzte. »Aber ich werde mich immer fragen, was aus ihr geworden ist, Schwester«, sagte sie.

Und was, wenn auch das Kind sich einmal Gedanken über

seine richtige, leibliche Mutter machte? Vielleicht würde man dem Mädchen sagen, dass es adoptiert war, oder es fand es selbst heraus. Und wenn es das tat, dann würde es sich höchstwahrscheinlich auch Fragen stellen. Aus diesem Grund hatte Schwester Julia ihr Buch mit den Namen weitergeführt. Das kleine Mädchen hatte – wie all die anderen Kinder – das Recht zu erfahren, wer seine Mutter war.

Das zweite Kind – ebenfalls ein Mädchen – kam am frühen Nachmittag zur Welt, nachdem die Geburt künstlich eingeleitet worden war. Diese Mutter, Danita Diez, war verheiratet und behielt ihr Kind. Die Hebamme hatte sie massiert, um den Fötus in eine bessere Lage zu bringen. Für Schwester Julia sah es aus, als wäre ihre Zeit noch lange nicht gekommen, aber Dr. López hatte befohlen, ihr am Morgen als Erstes einen Einlauf und Rizinusöl zu verabreichen.

Später untersuchte er sie. »Der Muttermund sieht gut aus«, erklärte er. »Und das Kind liegt inzwischen gut. Ich werde jetzt die Fruchtblase öffnen.«

Schwester Julia wusste, was jetzt kam. Sobald das Fruchtwasser abgeflossen war, würde der Druck durch den Kopf des Kindes die Kraft und Häufigkeit der Wehen verstärken. Sie half der Schwester, den Operationswagen vorzubereiten, und stellte dann den Wandschirm um das Bett.

Die Krankenschwester legte Danitas Beine in die Halterungen, und Dr. López arbeitete rasch und professionell wie immer.

»Am Tag kann sie besser versorgt werden, Schwester«, murmelte er, als er den Eingriff durchgeführt hatte und seine weiße Maske abnahm.

Danita kreischte, als die erste starke Wehe kam. Die Öffnung der Fruchtblase verkürzte vielleicht die Geburt, aber dadurch war sie auch immer schmerzhafter für die Mutter. Die Wehen kamen so plötzlich und so stark.

Schwester Julia und die Hebamme brachten Danita in den Kreißsaal. Die Hebamme schüttelte den Kopf.

»War es wirklich nötig, die Geburt einzuleiten?« Im Flüsterton riskierte Schwester Julia ihre Frage.

Die Hebamme warf ihr einen Blick zu. »Es ist einfacher so«, erklärte sie.

Das war Schwester Julia bewusst. Nur für wen?

Während Dr. López mit der dritten Geburt des Tages beschäftigt war, huschte Schwester Julia unter dem Vorwand, etwas holen zu wollen, das eine Patientin im Warteraum vergessen hatte, hinunter in sein Sprechzimmer. Zwei- oder dreimal die Woche erfand sie einen Vorwand dazu. Sie musste es so oft tun, wenn sie sichergehen wollte, dass sie über die Geburten und Todesfälle auf dem Laufenden blieb. Einerseits war es so oft genug, dass sie die Namen auswendig lernen konnte, um sie später in ihrer Zelle in Santa Ana in ihr Buch zu schreiben. Andererseits hatte Schwester Julia aber auch herausgefunden, dass sie es in so kurzen Abständen tun musste, sonst waren die Akten schon verschwunden. Wurden sie vernichtet, damit die Vorgänge hier keine Spuren hinterließen? Sie fürchtete ja.

Heiligte der Zweck immer die Mittel? Rasch blätterte Schwester Julia die Ordner im Aktenschrank durch. Ihrer Meinung nach nicht. Sie begriff, dass es vielleicht den Kindern und sogar den Müttern half, sie vor persönlicher Not und wahrscheinlich auch gesellschaftlicher Ächtung zu bewahren. Sie verstand sogar, dass es – auf lange Sicht – gut für

Spanien sein konnte. Aber sie hatte auch miterlebt, was es für die Mütter bedeutete, hatte den Schmerz und den Kummer gesehen. Und, was am schlimmsten war, sie hatte das Sterben miterlebt.

Das dritte Kind starb. Es war ein Junge, genau wie Schwester Julia erwartet hatte.

Sie war bei der Geburt nicht dabei gewesen und hörte erst davon, als die Hebamme zu ihr gelaufen kam, um sie zu holen. »Sie werden gebraucht, um Trost zu spenden, Schwester«, sagte sie. »Es ist wieder ein Kind gestorben.«

Schwester Julia bekam das Kind nicht zu sehen, und seine Mutter durfte es ebenfalls nicht mehr sehen.

»Woran ist der kleine Junge gestorben?«, fragte sie Dr. López, bevor sie an diesem Abend ging.

Er schrieb einen Bericht. »Untergewicht«, erklärte er. »Die Mutter war unterernährt. Er hatte Probleme – eine Zangengeburt.« Er sah kaum zu ihr auf.

Schwester Julia fragte sich, was er auf den Totenschein schreiben würde. Manchmal war er zu selbstsicher, was bedeutete, dass er auch manchmal unachtsam war.

Es klopfte an der Tür – ein Paar, das kam, um sein Adoptivkind abzuholen. Seufzend ließ Schwester Julia die beiden herein.

»Hallo, hallo«, begrüßte der Arzt sie überschwänglich, als sie in sein Sprechzimmer traten.

Schwester Julia ertrug es nicht. Sie wandte sich zum Gehen.

»Seit so vielen Jahren wünsche ich mir einen Sohn«, erklärte der Mann, während er Dr. López die Hand schüttelte. »Und Sie haben mir geholfen. Dafür werde ich Ihnen ewig dankbar sein.« Seine Stimme klang leise und gerührt. »Nie habe ich mir etwas mehr gewünscht. Ich werde dafür sorgen, dass er das allerbeste Leben hat.«

Aber zu welchem Preis?, dachte Schwester Julia. Zu welchem Preis?

Später am Abend, als sie wieder in Santa Ana war, schloss Schwester Julia die Schublade ihres Schreibtisches auf und zog ihr Buch mit den Namen hervor.

Langsam blätterte sie die Seiten um. Sie führte die Aufzeichnungen über die Adoptionen und Todesfälle in der Canales-Klinik so sorgfältig, wie sie konnte. Schwester Julia nahm ihren Stift und schrieb den Eintrag für heute hinein. Das hatte sie täglich getan, seit sie begonnen hatte, das Buch anzulegen. Es füllte sich langsam. Die Frauen, die Kinder zur Welt gebracht hatten. Die Kinder. Die Adoptiveltern. Die Todesfälle. Alle Namen und Daten standen hier.

Da konnte sie doch die Klinik nicht verlassen.

Sie schlug das Buch zu, legte es wieder in die Schublade, schloss sie ab und steckte den kleinen Schlüssel in die Tasche. Sie blickte auf den dunklen Hof hinunter. Wie sie sich danach sehnte, frei von alldem zu sein! Frei zu sein, einfach hier in Santa Ana zu leben, zu studieren und zu lesen, zu beten und nachzudenken. Die Klinik und den Schmerz hinter sich zu lassen. Denn der Schmerz wurde mit den Jahren ja nicht kleiner. Sie fühlte noch immer jede Trennung von Mutter und Kind mit, als erlebe sie ihren eigenen Verlust noch einmal.

Konnte sie noch mehr tun? Jeden Tag und jede Nacht stellte sie sich diese Frage. Sie hatte dem Arzt schon so oft kritische Fragen gestellt, und sie hatte versucht, der ehrwürdigen Mutter die Zustände begreiflich zu machen. Aber was konnte sie – eine einfache Nonne – schon gegen Autoritätspersonen wie Dr. López ausrichten? Sie hatte die Menschen gesehen, die in die Klinik kamen, und wusste, wie viele Verbindungen zu höheren Stellen er hatte.

Nein. Sie konnte nur weiter das tun, was sie bereits tat: den Frauen und Kindern helfen, so gut sie konnte – und Aufzeichnungen über alles führen. Das war vielleicht nicht viel; aber wie konnte sie die Klinik verlassen, solange sie all das tat?

Als ihre Mutter sie das nächste Mal besuchen kam, waren ihre Augen rot geweint. Sie trug Schwarz, und Schwester Julia wusste es sofort.

»Papa?«, flüsterte sie.

Ihre Mutter nickte. »Bete für ihn, Julia«, sagte sie. »Denn er ist nicht mehr unter uns.«

In der Woche darauf stand Schwester Julia mit ihrer Familie an seinem Grab. Sie sah zu, wie der einfache Holzsarg in die Erde gelassen wurde, und umklammerte ihren Rosenkranz. Es erschien ihr unbegreiflich, dass sein Körper in dieser Kiste lag. Dass sie ihn nie wiedersehen würde. Ihr Verlust kam ihr umso größer vor, wenn sie an all die Jahre dachte, die sie nicht gemeinsam verbracht hatten; die vielen Jahre, die sie im Kloster gelebt hatte, fern von ihrer Familie. Verlorene Jahre waren das. Jahre, die ganz anders verlaufen wären, wenn sie zu Hause bei ihrer Familie geblieben wäre und mit ihnen gelitten hätte, Not, Hunger und Schmerz mit ihnen geteilt hätte.

Sie betrachtete das kleine Grüppchen, das ihre Familie darstellte. Sie sah ihre Mutter an, deren schwarzer Schleier ihre Tränen nur schlecht verbarg. Sie betrachtete Matilde, die kühl und aufrecht dastand, am Arm ihres Mannes, den sie doch kaum berührte. Und da war Paloma, die betrübte Paloma, die ohne ihren Mann Mario gekommen war, weil dieser etwas so Dringendes zu tun gefunden hatte, dass er nicht zum Begräbnis seines eigenen Schwiegervaters kommen konnte.

Der Priester stimmte die Worte an, die Schwester Julia so gut kannte. *Unser Vater ... Ehre sei Gott ... In seinem Namen. Amen.* Schwester Julia murmelte ihre Antworten. Ihre Schwestern sagten nichts. Ihre Mutter weinte.

Nach dem Gottesdienst stellte Schwester Julia endlich die Frage: »Warum hat er mich nie in Santa Ana besucht, Mama?« Sie musste es wissen.

»Er konnte es nicht ertragen, mein Kind«, sagte ihre Mutter. Sie wandte sich vom Grab ab und nahm Schwester Julias Arm.

»Er konnte es nicht ertragen, mich zu sehen?«

Langsam schüttelte ihre Mutter den Kopf. »Er konnte nicht ertragen zu sehen, wozu er dich gezwungen hatte.«

Schwester Julia sah zu Boden. Lieber Gott im Himmel, dachte sie.

»Dein Vater war ein stolzer Mann, Julia«, fuhr ihre Mutter fort. »Es hat ihn beschämt, dass er nicht für dich sorgen konnte, wie ein Vater es tun sollte.«

Jetzt spürte Schwester Julia, wie ihr ebenfalls die Tränen in die Augen traten. Sie weinte um ihren Vater, um ihre Mutter, ihre Schwestern und sich selbst. Um alle, die gelitten hatten und immer noch litten.

25. Kapitel

Es war Mittwoch, Mittagszeit. Mel überließ den Hutladen ihrer Angestellten, und sie und Ruby verließen den Laden und standen direkt auf dem wöchentlichen Markt von Pridehaven.

»Geht es dir gut, Liebes?«, fragte Mel. »Was hast du denn so getrieben?«

Wo sollte sie anfangen? Während sie an den Ständen vorbeischlenderten – Antiquitäten, Krimskrams, Vintage-Kleidung und -Schmuck, Beetpflanzen, Kräuter und hausgemachtes Curry –, versuchte Ruby, Mel zu erklären, wie sie sich gefühlt hatte, nachdem Frances ihr alles erzählt hatte. So, als hätte ein Tornado sie ergriffen und in immer schnelleren Kreisen gedreht, bis sie nicht mehr wusste, wo sie war oder was sie dachte, und erst recht nicht, was sie fühlte.

»Und was ist mit dem Brief von deiner Mutter?« Mel nahm einen Messingtürstopper in Form eines Schweins in die Hand und beäugte ihn argwöhnisch. »Was stand darin?«

»Das weiß ich noch nicht«, sagte Ruby. »Ich habe ihn bisher nicht aufgemacht.«

Mel zog eine perfekt gezupfte Augenbraue hoch. »Warum nicht?«

Gute Frage. Ruby hatte ihn auf den Kaminsims gelegt, aber auf keinen Fall vergessen. »Keine Ahnung«, gestand sie. »Wahrscheinlich, weil ich noch so wütend auf sie bin, auf sie beide.« Ihre Mutter hatte sie so viele Jahre lang angelogen, und dann machte sie auch noch so etwas Abgeschmacktes und hinterließ einen Brief, der ihrer Tochter nach ihrem Tod übergeben werden sollte. Also ehrlich! Sie wandte sich zu Mel. »Warum hatte sie nicht den Mut, es mir selbst zu sagen?«, wollte sie wissen. »Das ist einfach nicht fair.« Sie wusste, dass sie wie ein Kind klang, aber im Moment fühlte sie sich auch so.

Sie waren an einem Stand mit Vintage-Schmuck angelangt. Ruby nahm eine Art-déco-Brosche in die Hand, die in einer staubigen blauen Samtschachtel lag. Nahmen Schmuckstücke die Schwingungen ihrer Träger auf? Zerstreut nestelte sie an dem goldenen Medaillon herum, das sie in der alten Schmuckschatulle ihrer Mutter gefunden hatte. Die Ränder des Kästchens waren schräg angeschliffen, und auf dem Deckel war eine Rose eingraviert. Obwohl Ruby jetzt wusste, dass Vivien nicht ihre leibliche Mutter gewesen war, schien dieses Medaillon, das die Bilder ihrer Eltern barg, auf eine undefinierbare, schwer fassliche Art das Wesen des Begriffs »Mutter« zu symbolisieren. Es war, als gebe es ihr ein wenig von dem, was ihr fehlte, zurück.

»Dann rebellierst du also?«, fragte Mel. »Indem du den Brief nicht liest, streckst du ihnen allen die Zunge heraus?«

Ruby musste lachen. »Vielleicht.« Sie würde ihn lesen – aber erst, wenn der richtige Zeitpunkt gekommen und sie bereit dazu war. Schließlich kannte sie jetzt die ganze Geschichte – was konnte noch groß darinstehen?

»Hmmm.« Mel nahm ihren Arm. »Pass auf, dass du dir damit nicht selbst ein Bein stellst«, sagte sie.

Am Obststand vorbei gingen sie weiter zur Keramik aus der Gegend. Auf diesem Markt gab es wirklich alles. Kein Wunder, dass er so beliebt war. Kein Wunder, dass am Wochenende sogar Londoner kamen, um ihn zu besuchen.

Die Sonne schien warm. Ruby hatte gerade einen Wellness-Artikel abgeschlossen und ihn bereits zwei Tage vor dem Abgabetermin an Leah geschickt. Also konnte sie morgen Songs schreiben und vielleicht eine Bandprobe arrangieren. Sie dachte an das Cottage, das sie bald mieten würde, und an Andrés. Sie lächelte. Emotional befand sie sich zwar gerade auf einer Achterbahn, aber es ging ihr nicht schlecht.

»In Anbetracht der Umstände siehst du ziemlich fröhlich aus.« Mel zog die Augen zusammen und warf ihr kastanienbraunes Haar zurück. »Gibt es noch etwas, was du mir nicht erzählt hast?«

War da etwas? Ruby war sich nicht ganz sicher. Noch nicht. Sie hatte einen wunderschönen Tag mit Andrés verbracht. Und dann war da natürlich auch der Kuss gewesen. Andrés hatte sie überrumpelt, aber der Kuss war schön gewesen und hatte ein warmes Glühen in ihrem Inneren hervorgerufen. Und sie brannte darauf, das Erlebnis zu wiederholen. »Also …«

»Wer ist er?«, fragte Mel.

»Wer?«

»Der Mann, der ein Lächeln auf dein Gesicht gezaubert hat.«

Mel konnte man einfach nichts vormachen. Ruby zuckte die Achseln. »Du hast mich doch neulich überredet, zu dieser Essenseinladung zu gehen. Weißt du noch?«

»Ja?«

»Na ja …« Ruby begann zu erzählen, hörte dann aber wieder auf, weil Mel sie anstarrte. »Was ist?«

»Du magst diesen Mann wirklich gern, oder?«

Tat sie das? Sie standen vor einem Stand mit Vintage-Kleidung. Ruby schnappte sich ein mit einem verwaschenen

Muster bedrucktes Kleid und hielt es sich vor den Körper. »Was meinst du?«

Mel stand da und stemmte die Hände in die Hüften. Sie schüttelte den Kopf. »Verwaschenes passt nicht zu dir.«

Nein, wirklich nicht. »Er ist sehr nett«, gestand sie. Auf jeden Fall hatte er etwas. Und er war anders; er war so verschieden von James und den anderen Männer, die sie in London kennengelernt hatte, wie man nur sein konnte.

»Und?«

»Nichts.« Sie hielt Mels Blick stand. »Ehrlich. Es gibt nichts zu erzählen.« Noch nicht jedenfalls. Außerdem hatte sie im Moment jede Menge anderer Dinge im Kopf.

Sie nahm einen kleinen Honigtopf in die Hand. Oben auf dem Deckel saß eine kleine gelbschwarze Biene. Sie sah nach dem Preis und zog ihre Geldbörse hervor.

»Wo würdest du anfangen, wenn du jemanden suchen würdest?«, fragte sie Mel.

Der Markt von Pridehaven war ein seltsamer Platz für dieses Gespräch, aber manchmal fiel das Reden leichter, wenn man unter Fremden war und alles um einen herum in Bewegung war. Andere Menschen hielten sich hier nur sekundenlang in Hörweite auf.

»Zum Beispiel deine leibliche Mutter, meinst du?«

»Ja«, sagte sie. »Zum Beispiel Laura.« Ihre leibliche Mutter. Es war komisch, es auszusprechen, es zu denken. Wahrscheinlich hatte sie die Wahrheit immer noch nicht ganz akzeptiert. Laura war die Frau, die sie in sich getragen und zur Welt gebracht hatte. Was hatte Laura diese Erfahrung bedeutet? Denn etwas musste es ihr bedeutet haben. Und was war mit ihrem Vater – wer immer er sein mochte? Wusste er überhaupt von Rubys Existenz?

»Dann hast du also vor, nach ihr zu suchen?«

»Ich kann nicht anders, Mel.« Ruby hatte einen Zipfel von der Vergangenheit erhascht, und nun wollte sie alles wissen.

Aber wo sollte sie beginnen? Sie hatte die Fotos – das war ein Anfang. Wo sie wohl entstanden waren? Sie dachte an den türkisblauen Ozean, das orangefarbene Strandhaus und den Leuchtturm. Aber sie konnte wohl kaum auf Reisen gehen und an den Stränden des Mittelmeers nach einem orangefarbenen Strandhaus und einem Leuchtturm suchen. Und selbst wenn sie den Ort fand – wie wahrscheinlich war es, dass Laura noch dort leben würde? Obwohl … Auf den Fotos hatte es nach einer kleinen Gemeinschaft ausgesehen; es war gut möglich, dass Laura dorthin zurückgekehrt war.

»Hast du ihre letzte bekannte Adresse überprüft?«, schlug Mel vor. Sie blieb an einem Stand mit Obst und Gemüse aus der Gegend stehen und tunkte einen Cracker in eine Chili-Sauce. »Autsch, ist das scharf!« Sie wedelte sich Luft ins Gesicht und verdrehte die Augen.

»Das habe ich schon versucht.« Sie war in die alte Wohngegend ihrer Eltern gegangen, wo auch Pearl Woods und Laura früher gelebt hatten, und hatte mit den Nachbarn gesprochen in der Hoffnung, eine Nachsendeadresse zu bekommen.

»Und?«

»Absolut nichts.« Es war viel zu lange her. Seitdem hatte das Haus ein paar Mal den Besitzer gewechselt. *Laura und Pearl …*, hatte Ruby gedacht, als sie vor der Tür stand. Ihre Mutter. Ihre Großmutter. Würde sie es je richtig begreifen?

»Was ist denn mit Lauras Vater?«, fragte Mel. Sie war an einen anderen Stand getreten und untersuchte gerade eine cremefarbene Servierplatte mit handgemalten roten Mohnblumen.

Ach ja, Rubys Großvater. Derek Woods. Ob er noch lebte? »Er muss mittlerweile weit in den Achtzigern sein«, sagte sie. »Aber Laura hat ihn gehasst.«

»Vielleicht haben sie sich ja versöhnt«, meinte Mel. Sie trennten sich, und Mel betrachtete einen schimmernden blauen Glaskrug, und Ruby sah sich das Muster eines Tellers von Clarice Cliff an. Dann kamen sie wieder zusammen. Es war wie ein Tanz, dachte Ruby. Sie trieben auseinander, an entgegengesetzte Seiten des Standes, warfen einander einen Blick zu, kamen dann wieder zusammen und gingen weiter.

Möglich war es schon, dass die beiden sich versöhnt hatten, dachte sie. Ob Laura je wieder nach England zurückgekehrt war? Und wenn ja, war sie versucht gewesen, Ruby zu suchen? Sie musste weiter versuchen, Laura zu finden, und sei es auch nur, um Antworten auf einige ihrer Fragen zu bekommen.

Auf dem Platz spielte eine Band Swing-Jive-Rock-and-Roll, und sie setzten sich auf eine Bank, um zuzuhören. Ruby wippte mit den Füßen. Wenn Musik spielte, fühlte sie sich immer ein wenig lebendiger. Sie brachte etwas in ihrem Inneren zum Schwingen, als flösse sie durch ihr Blut.

Mel ging Kaffee holen und kehrte mit zwei Tassen und zwei Stück Dorset-Apfelkuchen zurück. »Ein ewiger Kampf«, klagte sie, biss in eines der Stücke und reichte das andere Ruby.

Vor ihnen begannen zwei der Rock and Roller zu tanzen; sie trug einen weiten, schwingenden Rock und er hautenge schwarze Hosen. »Aber man könnte auch anderswo beginnen«, sagte Mel.

»Zum Beispiel?«

Sie zuckte die Achseln. »Man könnte versuchen herauszufinden, wo Laura zur Schule gegangen ist. Man könnte auch eine Anzeige in die Lokalzeitung setzen: ›Steht jemand noch in Kontakt zu Laura Woods?‹ So etwas.«

»Gute Idee.« Ruby nickte. Laura musste ja Freunde hier gehabt haben, als sie siebzehn war. Vielleicht stand noch jemand in Verbindung mit ihr – oder wusste wenigstens, wo diese Fotos aufgenommen worden waren. Zumindest konnte sie ihre Recherchen ein wenig ausweiten. Sie nahm den Deckel von ihrem Kaffeebecher. Der Kaffee war stark, schaumig und dampfte.

»Facebook«, schlug Mel vor. Sie kam richtig in Schwung. »oder eine dieser Seiten, über die man Freunde suchen kann?«

»Warum nicht?« Über die sozialen Netzwerke zu suchen, war eine großartige Idee. Ruby nickte. Sie würde das Foto bei Facebook posten und all ihre Kontakte bitten, wiederum ihre Kontakte zu fragen, ob sie Laura kannten. Hieß es nicht, dass zwischen zwei x-beliebigen Menschen auf der Welt immer nur sechs Schritte lagen?

»Aber was soll ich ihr denn sagen?«, murmelte Ruby. »Hey, ich bin das Baby, das du vor fünfunddreißig Jahren im Stich gelassen hast. Wollen wir Freunde sein?«

Mel lachte. »Oder du heuerst einen Privatdetektiv an. Die haben Zugang zu allen möglichen Behördendaten, die normale Menschen nicht einsehen dürfen.« Sie warf einen Blick auf die Uhr. »Du weißt schon, Datenschutz und so.«

»Das könnte ich.« Sie hatte auch schon daran gedacht. Aber sie hatte einfach das Gefühl, dass Laura nicht in Großbritannien war. Sie war nicht in der Welt der »Behördendaten« zu finden. Sie hatte sich dem System entzogen – der Bürokratie, den Behörden, dem Papierkram. Sie war ein Freigeist, oder? *Man sollte Menschen keine Etiketten aufdrücken* – das hatte sie mit zwanzig geglaubt. Und Ruby spürte, dass sie immer noch davon überzeugt war.

Mel stand auf. »Ich muss wieder zur Arbeit, Ruby«, sagte sie. »Lass mich wissen, wie du weiterkommst.«

»Oh, das mache ich.« Vielleicht würde sie Laura nie finden. Aber sie musste es wenigstens versuchen.

Die beiden umarmten sich, aber als Ruby gehen wollte, ließ Mel sie nicht los. »Und wegen dieses Spaniers von der Dinnerparty …«

»Er kommt von den kanarischen Inseln«, sagte Ruby. »Was ist mit ihm?«

»Manchmal muss man einfach die Augen schließen und springen«, meinte Mel. »Sonst lebt man nicht.«

Nachdem Mel zurück in den Laden gegangen war, trank Ruby ihren Kaffee aus, aß den Kuchen und sah den Rock and Rollern zu. Sie schlossen die Augen und sprangen, sie ließen wirklich los. Mel hatte ein wenig traurig ausgesehen, als sie das gesagt hatte. Verschwieg sie ihr etwas, weil sie fand, Ruby sei im Moment zu labil, um ihr eine Hilfe zu sein? Sie beschloss, sie später anzurufen, um es herauszufinden.

Sie dachte an den Spaziergang auf der Klippe mit Andrés und daran, wie er das Porträt von ihr gezeichnet hatte. Seine Stirn war leicht gerunzelt gewesen, während er versucht hatte, die Zeichnung richtig hinzubekommen. Er hatte sie sehr gut getroffen, aber es war noch mehr gewesen: Das Bild hatte sie an jemanden oder etwas erinnert. An das Foto von Laura. In dem Moment, als Ruby die Zeichnung betrachtet hatte, da hatte sie nicht nur sich selbst darin erkannt, sondern auch etwas von Laura.

Hatte sie deshalb Viviens Brief nicht geöffnet? War sie dabei, ein geheimes Bündnis mit ihrer leiblichen Mutter zu schmieden; nicht um allen die Zunge herauszustrecken, sondern um sagen zu können: Daher komme ich, und dorthin gehe ich jetzt.

Sie zog die Fotos aus der Handtasche und betrachtete die Aufnahme, auf der Laura sie als Baby auf dem Arm trug. Hatte sie es deshalb immer wieder angesehen, sogar schon, bevor sie die Wahrheit gekannt hatte? Laura anzusehen war, als betrachte sie eine vollkommen Fremde. Und doch war es auch, als schaue sie jemanden an, den sie schon ihr ganzes Leben lang kannte.

26. Kapitel

Ruby spielte im Jazz-Café.

Andrés saß auf seinem üblichen Hocker an der Theke und trank ein Bier. Alles war wie früher. Tina eilte geschäftig hinter der Bar umher, holte Bier und Eis und Weinflaschen und plauderte mit ihm, wenn sie nicht bediente. Paare, Einzelpersonen und Gruppen von Freunden strömten durch die Türen und mischten sich an der Bar, setzten sich oder standen manchmal auf, um zu tanzen. Je später es wurde, umso gedämpfter wurde das Licht. Die Atmosphäre war entspannt, die Stimmung melancholisch.

Und doch hatte sich alles verändert.

Denn Tina hatte nicht gefragt: »Wie versteht ihr euch?« Sie wusste, wie sie sich verstanden. Es war offensichtlich.

Sie waren heute Abend gemeinsam gekommen, mit strahlendem Blick. Sie hatten sich nicht berührt, aber eben doch beinahe. Tina hatte sie nur einmal angesehen.

Andrés wusste, dass Ruby nach ihrem Auftritt kommen und sich auf den Barhocker neben ihm setzen würde. Sie würde Bier trinken, lachen, ein wenig plaudern. Obwohl sie müde war, würde sie nach ihrem Auftritt immer noch aufgedreht sein. Und wenn sie gingen, würde Andrés sie nach Hause bringen.

Gestern hatte er ihr bei ihrem Einzug in das Cottage an der Pride Bay geholfen. In der Woche davor hatte er die Arbeit, die er für diese Woche geplant hatte, zurückgestellt und den Ausbau des Cottage vorgezogen, denn er wollte es für sie fertig machen. Sein Kunde würde nichts gegen die zusätzlichen Einbauten einzuwenden haben. Schließlich erhöhte Andrés damit den Marktwert des Hauses.

»Du brauchst das wirklich nicht alles zu tun, Andrés«, hatte sie während der vergangenen Woche mehrmals zu ihm gesagt. »Ich weiß ja nicht einmal, wie lange ich bleibe.«

Dessen war er sich bewusst. Sie hatte einen Mietvertrag ausgehandelt, der nur drei Monate lief. Das war nicht lange, aber …

»Bis dahin weiß ich es«, hatte sie gesagt.

Und er hatte die Rastlosigkeit in ihrem Blick gesehen. Was würde sie wissen? Wo sie leben wollte? In drei Monaten konnte das Haus ihrer Eltern schon verkauft sein. Hatte sie vor, hier, in der Landschaft ihrer Kindheit, etwas Eigenes zu kaufen? Oder würde sie ganz fortgehen?

»Das macht nichts«, hatte er gesagt. Er verstand, dass sie aus dem Haus ihrer Eltern ausziehen und ihr Leben ohne sie weiterführen musste. Und er wollte, dass sie in der Lage dazu war. Er wollte ihr helfen. Ein merkwürdiges, unbekanntes Gefühl war das. Er kannte sie kaum, und doch hatte er das Bedürfnis, sie zu beschützen. Andrés gefiel das ganz gut.

Er sah zu, wie sie spielte. Sie trug ein eng geschnittenes, rotes Seidenkleid mit geradem Ausschnitt und hochhackige Schuhe. Sie hatte eine kleine, schwarze Halskette umgelegt, und ein schwarzes Armband rutschte zwischen Ellbogen und Handgelenk hin und her, wenn ihr rechter Arm über die Klappen auf- und abglitt. Das blonde Haar war glatt aus dem Gesicht frisiert, und sie trug ihren gewohnten roten Lippenstift. Sie sah großartig aus.

Aber es war nicht nur das. An ihr war etwas Strahlendes, sogar dann, wenn sie ihre traurige Seele durch das Mundstück des Saxofons in ihre Musik fließen ließ, deren klagende Schönheit ihn umschlang, bis Andrés am liebsten geweint hätte. Sie strahlte einfach aus sich selbst heraus wie ein Juwel. Er liebte ihre Traurigkeit, er liebte das Strahlen. Wie ein Stern am Himmel, dachte er. Unerreichbar.

Wenn sie spielte, wenn sie das Instrument nahm und sich im Rhythmus der Melodie bewegte und wiegte, reiste Ruby an einen anderen, weit entfernten Ort. Weit entfernt vom Jazz-Café, weit entfernt von Andrés, weit entfernt von allem in der Welt, die er sehen konnte. Wohin ging sie? Wer wurde sie? Das wusste allein Gott. Er konnte es allerdings nachfühlen. Wenn er sich ganz aufs Malen konzentrierte, empfand er auch häufig dieses entrückte Gefühl. Es existierte nichts anderes mehr, und die Zeit stand still. Die Welt hätte untergehen können, und er hätte es nicht bemerkt.

Gestern Abend hatte er sie zur Feier ihres Umzugs zum Essen ausgeführt. Vermutlich hätte man es ihre erste richtige Verabredung nennen können. Es war ein großartiger Abend gewesen, obwohl er geradezu lächerlich nervös gewesen war, und sie hatte zerstreut gewirkt. Sie beschäftige sich gerade mit etwas, erklärte sie ihm. Momentan müsse sie über vieles nachdenken. Es hatte etwas mit ihren Eltern zu tun. Und dann hatte sie innegehalten und kurz auf ihre typische Art die Stirn gerunzelt, als wolle sie ihm davon erzählen.

»Ist schon in Ordnung«, hatte er gesagt. »Du musst es mir nicht erzählen.« Er hatte keinen Druck auf sie ausüben wollen. Das würde mit der Zeit kommen, sagte er sich. Irgendwann würde Ruby sich ihm anvertrauen. Und das würde dann der richtige Zeitpunkt sein.

Andrés trank einen Schluck von seinem Bier und hielt den Atem an, als die letzten, lang gezogenen Töne erklangen und den Raum füllten. Er war sich noch nicht sicher, was er für sie empfand, aber schon glaubte er, dass er verstanden hatte, wer sie war. Er wusste, dass sie vieles gemeinsam hatten, und er konnte ihren Verlust nachempfinden.

In seinem Fall war der Tod natürlich nur symbolisch gewesen. *Tritt nie wieder über diese Schwelle* ... Die harte Stimme seines Vaters gellte ihm wieder unangenehm in den Ohren.

Zu Hause hatten Spannungen geherrscht, solange er denken konnte. Sein Vater war tyrannisch und anspruchsvoll gewesen, und Isabella hatte nach seiner Pfeife getanzt. Seine Mutter war herumgehuscht und hatte versucht, es jedem recht zu machen. Und Andrés hatte sich immer in Schwierigkeiten gebracht.

»Warum musst du ihm auch widersprechen?«, sagte seine Mutter dann und schnalzte frustriert mit der Zunge. »Wieso kannst du nicht stillschweigen, Sohn, und ihn einfach in Ruhe lassen?«

Lass ihn in Ruhe. Lass ihn in Ruhe. Als wäre Enrique Marín kein einfacher Sterblicher, kein Mensch, sondern eine Art unantastbarer Gott, den sie alle verehren und anbeten mussten. Während er ... Angewidert schüttelte Andrés den Kopf.

Die Spannungen hatten zugenommen und waren schlimmer denn je gewesen, als er ein Teenager war, obwohl er nicht wusste, was sich verändert hatte. Sein Vater arbeitete in seinem Atelier, brummte vor sich hin oder brüllte, oder er stapfte mit dem Tuch um den Kopf und der Zigarre zwischen den Lippen zum alten Hafen hinunter, um finster aufs Meer hinauszustarren oder Domino in der Arcorralado-Bar zu spielen.

Lass ihn in Ruhe ... Mama arbeitete im Haus oder saß vor der Tür und arbeitete an ihren *calados* – bestickten Leinendeckchen –, manchmal allein und schweigend und manchmal zusammen mit den Nachbarinnen, munter plaudernd. Isabella war eine pflichtbewusste Tochter und lief ihrer Mutter nach wie ein Hündchen. Und Andrés malte immer noch.

Was hatte sich verändert? Das Dorf wurde langsam wohlhabender. Die Landwirtschaft florierte. Dazu kam der Tourismus. Früher einmal hatten die Dorfbewohner davon gelebt, Fisch gegen Ziegenmilch und -käse, Getreide, Feigen und Kaktusfeigen – entweder frisch oder an der Sonne getrocknet – einzutauschen. Aber die Touristen hatten alles verändert. Sein Vater verkaufte nun Bilder. Die Zeiten der Armut waren vorbei, jedenfalls sagten die Leute das. Aber warum lächelte Mama dann so selten, und warum hatten sich die Zornesfalten so tief in die Stirn seines Vaters eingegraben? Wieso waren die beiden so unglücklich?

Damals hatte Andrés es nicht gewusst. Heute konnte er es erraten. Vielleicht hatte Mama damals schon gewusst, was vor sich ging, und hatte die Augen davor verschlossen. *Lass ihn in Ruhe ...* Wann hatte es angefangen? Wie lange war es gegangen? Auf diese Fragen würde Andrés wahrscheinlich nie eine Antwort bekommen.

Und dann war der Song vorüber, Ruby verneigte sich lächelnd und ließ den Gurt des Saxofons von ihrer Schulter gleiten. Das Publikum klatschte Beifall. Andrés stand auf und applaudierte ebenfalls. Tina lächelte zu ihm herüber.

Ruby verschwand hinter der Bühne.

Andrés zog noch einen Hocker heran und bestellte ihr ein

Bier. Wieder fühlte er sich als Beschützer … Er war sich noch nicht sicher, wie er das fand.

Tina stellte das Bier vor ihn auf die Theke. »Sie spielt wirklich gut«, meinte sie. »Man kann ihren Schmerz richtig spüren.«

»Ich weiß.« Er sah, dass Ruby auf sie zukam. Die Frau, die mit ihm in Fleecepulli und Bluejeans wandern gegangen war und die an Chesil Beach gesessen und wie ein Kind die Arme um die Knie geschlungen hatte, sah jetzt so glamourös und elegant aus wie ein Filmstar auf dem roten Teppich. Sie lächelte ihn an.

Andrés stand auf. Wie immer er es betrachtete, das hier war wichtig. Er hatte nicht vor, es zu vermasseln.

27. Kapitel

BARCELONA 1973

Als Schwester Julia von Santa Ana ins Raval-Viertel ging, dachte sie darüber nach, dass die Straßen heutzutage viel belebter waren als früher. Es kamen mehr Besucher in die Stadt, Menschen verschiedener Nationalitäten und Kulturen. Der Tourismus hatte Spanien entdeckt, und in Barcelona gab es viel zu sehen: die Kathedrale und die Häuser von Gaudí, die Parks und die Springbrunnen. Man hörte so viele verschiedene Sprachen. Zuerst fand Schwester Julia das verwirrend – vielleicht ist Veränderung ja immer verwirrend –, doch dann wurde es ihr klar: Auf den Straßen war weniger Furcht zu spüren und ein stärkeres Gefühl von Freiheit. Das musste etwas Gutes sein.

In die Klinik kamen immer weniger unverheiratete Mütter, und Schwester Julias Arbeitszeiten waren nicht mehr so lang. Das war eine Erleichterung. Jetzt hatte sie mehr Zeit, um zu lesen und die englische Sprache zu studieren. So viele große Werke waren in englischer Sprache geschrieben, und sie war froh, sie verstehen zu können. Das war eine ihrer größten Freuden. Aber es gab immer noch Todesfälle und Adoptionen, und Schwester Julia führte immer noch ihr Buch mit den Namen. Mittlerweile war es fast voll.

Neulich, an einem Tag voller Herbstnebel und Laub, als die Stadt nach Feuchtigkeit und Holzfeuern roch, war Schwester Julia vor dem Buchladen auf den Ramblas stehen geblieben. Sie wollte nicht nur englische Werke lesen. Es wurden jetzt auch wieder Bücher auf Katalanisch veröffentlicht. Sie lächelte und sprach lautlos ein Dankgebet. Das war der erste Schritt zu einem neuen Aufschwung ihrer Kultur. Wenn ihre Eltern das doch nur miterleben könnten! Ihre Mutter hatte diese Welt nur ein Jahr nach ihrem Vater verlassen, als wäre ihr das Leben ohne ihn einfach zu schwergefallen. Seitdem hatte sie auch keine ihrer Schwestern mehr gesehen. Matilde und ihr Mann waren weggezogen. Schwester Julia hoffte nur, dass ihre Schwester die Kraft finden würde, das Leben anzunehmen, das ihr aufgezwungen worden war. Und Paloma ... Soweit Schwester Julia wusste, lebte sie immer noch in Barcelona, mit Mario Vamos, dem Mann, den sie aus Liebe geheiratet hatte. Aber zu ihrem großen Bedauern hatte sie sie nie wieder besucht.

Schwester Julia fiel es heute sogar schwer, sich an die engen Familienbande von einst zu erinnern. Sie hatten überlebt, viele andere dagegen nicht. Aber es war nie einfach gewesen. Und waren die Mitglieder ihrer Familie nicht auch gebrochen worden, so wie alle anderen?

Bei ihrer Ankunft in der Klinik war alles wie immer. Im Kreißsaal befanden sich zwei Frauen, beide in einem frühen Stadium der Geburt, und der Arzt wuselte in seinem Sprechzimmer herum, wie er es oft tat. Er machte niemals eine Pause, war immer ungeduldig und stets bereit, sein Kruzifix zu schwenken und von den Frauen, die immer noch seine Hilfe suchten, Bußfertigkeit zu fordern. Aber inzwischen strahlte er etwas Fanatisches aus. Sie fragte sich, wie lange das noch so weitergehen konnte.

Nach ihrem Morgengebet half Schwester Julia den Krankenschwestern beim Bettenmachen und anderen Pflichten.

Ein Mann suchte den Doktor wegen einer Adoption auf; sie sah sein Gesicht nicht, aber sie hörte die Selbstsicherheit in seiner tiefen, knarrenden Stimme, die aus Dr. López' Büro drang. Unwillkürlich schnalzte sie missbilligend mit der Zunge.

Nach der morgendlichen Visite zog Dr. López sie beiseite. »Ich habe eine sehr wichtige und vertrauliche Aufgabe für Sie, Schwester«, sagte er.

»Sehr wohl, Doktor.« Schwester Julia neigte den Kopf. Was mochte das sein?

»Die Zuwendung eines ...« Er räusperte sich lautstark. »... unseres freundlichen Gönners ist fällig. Sie müssen sich mit diesem Mann treffen und mir dann das Geld unverzüglich bringen.«

Eine Zuwendung?

Sie musste verwirrt ausgesehen haben, denn der Doktor tat ihre Zweifel mit einer Handbewegung ab. »Machen Sie sich keine Sorgen, Schwester«, sagte er. »Sie sind vollkommen sicher. Es ist nicht weit. Ich gebe Ihnen die Wegbeschreibung.«

Aber sie hatte sich keine Gedanken um ihre eigene Sicherheit gemacht. War sie es nicht gewöhnt, allein durch die Stadt zu streifen? Das tat sie schon seit Jahren. Nein, was sie verwirrte, war die Frage, warum sie irgendwohin gehen und die Zuwendung eines Gönners annehmen sollte. Warum konnte der Spender das Geld nicht in die Klinik bringen? Das war, vorsichtig ausgedrückt, eigenartig.

»Selbst kann ich nicht gehen«, erklärte Dr. López. »Ich muss vorsichtig sein und meine Klinik und meinen Namen schützen.« Er sah sie an. »Sie müssen das übernehmen, Schwester Julia. Sie werden niemandem auffallen.«

Schwester Julia begann zu verstehen, was er meinte. Es ging also nicht einfach um die Spende eines Wohltäters. Wenn der Arzt davon sprach, seinen Ruf schützen zu müssen, dann war etwas Unheilvolleres im Gang. Sie war eine Nonne. Niemand würde sie verdächtigen, etwas Geheimes oder Illegales zu tun. *Illegal* ... Rasch bekreuzigte sie sich und schloss die Augen, um Gott zu suchen. *Gott im Himmel, höre meine Stimme. Hilf mir zu tun, was ich tun muss. Amen.*

Was sollte sie tun? Sie konnte sich weigern. Aber wenn sie ging ... Etwas sagte ihr, dass sie dann vielleicht mehr herausfinden würde, etwas, das sie wissen musste.

Sie traf den Mann und die Frau unter den Torbögen in der Calle Fernando. Wer wusste, was für dubiose Geschäfte hier getätigt wurden? Die Gegend war voller Schatten, voller Bettler und Diebe.

Der Mann war überrascht, sie zu sehen. »Wo ist der Priester?«, fragte er.

Der Priester? Traf er sich sonst mit einem Priester? Schwester Julia wusste nicht, was sie darauf antworten sollte, daher schwieg sie.

Der Mann lachte bitter und reichte ihr einen Umschlag. »Zählen Sie es«, sagte er. »Ich möchte mir nicht vorwerfen lassen, dass ich jemanden übervorteile.«

Schwester Julia zählte zehntausend Peseten. So viel Geld hatte sie noch nie in ihrem Leben gesehen. Wofür in aller Welt mochte dieses Geld sein? Sollte die Klinik vielleicht renoviert werden? Würde Dr. López mehr Personal einstellen? Es musste eine gewisse Summe Geld kosten, eine Klinik wie die des Doktors zu führen; aber Schwester Julia hatte angenommen, die Klinik existiere von wohltätigen Spenden. Sie wusste sicher, dass sie Zuwendungen von der Kirche erhielt, das hatte die ehrwürdige Mutter ihr erklärt.

»In sechs Monaten komme ich wieder«, erklärte der Mann. »Mit der nächsten Rate.«

Die nächste Rate? Schwester Julia gefror das Blut. »Wie viele Raten insgesamt?«, fragte sie, indem sie all ihren Mut zusammennahm.

»Dies ist die siebte von zehn, Schwester«, antwortete er und senkte den Kopf.

Einhunderttausend Peseten also.

Vielleicht hätte Schwester Julia nicht begriffen, wofür das Geld gezahlt wurde, hätte sie die Frau nicht erkannt. Sie hielt sich halb in den Schatten der Bögen verborgen und hatte den Schal vor das Gesicht gezogen. Doch dann trat sie vor, um zu gehen.

Schwester Julia hatte sie in der Klinik gesehen. Doch sie war nicht gekommen, um ein Kind zur Welt zu bringen, sondern um eins zu adoptieren.

Dieser Mann und diese Frau waren also Adoptiveltern. Wenn sie nachdachte, würde sie sich vielleicht sogar an ihren Namen erinnern. Sie hatte sie ja alle aufgeschrieben, oder?

Einhunderttausend Peseten. So war das also. Lieber Gott im Himmel. Langsam wurde Schwester Julia klar, woran sie sich so lange beteiligt hatte und immer noch beteiligte. Sie hatte recht gehabt, als sie sich gefragt hatte, ob es tatsächlich nur darum ging, schwachen Mitgliedern der Gesellschaft zu helfen und Kindern bessere Chancen im Leben zu ermöglichen. Natürlich war es nicht so gewesen. Wie hatte sie nur so blind sein können, so naiv, so leichtgläubig? Es ging dabei auch um Geld. Und das Geld stammte von den richtigen Familien. Richtig, dachte Schwester Julia, in mehr als einem

Sinn des Wortes. Diese Art von Korruption hatte sich fast drei Jahrzehnte lang direkt vor ihren Augen abgespielt.

Als Schwester Julia zurück zur Canales-Klinik eilte, spürte sie das Geld in ihrer Tasche. Es fühlte sich an, als wolle es sich bis auf ihre Haut durchbrennen. Sie konnte es nicht abwarten, es loszuwerden. Blutgeld, dachte sie. Geld, mit dem menschliches Leben gekauft worden war.

Der Doktor wartete auf sie.

Sie zog den Umschlag aus ihrer Tasche und hielt ihn ihm hin. Holte tief Luft. Nur Mut, dachte sie. »Wollen Sie mir verraten, Doktor, wofür dieses Geld gezahlt wurde?«, fragte sie.

»Ah, Schwester.« Rasch nahm er ihr den Umschlag aus der Hand. »Vielleicht ist es das Beste, wenn Sie das nicht wissen.«

Schwester Julia hielt seinem durchdringenden Blick stand. Sie dachte zurück an jenen ersten Tag, als sie ihm im Krankenhaus vorgestellt worden war, und daran, wie er sie eingeschüchtert hatte. Sie erinnerte sich an all die Fragen, die sie im Lauf der Jahre hatte stellen wollen – und an die, die sie gestellt hatte. »Vielleicht«, gab sie leise zurück, »weiß ich es bereits.«

Er runzelte die Stirn und musterte sie von oben bis unten, wie er es seit dem ersten Tag nicht mehr getan hatte. »Gottes Wege sind geheimnisvoll, Schwester«, sagte er. »Und uns steht es nicht zu, sie zu hinterfragen.« Er tat einen Schritt auf sie zu.

Jetzt stand er so dicht vor ihr, dass sie seinen Atem auf ihrem Gesicht spürte und seinen Geruch wahrnahm – Wundbenzin und ein schaler Hauch von Alkohol. Er packte ihr Handgelenk, und in dieser Sekunde hatte sie solche Angst, dass sie fast zu atmen aufhörte. Aber sie gab nicht nach. Sie würde nicht einlenken. Schwester Julia erwiderte seinen Blick direkt. Nun wusste sie genau, was für ein Mensch er war.

»Vielleicht werden Sie sich nicht immer hinter Gott verstecken können, Doktor«, sagte sie und zwang ihre Stimme, nicht zu zittern.

Er packte fester zu. »Und vielleicht«, entgegnete er, »sollten Sie aufpassen, Schwester Julia.«

Sie wich nicht zurück, und kurz darauf schien er zur Besinnung zu kommen. Er ließ sie los und zog seine Hand weg.

Er nahm etwas Geld aus dem Umschlag. »Ich möchte Sie gern für die Aufgabe, die Sie heute übernommen haben, entschädigen, Schwester.« Seine Stimme klang jetzt sachlich und ruhig.

Ungläubig starrte sie ihn an. Glaubte er wirklich, dass sich jeder so leicht kaufen ließ? War die Welt tatsächlich so? »Ich will kein Geld«, gab sie leise zurück. »Ich will nichts. Aber ich will nie wieder etwas damit zu tun haben.«

»Nun gut, Schwester.« Er öffnete ihr die Tür. Und als sie das Zimmer verließ, wechselten die beiden einen Blick, einen Blick, der so vollkommenes Verstehen ausdrückte, dass sie sich schwach fühlte, als könnten ihre Beine unter ihr nachgeben. Aber sie ging hocherhobenen Hauptes hinaus und kehrte nach Santa Ana zurück.

Im Kloster eilte Schwester Julia in die Kapelle, um zu beten. Sie bat Gott um Vergebung für die Dinge, die in Seinem Namen geschehen waren. Namen ... Sie ging in ihre Zelle, holte das Buch mit den Namen hervor und seufzte. Es waren so viele. Sie hatte getan, was sie konnte. Aber jetzt konnte sie nicht mehr. War sie auch noch eine selbstständige Person oder nur noch eine Schwester im Kloster Santa Ana? Konnte sie noch ihre eigenen Entscheidungen treffen? Hatte sie noch eine Stimme?

Sie ging zur ehrwürdigen Mutter und erklärte ihr, sie könne nicht mehr in der Klinik für Dr. López arbeiten.

»Warum denn das?«, wollte die Mutter Oberin in scharfem Ton wissen.

»Ich kann nicht«, sagte Schwester Julia. »Ich will nicht.« Ihr Gesicht war tränennass. Aber um wen weinte sie? Um die Mütter, die ihre Babys verloren hatten? Um die Kinder, die nie erfahren würden, wer sie wirklich waren? Oder weinte sie etwa um sich selbst und um das, was sie verloren hatte?

»Aber aus welchem Grund, mein Kind?« Ihr aufgewühlter Zustand schien die ehrwürdige Mutter etwas milder werden zu lassen.

Schwester Julia schluckte heftig. Sollte sie ihr von dem Geld erzählen? Von dem, was sie jetzt mit Gewissheit über Dr. López und die Klinik wusste? Sollte sie ihr von all dem erzählen, was in Gottes Namen getan worden war? Sie sehnte sich danach, es zu tun. Es wäre eine solche Erleichterung gewesen, es jemandem zu erzählen, diese Bürde nach all diesen Jahren loszuwerden. Und doch … Sie hatte schon früher versucht, der Oberin davon zu erzählen. Und jedes Mal war sie mit derselben Geschichte abgespeist worden. Die ehrwürdige Mutter hatte den Arzt immer verteidigt. Warum sollte sich daran etwas geändert haben? Die Wahrheit war, dass Schwester Julia nicht wusste, ob sie ihr vertrauen konnte.

»Ich kann es nicht sagen.« Sie neigte den Kopf. »Aber ich kann unmöglich dort weiterarbeiten. Ich brauche Zeit zum Gebet, ich muss meinen Gott wiederfinden.«

Lange sah die ehrwürdige Mutter sie betrübt an, ohne ein Wort zu sagen. »Ich spreche mit dem Doktor«, erklärte sie schließlich.

Schwester Julia konnte es nicht ertragen. Wenn sie noch einmal dorthin gehen musste … Sie reckte die Schultern. »Ich gehe nicht zurück, ehrwürdige Mutter«, wiederholte sie.

Wieder sah die Mutter Oberin sie an, und dann endlich legte sie die Hand auf Schwester Julias Kopf. »Das brauchst du nicht, mein Kind«, sagte sie. »Keine Angst.«

»Danke, Mutter Oberin.« Und Schwester Julia spürte, wie ihre Last leichter wurde.

»Aber hier kannst du nicht bleiben«, setzte die Ältere hinzu.

Das erstaunte Schwester Julia nicht. Aber wohin konnte sie gehen? Dieses Kloster war seit vielen Jahren ihr Zuhause; sie hatte kein anderes mehr.

Die ehrwürdige Mutter dachte nach. »Wir schicken dich auf die kanarische Insel Fuerteventura«, erklärte sie schließlich. »In ein kleines Kloster dort, das sich noch im Aufbau befindet. Es ist ruhig dort, und niemand wird dich behelligen. Du wirst Gelegenheit zur Einkehr und zum Gebet haben, wie du es dir wünschst.«

»Wie Sie wünschen, ehrwürdige Mutter.« Der Gedanke war verlockend. Ruhe zu haben. Sicher zu sein. Gelegenheit zu haben, über alles, was geschehen war, nachzudenken. Doch sie wusste, wenn sie unbehelligt bleiben würde, würde dasselbe für Dr. López gelten.

Eines musste Schwester Julia noch tun, bevor sie fortging: Sie musste ihre Schwester Paloma finden und sich von ihr verabschieden.

Eines Tages Anfang März, als schon ein etwas milderer Wind wehte und es schien, als werde der Winter endlich weichen, ging Schwester Julia in die Straße, in der ihre Familie einst gelebt hatte, Tür an Tür mit Mario Vamos. Sie kehrte nicht zum ersten Mal zurück, aber dennoch stand sie mehrere Minuten da, sah zu dem Haus auf und erinnerte sich an die Zeiten mit ihrer Familie – fröhliche Momente, aber auch viel Armut und Not. Sie schaute zum Fenster des Zimmers auf, das sie mit ihren Schwestern geteilt hatte, und ihr war, als höre sie in dem Wind, der die schmale Straße entlangpfiff, wieder Palomas Geplapper und ihr mädchenhaftes Lachen.

Das Haus gehörte nicht mehr ihrer Familie, daher klopfte Schwester Julia an die Tür des Nachbarhauses, das immer noch im Besitz der Familie Vamos war. Vielleicht würde ihr sogar Paloma öffnen …

Doch es war eine alte Frau, die an die Tür kam, Marios alte Tante, an die sie sich aus ihrer Kindheit erinnerte.

»Ja, Schwester? Kann ich Ihnen helfen?«, fragte die Frau höflich. Es gelang ihr nicht ganz, ihre Verblüffung darüber zu verbergen, dass eine Nonne auf ihrer Türschwelle stand.

Schwester Julia redete nicht lange drumherum. »Ich suche nach Paloma Vamos, *señora*«, sagte sie. »Die Sache ist dringend.«

Abneigung malte sich jetzt auf den Zügen der alten Frau ab. »Ich kenne sie«, sagte sie.

»Dann geben Sie mir doch bitte ihre Adresse.« Schwester Julia lächelte verhalten, um ihre Worte ein wenig abzumildern.

»Natürlich.« Die Frau verschwand nach drinnen und kehrte mit einem Zettel zurück, den sie Schwester Julia gab. »Hier.«

»Danke.«

Durch das Labyrinth des Ravel-Viertels ging Schwester Julia zu der Straße, deren Namen in spinnenhafter Schrift auf das Papier gekritzelt stand. Nummer fünfzehn. Das Haus wirkte trist und ungepflegt. Sie holte tief Luft und klopfte an die Tür.

Ein Mann, der ungefähr in ihrem Alter war, öffnete. Sie erkannte ihn sofort. Aber das jungenhafte gute Aussehen hatte er eingebüßt, und sein Gesicht hatte eine Härte angenommen, die sie erstaunte. Er trug eine Kappe, die er in einem kecken Winkel aufgesetzt hatte, und in seinen Augen lag noch immer eine Spur von Humor. Aber sein Mund war verkniffen, und seine Miene war nicht freundlich. »*Señor* Vamos?«, fragte Schwester Julia.

»*Sí*.« Er sah sie an ohne ein Zeichen des Erkennens. »Was kann ich für Sie tun, Schwester?«

Schwester Julia drückte den Rücken durch. Natürlich würde er sie nicht erkennen. Warum sollte er auch, nach so vielen Jahren? »Ich möchte meine Schwester Paloma besuchen«, erklärte sie.

»Ach?«

Aber hinter ihm sah sie Paloma selbst aus einem der vorderen Zimmer kommen. »Julia?« Sie schob sich an ihrem Mann vorbei und streckte ihr die Hand entgegen. »Julia?«

Schwester Julia ignorierte Mario Vamos' neugierigen Blick, nahm Palomas Hand und ließ sich von ihr ins Haus ziehen. Als sie an ihm vorbeikam, roch sie den süßen Tabakduft, der an ihm haftete und sich mit dem Geruch von Alkohol und Schweiß mischte. Und sie registrierte, wie kühl die beiden miteinander umgingen; besonders der kurz angebundene Ton, in dem Mario mit seiner Frau sprach, fiel ihr auf.

Dann saßen Julia und Paloma sich in einem kleinen, schäbigen Zimmer auf der Vorderseite des Hauses gegenüber. Paloma hatte Kaffee gemacht, der nun auf einem Beistelltisch stand. »Julia«, sagte sie noch einmal. »Es ist schön, dich zu sehen.«

»Ich freue mich auch, Paloma.« Schwester Julia senkte den Kopf. Aber in Wahrheit war sie schockiert. Ihre Schwester hatte sich stark verändert. Ihr Haar wurde grau und wirkte struppig, ihre Augen, die früher wie Diamanten geglitzert hatten, blickten stumpf, und aus ihren einst großzügig geschwungenen Lippen war ein verbitterter Strich geworden. »Wie geht es dir?«, fragte sie.

Wie zur Antwort knallte die Haustür zu, und Schwester Julia sah Mario die Straße entlangschlendern. Er hatte die Hände in die Hosentaschen gesteckt und pfiff.

Paloma schloss die Augen. »Heute Abend wird er nicht nach Hause kommen«, erklärte sie.

Schwester Julia wusste nicht, was sie sagen sollte. »Dann bist du nicht glücklich?«, sagte sie schließlich. »Ihr habt keine Kinder?«

Paloma schüttelte den Kopf. »Wir haben keine Kinder«, sagte sie. »Und wir werden auch keine bekommen.«

Schwester Julia erkannte, was geschehen war. Wie Paloma bitter und unscheinbar geworden war, während sie zusah, wie ihr Mann mit den jungen Frauen aus dem Viertel flirtete. Wie die beiden einen Kampf austrugen, den Paloma nie gewinnen konnte, weil sie ihm keine Kinder schenken konnte und ihren Mann ein ums andere Mal verlor, mit jedem Jahr, das verging, endgültiger, bis er gar nichts mehr von ihr wissen wollte.

»Ich verlasse Barcelona«, erklärte Julia ihrer Schwester, als sie aufstand, um zu gehen. »Ich werde in einem Kloster auf Fuerteventura leben.«

Paloma nickte. Sie war nicht erstaunt. »Ich wünsche dir Glück, Julia«, sagte sie. »Ich wünsche dir Liebe.« Sie lächelte, und eine Sekunde lang sah sie der alten Paloma ähnlich, dem sorglosen, immer zum Lachen aufgelegten Mädchen.

»Ich dir auch, Schwester.« Die beiden umarmten sich. »Ich wünsche dir alles Glück der Welt.«

Schwester Julia verließ Barcelona in der Karwoche. Die Straßen waren voller Menschen, die den Prozessionen und Festwagen zusahen. Erdnüsse, Schokolade und gebrannte Mandeln regneten von dort auf die Kinder am Straßenrand herunter. Vor der Kirche stand ein Priester mit einem Messbuch und einem Rosenkranz und segnete die Vorübergehenden. Die Frauen trugen *mantillas* – Umschlagtücher aus zarter Spitze –, schwarze, hochhackige Schuhe und schwarze Kleider; die Männer schwarze Anzüge und mit Frisiercreme zurückgekämmtes Haar. Die Menschen bekreuzigten sich und murmelten leise Gebete. Ihre Gesichter waren zum Himmel gewandt. In der Karwoche hingen die Gerüche der Feiern in der Luft – Wachs, Weihrauch, Knoblauch, Tabakrauch … Und der Duft der Orangenblüten, denn die Bäume in der Stadt blühten jetzt. Es war eine berauschende Mischung, die Schwester Julia daran erinnerte, wie die Stadt einst gewesen war, in ihrer Kindheit. Endlich hatte Spaniens Geschick sich gewendet.

Und Schwester Julia konnte sich endlich aus der Welt zurückziehen.

28. Kapitel

»Sollen wir?« Andrés streckte ihr selbstbewusst die Hand entgegen.

»Das meinst du doch nicht ernst, oder?« Ruby sah zur Bühne, auf der jetzt eine neue Band stand, die Swing spielte. Einige Gäste hatten zu tanzen begonnen.

»Ich scherze nie über ernste Angelegenheiten wie das Tanzen«, erklärte er.

»Na schön.« Ruby ließ sich vom Barhocker gleiten. Wie immer, wenn sie gespielt hatte, war sie gefühlsmäßig völlig ausgelaugt und befand sich in einer Art emotionalem Niemandsland. Das war in Ordnung; denn sie steckte so viel Energie in ihre Musik, weil sie es wollte. Nur so hatte man auch viel davon. Aber nachher musste sie erst wieder herunterkommen, mit ein paar Bier oder einem großen Glas Rotwein, mit einer Kleinigkeit zu essen und leichtem Geplauder.

Tanzen gehörte nicht dazu.

Auf der Tanzfläche war es mittlerweile ziemlich voll. Andrés strebte zielbewusst in Richtung Bühne und hielt immer noch ihre Hand. Er trug verwaschene Bluejeans, ein Leinenhemd in einem hellen Grau und ein leicht verknittertes Leinensakko. Sein dichtes Haar fiel lockig über seinen Kragen. Konzentriert runzelte er die Stirn und überlegte, wo noch ein bisschen Platz war. Das machte ihr Sorgen; erwartete er wirklich von ihr, dass sie sich so viel bewegen würde? Er nahm eine Art Grundstellung für den Standardtanz ein, und es gefiel ihr ganz gut, wie er sie dann in seine Arme zog. So weit, so gut.

»Entspann dich einfach«, sagte er.

Und ehe sie wusste, wie ihr geschah, tanzten sie eine Art Swing-Jive. Er führte, und sie hielt per Osmose, Telepathie und Gebet mit. Zuerst versuchte sie, sich auf die Schritte zu konzentrieren, aber es war schwer, dem Rhythmus zu folgen, und sie stießen entweder mit den Knien zusammen oder waren auf einmal meilenweit entfernt voneinander. Ruby dachte an Mel und das, was sie ihr gesagt hatte. *Springen.*

Inzwischen wusste sie, warum Mel unglücklich war. Sie war kürzlich zum Abendessen bei Mel und Stuart gewesen, und Mel hatte sich ihr beim Tischabräumen anvertraut. Stuart wollte eine Familie gründen. Wie er sagte, lief ihnen die Zeit davon. Kinder zu haben, bedeutete ihm so viel.

Ruby berührte Mels Arm. »Und du nicht?«

Mel warf einen Blick zur Küchentür. Aber Stuart war ins Wohnzimmer gegangen und hatte Musik – klassische Gitarre – aufgelegt, die jetzt durch das Haus flirrte. »Ich möchte mein Leben nicht ändern, Ruby«, flüsterte sie. »Ich glaube nicht, dass ich ... bereit dafür bin.«

Ruby nahm Mel den Tellerstapel ab, den sie trug, und stellte ihn auf die Arbeitsplatte. Dann umarmte sie sie. »Niemand ist verpflichtet, Kinder zu bekommen«, murmelte sie in Mels Haare hinein. Unwillkürlich musste sie an Laura und Vivien denken. Und jetzt Mel.

Mel löste sich von ihr. »Bin ich egoistisch?«

»Vielleicht.« Ruby zuckte die Achseln. »Aber das ist dein gutes Recht, oder? Es ist dein Leben.«

Mel seufzte und bückte sich, um die Spülmaschine zu öffnen. »Unser Leben«, sagte sie.

Aber es war doch gut, eine echte Beziehung zu jemandem zu haben, selbst wenn das, was man sich wünschte, nicht immer dasselbe war, überlegte Ruby, während sie versuchte, nicht über die Tanzschritte nachzudenken.

Dann versuchte sie es anders: Sie schloss die Augen und sprang. Sie ließ los und folgte ihm, wohin er sie auch mitnehmen wollte. Sie verlor sich im Rhythmus. Und es funktionierte. Ruby leuchtete das ein. Musik hatte eine direkte Verbindung zum Herzen.

»Wo hast du das gelernt?«, schrie sie mitten in einer Drehung. Sie hatte immer gern getanzt, aber inzwischen fast vergessen, wie es ging. Und dies war eine Art von Tanz, mit der sie überhaupt keine Erfahrung hatte.

Er fing sie auf und hielt sie fest. »Ich hab das nie gelernt. Ich hab's einfach getan.«

Hmmm. Kurz entspannte sich Ruby in seiner Umarmung. Sie fühlte sich geborgen, was ihr gefiel. Dann schleuderte er sie wieder davon. Es war berauschend, sie fühlte sich, als habe sie Champagner getrunken. Moment mal, sollte sie sich nicht besser entspannen?

Als nächstes spielte die Band eine langsamere Nummer. »Schon besser«, murmelte Ruby. Sie waren beide außer Atem.

Statt sie eng an sich zu drücken, wie es ihr am liebsten gewesen wäre, hielt er sie auf leichtem Abstand, als könne sie zerbrechen. Sie versuchte, nicht dauernd seinen Mund anzusehen. Er hatte volle Lippen, sein Kinn war ein wenig stopplig, und seine Wangenknochen waren hoch und definiert. Er strahlte etwas Ursprüngliches aus, etwas Unkompliziertes, das sie anzog. Und sie roch seinen warmen, harzigen Duft, wie Bernstein. Der Mann war wirklich sexy. In ihrem labilen Zustand musste sie aufpassen. Sie wollte sich nicht die Finger verbrennen.

Als sie kurz die Augen schloss, kam ihr Laura, ihre leibliche Mutter, in den Sinn. Laura … *Wer bist du? Wo steckst du? Warum hast du das getan?* Hatte sie im Lauf der Jahre manchmal an Ruby gedacht? Hatte sie je an sie gedacht?

Sie fragte sich, wie es sich angefühlt hatte, ein Kind neun Monate im Bauch zu tragen, es dann weitere sechs Monate zu versorgen und es anschließend wegzugeben. Warum hatte sie das getan? Aus egoistischen Beweggründen? Oder hatte sie Ruby etwas schenken wollen, das sie als ein besseres Leben betrachtete, ein Leben, in dem sie alles haben würde, was sie ihr nicht bieten konnte? Hatte Laura sich mit Schuldgefühlen geplagt? Oder hatte sie unbekümmert ihr Leben weitergeführt, als wäre sie nie Mutter gewesen?

Ruby versuchte, sich in Andrés' Armen zu entspannen. Sie hatte so viele Fragen, und sie fragte sich, ob sie je Antworten auf alle erhalten würde. Denn bisher wies alles darauf hin, dass sie recht behalten hatte. Die Spur verlor sich 1976, als Laura zum ersten Mal auf Reisen gegangen war. Anscheinend war Laura eine Einzelgängerin gewesen. Und im Jahr 1976 hatte sie alle Verbindungen abgebrochen und war einfach verschwunden. Ruby hatte herausgefunden, wo Laura zur Schule gegangen war. Ihr Name hatte auf der Ehemaligenliste der örtlichen Mädchenoberschule gestanden, die heute als schicke Gesamtschule daherkam. Aber niemand hatte auf die Anzeige reagiert, die sie in die Lokalzeitung gesetzt hatte, und auch Facebook oder Freunde-Suchseiten hatten keine Ergebnisse geliefert. Laura hatte offensichtlich den Kontakt zu ihren alten Schulfreunden verloren. Das war nichts Ungewöhnliches, besonders nach fast vierzig Jahren.

Es sah also so aus, als hätte sie keinerlei Anhaltspunkte, abgesehen von diesem Mittelmeerstrand ...

Andrés zog sie ganz langsam enger an sich, bis ihre Wange an seinem Leinenhemd lag. Jeder Beziehung lag eine Abmachung zugrunde, ob unausgesprochen oder nicht. Und dies hier, wurde ihr klar, war etwas ganz anderes als der Vertrag, den sie mit James geschlossen hatte, ohne es zu ahnen. Sie brauchte nichts Bestimmtes zu *sein*. Dieser Mann nahm sie, wie sie war oder vielleicht sogar so, wie sie an einem unbestimmten Tag in der Zukunft sein würde. Er akzeptierte ihre Trauer. Er wollte nicht, dass sie jemand anderes war.

Sie spürte sein Herz schlagen, fühlte seine Wärme. Er hatte so etwas Vertrautes, als wäre sie rückblickend ihr ganzes Leben lang ein wenig verloren gewesen, nicht am richtigen Platz, und nun hatte sie erstmals festen Boden unter den Füßen. Sie fühlte sich stärker als jemals seit dem Unfall. Sie hatte das Gefühl, wieder ein Ziel zu haben.

Als die letzten Töne verklangen und der Song vorüber war, ließ er sie los. Zögernd wich Ruby zurück. Sie schenkte ihm ein verhaltenes Lächeln. Als sie zurück zur Bar gingen, sah er sie an, berührte ihre Hand, und es war, als würde ein Schalter in ihrem Inneren umgelegt. Es war, als ob der Schmerz ein wenig nachließ. Durch einen winzigkleinen Spalt fiel Licht ein, und etwas Neues, Hoffnungsvolles stieg in die Gegenwart empor.

Später am Abend brachte er Rubys nach Hause. Ihr neues Heim war klein, aber gemütlich. Es war genau das, was sie momentan brauchte. Unterwegs erzählte sie ihm, wie sie entdeckt hatte, dass sie nicht die Tochter ihrer Mutter war. In der Dunkelheit schien es möglich, darüber zu sprechen.

Die Straßen waren still, und nur wenige der Fenster in den Häusern, an denen sie vorbeigingen, waren erleuchtet. Die meisten Menschen lagen schon im Bett und schliefen. Am dunklen Himmel stand nur eine schmale Mondsichel. Nach einem Schauer am Abend war das Pflaster feucht, aber die Luft fühlte sich frisch und sauber an. Nach all der lauten Musik und dem Tanz herrschte zwischen den beiden nun ein Gefühl von Frieden und Ruhe. Es war die richtige Zeit für Geständnisse. Ruby erzählte Andrés von der Schuhschachtel, die sie im Schrank gefunden hatte, von dem Brief des Arztes und von dem Familienalbum. Sie erzählte ihm, was Frances ihr berichtet hatte. Und sie erzählte ihm von Laura.

»Ich kann dir ein Bild zeigen«, sagte sie.

Sie hatten das Cottage erreicht und blieben unter einem Laternenpfahl stehen. Ruby zog die Fotos aus der Tasche. »Das ist sie«, erklärte sie. »Und das bin ich.«

»Sie ist wunderschön.« Andrés hielt das Foto ins Licht. Er runzelte die Stirn. »Weißt du, wo das Bild aufgenommen ist?«

»Ich habe keine Ahnung.« Sie stand hinter ihm und spähte über seine Schulter. »Es sieht aber nach einem ziemlich ungewöhnlichen Ort aus.«

»Es sieht aus wie Fuerteventura«, meinte Andrés. Er gab ihr das Bild zurück.

»Wirklich?« Nun, das Licht war schlecht. Der Strand konnte überall sein, oder? Sand und Meer und ein paar schwarze Felsen.

»Fuerteventura ist eine Insel, die solche Menschen anzieht«, sagte Andrés. Er legte den Arm um sie. Das fühlte sich gut an.

»Solche Menschen?«

»Surfer, Hippies, Aussteiger.« Er lachte leise. »Menschen, die VW-Campingbusse fahren.«

»Ich komme einfach nicht darüber hinweg, dass sie irgendwo da draußen ist«, sagte Ruby. »Dass es irgendwo jemanden gibt, der einmal eine Entscheidung von solcher Tragweite für mein Leben getroffen hat.«

Andrés sagte nichts, aber er legte beide Arme um sie und zog sie an sich.

»Ich habe Angst«, gestand sie ihm. Ihre Gesichter waren nur Zentimeter voneinander entfernt. »Es ist komisch. Sogar meine Erinnerungen scheinen mir nicht mehr zu gehören. Ich weiß nicht, wer ich bin.«

»Aber ich weiß, wer du bist, Ruby«, sagte Andrés.

Sie lag in seinen Armen. Viel fester als beim Tanzen, so eng, dass nichts mehr zwischen sie passte. So fest, dass sie nichts mehr als seine Wärme spürte. Und sie wollte mehr davon. Er brachte etwas in ihr zum Klingen; er machte sie schwindlig und erweckte in ihr den Wunsch, sich festzuhalten.

Behutsam löste sie sich aus seiner Umarmung und tastete in ihrer Handtasche nach dem Schlüssel. Sie hatte ihn in ihr Leben gelassen, und jetzt gab es kein Zurück mehr. Sie öffnete die Tür und drehte sich zu ihm um. Sie nahm ihn an der Hand und zog ihn ins Haus.

29. Kapitel

Andrés arbeitete in seinem Atelier, als sein Handy klingelte. Er fluchte halblaut. Aber der Anruf kam von seiner Mutter, daher musste er ihn annehmen.

»Mama?«

»Andrés.« Sofort nahm er die mühsam beherrschte Unruhe in ihrer Stimme wahr.

»Was ist passiert?« Eine ungute Vorahnung zog ihm den Magen zusammen. War sie krank? Oder Isabella? War …?

Seine Mutter seufzte. »Es geht um deinen Vater.«

Andrés erstarrte. »Was hat er?« Seine Stimme klang ausdruckslos. Er sah auf das Bild hinunter, an dem er arbeitete. Er hatte eine Hintergrundlasur in ganz blassem Blau aufgebracht. Darauf wollte er Chesil Beach in all seinen herrlichen Schattierungen darstellen. Die Wärme der hohen Sandsteinklippen, die wie aus Ziegelsteinen gemauert wirkten, die Anhöhe aus winzigen Kieseln, die Butterblumen, mit denen das Gras gesprenkelt war, und das Meer – all das wollte er auf Leinwand bannen. Die Ausstellung am Ende des Sommers stand bevor, und er wollte so viele Arbeiten wie möglich zeigen. Er hatte sich eine Ausstellungsfläche im Salt House an der Pride Bay reserviert. Das Salt House war eine weitläufige Scheune mit hohem Dach am Meer, die perfekt sein würde, um seine Arbeit zu präsentieren. Es spielte für ihn fast keine Rolle, wie viel er verkaufte – obwohl die Verkäufe vermutlich gut sein würden. Am meisten, so wurde ihm klar, sehnte er sich nach Anerkennung.

»Es geht ihm nicht gut, Sohn.«

Andrés hielt den Atem an. »Was fehlt ihm?« Seine Stimme klang hart und rau.

»Wir sind uns nicht sicher.«

»Ja, dann ...« Er stieß die Luft aus. Es würde nichts sein. Seine Mutter machte sich grundlos Sorgen.

Andrés hatte einmal in seinem Leben Anerkennung erfahren – von seinem Vater. *Der Junge kann malen* ... Aber sie hatte ihm dann doch nur den Hass und Groll des Mannes eingetragen, der ihn doch lieben sollte. Denn sein eigenes Kind sollte man doch automatisch lieben, oder? *Sí, por supuesto.* Ja, natürlich sollte man das. Also. Dieses Mal suchte Andrés nach einer anderen Art von Anerkennung.

»Er magert ab, Andrés. Er hat seine ganze Energie verloren. Er hustet. Und wie er hustet.«

»Er raucht zu viel.« Das sagte sie selbst oft genug.

»Er hustet Blut.«

»War er beim Arzt?« Andrés ließ seine Stimme gleichgültig klingen. Aber jetzt drehte sich ihm der Kopf. Blut zu husten, war nicht gut. »Er muss sich untersuchen lassen.«

»Das sage ich ihm ja ständig.« Sie klang erschöpft.

Andrés seufzte. Abgesehen von allem anderen war sein Vater dickköpfig. »Wenn du dir Sorgen machst, bestell den Arzt nach Hause, Mama«, sagte er. »Dann bleibt ihm nichts anderes übrig. Sag ihm, dass du ihm kein Essen mehr kochst, bevor er sich nicht untersuchen lässt.« Sei hart zu ihm, Frau, sei um Gottes willen so stark, wie du nie vorher gewesen bist, dachte er. *Behaupte dich gegen den Mann.*

»Er hat auch keinen Appetit mehr«, sagte sie.

»Du musst ihn zum Arzt schicken, Mama.« Andrés blieb eisern.

»Gut, mein Sohn.«

Andrés nickte. »Ich rufe dich in ein paar Tagen an, um zu hören, was dabei herausgekommen ist.«

Ein Schweigen trat ein. Was erwartete sie denn noch? Er hatte sich von seiner Familie abgenabelt, weil er keine andere Wahl gehabt hatte. Aber er wusste, was sie wollte.

Sie schluchzte. »Ach, Andrés. Ich wünschte, du wärest hier.« Mit einem Mal sah er sie vor sich, wie sie den Telefonhörer fest ans Ohr drückte. Das dunkle Haar war aus dem Gesicht gekämmt. Es war siebzehn Jahre her, und doch konnte er sie sich vorstellen, als hätte er sie erst gestern gesehen.

»Seinetwegen?«, verlangte er zu wissen. Es tat weh, ihr den Wunsch abzuschlagen. Aber wollte sie deshalb, dass er kam? Wegen eines Mannes, der ihn hasste. Sie hatte immer gesagt, dass sich nichts geändert hätte, oder? Was war dann jetzt anders? Sein Vater war krank, und Andrés sollte auf die Insel gelaufen kommen wie ein Welpe mit eingekniffenem Schwanz? Als hätte Enrique Marín nichts getan?

»Tu es für uns alle«, flüsterte sie.

Andrés seufzte. Es war sinnlos, dass sie sich eine Versöhnung zwischen Vater und Sohn wünschte. Es war sinnlos so zu tun, als wäre auch nur ein Funken Liebe zwischen ihnen. Denn da war nichts. Die Chance war lange vertan. »Ich kann nicht zurück«, sagte er. »Das verstehst du nicht.«

»Doch, ich verstehe, mein Sohn.«

Nein, sie begriff nichts. Sein Vater hatte ihm befohlen, nie wieder über ihre Türschwelle zu treten, und nur sein Vater konnte ihn bitten, nach Hause zu kommen. Und das würde er niemals tun, da war sich Andrés sicher.

»Vielleicht ist es ja nicht so schlimm, wie du glaubst«, sagte er. Aber was glaubte er selbst? Andrés wollte nicht darüber nachdenken. Husten. Blut. Verlust von Kraft und Appetit. Er glaubte zu wissen, was seine Mutter dachte. »Lass den Arzt kommen, Mama«, wiederholte er. »Dann wisst ihr Bescheid.« Dann würden sie alle es wissen.

Nachdem sie sich verabschiedet hatten, versuchte Andrés, sich wieder auf seine Malerei zu konzentrieren. Auf seiner Palette mischte er ein paar Farben. Dann betrachtete er die Fotos, die er in dem Licht, das er einfangen wollte, von den Klippen gemacht hatte, und verglich sie mit dem, was er vor seinem inneren Auge sah. Sein Vater sollte verdammt sein. Verdammt für alles, was er getan hatte und noch tat, um Andrés' Leben zu ruinieren. Und verdammt dafür, dass er Andrés dazu brachte, sich etwas daraus zu machen.

Die Farbe war richtig. Er nahm sie mit dem Pinsel auf und begann: breite Pinselstriche, goldene Streifen.

Ruby würde später ins Atelier kommen, und er wollte ihr etwas zeigen können. Ruby ... In weniger als einem Monat hatte ihre Beziehung einen zentralen Platz in seinem Leben erobert. Freundschaft und der Wunsch, sie zu beschützen, waren zu ... ja, wozu geworden? Manchmal hatte er das Gefühl, als hätte es keine Zeit vor Ruby gegeben. Er wollte sie bei sich haben, aber er hatte keine Ahnung, wie lange sie bleiben würde.

Andrés war glücklich mit seinem ersten Farbauftrag. Er vertiefte ihn und gab noch Ocker zu der ursprünglichen Mischung hinzu. Ruby war unabhängig. Manchmal trat sie auf oder probte mit der Band. Dann wieder verschwand sie, um zu recherchieren oder jemanden für eine Story zu interviewen. Gelegentlich sperrte sie sich in dem Cottage ein, das er für sie gefunden hatte, um an einem Artikel zu arbeiten, sodass Andrés gezwungen war, ins Atelier zu gehen und zu malen wie noch nie zuvor. Und manchmal ging sie an einen anderen Ort, in ihrem Inneren, an den er ihr nicht folgen konnte. Er wusste, was – oder wen – sie suchte. Aber er wusste auch aus Erfahrung, dass es einen nicht immer glücklich machte, die Wahrheit zu entdecken. Manchmal zerstörte sie das Gleichgewicht, den Status quo, diese empfindliche Balance des Lebens. Manchmal konnte die Wahrheit auch wehtun.

Er ließ etwas von der neuen Farbe in das Bild einfließen und dachte wieder an seinen Vater. Es war kein Zufall, dass diese Landschaft ihn so lebhaft an die Farben zu Hause auf der Insel seiner Geburt erinnerte; an die Lagune in der Bucht, die Playa del Castillo, den Surfstrand mit seinen umbrabraunen Klippen und dem tiefen, tiefen Sand. Wie oft war er mit Isabella an diesem Strand spazieren gegangen? Ihre Füße waren in diesen Sand eingesunken, und Wasserwirbel hatten ihre Spuren wieder weggewaschen. Sie hatten nach Schätzen gesucht wie ihre Vorfahren: Netze, Treibholz und Muscheln. *Zu Hause ...* Andrés dachte darüber nach. War England inzwischen sein Zuhause? Konnte es das jemals werden? Andrés war sich bewusst, dass er das Küstenwachen-Häuschen unter anderem deswegen hatte kaufen wollen, damit er dann sagen könnte, vielleicht zu seinem Vater: »Sieh mich an, ich habe jetzt mein eigenes Leben, ich brauche dich nicht.« Aber das hatte er nie sagen können. Und jetzt das. Diese Nachricht, die ihn mit der Wucht einer Bombe traf.

Die Klippen waren nicht einfarbig, wie sie auf den ersten Blick erschienen. Nichts war das. Ein Künstler musste tiefer blicken; so viel hatte sein Vater ihn zumindest gelehrt. Wie die Wüstenlandschaft der Insel waren diese Klippen von anderen Schattierungen durchzogen, von dunkleren Farben, grauen, blauen und rostroten Adern. Also: ein blasses Honiggelb für den Anfang und von da aus aufbauen.

Aber Andrés konnte nicht zurück auf die Insel, daher konnte sie auch nicht wieder seine Heimat werden. Im Gegensatz zu Ruby konnte er nicht zurück in die Vergangenheit, um vorwärtszukommen. Er wollte sie alle sehen, natürlich wollte er das. Seine Mutter und Isabella. Aber Andrés vermutete, dass sein Vater ihm nie verzeihen würde. So wie Andrés nie vergessen konnte.

30. Kapitel

FUERTEVENTURA 2010

Auf der Plaza setzte sich Schwester Julia auf die Bank unter dem Orangenbaum, um kurz auszuruhen. Sie versuchte, wieder zu Atem zu kommen. Es war heiß, und sie war alt. Der Fußweg von Nuestra Señora del Carmen war gerade lang genug, um ein bisschen an die frische Luft zu kommen und sich etwas Bewegung zu verschaffen. Allerdings war die Hauptstraße ins Dorf mit ungeschnittenen Dattelpalmen bestanden, deren Wedel so tief hingen, dass die spitzen Blätter ständig drohten, einem die Augen auszustechen. Aber es war wichtig, manchmal in die Welt hinauszugehen. War es nicht immer so gewesen? Schwester Julia genoss den Frieden und die Ruhe des aus hellem Stein errichteten Klosters und der umgebenden Wüstenlandschaft. Aber hatte dieses Gefühl heiterer Ruhe jemals wirklich ihr Inneres erreicht?

Ihr Leben war erfüllt. Sie beteiligte sich an den häuslichen Pflichten im Kloster und betete zu Gott. Sie riet den Dorfbewohnern, so gut sie konnte. Sie dachte an die betrübte Frau mit den dunklen Augen, die ihr diese Spitzentischdecke geschenkt hatte. Sie bewahrte sie immer noch auf. Sie dachte an die Geschichten, die sogar sie vielleicht noch nicht gehört hatte. Und jedes Mal, wenn sie an die Vergangenheit dachte und ihr Buch mit den Namen aufschlug ... Die Wahrheit war, dass Schwester Julia auch nach all diesen Jahren noch darum kämpfte, inneren Frieden zu finden.

Auf einer Seite des Platzes lagen die *ferretería* – die Eisenwarenhandlung – und der *bazar*; auf der anderen die Acorralado-Bar. Eine Frau ging vorüber. »*Buenos días*«, sagte sie zu Schwester Julia.

»Gott sei mit Ihnen«, antwortete diese.

Auf der Bank neben ihr hatte jemand eine Zeitung liegen gelassen. Schwester Julia warf einen Blick darauf. Auch nach all dieser Zeit war sie neugierig auf die Welt, aus der sie sich zurückgezogen hatte. Sie nahm die Zeitung, sah die Schlagzeile auf der ersten Seite. *Niños robados* – gestohlene Kinder. Was war das? *Heilige Mutter Gottes*. Sie bekreuzigte sich. Darunter war ein Bild. Es zeigte einen Untersuchungsraum, der dem in der Canales-Klinik so ähnlich sah, dass sie erschauerte. Die Erinnerungen waren sofort wieder da. Sie sah ein schmales Bett, in dem eine Frau lag, einen Chirurgiewagen mit den nötigen Instrumenten für die Geburt und eine Nonne, die ein Kind auf dem Arm hielt. *Eine Nonne, Herrgott!* Die Bilder stiegen in ihr auf, als wäre es gestern gewesen: die Frauen, die Babys, die Todesfälle. Sie konnte ihre Schreie hören, ihre Tränen sehen. *Lieber Gott im Himmel!* Sie hatte das Gefühl, als ob ihr Herz stillstünde.

Schwester Julia tastete nach ihrer Lesebrille, die sie in einem Täschchen am Gürtel trug. Ihre Hände zitterten. *Niños robados*. Spaniens gestohlene Kinder. Konnte das wirklich sein, wofür sie es hielt? Ja, allerdings. Es war ein Skandal, las sie. Wohl der größte Skandal aller Zeiten in ihrem Heimatland. Entsetzt schlug sie die Hand vor den Mund. Sie hatte keine andere Wahl, sie musste weiterlesen.

Der Skandal um die gestohlenen Babys war vor einigen Jahren aufgedeckt worden, las sie. *Vor einigen Jahren …?* Und sie war ihren Angelegenheiten im Kloster nachgegangen und hatte keine Ahnung davon gehabt, was in der Außenwelt passierte. Was hätte sie getan, wenn sie davon gewusst hätte? Schwester Julia dachte an das Buch mit den Namen. Ob sie den Mut gehabt hätte? So lange wartete sie schon auf ein Zeichen von Gott. Jetzt jedoch, las sie, gab es eine Organisation, die für diese Sache kämpfte: ANADIR – die Nationale Organisation der Betroffenen irregulärer Adoptionen.

Tief in ihr regte sich etwas. Das war gut. Menschen, die viel jünger und stärker waren als sie, nahmen den Kampf auf. Sie dachte an den spanischen Bürgerkrieg und die Hoffnungen, die ihre Familie gehegt hatte, weil sie alle geglaubt hatten, die Republikaner hätten gewonnen. Sie waren Rebellen gewesen; obwohl sie damals noch zu jung war, um das zu erkennen. Und diese Rebellen waren viele, viele Jahre lang unterdrückt worden. Mit Mitteln wie dieser irregulären Adoption. Schwester Julia ließ die Zeitung einen Moment lang auf ihrem Schoß liegen. Sie sah einem dreibeinigen Hund nach, der über den Platz hinweg auf den *bazar* zulief. *Lieber Gott* ... Und sie war ein Teil davon gewesen. Ein Mädchen, dessen Eltern gegen die Werte dieser Nationalisten gekämpft hatten, war ein Teil der Verschwörung geworden, die ihrer Beherrschung diente.

Erneut nahm sie die Zeitung. Ihr drehte sich der Kopf, aber sie musste alles wissen. Sie las von einem jungen Mann, dessen Mutter ihm auf dem Totenbett die Wahrheit gestanden hatte: *Es ist falsch, dir zu verschweigen, dass du nicht von meinem Blut bist. Ich habe dich für 150 000 Peseten von einem Priester gekauft.* Einem Priester ... Und doch war das nichts Neues für sie, oder? Wusste sie das nicht schon? Hatte sie nicht stellvertretend für einen Priester in der Calla Fontana Geld abgeholt und es Dr. López gebracht?

Die Wahrheit kommt ans Licht. Die Menschen – ihre spanischen Landsleute – würden nicht für immer unterdrückt bleiben. Und diese Adoptiveltern ... Sie waren nicht alle schlechte Menschen gewesen. Sie waren reich, ja, und sie sehnten sich nach einem Kind. Und sie waren schwach und verführbar wie alle Menschen. Aber schlussendlich würden auch sie nicht vergessen können. Und vielleicht spürten sie das Bedürfnis, sich zu offenbaren, so wie diese Frau auf dem Totenbett. Genau wie Schwester Julia selbst. Sie seufzte. Denn nun musste sie ihnen helfen, die Wahrheit zu finden. Sie konnte nicht einfach untätig bleiben und zulassen, dass Gott weiß wie viele Menschen, die inzwischen keine Kinder mehr waren, sondern Erwachsene, nie erfuhren, wer sie waren und woher sie kamen. Zumindest einigen konnte sie helfen.

Säuglingsdiebstahl ... las sie. *Menschenhandel*. Unter diesem Gesichtspunkt hatte sie es nie betrachtet. Heilige Mutter Gottes, selbst in ihren dunkelsten Augenblicken hatte sie es nie so gesehen.

Und sie war darin verwickelt. Natürlich war sie das. Sie hatte die Frauen getröstet, die ihre Kinder verloren hatten. Aber sie hatte es nie in Frage gestellt, wenn ein Säugling für tot erklärt wurde. *Wie kann das Baby gestorben sein? Zeigen Sie es mir. Lassen Sie mich das tote Kind sehen*. Nie hatte sie das zu Dr. López gesagt. Wieder erschauerte sie. Sie hatte so etwas nicht gesagt, weil man ihr erklärt hatte, dass es ihr nicht zustünde, solche Fragen zu stellen. Genau wie die ledigen Mütter, auf die man Druck ausgeübt hatte, damit sie ihre Kinder zur Adoption freigaben, war sie schwach gewesen. Sie hatte sich von dem Arzt einschüchtern lassen, diesem geachteten, gottesfürchtigen Mann, der eine Stütze der Gesellschaft war und angeblich immer wusste, was das Richtige war.

Dabei hatte sie es geahnt, oder? Tief im Herzen hatte sie es gewusst. Warum hatte sie sonst die Namen aufgeschrieben? Warum hatte sie das Buch aufbewahrt und hütete es immer noch?

Schwester Julia hörte die Kinder auf dem Schulhof hinter dem Platz und die Musik aus der Acorralado-Bar, wo die Männer des Dorfs oft zusammenkamen, um zu trinken und Karten und Domino zu spielen. Das Leben ging weiter, als hätte sich nichts verändert. Aber für sie war alles anders geworden. Es war, als wäre ein Blitz vom Himmel herabgefahren und hätte ihr mit furchteinflößender Klarheit gezeigt, was geschehen war und was noch zu tun blieb.

Schwester Julia las weiter. Sie las, dass Tausende Spanier sich gemeldet hatten, weil sie glaubten, möglicherweise Opfer des Skandals zu sein. Sie las von Frauen, die sich sicher waren, dass ihre Babys ihnen weggenommen worden waren, aber damals nicht das Selbstbewusstsein besessen hatten, es mit der Ärzteschaft aufzunehmen, mit Priestern oder Nonnen, die schließlich Männer und Frauen Gottes waren, oder? Wieder bekreuzigte sie sich. Teilweise waren diese scheinbar so achtbaren Priester und Nonnen zutiefst korrupte Menschen gewesen. Einige dieser Männer und Frauen Gottes mochten unschuldig gewesen sein. Aber andere … Tränen stiegen ihr in die Augen, doch sie las weiter. Für Tränen war es zu spät. Sie las von Frauen, die manchmal nicht die Mittel gehabt hatten, das Begräbnis ihres eigenen Kindes auszurichten, die nach dem Strohhalm gegriffen hatten, den man ihnen anbot: der Erklärung, dass der Staat sich um alles kümmern werde. Diese Frauen hatte keine andere Wahl gehabt. Sie hatten geglaubt, was man ihnen erzählte, weil die Alternative unglaublich gewesen wäre.

Und sie las, dass auf diese Art möglicherweise mehr als dreihunderttausend Kinder gestohlen worden waren. *Dreihunderttausend* ... Schwester Julia versuchte, das ganze Ausmaß dieses Verbrechens zu begreifen. Dann war es also in ganz Spanien geschehen. Und sie hatte zu den Tätern gehört. *Gestohlen*. Das war ein gefühlsgeladenes Wort. Es widersprach allem, woran sie je geglaubt hatte. Und doch war es wahr. Dr. López hatte diese Kinder gestohlen, um sie für enorme Geldsummen zu verkaufen. Und sie, Schwester Julia, hatte ihm dabei geholfen.

Es war noch früh, aber die Sonne wurde heiß, und Schwester Julia hatte das Gefühl, kaum atmen zu können. Sie hätte sich eine Flasche mit Wasser mitnehmen sollen. Trotzdem konnte sie nicht aufhören zu lesen.

Aufgrund von Francos Adoptionsgesetz aus dem Jahr 1941, las sie, waren DNS-Tests die einzige Möglichkeit, eine Verwandtschaft zu beweisen. Das würde die Sache langwierig und frustrierend machen. Die Kinder waren innerhalb des ganzes Landes und auch in andere Länder vermittelt worden, die Akten hatte man vernichtet. Gut, das wusste Schwester Julia auch. Es gab keine Aufzeichnungen. Die meisten *niños robados* würden nie erfahren, wer ihre leiblichen Eltern gewesen waren.

Sie dachte darüber nach. Sie dachte an ihre eigene Familie – Gott mochte sie segnen –, die sie auf eine andere Art verloren, aber immerhin gekannt hatte.

Doch das war noch nicht alles. Sie legte eine Hand an die Stirn. Schwester Julia hatte das Gefühl, als schnüre der Habit ihre Brust zusammen und die Haube drücke auf ihre Schläfen. Gräber wurden geöffnet und Verstorbene exhumiert. *Heilige Mutter Gottes!* Erneut bekreuzigte sich Schwester Julia.

Ihr Atem ging rascher, und sie spürte das Flattern in ihrem Herzen und einen Schmerz in der Lunge, als bekomme sie nicht genug Luft. Die Gräber von Kindern, deren Müttern man erklärt hatte, sie seien tot, enthielten manchmal nur einen Arm oder ein Bein, manchmal die Leiche eines alten Menschen und überhaupt kein Kind.

Schwester Julia schloss die Augen und stützte sich mit dem Arm auf die Bank, damit sie nicht zitterte. Das war zu viel. Nonnen wie sie hatten in Krankenhäusern und Kliniken in ganz Spanien gearbeitet. Und nicht nur auf dem Festland, auch hier auf den Kanarischen Inseln, auf Fuerteventura, hatte es Fälle gegeben. Es war sogar hier geschehen, weil der politische Arm der Nationalistischen Partei und die Kirche, die zusammenarbeiteten, sich wie ein Krake ausgebreitet hatten und gnadenlos über sie alle geherrscht hatten. *Lieber Gott, heiliger Vater, schenk mir Kraft.*

Aber es war wahr. Nonnen wie sie hatten Mütter gepflegt und ihnen gesagt, ihre Kinder seien tot. Eine Nonne – Schwester Julia konnte diese Geschichte kaum glauben – war anscheinend an einer furchtbaren Täuschung beteiligt gewesen. Sie schlug eine Hand vor den Mund, denn kurz glaubte sie, sich übergeben zu müssen. Man hatte den Müttern als Beweis, dass ihr Kind tot war, ein tiefgefrorenes Baby gezeigt, einen Körper, den man genau zu diesem Zweck in einer Kühltruhe vorrätig hielt … *Ein gefrorenes Baby* … Schwester Julia erschauerte ein weiteres Mal. Ihr ganzer Körper schien unkontrollierbar zu beben, und kurz verschwand die Sonne, und es wurde schwarz um sie. Es war fast zu grauenhaft, um es zu ertragen.

Aber sie musste stark sein. Sie erinnerte sich daran, was ihre Schwestern einmal vor vielen Jahren zu ihr gesagt hatten, als sie sie in Santa Ana besuchten. *Du hast Glück*, hatten sie gesagt. *Als Nonne spielst du eine wichtige Rolle in der Gesellschaft*. Was Matilde und Paloma wohl sagen würden, wenn sie noch leben und davon erfahren würden? Was würden sie jetzt von der wichtigen gesellschaftlichen Rolle halten, die auszufüllen man von ihr verlangt hatte? Obwohl die Sonne warm vom Himmel schien, wurden die Schatten, die sie sah, länger. Sie reichten zurück bis zum spanischen Bürgerkrieg und waren ein Erbe, das ihre Gesellschaft bis auf den heutigen Tag verfolgte, ein Erbe voller Schmerz und Verrat.

Schwester Julia schob sich die Handknöchel in den Mund, damit sie nicht laut aufschrie. Was konnte sie tun? Warum hatte sie dieses Buch mit den Namen angelegt, wenn es keinen Zweck erfüllte?

Als ein Schatten über sie fiel, blickte sie von ihrer Lektüre auf. Es war ein Mann in den Sechzigern mit sonnengebräunter, ledriger Haut und dunklen Augen. Er trug einen blauen Overall und ein Tuch um den Kopf. Sie konnte sich nicht erinnern, ihn schon einmal gesehen zu haben. Er rauchte eine dünne Zigarre und beobachtete sie mit neugieriger, beinahe wissender Miene.

»*Buenos días*, Schwester«, sagte er mit tiefer, fast gutturaler Stimme.

Bei seinem Gruß zuckte Schwester Julia zusammen und stellte fest, dass sie kein Wort herausbrachte. Aber sie konnte den Mann nicht einfach ignorieren, daher nickte sie nur. *Bitte geh weg*, dachte sie. Das war nicht gerade freundlich, aber ... *Bitte geh weg*.

»Fühlen Sie sich nicht gut, Schwester?«, fragte er.

Ihr wurde klar, was für ein Bild sie abgeben musste, so aufgewühlt und von Gefühlen überwältigt. Sie hatte Tränen in den Augen, und ihr Gesicht war rot und erhitzt. Sie senkte den Kopf und versuchte, sich zu beruhigen. »Mir geht es gut«, erklärte sie schließlich. Die Worte blieben ihr beinahe im Hals stecken. Ihr ging es gut? Nach allem, was sie in dem Zeitungsartikel gelesen hatte? Wie konnte sie sich da je wieder gut fühlen?

Der Mann ging nicht weg, wie sie gehofft hatte. Stattdessen setzte er sich zu ihr auf die Bank. Er atmete ebenfalls flach und unregelmäßig, und ihr fiel auf, dass er mager und ausgemergelt war. Ihr wurde klar, dass es auch ihm alles andere als gut ging.

Er beugte sich vor und schnippte gegen die Zeitung, die immer noch auf ihrem Schoß lag.

Schwester Julia zuckte zusammen.

»Sie haben schlimme Dinge in der Zeitung gelesen, *no*?« Offenbar wollte er ins Gespräch kommen.

Schwester Julia nahm ihre ganze Kraft zusammen und schickte ein lautloses Gebet zu Gott. »So ist es, mein Sohn«, murmelte sie. Denn sie hatte immer noch Pflichten. Sie durfte nicht nur an sich denken. Viele andere Menschen brauchten Hilfe, und dieser Mann gehörte möglicherweise dazu.

Er nahm die Zeitung. Schwester Julia erstarrte. Sie glaubte nicht, dass sie in der Lage war, darüber zu sprechen. Nicht mit diesem Mann. Mit niemandem, jedenfalls nicht zu diesem Zeitpunkt.

Aber er stieß nur einen tiefen Seufzer aus und warf die Zeitung beiseite. »So ist das Leben, *sí*«, meinte er.

Nein, dachte Schwester Julia. Das war der Tod. Ein wenig unsicher stand sie auf.

Der Mann sah zu ihr auf und legte den Kopf zur Seite.

»Kann ich etwas für Sie tun, Schwester?« Seine Augen waren sehr dunkel. Unergründlich.

Was sie brauchte, war Wasser. Aber sie musste auch zurück ins Kloster. Ihre Gefühle waren in Aufruhr. Noch dringender als Wasser brauchte sie das Gebet. »Danke, mein Sohn, mir geht es gut«, sagte sie.

Er zog eine Flasche Wasser aus einer Stofftasche, die um seinen Hals hing, und reichte sie ihr mit einem Achselzucken.

Er hatte selbst daraus getrunken; die Flasche war halb leer. Aber Schwester Julia zögerte nicht. Sie setzte sie an die Lippen und fing dabei seinen durchdringenden Blick auf. Wer war er? Warum kam es ihr so vor, als wolle er etwas von ihr?

Sie wollte ihm die Flasche zurückgeben, aber er wehrte mit einer Handbewegung ab. »Behalten Sie sie, Schwester«, sagte er. »Vielleicht brauchen Sie sie unterwegs noch.«

Schwester Julia eilte zurück nach Nuestra Señora del Carmen, ohne etwas auf den Wind, die Sonne oder ihre ausgedörrte Kehle zu geben. Sie hastete in die Kapelle, um zu beten. Nur Gott konnte ihr jetzt helfen. Gott allein konnte ihr sagen, was sie tun sollte.

31. Kapitel

»Und mit wie vielen Künstlern hat die Gruppe begonnen?«, wollte Ruby von Steph wissen. Sie interviewte Stephanie Grainger für die Lokalzeitung *Echo*. Steph hatte die Künstlergruppe begründet, der Andrés angehörte, und sie hatte hart dafür gearbeitet, Anerkennung für ihre Künstler zu gewinnen, obwohl sie vor fünf Jahren die Diagnose Multiple Sklerose erhalten hatte. Die bevorstehende Ausstellung am Ende des Sommers war so terminiert, dass sie mit anderen kulturellen Veranstaltungen in Dorset zusammenfiel, und hatte seit der ersten kleinen Ausstellung, die im Hinterzimmer des örtlichen Gemeindezentrums stattgefunden hatte, enorm an Beliebtheit gewonnen.

Steph lächelte. »Wir waren zu dritt. David hat in Öl gearbeitet, Kathryn in Keramik und ich in Pastell.«

»Und heute?«

»Sind wir über vierzig.«

»Die in den unterschiedlichsten Richtungen arbeiten, ich weiß.« Ruby hatte den größten Teil der Arbeiten, die in der Pride Bay und darüber hinaus gezeigt werden würden, bereits zu sehen bekommen und war beeindruckt. »Wer werden die Stars der Ausstellung sein? Dürfen Sie das sagen? Ist jemand dabei, der echtes Talent hat, jemand, auf den wir in Zukunft achten sollten?«

»Ein oder zwei. Ein junges Mädchen namens Patty Tyler, die Töpferarbeiten herstellt, ist von Interesse. Und Andrés Maríns Arbeit ist sehr beeindruckend.«

»Tatsächlich?« Ruby fragte sich, ob Steph wusste, dass sie ein Paar waren. Wahrscheinlich. Bestimmt hatte sie die beiden schon irgendwo gesehen. Im letzten Monat hatten sie und Andrés viel Zeit zusammen verbracht und sich einander offenbart – jedenfalls bis zu einem gewissen Grad. Sie hatten sich ihre Lebensgeschichten erzählt und entschieden, dass sie genug Gemeinsamkeiten hatten und einander zumindest vertrauen konnten. Trotzdem wusste sie, dass da noch etwas war, wovon er ihr nichts erzählt hatte.

Steph nickte begeistert. »Er malt wunderbare Aquarelle«, sagte sie. »Aber natürlich ist sein Vater Enrique auch ein erfolgreicher Künstler. Er hat seinem Sohn offensichtlich sein Talent vererbt.«

»Hmmm.« Ruby wurde klar, dass sie so gut wie nichts über Enrique Marín wusste. Wenn er von seiner Familie erzählte, sprach Andrés von seiner Mutter und seiner Schwester. Aber er redete selten von seinem Vater. Und wenn, dann legte er die Stirn in Falten, und seine Augen verdüsterten sich so, dass Ruby sofort den Wunsch verspürt hatte, das Thema zu wechseln. Sie hatte sich mehr als einmal gefragt, was passiert war. Was war geschehen, dass Andrés seinen Vater derart ausblendete?

»Wir sind dankbar für die Publicity durch *Echo*«, erklärte Steph. »Je mehr Menschen die Ausstellung besuchen, umso besser.«

Ruby stand auf und schüttelte Steph die Hand. »Ich werde mich bemühen, sie auch landesweit publik zu machen«, sagte sie. »Überlassen Sie das nur mir.«

Zurück im Cottage legte sie eine Jazz-CD auf und kochte sich eine Tasse Tee. Sie nahm Viviens Brief, der immer noch auf dem Kaminsims stand, wenn auch auf einem anderen als vorher. Ein neuer Song begann. *»Why Shouldn't We Fall in Love?«* Die Musik hüllte sie ein. Es war einer ihrer Lieblingssongs. Sie betrachtete die Handschrift auf dem Umschlag. *Ruby ...*

Sie erinnerte sich an einen Abend vor langer Zeit, als sie ein kleines Mädchen von vielleicht zehn Jahren gewesen war. Es war ein paar Wochen vor Weihnachten. Ihr Vater hatte einen sehr einträglichen Auftrag erhalten: Er sollte Esszimmermöbel für ein Paar in Uplyme bauen. Er kam aufgeregt nach Hause und hatte eine Flasche Champagner unter dem Arm.

»Ich habe den Auftrag«, sagte er zu Vivien. Seine Augen strahlten, als er ihr die Flasche zuschob, seinen Schal löste und den Mantel auszog.

»Das dachte ich mir«, antwortete sie lachend. Ruby begriff, dass sie Geldsorgen gehabt hatten und dieser Auftrag dazu beitragen würde, diese Sorge zu lindern, und das kurz vor Weihnachten.

Er hatte Backfisch und Pommes frites gekauft, Rubys Lieblingsessen, und sie aßen zusammen und tranken dazu den gekühlten Champagner. Die Bläschen stiegen ihr in die Nase und brachten sie zum Kichern.

Nach dem Abendessen ging sie nach oben, um zu baden, und da hörte sie es. Ihre Eltern hatten ihre Musik aufgelegt, und sie durchdrang das ganze Haus, üppig, dunkel und melodisch.

Sie drang durch die Wände und schien sogar das Badewasser zum Vibrieren zu bringen. Ruby hörte, wie das Saxofon die Tonleiter hoch- und runterkletterte, manchmal in kleinen Schritten, sodass es klang, als ob es außer Atem wäre. Dann wieder malte es einen Teppich aus langen, ausgedehnten Tönen, so flüssig wie der ebenerdige Swimmingpool, den die Eltern von Rubys Freundin Jasmin in ihrem schicken Haus auf dem Hügel eingebaut hatten. So weich.

Und da geschah etwas Seltsames mit Ruby. Sie schloss die Augen und spürte es. Sie wollte auch mit dieser Musik steigen und fallen. Jazz …

Nach dem Baden war sie im Bademantel nach unten gegangen, um die heiße Schokolade zu trinken, die ihre Mutter ihr immer kochte. Und da tanzten sie, ihre Eltern. Ihre Mutter hatte den Kopf an die Schulter ihres Vaters gelegt, seine eine Hand lag auf ihrer Taille. Die andere lag in ihrem Nacken, dort, wo ihr dunkles Haar lockig über das Band der Schürze fiel, die sie immer noch trug. Ihre Mutter hatte die Augen geschlossen. *Ihre Mutter …*

Fasziniert sah Ruby ihnen zu. Dann schlug Vivien die Augen auf, entdeckte sie und zog sie wortlos in ihren Kreis. Ruby bewegte und wiegte sich mit ihnen. Die Musik war wie Magie, schwarze Magie. Und das Saxofon hatte sich geschmeidig und sinnlich in ihr Herz und ihre Seele geschlichen, obwohl sie erst später herausfand, wie das Instrument hieß.

Ruby seufzte und fuhr mit den Fingern über den Kleberand des Umschlags. Warum? Wieso hatten ihre Eltern nicht den Mumm gehabt, ihr von Angesicht zu Angesicht zu sagen, dass sie nicht ihre leibliche Tochter war? Sie stellte den Brief wieder auf das Kaminsims und wandte sich ab.

»Vielleicht solltest du es aufgeben«, hatte Mel kürzlich gemeint, als Ruby im Laden vorbeigeschaut hatte, um hallo zu sagen. Mel wirkte ein wenig munterer, und Ruby fragte sich, ob Stuart sie nun nicht mehr so unter Druck setzte. Aber auch wenn es so war, konnte sie sich des Gedankens nicht erwehren, dass es nur eine Frage der Zeit war, bevor das Thema wieder aktuell werden würde.

»Was denn aufgeben?« Ruby hatte eine Deerstalker-Mütze aufgesetzt. Sie kam gern in den Laden und probierte Hüte auf. Aber sie wusste, was Mel meinte.

»Die Suche nach Laura«, sagte Mel.

Sie hatte gut reden. »Ich kann nicht.« Sie konnte das ebenso wenig, wie sie den Brief öffnen konnte. Sie musste ihre Wurzeln finden, Kontakt zu dem Mädchen aufnehmen, das sie ausgetragen, sie zur Welt gebracht hatte ... *Und weggegeben*, flüsterte ihr Herz. Ja, okay, und sie weggegeben hatte. Sie wollte auch etwas über ihren Vater erfahren. Wer war er? Wusste er überhaupt von ihrer Existenz? Sie wusste, was Mel meinte. *Warum alles aufrühren?* Aber sie musste die Gründe herausbekommen, alle Puzzlestücke zusammensetzen und ein Bild schaffen, durch das ihr Leben zu einem sinnvollen Ganzen wurde. Sonst würde sie nie dieses Gefühl von Vollständigkeit haben, nach dem sie suchte.

Ihr Tee war kalt geworden. Ruby ging zurück in die winzige Küche, um neuen zu machen. Sie dachte an ihr Interview mit Steph Grainger. War Andrés wirklich so gut? Der Gedanke gefiel ihr. Gestern Abend war sie ins Atelier gegangen, wo er an den Bildern arbeitete, die er ausstellen wollte, und hatte sie sich angesehen. Sie liebte besonders sein Bild von Chesil Beach, das das Herzstück der Ausstellung werden sollte. Es stellte diejenige der Klippen aus geschichtetem Gold dar, die sie immer am liebsten gemocht hatte, und den Weg, den sie als Verheißung ihrer Kindheit gesehen hatte. Das war eine Erinnerung, die sie nie loslassen würde, ganz gleich, was sie noch herausfand. Es war ein ganz besonderes Bild von ihrem ganz persönlichen Ort. Dass Andrés es gemalt hatte, bedeutete ihr viel. Er hatte das Gefühl, das für sie damit verbunden war, genau eingefangen.

Ruby ließ den Teebeutel in die Tasse fallen und goss kochendes Wasser auf. Niemand konnte ihr diese Sonntagnachmittage wegnehmen, als sie noch ein kleines Mädchen gewesen war und mit ihren Eltern an die Pride Bay gefahren war. Sie waren über die Klippen spaziert, und die Sommerbrise hatte ihre Gespräche verweht. Zusammen mit ihrem Vater war sie über die Wellen gesprungen und hatte bei Ebbe Frisbee gespielt. Bildete sie sich das ein, oder waren die Tage damals länger und sonniger gewesen? Sorgloser waren sie auf jeden Fall …

Welche Themen Enrique Marín wohl malte? Ruby wurde klar, dass sie es nicht wusste. Ob die Stile der beiden ähnlich waren? Andrés malte größtenteils Landschaften. Man konnte leicht erkennen, dass seine Leidenschaft den rötlichen Klippen, den grünen Feldern und dem blauen Meer galt, die er mit so köstlichen Farben darstellte, dass man beinahe Lust bekam, sie zu essen. Doch Ruby war neugierig. Ihr wurde klar, dass sie alles über diesen Mann wissen wollte, zu dem sie eine Beziehung hatte. Denn eine Beziehung war es. Die Verbindung zwischen ihnen war fest und stabil, obwohl sie keine Ahnung hatte, wie stark sie war oder wie anfällig. *Why shouldn't we fall in love?* Manchmal hatte sie das Gefühl, nicht genug von ihm bekommen zu können. Wenn Andrés bei ihr war, wollte sie ihn küssen, ihn in sich spüren und Liebe machen, als wäre das Ende der Welt nahe und sie hätten nur noch fünf Minuten Zeit. Sie hoffte, dass es Liebe war und nicht Verzweiflung.

Was für ein Künstler war der berühmte Vater ihres Geliebten? Und wie sah er aus? Ruby nahm ihre Teetasse mit ins Wohnzimmer, schaltete den Laptop ein und googelte. Sie tippte den Namen ein: Enrique Marín. Heutzutage war so etwas fast zu einfach. Bevor es Suchmaschinen gab, waren Recherchen zeitaufwendig gewesen. Aber heute ... Ein paar Klicks, und eine ganze Welt öffnete sich. Ruby benutzte immer noch gern Bibliotheken und interviewte Menschen, vor allem persönlich. E-Mails waren nützlich, aber kein Ersatz. Wenn man wirklich mit Menschen redete, kamen auch unvorhergesehene Themen zur Sprache, und die Menschen gaben mehr von sich preis; von ihrem Leben, ihren Gedanken, Erinnerungen. So war es auch bei Steph Grainger gewesen. Es war persönlicher.

Eine Liste von Websites erschien. Ruby scrollte nach unten. Zweifellos hatte ihre Neugier einen Einfluss auf ihre Berufswahl gehabt. Als Journalistin hatte man Gelegenheit, Dinge herauszufinden und allen anderen davon zu erzählen. Es gab einem die Chance, mit dem Finger auf das zu zeigen, was falsch war oder korrupt. Man konnte etwas tun, man hatte eine Stimme. Und wenn die Geschichte an die richtigen Stellen gelangte, würden Menschen sie lesen, die tun konnten, was getan werden musste, um etwas zu verändern. Jedenfalls sah so das Ideal aus. Die Realität war oft banaler. Artikel über Gesundheit und Schönheit, Reisen und Innenarchitektur – und selbst über das Florieren einer örtlichen Kunstgruppe – konnten die Welt nicht verändern. Aber sie konnten die Welt informieren. Und selbst wenn sie Rubys tägliches Brot waren, gab es immer noch die Chance, dass sie eines Tages auf eine anspruchsvollere Geschichte stoßen konnte.

Enrique Marín hatte eine eigene Website. Ruby zögerte kurz, bevor sie sie anklickte. Sie spürte einen Anflug von schlechtem Gewissen. Es war, als würde sie Andrés hintergehen. Denn ihm hätte das sicherlich nicht gefallen. Aber ... Sie zuckte im Geist die Achseln. Er war nicht bereit, offen über seinen Vater zu reden, oder? Warum also sollte sie es nicht selbst herausfinden? Er war ihr Liebhaber. Warum sollte sie nicht mehr über sein Leben erfahren?

Ihr fiel auf, dass das Design der Website professionell und teuer war. Als das Bild des Künstlers erschien, betrachtete sie es aufmerksam. Wahrscheinlich hatte sie erwartet, Andrés' Züge wiederzuerkennen. Die hohen Wangenknochen vielleicht oder einen gewissen Blick. Aber Andrés musste seiner Mutter ähnlich sehen, denn dieser Mann sah ganz anders aus. Er hatte dunkle Haut – sie war viel dunkler als Andrés' –, und sein Gesicht war kantiger, seine Augen waren schwarz und finster und hatten einen durchdringenden Blick. Zornige Augen, dachte Ruby. Der Mann hatte einen zornigen Blick. Vom Bildschirm starrte er sie aufgebracht an. Er war eindeutig eine charismatische Persönlichkeit. Und mit dem roten Tuch um den Kopf wirkte er ein wenig wie ein Indianer. Sie lächelte. Er hatte überhaupt keine Ähnlichkeit mit Andrés. Er war aber trotzdem sein Vater. Mit der Fingerspitze berührte sie das Bild. Sein Vater ...

Sie klickte die Seite an, die seine Biografie beschrieb. Sie war kurz und bündig und verriet über die Familie nur, dass Enrique mit seiner Frau in dem Dorf Ricoroque lebte, wo er aufgewachsen war. Dann hatte der Erfolg ihn nicht an einen anderen Ort geführt, fiel Ruby auf. Er lebte immer noch im selben Dorf. Ricoroque, wo auch Andrés großgeworden war.

Dann klickte sie auf die Events. Es waren eine ganze Reihe, auch mit Fotos. Darauf war der Künstler zu sehen, wie er zusammen mit anderen Künstlern in einem Atelier im Centro de Arte arbeitete, einem Zentrum, an dessen Gründung vor einigen Jahren Enrique Marín anscheinend auch beteiligt gewesen war. Denn er wollte junge Künstler fördern und einen Raum schaffen, in dem sie arbeiten konnte. Das klang nach einem netten Mann, nach einem großzügigen Mann, einem Mann, der sein Glück mit anderen aufstrebenden Künstlern teilen wollte. Wusste Andrés von dieser Initiative? Dagegen konnte er doch nichts einzuwenden haben.

Da war Enrique als Gastgeber bei einem Essen und Enrique bei einer Ausstellung seiner Arbeiten in der Hauptstadt Fuerteventuras, Puerto del Rosario. Auf diesem Foto trug er immer noch das rote Kopftuch, und jetzt sah Ruby auch, dass sein dunkles Haar an den Schläfen grau wurde. Aber er trug einen schicken Anzug, der erstaunlich gut zu dem Tuch passte, und hielt in der einen Hand ein Glas Champagner und in der anderen eine dünne Zigarre. Er wirkte intellektuell und interessant und auch nicht so zornig, fiel Ruby auf. Nirgendwo waren Bilder seiner Frau oder seiner Tochter zu sehen. Von Andrés gab es auch keine Fotos; aber das war wenig überraschend.

Ein Bild zeigte auch den Künstler bei der Arbeit. Dieses Mal trug er einen blauen Overall und wirkte wild und aufgelöst. Nach der Bildunterschrift zu urteilen, war er bei der Arbeit in seinem heimischen Atelier aufgenommen worden. Und schließlich zeigte eines Enrique beim Eröffnen eines Supermarktes. Dann war er also eine Lokalberühmtheit.

Was war zwischen Andrés und seinem Vater vorgefallen? Warum besuchte Andrés die Insel, auf der er geboren war, nie? Und wenn er Ruby so gern hatte, wie sie glaubte, warum erzählte er ihr nicht davon?

Sie klickte auf »Werk«. Wie gut war Enrique Marín überhaupt?

Verdammt gut, entschied sie, während sie sich durch die Bilder klickte. Seine Spezialität waren offensichtlich Porträts, und es waren viele. Einige waren offensichtlich in dem Atelier gemalt worden, und andere wirkten ungezwungener, so als wären sie am Strand oder irgendwo in einem Café entstanden. Die meisten Atelierporträts zeigten junge Frauen; meist nur Kopf und Schultern, während andere Akte nach lebendem Modell waren. Aber der Künstler hatte sogar in den einfachsten Posen eine gewisse Sinnlichkeit eingefangen. Er schien die Fähigkeit zu besitzen, Erotik auf die unterschwelligste Art, die man sich vorstellen konnte, in der Rundung einer Hüfte oder dem Hügel einer Brust, anzudeuten. Ruby war fasziniert. Aber er schien auch Feuer spucken zu können. Enrique Marín malte gern dramatische Themen, Vulkane und Flammen und sogar biblische Szenen, die ganz anders als seine anderen Arbeiten waren, aber auf ihre eigene Art ebenfalls brillant.

Die Porträts waren sehr sensibel ausgeführt. Wahrscheinlich war es eine besondere Gabe, eine Ähnlichkeit einzufangen. Natürlich konnte Ruby nicht feststellen, ob Enrique diese Gabe hatte, aber er besaß jedenfalls die Fähigkeit, Gefühle und Emotionen durch Mienen und Bewegungen auszudrücken, durch ein Neigen des Kopfes, die Stellung eines Mundes, einen Blick. Es war, als wären die Menschen für ihn durchschaubar. Als könne er jemandem in die Augen sehen und seine tiefsten Geheimnisse erkennen. Als könne er durch seine Arbeit die Seele der Menschen entblößen. Ruby erschauerte. Ganz wohl fühlte sie sich dabei nicht; einige dieser Bilder strahlten etwas Sondierendes und beinahe Aufdringliches aus. Sie dachte an den Ausdruck in seinen Augen. Aber es passte, es entsprach seinem Äußeren. Sie hatte eine Antwort auf ihre Frage bekommen: Der Vater war als Künstler ganz anders als der Sohn. Und das freute sie.

Ruby fand, sie habe genug gesehen, um sich einen Eindruck von Andrés' Vater zu verschaffen und vielleicht sogar zu verstehen, warum sie sich nicht verstanden, und wollte die Website gerade wegschalten, als ihr ein Bild ins Auge fiel. Sie setzte sich gerade auf und klickte auf das Bild, um es zu vergrößern. Das Gesicht füllte den gesamten Bildschirm aus und wirkte überlebensgroß.

Es war das Porträt einer jungen Frau von vielleicht Mitte zwanzig. Sie hatte langes, blondes Haar, das ihr offen über die Schultern fiel, und trug eine gerüschte Bauernbluse. Das Bild zeigte nur Kopf und Schultern, sodass davon auch nur der Ausschnitt und die Schultern zu sehen waren. Lange, silberne Ohrringe hingen von ihren Ohren herunter wie Tränen. Enrique hatte sie fast wie eine Blume gemalt. Ein Blumenkind. Auf jeden Fall sah sie so aus: klein und kindlich schmal, mit einem elfenhaften Gesicht und einem sehnsüchtigen Zug um den Mund. Ihre Augen waren blau – blau und unschuldig. Und sie blickten unglaublich traurig drein.

Es war Laura. Ruby starrte das Bild lange an. Doch sie wusste mit absoluter Sicherheit, dass dies ein Porträt von Laura war. Offensichtlich besaß Enrique Marín die Gabe, Ähnlichkeiten einzufangen. Und das hatte er auf diesem Bild getan. Es ähnelte dem Foto so sehr. Es war dasselbe Mädchen. Rubys leibliche Mutter. Es dauerte ein bisschen, bis die Wahrheit sich gesetzt hatte. Dann hatte Laura also irgendwann in ihrem Leben, nachdem sie Ruby bei Vivien zurückgelassen hatte, auf Fuerteventura gelebt. Es war erstaunlich. Und doch …

Ruby erinnerte sich daran, was Andrés an dem ersten Abend gesagt hatte, als sie zusammen zurück zu ihrem Haus gegangen waren. Hatte er nicht gemeint, es sähe aus, als sei das Foto auf seiner Insel aufgenommen worden? Und dass Fuerteventura genau so ein Ort war, an den es jemanden wie Laura ziehen würde? Damals hatte sie nicht so darauf geachtet. Es war dunkel gewesen, und sie hatte anderes im Kopf gehabt. Sah nicht ein Mittelmeerstrand mehr oder weniger genauso aus wie jeder andere? Aber jetzt …

Nachdem sie ein paar Minuten darauf gestarrt hatte, griff Ruby nach ihrer Handtasche und zog das Foto hervor, auf dem Laura die Hippie-Perlen trug, sie auf dem Arm hatte und lächelte. Sie hielt es neben das von Enrique Marín gemalte Porträt. Es war dieselbe Frau. Es war Laura.

Sie stand auf und suchte die Zeichnung, die Andrés am goldenen Kap von ihr gemacht hatte und durch die sie selbst erst auf die Ähnlichkeit mit ihrer leiblichen Mutter gekommen war. Sie verglich die Zeichnung ebenfalls mit Enriques Porträt. Kein Zweifel, das waren dieselben Gene. Man konnte es an der Form des Mundes und der Augen erkennen.

Warum hatte sich Laura von Andrés' Vater malen lassen? Ruby vermutete, dass sie knapp bei Kasse gewesen war. Als aufstrebender Künstler, der Enrique damals gewesen sein musste, hatte er sicher nach Modellen gesucht. Und so, wie die Website vermuten ließ, hatte er viel mit Modellen gearbeitet. Viel hatte er sicher nicht gezahlt. Aber für ein Mädchen wie Laura hätte es ausgereicht, um sich wenigstens Essen für ein oder zwei Tage kaufen zu können.

Ruby konnte nicht aufhören, die Bilder, die sie vor sich hatte, anzustarren. Drei Gesichter. Aber am stärksten beeindruckte sie, dass Laura auf dem Foto glücklich aussah, während sie auf Enriques Porträt unsagbar traurig wirkte …

32. Kapitel

FUERTEVENTURA, SEPTEMBER 2012

Schwester Julia verließ das Kloster Nuestra Señora del Carmen und ging, statt den sandigen Weg zum Dorf einzuschlagen, auf die braunen, samtigen Berge zu, über deren sanften Gipfeln sich Wolken zusammengezogen hatten. Das hatte sie sich in letzter Zeit angewöhnt. Für gewöhnlich ging sie am Nachmittag aus, bevor sie zum Beten in die Kapelle zurückkehrte. Sie war alt, aber sie musste sich Bewegung verschaffen; durch Gottes Gnade konnte sie immer noch mehrere Kilometer am Stück gehen. Und sie hatte begonnen, diesen Pfad einzuschlagen, weil es fast niemand anderer tat. So würde sie keinem der Dorfbewohner begegnen, die sie vielleicht anhalten und ein Gespräch mit ihr anfangen, von ihr gesegnet werden oder sie in der Kapelle aufsuchen wollen würden. Sie wusste, dass sie egoistisch handelte, und das tat ihr leid. Doch zum ersten Mal in ihrem Leben mochte Schwester Julia keine Menschen mehr um sich haben; sie wollte nicht reden, sondern sehnte sich nach Einsamkeit.

In der Klosterkapelle und sogar in ihrer einfachen Zelle konnte Schwester Julia allein sein. Nonne zu sein, bedeutete, einen großen Teil der Zeit mit Gott allein zu sein. Das gehörte zu den Gründen, warum die Schwestern ermuntert wurden, zu schweigen und kein eitles Geschwätz zu pflegen. Schwester Julia schämte sich beinahe, es zuzugeben, aber heute brauchte sie eine andere Art von Einsamkeit. Sie war alt. Sie hatte ihr Antlitz Gott zugewandt und Ihn gebeten, ihr den rechten Weg zu zeigen. Aber bisher hatte sie kein Zeichen erhalten, und Schwester Julia wusste nicht, was sie tun sollte.

Und so ging sie in den wüstenhaften *campo* hinaus. Sie schlug den Weg in die Berge ein, und im Gehen fanden ihre Schritte den Rhythmus ihres Herzschlags. *Zeig mir den Weg, zeig mir den Weg* … Diese Landschaft war Schwester Julia immer schon biblisch vorgekommen. Konnte die Natur ihr eine Antwort – oder wenigstens ein Zeichen – geben, wenn Gott es nicht tat? Daran glaubte Schwester Julia keinen Moment. Die Landschaft war schließlich Gottes Schöpfung. Er war überall. Lieber glaubte Schwester Julia daran, dass das Einswerden mit der Natur sie ohne die Ablenkung durch die materielle Welt näher zu Gott führen würde. Dass sie vielleicht hier in dieser Wüstenlandschaft, wo sie nur die Berge und den Ozean zur Gesellschaft hatte, endlich Gottes Stimme hören würde.

Als der Pfad sich gabelte, zögerte Schwester Julia nur kurz und nahm dann den Weg, der zur Küste führte. Manchmal sah sie Autos, die sich auf diesem Pfad durch den *campo* pflügten. Es waren junge Leute, die mit Surfboards auf dem Dach zum Meer fuhren und nach den großen Wellen suchten. Selten schien es sie zu erstaunen, eine Nonne über die braune, staubige Erde wandern zu sehen, obwohl ein- oder zweimal ein Wagen hielt und ein freundlicher junger Mensch sie ansprach. »Alles okay, Schwester?« Womit sie wahrscheinlich meinten: *Wissen Sie, wo Sie sind und was Sie tun, oder sollen wir Sie zurück in die Zivilisation mitnehmen?*

»Mir geht es gut«, antwortete sie dann, was entsprechend *ja und nein bedeutet*, und dann setzte sie ihre Wanderung fort.

An diesem Nachmittag wehte ein starker Wind, und die Straße war menschenleer. Sand prasselte gegen Schwester Julias weißen Habit, aber der grobe Stoff war dick, sodass sie fast nichts spürte.

Als sie den Rand der Klippe erreichte, krachten die aufgewühlten Wogen heftig gegen die schwarzen Felsen unter ihr. Sie betrachtete sie einen Moment lang. Schwester Julia ging nie zum Strand hinunter. Das wäre in einem Habit nicht einfach gewesen, und wahrscheinlich hätte sie es auch nie wieder nach oben geschafft. So stand sie einfach da und bewunderte die Elemente in ihrem rohesten, freiesten Zustand. Für die Freiheit, das hatte sie in Barcelona gelernt, musste man kämpfen. Aber hier auf der Insel existierte sie von Natur aus. Davon war sie überzeugt.

Als Schwester Julia so dastand und die Szenerie betrachtete, konnte sie ihre eigenen Gedanken nicht mehr hören. Und so überließ sie sich ganz dem Donnern des Meeres, dem Heulen des Windes und dem Kreischen der Möwen. Es war wie Meditation oder Gebet. Das Ziel war, den Geist zu leeren und seine Seele zu befreien. Den Pfad freizuräumen, damit Gott eintreten konnte.

An dem gewaltigen Himmel hingen weiße und graue Wolkenstreifen, und auf dem blauen Hintergrund dazwischen schien die Sonne und schimmerte auf dem tintenschwarzen Ozean. Das Meer bäumte sich, die Wogen rollten an Land und stiegen höher und höher, bis sie sich senkrecht erhoben, türkis und durchscheinend und von goldenem Sand durchzogen, verharrten sie eine Sekunde still, bis sie unten auf den Felsen zusammenkrachten. Jede Welle bog sich nach vorn, verdunkelte sich, senkte sich und zog sich dann zischend dorthin zurück, woher sie gekommen war. Die Insel lag nur sechzig Meilen von Afrika entfernt. Die niedrigen, abgetragenen Hügel hinter Schwester Julia waren weich und samtig, rosa und rotgold.

Trotz ihrer Bemühungen, ihren Geist zu reinigen, brodelte das, was Schwester Julia vor langer Zeit in dieser Zeitung gelesen hatte, in ihrem Kopf wie das wild bewegte Meer. Es bewegte sich vor und zurück und rollte umher wie die Wogen. Sogar das Gebet schenkte ihr nicht mehr denselben Trost wie früher. Auch im Gebet fand sie keine Antworten mehr.

»Sie schon wieder, Schwester.«

Schwester Julia zuckte zusammen. Diese Stimme kannte sie. Sie hatte ihn nicht kommen hören. Sie war tief in Gedanken versunken, und das Meer donnerte so laut, dass es jeden Schritt übertönte. Sicher hatte er sehr laut sprechen müssen, um sich vor dem Hintergrund der Brandung Gehör zu verschaffen.

Sie neigte den Kopf zum Gruß, gab aber keine Antwort. Es war der Mann, der sie damals auf der Plaza angesprochen hatte, als sie die Zeitung gelesen und von dem Skandal um die *niños robados* erfahren hatte. Sie erinnerte sich daran, wie sie sich an diesem Tag gefühlt hatte: aufgewühlt, niedergeschmettert von dem, was sie erfahren hatte, fast ungläubig angesichts der Ausmaße des Skandals. Auch halb verdurstet war sie gewesen. Aber der Mann hatte sich wenigstens freundlich verhalten.

»Ich sehe, dass Sie immer noch bekümmert sind.«

Schwester Julia zögerte, ihn anzusehen. Vielleicht sollte sie besser nicht mit ihm reden. Es war seltsam, dass sie ihn ausgerechnet jetzt wiedersah, da sie sich erneut in diesem Gemütszustand befand. War das Zufall? Aber wie konnte dieser

Mann ein Zeichen Gottes sein? Nein, das war unmöglich. Schwester Julia sah sich um und betrachtete den Himmel, die Klippen und das Meer, das sich in der Unendlichkeit zu verlieren schien. Diese Situation – ja allein den Umstand, dass sie hier mit diesem Mann stand – würde zweifellos jeder, der sie vielleicht beobachtete, für unschicklich halten.

»Es ist niemand hier«, brummte er mit seiner tiefen, gutturalen Stimme. »Nur Sie und ich und das Meer, Schwester.«

Schwester Julia wurde nervös. Es war, als hätte er ihre Gedanken gelesen. Sollte sie ihm misstrauen? Nein, das war nicht nötig. Denn Gott war ebenfalls hier. Er war überall, und Er würde sie beschützen. Außerdem wirkte der Mann nicht bedrohlich. Er hatte geklungen, als mache er nur eine Bemerkung. Und natürlich hatte er recht.

»So ist es allerdings«, gab sie zurück.

»Ach ja.« Er stieß einen tiefen Seufzer aus, und sie warf ihm nun doch einen Blick zu. Er wirkte viel älter als bei ihrer letzten Begegnung. Außerdem sah er heute noch dünner und ausgemergelter aus. Die Knochen in seinem Gesicht und sein Schlüsselbein stachen scharf hervor, er war unrasiert, und seine braune Haut wirkte ledrig und trocken. Er sah ganz und gar nicht gesund aus.

Noch während sie das dachte, hielt er eine Hand vor den Mund und hustete leise und rau. »Wir haben alle unsere Probleme«, murmelte er.

Einmal mehr neigte Schwester Julia den Kopf und pflichtete ihm leise bei. »*Sí*. So ist es.« Was konnte daran schon falsch sein?

Er steckte die Hände in die Hosentaschen und zog eine Packung dünne Zigarren und eine Streichholzschachtel hervor.

Schwester Julia musterte ihn forschend, und er zuckte die Achseln und steckte beides wieder in die Tasche.

»Wahrscheinlich haben Sie im Kloster niemanden zum Reden«, merkte er an.

Schwester Julia hatte nicht das Gefühl, dass diese Bemerkung nach einer Antwort verlangte. Natürlich stimmte es, was er sagte. In Santa Ana in Barcelona hatte die Mutter Oberin immer Rat und ein aufmerksames Ohr gehabt, obwohl beides Schwester Julias Erfahrung nach weder ausreichend noch zufriedenstellend gewesen war. Aber hier in Nuestra Señora del Carmen lebten sie wie in Klausur. Gelegentlich kam eine der jüngeren Nonnen zu ihr, um Rat zu suchen, und sie half ihr, so gut sie konnte. Aber da Schwester Julia das älteste Mitglieder ihrer Klostergemeinschaft war, nahm man an, dass sie inzwischen wahre spirituelle Weisheit erlangt hatte. Niemand wäre auf die Idee gekommen, dass sie selbst einen Rat brauchen könnte.

»Um mich dagegen schwirren zu viele Menschen herum wie Moskitos.« Er wedelte mit den Armen, als müsse er sie vertreiben. »Aber kann ich meiner Familie vertrauen?«

Schwester Julia schwieg.

»Nein.« Seine Schultern sackten nach vorn. »Und so ist es auch bei Ihnen im Kloster, vermute ich.« Er wies in die grobe Richtung von Nuestra Señora del Carmen. »Sie haben andere Nonnen, *sí,* aber keine Vertraute, oder?«

Schwester Julia beobachtete ihn. Sie blinzelte. Sollte sie davongehen?

»Das dachte ich mir.« Er lachte ein tiefes, krächzendes Lachen.

Schwester Julia wandte sich ab.

»Wissen Sie, was man sagt? Geteiltes Leid …«, rief er ihr

nach. »Sie können es mir sagen, Schwester. Wer weiß, vielleicht kann ich Ihnen ja helfen.« Kaum waren die Worte über seine Lippen, spürte Schwester Julia, wie der Wind sie davontrug. *Geteiltes Leid ...*

Sie drehte sich zu ihm um. »Das kann ich nicht, mein Sohn«, sagte sie. Bestimmt wäre es falsch, jemandem außerhalb der Klostergemeinschaft von ihren Problemen zu erzählen, erst recht einem Mann, und das in einer Situation, in der ...

Ehe Schwester Julia wusste, wie ihr geschah, fasste er ihren Arm.

Sie zuckte zusammen. Dieser Mann hatte also keine Ehrfurcht vor dem Kleid Gottes. Es war lange her, dass jemand – ob Mann oder Frau – sie so berührt hatte. Es war ein seltsames Gefühl. Einen Moment lang dachte sie an das andere Leben, das sie vielleicht geführt hätte, wenn sie wie ihre Schwestern zu Hause geblieben wäre und nicht in so jungen Jahren der Kirche übergeben worden wäre. Ob sie glücklich geworden wäre? Ob sie jemals ein Mann berührt hätte, geliebt hätte? Oder hätte sie schließlich noch mehr gelitten, so wie ihre Schwestern Paloma und Matilde?

Sie sah auf seine Hand hinunter, die sich in den weißen Stoff ihres Habits krallte, und er zog sie zurück.

»Würden Sie mir helfen, Schwester?«, fragte er.

Schwester Julia hielt seinem flehentlichen Blick stand. »In welcher Weise, mein Sohn?« Sie hörte die Wellen und spürte den Wind und die Sonne, die auf sie beide niederbrannte.

»Ich habe Sünden begangen, die ich bekennen möchte«, murmelte er. Wieder hustete er.

Innerlich erschauerte Schwester Julia. Sie wusste nicht, warum, aber sie konnte nichts dagegen tun.

»Ich bin krank. Ich habe nicht mehr viel Zeit.«

»Sie müssen in die Kapelle kommen«, sagte sie. Sie senkte den Kopf.

Er fluchte unterdrückt. »*Chungo, chungo*. Gott im Himmel. Ich kann nicht.«

»Dann kann ich nicht mit Ihnen sprechen oder hören, was Sie Gott zu sagen haben«, erklärte Schwester Julia. »Die Kapelle ist Gottes Haus. Sie dürfen keine Angst davor haben, es zu betreten.«

»Hat nicht jeder verdient, dass Gott ihn anhört?«, schrie er in den Wind. Er klang zutiefst verzweifelt. »Verdient nicht jeder Mensch Vergebung für seine Sünden?«

Schwester Julia war von Mitgefühl für ihn erfüllt. Er war ein Mann, der am Ende seiner Kraft war. Es gab niemanden, an den er sich sonst wenden konnte. Er war genauso in Not wie viele andere, dem sie spirituellen Rat gegeben hatte. »Still, mein Sohn.« Sie streckte die Hand aus und legte sie auf seinen Scheitel.

Kurz schloss er die Augen.

Als er sie wieder öffnete, wirkte er ruhiger. »Kommen Sie mit mir, Schwester.«

Und Schwester Julia fühlte sich genötigt, ihm zu einem Felsüberhang zu folgen. Dort setzten sie sich nebeneinander, jedoch ohne sich zu berühren, auf ein windgeschütztes Felssims.

Schwester Julia neigte den Kopf und lauschte.

Als er zu Ende gesprochen hatte, schwieg sie kurz. Jetzt wusste sie, wer der Mann war. Was er war und was er getan hatte. »Ist da noch mehr, mein Sohn?«, fragte sie, denn jetzt konnte sie tatsächlich in sein Herz sehen. Sie dachte an die

Frau aus dem Dorf, die an jenem Tag zu ihr gekommen und ihr die zarte Spitzentischdecke geschenkt hatte, und an die Traurigkeit in ihren dunklen Augen. An das, was ungesagt geblieben war. »Ist da noch etwas, was Sie mir erzählen wollen?«, fragte sie.

33. Kapitel

Ruby konnte es kaum abwarten, Andrés davon zu erzählen. Aber sie wollte ihn nicht anrufen; sie wollte es ihm persönlich sagen. War es ein Zufall, dass ihre leibliche Mutter für seinen Vater, den Künstler Enrique Marín, Modell gesessen hatte? Vermutlich nicht. Denn es passte alles zusammen. Dass Laura an einen Ort wie Fuerteventura geflüchtet war und die Art von Leben, die sie geführt haben musste … Ruby konnte beinahe spüren, wie sich die Puzzlesteinchen der Vergangenheit zusammenfügten. Der Umstand, dass es irgendwie mit Andrés' Vergangenheit zu tun hatte, ließ ihr einen Schauer über den Rücken laufen.

Andrés verbrachte momentan praktisch jeden freien Moment in seinem Atelier, denn die Zeit für die Sommerausstellung wurde knapp. Als sie wusste, dass er mit der Arbeit fertig sein würde, ging Ruby zu ihm. Ihren Laptop hatte sie in seiner Tasche über eine Schulter gehängt.

Es war ein herrlicher Sommerabend, und die letzten Sonnenstrahlen glitzerten auf dem sanft bewegten Wasser des Hafens und ließen die Klippen golden glänzen. Aber Ruby hatte heute keinen Blick dafür. Durch die Gassen eilte sie zu den Ateliers und zu Andrés, der gerade Material zum Rahmen eines seiner Bilder zusammensuchte. Glücklicherweise war niemand sonst in der Nähe.

»Hi, Ruby.« Er blickte auf, als sie näher kam. Gut. Sie hatte sich ein wenig Sorgen gemacht, sie könnte ihn stören. Doch er schien sich zu freuen, sie zu sehen.

Ruby hob ihr Gesicht seinem warmen, zärtlichen Kuss entgegen. Er zog sie an seine Brust. Das mochte sie gern. Vielleicht war es doch nicht zu früh, um an eine gemeinsame Zukunft zu denken. Warum sollte sie es nicht tun? Wenn etwas richtig war, dann war es richtig.

»Was führt dich so früh hierher?« Er gab sie frei und wandte sich wieder seinem Rahmen zu.

»Das errätst du nie.« Ruby konnte die Aufregung nicht aus ihrer Stimme verbannen. Seit sie ihr Bild auf dem Bildschirm gesehen hatte ... Nun ja, es war eine Spur, ihre erste richtige, und die Journalistin in Ruby konnte es nicht abwarten, sie zu verfolgen. Die Tochter in ihr ebenfalls nicht.

»Was?« Er lachte. »Du siehst aus, als hättest du im Lotto gewonnen.«

»Nein.« Sie grinste zurück. »Aber vielleicht habe ich meine leibliche Mutter gefunden.« Wahrscheinlich sollte sie Laura böse sein, weil sie sie einfach bei jemand anderem zurückgelassen hatte. Und doch konnte Ruby sich nicht dazu überwinden. Sie empfand nichts als Mitgefühl für Laura. Laura war sehr jung Mutter geworden. Sie hatte Ruby ohne einen Vater oder eine Familie, die ihr hätten helfen können, zur Welt gebracht und kurz darauf ihre eigene Mutter verloren. Wie musste sie sich gefühlt haben? Wie schwer musste das alles gewesen sein? Nein, sie konnte Laura nicht böse sein, und sie konnte ihr auch keine Schuld geben.

»Wirklich?« Er zog sie erneut an sich und legte auf die ihm eigene Art die Hand um ihren Hinterkopf. »Wo?«

»Ich bin auf die Website deines Vaters gegangen, und du wirst nicht glauben, was ich dort gefunden habe.« Sie löste sich von ihm, klappte ihren Laptop auf und stellte ihn auf den behelfsmäßigen Tisch, an dem Andrés arbeitete.

Erst dann bemerkte sie, dass er nicht reagiert hatte. »Andrés?«

Seine Miene war vor Zorn verdüstert. Oh Gott, in der Aufregung darüber, das Bild von Laura gefunden zu haben, hatte sie vergessen, dass Enrique Marín für seinen Sohn eine Persona non grata war.

»Du bist auf die Webseite meines Vaters gegangen?« Er starrte sie an. Plötzlich wirkte sein Blick kalt. »Warum in aller Welt hast du das getan?«

»Natürlich, weil ich mehr über ihn herausfinden wollte.« Das hätte sie voraussehen sollen. Es war nur eine Website, aber sie erinnerte sich an die ungute Vorahnung, die sie beschlichen hatte, bevor sie sie anklickte. Sie hatte gewusst, dass ihm das nicht gefallen würde.

»Warum solltest du mehr über ihn herausfinden wollen?« Er hatte aufgehört zu arbeiten und starrte sie an. Auf seiner Miene mischten sich Verwirrung und Zorn. »Warum sollte dich das interessieren?«

»Weil er dein Vater ist.« Für Ruby lag das auf der Hand. Enrique Marín hatte Andrés gezeugt. Er und seine Frau waren Andrés' Eltern, seine Wurzeln. Sie hatte keine Familie, der sie Andrés vorstellen konnte. Was glaubte er, wie sie sich dabei fühlte? War ihm nicht klar, wie wichtig eine Familie war?

Andrés schlug mit der Faust auf den behelfsmäßigen Tisch. Er erbebte. Automatisch streckte Ruby eine Hand nach ihrem Laptop aus. Was war bloß mit ihm los?

»Er bedeutet mir nichts«, erklärte er. »Nichts. Wieso begreifst du das nicht?«

»Aber ...«

»Warum sollte er dir etwas bedeuten, Ruby? Warum interessierst du dich für ihn?«

Darauf wusste Ruby keine Antwort. Wie konnte sie ihm erklären, dass sie nur neugierig gewesen war? Warum war das überhaupt so wichtig? Andrés hasste seinen Vater. Er hasste ihn wirklich, und sie hatte die Macht dieses Hasses gewaltig unterschätzt. »Es tut mir leid«, sagte sie. »Er bedeutet mir nichts, natürlich nicht. Ich kenne ihn ja nicht einmal. Aber er ist dein Vater, und ich wollte nur …«

»In meinen Angelegenheiten herumschnüffeln«, beendete er den Satz an ihrer Stelle. »Das hast du gemacht, ja?«

Ruby war verletzt. Sie hatte gesagt, dass es ihr leidtat. Außerdem redete er vollkommen am Thema vorbei. »Willst du überhaupt nicht wissen, was ich auf seiner Webseite gefunden habe?«, fragte sie ihn mit ruhiger Stimme. Sie begriff wirklich nicht, was sie so Schreckliches getan hatte.

»Was?«, murmelte er. »Was hast du gefunden?« Aber inzwischen sah er sie nicht einmal mehr an. Er schaute an ihr vorbei, durch die offene Tür in den Sommerabend draußen. Was dachte er? Sie hatte nicht die geringste Ahnung. Sie war erschrocken, als ihr klar wurde, wie wenig sie wirklich über ihn wusste.

»Ich habe meine Mutter gefunden, Andrés«, flüsterte sie. »Dein Vater hat meine leibliche Mutter porträtiert.«

»Was?« Ein entsetzter Ausdruck breitete sich auf seinem Gesicht aus. »Was hast du gesagt?«

»Laura muss für ihn Modell gesessen haben«, sagte sie. »Er hat sie gemalt.«

Andrés starrte sie an. Ein furchtbares Schweigen trat ein, das Ruby überhaupt nicht verstand. »Zeig es mir«, verlangte er dann.

Mit zitternden Händen schaltete sie ihren Laptop ein und öffnete den Ordner, in den sie das Bild kopiert hatte.

Nach einem Doppelkick füllte Lauras Porträt den Bildschirm aus. Das Mädchen mit dem langen blonden Haar und den tieftraurigen Augen. Laura …

Andrés betrachtete das Bild wie hypnotisiert. »Das ist sein Werk?«, fragte er. »Er hat das gemalt?«

»Ja.«

»Ich glaube das nicht«, murmelte er. Er hatte die Hände zu Fäusten geballt und fluchte leise in seiner Muttersprache. »Ich kann es nicht glauben.«

»Aber warum denn nicht?«

»Weil … Weil …« Er blickte Ruby verzweifelt an. »Was macht dich so sicher, dass sie es ist?«

Ruby zog die Zeichnung, die er am goldenen Kap gemacht hatte, aus der Handtasche. »Siehst du denn die Ähnlichkeit nicht?«

»Nein.« Er brüllte beinahe. »Nein, die sehe ich nicht.« Er wandte den Blick ab und ging zum Fenster auf der anderen Seite des Raums, durch das man auf den Hof sehen konnte. Mit einem Mal wirkte er zutiefst niedergeschlagen.

Ruby konnte es kaum ertragen. Sie ging zu ihm und streckte die Hand aus, legte sie behutsam auf seinen Arm. »Warum ist das denn so wichtig, Andrés?«, fragte sie leise.

Er schüttelte ihre Hand ab und stieß sie praktisch weg. »Es ist lächerlich«, sagte er. »Ihr seid beide blond und blauäugig. Aber das sind eine Menge anderer Leute auch.«

Warum war er so verärgert? Wieder durchwühlte Ruby ihre Tasche und zog das Foto hervor, auf dem Laura sie als Baby auf dem Arm hielt. »Schau noch mal hin.« Sie hielt es ihm vor die Nase. So langsam wurde sie selbst ärgerlich.

Er nahm es, runzelte noch einmal die Stirn. »Es ist zu unscharf.«

»Aber Andrés, als du das Foto zum ersten Mal gesehen hast, da hast du gesagt, dass du die Landschaft wiedererkennst.« Sie zeigte auf den Hintergrund.

»Habe ich das?« Er blinzelte

»Ja. Du hast gesagt, sie erinnere dich an Fuerteventura.« Hatte er nicht sogar gesagt, er glaube, das *sei* Fuerteventura? »Du hast gesagt, deine Insel sei ein Ort, wie ihn Leute wie Laura lieben würden«, rief sie ihm ins Gedächtnis. »Hippies und Reisende. Leute, die VW-Campingbusse fahren. Weißt du noch?« Er trat einen Schritt von ihr weg und wich ihrem Blick aus. Seine Augen blickten so starr, als wolle er nichts mehr hören; als wünsche er sich, dass das alles nicht wahr sei.

Aber warum? Ruby war so aufgeregt gewesen; und er hatte einfach eine Nadel genommen und ihre Seifenblase zerstochen. »Hältst du es nicht für möglich, dass Laura dort gelebt hat, Andrés?«, fragte sie und versuchte, ruhig und vernünftig zu klingen. »Dass sie Geld brauchte und dass sie Modell für deinen Vater gesessen hat? Sie war doch schön, oder? Er hätte sie doch sicher malen wollen.«

»Ja.« Andrés' Stimme klang freudlos. »Ja, er hätte sie sicher gern gemalt. Aber er hat es nicht getan. Er konnte nicht. Das ist sie nicht, Ruby. Du wünschst es dir, aber es ist nicht so. Verstehst du nicht, was das bedeutet …« Er marschierte zur Tür, riss sie auf und stapfte nach draußen.

Ruby konnte es nicht glauben. Und nein, sie verstand nicht, was das bedeutete – abgesehen davon, dass sie endlich eine Spur zu Lauras Aufenthaltsort hatte. Sie schloss das Dokument und klappte den Laptop zu. Dann hängte sie ihn sich wieder über die Schulter und folgte Andrés nach draußen. Er stand auf dem Hof und starrte einfach in die Ferne.

»Du findest also nicht, dass es sich lohnt, dem nachzugehen?«, fragte sie.

Er sah sie nicht einmal an.

Sie versuchte es noch einmal. »Ich möchte dorthin, Andrés.«

»Auf die Insel.« Das war keine Frage. Immer noch sah er sie nicht an, und sie hätte schwören können, dass er kurz davor stand, in Tränen auszubrechen.

»Ja, auf die Insel.« Aus irgendeinem Grund wollte er nicht begreifen, was passiert war; was sie gefunden hatte. Aber es war ihre Geschichte, ihre Wahrheit, der sie auf der Spur war. Daher musste sie stark sein. »Würdest du mich begleiten?«

Andrés fluchte halblaut. Aber das war kein Nein, dachte Ruby.

»Würdest du mich deinem Vater vorstellen?«, fragte sie.

Dieses Mal schüttelte er den Kopf. »Ausgeschlossen«, erklärte er.

»Ich spreche kein Wort Spanisch«, sagte Ruby. »Das weißt du genau. Es wäre viel schwieriger, wenn ich das allein mache. Und es ist mir so wichtig, Andrés.« Wie konnte sie ihm das Gefühl erklären, das sie gehabt hatte, als sie entdeckt hatte, dass sie nicht Viviens und Toms Tochter war? Es war ein Gefühl, als existiere sie nicht, jedenfalls nicht mehr so, wie sie es vorher getan hatte. Ein Gefühl des Verlorenseins. Ein Eindruck, substanzlos zu sein, keine Wurzeln zu besitzen. Alles, was sie über Laura herausfand, würde ihr helfen, mit diesen Gefühlen umzugehen, damit ihr Leben weitergehen konnte. Vielleicht fand sie Laura ja auch nicht – gut möglich, dass sie nicht gefunden werden wollte –, aber wenn es eine Chance gab … Sie musste es wenigstens überprüfen.

»Aber du fliegst allein, wenn es sein muss.« Endlich sah er sie an.

Sie nickte. »Ja.«

Er stieß einen lang gezogenen Seufzer aus. »Ich kann nicht zurück, Ruby«, erklärte er. »Ich will auch nicht. Und jetzt …«

Was meinte er mit *und jetzt*? »Was ist passiert?« Sie nahm all ihren Mut zusammen.

»Das ist nicht wichtig«, sagte er. »Besonders jetzt nicht.«

Sie streckte eine Hand aus und berührte ihn fast. »Wenn ich dir wichtig wäre …« Sie brach ab. Wenn er sie liebte, würde er es ihr sagen. *Falls er sie liebte*. Aber sie fand nicht die richtigen Worte dafür.

»Du bist mir wichtig.« Er nahm ihre Hand und führte sie an die Lippen. »Aber du bittest mich um etwas Unmögliches.«

»Nichts ist unmöglich.« Wie konnte sie ihn nur erreichen?

Er schüttelte den Kopf. »Das kannst du einfach nicht verstehen.«

Der Kuss auf die Hand – als er endlich kam – wirkte so endgültig. Er fühlte sich wie ein Abschied an.

Was konnte sie tun, um seine Meinung zu ändern? Forschend sah sie ihm ins Gesicht. Da war nichts, wie es schien. Aber wenn er ihr nicht genug vertraute, um es ihr zu erzählen … »Ich kann das nicht auf sich beruhen lassen, Andrés«, sagte sie.

»Nein, das kannst du nicht. Ich verstehe schon, wie es ist, Ruby. Du kannst es einfach nicht lassen.« Er machte sich von ihrer Hand frei, und sie hatte das Gefühl, dass er viel mehr zurückwies als ihre Hand. »Aber sogar darauf kommt es jetzt nicht mehr an, verstehst du?«

34. Kapitel

Wie hatte alles nur so schiefgehen können?
Andrés sah Ruby, die stolz davonging, nach, bis sie verschwunden war. Er konnte es nicht glauben. Das war zu furchtbar, um darüber nachzudenken. Diese Möglichkeit ... Leise fluchte er vor sich hin. Alles, was nur schiefgehen konnte, war auch schiefgegangen. War das möglich? Andrés wollte es nicht glauben, aber ja, möglich war es schon. Er dachte daran, was Ruby ihm über Laura und darüber erzählt hatte, wie sie sie als Baby bei Vivien zurückgelassen hatte. Er dachte an das Bild, das sie ihm gezeigt hatte. Es war mehr als möglich – es erschien überwältigend wahrscheinlich.

Der alte Bastard. Würde er denn nie aus Andrés' Leben verschwinden? Würde er ihm immer alles kaputt machen?

Und jetzt war er krank. Sollte Andrés traurig darüber sein?

Vor ein paar Tagen hatte er wie versprochen seine Mutter zurückgerufen.

»Wie geht es ihm?«, hatte er sie gefragt. »War er schon beim Arzt?«

»Ja«, antwortete sie.

»Wie hast du es geschafft, ihn zu überreden.«

»Das war nicht ich«, erklärte seine Mutter. »Sondern jemand, mit dem er auf den Klippen hinter der Playa del Castillo gesprochen hat.«

»Herrgott ...« Es war so typisch für den Mann, dass er auf eine Zufallsbekanntschaft von den Klippen hörte statt auf die Frau, die trotz all seiner Launen und Wutausbrüche und Gott wusste, was sonst noch, zu ihm gestanden hatte.

»Es war eine Nonne«, sagte seine Mutter.

Eine Nonne? Ratlos hatte Andrés den Kopf geschüttelt. Er kannte seinen Vater zu gut, um anzunehmen, dass er plötzlich gläubig geworden sei. Niemals, nicht in einer Million Jahren. »Welche Untersuchungen haben sie denn gemacht?«, erkundigte sich Andrés. Denn letztlich kam es nicht darauf an, auf wen sein Vater gehört hatte. Wenigstens war der sture alte Bastard endlich zum Arzt gegangen. Und darüber war er froh – allein um seiner Mutter willen.

»Wie heißt es noch?« Sie sprach langsam. »CT-Scan? Biopsie?«

»Und was ist dabei herausgekommen?« Er stellte fest, dass er die Luft anhielt.

»Sie wissen es noch nicht, Andrés. Es dauert noch einen Tag oder so.«

»Dann rufe ich dich übermorgen noch einmal an«, erklärte er ihr. Es war sein gutes Recht anzurufen. Er hatte ein Recht, es zu erfahren. »Bleib stark, Mama.«

Aber Andrés hatte nicht angerufen, noch nicht. Und auch jetzt konnte er sich nicht dazu überwinden. Aber auch auf seine Arbeit konnte er sich nicht konzentrieren. Er hatte Ruby nicht erzählt, dass es seinem Vater nicht gut ging. Er hatte sich geweigert, über ihn zu sprechen, denn er wollte nicht, dass dieser Mann in irgendeiner Form ihre Beziehung beeinträchtigte. Aber jetzt … Ruby würde nach Fuerteventura fliegen, das wusste er. Sie war fast so stur wie sein Vater, verdammt sollte er sein. Sie würde zum Haus seiner Eltern gehen. Andrés bemerkte, dass er zitterte. Was würde passieren, wenn sie zu seinen Eltern ging? Was würde sie herausfinden?

Er räumte seine Sachen weg, bis ein Anschein von Ordnung herrschte, und schloss das Atelier ab. Es war sinnlos zu arbeiten, solange er innerlich derart kochte.

Andrés ging zum Hafen und zum Strand. Es war noch hell, und der Sonnenuntergang überzog den Himmel mit roten und gelben Streifen und warf ein Licht über das alte Fabrikgelände und die Cottages, das auf unheimliche Weise jenem Licht auf seiner Insel glich, bei dem er so gern gemalt hatte. Normalerweise liebte er diese langen Sommerabende. Aber heute Abend war er nicht in der Stimmung dafür. Wie hätte er das auch sein können?

Wieder dachte Andrés an die Fotos, die Ruby ihm gezeigt hatte. Er dachte an den rotweiß gestreiften Leuchtturm im Hintergrund des Fotos, und er dachte an den rotweiß gestreiften Leuchtturm seiner Kindheit. Herrgott ... Wer hätte gedacht, dass es so weit kommen würde?

Früher pflegten Isabella und er an den Sommerwochenenden oder während der Schulferien zum Leuchtturm zu spazieren. Damals war Andrés zwölf oder dreizehn und seine Schwester acht oder neun. Er hatte immer auf sie aufgepasst. Außerdem fühlte er sich wohl in ihrer Gesellschaft und war froh, der Atmosphäre seines Zuhauses zu entrinnen, wo sein Vater tobte und zeterte und seine Mutter hinter ihm herlief, obwohl sie doch nichts richtig machen konnte. Sein Vater wollte seine Kinder ohnehin nicht um sich haben; er ermunterte sie, nach draußen zu gehen, solange sie wollten. Und dann hatte Andrés den Grund dafür herausgefunden ...

Bevor man zu den Lagunen am Leuchtturm kam, passierte man eine Bucht. Sie hatte eine perfekte Hufeisenform und war von schwarzen Felsen umgeben, und ihr Wasser war seicht und türkisfarben. Goldener Sand säumte sie, sodass man barfuß hinunterrennen und im Wasser planschen konnte, das immer glasklar war. Das war ihr liebstes Ziel. An diesem Tag hatte Andrés sein Angelzeug und einen blauen Rucksack mit einer Flasche Wasser, seinem Skizzenbuch, Kohle und ein paar Bleistiften dabei, weil er vielleicht fischen oder etwas zeichnen wollte. Isabella hielt eine mit Rosen bedruckte Tasche in der Hand, in der sich ein Buch, Brot, ein Ziegenkäse und ein paar Tomaten befanden. Beide hatten sich ihre Handtücher über die Schultern geworfen. Sie hatten vor, zwischen den Felsentümpeln zu picknicken, und anschließend wollte Andrés ein paar Zeichnungen von dem rotweißen Leuchtturm anfertigen, der wie ein Stab in den Himmel wies. Wenn sich das Licht des Nachmittags veränderte und die Sonne tiefer stand, fischte er meistens.

»Wohin auf der Welt möchtest du am liebsten reisen, Andrés?«, hatte Isabella ihn einmal gefragt. Ihre Stimme ging im Wind und dem fernen Krachen der Wellen auf die Felsen fast unter.

»Ach, ich weiß nicht.« Er dachte an seine Malerei, an Picasso und andere Künstler, die er bewunderte. »Paris vielleicht oder Sevilla.« Aber eigentlich wollte er nirgendwo anders hin. Er war es noch nicht überdrüssig, die Insel zu malen; er glaubte nicht, dass er das irgendwann einmal leid sein könnte.

»Hmmm.« Isabella zog die Nase kraus und dachte darüber nach. Andrés wusste, dass sie nichts für langweilige, muffige Museen oder Ausstellungen übrig hatte. Isabella lebte gern und liebte den Tanz. Am glücklichsten war sie draußen, an der frischen Luft. Sie brauchte Freiheit.

»Wohin möchtest du gehen, Kleine?«, neckte er sie. »Nach Puerta del Rosario? Zum Ziegenhafen?« *Puerto Cabras*, so hatte die Stadt einmal geheißen. Er konnte sich nicht vorstellen, dass sie die Insel verlassen würde.

Sie schlug ihn gegen den Oberarm. »Da sieht man mal, was du für eine Ahnung hast! Nein.« Jetzt klang ihre Stimme träumerisch. »Ich werde nach London gehen.«

»Ach ja?« Er schnappte nach ihren Fingern. »Und was willst du dort machen, Schwester?«

Sie schwang ihre Hände vor und zurück und hüpfte ein paar Schritte. »Ich werde Spaß haben«, erklärte sie. »Ich werde tanzen und auf Partys gehen. Ich werde leben!«

Andrés lachte. Er wusste, dass an Isabellas Schule eine Lehrerin unterrichtete, die einige Jahre in England gelebt hatte, und vermutete, dass sie ihren Schülerinnen davon erzählt hatte. Sie musste der Grund für Isabellas Begeisterung sein.

Sie gingen weiter zum Leuchtturm. Sie picknickten in der Sonne, planschten dann in der Lagune, und er zeichnete – nicht nur den Leuchtturm und das Meer, sondern auch Isabella, wie sie tief schlafend auf dem Bauch im Sand lag. Sie war durch die Vulkanfelsen eines *corralito*, eines grauen Steinhaufens, der so angelegt waren, dass sie ein Hufeisen bildeten, vom Wind geschützt. Er zeichnete sie, wie sie an die Lavafelsen gelehnt in ihrem Buch las. Und er zeichnete sie später, als sie unten am Strand tanzte, langsam und im Takt einer Musik, die nur sie hörte. Ihr Sarong wellte sich in der Brise, und das lange Haar fiel ihr wie ein Wasserfall auf die gebräunten Schultern.

Als der Wind nachließ und die Sonne golden und silbern auf dem Meer schimmerte, schwammen Andrés und Isabella im seichten, türkisfarbenen Wasser der Bucht. Sie schwammen hinaus wie Fische, bis Andrés die verfallene alte Anlegestelle bei Los Lagos erspähte, einem Dorf, das in der Ferne lag. Er sah plumpe weiße Häuser mit flachem Dach, zusammengewürfelt mit maurischen Stilelementen und eingestreutem Blau, und dahinter die samtigen Hänge der Berge, die im Dunst runzlig wirkten wie die Haut eines alten Mannes.

Sie tauchten, hielten sich an den Händen und erkundeten das Leben zwischen Felsen und Sand. Sie bekamen meist bunte Lippfische zu sehen und auch Zackenbarsche, Schnecken, Krabben und Seeanemonen. Das Meer hatte oft gefährliche Strömungen und einen starken Sog, aber die Einheimischen verstanden das Meer und die Wellen. So war es immer schon gewesen.

Schließlich schwammen sie zum Ufer zurück, lagen erschöpft auf dem hellen Sand und schlichen zurück zu ihrem *corralito*, wo sie sich gegenseitig abtrockneten und dann in der Wärme der Sonne aalten.

Später saß Andrés auf den Felsen und fischte nach Seebrassen und *vieja* – Papageifischen –, wobei er Sardinen als Köder benutzte. Er fing ein paar Fische für ihr Abendessen, die er über einem Feuer aus Treibholz grillte. Die *Majoreros* waren es gewöhnt, das Treibgut, das sie am Meer fanden, zu benutzen. Sie betrachteten es als Geschenke des Ozeans. Der Duft von rauchendem Holz, frischem Fisch und Meer stieg ihnen in die Nase und erfüllte die Luft. Es war ein perfekter Tag.

Doch anders als Andrés war Isabella nie nach England gekommen. Wie ihre Mutter vor ihr hatte sie sich von Erwartungen, der Tradition und dem, was vorherbestimmt erschien, aufreiben lassen. Andrés seufzte. Er war vertrieben worden, und seine Schwester lebte immer noch in Ricoroque. Aber sie war nicht mit Kindern gesegnet worden. Für sie beide hatte sich dieser alte Traum nicht erfüllt. Er fragte sich, ob sie immer noch zum Meeresufer hinunterging, um zu tanzen, doch er zweifelte daran.

Er bezweifelte es stark.

Als Andrés zum Hafen kam, setzte er sich neben einem Haufen Krabbenkörbe, die dort zum Trocknen standen, auf eine Bank und zog sein Handy hervor. Beinahe hätte er Ruby angerufen. Am liebsten hätte er sich entschuldigt und gesagt, *Ja, ich komme mit.* Aber er konnte nicht. Er brachte es einfach nicht fertig.

Stattdessen rief er seine Mutter in Ricoroque an.

»Was ist, Mama?«, fragte er sie behutsam.

»Jetzt wissen wir es genau.« Ihre Stimme brach. »Jetzt wissen wir Bescheid, mein Sohn.«

»Und?«

»Er hat Lungenkrebs. Die Diagnose steht fest. NSCLC. Krebs. Er ist im dritten Stadium.«

»Ist das schlimm?«, fragte er sie. Was genau bedeutete das?

»Nicht kleinzelliges Lungenkarzinom.« Sie sprach es aus, als lese sie aus einem Lexikon vor. Vielleicht war es ja so. »Die häufigste Art. Es ist schlimm«, erklärte sie. »Er hatte einen großen Tumor im linken Lungenflügel. Er ist fortgeschritten, hat sich aber noch nicht auf andere Organe ausgebreitet, glauben die Ärzte.«

Aber wie schlimm war *schlimm*?

»Verdammte Zigarren«, murmelte Andrés. Er war wütend, verflucht wütend. Aber er hätte diesmal nicht sagen könne, ob er wütend auf seinen Vater war oder auf den Krebs. Enrique Marín war noch keine siebzig. Was immer er sonst noch war – er war ein brillanter Künstler, ein kreativer Mensch. Und er war ein Bastard, der Andrés zutiefst ungerecht behandelt hatte. Das Leben war nicht fair. Trotzdem ... Er dachte daran, wie das Gesicht seines Vaters ausgesehen hatte an jenem Tag, an dem er ihn zuletzt gesehen hatte. *Tritt nie wieder über diese Schwelle ...* Enrique Marín hatte Andrés immer gehasst. Andrés hatte ihn immer enttäuscht. Und nun diese Hiobsbotschaft.

»Wie viel Zeit hat er noch?«, fragte er seine Mutter. Die Boote wippten sanft auf dem glatten Wasser des Hafens: bunt gestrichene Fischerboote, Kajütboote und Schlauchboote. Obwohl inzwischen kaum noch ein Wind wehte, klirrten ab und zu die Masten.

»Ein Jahr. Vielleicht weniger.« Sie klang gelassen. Vielleicht war sie schon über den anfänglichen Schock hinweg, den sie erlitten haben musste, als sie die Nachricht erhielt. Möglich war auch, dass sie damit gerechnet hatte. Vielleicht hatten sie das alle.

Andrés holte tief Luft. *Vielleicht nicht einmal ein Jahr ...*

»Und wie hat er es aufgenommen?«

»›Was wissen die schon?‹, hat er gesagt und ist aus dem Zimmer gestürmt.«

Darüber hätte Andrés fast gelacht. Es war so typisch für den alten Bastard. »Er wird es aber akzeptieren müssen, und er muss sich behandeln lassen.«

Seine Mutter schnaubte verächtlich. »Wir werden es versuchen«, sagte sie. »Er redet nur noch von den alten Zeiten, von der alten Medizin. Für Neues hat er nichts mehr übrig.«

Andrés wusste, was sie meinte. Er hatte die Geschichten von den Ärzten, die alle Krankheiten mit Pflanzenmedizin und dergleichen heilten, oft genug gehört. Einige der älteren *Majoreros* waren wie sein Vater und glaubten nicht an westliche Medizin wie Tabletten, Antibiotika, Penicillin. Sein

Vater hatte oft vom Lammdoktor gesprochen, den man so nannte, weil er einst aus Teneriffa auf die Insel gekommen war, um ein paar Lämmer zu verkaufen. Wie Enrique ihnen erzählt hatte, zog er von Dorf zu Dorf. Er behandelte die Leute, bis sie gesund waren, und kam im Gegenzug so lange bei ihnen unter. Für Prognosen und Aderlässe benutzte er Schröpfköpfe und Kerzen, und er stellte Medizin aus Kräutern und Ziegenmilch her. Aber, um Himmels willen, das war Jahre her! Seitdem hatte die medizinische Wissenschaft ja wohl ein paar Fortschritte gemacht.

»War er so eine Art Schamane?«, hatte Isabella einmal mit großen, weit aufgerissenen Augen gefragt.

»Was immer er war«, hatte Enrique zurückgegeben, »wir brauchen auf der Insel mehr Ärzte wie ihn. Die Menschen pflegten zu sagen: ›Wenn der Lammdoktor einen nicht heilt, ist man verloren.‹« Er schlug sich auf die Brust. »Ohne ihn wäre euer Vater heute nicht hier.«

»Warum, Papa?« Isabella war zu ihm gelaufen, und Enrique hatte den Arm um ihre Schultern gelegt und sie an sich gedrückt.

Für seine Tochter hatte Enrique Marín immer etwas übrig gehabt, für seinen Sohn nie, dachte Andrés.

»Meine Mutter stand vor einer schweren Geburt«, hatte sein Vater erklärt. »Man hatte Angst, dass sie sterben würde – und ihr Kind vielleicht auch.«

»Nein, Papa«, hatte Isabella gerufen, und Enrique hatte sie fester umarmt. »Mein Vater hörte, dass der Lammdoktor in Laiares sei, um einen Fall von Lungenentzündung zu heilen. Mein Vater rief ihn, und er kam auf seinem weißen Esel angeritten. Er hat uns beide gerettet.«

»Mama?«, fragte Isabella.

»Ich habe ihn nie gesehen«, sagte diese. »Er ist in dem Jahr gestorben, in dem ich geboren wurde. Aber meine Eltern haben oft von ihm gesprochen. Alle taten das. Auf der Insel war er berühmt. Man sagte, er sei ein großer, freundlicher Mann gewesen.«

»Und er trank gern einen.« Papa lachte laut.

»Die Ärzte trauten ihm nicht«, sagte Mama.

Papa verdrehte die Augen. »Aber die Leute schon.«

»Wie soll die Behandlung aussehen?«, fragte Andrés seine Mutter jetzt. Kräuter oder Ziegenmilch würden nicht dazugehören, so viel war sicher.

Sie seufzte. »Bestrahlung. Vielleicht Chemotherapie. Operieren wollen sie ihn nicht, sagen sie.«

Andrés fragte sich, ob das ein schlechtes Zeichen war. Wahrscheinlich. Aber Krebs war immer schlimm, immer aggressiv.

»Er soll sich gesund ernähren und braucht viel Ruhe. Aber er sagt, dass er noch so viel zu tun hat.« Sie stieß einen leisen, erstickten Laut aus, in dem er ihren Kummer hörte.

Als hätte er ihr nicht schon genug angetan, dachte Andrés. »Und er muss das Rauchen aufgeben.«

Jetzt lachte sie ein raues Lachen. »Das werden wir sehen, mein Sohn. Wir werden sehen.«

Wahrscheinlich war es zu spät dazu; jetzt würde es auch keinen Unterschied mehr machen.

Dieses Mal fragte sie ihn nicht, ob er zurückkommen würde. Auch dieses Mal bedeutete es, was es immer bedeutet hatte. *Nichts hat sich geändert ...* Aber wie fühlte sie sich? Wie verkraftete sie die Tatsache, dass sie ihren Mann verlieren würde?

Andrés verabschiedete sich von ihr und blickte hinüber nach Chesil Beach. Er sah ein Pärchen, das Hand in Hand über die rötlichen Kiesel ging. Hätte er seine Mutter wegen Rubys Besuch vorwarnen sollen? Lieber nicht, entschied er. Es würde kommen, wie es kommen musste …

Aber was würde kommen? Andrés unterdrückte einen Schauder. Er stand auf und ging durch die Dämmerung zurück zu seinem Haus. Er wollte Ruby gerne sehen. Er wollte mit ihr zusammen sein, aber er wusste, dass es nicht möglich war. Wie sollte das gehen, solange er nicht wusste, ob er sie verloren hatte? Wenn er sie jetzt noch nicht verloren hatte, dann würde er es vielleicht bald tun. Es kam darauf an, was sie in Ricoroque herausfand. Er konnte sich ein Leben ohne Ruby nicht vorstellen, aber auch keines ohne seinen Vater. Der Mann war immer so eine Macht gewesen. Wie konnte eine solche Macht je vergehen? Dabei hatte er sich schon häufig verzweifelt gewünscht, sie würde es tun. Er tat es auch jetzt.

35. Kapitel

*E*s gibt immer einen toten Winkel.
Wo war sie?

Schweißgebadet wachte Ruby auf. Sie lag auf dem Rücken, die Arme zur Seite geworfen und die Beine in einem seltsamen Winkel von sich gestreckt. In ihrem Albtraum hatte ihre Mutter so dagelegen. Auf der Straße, in einer Blutlache. Ihre Mutter – Vivien.

Ruby fuhr sich mit der Zunge über die trockenen Lippen. Beim Schlafengehen hatte sie an ihre Reise gedacht, auf der sie ihre leibliche Mutter suchen wollte. Mit diesem Traum war sie auch wieder erwacht. Mit der Mutter, die sie großgezogen hatte. Und mit dem Unfall. Mit der einen Frage, an die zu denken sie nicht ertragen konnte und die sie doch nicht aus dem Kopf bekam.

Sie setzte sich auf, griff nach dem Glas Wasser neben ihrem Bett und stützte sich auf den Ellbogen, um davon zu trinken. Es war noch recht dunkel im Zimmer, obwohl schon ein wenig Licht durch die dünnen Schlafzimmervorhänge fiel. Sie schloss daraus, dass es eher früh am Morgen statt tief in der Nacht war. Sie war allein.

Sie war so aufgeregt gewesen, als sie zu Andrés gegangen war. Sie hatte es nicht abwarten können, ihm Lauras Bild auf dem Laptop zu zeigen. Aber schließlich war sie allein zu Hause gelandet und hatte per Internet einen Flug für eine Person nach Fuerteventura gebucht. Sie musste fliegen. Sie wusste, dass Enriques Porträt Laura darstellte. Doch was war, wenn Laura heute gar nicht mehr dort lebte? Und was, wenn sie da war, sie aber nicht kennenlernen wollte? Dann hätte Ruby es wenigstens versucht. Im Internet hatte sie ein Hotel im Dorf Ricoroque gefunden und ein Zimmer reserviert. Sie war sich nicht sicher, wie lange sie brauchen würde – mindestens eine Woche. Sie würde übermorgen fliegen und sich ein Taxi zum Flughafen Bournemouth nehmen. Andrés Marín würde sie um gar nichts bitten. Sie hatte keine Ahnung, was in ihn gefahren war, dass er sich so verhielt. Aber wahrscheinlich war es besser, sie fand es jetzt heraus statt später. Sie hatte wirklich geglaubt, Andrés könne der Richtige sein. Aber es sah aus, als hätte sie sich geirrt, wieder einmal.

Ruby ließ sich zurück in die Kissen sinken und schloss die Augen. Sie seufzte. Es war schon eine Weile her, seit sie diesen Traum gehabt hatte. Seit sie sich gefragt hatte, ob Vivien gewusst hatte, dass sie sterben würde. Hatte sie es gewusst, als sie sah, wie der Wagen zum Überholen ausscherte, weil der Fahrer das Motorrad nicht gesehen hatte? Vielleicht hatte Vivien den Wagen auch nicht sehen können; vielleicht hatte sie das Gesicht an den Rücken von Rubys Vater geschmiegt; vielleicht hatte sie nur ihn gesehen?

Es gibt immer einen toten Winkel.

Oder hatte sie es erst gewusst, als sie spürte, wie das Motorrad unter ihnen ins Schleudern geriet und ihr Vater die Kontrolle verlor? Als Vivien vom Sitz gerissen und davongeschleudert wurde und auf die Straße knallte? Hatte sie es gewusst, als sie das Kreischen der Bremsen hörte oder das durchdringende, grelle Kreischen von Metall auf Metall im Moment des Aufpralls? Ein Schauer überlief Ruby.

Dann war es schwarz um sie geworden. Hatte sie es da gewusst? War ihr da klargeworden, dass sie sterben würde?

Ruby schlug die Augen auf. Heute Nacht würde sie nicht mehr schlafen können.

Die Polizisten hatten ihr gesagt, dass die beiden sofort tot gewesen wären. Dass sie keine Zeit gehabt hätten, auch nur darüber nachzudenken.

Sie rollte sich auf ihrer Bettseite zusammen und tastete nach Andrés, obwohl sie genau wusste, dass er nicht da war. Kein warmer Körper im Bett neben ihr. Nicht einmal eine gemütliche Kuhle, die er im Schlaf hätte hinterlassen können – vielleicht, als wäre er einfach aufgestanden, um Tee zu kochen.

Kein Andrés. Keine Eltern. Ruby war allein.

An diesem Nachmittag ging sie zum letzten Mal zum Haus ihrer Eltern, dem Heim ihrer Kindheit. Der Verkauf war inzwischen abgeschlossen, und Ruby spürte nichts als Erleichterung. Sie schloss die Haustür auf und ging dann durch einen Raum nach dem anderen, um sich endgültig zu verabschieden. Sie ging noch einmal in die Küche, in der ihre Mutter für sie alle gekocht hatte, in die Zimmer, in denen sie geschlafen hatten, ins Wohnzimmer, wo Vivien ihre Aquarelle gemalt hatte. Ohne ihre Möbel, ohne sie wirkte das Haus so anders. Es war leer. Das Haus, das einst ihre Familie beherbergt hatte, ihr Leben, ihr Lachen, ihre Stimmen, ihre Tränen, war nur noch eine leere Hülle.

Sie ging in den Garten, den ihre Mutter so geliebt hatte. Das Gras musste dringend gemäht werden. Die weißen Rosen und Wicken blühten noch; ihr Duft hing schwer in der Luft. Ruby zog den Brief, den Vivien für sie geschrieben hatte, aus der Tasche. Es war Zeit. Sie wollte nicht mehr wütend auf ihre Eltern sein. Das war ihre Chance herauszufinden, was ihre Mutter wirklich gedacht hatte. Mit dem Daumennagel riss sie den Kleberand auf.

Ruby, mein Liebling,
wenn du dies liest, ist mir etwas zugestoßen, bevor ich die Möglichkeit hatte, dir unsere Geschichte zu erzählen. Wenn du dies liest, hat Frances – die, wie du weißt, meine beste und treueste Freundin ist – beschlossen, dass du alles erfahren sollst. Alles.
Wie kann man entscheiden, ob es für jemanden, den man liebt, besser ist, alles zu wissen, oder nicht? Ich konnte das nie. Dein Vater wusste, was er glaubte: dass vorbei vorbei ist. Warum die Vergangenheit wieder aufrühren? Wieso verheilte Wunden erneut aufreißen? Aber ich war da nie seiner Meinung. Ich war der Meinung, dass du es verdient hast, die Wahrheit zu erfahren. Deswegen habe ich auch Frances um das gebeten, was sie jetzt offensichtlich getan hat.
Aber ich hoffe, meine liebste Ruby, dass ich vorher den Mut aufbringe, es dir selbst zu sagen. Ich hoffe, dass wir beide uns zusammensetzen und darüber reden können. Und ich hoffe, dass du dich dazu durchringen kannst, deinem Vater und mir zu verzeihen, was wir getan haben. Ich möchte dir vieles erklären. Ich will dir sagen, dass wir es deinetwegen getan haben – aber auch für uns selbst. Ich habe mir dich so sehr gewünscht, verstehst du?
Bitte gib Laura keine Schuld. Auch sie hat an dich gedacht, das weiß ich. Und wenn wir alle das Falsche getan haben, nun, dann hat dein Vater recht, und alles ist geschehen und lange vorbei.
Du sollst wissen, dass wir dich lieben. Ich möchte, dass du weißt, dass es mir nicht leidtut. Natürlich tut es mir leid, dass wir dich getäuscht haben. Aber ich bereue nicht, dass wir das getan haben. Ich würde es wieder tun.
Und du sollst wissen, meine allerliebste Ruby, dass du meinen

Segen hast, falls du nach Laura suchen willst, deiner leiblichen Mutter. Ich verstehe deine Beweggründe, und ich bin froh darüber.
Immer deine dich liebende Mutter,
Vivien

Rubys Augen füllten sich mit Tränen, sodass sie die letzten Worte kaum noch erkennen konnte. Ja, natürlich verzieh sie ihr. Und natürlich verstand sie. *Immer deine dich liebende Mutter* … Es stimmte ja auch. Vivien war immer im echten Sinn des Worts ihre Mutter gewesen. Sie hatte sie gerettet, großgezogen und geliebt. Ihr Vater hatte Ruby ebenfalls geliebt. Niemand hätte mehr für sie tun können als die beiden. Vivien war im Leben großzügig gewesen, und auch jetzt, in diesen Worten, zeigte sie sich großzügig. Sie hatte begriffen, dass Ruby die Wahrheit erfahren musste, daher hatte sie diese Schuhschachtel im Kleiderschrank platziert, wo sie sie finden musste. Sie hatte auch verstanden, dass Ruby das Bedürfnis haben würde, Laura zu finden, die letzten Lücken zu füllen.

Ruby ging ins Haus zurück. Sie ließ die Schlüssel für die neuen Bewohner auf dem Tischchen in der Diele liegen. Später würde sie ein weiteres Exemplar in den Briefkasten des Maklers werfen.

Sie öffnete die Haustür, ohne zurückzusehen. Dieser Brief … Er bewies doch, dass sie das Richtige tat, oder?

36. Kapitel

DORSET, 20. MÄRZ 2012

»Fertig, Liebling?« Tom stand in seiner schwarzen Lederjacke da und sah genau wie der Rocker aus, der er gern gewesen wäre – allerdings mit über sechzig. Vivien musste lächeln. *Easy Rider* ...

»Fertig.« Sie bückte sich, um die knöchelhohen Stiefel zuzuschnüren, die Tom ihr letztes Jahr zu Weihnachten geschenkt hatte. »Für mein Biker-Girl«, hatte er gesagt. Sie schlang ihr Haar zu einem lockeren Knoten, den sie unter den Helm stecken konnte, und streifte die Jacke über. Sie war natürlich auch kein junger Hüpfer mehr, eher eine Rocker-Oma.

Tom grinste.

»Was?«

»Du bist genauso schön wie an dem ersten Tag, an dem ich dich auf dem Charmouth Fair gesehen habe«, sagte er.

»Ach, jetzt hör aber auf.«

»Ehrlich.«

Mir geht es genauso, dachte sie. *If paradise is half as nice* ... Hatte er sich so sehr verändert? Er hatte sich immer schon ein Motorrad gewünscht – schon damals mit sechzehn. Kurz hatte er sogar eines besessen, als sie frisch verheiratet waren. Bevor das Geld knapp wurde. Vor Ruby ...

Vivien folgte ihm aus der Haustür. Der rote Ofen – wie Tom ihn manchmal nannte – wartete und glänzte frisch poliert.

Er reichte ihr den Helm.

Und wieder stellte sie fest, dass sie darüber nachdachte. Sollte sie oder nicht? Sie wollte mit ihr reden, wirklich, seit Jahren schon. Ruby verdiente es, alles zu erfahren. Sie sollte es wissen. Aber sie musste auch an Tom denken. *Ich glaube nicht, dass ich das könnte, Liebling ...*

Tom schwang sich auf das Motorrad und ließ den Motor an. »Komm, steig auf«, sagte er.

Dass sie für Ruby gesorgt hatte, hatte nichts an ihrem Leben mit Tom geändert, dachte Vivien. Was Vivien betraf, hatte Ruby ihr Leben reicher gemacht, und sie vermutete, dass Tom es genauso empfand. Er betete dieses Mädchen an. Sie beide taten das. Niemand hätte Ruby mehr lieben können als sie.

Sie stieg hinter ihm auf das Motorrad und schlang die Arme um seinen Rücken. Sie lehnte sich an. Das Leben mit ihm war schön. Sie hatte so viel, auf das sie sich freuen konnte. Sie gingen zusammen spazieren, redeten, schmiedeten Pläne. Besonders jetzt, nachdem Ruby erwachsen war, glücklich und unabhängig – alles, was Vivien sich für sie hätte wünschen können.

Sie spürte den Fahrtwind, als sie starteten und das Motorrad immer schneller in Richtung Pride Bay fuhr. Vivien hatte Ruby immer geliebt wie ein eigenes Kind. Im Lauf der Jahre hatte sie sich manchmal erlaubt zu vergessen, dass sie nicht ihre Tochter war. Nur manchmal wachte sie nachts voller Panik auf und dachte: Laura.

Im Lauf der Jahre hatte sie sich oft gefragt, was wäre, wenn Laura plötzlich aus heiterem Himmel auftauchen und ihr Kind zurückverlangen würde. Wie würde sie damit zurechtkommen? Wie würde Ruby das verkraften? Aber natürlich war sie nie gekommen. Laura hatte ihre Tochter geliebt – das verriet Vivien der Inhalt der Schuhschachtel, die sie zurückgelassen hatte, selbst wenn sie den Blick in den Augen des armen Mädchens nicht gesehen hätte. Doch Laura hatte in jener Gewitternacht eine Entscheidung getroffen – ob zum Guten oder zum Schlechten – und sich daran gehalten. Und was Ruby anging – der Inhalt der Schuhschachtel würde ihr verraten, wie sehr sie geliebt worden war, und mehr brauchte niemand zu wissen. Wichtig war nur, wie sehr man geliebt worden war.

Über die Straße sah Vivien nach Colmer's Hill; sie betrachtete die Bäume auf dem Gipfel, die für sie immer ein Symbol für West Dorset gewesen waren. Sie hatte nicht lange gebraucht, um sich in Dorset zu verlieben. Sie hatten einfach wieder hierher zurückkommen müssen. Und Tom hatte recht, es war ein herrlicher Tag. Der Himmel war von einem milchig blauen Opalton, und die Hügel waren so frisch und grün wie der Frühling selbst.

Sie hatte ihre Tochter vor der Wahrheit beschützt – Vivien hatte nie etwas anderes gewollt, als Ruby zu beschützen und auch ihr gemeinsames Leben. Aber Ruby hatte ein Recht auf die Wahrheit. Vivien klammerte sich fester an Tom. Hatte das nicht jeder? Auch wenn es wehtat?

Ob Ruby entschied, mit diesem Wissen etwas anzufangen – nun, das lag bei ihr. Vivien beschloss, ihr die ganze Geschichte zu erzählen. Am nächsten Wochenende, wenn sie zu Besuch kam. Sie musste es tun. Und dann konnte Ruby entscheiden. Ihre Tochter war stark, klug und unabhängig – hatte sie sie nicht so erzogen? Sie war in der Lage, damit fertigzuwerden. Und es war das Richtige. Tom würde das einsehen; er würde es einsehen müssen.

Am Kreisverkehr bremste Tom ab. »Ist das Leben nicht aufregend, mein Liebling?«, schrie er ihr zu.

»Ja!« Sie hörte das Adrenalin in seiner Stimme. Sie dachte an das Karussell und ihren ersten Blick auf den hochgewachsenen Jungen mit dem dunklen Haar und den braunen, bernsteinfarben gefleckten Augen; und sie klammerte sich noch fester an ihn, als er mit dem Motorrad ausscherte, um ein Auto zu überholen.

If paradise ... Ja, es war aufregend. Mit Tom war es das immer.

37. Kapitel

Ruby war erleichtert, als sie endlich in ihrem Hotel angekommen war. Sie nahm sich noch die Zeit, zu duschen und sich bei einer Tasse Kaffee zu entspannen, bevor sie aufbrach, um das Dorf zu erkunden.

Sie ging durch das Labyrinth aus schattigen Gassen, das die Altstadt bildete, vorbei an vielen heruntergekommenen Gebäuden in traditioneller Bauweise – weiß getünchter Stein, in den Platten aus Vulkanlava eingelassen waren, die Muster und Kontraste in den Mauern schufen. Das Dorf wirkte eher schrullig als hübsch. Auf der Straße, wo man eher mit einem Auto gerechnet hätte, parkte beispielsweise ein Boot, und auf dem Dach des Restaurants Vaca im Hafen thronte eine große, blaue Kuh. Sie musste lachen. Auf der anderen Seite des Hafens bildeten die grauen Felsen eine hohe Klippe. Auf den Stein waren in Weiß die Worte *Viva la Virgen de Buen Viaje* gemalt; und in die Pflastersteine der Calle Muelle de Pescadores war eine steinerne Fischersfrau eingelassen, die aufs Meer hinaussah. Vielleicht wünschte sie ja den Fischern eine gute Reise. Vielleicht wartete sie auch einfach auf ihren Mann.

Ruby lehnte sich an ein hölzernes Geländer, schaute auf den Ozean dahinter hinaus und dachte an Andrés. Auf ihn würde sie lange warten müssen. Seit sie vor inzwischen drei Tagen sein Atelier verlassen hatte, hatte er sich nicht bei ihr gemeldet. Das war nicht überraschend. Würde er ihr je verzeihen, dass sie hierhergekommen war, auf die Insel seiner

Geburt? Und würde sie ihm je vergeben, dass er so heftig reagiert hatte und dass er sie allein hatte herfliegen lassen? Nein, darüber wollte sie jetzt nicht nachdenken. Sie war hier, und nur darauf kam es an. Sie musste sich auf die Suche konzentrieren, die vor ihr lag. Als sie aufsah, erblickte sie einen Taubenschwarm, der in Formation flog. Die Flügel der Vögel hoben sich silberweiß vor dem tiefblauen Sommerhimmel ab. Dieser Ort mochte heruntergekommen wirken, aber er hatte etwas Besonderes.

»Stürz dich ins Abenteuer«, hatte Mel gesagt, als sie sie angerufen und ihr von ihren Plänen erzählt hatte.

»Ich werde nur gut eine Woche dort sein«, hatte Ruby ihr erklärt. Aber sie nahm erneut diese Traurigkeit in Mels Stimme wahr und hoffte, dass sie sie nicht in der Stunde der Not im Stich ließ. »Geht es dir gut?«, fragte sie.

»Prima.« Sie konnte beinahe sehen, wie ihre Freundin sich reckte, ihr rotbraunes Haar zurückwarf und noch eine Schicht Lippenstift auftrug. Sie würde nicht zulassen, dass Ruby sich Sorgen um sie machte. Aber das tat sie trotzdem.

Ruby zog die Fotos aus der Handtasche. Nichts hier wies darauf hin, dass es sich um denselben Ort handeln könnte. Der Strand auf den Fotos war blassgold, dieser war steinig und grau; das Strandhaus war aus orangefarbenem Stein gebaut, während die Häuser hier größtenteils in Weiß und Blau gehalten waren. Trotzdem …

Die Sonne stand tief am Himmel, und Ruby merkte auf einmal, dass sie hungrig war. Im Flugzeug hatte sie nichts gegessen, und heute Morgen war sie zu aufgedreht zum Frühstücken gewesen. Schließlich war es möglich, dass Laura hier lebte. Es war sogar denkbar, dass Ruby ihr in den nächsten paar Tagen begegnen würde. Vielleicht konnte sie mit ihrer Mutter reden und herausfinden, wer ihr Vater war. Alles war möglich. Bei dem Gedanken hatte sie beinahe das Gefühl, wieder ein Kind zu sein. Sie durfte das Atmen nicht vergessen ...

Am Ende der Straße, wo man über die Felsen des alten Hafens und das tintenblaue Meer hinausblickte, stand eine weitere Skulptur. Sie war aus Bronze und stellte ein Boot dar, das von zwei Fischern auf den Strand geschoben wurde. Was aber noch wichtiger war: Am Hafen gab es eine Tapas-Bar mit Bier, frischen Krabben und Paella. Sie ging dorthin.

Andrés und Laura ... Es erschien unglaublich, dass gleich zwei Menschen, die so eng mit Rubys Leben verbunden waren, hier gelebt hatten, dachte sie bei sich. Dass sie vielleicht beide einmal hier gesessen und Krabben gegessen hatten, wie sie selbst jetzt, und über den alten Hafen hinausgesehen hatten wie die Fischerfrau dort oben auf dem Hügel. Dass sie von hier aus zugeschaut haben sollten, wie die Sonne hinter dem Meer am Horizont unterging, so wie sie jetzt. Die Landschaft ringsum erglühte in rosafarbenem, rotem und gelbem Licht, und das Meer war dunkel wie die Nacht. Hinter ihr leerten sich die Tische, doch Ruby saß weiter da, beobachtete den Sonnenuntergang und lauschte traumverloren dem Rhythmus der Wogen.

Als sie endlich die Rechnung bezahlte, nahm der Kellner – ein junger Bursche und wahrscheinlich der Sohn oder Neffe des Besitzers – das Geld entgegen und sprach sie in fast perfektem Englisch an.

Ruby versuchte ihr Glück. »Wissen Sie zufällig, wo Enrique Marín lebt?«, fragte sie. »Der Künstler?«

»Sí, aber natürlich.« Er schien erstaunt, dass sie es nicht

wusste. »Gehen Sie diese Straße entlang und biegen sie nach rechts ab. Es ist das blaue Haus, *la Casa Azul*. Im Vorgarten stehen ein Springbrunnen und ein Johannisbrotbaum. Sie können es gar nicht verfehlen.«

»Danke.« Ruby lächelte und gab ihm ein großzügiges Trinkgeld. Die Menschen hier schienen freundlich zu sein; der Ort hatte eine überaus positive Ausstrahlung. Nun wusste sie, wo Enrique Marín lebte.

Morgen früh würde Sie als Erstes dort hingehen.

Sie fand das blaue Haus genau da, wo der junge Mann gesagt hatte. Ruby blieb kurz davor stehen und stellte sich das bescheidene, traditionelle Gebäude vor, das es einmal gewesen war. Andrés hatte es ihr genau beschrieben: weiß getünchter Stein, blaue Akzente, winzige Fenster, dahinter eine kleine Landwirtschaft. Heute wirkte die *Casa Azul* ziemlich prächtig. Das Haus war drei Stockwerke hoch, von denen das oberste fast vollständig aus Glas bestand und mit Terrassen, blauen Kacheln und etwas, das wie ein Pool aussah, bestückt war. Und im Vorgarten standen der schattenspendende Johannisbrotbaum und der Springbrunnen, von denen der Junge gesprochen hatte – Letzterer eher eine sehr dramatische, aus Stahl geschaffene Wasserlandschaft. Dies war eindeutig das Zuhause eines Künstlers, und zwar eines erfolgreichen.

Ruby holte tief Luft, richtete sich gerade auf und öffnete das schmiedeeiserne Tor, das ebenfalls blau gestrichen war. Sie ging den Weg entlang, der zur Haustür führte, klopfte und wartete.

Kurz darauf öffnete sich die Tür, und eine Frau von ungefähr siebzig Jahren stand da. Sie wirkte ganz und gar nicht wie die Frau eines erfolgreichen Künstlers, sondern war klein und unscheinbar und trug eine Schürze über einem einfachen dunkelblauen Kleid. Ihr dunkles Haar war von Grau durchzogen und aus einem gebräunten, faltigen Gesicht zurückfrisiert. Sie trug weder Schmuck noch Make-up, und ihre Augen blickten freundlich, aber argwöhnisch drein. Ruby musterte sie aufmerksam, konnte aber keine Ähnlichkeit mit Andrés entdecken. Dennoch musste es seine Mutter sein, oder?

»Entschuldigen Sie«, sagte sie. »Sprechen Sie Englisch?«

Daraufhin sah die Frau noch misstrauischer drein. »*Sí*«, antwortete sie. »Ein wenig.« Sie wischte sich die Hände an der Schürze ab und sah Ruby mit festem Blick an. »Was wünschen Sie?«

Ruby vermutete, dass sie als Frau eines berühmten Künstlers in eine ganz andere Welt katapultiert worden war, ob sie gewollt hatte oder nicht. Sicher hatte sie lernen müssen, sich in anderen Sprachen zu verständigen, sich zu offiziellen Gelegenheiten schick anzuziehen und die Rolle der Künstlergattin zu spielen. Sie sah jedoch nicht so aus, als hätte sie es genossen.

»Ich hatte mich gefragt, ob es möglich wäre, mit Enrique Marín zu sprechen«, erklärte Ruby. »Ihr Mann?«

»Bedaure.« Das klang wie eine Standardantwort. »Mein Mann ist krank. Er bittet darum, nicht gestört zu werden.« Sie wollte die Tür wieder schließen.

Wie konnte Ruby ihr klarmachen, dass sie nicht nur ein Fan oder eine Art Kunst-Groupie war? »Ich bin auf der Suche nach meiner Mutter«, fügte sie schnell hinzu, um sie aufzuhalten.

Es wirkte. »Ihre Mutter?« Reyna Marín starrte sie an.

Ruby nickte. »Ich glaube, Ihr Mann hat sie einmal gemalt!«, sagte sie. »Vor vielen Jahren.«

Unerklärlicherweise verdüsterte sich Reyna Maríns Miene. Sie wirkte aufgewühlt, fast zornig. »Bedaure«, wiederholte sie. »Diese Zeiten sind vorbei. Es geht ihm nicht gut ...« Die Tür schloss sich weiter.

»Aber ...« Erneut klopfte sie an die Tür. »Bitte ...« Sie hatte den weiten Weg nicht gemacht, um sich abwimmeln zu lassen, ohne dass sie den Mann überhaupt gesehen und ihm die Frage gestellt hätte.

Dann hörte Ruby Schritte, die von hinten um das Haus herumkamen. Es war eine Frau ungefähr in ihrem Alter, die in einiger Entfernung zu Ruby stehen blieb.

»Tut mir leid, wenn meine Mutter unhöflich war«, sagte sie in perfektem Englisch. »Aber sie hat recht, meinem Vater geht es heute nicht gut genug, um Besucher zu empfangen.«

»Isabella?«

Ihr Gesichtsausdruck wechselte von höflicher Distanziertheit zu Interesse. »Woher kennen Sie meinen Namen?« Sie kam ein paar Schritte näher. Ruby sah die Ähnlichkeit zwischen Mutter und Tochter; beide besaßen das gleiche dichte Haar und die vollen Lippen. Aber Isabella trug das Haar lang und offen; sie war nicht so groß wie Andrés, aber auch schmal.

»Ich kenne Ihren Bruder Andrés.«

»Andrés!« Mit zwei Schritten stand Isabella vor ihr, mit strahlenden, hoffnungsvollen Augen. »Ist Andrés hier bei Ihnen – auf der Insel?« »Nein.« Schön wäre es ... »Er wohnt in meiner Nachbarschaft, in England. In West Dorset.« Sie beschloss, sonst weiter nichts über ihre Beziehung zu sagen – falls sie überhaupt noch eine hatten.

»Hat er Sie hergeschickt?« Isabella starrte sie an. Ruby rechnete halb damit, dass sie ihre Mutter zurückrufen und verlangen würde, dass sie Ruby einließ. Doch das tat sie nicht. Sie nahm Rubys Arm und schob sie über den Weg und aus dem Tor. War Andrés hier so unwillkommen? Durfte man auf dem Grundstück nicht einmal seinen Namen aussprechen? Doch Ruby ließ sich davonziehen. Sie war neugierig auf Isabella, denn sie konnte über seine Schwester viel herausfinden, und außerdem konnte sie immer noch später wiederkommen.

»Nein, hat er nicht«, gestand sie. »Ich wollte, dass er mich begleitete, aber er hat abgelehnt.«

Isabella zog ein langes Gesicht, und Ruby spürte, wie enttäuscht sie war. »Nicht, weil er Sie nicht sehen wollte«, schob sie rasch nach. »Aber wahrscheinlich wegen allem anderen, was passiert ist.«

»Er fehlt mir.« Isabella hielt Rubys Arm immer noch fest, und ihr wurde klar, dass sie zum Meer gingen – nicht zum alten Hafen, in dessen Nähe ihr Hotel lag, sondern weiter nach Norden.

Warum nicht, dachte sie. Sie fühlte sich zu dieser Frau hingezogen. »Natürlich fehlt er Ihnen.« Sie hatte nie Geschwister gehabt und konnte sich nur vorstellen, wie tröstlich das sein musste. »Und Andrés vermisst Sie.«

»Wirklich?« Isabella wandte sich ihr zu. »Wenn er doch nur zu uns zurückkommen würde.« Sie seufzte. »Wenigstens zu Besuch.«

Sie klang so betrübt. Aber als seine Schwester musste sie doch sicher wissen, warum das so war? »Aber sie sind doch nicht unglücklich hier auf der Insel, oder?«, fragte Ruby sie.

»Mir geht es ganz gut.« Isabella zuckte die Achseln. »Aber

ohne Andrés ist es nicht dasselbe. Er ist mein Bruder. Ich sehne mich danach, ihn wiederzusehen.«

Ruby nickte. Irgendwann musste er schließlich hierher zurückkommen, und sei es auch nur wegen seiner Schwester. »Was ist passiert, Isabella?«, fragte sie. »Warum ist er nie zurückgekehrt?« Plötzlich wurde ihr klar, dass es bei dieser Reise nicht nur um die Suche nach Laura ging; vielleicht war es nie so gewesen. Es ging auch um Andrés und den unbekannten Grund, aus dem er fortgegangen war.

Sie ließen das Dorf hinter sich. Vor ihnen erstreckte sich ein Strand aus blassgoldenem Sand, und dahinter lag das blaue Meer. Die Küste schien sich in die Unendlichkeit fortzusetzen. Ruby blinzelte. Das hier sah der Szenerie auf dem Foto schon ähnlicher.

»Es hat einen Streit gegeben«, erklärte Isabella leise. »Zwischen Andrés und unserem Vater.«

»Das muss aber ein schlimmer Streit gewesen sein«, meinte Ruby. In Familien wurde immer gestritten. Dahinter musste mehr stecken.

»Die beiden haben sich nie verstanden.« Isabella seufzte. »Andrés hat immer versucht, unsere Mutter zu beschützen. Manchmal hat er Dinge gesagt, die meinen Vater zornig gemacht haben. Mein Vater ist ein großer Maler.« Ihre Stimme klang jetzt stolz. »Und große Maler haben manchmal …« Sie sagte etwas auf Spanisch und gestikulierte wild.

»Ein großes Ego?« Das hatte Ruby schon aus den Bildern auf der Website geschlossen. Enrique Marín sah nicht aus wie ein Mann, der sich gern widersprechen lässt.

Isabella nickte. »Ich glaube schon.« Sie überquerten die Straße. Ruby hielt die Hand über ihre Augen, um sie gegen die grelle Sonne zu schützen, die heiß herunterbrannte.

Ihr Blick wanderte an der Küste entlang bis zu einem Stück Sand, das in Dünen überging. Sie sah schwarze Felsen, die am Ufer aus dem Boden ragten, und halbrunde Formen aus Lavastein, mit denen der Strand übersät war. Es sah genauso aus wie auf den Fotos ...

»Das ist alles schon lange her«, meinte Ruby. »Ist es nicht Zeit für die beiden, das hinter sich zu lassen und sich zu versöhnen?« Isabella sah sie betrübt an und schüttelte den Kopf. »Sie kennen meinen Vater nicht«, flüsterte sie.

Nein. Andrés und er waren beide Künstler, aber da endete die Ähnlichkeit auch schon. Offensichtlich war der Vater ganz anders als der Sohn. Trotzdem konnte Ruby es kaum abwarten, ihn zu treffen. »Was hat Andrés zu ihm gesagt?«, fragte sie. »Wissen Sie das?«

»Nicht genau. Sie wollten es mir nicht sagen. Aber mein Vater hat ein furchtbares Temperament.« Sie verdrehte die Augen. »Und Mama hat gesagt, dieses Mal sei Andrés zu weit gegangen. Mein Vater ...« Sie warf Ruby einen flehenden Blick zu. »Er hat ihn aus dem Haus geworfen. Und Andrés war so stolz, dass er nie versucht hat zurückzukommen.«

»Sie wissen nicht, worum es bei dem Streit ging?«, erkundigte sich Ruby. Da musste Andrés den großen Enrique Marín wohl an einem wunden Punkt getroffen haben.

»Nein.« Isabella schüttelte ihren dunklen Schopf. »Ich habe erst davon gehört, nachdem er fort war. Nachdem er uns verlassen hatte ...« Ihre Augen schimmerten feucht. Doch plötzlich schüttelte sie sich, als wäre ihr klargeworden, dass sie zu viel verraten hatte. »Danach war nichts mehr wie vorher«, erklärte sie.

Sie spazierten über den Sand und gingen zum Ufer hinunter. Isabella zog die Schuhe aus und ließ das Wasser zwischen ihre Zehen fließen, und Ruby tat es ihr nach. Es war sehr erfrischend. Am Strand waren ein paar Menschen unterwegs, und Ruby sah auch einige Schwimmer draußen im Meer, aber der Strand war nicht überfüllt. Sand und Felsen erstreckten sich, soweit das Auge reichte. »Sollen wir ein Stück gehen?«, fragte Isabella. »Ich möchte Ihnen gern etwas zeigen.«

»Natürlich.«

Barfuß gingen sie weiter am Ufer entlang. »Was hat Ihr Vater denn? Ihre Mutter sagte, er sei krank«, erkundigte sich Ruby, obwohl sie es auch für möglich hielt, dass Isabellas Mutter nur eine Ausrede gebraucht hatte, um sie nicht ins Haus zu lassen.

»Er hat Lungenkrebs.«

»Oh, mein Gott.« Isabellas Worte hatten sehr schroff geklungen. Doch als Ruby sich ihr zuwandte, sah sie, dass sie die Tränen kaum zurückhalten konnte. Sie berührte Isabella am Arm. »Das tut mir so leid«, sagte sie. »Ich hatte ja keine Ahnung.« Ihr kam ein Gedanke. »Weiß Andrés davon?«, flüsterte sie.

»*Sí*. Er weiß es.«

»Er weiß Bescheid?« Ruby war schockiert. »Aber ...« Warum in aller Welt hatte er ihr so etwas Wichtiges nicht erzählt? War sie nicht die Frau, in die er angeblich verliebt war? Die Frau, mit der er fast seine ganze Zeit verbrachte? Die Frau, mit der er vielleicht sogar eine gemeinsame Zukunft plante, jedenfalls hatte sie das vor nicht allzu langer Zeit noch gedacht. Mein Gott ... Er war eindeutig viel verschlossener, als sie angenommen hatte.

Ruby hatte Geheimnisse inzwischen gründlich satt. Es war schon schlimm genug, dass er ihr nicht erzählt hatte, was zwischen ihm und seinem Vater vorgefallen war und aus welchen Gründen er seine Familie nicht besuchte. Aber nun hatte sein Vater Lungenkrebs, und Andrés hatte es nicht einmal für nötig gehalten, das zu erwähnen. Hieß das, dass es ihm egal war? Dass ihm sein eigener Vater egal war? Oder sie?

Isabella lief vor ihr her und stieg ein paar glatte Felsen hinauf. »Sie hätten erwartet, dass er Ihnen davon erzählt?«, fragte sie. »Lieben Sie meinen Bruder?«

Tat sie das? Sie wusste, dass sie dabei gewesen war, sich ... Ratlos sah sie Isabella an.

Isabella nahm ihre Hand. »Schauen Sie«, sagte sie.

Vom Gipfel der Felsen aus konnten sie nach Norden und Süden sehen. Und vor ihnen lag plötzlich eine perfekte, hufeisenförmige Bucht, die die Felsen zuvor verborgen hatten. Von dem Damm aus Felsen führte ein Bogen aus glattem, hellem Sand hinunter zu einer leuchtenden, türkisfarbenen Lagune mit sanft bewegtem Wasser, die von schwarzen Vulkanfelsen umgeben war. »Die Bucht ist schön, finden Sie nicht auch?«

»Ja, das ist sie.« Ruby starrte gebannt hinab, die Aussicht war wirklich atemberaubend.

»Und es ist ein Geheimnis.« Isabella legte einen Finger an die Lippen. »Sie müssen sich erst einmal bis hierher vorwagen, um zu sehen, dass es die Bucht überhaupt gibt.«

Ruby lächelte. Das stimmte. Auf der anderen Seite der Bucht sah sie ein seltsam aussehendes Gebäude. Es war im maurischen Stil gebaut und hatte ein geschwungenes Dach und einen Kamin. Vielleicht war es ein Strandhaus. Und in der Ferne ... Am liebsten hätte sie vor Aufregung aufgeschrien. Da stand ein rotweiß gestreifter Leuchtturm.

Isabella drehte sich zu ihr um. »Aber warum sind Sie nun auf unsere Insel gekommen?«, wollte sie von Ruby wissen.

Das dort konnte es sein. Es könnte wirklich der Strand von den Fotos sein. »Ich bin hergekommen, Isabella«, erklärte sie, »um meine Mutter zu suchen.«

38. Kapitel

Er musste weiterkommen.

Andrés machte sich daran, mit Stemmeisen und Hammer einige der Bodendielen im Wohnzimmer zu lösen, damit er an die Rohre herankam. Er war dabei, für einen seiner Kunden ein paar alte Leitungen herauszureißen. Das war eine Arbeit, auf die er hätte verzichten können, aber trotz des Umstands, dass seine Firma inzwischen auf sicheren Füßen stand und er gern mehr Zeit für seine Kunst gehabt hätte, fiel es ihm immer noch schwer, Aufträge abzulehnen. Es hatte lange gedauert, bis er in der Position war, sich das leisten zu können. Außerdem war es wahrscheinlich das Schicksal aller Selbstständigen, dass man sich ständig Gedanken darüber machte, woher das nächste Honorar kommen würde.

Er verlagerte sein ganzes Gewicht auf die Brechstange. Die staubige alte Diele knarrte. Hinaus mit allem Alten ... Er fand den Gedanken ernüchternd.

Andrés dachte an Ruby, die auf Fuerteventura war. Sein Mädchen. Vor nicht allzu langer Zeit hatte er noch gedacht, dass sie das war. Jetzt war er sich nicht mehr so sicher. Wenn sein Verdacht richtig war, gab es keine Zukunft für sie. So einfach war das. Aber wenn er sich irrte ... Indem er nicht mit ihr auf die Insel geflogen war, ihr nicht geholfen und sie nicht unterstützt hatte, wie ein Mann es tun sollte, hatte er es vermasselt, wie die Engländer vielleicht sagen würden.

Es war eine ausweglose Situation. Er räumte die Holzdielen beiseite und zog die Rohrzange aus seiner Werkzeugtasche. Das war zwar ein schmutziger Job, aber genau das Richtige, wenn man sich mit der ganzen Welt uneins fühlte. Wenn man verdammt wütend war. Er war wütend, weil sie dort war. Und er war wütend, weil sie nicht verstand, warum er nicht mit ihr geflogen war. Und er war wütend auf ihn – den lüsternen alten Bastard, der sein Vater war. Warum sollte er einfach alles stehen und liegen lassen und zu ihm laufen – zu einem Mann, der nie Interesse an ihm gezeigt und kaum ein Wort des Lobes für ihn gehabt hatte, der ihm nie gezeigt hatte, dass er ihn liebte. Was war er ihm schon schuldig?

Besonders nachdem …

Andrés griff zur Metallsäge und drehte das Sägeblatt so, dass die Zacken nach außen zeigten. Er sägte das Rohr durch, und das durchdringende Kreischen von Metall auf Metall erfüllte die Luft.

Er dachte an seinen Vater, der in seinem Atelier all diese Frauen empfangen hatte, von denen viele noch blutjunge Mädchen gewesen waren. Er hatte gesehen, wie sie zum Atelier gekommen waren, allein oder manchmal auch zu zweit, kichernd und miteinander flüsternd. So beeindruckt waren sie von dem Mann gewesen, so ehrfürchtig hatten sie zu dem großen Künstler aufgesehen. Er hatte das Gesicht seines Vaters gesehen, wenn er sie anschaute, der lüsterne alte Bock. Und er hatte auch den Blick seiner Mutter gesehen, obwohl sie in solchen Momenten immer hinter das Haus ging oder das Gesicht abwandte. Wie oft hatte Enrique Marín seine Frau gedemütigt? Unzählige Male.

Andrés hatte sich nach oben ins Atelier geschlichen, wenn sein Vater in die Acorralado-Bar ging, und gesehen, was der alte Bastard getan und wie er sie gemalt hatte. Die Leute hielten ihn für einen großen Mann, doch manche Menschen benutzten ihre Gaben und ihre Größe, um Macht über Schwächere auszuüben. Das war Enriques Handwerkszeug. Er besaß etwas – vermutlich nannte man es Charisma –, das andere dazu brachte, sich seinem Willen zu beugen, und aufgrund dessen er manchmal sogar wusste, was man dachte. Aber wozu benutzte er es?

Enrique Marín besaß großes Talent. Aber als Künstler hatte er zu viele Eisen im Feuer.

»Warum machst du dem kein Ende?«, hatte Andrés seine Mutter mehr als einmal gefragt. »Zeig ihm, dass er so nicht weitermachen kann.«

Seine Mutter hatte den Kopf geneigt. »Er ist Künstler, mein Sohn«, sagte sie.

Künstler! »Hast du gesehen, was er zeichnet?«, fragte er sie. »Hast du gesehen, was er malt?« Aktzeichnen konnte sehr schön sein. Aber nicht bei ihm. Manches davon wirkte so billig, dass es Andrés kalt über den Rücken lief.

An diesem Punkt pflegte seine Mutter einen Schlussstrich zu ziehen. »Ich will es nicht sehen!«, gab sie heftig zurück. »Ich will es nicht wissen.«

»Aber Mama«, hatte er sie angefleht. »Es ist nicht richtig, dass du den Kopf in den Sand steckst, verstehst du? Es ist nicht richtig, dass du zulässt, dass das weitergeht.«

Sie hatte seinen Einwand weggewischt. »Er ist ein großer Mann«, sagte sie. »Und ein großer Mann hat immer auch eine dunkle Seite.«

Andrés glaubte das keinen Moment lang. Sein Vater hatte immer ein hitziges Temperament gehabt, und es war immer schwierig gewesen, seinen Ansprüchen zu genügen, aber mit seinem Erfolg hatte sich alles verändert. Er war ihm zu Kopf gestiegen, hatte ihn auf die Idee gebracht, dass er jemand war, der er nicht war. Er hatte ihn seine Macht, andere zu lenken, gebrauchen lassen, um zu bekommen, was er wollte.

Andrés musste hilflos zusehen, wie seine Mutter ständig gedemütigt wurde. Ihr Mann nahm sie nicht mit zu Ausstellungen, Vernissagen oder Partys. Warum sollte er auch, solange immer eine Jüngere oder Schönere da war, die an seinem Arm und an seinen Lippen hing? Wieso sollte er die Frau mitnehmen, mit der er verheiratetet war und die ihm zwei Kinder geboren hatte? Andrés kochte dann immer vor Wut. Aber was konnte er tun, um etwas daran zu ändern?

Immer wieder fragte er sich, ob er die Mädchen wirklich nur zeichnete und malte. War das möglich? Andrés war entschlossen, seinen Vater zu erwischen.

Eines Nachmittags kehrte Andrés ins Haus zurück, obwohl er bis zum Abendessen draußen bleiben durfte. Es war der Einkaufstag seiner Mutter, und sein Vater war allein im Atelier.

Aber natürlich war er genau das nicht.

Andrés lief zurück in die Casa Azul und schlich auf Zehenspitzen hinauf zum Atelier seines Vaters. Er hörte ihre Stimmen, und er konnte erkennen, dass drinnen nicht nur gemalt wurde. Aber er musste sich sicher sein, daher öffnete er die Tür einen Spaltbreit und spähte hinein. Er erkannte Stella, eines der Modelle seines Vaters. Sie war gerade achtzehn und hatte einen Freund im Dorf, mit dem Andrés manchmal Fußball spielte. Enrique Marín spielte in der Acorralado-Bar Domino mit dem Vater des Mädchens; er war einer seiner besten Freunde.

Die beiden waren nackt. Sie lag auf der Chaiselongue, und Enrique kniete vor ihr und fütterte sie mit Orangenspalten. Er ließ sie zwischen ihre feuchten, geöffneten Lippen fallen.

Mit der anderen Hand liebkoste sein Vater ihre Brust. Sie redeten und lachten und … Andrés schloss die Tür. Er wollte nicht mehr sehen. Er konnte nicht. Und er wusste, dass es schon andere gegeben hatte – viele andere.

An diesem Abend, als Isabella eine Freundin besuchen gegangen war, erzählte er seinen Eltern beim Abendessen, was er gesehen hatte.

»Ich bin heute Nachmittag zurück nach Hause gekommen«, erklärte er. »Ich bin hinauf ins Atelier gegangen.«

Seine Mutter stand vom Tisch auf und begann, die Teller abzuräumen.

»Ich habe dich mit Stella gesehen«, sagte er an seinen Vater gerichtet. »Wie kannst du sie nur so ausnutzen?«

Sein Vater zuckte die Achseln. »Sie will unbedingt gemalt werden«, antwortete er.

»Gemalt!« Andrés lachte. Er drehte sich zu seiner Mutter um, doch die öffnete und schloss Schränke und interessierte sich anscheinend nicht für ihr Gespräch. »Allzu viel Malerei habe ich nicht gesehen.«

»Was weißt du schon über Frauen und ihre Bedürfnisse?«, knurrte sein Vater. »Du bist noch ein Kind.«

Andrés richtete sich gerade auf. »Du nutzt sie aus. Sie hält dich für einen großen, wichtigen Mann. Sie ist jung und dumm. Und du schläfst mit ihr und ruinierst ihr Leben.«

Sein Vater saß einfach am Tisch und beobachtete ihn. Andrés meinte sogar, ein süffisantes Lächeln um seine Lippen spielen zu sehen. Worüber sollte er sich Sorgen machen? Er herrschte schließlich über sie alle.

»Still, Andrés!« Seine Mutter kam wieder zum Tisch gehuscht. Was er sagte, schien sie mehr zu schockieren als das, was passiert war. »Du weißt ja nicht, was du sagst.«

»Ich weiß genau, was ich sage.« Er sah seinem Vater direkt in die pechschwarzen Augen. Andere hätten den Blick vielleicht abgewandt, aber Andrés würde so etwas nie tun. »Ich habe die beiden gesehen. Sie waren nackt. Ich habe gesehen, wie er sie berührt hat. Es war ekelhaft.«

»Du lügst, Junge«, sagte sein Vater. Er trank noch einmal von seinem Bier.

»Ich weiß, was ich gesehen habe.« Andrés Blick wanderte zwischen den beiden hin und her. Er tat das alles, um seine Mutter zu beschützen, um seinen Vater als den Mann bloßzustellen, der er war. Warum nur hatte er plötzlich das Gefühl, dass sich beide gegen ihn gewandt hatten?

»Nimm das zurück«, brummte sein Vater.

»Nein.«

»Nimm es zurück!«

»Ich habe dich mit ihr gesehen«, schrie Andrés. »Ich weiß, was du tust, was du bist. Die Leute halten dich für einen großen Mann. Aber das bist du nicht. Nein. Du bist ein dreckiger ...«

»Genug!« Sein Vater brüllte laut genug, um Tote aufzuwecken. »Verlass mein Haus.«

»Enrique ...« Erst jetzt versuchte seine Mutter, ihrem Mann Einhalt zu gebieten. »Enrique, nein ...«

»Verlass mein Haus, Junge!«, brüllte er. »Tritt nie wieder über diese Schwelle. Und wage es bloß nicht zurückzukommen.«

Andrés fuhr fort, die Rohre mit der Metallsäge in handliche Stücke zu schneiden. Irgendwann brach das Sägeblatt, und er musste ein neues einspannen.

Und so war er gegangen.

Diese Frauen ... Diese Mädchen ... Wenn Ehe das bedeutete, dann wollte er nichts damit zu tun haben.

Aber jetzt musste er zurück. Er hatte geglaubt, eine Rückkehr auf die Insel vermeiden zu können, aber das war jetzt nicht mehr möglich. Er musste zurück. Eigentlich hätte er jetzt bei Ruby sein müssen; sie brauchte ihn. Und wenn Enrique wirklich starb? Dann würde er seiner Mutter und Isabella zur Seite stehen müssen. Er hatte auch eine Verantwortung. In seiner Brust spürte er einen Schmerz, und er atmete tief ein. Er versuchte den Schmerz loszuwerden, versuchte, sich zu befreien. Doch sein Vater war sein eigen Fleisch und Blut.

Er hatte das Gefühl, es sich selbst schuldig zu sein. Es gab da noch ein Gespenst, das er begraben musste. Er musste nach Hause fahren.

Und Ruby ...

Er dachte an das Bild von dem schönen jungen Mädchen mit dem langen, blonden Haar und den traurigen blauen Augen, das sein Vater gemalt hatte. Er musste herausfinden, ob Rubys Mutter eines dieser Mädchen gewesen war.

39. Kapitel

»Kommen Sie heute Nachmittag noch einmal zur *casa*«, hatte Isabella gesagt, als sie auseinandergegangen waren. »Ich rede mit Mama. Dieses Mal wird sie Sie hereinlassen.«

Und so stand Ruby wieder vor dem Haus und wartete.

Reyna Marín kam an die Tür. »Kommen Sie herein«, sagte sie. »Sie sind eine Freundin meines Sohnes. Bitte, Sie müssen hereinkommen.«

»Danke.« Ruby folgte ihr ins Haus, vorbei an einer Wendeltreppe, die von der Eingangshalle in die oberen Bereiche führte, und weiter in die Küche. Sie war mit allen modernen Annehmlichkeiten ausgestattet. Mit ihren bunten Fliesen und Vorhängen sah sie jedoch immer noch wie eine spanische Küche aus.

Reyna Marín lud Ruby ein, auf einem der Holzstühle am Tisch Platz zu nehmen. Sie schob ein Hackbrett mit Gemüse, das sie geputzt hatte, beiseite.

Wieder fragte sich Ruby, wie das Leben dieser Menschen aussehen mochte. Es berührte sie, dass Reyna Marín – und Enrique wahrscheinlich auch – trotz seines Erfolgs das einfache Leben vorzuziehen schienen, das sie vermutlich immer geführt hatten.

»Wie geht es Andrés?«, fragte seine Mutter zögernd.

»Es geht ihm sehr gut.«

Reyna Marín sah aus, als würde sie gleich in Tränen ausbrechen. Schnell und leise sagte sie etwas auf Spanisch. Ruby konnte ihre Worte nicht verstehen, aber sie spürte die Gefühle dahinter.

»Was würde ich nicht darum geben, ihn zu sehen«, setzte sie hinzu. Sie schlang die Arme um die Brust und wiegte ihren Körper langsam hin und her. »Was würde ich nicht darum geben, ihn wieder in den Armen zu halten.« Sie schloss die Augen. »Andrés. Meinen Sohn ...«

Ruby stand auf, legte den Arm um Andrés Mutter und versuchte, sie zu trösten. Zuerst Isabella und jetzt Reyna. Warum wollte er nur nicht nach Hause kommen? Und noch ein anderer Gedanke kam ihr. Hier war noch eine Frau, die – wie Laura – den größten Teil ihres Lebens ohne ihr Kind verbracht hatte. Was immer zwischen Enrique und Andrés vorgefallen sein mochte, es war eindeutig, dass Reyna ihren Sohn liebte. Ruby konnte ihren Schmerz nachempfinden.

Reyna riss die Augen auf. Ihr Blick wirkte leer, als wäre ihr plötzlich bewusst geworden, dass sie nicht allein war. »Sie möchten Kaffee, *sí*?«, fragte sie.

»Ja, bitte«, sagte Ruby.

Reyna füllte Wasser und Kaffee in die Espressokanne und stellte sie auf den Herd. »Sie sagten, dass Sie mit meinem Mann über Ihre Mutter sprechen wollen?«

»Ich möchte ihre Spur verfolgen.«

Reyna schien sie nicht zu verstehen. Sie runzelte die Stirn.

»Sie suchen.« Ruby seufzte. Sie konnte dieser Frau ebenso gut die ganze Geschichte erzählen. »Sie hat mich weggegeben, als ich noch ein Baby war«, erklärte sie.

Wieder sagte Reyna etwas auf Spanisch, ging zur Tür und schaute die Treppe hinauf. Ihr war sichtlich nicht wohl bei dem Gespräch. »Ein Baby«, wiederholte sie und schüttelte den Kopf. Ruby fragte sich, ob das eine Reaktion auf ihre Worte war oder ob sie an ihre eigenen Kinder dachte.

»Ich habe auf der Website Ihres Mannes ein Porträt meiner Mutter gesehen«, erklärte sie.

»Ein Porträt?« Erneut verdunkelte sich ihr Blick. »Ein Porträt, sagen Sie?« Ihre Miene wurde düsterer.

»Ich habe mit Andrés gesprochen …«

Reyna beobachtete sie aufmerksam. Ruby wurde klar, dass sie nervös war. Aber warum? War es nur wegen Andrés, oder steckte mehr dahinter?

Was sollte sie ihr nur sagen? »Ich bin mir sicher, dass er Sie alle vermisst«, sagte sie matt.

»Und wir vermissen ihn.« Reyna Marín stand auf, um den Kaffee einzuschenken. »Wir vermissen ihn so sehr.«

»Reyna?«, rief eine Männerstimme von oben. Das konnte nur Enrique sein.

»*Sí?*« Reyna seufzte. Sie ging hinaus und antwortete etwas auf Spanisch.

»Ich verspreche auch, ihn nicht zu ermüden«, erklärte Ruby, als sie wieder in die Küche trat.

»Hallo!«, rief er, dieses Mal auf Englisch. Seine Stimme klang guttural und belegt. Einst musste sie kräftig gewesen sein, aber jetzt hörte Ruby die Schwäche darin.

Sie ging hinaus in die Eingangshalle. Er stand oben auf der Wendeltreppe, aber sie erblickte nicht den großen Künstler, den sie erwartet hatte, sondern einen kleinen, abgemagerten Mann von ungefähr siebzig Jahren. Sie war schockiert. Nach den Fotos auf seiner Website hätte sie ihn kaum erkannt. »*Hola, señor*«, sagte sie. Damit waren ihre spanischen Sprachkenntnisse allerdings auch schon erschöpft.

»Wer sind Sie?« Kaum hatte er gesprochen, hustete er.

Doch er erholte sich rasch und stand nun deutlich gerader da und blickte auf sie herab. Ruby nahm einen Abglanz dessen wahr, was er einst gewesen war. Es lag in seiner Haltung, es war die Ausstrahlung, die ihn trotz seiner Krankheit noch umgab.

»Mein Name ist Ruby Rae. Ich bin hergekommen, um mit Ihnen zu sprechen.« Sie holte tief Luft. »Ich glaube, Sie haben vor vielen Jahren einmal meine Mutter gemalt.«

»Ihre Mutter, ja?« Er runzelte die Stirn und murmelte etwas, das sie nicht verstand. »Was wollen Sie dann von mir? Was kann ich denn da tun?« Er schüttelte den Kopf.

»Ich bin auf der Suche nach ihr.« Ruby sah zu ihm hoch.

Er seufzte schwer. »Wie hieß sie? Nein, sagen Sie es mir nicht, ich kann keine Namen behalten. Kommen Sie herauf. Kommen Sie.« Mit einer Handbewegung bedeutete er ihr, die Treppe hochzukommen.

»Ich habe ein Porträt von ihr auf Ihrer Website gesehen«, erklärte Ruby, während sie die Wendeltreppe hinaufstieg. Die Steinwände schienen ihre Worte beinahe zurückzuwerfen. »Ich will nur mit ihr reden, nichts weiter.«

»Ach, nichts weiter?« Jetzt befand sie sich auf einer Ebene mit Enrique Marín, der sie von oben bis unten musterte.

Ruby richtete sich hoch auf. Der Mann war alt genug, um ihr Vater zu sein – noch älter sogar –, aber trotzdem zog er sie mit seinen Blicken aus, und er machte keinerlei Hehl daraus. War das noch der Blick eines Künstlers? Vermutlich nicht. Aber ihm war das offensichtlich völlig egal.

»Sie hatte langes blondes Haar und blaue Augen«, erklärte Ruby. »Ich kann Ihnen das Bild zeigen.«

»Nicht nötig, nicht nötig.« Er drehte sich um und bedeutete ihr, ihm zu folgen. »Kommen Sie mit.«

Sie betraten einen hellen, luftigen, wunderbaren Raum, der auf allen Seiten Fenster hatte. Es war sein Atelier, das war Ruby sofort klar. Ein Künstleratelier voller Leinwände, Staffeleien und auf Böcken stehender Tischplatten, die sich unter Farben, Pinseln und anderen Utensilien bogen. Automatisch trat sie ans Fenster. Von hier aus konnte sie das Meer, die Lagunen und sogar diesen Leuchtturm sehen. »Es ist wunderbar hier oben«, hauchte sie. Ein Blick aus der Vogelperspektive.

»Ja, ja.«

Er klang ungeduldig. Sie fragte sich, warum es nicht nötig war, ihm das Foto zu zeigen.

»Das ist sie, *sí*?«

Ruby fuhr herum. Enrique Marín hielt eine Leinwand in der Hand. Das Bild zeigte eine Frau – Laura –, die auf einem flachen Fels am Strand saß. Sie trug einen indigoblauen Sarong und eine weite, cremefarbene Bluse. Die Beine hatte sie angezogen, und sie lehnte sich leicht auf die Hände zurück. Ihr Haar wehte im Wind. Sie schaute aufs Meer hinaus und wirkte so trostlos wie die Landschaft, vor der er sie dargestellt hatte. Laura … »Ja«, sagte sie. »Das ist sie.« Sie drehte sich zu ihm um. »Woher wussten Sie das?«

Er zuckte die Achseln. »Sie sehen aus wie sie.«

»Tatsächlich?«

»Ist mir gleich aufgefallen.« Seine schwarzen Augen waren scharf. »Ich habe dieses Mädchen gern gemalt.« Er stieß ein raues Kichern aus. »Auch Sie würde ich malen, wenn ich noch die Kraft dazu hätte.«

Ruby dachte an Andrés. Was würde Enrique sagen, wenn er wüsste, dass sein Sohn ihm zuvorgekommen war? Andrés hatte sie nicht gemalt, nein, aber er hatte ein Porträt von ihr gezeichnet, als sie auf der Klippe am goldenen Kap gesessen hatten. Sogar Ruby konnte sehen, warum Enrique Marín sie erkannt hatte. Sie ähnelten einander. Auf dem echten Bild war das noch deutlicher zu sehen. Wie eine Fremde, dachte sie wieder. Wie eine Fremde, die man trotzdem immer gekannt hat …

»Warum haben Sie dieses Bild nie verkauft?«, fragte Ruby ihn. Schließlich verkauften Künstler ihre Arbeiten im Allgemeinen, wenn sie konnten.

Er zuckte die Achseln. »Ich habe ein paar Drucke davon gemacht. Ich bin halt ein sentimentaler Esel.«

Ruby hatte bislang nicht diesen Eindruck gehabt. »Können Sie mir etwas über sie sagen?«, fragte Ruby ihn. »Wissen Sie, ob sie noch hier lebt?«

Er zuckte die Achseln. »Ich wusste nicht einmal damals etwas über sie«, antwortete er. »Ich kannte nur ihre Traurigkeit und ihren Knochenbau. Ansonsten erinnere ich mich nur, dass sie stundenlang still sitzen konnte.« Wieder lachte er, doch das Lachen schlug in einen krächzenden Husten um, der tief aus seinem Inneren aufzusteigen schien. »Warum sollte ich auch mehr wissen? Mir war das gleich. Was war wichtiger, reden oder malen, was?«

Ruby verstand, was er meinte. Trotzdem musste er doch noch irgendetwas anderes wissen.

»Sie war ein ziemlicher Freigeist, dieses Mädchen.« Er lachte leise in sich hinein. »Keine Ahnung, ob sie noch hier auf der Insel lebt. Aber ich mochte sie gern.« Er rieb sich die Hände. »Ja, ich mochte sie.«

»Und mehr können Sie mir nicht sagen?«, fragte Ruby. Vielleicht war es ja eine Sackgasse, aber wenigstens wusste sie jetzt genau, dass Laura hier gelebt hatte – früher einmal.

Mit jemandem zu sprechen, der sie gekannt, der sie gemalt hatte, half Ruby auch, ein besseres Gefühl dafür zu bekommen, wer sie war.

»*Sí.*« Ein wenig mühsam bewegte er sich zum anderen Ende des Ateliers. »Ich bewahre alle meine alten Skizzen und Rohfassungen auf – und auch einige der Originale. Das ist das Vorrecht des Künstlers, oder?«

»Wahrscheinlich.« Ruby lächelte.

»Und Sie?«

»Ich?«

»Ja, was machen Sie? Sind Sie genauso frei wie Ihre Mutter?«

»Nein, das bin ich nicht. Ich bin Journalistin. Und ich spiele Saxofon. Jazz.«

Er unterbrach seine Tätigkeit und sah sie lange an. »Aha. Also das tun Sie?«

Sie nickte, und er fuhr fort, den Bilderstapel durchzusehen.

»Ihre Mutter, ja?« Er nickte. »Dann wollen Sie sicher auch den Rest sehen, hmmm?«

Ruby verabschiedete sich von Reyna Marín, die ihr die Hand drückte und sie ansah, als suche sie nach der Antwort auf eine Frage. »Kommen Sie bitte wieder, Ruby«, sagte sie.

Dann verließ sie die Casa Azul und zog ihr Handy hervor, um Andrés anzurufen.

Es war wie eine Offenbarung gewesen. Sie hatte mit dem Vater gesprochen, und jetzt wollte sie mit dem Sohn reden.

»Ruby.«

Wenigstens ging er ans Telefon. »Hallo, Andrés«, sagte sie so ruhig wie möglich.

»Du bist also dort?«

Ruby hatte das Ende der Straße erreicht und bog nach rechts ab, wie Enrique es ihr erklärt hatte. »Ja, ich bin hier«, antwortete sie.

Sie hörte, wie er den Atem ausstieß. »Und? Ist es der richtige Ort?« Obwohl er klang, als wüsste er das schon.

»Ja, das ist er.« Sie dachte an den Leuchtturm, den sie in der Ferne gesehen hatte, und an die Bucht mit dem türkisfarbenen Wasser und dem schwarzen Vulkanfelsen. »Aber ich habe keine Ahnung, ob sie noch hier ist.«

»Menschen kommen, und Menschen gehen«, hatte Enrique ihr mit seiner barschen Stimme erklärt. »Manche Menschen bleiben für immer hier. Dieser Ort – er packt einen. Hier.« Und er hatte sich an die Brust geschlagen.

War Laura für immer geblieben? Enrique erklärte Ruby, dass er sie seit dreißig Jahren nicht mehr gesehen habe. Aber an einem Ort wie diesem habe das gar nichts zu bedeuten. Die meiste Zeit halte er sich in seinem Atelier auf, sagte er. Auch nach Rosario fuhr er gelegentlich, aber er suchte die Art von Orten, an denen sich Laura aufhalten würde, nicht auf. Nicht mehr.

»Und wohin willst du jetzt?«, fragte Andrés. Er klang sehr kühl und förmlich. Sie wünschte, er wäre hier. Dann könnte sie ihn packen und ihn zwingen, ihr zu sagen, was er wirklich empfand.

»Zum Kloster«, sagte sie.

»Zum Kloster?« Er klang verblüfft, was nicht erstaunlich war.

»Das ist eine seltsame Geschichte.«

Enrique hatte ihr von einer Nonne namens Schwester Julia erzählt, die in dem Kloster außerhalb des Dorfs lebte. Er hatte ihr auch erklärt, wie man dort hinkam. Es sei nicht weit, hatte er gesagt, ein paar Kilometer, mehr nicht. »Ich habe sie getroffen«, sagte er. »Mehrmals.«

»Ja?« Ruby war verwirrt. Was hatte das mit Laura zu tun? Sie konnte sich nicht vorstellen, dass Laura in irgendeiner Verbindung zu einer Nonne stand.

»Sie ist alt«, sagte Enrique. »Aber sie weiß Dinge.« Er tippte sich an die Nase.

»Dinge?«

Er zuckte mit den Schultern. »In Nuestra Señora del Carmen werden Aufzeichnungen geführt. Die Nonnen wissen, wo man Menschen findet. Und Schwester Julia – sie interessiert sich für Kinder, für ihre Mütter, ihre Väter …« Seine Stimme wurde leiser und ging in ein Husten über.

»Dann glauben Sie …«

»Sprechen Sie einfach mit ihr.« Seine Schultern sackten nach vorn, und er wedelte mit der Hand. Ruby wurde klar, dass er sie entließ. »Reden Sie mit ihr.« Aus einem unerfindlichen Grund schien ihm das wichtig zu sein.

»Wer hat dir denn gesagt, dass du dich mit einer Nonne treffen sollst?«, fragte Andrés.

Ruby wappnete sich. »Dein Vater.«

»Aha.« Er seufzte. »Dann hast du ihn getroffen.« Er klang resigniert.

»Er ist krank, Andrés.« Nach Enriques Anweisung schlug Ruby die lange, gerade Straße ein, die aus der Stadt hinausführte. Sie war von Dattelpalmen gesäumt. Rechts und links gab es außerdem ein paar heruntergekommene Bars, vor denen Männer saßen und Bier tranken. »Er ist sehr krank.«

»Ich weiß.«

»Er könnte sterben.«

»Auch das weiß ich.«

Jetzt war es Ruby, die seufzte. Der Gedanke, dass der Mann, den sie so gern mochte, sich seinem eigenen Vater gegenüber so kaltschnäuzig verhielt, gefiel ihr nicht. Aber was sollte sie denn sonst denken? Er wusste, dass Enrique Marín an Lungenkrebs litt. Er wusste, dass er vielleicht nicht mehr lange zu leben hatte. Was konnte er so Schlimmes getan haben, dass Andrés nicht wenigstens zurückkam, um ihn ein letztes Mal zu sehen, bevor er starb? »Aber du kommst trotzdem nicht her?«, fragte sie.

Ein langes Schweigen trat ein. Ruby passierte den neuen Supermarkt und ging in Richtung Windmühle. Die Landschaft war braun und ausgedörrt. Die Berge flimmerten in der Ferne und sahen aus wie mit Dellen überzogen.

»Warum wollte er, dass du dich mit einer Nonne triffst?«, fragte Andrés.

»Ich bin mir nicht sicher.« Sie hatte dieses ganze Gerede über Kinder und Eltern ein wenig merkwürdig gefunden. Aber es leuchtete ein, dass das Kloster vielleicht Aufzeichnungen besaß – obwohl Laura nicht der Mensch war, der sich hätte registrieren lassen. Ruby dachte daran, was sie zu Vivien über Etiketten gesagt hatte, und darüber, warum sie Rubys Geburt nicht angemeldet hatte. Ein freier Geist? Ein Hippie? Wie war ihre Mutter wirklich? Würde sie je die Chance bekommen, es herauszufinden?

»Hast du ihm gesagt, dass du mich kennst?«, fragte Andrés.

»Nein.« Dann hätte er wahrscheinlich nicht mit ihr geredet.

»Und meine Mutter? Wie geht es meiner Mutter?«

»Warum kommst du nicht und überzeugst dich selbst?«

Schweigen.

»Hat mein Vater dir sonst noch etwas erzählt?«, wollte Andrés wissen.

»Was zum Beispiel?« Sie hatte nicht vor, es ihm leicht zu machen.

Sie hörte ihn seufzen.

»Er hat mir nicht erzählt, was zwischen euch beiden vorgefallen ist, falls du das meinst.« Ruby stieß den Atem aus. Sein Geheimnis – was immer es sein mochte – war sicher.

»Das habe ich nicht gemeint«, sagte er. »Ich meinte …« Er zögerte. »Ach, egal.«

Ruby gab auf. Der Mann trieb sie in den Wahnsinn. »Und? Wie läuft es mit der Ausstellung?«, fragte sie stattdessen.

»Ich bin so weit«, sagte er.

Ruby dachte an all die Skizzen von Laura, die Enrique ihr gezeigt hatte. Sie waren größtenteils am Strand und alle innerhalb kurzer Zeit entstanden, wie er sagte. Ihre Traurigkeit und Verlassenheit waren beinahe mit Händen zu greifen, so lebhaft hatte Enrique ihre Emotionen in seiner Arbeit zum Ausdruck gebracht. 1978 oder 1979 war das gewesen … Nach dem Tod von Lauras Mutter. Nachdem sie nach England zurückgekehrt war und nachdem sie Vivien ihr Baby gegeben hatte. Hatte sie ihre Entscheidung damals bereut? Hatte sie sich gewünscht, Ruby nie weggegeben zu haben? Es waren so viele Zeichnungen, dass es fast schien, als wäre er von ihr besessen gewesen.

»Und wenn die Ausstellung vorbei ist …«, sagte Andrés gerade.

»Ja?«

»Dann ist sie vorbei«, sagte er.

Düster sah Ruby über den *campo* zu den Bergen und zur Windmühle. Wie hatte sie sich nur auf einen so verstockten und undurchschaubaren Mann einlassen können? Und als er gesagt hatte, dass es vorbei sei – hatte er da von der Sommerausstellung gesprochen oder von ihrer Beziehung? Ruby wurde klar, dass sie nicht den blassesten Schimmer hatte.

40. Kapitel

»Warum sind Sie hier, mein Kind?«, fragte die alte Nonne Ruby in perfektem Englisch.

»Ich bin auf der Suche nach meiner Mutter.« Eigentlich war es so einfach.

Doch die Nonne seufzte, als hätte sie etwas Schlimmes gesagt.

Wie konnte es schlimm sein, dass sie nach ihrer Mutter suchte?

Ruby und die alte Nonne saßen in einem kleinen Raum, der sich an die Eingangshalle des Klosters anschloss. Schwester Julia sah uralt aus. Sie trug einen einfachen weißen Habit und ein schweres Kruzifix um den Hals. Obwohl ihr Gesicht runzlig war wie eine vertrocknete Dattel, strahlten ihre milchigen, blassen Augen eine verblüffende Weisheit aus. Offenbar sprach sie auch sehr gut Englisch. Vielleicht hatte sie als junges Mädchen die Sprache ja studiert.

»Ihre Mutter?« Schwester Julia schlug eine Hand vor den Mund und riss beinahe ungläubig die Augen auf. »Ach du meine Güte«, sagte sie. »Ach du meine Güte.« Dann verstummte sie kurz und starrte ins Leere, bevor sie sich wieder fasste.

»Schwester?«

»Sollen wir ein Stück gehen?« Sie stand auf und sah sich um, als wolle sie nicht, dass jemand ihr Gespräch mitanhörte.

Das war natürlich albern. Aber ...

»Es ist ein wunderschöner Tag.«

»Ja, natürlich, Schwester. Wir können spazieren gehen.« Anscheinend wollte jeder hier mit ihr irgendwo hingehen. Sie schienen hier alle ziemlich paranoid zu sein. Warum sollte diese alte Nonne etwas dagegen haben, dass jemand sie hörte?

Sie schritten durch die stillen Bogengänge aus hellem, verfallenem Stein. Ruby fiel ein kleiner Glockenturm auf, der auf einem steinernen Sockel neben der Kapelle stand. Draußen sah sie ein paar Hühner und Ziegen in einem Pferch und einen Garten mit Gemüse und Mandelbäumen. Umgeben war das Areal von niedrigen Bruchsteinmauern, die, wie sie inzwischen wusste, aus dem schwarzen Vulkanstein der Insel gebaut waren.

Durch den Bogengang gingen sie hinaus, wandten sich an einem Sandweg nach links und hielten auf die braunen Berge zu. Schwester Julia mochte betagt sein, aber für ihr Alter war sie ziemlich rüstig.

»Wer hat Sie zu mir geschickt?«, fragte sie, während sie die steinernen Mauern des Klosters hinter sich ließen.

»Enrique Marín.« Ob sie wohl wusste, wer das war? Nonnen hatten wahrscheinlich nicht viel mit berühmten Künstlern zu tun. »Der Maler aus dem Dorf.«

»Aha.« Schwester Julia nickte. »Er ist der Einzige, dem ich die Geschichte je erzählt habe.«

»Die Geschichte?« Ruby war verwirrt. Gab es eine Geschichte über Laura? Und falls ja, woher wusste diese alte Nonne, dass Laura die Person war, für die sie sich interessierte? Schließlich hatte sie Enrique Maríns Haus gerade erst verlassen. Es war unmöglich, dass er ihr bereits davon erzählt hatte. Nonnen benutzten keine Handys und hatten auch kein Festnetz – oder?

»Er strahlt etwas aus.« Schwester Julia hielt kurz inne und blickte zu den Bergen. »Etwas Einnehmendes.«

Das stimmte. Ruby hatte es genauso empfunden. Sie folgte dem Blick der Nonne und sah, dass sich um die Gipfel dunkle Wolken gebildet hatten, obwohl der Rest des Himmels makellos blau war. Sie sah nur Wüste und Berge und in der Ferne das blaue Band des Ozeans. »Er ist ein charismatischer Mensch«, pflichtete sie ihr bei. Und sein Sohn auch, wenn auch auf andere Art. Sie seufzte.

»Allerdings.« Schwester Julia wandte sich ihr zu. »Ich glaube, es liegt an seinen Augen.« Ihre eigenen Augen blitzten, und Ruby erhaschte einen Blick auf die junge Frau, die sie einmal gewesen sein musste. Sie fragte sich, was sie bewogen hatte, die Gelübde abzulegen und der Schwesternschaft beizutreten. Ob sie immer hier auf der Insel gelebt hatte? Oder hatte sie einst ein anderes Leben geführt?

Aber Ruby teilte ihre Meinung über Enrique Maríns Augen. Sie durchbohrten einen. Es war fast, als könnten sie einem bis in die Seele blicken. Sie überlegte, was Laura wohl von ihm gehalten hatte. War sie seinem Charme ebenfalls erlegen? Sie bezweifelte es. Künstler oder nicht, Enrique Marín war sicherlich nie auf diese südländische Art attraktiv gewesen wie Julio – oder wie Rubys leiblicher Vater, wer immer er gewesen sein mochte. Ihr gefiel der Gedanke, dass er ebenfalls ein Freigeist gewesen war. Jemand, der sich treiben ließ, wie Laura.

»Wie heißen Sie, mein liebes Kind?«, fragte Schwester Julia.

»Ruby. Ruby Rae.«

»Ruby.« Schwester Julia nickte, als gefalle ihr der Name.

»Aber meine Mutter heißt nicht so. Rae, meine ich.«

Schwester Julia warf ihr einen durchdringenden Blick zu, der Ruby irritierte. »Natürlich nicht«, meinte sie.

Wieso *natürlich nicht?* Ruby runzelte die Stirn.

»Natürlich wissen Sie den Namen Ihrer leiblichen Mutter nicht«, sagte Schwester Julia. »Wie könnten Sie auch? So viele Umstände haben dafür gesorgt, dass das umöglich ist.«

»Aber …« War es ein Fehler gewesen herzukommen? Die alte Nonne hatte geistig ganz klar gewirkt, aber vielleicht war sie doch nicht so gut beieinander, wie Ruby gedacht hatte. Sie war sehr alt. Und Nonnen lebten meist sehr von der Welt zurückgezogen. Da war es fast zwangsläufig, dass sie die Verbindung zur Realität verloren.

Sie erreichten eine Weggabelung, und Schwester Julia bedeutete ihr, den rechten Pfad einzuschlagen, der zum Meer führte. »Wir gehen nicht weit«, beruhigte sie Ruby. »Heutzutage kann ich nicht mehr so weit laufen.«

»Aber ich weiß den Namen meiner Mutter«, bemerkte Ruby vorsichtig. Sie würde noch ein Stück mit ihr gehen und sie dann zurück zum Kloster bringen. Das konnte nichts schaden.

»Wirklich?« Schwester Julia drehte sich zu ihr um. »Wie ist das möglich, mein Kind?«

»Sie heißt Laura, Laura Woods.« Und Ruby erklärte, dass Laura hier auf der Insel gelebt hatte, als sie Ruby bekam, dass sie nach England zurückgekehrt war, nachdem sie vom Tod ihrer Mutter erfahren hatte, und dass sie Ruby an Tom und Vivien Rae übergeben hatten, damit sie auf sie aufpassten, weil Laura sich für Ruby ein anderes Leben wünschte.

Die alte Nonne schien zu verstehen, was sie sagte, obwohl sie schwieg, während Ruby erzählte. Doch Ruby empfand ihre Gegenwart als sehr beruhigend.

»Ich habe ein Foto«, sagte sie.

»Darf ich es sehen?«

»Natürlich.« Sie hatten inzwischen die Klippen erreicht. Es war windig, aber Schwester Julia schien es kaum zu bemerken. Tief unter ihnen wogte das ungezähmte Meer, und die Wogen bäumten sich auf und krachten gegen die schwarzen Felsen.

Ruby kramte in ihrer Handtasche und fand die Fotos, die sie immer bei sich trug. »Ich habe auf Enrique Maríns Webseite ein Porträt meiner leiblichen Mutter entdeckt«, erklärte sie ihr. »Daher bin ich nach Fuerteventura gekommen, um mit ihm zu sprechen.«

Schwester Julia betrachtete das Foto und schirmte es mit der Hand vor dem Wind ab. Auf ihrem Gesicht lag ein leises Lächeln, und ihre Miene wirkte heiter. Ruby gewann den Eindruck, dass sie häufig hierherkam, um mit dem Wind, dem Meer und den Bergen allein zu sein und mit Gott zu sprechen – oder womit auch immer. Diese Landschaft strahlte etwas Urtümliches, Ungezähmtes aus. Man spürte die Kraft der Natur; man konnte gar nicht anders, als sie zu spüren.

»Sie müssen sich sehr gewünscht haben, sie zu finden«, meinte Schwester Julia.

»Ja, und ich wünsche es mir immer noch.« Ruby ertappte sich dabei, dass sie ihr den Rest der Geschichte erzählte. Von dem Motorradunfall und Viviens und Toms Tod. Davon, wie sie die Puzzlestücke der Geschichte um ihre Geburt zusammengesetzt hatte. »Ich bin Journalistin«, erklärte sie beinahe entschuldigend. »Es ist mein Beruf, Geschichten zu recherchieren und darüber zu schreiben. Meine Mutter – das heißt Vivien – pflegte zu sagen, ich sei schon neugierig auf die Welt gekommen.«

»Sie sagen, Sie seien Journalistin.« Schwester Julia warf ihr einen äußerst seltsamen Blick zu.

»Ja.«

»Und Sie recherchieren Geschichten?«

»Ja, so ist es.« Was sollte das denn jetzt? Die Nonne schien gut zu verstehen, was sie sagte. Aber es war, als dächte sie an etwas ganz anderes.

»Und Sie sind auf der Suche nach Ihrer Mutter.« Schwester Julia hielt das Foto vor ihre Brust und blickte zum Horizont. »Jetzt verstehe ich auch, warum Enrique Marín Sie zu mir geschickt hat«, sagte sie. »Ich hatte es zuerst missverstanden. Ich dachte, Sie bräuchten meine Hilfe, meine Liebe.«

»Aber so ist es ja auch.«

Schwester Julia nickte. »Und ich brauche ebenfalls Ihre Hilfe, mein Kind«, sagte sie. »Ein weiteres Zeichen benötige ich nicht.«

Was begriff sie hier nicht? Wie sollte sie dieser alten Nonne helfen? Natürlich würde sie das gern tun, wenn sie konnte. »Kennen Sie diese Frau, Schwester?«, fragte sie nach einer kleinen Pause, als es aussah, als hätte sich Schwester Julia wieder gesammelt. »Kennen Sie meine leibliche Mutter?«

»Oh ja. Wir sollten jetzt zurückgehen, mein Kind.«

Sie kannte sie. Ruby spürte, wie Hoffnung in ihr aufstieg. »Lebt sie in der Nähe?«, fragte sie, während sie sich umdrehten. Sie musste versuchen, geduldig zu sein, doch es fiel ihr schwer.

»Sie kam manchmal nach Nuestra Señora del Carmen«, erklärte Schwester Julia. »Um Kräuter zu pflücken – zum Kochen und als Medizin.«

Ruby nickte. Das passte zu dem Leben, das Laura geführt

haben musste: einfach, aufs Wesentliche beschränkt, ein wenig alternativ.

Schwester Julia lächelte in sich hinein. »Sie besaß sehr wenig«, sagte sie. »Und wir teilten gern. Wenn es auf unserem Stück Land etwas zu arbeiten gab, kam sie manchmal mit ein paar Freunden, um uns zu helfen.«

Ruby spürte, wie ihre Aufregung wuchs. »In letzter Zeit noch?«, fragte sie. Sie fühlte, dass die Spur heißer wurde.

Aber Schwester Julia schüttelte den Kopf. »Seit ein paar Jahren nicht mehr«, sagte sie. »Aber wir leben ziemlich weit draußen, wie Sie ja wissen. Vielleicht fällt es ihr heutzutage nicht mehr so leicht hierherzukommen.«

Ruby spürte, wie ihr der Atem stockte. »Dann wissen Sie, wo sie wohnt?«, flüsterte sie.

Schwester Julia griff nach ihrer Hand. »Ich weiß, wo sie früher gewohnt hat, mein Kind«, erklärte sie. »Laura lebte in einem Strandhaus in Los Lagos, in der Nähe der Bucht, kurz vor dem Leuchtturm.«

»Oh, mein Gott«, stieß Ruby hervor. Dann fiel ihr wieder ein, wer ihre Begleiterin war. »Tut mir leid, Schwester. Aber ...« Laura lebte in diesem Strandhaus – oder hatte zumindest früher dort gelebt –, das ganz in der Nähe der Stelle lag, an der sie noch heute Morgen mit Isabella gestanden hatte.

»Ich verstehe.« Die alte Nonne nickte. »Sie sehnen sich sehr danach, sie zu treffen. Das ist sehr aufregend für Sie. Vielleicht ist das ja das Ende Ihrer Reise.«

Sie hatten die weißen Mauern des Klosters erreicht. »Es ist auch möglich, dass sie gar kein Interesse daran hat, mich wiederzusehen«, sagte Ruby, obwohl sie keine Lust hatte, sich nicht allzu eingehend mit dieser Aussicht zu beschäftigen.

»Aber ich habe das Gefühl, dass ich es wenigstens versuchen muss.« Vor allem jetzt, nachdem sie diese Zeichnungen von Enrique gesehen und diese Trauer in Lauras Augen gespürt hatte. »Da ist noch so vieles, was ich gern wissen möchte. Ich glaube, es würde mir helfen, mich vollständig zu fühlen.«

»Vollständig, ja«, wiederholte Schwester Julia. »Ich finde, jeder hat das Recht, die Umstände seiner Geburt zu kennen. Es ist ein wesentliches Bedürfnis, ein Grundrecht. Finden Sie nicht auch?« Sie nahm Rubys Hand und sah ihr in die Augen.

Ihr Griff war erstaunlich fest. »Ja.« Ruby hatte das Gefühl, dass sie sich gerade mit mehr einverstanden erklärt hatte, als ausgesprochen worden war. Aber sie war bereit dazu, was immer es sein mochte. Sie vertraute dieser Frau und wollte ihr helfen.

Schwester Julia wirkte zufrieden. »Wenn Sie in Los Lagos gewesen sind«, sagte sie. »Wenn Sie auf Ihrer Reise so weit gekommen sind, wie es momentan möglich ist, würden Sie mich dann noch einmal im Kloster besuchen?«

»Natürlich.« Sie würde kommen und ihr berichten, was passiert war, was sie herausgefunden hatte und ob sie Laura gefunden hatte oder nicht.

»Denn ich habe Ihnen eine Geschichte zu erzählen«, sagte Schwester Julia.

»Ach?«

»Eine wichtige Geschichte.« Sie nickte. »Sie ist der Grund, aus dem Gott Sie hierher zu mir geführt hat, mein Kind.«

41. Kapitel

Nachdem die junge Frau fort war, zog Schwester Julia sich in ihre einfache, weiß getünchte Zelle im ersten Stock von Nuestra Señora del Carmen zurück. Sie setzte sich auf den Holzstuhl und ließ den Kopf auf den Schreibtisch sinken. »Lieber Gott, lieber Gott«, murmelte sie. »Sie ist gekommen.« So lange hatte sie gewartet. Sie schloss die Augen und spürte, wie ein nie gekanntes Gefühl von Frieden sie überkam. Aber es war noch nicht vollbracht. Es gab noch mehr zu tun.

Nach ein paar Sekunden hob sie den Kopf und stand auf. Manchmal war es sogar für eine Ordensfrau schwer, gelassen zu bleiben. So viele Jahre lang hatte sie getan, was sie konnte, um diesen armen, unglücklichen Frauen in ihrer Zeit der Not beizustehen. Sie hatte sich ihre Geschichten angehört und ihnen so viel Trost geschenkt, wie sie zu geben vermochte. Wenn sie sich in der Lage dazu gefühlt hatte, hatte sie den Autoritäten gegenüber offen gesprochen, und sie hatte zu Gott gebetet, er möge ihr zeigen, was sie tun sollte. Oh, wie sie zu Gott gebetet hatte! Und dann hatte sie natürlich begonnen, das Buch mit den Namen zu füllen … Das schien alles so lange her zu sein. Aber sie hatte diese Aufzeichnungen über die Frauen, die Adoptiveltern und die Kinder geführt. Es war ein Risiko gewesen, aber sie hatte das Gefühl gehabt, dass es alles war, was sie tun konnte. War sie nicht einfach eine arme Nonne ohne jede Macht gewesen? War sie nicht auch den Umständen ausgeliefert gewesen?

Vielleicht. Und doch ... Sie stand an dem Bogenfenster und sah auf den kleinen, runden Hof mit dem Feigenbaum und dem Brunnen hinaus. Sie hatte danebengestanden. Sie hatte zugelassen, dass es geschah. Sie trug eine Mitschuld.

Schwester Julia seufzte. Das war eine schwere Bürde. Damals, als sie hierher nach Nuestra Señora del Carmen gekommen war, hatte sie wirklich versucht, den Dorfbewohnern zu helfen und Wiedergutmachung für alles zu leisten, was sie falsch gemacht hatte. Wenn sie anderen spirituellen Rat und Trost spenden konnte, hatte sie gedacht, wenn sie ihre Tage in Kontemplation und Gebet verbringen konnte, würde Gott ihr dann nicht ein Zeichen schicken? Würde Er ihr nicht zeigen, was sie tun musste? Würde Er ihr nicht vergeben und ihr erlauben, in Frieden auszuruhen? Aber sie kämpfte seit Jahren mit dem Wissen, das sie in ihrem Herzen trug. Und manchmal hatte es ausgesehen, als würde dieser Kampf bis zu ihrem Todestag weitergehen.

Als sie die Geschichte in der Zeitung gelesen hatte – ihre Geschichte, die Geschichte der *niños robados* –, da hatte ihr alles wieder vor Augen gestanden. Der Schmerz, das Leiden, die Tränen ... Aber auch die Erinnerung an die Täuschung, die Korruption war zurückgekehrt. Und sie war zu dem Schluss gekommen, dass sie Zeugnis ablegen musste.

Draußen im Hof gingen Schwester Josefina und Schwester María in freundschaftlichem Schweigen auf und ab. Schwester Julia sah ihnen zu. Ihr waren die Ruhe des spirituellen Rückzugs, die Zufriedenheit in Schweigen, Kontemplation und Gebet nicht vergönnt. In ihrem Inneren hatte immer ein Kampf getobt, ein Bedürfnis, sich zu offenbaren, und die Last, nicht zu wissen, wie sie das anstellen sollte. Enrique Marín hatte an jenem Tag auf der Klippe recht gehabt. Denn wenn es jemanden gegeben hätte, dem sie von ihrer Rolle in der Geschichte um die gestohlenen Kinder hätte erzählen können, dann hätte sie es getan. Doch anscheinend existierte so jemand nicht. Und so zögerte sie immer noch. Sie wollte ihr Namensbuch offenlegen; sie wollte, dass diese Aufzeichnungen denjenigen zugänglich gemacht wurden, die sie brauchten, die davon betroffen waren. Einer Mutter vielleicht, die nie geglaubt hatte, dass ihr Sohn tot war, und jetzt versuchte, ihn zu finden. Einem Sohn oder einer Tochter, die inzwischen wussten, dass sie adoptiert waren und sich verzweifelt danach sehnten, ihre leiblichen Mütter aufzuspüren. Sie konnte diesen Menschen helfen. Aber sie wusste nicht, wie sie es anstellen sollte. Sie war Nonne, sie stand allein auf der Welt und führte ein Leben in klösterlicher Abgeschiedenheit. Sie sprach mit so wenigen Menschen. Wie konnte sie das zuwege bringen? Sie hatte ein Zeichen gebraucht, ein Zeichen, das Gott ihr schickte, um ihr zu helfen. Und jetzt das.

Wieder ging Schwester Julia zu ihrem Schreibtisch und zog die Schublade auf. Sie nahm die zarte weiße Spitzentischdecke heraus und dachte an das, was Enrique Marín ihr an jenem Tag erzählt hatte, als sie dort auf dem dunklen Felsabsatz gesessen hatten. Zuerst hatte er ihr sein Leben als armer Künstler geschildert, den Zwiespalt, in dem er früher gelebt hatte. Er wollte alles für seine Kunst geben, doch er hatte zu Hause eine Frau zu versorgen. Es verbitterte ihn, sich um die Ziegen zu kümmern und als kleiner Landwirt zu arbeiten, wo er in der Zeit doch hätte malen können. Er berichtete ihr von der überwältigenden Freude, als seine Arbeit endlich Anerkennung fand, als Menschen gutes Geld für seine Bilder zahlten und er auf der Straße angesprochen wurde.

»Es ist mir zu Kopf gestiegen, Schwester«, erklärte er. »Ich will mich nicht rechtfertigen, aber es ist mir zu Kopf gestiegen.«

Schwester Julia hatte schon viel erlebt und wusste, dass Ruhm einem Menschen schaden konnte. Ruhm führte oft dazu, dass jemand seinen Sinn für das Wesentliche verlor und seine Macht missbrauchte. Hatte sie nicht mit Dr. López in Barcelona etwas Ähnliches erlebt? Natürlich war er nicht berühmt gewesen, aber hochgeachtet. Man hatte zu ihm aufgesehen und ihn als Autoritätsperson betrachtet, die immer wusste, was das Beste war. Das musste ihm zu Kopf gestiegen sein. Er hatte sich hinter Gottes Wort versteckt, um seiner Gier und seiner Grausamkeit freien Lauf zu lassen. Schwester Julia hatte sich nie gewünscht, dass er bestraft wurde. Wenn die Zeit des Arztes gekommen war, würde Gott ihm vergeben oder ihn strafen, wie Er es für richtig hielt – falls das nicht schon geschehen war. Es war nicht Schwester Julias Aufgabe, ein Urteil über jemand zu sprechen. Und sie würde auch den Mann nicht verurteilen, der jetzt vor ihr saß.

»Und was haben Sie getan, mein Sohn?«, fragte sie ihn. Doch sie wusste es bereits. Kaum dass er zu erzählen begonnen hatte, hatte sie gewusst, dass er der Ehemann der Frau aus dem Dorf war, die vor vielen Jahren zu ihr gekommen war und ihr dieses zarte weiße Spitzentischtuch geschenkt hatte. Schwester Julia sah immer noch den Ausdruck in den dunklen Augen der Frau, während sie ihre Geschichte erzählte, konnte ihre Verzweiflung immer noch spüren. Schwester Julia hatte oft für sie gebetet. Sie war verletzt, desillusioniert und enttäuscht gewesen. So ging es auf der Welt häufig zu.

»Ich bin nicht stolz auf all das«, hatte Enrique Marín ihr erklärt und mit seinem immer noch ungezähmten Blick aufs Meer hinausgesehen. »Aber es kommt noch mehr.«

Schwester Julia erinnerte sich an das Gefühl, das sie auch immer bei der Geschichte der Frau gehabt hatte – dass das nicht alles gewesen war.

Schwester Julia setzte sich wieder auf den Stuhl. Sie war erschöpft. Dieser Tage war sie oft müde. Aber endlich war ihr ein Zeichen geschickt worden. Sie faltete die Hände. »Danke, Gott.« Sie wusste nicht, woher diese junge Frau – Ruby – kam. Eine junge Frau, die nach ihrer Mutter suchte. Eine Journalistin. Deutlicher konnte ein Zeichen nicht sein. Jetzt konnte sie ihre Geschichte erzählen. Sie konnte sie Ruby erzählen. Und Ruby würde sie in die Welt tragen. Der Gerechtigkeit würde Genüge getan werden. Sie würde Ruby das Buch mit den Namen geben, und dann würde sie endlich frei sein.

Auf dem Schreibtisch standen eine Wasserflasche und ein Glas, und Schwester Julia schenkte sich mit zitternder Hand Wasser ein. Aber würde die Zeit ausreichen? Ihr eigenes Ende war nahe. Würde die junge Frau zurückkommen, wie sie versprochen hatte? Schwester Julia trank einen Schluck. Sie musste darauf vertrauen.

Enrique Marín hatte von seinem Sohn gesprochen, und Schwester Julia hatte zugehört. Väter und Söhne ... Mütter und Töchter ... Anscheinend war es ihr Schicksal, in solche Familienangelegenheiten verstrickt zu werden.

»Er ist vor vielen Jahren von zu Hause fortgegangen«, hatte Enrique gesagt. »An seiner Stelle hätte ich genauso gehandelt.«

Schwester Julia neigte den Kopf. Enrique Marín war zu Selbsterkenntnis gelangt. Das war etwas, was viele Menschen in ihrem ganzen Leben nicht erreichten.

»Ich war verbittert und neidisch.« Enrique Marín machte eine kurze Pause, weil die Natur ihn übertönte. Der Wind blies heftig, und die Flut rollte an die Küste. Das Wasser stürzte über die schwarzen Felsen und ließ eine Gischtwolke aufsteigen. »Ich habe ihm die Schuld für etwas gegeben, auf das er keinen Einfluss hatte.«

Nachdem er ihr die ganze Geschichte erzählt hatte, hatte Schwester Julia einen lang gezogenen Seufzer ausgestoßen. Ihre eigenen Probleme lasteten ihr immer noch schwer auf dem Herzen.

»Sie können es mir erzählen, Schwester«, hatte Enrique Marín gesagt. »Ich bin hier. Ich bin niemand, nur ein Mensch. Wir sind hier auf einer einsamen Klippe. Niemand kann uns hören. Sie können es mir sagen.«

Und Schwester Julia hatte in seine dunklen, harten Augen gesehen und ihm ihre Geschichte erzählt. Während über ihnen die Möwen kreischten und unter ihnen die Wogen krachten, erzählte sie ihm, was in Barcelona geschehen war. Alles, was sie gesehen, miterlebt und getan hatte.

»Möge Gott geben, dass diese Namen nicht verloren gehen«, sagte sie, als sie zu Ende gesprochen hatte. Vielleicht lag es an dem einnehmenden Wesen des Mannes, dem Blick in seinen dunklen Augen, dass sie ihre Geschichte erzählt hatte. Vielleicht musste sie um ihres Seelenfriedens willen alles loswerden. Vielleicht hatte sie ihm aber auch einfach deshalb davon erzählt, weil sie glaubte, nicht nur er solle es wissen, sondern jeder sollte davon erfahren.

Noch einmal zog Schwester Julia die Schreibtischschublade auf und nahm das von Reyna Marín liebevoll bestickte Tischtuch heraus. Kurz hielt sie den abgetragenen Ehering ihrer Mutter und das Stickmustertuch, das sie als Mädchen angefertigt hatte, in der Hand. Sie nahm das alte, sepiafarbene Foto, das sie und ihre beiden Schwestern Matilde und

Paloma zeigte. Beide lebten nicht mehr. Ihre Familie gab es nicht mehr, und Schwester Julia war allein. Aber war sie das nicht schon seit langer Zeit?

Sie nahm ihr Buch mit den Namen heraus.

Hätte sie anders handeln können? Vielleicht. Aber sie war schwach, und wie Enrique Marín war sie ein Mensch. Und sie war genauso schuldig wie er.

Wenn sie nur den Kindern helfen könnte ... Das hatte sie immer gewollt. Denn sie waren die Unschuldigen, die Hilflosen. Sie hatten nichts verbrochen. Und es war das Geburtsrecht eines jeden Kindes, die Wahrheit über seine Herkunft zu erfahren. Manche wollten das vielleicht nicht. Doch die anderen ... Die meisten Aufzeichnungen waren vernichtet worden. Aber Schwester Julia hatte lange in der Canales-Klinik gearbeitet. Dieses Buch konnte so vielen von ihnen helfen. Schwester Julia berührte den schlichten Einband, der keinen Hinweis darauf lieferte, was sich darin befand.

Wieder dachte Schwester Julia an die junge Frau. Diese Ruby besaß so viel Leidenschaft. Obwohl sie die Eltern, die sie großgezogen hatten, geliebt hatte, verspürte sie einen verzweifelten Drang nach der Wahrheit. Die Wahrheit. Sie war auch Schwester Julia wichtig. Sie hatte Unrecht getan, sie alle hatten das. Aber dieses eine konnte sie tun: Sie konnte die Wahrheit sagen.

Schwester Julia schlug das Buch auf und überflog die Namensliste auf der ersten Seite. Nun konnte sie ein wenig Wiedergutmachung für all diese Sünden leisten. Und vielleicht konnte Schwester Julia dann vollkommenen Frieden finden – endlich.

42. Kapitel

Andrés war nicht auf die nostalgischen Gefühle vorbereitet, die ihn überkamen, als das Flugzeug zum Landeanflug ansetzte. Durch Wolkenlücken hindurch erhaschte er Blicke auf den *campo*. Zuerst wirkte die Wüstenlandschaft seiner Kindheit unverändert. Öde wie immer erstreckte sie sich unter ihm, als das Flugzeug von Norden her anflog und der Küste folgte. Er sah ockerfarbenen Sand und grauen Fels, durchzogen von Wegen und Pfaden aus uralter Zeit, Berge, die fast so alt waren wie die Zeit, mit wolkenverhangenen Gipfeln. An der Ostküste schwenkte die Maschine auf das Meer hinaus, und das intensive Blau des Ozeans ging von dem blendenden Türkis am Ufer in das tiefste Marineblau über. Die Maschine legte sich schräg, als sie sich in Richtung Süden wandte, sodass sie gegen den Wind auf der Insel landen konnte.

Sie sanken tiefer, und die Wolken wichen beiseite, als verließen sie einen Nebel. Jetzt konnte Andrés die Veränderungen erkennen: das knallige Grün des Golfplatzes, der enorme Mengen von ihrem kostbaren entsalzten Wasser verschlingen musste, das chemische Blau der Swimmingpools und die orangefarbenen Touristenkomplexe. Aber in Ricoroque würde es nicht so sein. Er lehnte sich zurück und betrachtete den sanft wogenden Ozean, während die Maschine zur Landung ansetzte.

Als er das Flugzeug verließ, umhüllte ihn eine Wärme, die ihm sehr vertraut war. Im Terminal herrschten dann allerdings die Gerüche vor – spanische Zigaretten, starker Kaffee und Olivenöl, geräucherter Schinken und Sonnencreme. Es war lange her, aber es fühlte sich an, als wäre es erst gestern gewesen.

Andrés holte seinen Mietwagen auf dem Flughafenparkplatz ab und brach nach Norden auf. Er hatte alle Hebel in Bewegung gesetzt, um diesen Last-Minute-Flug zu bekommen. Und er hatte niemandem mitgeteilt, dass er kommen würde – nicht einmal Ruby. Warum hatte er das eigentlich nicht getan? Wahrscheinlich wollte er nicht, dass sie sich auf seinen Besuch vorbereiten konnten. Er wollte ebenso spontan zurückkehren, wie er fortgegangen war. Und was Ruby anging ... Zuerst musste er die Wahrheit herausfinden. Er umklammerte das Steuer fester. Erst dann konnte er an Ruby denken.

Er nahm die Umgehungsstraße und umfuhr die Hauptstadt. Kaum hatte er die urbane Region Rosario hinter sich gelassen, veränderte sich die Landschaft. Diese ländliche Gegend mit ihren verstreuten Dörfern sah größtenteils noch so aus, wie er sie in Erinnerung hatte. In siebzehn Jahren hatte sie sich kaum verändert: kleine, gedrungene Steinhäuser und weiße Kirchen, landwirtschaftliche Kleinbetriebe, Ruinen, eine Bar und ein Lebensmittelladen. Andrés widerstand dem spontanen Drang, anzuhalten und ein Bier zu trinken. Die glatte Straße, auf der er unterwegs war, bildete einen scharfen Gegensatz zu diesen zerklüfteten Felsen und erodierten Bergen, die tiefe Schatten auf die unter ihnen liegenden Dörfer warfen.

Manche Dinge hatten sich sehr verändert, und manches war gleich geblieben.

Andrés öffnete lieber das Fenster, als die Klimaanlage des

Wagens einzuschalten. Die warme Luft schien rein und frisch zu sein. Er wollte sie in tiefen Zügen einatmen, denn sie schmeckte so anders als die englische Luft. Ihm wurde bewusst, dass er sie vermisst hatte. Er hatte sich an die Luftverschmutzung gewöhnt und daran, sogar an einem klaren Nachthimmel die Sterne nicht sehen zu können.

Andrés dachte an die Sommerausstellung. Er hatte so viel Energie hineingesteckt, aber jetzt kam sie ihm ganz unwichtig vor. Dennoch hatte er alles gründlich vorbereitet, und eine seiner Kolleginnen – Susie, die mit Keramik arbeitete und das Atelier neben seinem gemietet hatte – hatte sich bereit erklärt, seine Schichten an der Empfangstheke zu übernehmen. Kurz vor seiner Abreise hatte Andrés noch letzte Hand an seinen Abschnitt der Ausstellungsfläche gelegt und einen roten Aufkleber auf seinem zentralen Werk angebracht; dem Bild der Klippen am Chesil Beach. Es stand nicht zum Verkauf, und er wusste auch schon, wer es bekommen sollte.

Es war später Nachmittag, und es dämmerte bereits. Der weiche Sonnenschein auf den rosig-braunen Berghängen verwandelte sich in das schwefelgelbe Licht, an das er sich so gut erinnerte – das Licht, in dem er gern gemalt und das er gern eingefangen hatte, das Licht, das mit grünen Strahlenbündeln auf die weißen Häuser und den goldgelben Sand schien. Es war ein Licht wie aus einer anderen Welt, das diese trostlose Szenerie beinahe in eine Mondlandschaft verwandelte, ein einzigartiges Licht, das Andrés seit seinem Weggang nicht mehr gesehen hatte und bei dem ihm der Atem stockte.

Als der Tindaya in Sicht kam, fuhr er langsamer. Der heilige Berg. Einmal war er mit Isabella auf seinem Motorroller hierhergefahren. Sie hatten den Weg zwischen den Bruchsteinmauern genommen, und direkt vor ihnen hatte der Montaña Tindaya gelegen. Er schimmerte graubraun im blassen Morgenlicht und war mit braunen, weißen und rostfarbenen Streifen überzogen, Rinnen, die das Regenwasser hinterlassen hatte. Über ihnen war der Himmel klar wie ein Diamant gewesen.

Sie hatten den Roller an den heruntergekommenen kleinen Sandsteinhäusern im Schatten des Berges stehen gelassen und waren über den Teppich aus burgunderroten Mittagsblumen, dann über den kahlen Boden und später über Schutt auf dem Weg gegangen, der die Hänge des Tindaya hinauf auf den nackten Felsen des Gipfels führte. Es war kein einfacher Aufstieg gewesen; kurz vor dem Gipfel waren sie sogar auf allen vieren geklettert. Aber es war die Mühe wert gewesen. Vom Gipfel aus konnten sie in der Ferne andere Bergspitzen erkennen, die Insel Lanzarote und die weißen Einsprengsel links an der Küste, die La Oliva und Ricoroque bildeten. Die beiden waren gekommen, um nach den Hieroglyphen zu suchen, den Felszeichnungen. Es war ein Spiel.

»*Aquí está!*« – hier ist es. Isabella hatte die ersten beiden gefunden. Sie waren an einem glatten, aufrecht stehenden Felsblock an der Ostseite des Gipfels angebracht, fünf oder sechs Meter von der Spitze entfernt. »Hier, komm und schau dir das an!« Wie er gehört hatte, gab es über hundert solcher Felszeichnungen von Füßen. Diese sogenannten Podomorphen waren in die *traquita*, in den Trachyt-Stein, eingeritzt. Wenn man weiter am Kamm entlangging, befanden sich am nächsten Felshaufen noch weitere. Einige waren nicht mehr so gut erkennbar, aber andere immer noch klar und beeindruckend. Andrés hatte gehört, dass sie alle zum Teide ausgerichtet waren, dem immer noch aktiven Vulkan auf Teneriffa, von dem man glaubte, dass der Teufel darin wohnte. Und als er so dastand und zum Teide sah, dessen Gipfel von dichten Wolken umhüllt war, glaubte er es beinahe auch.

Der Abstieg hatte länger gedauert, und sie hatten sich an den Händen gehalten. Denn Andrés machte sich Sorgen, Isabella könne zu schnell gehen, nicht achtgeben und den Halt unter den Füßen verlieren. Aber sie war trittsicher wie eine Bergziege, und schließlich war er es, der stolperte; und es war Isabella, die mit festem Stand verhinderte, dass er stürzte.

Wer konnte ihn jetzt auffangen? Isabella und er hatten im Lauf der Jahre den Kontakt verloren. Ihre Leben hatten sich in so unterschiedliche Richtungen entwickelt. Seine Eltern kamen ihm wie Fremde vor. Und Ruby ...

Ob Geister auf dem Berg wohnten? Manche Leute glaubten daran. Es war nicht zu leugnen, dass dieser Ort Energie ausstrahlte. Der Tindaya schien ihn geradezu magnetisch anzuziehen. Den ganzen Tag über hatte er es damals gespürt. Es war, als hätte etwas Dunkles über ihm gehangen, ein Druck. Und am nächsten Tag war es dann passiert: Er hatte seinen Vater im Atelier ertappt und ihn zur Rede gestellt. Es war der Tag gewesen, bevor Andrés für immer von zu Hause weggegangen war.

Andrés fuhr weiter nach La Oliva. Die Stadt war noch immer ein wichtiges Zentrum der Insel. Im siebzehnten Jahrhundert war Fuerteventura von hier aus verwaltet worden. Doch auch hier nahm er die Umgehungsstraße, fuhr vorbei an der hellgrünen, mit Flechten bewachsenen, unfruchtbaren Vulkanerde von Rosa de los Negrines und bog nach links in Richtung Ricoroque ab. Er dachte an seine alten Geschichtsstunden in der Schule, als er etwas über die Geschichte der Insel gelernt hatte. Über die französischen Siedler, die einst auf einer grünen Insel voller Feigenbäume, Palmen und Olivenhainen angelandet waren. Dass es auf Fuerteventura einmal dichte Wäldern aus Weiden und Kiefern und sprudelnde Wasserläufe gegeben hatte, war heute nur noch schwer vorstellbar, überlegte Andrés. Und dann waren die Ziegen gekommen, die, wie jedermann wusste, alles fraßen, die Kalkbrennereien, die gewaltige Mengen an Holz schluckten, die Dürren und schließlich die Kaninchen und Barbary-Atlashörnchen. Jetzt war das Land hier praktisch eine Wüste.

Auf der langen, geraden Straße nach Lajares trat er aufs Gas. Er war fast da. Vor sich sah er die Einsiedelei und die Windmühlen – *los molinos*. Ob die Mühlen noch in Betrieb waren? Lebten der alte Müller und seine Frau noch dort? Hatte die Zeit wirklich stillgestanden, seit Andrés fortgegangen war?

Die Straße nach Ricoroque bog nach links ab, und Andrés erhaschte einen ersten Blick auf den Leuchtturm, das Dorf und das Meer. Sein Meer. Sein Dorf. Er konnte es noch riechen – den trockenen Stein und die Erde, die salzverkrusteten *casas*. Der Lavafluss setzte sich fort und führte an der alten, mit Dattelpalmen bestandenen Straße entlang. Er verlief parallel zu dem Fußweg, der zum alten Kloster führte, und Andrés vermutete, dass er inzwischen zum Radweg für Touristen geworden war. Das Kloster ließ ihn an Ruby denken. Warum hatte sie sich nur mit einer Nonne getroffen?

Die gerade, breite Straße führte ihn mitten in die Stadt hinein. Andrés holte tief Luft. Hatte er sich all diese Jahre etwas vorgemacht? Er hatte keine Ahnung, ob er überhaupt Antworten auf seine Fragen bekommen würde. Er wusste nicht, wie man ihn empfangen würde. Aber darauf kam es nicht an. Er war zu Hause.

Er parkte vor der *casa*. Seine Mutter hatte ihm von einigen der Veränderungen erzählt, aber trotzdem war er verblüfft. Das kleine Haus war inzwischen auf die doppelte Größe angewachsen. War das noch das Zuhause seiner Kindheit? Andrés war sich nicht sicher. Er betrachtete den mit weißem Kies bestreuten Hof und die Metallskulptur in der Mitte, die ein wenig wie ein riesiger Schneebesen aussah. Es schien nicht mehr sein Hof zu sein. Aber wenigstens stand der Johannisbrotbaum noch in der anderen Ecke. Am metallenen Eingangstor hielt er inne. War er unfair? Sein Vater hatte bei null angefangen und viel erreicht. Aber zu welchem Preis?

Statt zur Haustür zu gehen und anzuklopfen wie ein Fremder, holte Andrés tief Luft und ging hinters Haus. Jetzt war er hier, und er würde es zu Ende bringen. Durch das offene Küchenfenster sah er, wie seine Mutter geschäftig umherlief und Essen machte. Mit Tränen in den Augen stand er da und schaute ihr zu. Er hätte sie nicht so lange allein lassen sollen, war alles, was er denken konnte. Er hätte nicht so lange fortgehen sollen, ohne sie zu besuchen. Was hatte er sich nur dabei gedacht?

Plötzlich drehte sie sich um und sah ihn. Sie erstarrte.

»Mein Sohn!«

Er hörte ihren Aufschrei durch das offene Fenster, und dann stieß er die Tür auf und lag in ihren Armen, und sie wiegte ihn wie ein Kind.

»Mama.« Er vergrub das Gesicht in ihrem Haar. Er roch, dass sie gebacken hatte; ein Duft, der ihn augenblicklich in seine Kindheit zurückversetzte; in die Küche, in der er stundenlang gemalt hatte, während seine Mutter Gemüse und Meeresfrüchte geputzt und Brot gebacken hatte, während sie das Abendessen gekocht, abgewaschen und dabei leise vor sich hingesummt hatte. War sie mit ihrem Leben als Ehefrau zufrieden gewesen? Zu Beginn vielleicht. Aber später war sie unglücklich gewesen. Das wusste er. Was hätte er sonst tun können, um etwas daran zu ändern?

»Andrés!« Sie schob ihn von sich weg. Ihre Kraft hatte ihn schon immer erstaunt, da sie eine sehr kleine Frau war. »Bist du es wirklich? Ist das möglich?«

»Ich bin es«, versicherte er ihr. Gott sei Dank war sein Vater nicht in der Nähe. Andrés war noch nicht so weit, ihn zu treffen. »Wie geht es dir, Mama? Geht es dir gut?«

»Mir? Ich bin gesund wie ein Ochse!« Sie lachte. Kurz umwölkte sich ihre Miene.

»Und Papa?« Wo mochte er sein? Oben in seinem Atelier, nahm er an. Wenn es ihm auch nur so gut ging, dass er stehen konnte, würde er in seinem Atelier sein.

Ihr Gesichtsausdruck veränderte sich, und sie sah zur Treppe. Was sie wohl empfand? Nervosität? Furcht? Doch dann umarmte sie ihn wieder, bevor sie einen Schritt zurücktrat, um ihm forschend ins Gesicht zu sehen. »Du bist blass.«

Er lachte. »Ich wohne ja auch in England.«

»Du bist müde.«

»Ich bin älter geworden.«

»Du hättest uns sagen sollen, dass du kommst. Dann hätte ich etwas Besonderes gekocht.«

»Das ist doch nicht so wichtig.« Er hob sie hoch und schwenkte sie herum. Auch sie war älter geworden. Ihr wettergegerbtes Gesicht war faltig geworden und ihr dunkles Haar von Grau durchzogen. Sie hatte abgenommen und fühlte sich in seinen Armen leicht wie eine Feder an. Aber sie wirkte auch verhärmter, als er sie in Erinnerung gehabt hatte. Die Jahre waren nicht spurlos an ihr vorübergegangen.

Aber ihr Lachen war wunderbar und wirkte auf ihn wie Wein. Spielerisch schlug sie ihn auf den Rücken. »Andrés!«

Er setzte sie wieder ab. »Und Isabella?«, fragte er. »Wie geht es meiner Schwester?«

»Mir geht es gut.«

Die Stimme kam aus der offenen Tür. Da stand Isabella im Rahmen, seine allerliebste Isabella, mit einem Korb mit Brot und Einkäufen am Arm und einem strahlenden Lächeln auf dem Gesicht. Klein, schlank und so schön wie immer.

»Andrés«, flüsterte sie. »Endlich bist du gekommen.« Sie stellte ihren Korb ab.

Er ging auf sie zu und zog sie in eine feste Umarmung, bis sie gegen seine Brust trommelte und lachend nach Luft schnappte. »Hallo, Isabella«, sagte er leise. »Du hast dich überhaupt nicht verändert.« Doch das stimmte nicht. Jetzt sah er, dass sie ebenfalls müde aussah. Ihre Haut war noch glatt, aber um ihre Augen und ihren Mund hatten sich feine Linien eingegraben, und ihre Stirn zeigte eine Andeutung von Sorgenfalten. Aber ihr Haar war immer noch lang und schimmerte schwarz wie ein Rabenflügel, und als sie ihn losließ, um ihre Mutter zu küssen, wirkte ihr Körper mit seinen Linien und Kurven, den er so oft gezeichnet und gemalt hatte, so biegsam wie immer, nur dass er heute ein wenig runder und weniger kantig war. Seine Mutter und seine Schwester. Wenigstens die beiden waren keine Fremden für ihn.

»Setz dich! Setz dich doch! Ich mache Kaffee.« Seine Mutter schob die beiden an den Tisch und sah noch einmal zur Treppe.

Isabella tat es ihr gleich. Um Himmels willen. Wovor hatten die beiden solche Angst? »Ist mein Vater da?«, fragte Andrés.

»Natürlich, mein Sohn.« Seine Mutter füllte den Wasserkessel.

»Wirst du ihm sagen, dass ich gekommen bin?«

Sie zögerte. Neigte den Kopf. »Ja, ich werde es ihm sagen.« Sie machte allerdings immer noch keine Anstalten dazu.

Isabella zog Andrés am Arm, damit er sich am Tisch neben sie setzte. Andrés stellte fest, dass es derselbe Tisch war, der schon immer in der Küche gestanden hatte. Der Tisch, an dem er früher gemalt hatte. Es war ein einfacher Holztisch, der mit Kratzern und Flecken überzogen war, nachdem er nun schon ein ganzes Familienleben lang in Gebrauch war.

»Erzähl mir alles«, drängte sie ihn. »Was gibt es Neues aus England? Wann bist du angekommen? Warum hast du uns nichts davon gesagt, dass du kommst?«

»Das sind aber viele Fragen.« Lachend blickte er auf, und da stand sein Vater in der Tür.

Andrés stand auf. »Papa.« Er war schockiert, denn sein Vater war stark gealtert. Sein Gesicht wirkte wie ausgebleichtes gefärbtes Leder, und das wenige Haar, das er noch besaß, war schütter und erschreckend weiß. Er trug immer noch die mit Farbe bespritzten Shorts und das weite blaue Hemd, aber er war furchtbar hager. Kleiner war er auch geworden. Es war, als wäre er geschrumpft. Das rote Tuch hatte er immer noch locker um den Kopf geschlungen, und in seinem Mund steckte die gewohnte schmale Zigarre. Dann hatte er trotz seiner Krankheit das Rauchen immer noch nicht aufgegeben. Er sah nachdenklich aus.

»Ja, also …« Seine Stimme klang so tief und guttural wie immer.

Andrés richtete sich auf. Das hier war seine Familie. Er hatte das Recht, hier zu sein. Er würde dem Mann notfalls noch einmal Paroli bieten. Er war hergekommen, um seine Mutter und seine Schwester zu unterstützen. Und er hatte Fragen, auf die er Antworten brauchte.

»Dann hast du also endlich beschlossen, dich blicken zu lassen«, meinte Enrique Marín. »Ich hatte mich schon gefragt, wie lange es noch dauern würde.«

»Enrique!« Seine Frau tadelte ihn leise. »Unser Sohn ist zu Hause«, sagte sie. »Wir wollen zusammen Kaffee trinken.«

Doch sein Vater stapfte zum Kühlschrank und nahm ein Bier heraus. Er schloss die Tür, warf Andrés einen Blick zu, öffnete sie wieder, holte noch ein Bier für ihn heraus und gab es ihm.

»Danke, Papa.«

»Nun gut.« Seine Mutter zuckte die Achseln und ging Gläser holen. Andrés setzte sich wieder, doch sein Vater blieb stehen. Er trank sein Bier aus der Flasche und wischte sich den Mund mit dem Handrücken ab.

Sein Vater hustete heftig und spuckte in ein Taschentuch. »Warum ausgerechnet jetzt?«, wollte er wissen. »Warum bist du gerade jetzt zurückgekommen? Dachtest wohl, ich liege schon auf dem Sterbebett, was? Ja, ja, nichts zieht die Geier so an wie ein Sterbender.«

»Enrique …« Seine Mutter tätschelte Andrés die Hand.

»Denkt, er wäre zu gut für uns – für dieses Haus«, murrte Enrique. »Denkt, er ist zu gut für die Insel. Geht nach London, pah!« Sein Vater fluchte verächtlich. Dann marschierte er, immer noch vor sich hin brummend und mit dem Stumpen in der Hand aus der Küche.

Sie hörten seine Schritte auf der Treppe und den Hustenanfall, der ihn schüttelte, als er oben ankam.

Sein Vater hatte ihn nicht geküsst, ihm nicht einmal die Hand geschüttelt. Sein eigener Vater, den er seit siebzehn Jahren nicht mehr gesehen hatte, hatte ihn nicht umarmt, ihm nicht gesagt, wie sehr er sich freue, ihn zu sehen. Warum zum Teufel sollte Andrés überhaupt mit ihm reden?

Aber er war aus einem bestimmten Grund hergekommen. Er stand auf.

»Andrés ...«

Er drehte sich um. »Ist schon in Ordnung, Mama«, sagte er, obwohl es das nicht war. Die Wahrheit war, dass es noch genauso wehtat wie früher.

»Achte gar nicht auf ihn«, flüsterte seine Mutter und beugte sich vor. »Du weißt doch, wie er ist. Er meint es nicht so.«

So etwas hatte sie ihm immer zugeflüstert. *Er ist eben so*. Doch Andrés wusste, dass sein Vater es genauso meinte. Und wenn er ehrlich zu sich selbst war, hatte er es immer gewusst. Sein Vater hatte ihn nie geliebt. Sein Vater hatte ihm nie vertraut. Sogar als er seinem Vater bewiesen hatte, dass er ebenfalls malen konnte, dass er vielleicht ein klein wenig vom Talent seines Vaters geerbt hatte, selbst da hatte es ihn nur wütend gemacht. Als fühle er sich von dem Jungen bedroht, der das Meer zum Leben erwecken konnte, als könne dieser Knabe ihm einen Teil seines Ruhms, seiner Macht und seiner Herrlichkeit wegnehmen. Sein Vater freute sich nicht, ihn zu sehen – und warum sollte er auch? Ja, das war seine Art. Dazu gehörte, dass er Andrés nicht liebte.

Aber Andrés war zu einem bestimmten Zweck hergekommen, und er hatte nicht vor, sich von dem alten Bastard

Vorschriften machen zu lassen. Er lächelte seiner Schwester zu und legte sanft die Hand auf die Schulter seiner Mutter. Dann ging er die Treppe hinauf zu seinem Vater.

Enrique war gar nicht empört darüber, dass Andrés sein Atelier betrat. Zum ersten Mal kam Andrés der Gedanke, dass das Poltern seines Vaters vielleicht etwas anderes verbergen sollte – ein anderes Gefühl vielleicht. War das möglich?

»Du malst immer noch, oder?«, knurrte Enrique ihn an.

War es tatsächlich möglich, dass ihn das interessierte? Auch das wäre das erste Mal gewesen. »Ja.« Andrés ging über die mit Farbe bespritzten Fliesen und sah sich um. Er bewegte sich nicht so in dem Raum wie damals als Junge, als er sich in das Atelier seines Vaters geschlichen hatte, sondern so, als hätte er jedes Recht, hier zu sein. Er roch den Gips, die Trockenheit von Papier und Farben, den harzigen Geruch von Terpentin und Ölen.

»Welche Themen?«

»Größtenteils Seestücke.«

»Nichts Neues also.« Sein Vater stand auf seine typische Art da: hochaufgerichtet, als wäre er der wichtigste Mann auf Gottes Erde. Aber dann holte er rasselnd Luft und setzte sich. Eigentlich sackte er auf dem nächstbesten Stuhl zusammen.

»Geht es dir gut, Papa?« Andrés trat einen Schritt auf ihn zu, doch Enrique verscheuchte ihn mit einer Handbewegung.

»Mach kein Theater. Mach bloß kein Theater.« Wieder hustete er, dieses Mal noch heftiger, und spuckte erneut in sein Taschentuch. »Natürlich geht es mir nicht gut. Sie hat es dir gesagt, stimmt's?«

Andrés nickte. »Sie hat es mir erzählt.«

Enrique fluchte. Sein Gesicht war bleich. Andrés wurde

klar, dass er wütend war. Verdammt sollte er sein. Konnte dieser Mann denn nie aufhören, zornig zu sein?

Andrés ging vorbei an den Staffeleien und den eingestaubten Abdecktüchern zur Fensterfront, die einen Panoramablick über die Berge und die Küste bot. Die Berge lagen weich und rosig unter dem blauen Abendhimmel. Der Wind hatte nachgelassen, und das Meer war glatt. Von hier aus konnte Andrés sogar das maurische Strandhaus erkennen, das in der Lagune lag, und in der Ferne den rotweiß gestreiften Leuchtturm. Lautlos schossen die Tauben in Formation über die orangefarbenen und weißen Dächer und hoben sich vor dem rosig-blauen Himmel ab. Andrés versuchte, sich vorzustellen, wie es wäre, hier in diesem Atelier zu arbeiten. Himmlisch wäre das.

Er wandte sich wieder zu seinem Vater um. »Ich muss dich etwas fragen, Papa«, erklärte er. »Es ist wichtig.«

»Oh, ja.« Sein Vater nickte, als wüsste er bereits, um was es ging. »Wahrscheinlich ist es das. Und ich habe dir auch etwas zu sagen, Junge. Es wird langsam Zeit. Wie ich deiner Mutter schon häufiger erklärt habe, können wir es nicht länger aufschieben, jetzt nicht mehr. Ich muss dir etwas sagen.«

43. Kapitel

Was sie wohl vorfinden würde …?
Ruby versuchte, nicht daran zu denken, versuchte, ihre Erwartungen nicht zu hoch zu schrauben. Sie nahm denselben Weg wie mit Isabella und ging am Strand entlang, vorbei an den halbkreisförmigen Felsformationen. Der Mann an der Hotelrezeption hatte ihr erzählt, dass man sie *corralitos* nannte. Diese aufeinandergehäuften Lavafelsen fungierten als natürliche Windbrecher und boten Schutz vor dem starken Wind, der jetzt sogar um ihre Knöchel herum Sand auffliegen ließ und ihr das Haar aus dem Gesicht wehte. Sie mochte das Gefühl. Der Leuchtturm in der Ferne schien sie zu verspotten – je nachdem, wie sich das Ufer dahinschlängelte, schien er in einem Moment ganz nah zu sein und im nächsten schon wieder weit entfernt.

Sie dachte an Schwester Julia. Warum wollte sie, dass Ruby noch einmal zurückkam? Was war das für eine Geschichte, die sie zu erzählen hatte? *Wenn du nicht hingehst, wirst du es nie erfahren …* Sie würde es tun müssen. Abgesehen davon, dass sie die alte Dame nicht enttäuschen wollte, war sie schließlich Journalistin, oder? Wie auch immer ihre persönlichen Lebensumstände gerade aussehen mochten, sie würde hoffentlich nie ihr Gespür für eine Geschichte verlieren.

Sie blieb oben auf den Felsen stehen und blickte hinab auf die Bucht, die Isabella als die »geheime Bucht« bezeichnet hatte. Der Strand war fast verlassen, und auf der anderen Seite der Bucht, nahe den Dünen, konnte sie das orangefarbene Strandhaus erkennen und dahinter den Leuchtturm, der wie ein rotweiß gestreifter Finger in den Himmel ragte. Sie dachte an Laura und die Fotos. Jetzt sah es wieder aus, als sei der Leuchtturm sehr weit entfernt.

Am Ufer lief die Brandung in schaumigen Wellen auf dem Sand aus, und Ruby rannte spontan hinunter, zog die Schuhe aus und ließ die Füße in den weichen, körnigen Sand sinken. Das heranrinnende Wasser schäumte kribbelnd um ihre Zehen. Sie ging weiter zu der Felsnase, die die Grenze der Bucht bildete. Die hereinkommende Flut ließ hier winzige Felsteiche mit Meerwasser zurück, in denen kleine Brachvögel und Seeschwalben nach Futter suchten. Das Wasser war so klar, dass sie den felsigen Grund und die winzigen Fische, die darüber hinwegschwommen, erkennen konnte.

Über den Sand ging sie zum Strandhaus. Gelbe, stachlige Sukkulenten säumten einen Pfad, der sich zwischen den Dünen auf den Leuchtturm – *el faro* – zuschlängelte. Sie hielt die Hand über die Augen, um ihn besser sehen zu können. Ob auch Andrés den Weg zum Leuchtturm gegangen war – um zu fischen vielleicht oder um nach Strandgut zu suchen? Die Insel war seine Heimat. Was immer zwischen ihm und seiner Familie vorgefallen war, war ein Teil von ihm. Hatte er ihn wirklich vollständig losgelassen?

Sie hatte Andrés nicht angerufen, um ihm von ihrem Treffen mit Schwester Julia zu erzählen und ihm zu berichten, was sie über Laura herausgefunden hatte. Und er hatte sie nicht angerufen. Was hätte es auch für einen Sinn gehabt, ihn noch einmal anzurufen? Er wusste, dass sein Vater krank war, und trotzdem hatte er ihr nichts davon erzählt. Er wusste, wie wichtig es für Ruby war, hierherzukommen, und dennoch hatte er nicht gewollt, dass sie reiste, geschweige denn angeboten, sie zu begleiten. Wenn er nicht einmal in der Lage war, seinen eigenen Vater zu besuchen, der vielleicht nicht mehr lange zu leben hatte, wenn er nicht zurückkommen und die anderen Familienmitglieder unterstützen konnte, wenn sie ihn brauchten, wie sollte er dann jemals Ruby emotional unterstützen? Also, das war absolut nicht die Art Mann, die Ruby suchte.

Das hatte Ruby auch Mel gesagt, die gestern angerufen und darauf gebrannt hatte zu hören, was es Neues gab.

»Komm schon, Liebes«, hatte sie gesagt. »Gibt nicht auf.«
»Was meinst du?«
»Andrés.«
»Ich bin nicht diejenige, die aufgegeben hat«, erinnerte Ruby sie.

»Für mich klingt es aber so«, erwiderte Mel. »Ich dachte, er wäre etwas Besonderes.«

Das hatte Ruby auch gedacht.

»Hat dir noch nie jemand gesagt, dass man niemals etwas Besonderes aufgeben soll, Ruby?«, fragte sie. »Jedenfalls nicht kampflos.«

Das hatte sie sicher recht. Aber ... »Wie sieht es bei dir aus?«, hatte sie gefragt.

»Komisch, dass du ausgerechnet jetzt danach fragst.« Mel wusste genau, was Ruby meinte. »Stuart und ich haben uns gestern Abend lange unterhalten. Wir haben darüber gesprochen, was wir wirklich wollen, verstehst du?«

»Ich weiß.«

»Und mir ist klargeworden, dass ich Angst hatte.«

»Angst?« Das konnte Ruby sich nicht vorstellen. Mel war immer die Mutigere von ihnen beiden gewesen. Schon damals als Teenager war es immer Mel gewesen, die sich getraut hatte, die Jungs anzusprechen. Vielleicht hatte sie sich auch nur immer besser darauf verstanden, eine tapfere Miene aufzusetzen? »Wovor, Mel?«

»Das zu verlieren, wofür ich so hart gearbeitet habe. Dass sich mein Leben verändert. Dass ich nicht mehr selbst über mein Leben bestimmen kann.« Mel schwieg.

»Und jetzt?«, fragte Ruby.

»Ich habe mit Stuart geredet und gemerkt, dass ich keine Angst zu haben brauche«, erklärte Mel. »Und dass ich gar nichts verliere. Der Laden, mein eigenes Leben ... Das kann ich alles behalten.«

»Du kannst nur gewinnen«, meinte Ruby leise.

»Genau.«

Unser Leben ... Und Ruby wusste, dass Mel Stuart hatte, und was immer passierte, was immer die beiden beschließen würden, ihr würde es gut gehen.

Aber hatte sie das mit Andrés auch? Sie war sich nicht sicher.

Unterdessen hatte der Wind aufgefrischt. Diese Landschaft, die vom Wind verändert und geformt wurde, musste sich ständig in Bewegung befinden. Sogar an den *corralitos* sammelten sich Sandwehen, die eher wie Schnee aussahen. Es kam ihr so vor, als existierten diese Steinhaufen an einem Tag, um am nächsten zu verschwinden und Teil einer Düne zu werden. So änderten sich Dinge, und man konnte sich nie sicher sein, was man vorfinden würde.

Als das Strandhaus direkt vor ihr lag, blieb sie stehen. Wie sie damals, als sie es das erste Mal gesehen hatte, schon gedacht hatte, war es bizarrerweise auf dem Sand erbaut worden. Es stand neben dem Weg, der zum *faro* führte. Auch in anderer Hinsicht war es ein ungewöhnliches Bauwerk.

Denn das Haus bestand aus Steinen, die in Beige und Orange bemalt waren, und die einfache Bauweise erinnerte an das Werk von Kindern. Die Konturen der Fenster, der birnenförmige, konisch geformte Kamin und das schräge, orangefarbene Dach wiesen einen maurischen Schwung auf. Umgeben war das Haus von einer niedrigen Steinmauer, die aus lose aufgestapelten schwarzen Vulkanfelsen bestand. Ruby atmete ein paar Mal durch und versuchte, sich zu beruhigen. Das war es. Dies hier war der Ort von den Fotos.

Als sie näherkam, konnte sie immer noch niemand entdecken. Sollte sie einfach an die Tür gehen und klopfen? Rubys Herz pochte in ihrer Brust. Sie dachte an Vivien. *Ich verstehe, warum* ... Aber Laura hatte Ruby weder großgezogen noch für sie gesorgt – abgesehen von den ersten Wochen. War es falsch, dass Ruby nach ihr suchte? Sollte sie nicht lieber alles lassen, wie es war?

Aber sie konnte einfach nicht. Laura hatte hier gelebt, und Ruby hatte es ebenfalls getan, wenn auch nur ein paar kurze Wochen. Vielleicht lag dieser Ort ja auch Ruby im Blut. Sie zog die Fotos hervor, betrachtete die Landschaft und überlegte, wo jedes einzelne aufgenommen worden war. Da war die orangefarbene Wand des Strandhauses, an die Laura sich gelehnt hatte, als dieses Foto gemacht worden war. Dort war der *corralito* – ein natürlicher *corralito*, dessen Seiten gerundet und tief in den Sand eingegraben waren –, wo sie gesessen und Gitarre gespielt hatte. Jetzt war dort bis auf eine dünne Schicht goldenen Sandes auf dem schwarzen, narbigen Lavaboden nichts zu sehen. Hier hatte der psychedelische VW-Campingbus geparkt. Die Straße hierher war lang und in einem katastrophalen Zustand, und man konnte kaum glauben, dass der Bus es überhaupt geschafft hatte. Aber er hatte es getan. Das Foto hier war der Beweis dafür. Die roten und weißen Streifen des Leuchtturms waren von hier aus leicht zu erkennen. Und da war das Meer, klar und verlockend. Das war zweifellos der richtige Ort.

»Kann ich Ihnen helfen?«

Ruby fuhr herum. *Laura …?* Nein. Ruby sah sofort, dass die Frau – offensichtlich eine Engländerin –, die aus dem kleinen Strandhaus getreten war, zwar ungefähr dasselbe Alter hatte wie Laura, aber zu groß und zu dunkelhaarig war, als dass sie es hätte sein können.

»Danke«, sagte sie. »Ich weiß nicht, ob sie das können. Ich … ähem … bin auf der Suche nach jemandem.«

»Ach ja?« Die Frau wirkte neugierig, aber sie sah auch freundlich aus, sodass Ruby näher trat.

»Es tut mir leid, dass ich Sie störe«, sagte sie, denn dieser Ort war so ruhig, so beschaulich. »Aber leben Sie hier?« Zum ersten Mal fiel ihr das Bild einer Uhr auf, das in den steinernen Kamin gemeißelt war, und ein lächelndes Gesicht, das aus einer Mauerecke sah. Was für ein eigenartiges Haus! Es war doch nicht so kindlich, wie sie zuvor gedacht hatte, sondern eher skurril und surrealistisch, als hätte Dalí es gebaut.

»Ja. Ich bin Trish.« Die Frau streckte ihr eine Hand entgegen, die Ruby ergriff.

»Ruby«, sagte sie.

»Hallo, Ruby.« Sie musterte sie forschend. »Und wen suchen Sie nun?« Lächelnd sah sie sich um, und Ruby folgte ihrem Blick.

Dann begriff sie, was so witzig war. Soweit sie sehen konnte, waren sie vollkommen allein. »Jemanden namens Laura«, erklärte sie. »Laura Woods. Kennen Sie sie?«

»Laura?« Die Frau, die Trish hieß, sah Ruby genauer an. Sie trug ein verwaschenes T-Shirt, einen Wickelrock und Flipflops. Ihr Haar war offen, und sie war völlig ungeschminkt.

In ihren gut geschnittenen Shorts und ihrem roten Blumentop kam sich Ruby lächerlich aufgetakelt vor. Sie nickte.

»Sind Sie eine Freundin von Laura?«, fragte die Frau, statt Rubys Frage zu beantworten.

Aber natürlich war das auch eine Antwort. Sie kannte sie also. Vielleicht wohnte Laura ja sogar hier. »Irgendwie schon«, sagte Ruby.

»Eine Verwandte? Sie kommen mir ein wenig … nun ja, bekannt vor.«

»Ähem …« Ruby hielt immer noch das Foto in der Hand. Aber sie war sich nicht sicher, ob sie Lust hatte, die ganze Geschichte zu erzählen. »Wohnt sie hier?«, fragte sie noch einmal.

»Früher.«

Ruby war enttäuscht. *Früher.* Dann war sie nicht mehr da. »Wann ist sie weggegangen?«, fragte sie niedergeschlagen. »Und wissen Sie, wohin sie gegangen ist?«

»Vor fast einem Jahr. Und ich habe leider keine Ahnung, wohin.« Trish sah auf das Foto, das Ruby in der Hand trug. »Darf ich es ansehen?«, fragte sie leise.

Wenn Laura nicht einmal hier war, kam es darauf auch nicht mehr an. Seufzend reichte Ruby ihr das Bild. »Das Baby bin ich«, erklärte sie.

»Und Laura ist Ihre Mutter.« Trishs Miene wurde weicher. Sie sah von dem Foto zu Ruby und wieder zurück. »Ach du meine Güte, ich hatte ja keine Ahnung. Aber jetzt sehe ich natürlich die Ähnlichkeit. Kommen Sie herein, bitte«, sagte sie und ging voran in das Dalí-Strandhaus.

Durch die Haustür trat man direkt in einen Wohnraum. Auf dem Fußboden aus hellroten Steinplatten lagen Webteppiche in lebhaften Mustern. Die Farben waren allerdings mit der Zeit verblasst. Der Raum war einfach eingerichtet. Außer einem kleinen Holztisch, auf dem ein besticktes Tuch lag, einer Kommode und ein paar Sesseln aus Weidengeflecht gab es keinerlei Möbel. Überall im Raum lagen große, bunte Kissen verstreut, und über ihnen blähten sich Stoffbahnen, vielleicht Seide, sanft in der Brise, die durch die offene Haustür wehte.

»Setzen Sie sich bitte.« Trish komplimentierte Ruby mit einer Handbewegung auf einen der Weidensessel und verschwand, um etwas zu trinken zu holen. Sie kehrte mit zwei Gläsern frisch gepresstem Orangensaft zurück, von denen sie eines Ruby reichte. Dann setzte sie sich in den Sessel, der ihr gegenüberstand, und musterte Ruby eingehend. »Ich hatte ja keine Ahnung, dass Laura eine Tochter hat«, meinte sie. »Sie hat mir nie davon erzählt.« Sie wirkte verblüfft; als versuche sie, sich einen Reim auf das Ganze zu machen.

Ruby zuckte die Achseln. »Vielleicht hat sie ja versucht, es zu vergessen.«

Trish runzelte die Stirn.

»Ich habe sie nie gekannt«, erklärte Ruby. »Sie hat mich weggegeben, als ich noch ein Baby war.« Das klang hart, aber so war es ja gewesen.

»Ich verstehe.« Trish schüttelte den Kopf. »Oder nein, ich verstehe es nicht. Aber ...«

»Ist schon okay.« Ruby versuchte gleichgültig auszusehen. Aber enttäuschend war es schon. Sie war hergekommen, um vielleicht Laura zu finden, auf jeden Fall aber, um wenigstens etwas über ihre leiblichen Eltern zu erfahren. Sie wünschte,

Laura hätte sich dieser Frau anvertraut. Dann hätte sie vielleicht herausfinden können, wer ihr Vater war, wie Laura sich gefühlt hatte, als sie ihr Baby weggegeben hatte, und möglicherweise sogar, warum sie es getan hatte. Warum hatte sie denn ein so starkes Bedürfnis zu wissen, dass es nicht leicht für Laura gewesen war, dass es ihr immer leidgetan hatte, dass sie sich vielleicht gewünscht hätte, die Zeit zurückzudrehen ...? Zurückgewiesen zu werden, war nicht schön, und es war nicht leicht, überlegte Ruby düster.

»Es tut mir leid, dass ich Ihnen nicht mehr sagen kann«, meinte Trish mit mitfühlendem Blick.

Ruby trank von dem Orangensaft, den Trish ihr gebracht hatte. Aber vielleicht wusste sie ja doch noch etwas. Schließlich hatte sie Laura offensichtlich besser gekannt als jeder andere, mit dem Ruby bisher gesprochen hatte. Ruby konnte vielleicht doch noch mehr über Laura herausfinden. Sie sah sich in dem Raum um. »Dieses Haus ist wirklich cool«, meinte sie. Trish hatte die Tür offen gelassen, und draußen war das ewige Lied von Wind und Ozean zu hören. Wie schön musste es sein, bei dieser Geräuschkulisse einzuschlafen und davon in den Traum gewiegt zu werden. Wie schön, wenn es das Erste war, das man am Morgen beim Aufwachen hörte.

Trish nickte. »Das fand Laura auch«, sagte sie. »Sie hatte es von dem Deutschen gemietet, der es gebaut hat – irgendwann in den 1970ern, glaube ich. Es war so ein verrückter Traum von ihm, verstehen Sie?« Sie lachte. Ruby wusste genau, was sie meinte.

Genauso etwas mussten die Leute damals getan haben. *Lass uns an den Strand ziehen und alles hinter uns lassen.* Und das in einem Haus, das alles andere als konventionell war; das sonderbar und schräg und vielleicht ein Symbol dafür war, dass seine Bewohner vom Rest der Welt da draußen anders betrachtet werden wollten. Ende der 1970er-Jahre war auch Ruby geboren worden, genau gesagt 1978.

»Hat sie hier mit Julio zusammengelebt, als Sie sie kennengelernt haben?« Ruby dachte an Lauras Freund, der auf dem Foto beiläufig den Arm um sie gelegt hatte. Vielleicht hatte er sich nicht die Verantwortung für das Baby von jemand anderem aufbürden wollen. Aber wie viele junge Männer in diesem Alter hätten das gewollt? Rubys leiblicher Vater hatte es auch nicht getan. Vielleicht hatte er ja auch zu den jungen Leuten gehört, die sich treiben ließen und nur auf der Durchreise waren.

»Als ich sie kennengelernt habe, war sie allein. Aber die Menschen hier kommen und gehen.« Trish zeigte auf den Strand draußen, und Ruby fiel wieder ein, was sie über sich bewegende Landschaften und Treibsand gedacht hatte – und über Menschen, die sich treiben ließen, wie Laura, wie Trish. Menschen, die mit dem Wind und mit Ebbe und Flut kamen und gingen, wie es ihnen gefiel. »Was ist aus dem Deutschen, der das Haus gebaut hat, geworden?«, fragte sie.

Trish zuckte die Achseln. »Ich glaube, er hat die Insel verlassen. Aber vorher hat er im Dorf noch ein paar konventionellere Häuser gebaut«, meinte sie lachend. »Er hat ein bisschen für Laura geschwärmt. Aber das taten die meisten Männer. Sie pflegte sich mit jemandem zusammenzutun, dann versuchte er, sie festzuhalten, und für gewöhnlich war das der Anfang vom Ende.«

Ruby fragte sich, ob ihr Vater einer dieser Männer gewesen war. Hatte ihr leiblicher Vater ebenfalls versucht, Laura festzuhalten, und sie dann verloren – und nicht einmal gewusst, dass sie bereits schwanger von ihm war?

»Hat sie ihm Miete gezahlt?«, fragte Ruby, obwohl sie nicht ganz sicher war, worauf sie hinauswollte.

»Wahrscheinlich«, meinte Trish vage. »Dann ist er einfach verschwunden. Vielleicht ist er zurück nach Deutschland gegangen. Keine Ahnung.«

So wie Laura verschwunden war, überlegte Ruby. Anschließend hatte wohl Laura das Haus übernommen. Weil sich jemand darum kümmern musste, weil sie es brauchte, und weil es eben da war. Ruby erstarrte. Genau wie Vivien das Kind übernommen hatte, das Laura zurückgelassen hatte. Wahrscheinlich war es etwas anderes, wenn es um ein Kind ging. Aber trotzdem begriff sie, wie einfach es vielleicht erscheinen konnte, wenn das Haus oder das Kind einem vorkamen wie die Erfüllung aller Träume. Aber was war mit diesem deutschen Bauunternehmer? Was, wenn er Laura das Haus wegen Ruby überlassen hatte? Was, wenn Laura sogar Teil seines verrückten Traums gewesen war? Was, wenn …?

»Das war natürlich äußerst praktisch«, fügte Trish hinzu.

Das konnte man wohl sagen. »Und wie lange wohnen Sie schon hier?«, fragte Ruby sie. Sie wirkte, als hätte sie sich schon vor langer Zeit hier niedergelassen und würde sich hier sehr zu Hause fühlen.

»Seit zwanzig Jahren.« Trish verzog das Gesicht. »Ursprünglich bin ich mit meinem Freund hergekommen. Wir waren auf der Flucht.« Vertraulich beugte sie sich zu Ruby herüber. »Die meisten Menschen hier laufen vor irgendetwas davon.«

Das konnte Ruby sich wohl vorstellen. Wovor hatte Laura zu fliehen versucht? Vielleicht vor der Trennung ihrer Eltern? Vor dem Verlust ihrer Mutter? Vor ihrem Baby? Sie starrte aufs Meer hinaus. Und was tat man, wenn man nicht mehr zu flüchten brauchte? Oder wenn man der Sonne, der Wellen und des Windes überdrüssig wurde? Wahrscheinlich passierte das nie – bei manchen Menschen.

»Und Sie sind Laura begegnet?«

»Ja, genau, ich bin ihr einfach begegnet.« Trish nickte. »Ich war frisch getrennt, und mir ging langsam das Geld aus. Eines Tages bin ich am Strand entlanggegangen und habe jemanden Gitarre spielen gehört. Die Musik schien den Wind und die Wellen zu übertönen. Sie war magisch.« Sie lächelte.

»Laura?«

»Hmmm … mhhh.« Sie trank von ihrem Saft. »Wir kamen ins Gespräch, und ich habe ihr erzählt, was passiert war. Sie sagte, ich könnte in das Strandhaus ziehen. ›Manche Leute machen so was‹, sagte sie. ›Das ist keine große Sache.‹« Sie lehnte sich zurück. »Es war so eine Art offenes Haus. Jeder war willkommen, solange er die Gastfreundschaft nicht ausnutzte.« Sie warf Ruby einen langen Blick zu. »Aber für mich bedeutete es natürlich sehr viel.«

»Natürlich.« Und es gab Ruby ein gutes Gefühl – so wie vorhin, als sie mit Schwester Julia über Laura gesprochen hatte. Es war schön zu wissen, dass die leibliche Mutter ein anständiger Mensch gewesen war. *Auch wenn sie dich weggegeben hat*, flüsterte eine leise Stimme.

»Sie hat vielen Leuten geholfen.« Trish wurde nachdenklich. »In kleinen Dingen. Sie ließ die Leute in Ruhe. Zuerst hat sie ihr Essen und ihr Haus mit mir geteilt; und später habe ich dann einen Job als Kellnerin in der Tapas-Bar am Alten Hafen gefunden und konnte ihr auch etwas zurückgeben – ein bisschen Geld als Miete.«

»Und Sie sind nie wieder fortgegangen?«

»Ich bin geblieben.«

Ruby konnte sich vorstellen, warum. Sogar jetzt, als sie hier in diesem Weidensessel saß und dem Wind und dem Meer lauschte, spürte sie, wie sie sich entspannte, herunterkam und losließ. Es war, als flösse der ganze Stress der letzten Monate seit dem Tod ihrer Eltern nach und nach aus ihr hinaus. Und was blieb – war was? Das Gefühl, einfach zu sein. Auch wenn das ein wenig kitschig klang, dachte sie.

»Wie war Laura?«, fragte sie Trish. Wahrscheinlich hatte Laura dieses Gefühl, einfach nur zu sein, ebenfalls gekannt. Es schien zu allem zu passen, was sie bisher über sie gehört hatte.

»Unvoreingenommen. Ruhig. Freundlich. Ein bisschen durchgeknallt.« Sie lächelte. »Sie pflegte in der Strandbar in Los Lagos zu spielen und zu singen.«

Ruby nickte. Sie war vorhin daran vorbeigekommen.

»Und in einer Bar im Dorf. Sie spielte für ihr Essen und ein wenig Geld auf die Hand, das war alles. Aber sie schuf eine ganz besondere Atmosphäre – eine Wärme.« Sie lächelte Ruby zu. »Die Menschen mochten sie gern. Sie hat auch geputzt, in den Ferienwohnungen.«

Die hatte Ruby auch gesehen – ein paar Komplexe, die in den Außenbezirken des Dorfs am Strand errichtet worden waren.

»Sie hat ein einfaches Leben geführt«, erklärte Trish. »Als ich ein kleines Erbe von meinen Eltern bekam ...« Ihr Blick verdüsterte sich, als erinnere sie sich ebenfalls daran, wovor sie geflüchtet war. »... da habe ich die Verantwortung für dieses Haus übernommen, und ich versuche, seinen Charakter lebendig zu halten.«

»Dass jeder willkommen ist?«

»Mehr oder weniger.« Trish zuckte die Achseln. »Ich habe

versucht, Laura etwas Geld zu geben, aber sie war einfach nicht interessiert. Darum geht es nicht, pflegte sie zu sagen. Ich wusste, was sie meinte. Aber wir können nicht alle so stark sein wie Laura.«

Ruby dachte an das junge Mädchen, das nach England gefahren war und ihr Baby Vivien und Tom Rae gegeben hatte, damit sie es großzogen, während sie selbst eiligst wieder nach Fuerteventura zurückgekehrt war, um mit ihrem spanischen Freund zusammenzuleben und ihren Lebensunterhalt damit zu verdienen, dass sie sich von Enrique Marín malen ließ, in Bars sang und spielte und Ferienwohnungen putzte. War sie stark gewesen? War sie deswegen in der Lage gewesen, Ruby aufzugeben, damit sie etwas führen konnte, was sie vielleicht als besseres Leben betrachtet hatte? Weil sie stark war? Hatte Ruby das alles bisher aus einer vollkommen falschen Perspektive gesehen? Nachdenklich legte sie die Stirn in Falten. Sie hatte Mitleid mit dem Mädchen empfunden, das seine Mutter verloren hatte, das bestimmt nicht mehr weitergewusst hatte und sein Baby loswerden wollte, weil es einfach nicht damit fertigwurde. Sie wusste, dass Vivien auch diese Art von Mitleid für Laura empfunden hatte. Aber jetzt wurde Ruby klar, dass es vielleicht gar nicht so einfach war. Laura hatte andere Werte besessen, ein anderes System von Überzeugungen – vielleicht immer schon. Vielleicht hatte sie auf ihr eigenes Kind nicht nur verzichtet, weil Ruby nicht zu dem freien Leben gepasst hätte, das Laura liebte, sondern auch, weil Laura so stark war, dass sie sie nicht zu halten brauchte. Das klang eigenartig, hatte aber auch Hand und Fuß.

»Warum ist sie fortgegangen?«, fragte sie Trish.

»Keine Ahnung.« Trish hob ratlos die Hände. »Eines Tages

bin ich aufgestanden, und ihre Tasche war weg. Laura auch. Sie war einfach weitergezogen.«

»Meinen Sie, für immer?«

»Ich weiß nicht, wieso …« Trish zögerte. »Wahrscheinlich sollte ich Ihnen das nicht sagen. Aber seit Laura weg ist, habe ich ein ganz starkes Gefühl.«

»Was für ein Gefühl?«, fragte Ruby. Was sollte sie ihr nicht sagen?

»Dass sie vielleicht eines Tages zurückkommt.«

44. Kapitel

Andrés fiel auf, dass sein Vater sich anders als sonst verhielt. Ja, er war immer noch ein mieser alter Bastard, vielleicht mehr denn je, weil er krank war. Aber ... War der Krebs der Grund? Hatte der Alte seinen Biss verloren? Und was in aller Welt konnte er ihm zu sagen haben? Dass es ihm leidtat? Dass er am liebsten alles rückgängig machen würde, was er je getan hatte, um ihn herabzusetzen, oder was ihm das Gefühl vermittelt hatte, nicht geliebt zu werden? Wahrscheinlich hoffte er da vergebens.

Aber sein Vater ließ sich nicht weiter darüber aus, was er zu sagen hatte. Er trat einfach an das gegenüberliegende Fenster und starrte hinaus auf die Berge. Gott allein wusste, was es da zu sehen gab.

»Was ist mit deinen Themen?«, wollte Andrés wissen, denn er hoffte, damit zu den Fragen überleiten zu können, die er stellen wollte. »Malst du immer noch das Gleiche?«

»Sieh es dir doch selbst an.« Mit einer weit ausholenden Geste gewährte Enrique ihm Zugriff auf alles, was sich in dem hellen, luftigen Atelier befand.

Andrés hatte bereits einige der Lieblingsthemen seines Vaters auf Leinwänden erspäht, die im Atelier verteilt waren: biblische Szenen mit Feuer und Flut in dramatischen, dick aufgetragenen Farben, die farbenprächtige, burleske Wiedergabe der *fiesta*-Prozession im Dorf, ein uralter Wald, der dem Erdboden gleichgemacht wurde, ein Vulkan, der einen Fluss heißer, flüssiger Lava über braune Erde ergoss ...

Aber er meinte etwas anderes. »Malst du auch immer noch Frauen?«

»Ah, die Frauen.« Enrique beugte sich auf seinem Stuhl vor und setzte eine nachdenkliche Miene auf. »Sie sind einfach viel zu schön, findest du nicht? Zu verlockend.«

»Um Himmels willen.« Andrés zog sich auf die andere Seite des Ateliers zurück und schämte sich, wie schon so oft in der Vergangenheit, für seinen eigenen Vater. Andrés verstand nicht, wie ein großer und talentierter Künstler seine Fähigkeiten auf diese Art missbrauchen konnte? Seine Mutter hatte einmal gesagt, dass zu jedem großen Künstler auch eine dunkle Seite gehörte, aber Andrés konnte das nicht akzeptieren. Das war einfach nur eine faule Ausrede, um schlechtes und unangemessenes Benehmen zu entschuldigen, oder? Würde er sich denn niemals ändern? Er war ein Mann in den Siebzigern, der Lungenkrebs hatte, aber er war immer noch ein lüsterner alter Bastard – zumindest im Kopf.

»Ich gestehe, dass ich weiter gegangen bin, als es richtig war.«

Andrés fuhr herum. Hatte er richtig gehört? Gestand sein Vater ein, dass er falsch gehandelt hatte?

Enrique hatte die Hand gehoben. Doch jetzt ließ er sie sinken und sah betreten drein. »Du hast recht. Du hattest recht, als du versucht hast, mich aufzuhalten, damals.«

Andrés war sprachlos. Wenn das so war, wieso hatte er dann all diese Jahre in der Verbannung leben müssen? Warum zum Teufel hatte sein Vater keinen Kontakt zu ihm aufgenommen und ihm gesagt, dass er jetzt zu Hause wieder willkommen war?

»Außerdem ist all das schon lange vorbei, das versichere ich dir.« Er nickte, obwohl Andrés meinte, einen Hauch von

Nostalgie in seinem Blick zu entdecken. Nun ja, so sehr konnte ein Mann wie Enrique Marín sich eben doch nicht ändern.

»Gott sei Dank.« Zumindest freute sich Andrés für seine Mutter. Zweifellos fand Enrique dafür andere Arten, sie zu demütigen. Aber die Frauen ... Das mit den Frauen war das Schlimmste gewesen.

»Ich habe mich deiner Mutter gegenüber nicht anständig verhalten.« Enrique wurde von einem weiteren Hustenanfall geschüttelt.

Er hielt sich die Seite. Andrés wurde klar, dass er Schmerzen hatte. Er trat einen Schritt vor. »Papa?«

»Und ich habe dich verdammt noch mal gehasst, weil du mir den Spiegel vorgehalten hast«, knurrte er.

Auch das war logisch. Andrés blieb wie angewurzelt stehen. Da war Enrique, der große Mann, und da war sein junger Sohn, ein Grünschnabel, nichts weiter, der seinem Vater sagte, was er zu tun und zu lassen hatte. Inzwischen staunte Andrés selbst darüber, dass er den Mut dazu aufgebracht hatte. »Was wusste ich schon?«, sagte er leise.

»Was wusstest du schon?« Enrique lehnte sich auf seinem Stuhl zurück und zog ein Zigarrenpäckchen aus der Hosentasche. Er schüttelte einen Stumpen heraus und hielt ihn zwischen seinen von Nikotin und Farbe fleckigen Fingern. Dann stieß er ein kehliges Kichern aus. »Die Ehe, was? Niemand warnt einen, oder? Für manche Menschen ist sie eben nicht für immer. Man versucht es, aber ... Verdammt!« Er zog ein Streichholzbriefchen hervor, zündete die Zigarre an und zog hustend daran.

Am liebsten hätte Andrés ihn aufgehalten, aber was hätte das für einen Sinn gehabt? Er tat immer, was er wollte –

heute genau wie damals. Niemand konnte Enrique Marín Vorschriften machen. Außerdem kam es nach dem, was ihm seine Mutter erzählt hatte, mittlerweile kaum noch darauf an, ob er rauchte oder nicht.

»Andere suchen vielleicht nach Wegen, diese Ehe zu erhalten.« Er sah Andrés taxierend an. »Verstehst du, Junge?«

Junge. Das würde er für Enrique Marín immer sein. Ein *Junge.* Trotzdem war es vielleicht das erste Mal, dass sein Vater so mit ihm sprach. Hätte er das während Andrés' Jugend getan, wenigstens einmal, hätte er versucht, mit ihm zu reden und ihm ab und zu nur ein paar Minuten seiner Zeit geschenkt, dann wäre vielleicht alles ganz anders gekommen. »Du hast mir den Gedanken ans Heiraten wohl für immer ausgetrieben«, erklärte er nachdrücklich. Ein schönes Vorbild war sein Vater gewesen ...

»Ha!« Enriques Schultern bebten. »Das habe ich getan, ja? Na, dann habe ich in meinem Leben ja wenigstens etwas geschafft, auf das ich stolz sein kann.«

Andrés schüttelte verzweifelt den Kopf. Enrique war unberechenbar. Er mochte zugegeben haben, dass er sich falsch verhalten hatte, aber er hatte auch immer eine Ausrede für alles parat. Andere Menschen schafften es, ihr Leben lang eine intakte Ehe zu führen. Zumindest liefen sie nicht herum und verführten Mädchen, die so jung waren, dass sie ihre Töchter hätten sein können. Apropos ...

Andrés holte tief Luft. »Ich möchte dich nach einer dieser Frauen fragen«, erklärte er. Er ging zum Fenster. *Jetzt oder nie.*

Enrique zog heftig an der Zigarre und unterdrückte ein Husten. »Komisch«, meinte er. »Es war schon jemand hier, der sich nach einer der Frauen erkundigt hat, die ich gemalt habe.«

Ruby. Andrés reckte die Schultern. »Ja, ich weiß.«

»Aha.« Sein Vater stieß ein raues Lachen aus. »Jetzt verstehe ich.«

Tatsächlich? Wie war das möglich? Andrés wappnete sich für die Antwort. Wenigstens war er hergekommen. Wenigstens hatte er es versucht.

»Du willst also über Laura Bescheid wissen.« Enrique dachte nach. »Das englische Mädchen. Der Freigeist.«

»Ja, so ist es.«

»Dann werde ich dir dasselbe zeigen wie ihr. Sie ist deine Freundin, stimmt's?« Langsam stand er auf und drückte die Zigarre in einem Glasaschenbecher aus.

Andrés sah ihm zu, wie er zu einem Stapel Leinwände ging, die an der Wand lehnten. Er beugte sich hinunter und ging sie seufzend und brummend durch. Schließlich zog er ein Bild hervor.

Andrés hielt die Luft an. Was für ein Bild würde es wohl sein? Als sein Vater es auf Armeslänge von sich weghielt, um es ihm zu zeigen, sah er zu seiner Erleichterung, dass es harmlos war. Es war das Porträt einer Frau am Strand – Laura Woods, *sí*, ganz eindeutig. Das Bild war verdammt gut. Er nickte. »Schön«, meinte er. Der Künstler in ihm musste einem Werk Anerkennung zollen, das es verdient hatte.

»Davon habe ich noch jede Menge.« Der alte Mann zog noch ein Bild aus dem Stapel, dann ein paar Skizzen aus einem Papierhaufen auf dem Schreibtisch und eine Kohlezeichnung aus einer Schublade in der Kommode an der Wand, und schließlich förderte er aus einem kleinen Notizbuch mit Spiralbindung eine Reihe Pastelle zutage.

»Verdammt.« Entsetzt starrte Andrés ihn an. Sein Vater hatte offensichtlich nicht genug von ihr bekommen können.

Das schien seine Frage zu beantworten, oder? Sie mussten eine Affäre gehabt haben. Und das bedeutete, dass sein eigener Vater das Mädchen womöglich geschwängert hatte. Was wiederum hieß ... Verdammt. Wie in aller Welt sollte er sich jetzt verhalten?

Als Andrés all diese Bilder von ihr betrachtete, die vermutlich Ende der 1970er-Jahre entstanden waren, fiel ihm erneut die Ähnlichkeit zwischen ihr und Ruby auf. Sie war nicht offensichtlich. Auf den ersten Blick würde man sie gar nicht erkennen, es sei denn, man betrachtete den Knochenbau und die Gesichtsform aus dem Blickwinkel eines Künstlers. Doch sie war da, ohne jeden Zweifel. Sie war immer dagewesen. Und es war wirklich dumm von ihm gewesen, das abzustreiten und zu versuchen, Ruby von ihrer Reise abzuhalten. Was hatte er damit erreichen wollen? Die Wahrheit würde immer ans Licht kommen. Er hatte nur so den Gedanken nicht ertragen können, jene Möglichkeit, die mittlerweile fast zur Gewissheit geworden war.

»Hast du mit ihr geschlafen?«, fragte er.

Enrique schnaubte. »Was ist denn das für eine Frage?« Er begann, alles wieder dorthin zurückzuräumen, wo er es hergeholt hatte.

Andrés hatte die Fäuste geballt. »Ich muss es wissen.«

»Ah.« Er schloss die Schublade und drehte sich um. »Ich verstehe. Du machst dir Sorgen. Dieses Mädchen ...«

»Ruby.«

»Ruby, ja.«

»Also, hast du?« Er würde ihn umbringen. Wenn sein Vater ihm die Sache mit Ruby mit seinen Schürzenjägereien zerstört hatte, würde er ihn umbringen.

Enrique betrachtete das Bild von Laura am Strand und

seufzte schwer. Er nahm das Bild und stellte es zurück zu den anderen. »Wenn ich gekonnt hätte, dann schon.«

Also … So schnell, wie er gekommen war, verrauchte Andrés Zorn auch wieder. Dann hatte er es nicht getan. Gott sei Dank. »Wirklich?« Er fragte sich plötzlich, ob der alte Bastard log.

Sein Vater warf ihm einen entrüsteten Blick zu. »Glaubst du, ich würde es dir nicht sagen?«

Dann musste es wahr sein. Er spürte, wie seine Schultern sich entspannten und sein Kopf aufhörte, sich zu drehen. »Was ist passiert?«, fragte er. »Was war zwischen euch? Wieso gibt es so viele Bilder?«

»Na ja, sie wollte eben nicht.« Er atmete pfeifend und hustete. »Das war ein Teil ihrer Anziehungskraft, oder? So funktioniert es doch, stimmt's?«

Andrés zuckte die Achseln. Mit so etwas kannte sein Vater sich besser aus als er. Aber Gott sei Dank war Laura vernünftiger gewesen. Und er hatte gedacht … Aber es hatte alles auf schreckliche Weise zusammengepasst. Laura, die hier auf der Insel schwanger mit einem ungewollten Kind geworden war, dann nach England gefahren war und das Kind im Stich gelassen hatte …

»Ich habe es immer wieder versucht.« Sein Vater steckte die Hände in die Taschen. »Wer hätte das nicht? Jedes Mal, wenn ich sie gemalt habe, dachte ich: dieses Mal.«

Das glaubte Andrés ihm sofort.

Selbst jetzt konnte Enrique das Thema nicht auf sich beruhen lassen. »Kannst du dir das vorstellen, Junge?« Er marschierte zu der Staffelei in der Mitte des Raums. »Sie war nicht von dem Künstler beeindruckt und auch nicht von diesem Atelier.« Er breitete die Arme zu einer Geste aus, die den ganzen Raum umfasste, obwohl Andrés natürlich wusste, dass sein Vater dieses Atelier noch nicht gehabt hatte, als er Laura gemalt hatte. Zu Lauras Zeit musste Andrés ein kleiner Junge von vier oder fünf Jahren gewesen sein. Das Atelier hatte damals noch im obersten Stockwerk der kleinen *casa* gelegen und hatte ganz anders ausgesehen. »Nicht das kleinste bisschen. Nichts davon bedeutete ihr etwas. Weder die Partys noch die Gemälde oder die Ausstellungen.« Enrique ließ die Arme an seinen Flanken herabsinken. »Geld, Ruhm – nichts davon machte ihr Eindruck. Für sie war es einfach nur ein Job. Sie saß mir Modell, um genug Geld zu verdienen, damit sie sich etwas zu essen kaufen konnte. Nicht mehr und nicht weniger.«

»So sollte es vielleicht auch sein«, versetzte Andrés trocken.

Enrique warf ihm einen scharfen Blick zu. »Sie war allerdings ein verdammt gutes Modell.«

»Das sehe ich.«

Andrés hörte an der Tür ein Geräusch und sah hin. Es war seine Mutter. »Enrique …«, begann sie.

Sein Vater ignorierte sie. Stattdessen ging er zu Andrés und fasste ihn an beiden Ellbogen. Sein Griff war fest. »Wie ich schon sagte, habe ich dir etwas zu erklären, Junge.«

Andrés spürte den Druck seiner Finger. Er sah seinem Vater in die Augen. Es war ein seltsames Gefühl. Ihm wurde klar, wie selten er sich bisher in dieser Lage befunden hatte, wie selten er seinem Vater in die Augen gesehen und wie selten Enrique ihn berührt hatte.

»Was?« Er hielt seinem harten Blick stand. »Was musst du mir sagen?« Nichts konnte so schlimm sein wie das, was er sich vorgestellt hatte. Wenn Ruby ihm jetzt verzeihen konnte, war wenigstens der Weg für sie beide frei …

»Du musst dich vorbereiten, Junge«, sagte Enrique. »Du musst dich auf die Wahrheit gefasst machen.«

Die Wahrheit? Wovon redete er. Andrés runzelte die Stirn und sah zu seiner Mutter. »Mama?«

Sie hatte Tränen in den Augen.

»Bitte wein doch nicht, Mama.« Um was ging es hier?

»Enrique ...« Seine Mutter trat auf ihren Mann zu und zog an seinem Arm. »Nicht.«

Er schüttelte sie ab. »Es ist die Wahrheit, Reyna. Warum soll er sie nicht hören? Er muss es erfahren. Begreifst du denn nicht einmal jetzt, wie falsch es wäre, wenn er sie nicht erfährt?«

Was sollte er erfahren? Wovon sprachen die beiden? Andrés spürte, wie seine Mutter ihm den Arm um die Taille legte. Sein Vater hielt seine Arme immer noch fest im Griff. Wie ein verdammter Schraubstock.

»Die Frage zu Laura, auf die du eine Antwort wolltest«, sagte sein Vater.

Andrés warf seiner Mutter einen Blick zu, doch ihr Gesicht war ausdruckslos. »Was?« Er spürte Panik in sich aufsteigen.

»Es wäre für dich nicht von Bedeutung gewesen«, erklärte sein Vater.

»Was meinst du?« Warum sagte er es nicht einfach?

»Es hätte für dich und deine Ruby keine Bedeutung gehabt.«

»Enrique ...« Seine Mutter klang traurig und resigniert.

Enrique ließ Andrés los und legte einen Arm um seine Frau. »Es ist Zeit, Reyna«, sagte er. »Das musst du akzeptieren. Es ist so weit.«

»Wie weit?« So langsam hatte Andrés die Nase voll davon. »Um Himmels willen ...«

»Auch für mich ist es so weit – meine Zeit geht zu Ende.« Enrique strich ihr übers Haar. »Ich werde nicht sterben, ohne ihm zu sagen, was er wissen muss.«

Andrés spürte, dass er flach atmete. Er wartete.

»Es ist wunderbar für einen Künstler, wenn er anfängt, seine Arbeit zu verkaufen.« Jetzt klang Enrique beinahe philosophisch. Er ließ die beiden anderen am Fenster stehen und ging langsam auf die andere Seite des Ateliers. »Die eigene Frau steht hinter einem.« Er wies auf Andrés' Mutter, die nickte. »Man führt ein gutes Leben, verstehst du?«

Andrés beobachtete ihn einfach. Er hätte in diesem Moment kein einziges Wort hervorbringen können.

»Aber wozu das alles, hmmm, wenn man niemanden hat, dem man es hinterlassen kann?« Seine Stimme klang fast so kräftig wie in Andrés' Erinnerungen an die alten Zeiten, als er sie so häufig im Zorn erhoben hatte.

»Was willst du damit sagen?« Andrés versuchte, die ungute Vorahnung, die in ihm aufstieg, zu unterdrücken.

»Ich hatte Kontakte.« Enrique steckte die Hände in die Taschen. Jetzt schien er auch seine alte, arrogante Haltung wiedergefunden zu haben. »Ich hatte Kontakte hier und auf dem Festland, die mich in Kontakt mit den richtigen Leuten brachten.« Er zuckte die Achseln. »Ich habe nie verborgen, wer ich bin. Einige nennen mich sogar eine nationale Institution.« Er prahlte immer noch gerne, genau wie früher.

Er mochte einen Teil seines alten Feuers verloren haben, dachte Andrés, aber sein Ego hatte er nicht eingebüßt. Es stimmte ja, dass er viel für diese Insel getan hatte, vielleicht sogar für ganz Spanien. Aber was hatte das mit Andrés zu tun? Betrübt sah er seinen Vater an. Er hatte etwas Groteskes. Er war nicht einmal mehr ein Schatten seines alten Selbst, sondern beinahe eine verzweifelte Karikatur davon.

»Bedeutende Persönlichkeiten wussten, woran ich glaubte.« Er schlug sich an die Brust.

Wovon redete er? Hatte er den Verstand verloren? Andrés sah seine Mutter an, doch die schien nicht zuzuhören. Natürlich war sein Vater vom alten Schrot und Korn, zumindest politisch, das wusste Andrés. Religiös war er nie gewesen – obwohl es gerade für ihn vielleicht ab und zu nützlich gewesen wäre, seine Sünden bekennen zu können und Vergebung erteilt zu bekommen. Obwohl er Künstler war, hatte sein Vater immer auf der Seite des Establishments gestanden. Aber ...

»Und so haben deine Mutter und ich ...« Zum ersten Mal zögerte Enrique und sah sich nach seiner Frau um. Er räusperte sich. »Man hat uns – und anderen – die Möglichkeit eröffnet, ein Kind zu adoptieren.«

»Ein Kind zu adoptieren?« Andrés hörte die Worte, doch sie ergaben für ihn keinen Sinn. »Ein Kind zu adoptieren?«, wiederholte er. Wieder sah er seine Mutter an. Warum sagte sie denn nichts?

Seine Mutter blickte zu Boden und knetete ihre Hände. »Andrés ...«

»Adoptieren? Du meinst ...« Doch er vermochte nicht, in Worte zu fassen, was sein Vater gemeint hatte.

»Wir haben dich adoptiert«, erklärte Enrique leise.

Und dann fühlte Andrés, wie sie ihn umarmte, seine Mutter, die er immer geliebt hatte und immer hatte beschützen wollen.

»Mich?« Er konnte immer noch nicht richtig denken. Wie war das möglich? Seine Gedanken überschlugen sich. »Wovon redet ihr?« Abrupt befreite er sich aus der Umarmung seiner Mutter, packte Enrique an den Schultern und konnte seine Hände kaum daran hindern, ihm den dürren Hals zuzudrücken. »Wovon zum Teufel redet ihr?«

»Bitte, Andrés!« Seine Mutter war auch da und zog mit ihrer verblüffenden Kraft an Andrés.

Plötzlich verpuffte seine Wut, einfach so, und er ließ los.

Sein Vater hustete, pfiff und röchelte. Andrés stand mit geballten Fäusten da.

»Ich kann es dir nicht verübeln, Junge«, sagte Enrique schließlich. »Ich kann es dir absolut nicht übel nehmen.«

45. Kapitel

Mit offenem Mund lauschte Ruby der Geschichte, die Schwester Julia ihr erzählte. *Niños robados* ... Schnell und konzentriert schrieb sie mit, denn sie wollte den Strom an Informationen, der aus der alten Nonne hervorsprudelte, nicht unterbrechen. Und sie wollte alles festhalten. Das war purer Sprengstoff.

»Gestohlene Kinder«, wiederholte sie. Sie hatte von den *niños robados* gehört – vage, so wie sie im Lauf der Jahre eine Menge Geschichten gesammelt und im Kopf abgelegt hatte. Aber sie konnte sich nicht an die Einzelheiten erinnern.

»*Sí.*« Schwester Julia nickte. »Und sie wurden gestohlen, mein Kind. So war es wirklich.« In ihren Augen stand eine tiefe Trauer.

Was es sie wohl gekostet hatte, diese Geschichte zu erzählen? Was hatte sie dafür an Mut und persönlichen Ängsten gezahlt?

Kurz lehnte sich Ruby zurück an den pockennarbigen Stein. Die Sonne wurde heißer. Sie saßen im Innenhof des Klosters Nuestra Señora del Carmen auf einer der Steinbänke im Schatten des Feigenbaums, der voller reifender Früchte hing. Trotz allem, was Schwester Julia ihr erzählt hatte, herrschte in dem Hof eine ruhige Stimmung. Und nun, nachdem die alte Nonne verstummt war, hörte Ruby nur noch das ferne Rauschen von Wind und Meer, das Scharren der Hühner auf dem staubigen Boden und das Plätschern des Springbrunnens.

Sie überflog ihre Notizen. Über die gestohlenen Kinder

mochte schon berichtet worden sein, aber das hier war etwas anderes. Dies war ein Bericht aus einem persönlichen Blickwinkel – und nicht aus dem eines der Opfer. Dies war die ungefilterte Stimme von jemandem, der unmittelbar in den Skandal verwickelt gewesen war. Und nicht nur das, es war die Stimme einer Nonne, und ihr Bericht warf mit Sicherheit ein ganz neues Licht auf die Rolle der katholischen Kirche im damaligen Spanien. Sie sah zu Schwester Julia auf, die sie geduldig beobachtete. War ihr die Tragweite dessen, was sie ihr soeben erzählt hatte, bewusst? Es schien so. Ruby wollte sie nicht aufregen oder unschöne Erinnerungen bei ihr aufrühren, aber sie musste alles wissen.

»War die Mutter Oberin daran beteiligt?«, fragte sie vorsichtig.

Doch Schwester Julia blieb gelassen und reagierte weder schockiert noch entsetzt. Sie musste schon alles gesehen haben. Sie überlegte. »Ich glaube nicht«, erklärte sie schließlich. »Jedenfalls nicht direkt. Sie hat immer höchste Achtung vor dem Doktor zum Ausdruck gebracht.« Sie warf Ruby einen sanften Blick zu.

Aha. Der Hinweis lag in der Sprache, die sie gebraucht hatte. *Zum Ausdruck gebracht*. Dann hatte die Oberin vielleicht geargwöhnt, dass er kein Unschuldslamm war, aber sie hätte niemals etwas getan, um die Zustände zu ändern. Doch Schwester Julia hatte jetzt genug Staub aufgewirbelt, um dieses Versäumnis wieder auszugleichen.

»Was glauben Sie, über wie viele Jahre diese Praxis fortgesetzt wurde?«, erkundigte sich Ruby.

Schwester Julia seufzte. »Begonnen hat es sicherlich im Bürgerkrieg«, erklärte sie. »Und es ging mindestens bis Mitte der 1970er-Jahre weiter, vielleicht sogar länger.«

Ungläubig schüttelte Ruby den Kopf, obwohl sie sich vorstellen konnte, wieso diese Machenschaften so lange fortgesetzt werden konnten. Schließlich war Spanien eine Diktatur gewesen, in der Armut, Korruption und ungleiche Machtverteilung herrschten. Nach diesen emotionsreichen letzten Tagen und nach allem, was sie von Trish über Laura erfahren hatte, hatte sie nicht gedacht, dass sie in nächster Zeit noch etwas berühren könnte. Aber das …

»Glauben Sie, dass sich noch andere offenbart haben?«, fragte Schwester Julia. »Haben noch andere ihre Geschichten erzählt?«

Ruby konnte erraten, was sie dachte. Wenn sie schon von ihren Schuldgefühlen umgetrieben worden war, dann konnte es anderen, die damit zu tun gehabt hatten, nicht anders ergangen sein. Einige würden geredet haben, andere dagegen für immer geschwiegen. »Ich habe keine Ahnung«, sagte sie. Das würde sie im Internet überprüfen müssen, sobald sie wieder im Hotel war. Aber wer würde so etwas zugeben? Sie spürte, wie ihr ein Kribbeln übers Rückgrat lief. Es war gut möglich, dass Sie mit dieser Geschichte auf Seite eins landen würde.

Wer würde sich dafür interessieren? Ruby lehnte sich zurück und ließ den Blick über den kleinen Glockenturm zum endlosen blauen Himmel über ihnen schweifen. Wer würde sich nicht dafür interessieren? Automatisch überflog sie die Liste von Redakteuren, die sie im Kopf hatte, und suchte nach möglichen Kandidaten. Die Geschichte war gefährlich, und sie war heiß, sehr heiß. Es würde zu Anklagen kommen.

Und sie war international. Ruby wurde klar, dass sie Hilfe brauchte. Sie erinnerte sich an ihr Gespräch mit Leah Shandon, eine der Redakteurinnen in London, für die sie regelmäßig schrieb. Keine Frage. Leah konnte sie vertrauen.

Schwester Julia stand auf. Sie war so alt, so zerbrechlich. Und doch hatte sie eine solche Stärke bewiesen. »Ich habe etwas, das ich Ihnen zeigen muss«, erklärte sie Ruby. »Würden Sie hier warten?«

»Selbstverständlich.« Während Schwester Julia sich entfernte, lauschte Ruby dem fernen Rauschen des Meeres. Es war so weit entfernt, dass es nicht mehr als ein Puls war, ein Herzschlag. *Andrés, Andrés* ... schien es zu sagen. Denn wohin sie auch ging, mit wem sie auch sprach, was sie auch sah – alles erinnerte sie an ihn. Dies war seine Landschaft. Aber sie war sich sicher, dass sie ihn verloren hatte. Warum hatte sich diese Insel nur schon so tief in Rubys Seele eingeschlichen?

Hatte Mel recht? War Andrés es wert, für ihn zu kämpfen? Ruby dachte an ihre Eltern, an Tom und Vivien und dieses besondere Etwas, das die beiden geteilt hatten. Wie oft hatte sie sie zusammen beobachtet und sich gewünscht, sie könnte das mit jemandem haben? Aber vielleicht war das nicht so leicht zu erreichen. Vielleicht musste man für diese Art von Liebe Geduld aufbringen. Vielleicht musste man warten und Hindernisse überwinden, genau wie Vivien auf Tom gewartet und für ihn gekämpft hatte, als ihre Eltern sie unter Druck gesetzt hatten, in Kingston zum College zu gehen. Sie hatte zu ihm gestanden, obwohl sie beide noch so jung gewesen waren und er in Dorset lebte, hundert Meilen von Vivien entfernt. Wie bei Stuart und Mel konnte auch bei ihren Eltern nicht alles eitel Sonnenschein gewesen sein. Zuerst hatte sich ihre Mutter nach einem Baby gesehnt, und als dann Ruby auf der Bildfläche erschienen war, musste dieser Druck ihre Beziehung ebenfalls belastet haben. Aber schließlich hatte er die beiden nur stärker gemacht.

Nach einigen Minuten kehrte Schwester Julia zurück. Sie drückte etwas an ihre Brust. Ruby sah, dass es ein großes, unbeschriftetes Notizbuch mit einem dunkelblauen Einband war.

»Das hier hat noch niemand gesehen, mein Kind.« Schwester Julia setzte sich neben Ruby auf die Steinbank. »Sie sind die Erste.«

Oh mein Gott! Was mochte das sein? Beweise für die Vorgänge? War das möglich? Ruby legte die Hand auf Schwester Julias Arm. »Sind Sie sich sicher, dass Sie wollen, dass diese Geschichte erzählt wird?«, fragte sie. »Ich kann nicht genau beurteilen, wie die Folgen vielleicht aussehen.« Denn Schwester Julia hatte ja vermutlich ein Verbrechen begangen. Hunderte von Verbrechen, Beihilfe zur Kindesentführung über einen Zeitraum von mehr als dreißig Jahren.

Sie sah die alte Frau an, die neben ihr saß, betrachtete ihr faltiges Gesicht und die braunen Augen, die im Alter milchig und blass geworden waren. Ob sie wohl ungestraft davonkommen würde? Würden ihr Alter und ihre geistliche Berufung ihr den Straferlass einbringen, den sie nach Rubys Meinung verdiente? Einen Moment lang versetzte sich Ruby an Schwester Julias Stelle. Hätte sie damals die Stimme erhoben und damit riskiert, zur Strafe für die Vorgänge, deren Zeuge sie geworden war, aus dem Kloster geworfen zu werden oder Schlimmeres? Wäre sie in der Lage gewesen, sich gegen Autoritätspersonen wie diesen Arzt und die Mutter Oberin aufzulehnen, die behauptet hatten, Gottes Werk zu tun? Sie schüttelte den Kopf. Als Kind dieser Zeit wahrscheinlich nicht. Und wie konnte man ein Urteil fällen, ohne es selbst erlebt zu haben?

»Die Folgen werden so sein, wie Gott will«, antwortete Schwester Julia und neigte den Kopf. »Wer Unrecht getan hat, wird auf Erden bestraft werden – und auch im Himmel, wenn Gott es so entscheidet.« Sie reichte Ruby das Buch. »Aber Er ist ein gnädiger Gott, mein Kind«, sagte sie. »Wir müssen auf Ihn und Seine Weisheit vertrauen.«

Ruby hoffte, dass sie recht hatte. Sie nahm das Buch entgegen und schlug es auf. Die Seiten waren mit einer verblassten, fast unleserlichen Handschrift gefüllt. Mit einer spanischen Handschrift, wie ihr klar wurde. Jemand – Schwester Julia? – hatte die erste Seite in drei Spalten aufgeteilt. Jede hatte eine Überschrift, und alle Spalten waren voll.

Schwester Julia zeigte auf die erste Überschrift.

Ruby erkannte das Wort. *Niños.*

»Kinder«, erklärte Schwester Julia. Jedes war als *chico* oder *chica* – Junge oder Mädchen – bezeichnet, und manchmal stand noch mehr dabei, vielleicht ein besonderes Merkmal. Neben jedem Eintrag befand sich ein Datum. Sie zeigte auf die zweite Überschrift. »Leibliche Eltern«, erklärte sie. Und die dritte Spalte. »Die Leute, die das Kind mitgenommen haben. Die Adoptiveltern.«

Ruby starrte auf die Seite, sah Schwester Julia an und starrte dann wieder in das Buch. Die Hühner in dem Pferch neben dem Hof scharrten weiter in der trockenen Erde, und eine der Ziegen legte sich auf den Boden, um auszuruhen. »Sie meinen ...« Sie blätterte die nächste und die übernächste Seite auf. Die Liste ging weiter.

»Ja«, sagte Schwester Julia. »Dies, mein Kind, ist mein Namensbuch.«

Namensbuch. Ja, das war es wirklich. Ruby blätterte die Seiten weiter um, jetzt beinahe ehrfürchtig, da sie ihre wahre Bedeutung kannte. Die Auswirkungen, die das haben konnte …

»Es gab keine Aufzeichnungen.« Schwester Julia schaute sie gelassen an. »Dokumente wurden vernichtet. Man erzählte Frauen, ihre Kinder seien gestorben. Unvollständige Geburtsurkunden und falsche Totenscheine wurden ausgestellt und abgestempelt.« Ihre Stimme wurde immer leiser. »Ich machte mir Sorgen, dass niemand je die Wahrheit erfahren würde.«

»Und so haben Sie Ihre eigenen Aufzeichnungen geführt«, sagte Ruby. Sie konnte es kaum glauben. Wie konnte man diese Frau bestrafen, nachdem sie so mutig gehandelt hatte? »Sie haben Ihre eigenen Aufzeichnungen geschrieben, weil Sie wussten, dass es falsch war.«

»*Sí.*« Schwester Julia nickte.

»Sie wussten, dass es falsch war, den Adoptivkindern dieses Wissen vorzuenthalten«, flüsterte Ruby. Wieder dachte sie an Vivien und Tom. Auch Vivien hatte begriffen, dass es verkehrt war. Sie hatte Tom nicht wehtun wollen, aber auch sie hatte so etwas wie Aufzeichnungen hinterlassen – für Ruby. Damit sie ebenfalls in der Lage war, die Wahrheit aufzudecken.«

»Allerdings«, sagte Schwester Julia.

»Aber warum ausgerechnet jetzt?«, wollte Ruby von ihr wissen. Schwester Julia hatte so lange geschwiegen. Was hatte sie bewogen, endlich die Stimme zu erheben.

»Ich habe in der Zeitung vom Ausmaß des Skandals gelesen«, erklärte sie leise. »Es war nicht nur Dr. López' Klinik. Es geschah nicht nur in Barcelona, sondern überall in Spanien.« Sie schaute sich um. »Sogar hier.«

Hier? Ruby folgte Schwester Julias Blick. Auf Fuerteventura? Das war schwer vorstellbar. Aber das war vieles andere auch, und doch war es deshalb nicht weniger wahr.

»Ich habe mit jemandem gesprochen, und mir wurde klar, dass ich meinen Teil der Geschichte erzählen sollte.« Schwester Julia sah in die Ferne, über das Beet mit den Kräutern und Pflanzen hinweg zu den Bergen, als hätte sie Rubys Anwesenheit vergessen.

»Und dann?«, half Ruby ihr auf die Sprünge.

»Und dann sind Sie gekommen«, sagte sie.

»Ich?«

»Sie sind gekommen, und zwar nicht nur als Enthüllungsjournalistin, mein Kind, sondern, was noch wichtiger war, auf der Suche nach Ihrer leiblichen Mutter. Sie waren ein Zeichen von Gott. Sie waren die, die meine Geschichte erzählen kann. Da wusste ich, was ich zu tun hatte.«

Ruby schlug das Buch zu und gab es ihr zurück. Das war ein ganz besonderes Dokument. Es würde vielleicht manche Leute in Schwierigkeiten bringen, und es konnte Schmerz verursachen. Aber es konnte auch dazu beitragen, viele Menschen aufzuklären und ein schlimmes Kapitel abzuschließen, ganz zu schweigen von den Familienzusammenführungen und dem Gefühl, endlich vollständig zu sein, was es für viele bedeuten konnte. Noch nie hatte jemand sie als Zeichen Gottes bezeichnet, aber sie konnte nachvollziehen, wieso Schwester Julia es so sah. Und wenn sie helfen konnte …

»Überlassen Sie das mir, Schwester«, sagte sie. »Ich muss noch weiter recherchieren. Und dann …« Sie dachte kurz nach. »… muss ich vielleicht nach Barcelona.« Denn dort war alles geschehen. Sie musste die Klinik mit eigenen Augen sehen, musste mit anderen Leuten reden, die möglicherweise dort gearbeitet hatten. Und sie musste mehr über Dr. López herausfinden und das schreckliche Erbe, das er so vielen Familien hinterlassen hatte.

»Es sind die Kinder«, sagte Schwester Julia. »Verstehen Sie das? Ich vertraue darauf, dass Sie richtig, das heißt sensibel damit umgehen, mein Kind. Weil Sie es begreifen. Weil Sie selbst eine ähnliche Erfahrung gemacht haben. Ich will den Kindern helfen. Sie sind diejenigen, die unschuldig sind.«

»Natürlich.« Ruby spürte, wie ihr Tränen in die Augen stiegen. Auch sie wollte den Kindern helfen. Vielleicht würde sie ihre eigene leibliche Mutter nicht finden, aber zusammen mit Schwester Julia würde sie ihr Bestes geben, damit diese Kinder ihre Mütter fanden.

46. Kapitel

Andrés saß auf der blau gekachelten Bank am alten Hafen und spürte die Sonne warm auf der Haut. Der Hafen war der Ort, wo jeder vorbeikam. Ob auch sie vorbeikommen würde? Er hoffte es, obwohl er noch nicht wusste, was er ihr sagen würde.

Diese Wärme hatte ihm gefehlt. So oft hatte er schon hier gesessen und die bunten kleinen Fischerboote gemalt, die früher hier geankert hatten, oder die Fischer skizziert, die ihren glitzernden Fang auf den steinernen Steg hievten. *Was er damals alles nicht gewusst hatte …* Das schien alles in einem anderen Leben gewesen zu sein.

Er war immer noch dabei, das, was er erfahren hatte, gedanklich zu verarbeiten, die Tatsachen zu verdauen, wie die Engländer sagen würden. Er war ein Adoptivkind.

Als sie es ihm gesagt hatten, da hatte er fast von dem Moment an, in dem er die Worte hörte, den Wunsch verspürt, mit Ruby zu reden. Aber er hielt sich zurück. Er war nicht dagewesen, als sie seine Hilfe brauchte, oder? Warum sollte er das jetzt von ihr erwarten? Ruby … Ruby war doch diejenige, die nicht mehr wusste, wer ihre richtigen Eltern waren? Es war doch Ruby, die nach ihrer Identität suchte, nicht Andrés. Er hatte immer gewusst, wer er war, und keinen Moment daran gezweifelt. Er war der mit dem zornigen Vater. Er war der Sohn des großen Malers mit dem monströsen Ego, der kein Interesse an seiner Familie aus bloßen Sterblichen hatte – besonders nicht an dem Jungen, der angeblich einen Teil seines eigenen einzigartigen künstlerischen Talents geerbt hatte. Des Mannes, der seinen eigenen Sohn aus dem Haus geworfen hatte. Des Mannes, der ihn nicht liebte. Andrés hatte sich immer gefragt, warum das so war. Nun war es ihm klar.

Nachdem sie es ihm gesagt hatten, war Andrés' Mutter zusammengebrochen. Andrés selbst war wie betäubt gewesen. Was empfand er? Was konnte er empfinden? Seine Kindheit, seine Familie, alles, woran er geglaubt hatte, war ihm genommen worden. Und genau das hatte auch Ruby gespürt. Sie waren beide adoptiert. War es das, was sie irgendwie zueinander hingezogen hatte? Oder waren es die Jahre, in denen sie nicht einmal davon gewusst hatten?

Seine Mutter hatte geweint und geweint und sich an ihn geklammert. Und Andrés hatte sie getröstet, ihr versichert, dass sich nichts geändert habe. Dass er sie noch immer liebe und immer lieben werde. Und warum auch nicht? Sie hatte ihn großgezogen und für ihn gesorgt. Aber er stellte sich Fragen. Hatte sie mit der Drohung ihres Mannes, alles zu enthüllen, leben müssen, seit er fortgegangen war? Andrés hatte ihr übers Haar gestreichelt und begütigende Worte gemurmelt. Aber über ihren Kopf hinweg hatte er Enrique angesehen, der seinem Blick nicht standhalten konnte. Warum sagte sein Vater nichts? War ihm nicht klar, dass das seine Aufgabe war?

»Wer waren meine leiblichen Eltern?«, fragte Andrés die beiden schließlich. Die Frage kam ihm seltsam vor, beinahe surreal. Er war immer noch wie vom Donner gerührt, und doch hatte er es begriffen. In gewisser Weise war es eigentlich keine Überraschung gewesen. In gewisser Weise ergab jetzt alles einen Sinn für ihn – das eigenartige Gefühl, am falschen Platz zu sein, das ihn manchmal beschlich, der Eindruck, nicht dazuzugehören, missverstanden zu werden. Er holte tief Luft. »Erzählt mir, was passiert ist. Erzählt mir alles.«

Und was er dann erfahren hatte, war beinahe noch schockierender.

Andrés sah über den Hafen und das glitzernde Meer hinaus zum Horizont. Es war ein Tag voller Erschütterungen gewesen. Ihm drehte sich immer noch der Kopf.

»Wir wissen nicht, wer deine leiblichen Eltern waren«, hatte seine Mutter erklärt. »Niemand weiß das. Das lässt sich heute nicht mehr nachvollziehen.« Und sie erzählte ihm von der Klinik und davon, dass es keine Aufzeichnungen gab. Und sie erzählte ihm von der Bezahlung.

Was zum Teufel ...? »Ihr habt für mich bezahlt?« Ungläubig sah Andrés zwischen den beiden hin und her.

»Es war alles legal und offiziell«, beharrte Enrique.

Legal und offiziell? Wem wollte er hier etwas vormachen? Dass sie für ihn bezahlt hatten, gab Andrés das Gefühl, nicht viel mehr zu sein als ein schickes neues Auto. Nur, dass er nicht genauso schick war. Er war eine Enttäuschung gewesen, zumindest für seinen Vater.

Andrés sah einem Schwarm Tauben zu, der über den Hafen hinwegflog. Jedes Mal, wenn die Tauben ihren Schlag passierten, lösten sich ein paar Versprengte aus der Hauptgruppe, sodass der Schwarm geschwächt wurde.

»Aber warum gibt es denn keine Aufzeichnungen? Was ist mit meiner Geburtsurkunde?«, fragte er.

Erst da hatte sein Vater ihm die ganze Geschichte erzählt. Dass die Adoption klammheimlich abgewickelt worden war. Dass die Verhältnisse in Spanien seit dem Bürgerkrieg – nein, eigentlich schon vorher – in Unordnung gewesen waren.

Dass es viele ungewollt schwangere Frauen gegeben hatte oder solche, die keinen Mann hatten, der für sie sorgte. Dass sich diese Frauen für ihre Kinder ein gutes, ein anständiges Leben wünschten, das sie ihnen nicht bieten konnten. Dass Francos Gesetz, dass in den Geburtsurkunden die Namen der Adoptiveltern stehen sollten, benutzt worden war, um die Wahrheit zu verschleiern.

»Haben die Mütter ihre Kinder denn freiwillig hergegeben?«, hatte Andrés ihn leise gefragt.

»Nein.« Enrique sah ihm offen in die Augen. »Ich habe Grund zu der Annahme, dass Korruption eine Rolle gespielt hat und dass die Mütter ihre Kinder nicht immer freiwillig hergegeben haben.«

Die letzten Tauben kehrten in den Taubenschlag zurück. Alle bis auf eine. Andrés bemerkte, dass ein einziger Nachzügler noch immer allein herumflog und offensichtlich nicht wusste, wo er hinsollte. Er wusste, wie sich dieser Vogel fühlte.

»Und Isabella?«, hatte Andrés gefragt, obwohl er die Antwort eigentlich schon kannte. Isabella hatte anders als er immer dazugehört. Wenigstens hatte Enrique Marín sie geliebt.

»Das ist das Merkwürdige. Drei Jahre, nachdem wir dich geholt hatten, kam sie – auf natürliche Weise.« Enrique Marín zuckte die Achseln. »So etwas kommt manchmal vor.«

Endlich hatte der Nachzügler nach Hause gefunden, und der Himmel war wieder frei.

Andrés hatte ein Handtuch mitgenommen und es sich über die Schultern geworfen. Jetzt stand er von der Bank auf. Sie würde nicht kommen. Warum auch? Sie wusste ja nicht einmal, dass er hier war. Er ging vom Hafen zur alten Anlegestelle, wo das Meer tief und die Strömung stark war.

Das Schwimmen tat ihm gut. Kräftig und schnell gegen die Strömung zu schwimmen, hielt ihn vom Denken ab, und Andrés wollte nicht denken. Doch obwohl das Wasser in seinen Augen brannte und seine Muskeln von Anstrengung pochten, kam der Gedanke immer wieder. Er war adoptiert. Man hatte ihn weggegeben – oder vielleicht sogar gestohlen. Er war von einem Mann gestohlen worden, der ihn nicht einmal geliebt hatte.

Wer bin ich? Andrés schwamm aufs offene Meer hinaus. Er wusste nicht, wie lange er dort draußen blieb. Irgendwann wurden die Wellen so hoch, und die Strömung war so stark, dass er befürchtete, zu weit hinausgeschwommen zu sein. Er hatte Angst, dass das Meer ihn hinausziehen könnte, bis er ertrank. Aber natürlich passierte das nicht, denn er war ein guter Schwimmer. Er schwamm einfach immer weiter, während sich alles, was seine Eltern ihm gesagt hatten, in seinem Kopf drehte.

»Du warst alles, was ich mir gewünscht habe«, hatte sein Vater ihm erklärt.

Auf diese Worte hatte er seine gesamte Kindheit gewartet. Aber ... »Wann hat sich das verändert?«, fragte Andrés.

Darauf hatte sein Vater keine Antwort gewusst.

Vielleicht war es passiert, als Andrés zu malen begann. Es war möglich, dass er Enrique wie ein Usurpator, wie ein Eindringling von außen vorgekommen war. Oder es lag daran, dass Andrés gewagt hatte, sich gegen ihn aufzulehnen. Vielleicht hatte Enrique da erkannt, dass er Andrés niemals lieben konnte – ganz einfach, weil er nicht sein eigenes Kind war.

»Manchmal hätte ich es dir am liebsten ins Gesicht geschrien, dass du nicht von mir bist«, hatte sein Vater gestanden.

»Und jetzt hast du es getan«, sagte Andrés ausdruckslos.

»Jetzt ist das etwas anderes.« Sein Vater trat zu ihm und legte ihm eine dürre, knochige Hand auf die Schulter. »Ich schreie es nicht im Zorn. Ich sage es dir jetzt, weil es das Richtige ist. Auch ich bin jetzt ein anderer. Jetzt weiß ich, was ich alles falsch gemacht habe.« Er hustete heftig. »Das ist einer der Vorteile, wenn man stirbt, mein Junge. Aber es ist auch der einzige.«

Mein Junge … Am liebsten hätte Andrés diese Hand ergriffen, sie festgehalten, seinen Vater sogar in die Arme geschlossen. Aber er konnte es nicht, immer noch nicht. »Warum habt ihr mir das nicht früher erzählt?«, fragte er stattdessen. Er erinnerte sich daran, dass Ruby dieselbe Frage gestellt hatte. Warum hatten sie es ihr nicht gesagt? Es war nichts Ungewöhnliches, ein Kind zu adoptieren. Warum hatten sie beschlossen, so ein Geheimnis daraus zu machen?

»Deine Mutter hat mich davon abgehalten. Aber ich glaube, sie hat immer gewusst …«

Dass Enrique ihm die Wahrheit sagen würde, falls er zurückkam. Deswegen hatte sie Andrés also all die Jahre lang praktisch darin bestärkt, nicht zurückzukommen.

Nichts hat sich geändert …

Ach, Mama.

Da kam sie zu ihm, zu ihnen beiden, und plötzlich hielt Andrés seine Eltern in den Armen und spürte, wie sie ihn umarmten – vielleicht zum ersten Mal. Ein eigenartiges Gefühl war das. Familie …

Als Andrés das Ufer erreichte und sich an den Strand schleppte, war er völlig erschöpft. Am nahen Strand hielten sich einige Paare und Familien auf, aber niemand schenkte ihm Beachtung. Er hätte auch ertrinken können.

Er sackte in einem *corralito* zusammen und lag dann auf dem Rücken da. Seine Brust hob und senkte sich, und er hatte die Augen geschlossen, weil ihn die Sonne blendete. Er spürte, wie ihre Wärme seinen Körper nach und nach durchdrang. *Wie gut kennt man seine eigene Familie?* Nicht besonders gut anscheinend. Wenigstens das hatten Ruby und er gemeinsam.

Später holte er Isabella mit dem Auto ab, und sie fuhren zum *Centro de Arte*. Während sie durch das Kunstzentrum schlenderten, an dessen Gründung ihr Vater beteiligt gewesen war, erzählte er ihr die Geschichte. Er hatte das Zentrum sehen müssen, und trotz allem konnte er nicht umhin, Stolz zu empfinden.

Isabella lauschte ihm schweigend. Als er geendet hatte, warf sie sich in seine Arme, ohne sich um die Menschen um sie herum und ihre neugierigen Blicke zu kümmern.

»Das ändert nichts, Bruder«, sagte sie, als sie sich schließlich von ihm löste. Ihre dunklen Augen funkelten wild.

Andrés musste lächeln. Manchmal erinnerte sie ihn an ihrer beider Vater. »Ich liebe dich, Isabella«, erklärte er.

»Ich liebe dich auch.« Als sie weitergingen, hakte sie sich bei ihm unter. »Du wirst immer mein Bruder sein.«

»Natürlich werde ich das.« Es stimmte; an seinen Gefühlen für seine Schwester hatte sich nichts geändert. Auch für seine Mutter empfand er nicht anders. Doch was seinen Vater anging, war die Sache nicht so einfach.

Das Zentrum beeindruckte Andrés. Es war geschaffen

worden, um die Vielfalt der aufregenden künstlerischen Talente auf der Insel zu würdigen – Bildhauer, Töpfer, Maler. Und es stellte eine große Leistung dar. Im Hof und in dem landschaftlich gestalteten Park standen an jeder Ecke Skulpturen aus Holz, Bronze, Stein und Stahl. Sie stellten Muscheln und Treppen dar, Ziegen und Wirbelwinde. Es gab sogar eine Skulptur aus Vulkanlava mit dem Titel »Innere Glückseligkeit«. Andrés musste lächeln. Innerer Aufruhr traf, was ihn anging, eher zu. In einer Werkstatt gaben professionelle Künstler Kurse; und es gab ein Atelier, das von angehenden Künstlern, die keine eigenen Arbeitsräume besaßen, genutzt werden konnte. In weiträumigen, weiß gestrichenen Ausstellungsräumen hingen Keramiken und Gemälde. Jeder zeitgenössische Stil, jede Technik und alle Themen, die man sich vorstellen konnte, waren vertreten.

»Was meinst du?«, fragte Isabella ihn. »Es ist herrlich, nicht wahr?«

Das war es. Die kühnen Pinselstriche, die lebhaften Nuancen von Blau, Grün und Gelb, die Vielzahl der Ocker- und Brauntöne, die an einem einzigen Berg zu finden waren, überwältigten Andrés. Als junger Mensch hätte er alles gegeben, um Anteil an so etwas zu haben.

»Unser Vater ist kein schlechter Mensch«, sagte Isabella, als sie das Zentrum etwa eine Stunde später verließen. »Er hat so viel erreicht.«

Sollte er ihn deswegen mehr lieben? Inzwischen hatte Andrés bezüglich seines Vaters jeden Gemütszustand durchlaufen, der möglich war. Verehrung, Zorn, Hass, Scham ... Und jetzt? Die Wahrheit war, dass er nicht wusste, was er empfand.

Isabella zeigte auf das Zentrum, das hinter ihnen lag. »Er

hat dazu beigetragen, das hier zu schaffen«, meinte sie leise. »Er hat vielen Menschen geholfen.«

»Kann schon sein.« Andrés dachte an die Mädchen im Atelier und an seine Mutter. Aber hatte er selbst nicht auch anderen Leid zugefügt?

Isabella schien zu erraten, was er dachte. »Er hat in seinem Leben viele Fehler begangen«, räumte sie ein. »Aber er ist unser Vater.«

»Ja.« Andrés tätschelte ihre Hand. Er wusste, wie sehr sie sich eine Versöhnung zwischen ihnen wünschte. Und er zweifelte weder an ihrer Liebe noch an ihrer Aufrichtigkeit. Aber Enrique Marín war nicht Andrés' Vater, oder? Würde es ihm gelingen, eine neue Sicht auf ihn zu gewinnen? War er in der Lage, Vergebung in seinem Herzen zu finden? Die Stimme zum Schweigen zu bringen, die weiter flüstern würde: *Vergiss nicht, dass er sich nicht für dich interessiert hat.*

»Kommst du noch herein?«, fragte Isabella, als sie vor dem Haus hielten, das sie mit ihrem Mann Carlos bewohnte.

»Das geht leider nicht, Isabella«, sagte Andrés. Er hatte noch etwas zu erledigen.

»Aber wir sehen dich heute Abend?« Isabellas Miene war eifrig.

Andrés beugte sich zu ihr hinüber, um sie auf die Wange zu küssen. »Natürlich«, sagte er leichthin, obwohl er sich beinahe davor fürchtete. Ein Familienessen mit allen. Wie sollten sie sich alle zusammen an den Tisch setzen und so tun, als hätte sich nichts geändert?

»Und was hast du jetzt vor?«, erkundigte sich Isabella. Sie legte den Kopf auf die Seite und musterte ihn forschend – der Blick einer Frau. »Willst du sie treffen?«

»Sie?«

»Ruby.« Isabella drückte seine Hand. »Ich kann sie gut leiden«, sagte sie. »Ich mag sie sehr gern.«

Andrés lächelte ihr zu. »Ja, ich werde sie treffen«, sagte er. Wenn sie damit einverstanden war. »Aber zuerst muss ich jemand anderen besuchen.«

»Jemand anderen?«, fragte Isabella.

»Es gibt jemanden, der dir mehr erzählen kann«, hatte sein Vater gesagt. »Sie hat in der Klinik in Barcelona gearbeitet, bevor man sie hierher, ans Ende der Welt, verschifft hat, um sie aus dem Weg zu schaffen. Ich bin ihr ein paar Mal begegnet.«

»Von wem sprichst du?«

»Eine Nonne in Nuestra Señora del Carmen«, erklärte Andrés seiner Schwester.

»Sie hat Aufzeichnungen geführt«, hatte Enrique gesagt. »Sie heißt Schwester Julia.«

47. Kapitel

Nach einem einfachen Mittagessen, das aus einem Eintopf mit Fleisch und Gemüse und einer dicken Scheibe Brot bestand, unternahm Ruby mit Schwester Julia einen kurzen Spaziergang in die Wüste des *campo*. Schwester Julia erzählte ihr von ihren Eltern und ihren Schwestern. Sie schilderte Ruby, wie ihre Familie nach dem Spanischen Bürgerkrieg überlebt hatte und wie es dazu gekommen war, dass sie ihre Gelübde abgelegt hatte. Und Ruby hörte zu. »Sie haben sie sicher alle sehr vermisst«, meinte sie.

Schwester Julia nickte. »Ja«, sagte sie. »Sie fehlen mir immer noch.«

»Das verstehe ich.« Ruby dachte an ihre Familie, an ihre Eltern Vivien und Tom, die ihr so abrupt entrissen worden waren. Es war nicht leicht, plötzlich so allein dazustehen. Und vielleicht hatte sie deswegen so auf Andrés Marín reagiert. Er war so anders als alle Männer, die sie vorher gekannt hatte. Er war ein Mann, mit dem sie Zeit verbringen wollte, ein Mann, mit dem sie sich auf so vielen Ebenen verbunden fühlte und der zu verstehen schien, was sie durchmachte. Sie seufzte. Jedenfalls hatte sie das gedacht.

»Natürlich verstehen Sie das, mein Kind.« Schwester Julia tätschelte ihr die Hand. »Deswegen sind Sie ja auch zu mir geführt worden.«

Ruby lächelte. Aber es stimmte – es gab hier eine seltsame Übereinstimmung, genauso, wie es eine Verbindung zwischen ihr und Andrés gab. Jedenfalls hatte sie das geglaubt.

Zwei Menschen, die sich zueinander hingezogen fühlen. So hatte es ausgesehen. Doch so war es nicht. Auch an diesen Gedanken musste sie sich gewöhnen. Doch im Moment sehnte sie sich einfach nur schmerzhaft nach ihm.

Während sie zurück zum Kloster gingen, erzählte Schwester Julia mehr über ihre Arbeit im Krankenhaus und gab Ruby weitere Informationen über den Arzt und seine Methoden. Sie sprach auch offener über ihre Gefühle gegenüber den Müttern und ihren Kindern. Dabei spürte Ruby ihren Schmerz und ihre Schuldgefühle und dachte unwillkürlich an Laura. Würde sie sie jemals finden? Vielleicht nicht. Vielleicht war es wichtiger, sie zu verstehen.

»Es war nicht Ihre Schuld«, sagte Ruby zu Schwester Julia. Sie wusste bereits, wie sie ihren Artikel aufbauen würde. Es gab mehr als einen Standpunkt, mehr als eine Geschichte.

Schwester Julia senkte den Kopf. »Ich hätte mehr tun können, mein Kind«, sagte sie.

Ja, nun ja … »Sie sind nur ein Mensch. Wir alle könnten mehr tun.«

Sie kehrten ins Kloster zurück, und Schwester Julia machte Tee, während sich Ruby noch ein paar Notizen machte.

»Glauben Sie, der Doktor lebt noch?«, fragte sie Schwester Julia. Er war derjenige, der bestraft werden sollte. Er hatte die anderen für seine Zwecke benutzt und Kapital geschlagen aus Schwester Julias Unerfahrenheit, dem blinden Glauben ihrer Oberin an seine Ehrbarkeit und der fehlenden Zuversicht der Mütter, ihrem Kind ein gutes, zufriedenstellendes Leben bieten zu können. Diese Mütter waren in derselben Situation gewesen wie Laura, dachte sie. Dr. López hatte auch die Not der Adoptiveltern ausgenutzt, denn es waren Menschen, die sich so verzweifelt nach einem Kind sehnten, dass sie dafür fast alles getan und beinahe jeden Preis gezahlt hätten.

»Das bezweifle ich«, meinte Schwester Julia. »Sehen Sie mich an. Ich bin schon so alt, und er war noch einige Jahre älter als ich, obwohl mir der Altersunterschied damals größer vorkam.«

Ruby nickte. »Trotzdem ...«

»Trotzdem.« Schwester Julia richtete sich im Sitzen auf, während sie den Tee einschenkte. Dann setzte sie die Teekanne ab und sah Ruby direkt in die Augen. »Ich möchte Sie gern nach Barcelona begleiten.«

Ruby blinzelte. »Wirklich?« Diese Option hatte sie gar nicht einbezogen. »Das ist nicht nötig ...«

»Aber ja.« Schwester Julias Blick war fest. »Vorhin haben Sie gesagt, wir könnten alle mehr tun, mein Kind. Und es gibt eines, was ich noch tun muss. Ich muss an die Orte von früher zurückkehren.«

»Die Orte von früher?« Aber Ruby wusste, was sie meinte.

»Mein Barcelona. Das Kloster Santa Ana.« Schwester Julias Augen glänzten und blickten ganz entrückt. Vielleicht dachte sie zurück an die Zeit vor vielen Jahren, als sie als junges Mädchen von siebzehn nach Santa Ana gekommen war. »Und die Canales-Klinik.« Sie kehrte wieder in die Gegenwart zurück und griff nach ihrer Teetasse. »Ich muss noch einmal dorthin, mein Kind. Auch ich muss meine Geister begraben. Und ich muss es tun, bevor meine Zeit auf Erden vorüber ist.«

»Natürlich.« Ruby begriff, dass diese Reise unvermeidlich war. Für gewöhnlich arbeitete sie gern allein, und Schwester Julia war eigentlich zu alt, um noch durch die Weltgeschichte zu jetten – und noch dazu an Orte, die mit Sicherheit unangenehme Erinnerungen für sie bargen. Aber so konnte sie Ruby auch alle Plätze selbst zeigen und ihr vor Ort noch einmal genau erzählen, wie alles gewesen war. Ihre Geschichte würde dadurch noch lebendiger, noch besser werden. Und es bedeutete Schwester Julia offensichtlich sehr viel. Sie konnte dadurch ihren Frieden mit allem machen. Das war ihr ein großes Bedürfnis. Wie hätte Ruby ihr diesen Wunsch abschlagen können?

Sie trank ihren Tee aus und stand auf. »Ich melde mich sehr bald bei Ihnen«, erklärte sie.

Schwester Julia brachte sie noch zum Klostertor. »Vielen, vielen Dank, mein Kind«, sagte sie.

»Auf Wiedersehen, Schwester.« Rubys Blick folgte dem staubigen Pfad entlang, der über die rote Erde zum Dorf führte, und sie sah, dass sich jemand dem Kloster näherte. Die Person war noch ein ganzes Stück entfernt, aber Ruby konnte erkennen, dass es ein hochgewachsener Mann war. Irgendetwas an diesen langen, schwungvollen Schritten kam ihr bekannt vor. Und auch die Kleidung, die er trug ... Sie konnte den Blick nicht abwenden. Er kam näher. »Andrés?«, hauchte sie.

Jetzt winkte er und kam im Laufschritt auf Ruby und Schwester Julia zu.

»Wer ist das, mein Kind?«, murmelte Schwester Julia.

»Andrés«, sagte sie noch einmal.

Und dann war er da, und bevor sie wusste, wie ihr geschah, hielt er sie fest umschlungen. Sie fühlte sich in seiner Umarmung wie im Himmel. Er flüsterte ihren Namen. »Ruby, Ruby ...«

Schwester Julia räusperte sich.

Andrés ließ sie los.

»Was machst du denn hier?« Ruby fasste ihn am Arm. »Du hast doch gesagt …«

»Ich weiß, was ich gesagt habe.« Er legte einen Arm um ihre Schultern und sah Schwester Julia an. »Ich bin Enrique Maríns Sohn«, erklärte er.

»Aha.« Sie nickte. »Hat er Sie zu mir geschickt?«

»Ja.« Andrés drückte Rubys Schultern. »Er hat mich zu Ihnen geschickt.«

Was ging hier vor? Verwirrt schaute Ruby von einem zum anderen. »Wieso sollte er dich herschicken?« Doch dann sah sie in Andrés' Augen ein Gefühl, das sie kannte, etwas, das sie ebenfalls empfunden hatte. Ihr fiel ein, was Schwester Julia gesagt hatte. Sie hatte Ruby erzählt, dass sie mit einem Mann aus dem Dorf gesprochen hatte und dass diese Adoptionspraxis sogar hier auf den Kanarischen Inseln im Schwange gewesen war.

Andrés legte auf seine typische Art die Hand um ihren Hinterkopf und sah ihr in den Augen. »Ich muss einen Blick in Schwester Julias Namensbuch werfen«, erklärte er.

48. Kapitel

Nach dem Abendessen mit seiner Familie schlenderten Andrés und Ruby zum alten Hafen hinunter. Andrés hatte den Arm um sie gelegt, und er hatte nicht vor, sie so bald wieder loszulassen. Der alte Hafen, dachte er, der Ort, an dem alles begonnen hatte … Wer hätte gedacht, dass er je wieder hierher zurückkehren würde. Und nun war er hier – noch dazu an einem Abend wie diesem, einem warmen Spätsommerabend, an dem der Duft nach Krabben und Tapas süß und würzig in der Luft hing, die Sterne hell am nächtlichen Firmament standen und die Mondsichel waagerecht am Himmel über dem glatten, tintenschwarzen Meer hing. Und dass er zusammen mit seinem Mädchen hier war …

Die letzten Tage waren emotional aufwühlend gewesen.

Als Andrés das Kloster an jenem Nachmittag erreicht hatte, hatte es ihn kaum überrascht, Ruby dort zu sehen. Als müsse es so sein. Ruby Rae, die Insel, Schwester Julia und die Geschichte um seine Geburt – all das war ziemlich unglaublich, aber nach dem, was sein Vater ihm erzählt hatte, konnte ihn nichts mehr schockieren.

»Dann sollten Sie hereinkommen, mein Sohn«, hatte die alte Nonne gesagt. So war er Schwester Julia und Ruby in die aus hellem Stein errichteten Klostergänge gefolgt, und Schwester Julia war davongegangen, um ihr berühmtes Namensbuch zu holen.

Ruby hatte nicht viel gesagt, und Andrés war dankbar dafür gewesen, dass er ihr anscheinend nicht alles haarklein zu erklären brauchte. Er hatte sich nicht in ihr geirrt, von Anfang an nicht. »Bist du dir sicher, dass du es sehen willst?«, hatte sie nur geflüstert.

Er nickte. Ja, er wollte es sehen. Es war auch denkbar, dass sein Name nicht darinstand, denn er wusste, dass diese Aufzeichnungen keineswegs vollständig waren. Aber er war in Barcelona adoptiert worden. Und er musste es wissen.

Schwester Julia kam mit dem Buch zurück und reichte es Andrés. »Sie sind der Erste, mein Sohn«, sagte sie.

Andrés hatte tief Luft geholt und das Buch aufgeschlagen …

Sie lehnten sich an das hölzerne Geländer und sahen auf die Felsen im Hafen hinunter.

»Ich mag deine Eltern«, sagte Ruby.

Er lachte. »Beide?«

»Ja, beide.«

Das konnte er verstehen. Seine Mutter hatte sich heute Abend beinahe überschlagen. Sie war herumgewieselt, um dieses zu holen und jenes wegzutragen, bis Andrés und Enrique sie schließlich fast mit Gewalt zum Tisch gezerrt und sie zum Sitzen und zum Essen genötigt hatten. »Ich bin nur so glücklich«, hatte sie gesagt. »Mein Sohn ist zu Hause, und ich bin so glücklich.«

Mein Sohn …

Und sein Vater … Der alte Herr mochte krank sein, aber er hatte nichts von seinem Charme verloren. Und als er dann zuhörte, wie Enrique versuchte, das Mädchen zu bezirzen, das Andrés liebte … Nun ja, neu war, dass es ihm nichts mehr ausmachte. Es gefiel ihm sogar ganz gut.

»Isabella mag ich auch«, sagte Ruby. »Und Carlos.«

Andrés drückte ihre Hand. Ja, seine Schwester hatte sich einen guten Mann ausgesucht. Sicher, noch hatten sie keine Kinder. Aber sie hatten noch Zeit, vor allem, wenn man sich ihre Eltern ansah. Reyna und Enrique, die gezwungen gewesen waren, ihr erstes Kind zu adoptieren, weil sie glaubten, auf natürliche Weise keine Kinder bekommen zu können, hatte Isabellas Ankunft völlig aus heiterem Himmel getroffen.

»Was empfindest du denn nun für deine Eltern?«, fragte Ruby. Sie sah zu ihm auf. Von allen Menschen auf der Welt würde sie vermutlich am besten verstehen, welche gemischten Gefühle er derzeit hatte.

Hatte er sich denn nicht selbst den ganzen Tag lang diese Frage gestellt? Andrés betrachtete die Statue der Fischersfrau, die auf dem Hügel an der Straße Muelle de Pescadores – der »Mole der Fischer« – stand. Sie wartete … »Ich weiß es nicht«, sagte er. »Noch nicht.«

»Es wird einige Zeit dauern, bis du das verdaut hast.« Rubys Hand lag auf seinem Arm. »Man kann das nicht alles auf einmal verarbeiten. Niemand kann das.«

Da hatte sie wohl recht. Aber es stimmte auch, dass er immer noch eine Familie hatte. Er hatte die Namen seiner Eltern in dem Buch gesehen. Marín. Er hatte den Eintrag *chico* – ein Junge – gesehen und sein echtes Geburtsdatum. Und er hatte einen Frauennamen gelesen. Florentina Chávez. Seine leibliche Mutter. Und dann hatte er das Buch zugeschlagen und es Schwester Julia zurückgegeben. »Danke«, hatte er gesagt. Was würde er mit dieser Information anfangen? Er wusste es noch nicht.

Aber immerhin kannte er jetzt die Wahrheit. Und wusste,

dass seine Familie ihm nun näher war als während der letzten siebzehn Jahre. Denn das Merkwürdige war, dass bei dem Essen heute Abend tatsächlich ein familiäres Zusammengehörigkeitsgefühl zwischen allen geherrscht hatte. War das früher auch schon so gewesen? Vielleicht. Aber jetzt ... Sein Vater war nicht mehr so zornig und seine Mutter nicht mehr so nervös. Es war, als ob sie alle, nachdem die Wahrheit einmal heraus war, entspannen und ihr wahres Ich zeigen konnten.

»Ich weiß, dass ich das nicht wiedergutmachen kann«, hatte sein Vater mit angespanntem, eingefallenem Gesicht gesagt, als er nach oben gegangen war, um schlafen zu gehen. Er hatte Andrés fest an der Schulter gepackt. »Aber ich bin entschlossen, es in der kurzen Zeit, die mir noch bleibt, zu versuchen, mein Junge.«

Also ...

Andrés nahm Rubys Hand und führte sie den Abhang hinunter auf den steinigen Strand. Irgendwo weit weg wurde in einer Bar spanischer Flamenco gespielt. Und die Wogen rollten in ihrem eigenen hypnotischen Rhythmus heran.

Auf dem Rückweg vom Kloster hatte Ruby Andrés von der Suche nach ihrer Mutter und ihren Ergebnissen berichtet. Und sie hatte ihm die ganze Geschichte der *niños robados* erzählt und ihm erklärt, was sie deswegen unternehmen wollte. Er spürte ihre Aufregung und wusste, dass dies trotz ihrer Enttäuschung wegen Laura wichtig für sie war. Es war eine Sache, mit der sie sich identifizieren konnte. Auch er konnte eine dieser Stimmen werden, wenn er wollte.

»Was ist mit der Spätsommer-Kunstausstellung?«, fragte ihn Ruby. »Ist am nächsten Wochenende nicht die Eröffnung?« Sie bückte sich, um ein Stück grünes Seeglas aufzuheben, das im Laternenlicht, das vom Hügel herabfiel, zwischen den dunklen Steinen glitzerte. Es war uralt, und in die Oberfläche hatte sich der Sand, den es auf seiner Reise eingefangen hatte, eingegraben.

»Ja, genau.« Er dachte an die Bilder, die er gemalt hatte, an seine Ausstellungsfläche im Salt House. Er hatte das Gefühl, dass das alles eine Million Meilen entfernt war, in einem anderen Leben. Und er dachte an sein Glanzstück, das Bild von den Klippen an Chesil Beach. Der Pfad aus Rubys Kindheit, ihr Traum. Er war froh darüber, dass er beschlossen hatte, es nicht zu verkaufen. Träume sollte man nicht verkaufen. Das Bild sollte bei Ruby ein Zuhause finden, ganz gleich, wo sie sich gerade aufhielt.

»Du wirst sie verpassen.« Sie wandte sich ihm zu. Ruby trug ein einfaches, cremefarbenes Leinenkleid, und mit ihrem blonden Haar sah sie im Mondschein beinahe ätherisch aus.

»Das ist es mir wert.« Er berührte ihre Hand. »Ich bin so froh, dass ich dich gefunden habe, Ruby«, sagte er.

»Und was jetzt?«, wollte sie wissen. »Was hast du jetzt vor? Kommst du mit nach Barcelona? Wirst du versuchen, sie zu finden?«

Er zog sie in die Arme und hielt sie fest, als wolle er sie nie wieder loslassen. Gott, sie roch so gut. Nach Orangenblüten und dem Sonnenschein von heute. Er wusste, wen sie meinte. Seine leibliche Mutter. Florentina Chávez. Wie mochte ihre Geschichte lauten? Wollte er das wissen? Musste er es erfahren? Wie es wohl für sie gewesen war, ihn wegzugeben, und wie mochte sie heute dazu stehen? Fragte sie sich überhaupt, was aus ihm …?

Das war zu viel, um darüber nachzudenken oder es auszusprechen. Andrés schloss die Augen und spürte, wie ihn alles überschwemmte. Er sehnte sich nach Ruhe. Stille. Frieden. »Noch nicht«, flüsterte er.

Er war noch nicht so weit, noch nicht bereit, den nächsten Schritt zu tun. Zuerst wollte er seine eigene Familie neu kennenlernen. Er beugte den Kopf zu Ruby hinunter und legte die Hand über ihre, die immer noch das grüne Stück Seeglas festhielt. »Was siehst du?«, flüsterte er.

Sie schmiegte den Kopf an seinen Hals. Er fühlte ihre Hand in seinem Kreuz. Und mit einem Mal fühlte Andrés sich nicht mehr allein.

49. Kapitel

Schwester Julia legte ihren Rosenkranz beiseite. Sie machte sich keine Sorgen wegen der Aufgabe, die vor ihr lag, denn sie wusste genau, was sie zu tun hatte. Außerdem vertraute sie vollkommen darauf, dass die junge Frau, die sich ihre Geschichte so aufmerksam und freundlich angehört hatte, ihr helfen würde. Auf praktischer Ebene. Auf spiritueller Ebene hatte sie natürlich ihren Gott. Schwester Julia mochte nicht an Ihn geglaubt haben, als sie vor vielen Jahren die ersten einfachen Gelübde abgelegt hatte. Damals hatte sie nur die ersten Regungen des Trosts gespürt, den der Glaube an Ihn schenken konnte. Doch heute war ihr Glaube unerschütterlich. Im Lauf der Jahre hatte Er ihr so oft geholfen, und jetzt hatte Er ihr endlich Sein Zeichen geschickt. Die Chance auf Wiedergutmachung. Die Gelegenheit, Frieden zu finden.

Für die Reise zu packen, fiel ihr leicht. Was brauchte sie schon an materiellen Gegenständen? Sehr wenig. Sie hatte gelernt, sich mit wenig zu bescheiden, und sogar, die Einfachheit zu schätzen, die daher rührte, dass man wenig besaß. Wenig zu haben, versetzte einen in die Lage, auf andere Weise reich zu werden, auf Arten, für die Schwester Julia dankbar war.

Sie öffnete den verbeulten braunen Koffer, mit dem sie damals bei ihrer Verbannung auf die Insel gekommen war. Die persönlichen Gegenstände, die sie in ihrer Schreibtischschublade aufbewahrte, würde sie nicht mitnehmen, obwohl es ihr nicht leichtfiel, die Erinnerungsstücke an ihre Familie, die sie in Ehren hielt, zurückzulassen. Abgesehen von ihrer Bibel und ihrem Gebetbuch, die sie jetzt ehrfürchtig in den Koffer legte, brauchte sie eigentlich nur ein Buch. Sie nahm es in die Hand und spürte sein Gewicht in ihrem Herzen, das sich jetzt jubelnd in die Höhe zu schwingen begann. Ihr Namensbuch.

Es hatte schon jemandem geholfen, nicht wahr? Nicht nur Andrés, sondern auch sein Vater und seine Mutter konnten jetzt Frieden finden. Enrique Marín ... Schwester Julia hatte immer gedacht, dass ihr seine Stimme von irgendwo her bekannt vorkam. An jenem Tag auf dem Platz, als sie zum ersten Mal von dem Skandal gelesen hatte, hatte sie allerdings noch nicht die richtige Verbindung hergestellt.

Sobald sie in Barcelona landeten, würden sie das Beweisstück – ihr Buch – an einen Beamten übergeben, der sie am Flughafen erwarten würde. Dafür hatte Ruby gesorgt. Sie war ein kluges Mädchen, und Schwester Julia empfand höchste Bewunderung für sie. Es war von größter Bedeutung, hatte Ruby gesagt, dass das Buch sobald wie möglich in Sicherheit gebracht wurde, damit sie sich keine Gedanken darüber zu machen brauchten, damit sie den Kopf frei hatten, um sich auf ihre Aufgabe zu konzentrieren: die Geschichte zu erzählen.

Ach, wie sich Schwester Julia danach sehnte, sich frei zu fühlen ...

Wie würde sie reagieren, wenn sie die Canales-Klinik wiedersah? Schwester Julia legte ihren Waschbeutel und die frische Unterwäsche, die sie brauchen würde, in den Koffer und klappte den Deckel zu. Es kam nicht auf ihre Gefühle an, ermahnte sie sich streng, sondern darauf, was sie erreichen würden – für andere, für die Kinder, denen man all das angetan hatte. Die *niños robados*.

Doch wie würden die Folgen aussehen? Ruby hatte Schwester Julia davor gewarnt, dass es für sie Konsequenzen haben könnte. Dass sie möglicherweise damit rechnen müsste, vor Gericht gestellt zu werden, dass sie vielleicht, nachdem es vollbracht war, nicht frei sein würde, um hierher auf die Insel zurückzukehren.

Aber auch darauf kam es kaum an. Sie war alt und hatte nicht mehr lange zu leben. Tatsächlich war sie müde und gern bereit, vor ihren Schöpfer zu treten, sobald sie diese Sache erledigt hatte und ihr Gewissen so rein war, wie es überhaupt noch einmal werden konnte. Sie war mehr als bereit, ihre Last abzulegen, mehr als bereit, das Unrecht, an dem sie beteiligt gewesen war, wiedergutzumachen und endlich den Frieden zu finden, nach dem sie sich so sehr sehnte.

»Vergessen Sie nicht, Schwester Julia«, hatte Ruby zu ihr gesagt, »dass es dann kein Zurück mehr gibt.«

Das wollte Schwester Julia auch nicht, wirklich nicht.

50. Kapitel

Grau und still dämmerte der Tag, an dem Ruby und Schwester Julia nach Barcelona fliegen würden. Ruby und Andrés hatten verabredet, Schwester Julia gegen Mittag im Kloster abzuholen, damit er die beiden zum Flughafen fahren konnte. Ruby freute sich nicht eben darauf. Sie hatte das Gefühl, dass sie genau in dem Moment, in dem sie ihn gefunden – richtig gefunden – hatte, schon wieder fortgehen musste. Aber vorher …

»Hast du noch Zeit für einen letzten Spaziergang?«, schlug Andrés vor. Er schien instinktiv zu wissen, wohin es sie zog.

Hand in Hand gingen sie am Strand entlang zu den Felsen am Rand der Bucht, in einem Schweigen, das durch die schweren, grauen Wolken über ihnen und die Stille des Tages noch vertieft zu werden schien. Sie hatten einander so viel gesagt, überlegte Ruby. Abgesehen von dem einen, das am wichtigsten war.

Doch sie brannte darauf, die Insellandschaft ein letztes Mal in sich aufzunehmen. Sie würde lange davon zehren müssen. Sie konnte kaum glauben, dass sie nur eine Woche hier gewesen war. Schon jetzt kam ihr alles so vertraut vor: Sand, der so fein wie Goldstaub war; *corralitos* aus dem schwarzen Vulkanstein, der das Herz der Insel bilden musste, und in der Ferne diese sanften, graubraunen Berge mit ihren rostfarbenen Streifen und den Flechten. Andrés' Landschaft. Aber war sie noch sein Zuhause?

Sie stiegen die Felsen hinauf. Andrés ging voran. Er war

trittsicher und schien den Weg genau zu kennen. Da erkannte sie, dass er hierher gehörte.

Sein plötzliches Auftauchen im Kloster; die Umstände seiner Adoption, der Ausdruck in seinen Augen, als er diesen Eintrag in Schwester Julias Namensbuch gesehen hatte … Es war ein Schock gewesen – für sie beide. Aber es ergab alles einen Sinn. Die Puzzlestücke passten zusammen. Enrique hatte Ruby ins Kloster geschickt, weil er von dem Namensbuch wusste und ihm sofort klargeworden war, dass die Journalistin in Ruby Schwester Julia in ihrem Entschluss unterstützten konnte, die Wahrheit über die Adoptionen, die sie in der Canales-Klinik miterlebt hatte, ans Licht zu bringen. Und natürlich war Enrique der einzige Mensch, dem Schwester Julia ihre Geschichte erzählt hatte, weil er ihr seine zuerst verraten hatte. Sie hatte gewusst, dass er ebenfalls damit zu tun hatte, dass auch er etwas hatte, für das er um Vergebung betete. Dass er dort gewesen war und Anteil daran gehabt hatte.

So wie sie alle.

Sie erreichten den Gipfel der Felsen, und Ruby sah noch einmal über die Bucht hinaus, die eine perfekte Hufeisenform hatte, bis zu dem rotweißen Leuchtturm in der Ferne und zu Lauras Dalí-Strandhaus, wo Ruby vor ein paar Tagen Trish getroffen hatte und das von einem jungen Deutschen mit einem verrückten Traum erbaut worden war. Die Wolken zogen sich zusammen, und die Bucht lag verlassen da.

Nur du und ich … Ruby sah Andrés an. Sie war auf die Insel gekommen, um nach ihrer leiblichen Mutter zu suchen, und hatte unwissentlich die wahre Abstammung des Mannes, in den sie sich verliebt hatte, enthüllt. Denn das hatte sie, oder? Sich verliebt.

Würde Andrés nun, da er die Wahrheit kannte, versuchen, seine leiblichen Eltern zu finden? Würde er je denselben Sog spüren, den Ruby empfunden hatte? Dieses Bedürfnis, es zu wissen? Mit der Zeit vielleicht. Doch bevor er diese Entscheidung traf, würde er vermutlich zuerst Frieden mit der Familie schließen wollen, die er bereits besaß. Sie vermutete, dass er das Bedürfnis haben würde, ihnen zu vergeben, obwohl er nie vergessen würde, was sie getan hatte. Wenigstens sah es so aus, als würde die Familie sich versöhnen. Außerdem hatten sie es, genau wie Vivien und Tom, nur getan, weil sie sich so sehr ein eigenes Kind wünschten, für das sie sorgen konnten. Ruby hatte den Eindruck, dass sie überglücklich darüber waren, dass Andrés in den Schoß der Familie zurückgekehrt war. Enrique Marín hatte Andrés unrecht getan, kein Zweifel. Er hatte nie eine enge Bindung zu seinem Adoptivsohn entwickelt und ihn unberechtigterweise zurückgewiesen – sowohl wegen seines künstlerischen Talents, das er unmöglich von ihm geerbt haben konnte, als auch, weil er sich nicht seiner Herrschaft unterworfen hatte, sich nicht von ihm beherrschen ließ wie der Rest der Familie. Doch Enrique ging es nicht gut. Er war nur noch ein Schatten des Mannes, der er einmal gewesen war, und er bereute, was er getan hatte. Als er bei diesem ersten Familienessen das Glas gehoben und mit Tränen der Rührung in den dunklen Augen einen Trinkspruch auf »unseren Sohn« ausgebracht hatte, da waren Ruby fast selbst die Tränen gekommen. Denn sie hatte recht gehabt; schlussendlich ging alles um Liebe, oder?

War es wirklich so? Es war unmöglich, Andrés' Miene zu deuten. Seine Stirn war leicht gerunzelt. Am liebsten hätte Ruby die Hand ausgestreckt und wäre mit den Fingerspitzen über seine schräg stehenden Wangenknochen gefahren, um diese düstere Miene zu glätten, um sanft seinen Mund zu berühren. Aber sie hielt sich zurück. Er sah aufs Meer hinaus, wo der Wind auffrischte und die Flut hereinkam. Die Wogen türmten sich hoch auf, bevor sie brachen und unterhalb von ihnen krachend auf den Felsen brachen. Auf der anderen Seite der Felsen lag die Bucht ruhig da. Aber es fühlte sich an, als warte sie auf etwas.

Ruby dachte an die Reise nach Barcelona. Sie hatte bereits erste Recherchen durchgeführt. Die Canales-Klinik war noch in Betrieb, wurde inzwischen aber von Dr. López' Sohn Rafael geleitet. Ruby fragte sich, ob er wusste, was dort früher geschehen war. Dort würde sie anfangen, hatte sie beschlossen.

Sie hatte keine Ahnung, wohin ihre Nachforschungen sie führen würden. Aber sie würde einige Fragen stellen und hoffentlich auch Antworten bekommen. Der größte Teil ihrer Informationen würde von Schwester Julia selbst kommen. Sie hatte ihrer Redakteurin Leah bereits gemailt und eine positive Antwort erhalten. *Klingt gut. Wir nehmen es. Verschaff dir ein Gefühl dafür, wie du die Sache anpacken willst, und nimm wieder Kontakt zu mir auf, wenn du mehr weißt.*

So würde sie es machen. Und dann würde sie den Artikel schreiben. Die ganze Geschichte. Das würde eine Herausforderung werden. Sie würde sensibel und mitfühlend an die Sache herangehen müssen. Denn das Letzte, was sie wollte, war, Schwester Julia zu verletzen. Aber sie würde die Wahrheit schreiben. Sie musste. Und dann … Sie hörte ein fernes Grollen und blickte zum Himmel auf – es würde doch wohl nicht an ihrem letzten Tag auf der Insel regnen? Sie wusste nicht genau, was danach passieren würde. Aber Schwester

Julias Namensbuch würde sicherlich für eine Menge Aufregung sorgen.

Andrés drehte sich zu ihr um. In seinen grünen Augen sah sie einen besorgten Ausdruck. »Glaubst du, dass dein Artikel vielen Menschen helfen wird?«, fragte er.

Sie wusste, was er meinte; er hatte in dieselbe Richtung gedacht wie sie gerade. Wie viele Kinder mochten auf der Suche nach Antworten sein? Wie viele der *niños robados* würden tatsächlich irgendwann ihre leiblichen Eltern wiedersehen? Sie zuckte die Achseln. »Das hängt davon ab, wie viele von ihnen sich melden.« Davon, wie viele Mütter zugaben, dass sie nie an den Tod ihrer Kinder geglaubt hatten. Und davon, wie viele Adoptiveltern ihren Kindern die Wahrheit sagten, wie Enrique es getan hatte. Einige würden es mit DNS-Tests versuchen, was in vielen Fällen eine lange Suche nach einer Übereinstimmung bedeutete. Aber für andere würde die Antwort in Schwester Julias Namensbuch stehen.

Der Regen ging urplötzlich und sintflutartig nieder. Es goss, als hätten sich alle Schleusen des Himmels geöffnet.

Ruby erschrak, und Andrés fluchte. Er zog sie so plötzlich an sich, dass sie erneut erschrak. »Manchmal ist das hier so«, murmelte er in ihr Haar hinein. »Der Regen kommt ganz plötzlich. Es ist sehr dramatisch.«

Das konnte er laut sagen. »Sollen wir schnell ins Trockene rennen?« Die Regentropfen waren dick. Ruby war bereits bis auf die Haut durchnässt.

»Wohin denn?« Er lachte.

Er hatte ja recht. Sie konnten sich nirgendwo unterstellen. Was sollten sie also anfangen? Einfach die Arme ausbreiten und den Regen in Empfang nehmen.

»Komm hier herüber.« Er zog sie auf die andere Seite der

Felsen, wo sie ein wenig geschützter waren, und drückte sie an seine Brust, während er den Rücken dem Wolkenbruch zuwandte.

Dort hatte sie es warm. Sie spürte seinen Herzschlag und den Stoff seines Leinenhemds, der wie schon einmal rau, aber seltsam tröstlich an der Haut ihres Gesichts lag. Um sie herum jaulte der Wind, das Meer klatschte unten über die Felsen, und der Regen strömte mit Macht aus dem bleigrauen Himmel. Aber Ruby machte sich nichts daraus. Sie lag in seinen Armen und fühlte sich sicher und beschützt. Sie atmete seinen Geruch nach Bernstein und Baumharz ein. Sie fühlte sich so wohl, dass sie ewig hier hätte bleiben können.

Nach einer Weile ließ der Regen nach, und Andrés lockerte seine Umarmung langsam. Blinzelnd wagte sie sich hervor und lachte. Sein Hemd war triefend nass. Das dunkle Haar klebte ihm am Kopf und in seinem gebräunten Nacken. Auch er blinzelte, um die Regentropfen aus seinen Augen zu vertreiben. Er sah großartig aus – wie ein wilder Mann, der aus dem Sturm gekommen war. Ruby war nicht kalt, doch sie erschauerte. Ihr wurde klar, dass er das Warten wert war. Dass er es wert war, für ihn zu kämpfen. Sie wünschte sich die Art von Liebe, die sie während ihrer Kindheit selbst mit eigenen Augen gesehen hatte. Und er war der Mann, mit dem sie das erleben wollte.

»Komm und sieh dir das an«, sagte er und winkte sie zu sich.

»Wir sollten zurückgehen.« Ruby wollte sich nicht lange aufhalten. Sie wollte sich nicht verabschieden. Sie hasste Abschiede. In mancherlei Hinsicht stand Andrés gerade am Beginn seines Weges. Aber Ruby dachte darüber nach, dass sie das Ende ihrer Reise vielleicht schon erreicht hatte. Sie war hierhergekommen und hatte etwas über Lauras Leben erfahren; näher würde sie ihrer leiblichen Mutter vielleicht niemals kommen, ganz zu schweigen von ihrem Vater. Vielleicht würde sie nie alles herausfinden, was sie wissen wollte. Aber im Lauf der letzten paar Tage war sie zu einer wichtigen Erkenntnis gelang. Sie war dieselbe Ruby, die sie immer gewesen war. In gewisser Weise hatte Mel damals recht gehabt. *Ruby Rae ist immer noch Ruby Rae.* Und sie würde es immer sein. Sie betastete Viviens goldenes Amulett, das sie immer noch um den Hals trug. Auch die Eltern, die sie großgezogen hatten, waren dieselben liebevollen Menschen, die sie immer gewesen waren – und sie waren ihre Eltern. Sie konnte ihnen nicht böse sein. Die beiden hatten sie geliebt. Sie hatten für sie gesorgt. Sie hatten ihr gezeigt, worauf es wirklich ankam. Durch sie war sie geworden, was sie heute war. Also war dies gewissermaßen das Ende einer Reise, oder? Aber zugleich begann eine neue.

Er streckte die Hand aus und half ihr zurück über die Felsen. »Vorsicht, es ist glatt.«

Das war es.

»Schau«, sagte er, als sie oben ankamen.

Sie folgte seinem Blick. Es war unglaublich. Der Sand strahlte geradezu. Die Bucht war von Regen und Flut buchstäblich ausgewaschen worden, blank geputzt. Sie hatte keine Geheimnisse mehr, dachte sie. Die Sonne schien schon wieder, durchbrach die Wolken und ließ die schwarzen Felsen glitzern. Der goldgelbe Sand wirkte, als wären Diamanten darüber ausgegossen worden, und das klare, türkisfarbene Wasser glitzerte im Sonnenlicht.

Ruby fasste nach Andrés' Arm. In der Ferne sah sie eine Frau in einem bunten Patchworkkleid in Rot-, Orange- und

Blautönen, die über den Strand lief. Trotz ihrer Größe und ihrer aufrechten Haltung war sie keine junge Frau mehr. Sie trug einen roten, verblichenen Rucksack. Ruby sah zu ihr hinunter. Langsam, aber zielbewusst ging sie auf das Strandhaus zu. Vielleicht wollte sie aber auch auf den Weg, der zum *faro* führte. Im Gehen sah sie sich um und betrachtete das Meer, die Felsen und den Himmel. Sie strahlte etwas Ruhiges aus. Ihr blondes Haar wehte im Wind. Auch sie sah aus, als gehöre sie hierher.

»Wir sollten aufbrechen.« Andrés' Stimme riss sie aus ihren Gedanken. »Sonst kommen wir zu spät, um Schwester Julia abzuholen.«

»Ja.« Es fiel ihr schwer, den Blick von der Frau loszureißen, wer immer sie sein mochte.

Sanft drehte er sie um, sodass sie ihn ansehen musste. »Kommst du wieder, Ruby?«, fragte er. Sein Blick suchte ihren. Er schien sich ihrer Antwort nicht sicher zu sein.

»Hierher, oder nach England?«, flüsterte sie.

»Zu mir«, sagte er.

Darauf hatte sie gewartet, das hatte sie hören wollen. *Unser Leben* ... Gelbliches Abendlicht und flammende Sonnenuntergänge. War dies der Ort, an dem sie sich mit dem Mann, den sie liebte, eine Zukunft aufbauen würde? Der Ort, den Laura, ihre leibliche Mutter, ebenfalls so geliebt hatte? Ruby konnte ihre Arbeit – ihren Journalismus, ihre Musik – hier genauso gut tun wie überall anders. Und Andrés? Die Antwort fiel leicht. Andrés würde das künstlerische Erbe fortführen, das sein Adoptivvater begründet hatte. Schließlich war das die Welt, in die er hineingeboren worden war. Ja, irgendwie wusste sie genau, wo er sein würde.

Noch einmal schaute sie in die Bucht hinunter, aber es erstaunte sie nicht, dass die Gestalt inzwischen verschwunden war.

»Ja, Andrés.« Sie hob ihm ihr Gesicht entgegen. »Ich komme wieder. Darauf kannst du dich verlassen.« Und sie reckte sich und küsste ihn. »Ich komme zurück zu dir, wo immer du sein magst.«

Danksagung

Ich möchte Teresa Chris, meiner Agentin, für ihre ausdauernde Unterstützung und ihren Glauben an mein Schreibtalent danken. Sie hat mich unermüdlich ermutigt und ist für einige atmosphärische Bilder verantwortlich, die ich in diese Geschichte eingebaut habe.

Außerdem vielen Dank an alle Mitarbeiter von Quercus Books, besonders an die fantastische Margot Weale, Kathryn Taussig und vor allem an meine Lektorin Jo Dickinson, die ich nicht genug für ihren scharfen Blick, ihr feinfühliges Lektorat und die tolle Zusammenarbeit loben kann.

Diese Geschichte habe ich über eine lange Zeit hin entwickelt. Und die Wurzeln dazu lagen in einer anderen Geschichte – einer, die ein großer Bestandteil dieses Romans ist. Für die Hilfe bei der Entwicklung der Psychologie und der Wirkung der Figuren und Ereignisse danke ich Caroline Neilson und Peter Fullerton, die beide Experten auf diesem Gebiet sind.

Dank an Alan Fish, dessen Lektüre und Kommentare immer sehr wertvoll sind.

Dank an Madga Taylor, die mir dabei geholfen hat, das Saxofon in den Griff zu bekommen – wenn man das so sagen kann –, und an Chris Forbes, Grey Innes und Jackie Deveraux für die anregenden Diskussionen über das Malen mit Wasserfarbe.

Dank an Peter English für die musikalischen Beiträge, Bernie von den Tindaya Arms auf Fuerteventura und an jeden, mit dem ich dort drüben gesprochen habe, für Informationen zur Geschichte und Kultur der Insel.

Dank auch an Mario Pulini für seine profunden Kenntnisse über Barcelona und die spanische Sprache.

Habe ich wen vergessen? Ich hoffe nicht.

Ganz großen Dank an Grey Innes, meine wunderbare Lieblingsideenbringerin, die immer ein offenes Ohr für mich hat.

Und schließlich herzlichen Dank allen, die sich so für mein Buch *Ein verzauberter Sommer* eingesetzt haben, besonders meinen wunderbaren Töchtern Alexa und Ana.

Ich sollte erwähnen, dass, obwohl ich historische Ereignisse in diesem Buch verarbeitet habe, jedwede Ähnlichkeit zu Lebenden oder Verstorbenen rein zufällig ist; alle Figuren sind fiktional

Die Canales Klinic gibt es ebenso wenig wie die in dieser Geschichte erwähnten Kloster. Ich habe mich bei meiner Recherche vieler – fiktionaler und nicht-fiktionaler – Quellen bedient und versucht, so akkurat wie möglich zu arbeiten. Alle sachlichen Fehler in diesem Buch sind allein meine Schuld.